aLYna

Susanne Aernecke

DAS PANAMA ERBE

2. Band der Amakuna-Saga

alyna

alyna ist ein Imprint der Europa Verlag GmbH & Co. KG,
herausgegeben von Michael Görden

MIX
Papier aus verantwortungsvollen Quellen
FSC® C014889

Umschlaggestaltung: Hauptmann & Kompanie Werbeagentur, Zürich
Layout & Satz: BuchHaus Robert Gigler, München
Druck: Pustet, Regensburg
ISBN 978-3-95890-053-0

Für die Bewohner von Kuna Yala

Eines Tages, nachdem wir Herr der Winde, der Wellen, der Gezeiten und der Schwerkraft geworden sind, werden wir uns die Kräfte der Liebe nutzbar machen. Dann wird die Menschheit, zum zweiten Mal in der Weltgeschichte, das Feuer entdeckt haben.

PIERRE TEILHARD DE CHARDIN

PROLOG

Laute Stimmen. Eine Frau mit langem kastanienfarbenem Haar zieht mich weg von der Tür, hinter der heftig gestritten wird. Es sind die Stimmen meiner Eltern. Ich höre die Verzweiflung meiner Mutter, den Zorn meines Vaters. Ich glaube zu verstehen, dass er wegwill. Weg von der Insel. Weg von unserem Zuhause. Plötzlich habe ich Angst. Unglücklich sehe ich zu der Frau mit dem Kastanienhaar auf. Ich will Schutz, aber wovor? Sie ist starr vor Spannung. Ihr Blick ist nur auf die Tür gerichtet. Ihre Finger krallen sich immer tiefer in meine Schultern, bis es wehtut. Ich stoße einen leisen Schmerzenslaut aus, und sie lässt mich los. Als das Gespräch hinter der Tür abbricht und sich Schritte nähern, nimmt sie mich rasch bei der Hand, zieht mich eine Holztreppe hinauf in den zweiten Stock und schiebt mich in mein Kinderzimmer.

Kurz darauf öffnet mein Vater die Tür und sagt mir in kurzen Sätzen, dass ich meinen kleinen Rucksack packen soll. Nur das Nötigste und nur zwei Spielsachen, auf keinen Fall mehr. Ich tue es, auch wenn ich nicht verstehe, warum. Ich packe meine Malbücher ein, die Buntstifte, meine Puppe mit den Schlummeraugen, die Dolores heißt, und Pedro, den Bären. Dann fällt mein Blick auf Juanito, den grauen, schon etwas abgewetzten Stoffesel. Ich weiß, dass ich ihn zurücklassen muss, denn mein Vater hat mir ausdrücklich nur zwei Spielsachen erlaubt. Aber ich möchte ihn so gerne mitnehmen. Ich zögere noch einen kurzen Augenblick. Dann höre ich meinen Vater von unten nach mir rufen. Ich packe den Esel doch schnell mit ein, schnüre den Rucksack zusammen und laufe die Treppen hinunter.

Mein Vater bittet die Frau mit dem kastanienfarbenen Haar, schon mal mit mir zur Bootsanlegestelle zu gehen. Er werde gleich nachkommen. Ich bekomme wieder Angst. Große Angst. Meine kleinen Hände wollen die seinen nicht loslassen. In dem Moment fahren mehrere Jeeps in den Hof. Die Kastanienfrau zieht mich weg. Wir laufen den schmalen, steinigen Weg hinunter zur Bucht, wo ein Boot unruhig auf den Wellen tanzt.

In diesem Moment ertönt ein Knall, so laut, als würde ein Luftballon in meinem Kopf zerplatzen. Ich reiße mich los, laufe, stolpere den Weg zurück. Ich drehe mich um. Die Halle gegenüber unserem Haus, in dem sich das Labor meiner Eltern befindet, steht in Flammen. Ich reiße mich los, laufe, stolpere den Weg zurück. Ich weiß, dass sie dort drin sind, und will unbedingt zu ihnen. Zu meiner Mami und meinem Papi, die mich lieb haben, ohne die ich nicht sein will. Eine Wand aus Feuer und beißender Rauch halten mich zurück. Doch ich habe keine Wahl. Ich halte die Luft an, schließe die Augen und renne los. Die Flammen greifen nach mir, der Qualm bohrt sich in meine Brust. Plötzlich sehe ich schemenhaft, wie ein Mann mit Bart auf mich zukommt. Er schreit gegen das Prasseln der Flammen meinen Namen, »Sina«, packt mich und nimmt mich auf den Arm. Im selben Moment taucht ein anderer Mann auf und schlägt ihn nieder. Ich falle auf den Boden. Alles wird schwarz.

Ich wache erst wieder durch ein leises Brummen auf. Als ich die Augen öffne, erkenne ich, dass ich in einem Flugzeug sitze. Einem großen Flugzeug. Ich bin schon öfter in kleineren Fliegern auf die Nachbarinseln von La Palma geflogen, nach Gran Canaria und Teneriffa.

Neben mir sitzt ein Mann mit einem Schnauzbart, in einem

kurzärmeligen Hemd mit großen bunten Blumen darauf. Ich habe ihn noch nie zuvor gesehen. Er hat mehrere Papiere auf dem kleinen Tischchen vor sich ausgebreitet, die er konzentriert liest. Erst nach einer Weile merkt er, dass ich aufgewacht bin. Er fragt mich nicht besonders freundlich, wie es mir geht und ob ich etwas trinken möchte. Ich schüttle den Kopf. Dabei merke ich erst, wie weh mir alles tut und dass ich einen Verband um den Kopf habe und einen um den Arm. Der Mann erklärt mir, dass ich mich verbrannt habe, aber bald wieder gesund sein würde.

Ich drehe mich suchend nach meinen Eltern um, kann sie aber nirgendwo entdecken. Als ich den Mann frage, wo sie sind, sagt er, wir befänden uns auf dem Weg nach Panama zu meinem Großvater, der mir alles erklären wird. Panama sei ein sehr schönes Land, und es würde mir dort sicher gut gefallen.

Ich will nicht nach Panama. Ich muss weinen und möchte zu meiner Mami. Doch sie ist nicht da. Eine hübsche Frau in blauer Uniform beugt sich zu mir und wischt mit einem weichen Tuch meine Tränen weg. Ich schlage es ihr aus der Hand und schreie jetzt laut nach meiner Mami und meinem Papi. Die anderen Leute in dem Flugzeug drehen sich nach mir um. Jemand hält mir ein Stück Schokolade hin. Ich nehme es und schmeiße es auf den Boden. Ich will aufstehen, doch ein Gurt fesselt mich an den Sitz. Ich schreie immer lauter. Der fremde Mann hält mir den Mund zu und redet ärgerlich auf mich ein. Ich strample und wehre mich, doch es hilft nichts. Jetzt unterhalten sich die Frau in Blau und der Mann in einer Sprache, die ich nicht verstehe. Ich nutze es aus, dass sie von mir abgelenkt sind, und versuche den Gurt zu öffnen, was mir schließlich gelingt. Ich renne durch den Mittelgang des Flugzeugs nach hinten. Eine Frau hält mich schließlich fest und zieht mich auf ihren Schoß. Sie riecht wie meine Mutter. Dasselbe Parfüm. Ich klammere mich an sie und drücke mein Gesicht in ihre Halskuhle, wo der Duft am stärksten ist, und bleibe bis zum Ende des Fluges auf ihrem Schoß sitzen.

1. KAPITEL

Es klopfte. *»Entra.«*

Felipe steckte den Kopf durch den Türspalt und grinste bis über beide Ohren.

Sina blickte von ihrem Laptop hoch. Sie saß an ihrem Schreibtisch und bearbeitete drei Fallstudien für den morgigen Unterricht. Ein Muss für alle Studenten der ersten Jahrgangsstufe an der Harvard Business School, der amerikanischen Eliteuniversität der oberen Zehntausend.

»Störe ich?«

»*No. Listo!* Perfektes Timing. Ich bin soeben mit dem letzten Fall fertig geworden. Die Fischkonservenfabrik in Honduras.«

»Wie wäre es dann mit einem kleinen Spaziergang, *mi amor?* Es schneit gerade nicht, und es tut dir bestimmt gut, wenn du dir ein wenig die Füße vertrittst.«

Sie nickte, speicherte die Datei und klappte ihren Laptop zu. »Und du? Hast du auch brav deine Hausaufgaben erledigt?«

Felipe stöhnte. »Ich weiß nicht, warum sie uns jeden Tag gleich mit drei Fällen quälen.«

»Damit wir später nicht mehr lange überlegen müssen, wie wir Millionen scheffeln und andere, die nicht so viele Tricks auf Lager haben, besser über den Tisch ziehen können«, erwiderte sie lachend und zog sich ihre Strickjacke an, die über der Stuhllehne hing.

Felipe trug einen Daunenanorak und hatte einen dicken Schal um den Hals gewickelt, als wäre er zum Nordpol unterwegs. Sein kurz geschnittenes schwarzes Haar war unter einer Mütze aus Fleece versteckt. Es war für die beiden Panameños der erste Winter in den USA, und dementsprechend froren sie.

»Ich finde das gar nicht lustig. Hoffentlich erwischt es mich morgen nicht. Zu dem Softdrink-Hersteller, der eine Abfüllfabrik in Ägypten aufmachen will, habe ich jedenfalls keine abschließende Meinung.«

»Wieso? Wo ist das Problem? Die Entscheidung liegt doch auf der Hand. Investitions- und Lohnkosten sind zwar niedrig, aber der Tourismus ist wie in einigen anderen islamischen Ländern stark eingebrochen. Viele der großen Bettenburgen haben zugemacht, etliche Restaurants sind pleite, und der Umsatz mit den einheimischen Supermärkten reicht nicht.« Sie überlegte einen Augenblick, strich sich eine vorwitzige Strähne ihres schulterlangen dunkelbraunen Haars hinters Ohr und sah ihren Freund belustigt an.

»Die amerikanische Außenpolitik hat mit dem Arabischen Frühling dafür gesorgt, Nordafrika völlig zu destabilisieren. Es wird ziemlich lange dauern, bis die Region wieder so weit ist, dass es sich für Coca-Cola und Co. lohnt, dort zu investieren. Aber jetzt lass uns gehen, sonst halte ich dir noch einen Vortrag, den du sowieso morgen im Unterricht zu hören bekommst.«

Felipe sah sie bewundernd an. »Für dich ist das alles ein Kinderspiel, was? Apropos Kinder … heute ist ein besonderer Tag, und ich habe etwas für dich.«

»Was für ein Tag?« Sina blickte zu dem Kalender, der über ihrem Schreibtisch hing. »Dritter Dezember?« Sie überlegte einen Moment, dann grinste sie. »Du hast es nicht vergessen.«

»Natürlich nicht, *cariño.* Heute vor zwanzig Jahren haben wir uns kennengelernt. Du warst vier und ich fünf. Und du hast fürchterlich geheult, weil euer Hund deinen geliebten Stoffesel zerfetzt hat. Juanito.«

»Das weißt du noch?« Sina knuffte ihn in die Seite.

Felipe zog einen kleinen grauen Plüschesel mit langen Ohren und einer roten Schleife um den Hals hinter seinem Rücken hervor und überreichte ihn Sina. »Hier, für dich. Solange ich lebe, werde ich alles dafür tun, dass du nie mehr traurig bist oder weinen musst.«

Sina starrte auf den Esel. Doch statt Felipe für das lieb gemeinte Geschenk mit einer Umarmung zu belohnen, versteifte sich ihr Körper. Schweißperlen bildeten sich auf ihrer Stirn, und sie verspürte einen stechenden Schmerz im Magen. Alles um sie herum schien plötzlich in ein grelles, beängstigendes Licht getaucht. Sie glaubte, laute, explosionsartige Geräusche zu hören, und es kam ihr vor, als schlage ihr eine heiße Feuerwand entgegen. Sie bekam plötzlich keine Luft mehr und hatte das Gefühl, zu ersticken.

»Déjame, por favor!«, flüsterte sie mit rauer Stimme. »Lass mich!«

»Was ist los, *mi amor?«,* fragte Felipe besorgt.

»Bitte!«

»Soll ich einen Arzt holen?«

»Nein! Lass mich einfach nur allein.«

»Sina!«

»*Déjame!* Bitte! Geh!«

Felipe warf ihr einen verzweifelten Blick zu und verließ dann wie ein geprügelter Hund ihr Zimmer.

Sina stürzte ins Bad und übergab sich zweimal. Doch der stechende Schmerz im Magen blieb, ebenso wie die Hitze auf ihrem Gesicht. Das Licht um sie herum hatte sich wieder normalisiert. Auch wenn sie wusste, dass sie ein hochempfindlicher Mensch war und ihr Magen schon bei der kleinsten Aufregung Probleme machte, hatte sie noch nie einen derart heftigen Anfall erlebt, der ihren ganzen Körper in Mitleidenschaft zog. Sie kauerte sich mit angezogenen Knien auf ihr Bett und versuchte, das Zittern zu unterdrücken, was ihr jedoch nicht gelang. Ihr war noch immer schwindlig. Der säuerliche Geruch, der durch die halb geöffnete Badezimmertür hereinströmte, raubte ihr zusätzlich den Atem. Sie schleppte sich zum Fenster und öffnete es. Die kalte Schneeluft kam ihr vor wie eine Ohrfeige, die sie zurück in die Wirklichkeit holte. Sie atmete tief durch.

Nach und nach fühlte sie sich besser, wenn auch völlig erschöpft. Dem Stoffesel, den Felipe auf ihrem Schreibtisch zurückgelassen hatte, schenkte sie keinen Blick. Sie legte sich auf ihr Bett und versank in eine Art Halbschlaf, der alles, was soeben passiert war, überdeckte.

Als Felipe eine Stunde später nach ihr sah und das Fenster schloss, eine Decke über sie breitete und sich auf den Rand ihres Bettes setzte, ohne sie zu berühren, nahm sie das wie aus weiter Ferne wahr.

»Geht es dir besser?«, flüsterte er.

Sina schwieg. Sie hatte keine Antwort, nicht darauf, wie sie sich fühlte, und noch weniger darauf, was eben mit ihr geschehen war.

Sie schlief durch bis zum nächsten Morgen. Wie immer wachte sie auch ohne Wecker gegen fünf Uhr auf. Der eklige Geschmack in ihrem Mund brachte die Erinnerung an den gestrigen Nachmittag zurück. Sina knipste die Nachttischlampe an, starrte einen Moment leicht orientierungslos auf die schwarzen Samtvorhänge, die sie gegen die hässlichen gestreiften Dinger ihres Vorgängers ausgewechselt hatte, und stand dann auf.

Jeder Student hier auf dem Campus bewohnte ein eigenes Zimmer. Sina hätte sich nicht vorstellen können, eines zu teilen, geschweige denn das Bad. Sie war weder ein Gruppenmensch noch ein Teamplayer, sondern am liebsten für sich allein. Da störte niemand ihre Gedanken, da musste sie keine Dinge tun, die ihr unsinnig erschienen, und vor allem keinen Small Talk führen.

Leicht fröstelnd schlüpfte sie in den weichen hellblauen Frotteebademantel, den ihr ihre Großmutter zur Immatrikulation in Harvard geschenkt hatte. In ihrem Zuhause in Panama City hatte sie sich nicht vorstellen können, jemals ein so warmes Kleidungsstück anzuziehen, doch im winterlichen Boston war es Gold wert. Sie ging zu ihrem Schreibtisch und zog die Vorhänge auf. Draußen dämmerte es bereits. Ihr Blick blieb an den Eisblumen hängen, die sich an der Fensterscheibe gebildet hatten, etwas, das in ihrer Heimat ein paar Grad nördlich des Äquators nie vorkam.

Sie zog ihre Joggingklamotten und Sportschuhe an, stülpte sich die Kapuze über den Kopf und lief die Treppe im Aufgang C hinunter, immer zwei Stufen auf einmal nehmend. Innerlich bereitete sie sich schon mal auf den Kälteschock vor, der sie gleich treffen würde, wenn sie die Tür nach draußen öffnete. Es nutzte jedoch nicht viel – ihre Muskeln verkrampften sich schlagartig. Sie lief einen Moment an Ort und Stelle und schüttelte die Arme aus. Ihr Atem stieg dampfend in die kalte Luft. Sina war schlank, aber kein sportlicher Typ. Sie wusste jedoch, dass sie als Kopfmensch einen Ausgleich brauchte. Seit ein paar Jahren hatte sie sich so an ihre morgendlichen Runden gewöhnt, dass sie ihr fehlten, wenn sich mal keine Gelegenheit dazu bot.

Sie lief seitlich an Mellon Hall vorbei, einem zweistöckigen, in edlem Hellgrau gestrichenen Bau, der mehr dem Seitenflügel einer teuren Villa ähnelte als einem Studentenwohnheim. Der Aufprall ihrer Füße auf dem mit Reif bedeckten Weg, der sich durch weiß überzuckerte Rasenflächen schlängelte, setzte sich in vibrierenden Schwingungen durch Muskeln und Knochen bis in ihren Magen fort, den empfindlichsten Teil ihres Körpers. Das Blut pochte in ihren Schläfen, und sie begann trotz der Kälte zu schwitzen. An den roten Backsteinwänden der anderen Wohnhäuser vorbei, bog sie auf der Westseite des Campus in den Harvard Way ein, der zur Baker Library führte, die mit ihrem Glockenturm und den mächtigen Eingangssäulen wie eine Mischung aus Kathedrale und griechischem Tempel aussah. Weiter ging es am Bloomberg Center vorbei und dann rechts Richtung Morgan Hall, wo sich die meisten Vorlesungsräume befanden. Alle Bauten hier trugen die Namen mächtiger Ökonomen, die zum Aufstieg des US-Kapitalismus beigetragen hatten. Schließlich steuerte sie auf Shad Hall zu, wo das Fitnesscenter untergebracht war, das wie beinahe alles hier den Vergleich mit einem Fünf-Sterne-Wellnesshotel nicht zu scheuen brauchte.

Das Licht brannte bereits, und sie hörte, wie sich jemand am Rudergerät abmühte. Es war Amy, eine junge Texanerin, die über drei Ecken mit der Bush-Familie verwandt war und meist genauso früh wie Sina ihren Körper auf Vordermann brachte. Sie trug ein buntes, eng anliegendes Trainingsoutfit, das ihre perfekte Figur gut zur Geltung brachte. Jeder, der hier in Harvard etwas auf sich hielt, war in einem der Ruderclubs und musste hart dafür trainieren. Sina war es gelungen, den Posten des Steuermannes zu ergattern. Das hieß, sie saß vorn im Boot und gab den Rhythmus an, um die Mannschaft im Gleichtakt zu halten und die größtmögliche Geschwindigkeit zu erreichen. Das Anführen lag ihr, und fast immer erreichte ihr Boot die besten Stoppzeiten.

»Hi, Sin«, grüßte Amy. Sie hatte die typisch amerikanische Angewohnheit, jeden Namen in eine Kurzform zu pressen. So wurde aus Felipe »Phil«, was überhaupt nicht zu ihm passte, und aus Sina »Sin«, die Sünde, worüber sie nur lächeln konnte.

»Na, bist du gestern mit allem fertig geworden? Ich habe noch bis Mitternacht an dem Fischkonservenfall gesessen. Oh Mann, ich hoffe nur, mein Schicksal führt mich nie nach Honduras. Ich denke, es ist hauptsächlich die schwarze Bevölkerung, die da Probleme macht. Sowohl als Arbeitskräfte wie auch als Konsumenten«, sagte Amy, während sie sich am Rudergerät abmühte, sodass die Sätze keuchend und nahezu aggressiv rüberkamen. »Habt ihr in Panama auch so viele Schwarze?«

Sina sah sie leicht befremdet an.

»Klar. Die spanischen Konquistadoren haben schon Anfang des sechzehnten Jahrhunderts Arbeitskräfte aus Afrika geholt, um ihre Plantagen zu bewirtschaften.«

»Hm«, erwiderte Amy nur, stand auf und rieb sich den Nacken mit einem Handtuch trocken. »Ich geh dann mal duschen. See you!«

Sina nickte ihr höflich zu. Sie wusste schon, warum es ihr nicht leichtfiel, Freundschaften zu schließen. Doch es waren nicht nur die Amerikaner; es schien, als hätten sich alle, die hier studierten, ein Wort auf die Stirn geschrieben, und das hieß »Profit«. Dieses Wort war auf dem Campus allgegenwärtig, und das nicht nur in den Seminarräumen. Auch draußen. Die Bienen schienen es zu summen, die Vögel von den Bäumen zu pfeifen, und selbst der Wind säuselte es, wenn er zwischen den Wohngebäuden der Studenten hindurchfegte.

Sina wusste, dass die Harvard Business School etwas ganz Besonderes war. Dass jeder es als ein außerordentliches Privileg ansah, hier studieren zu dürfen. Und sie wusste auch, dass sich an diesem Ort die Sicht der Einzelnen auf die Welt veränderte. Selbst sie, die es durch ihr familiäres Umfeld gewohnt war, beinahe alles in Zahlen zu bewerten, merkte, wie sich ihre Denkweise, seit sie hier war, noch mehr in Richtung Profitstreben verändert hatte. Sie konnte keinen Laden, kein Restaurant, kein Kino, kein Theater mehr betreten, ohne nicht sofort darüber nachzudenken, was man verändern könnte, um mehr Gewinn zu erzielen. Einerseits war es ein erhebendes Gefühl, weil man sich den jeweiligen Besitzern oder Geschäftsführern meilenweit überlegen fühlte, andererseits konnte man das, was schön und ursprünglich war, nicht mehr unbedarft genießen. Falls sie je so etwas wie Unschuld besessen hatte, war sie ihr hier genommen worden, und zwar auf eine Weise, dass sie es nicht einmal bemerkt hatte. Bis jetzt.

Nach einer halben Stunde harten Muskeltrainings verließ sie den Fitnessbereich, holte sich in der Kantine, die um diese Zeit noch erfreulich leer war, einen Kaffee im Pappbecher und lief wieder auf ihr Zimmer, um zu duschen und sich umzuziehen. Merkwürdigerweise gingen ihr nicht wie sonst alle Fakten der drei Fälle, die den heutigen Unterrichtsvormittag bestimmen sollten, im Kopf herum. Als sie ihre Unterlagen zusammenpackte und ihr Blick auf den Stoffesel fiel, der noch immer auf dem Schreibtisch lag, zog sich ihr Magen schon wieder zusammen, und sie floh geradezu hinaus auf den Gang.

Felipe, der in einem anderen Wohngebäude untergebracht war, wartete pünktlich wie immer um Viertel vor neun unten am Eingang von Mellon Hall auf sie, damit sie gemeinsam zu Aldrich Hall hinübergehen konnten, wo sich ihr Seminarraum befand.

»*Cómo estás?«,* fragte er mit besorgter Stimme und hauchte ihr zur Begrüßung rechts und links einen Kuss auf die Wange.

»*Gracias.* Es geht mir schon viel besser. Und ich möchte mich bei dir entschuldigen. Keine Ahnung, was gestern mit mir los war. Vielleicht habe ich etwas Falsches gegessen. Du weißt ja, wie empfindlich mein Magen ist.«

»Aber so habe ich dich noch nie erlebt, *corazón.* Es war, als hättest du etwas gesehen, das dir schreckliche Angst eingejagt hat.«

»Wieso soll mir ein Stoffesel Angst einjagen?«, log sie.

»Sicher?«

»*Sí. Seguro!* Und nochmals vielen Dank für dein Geschenk.«

»Na ja. So wirklich gut angekommen ist es ja nicht.«

»Vergiss es einfach.« Sina wollte, dass er endlich damit aufhörte. Es war vorbei und kam hoffentlich nie wieder vor.

»Du solltest trotzdem mal rüber ins Medical Care Center gehen und dich durchchecken lassen.«

Sie warf ihm einen Blick zu, der alles bedeuten konnte und mit dem er sich nicht zufriedengab.

»Bitte!«

»Ich mache es. Dir zuliebe.« Und das meinte sie auch so. Ihre Verbindung zu Felipe war heute so eng wie nie zuvor. Deshalb hatten sie auch beschlossen, die zwei Jahre bis zum MBA gemeinsam mit ihm zu absolvieren. Damit kamen sie dem Wunsch ihrer beider Familien nach, die darauf spekulierten, dass sie und Felipe in naher Zukunft heiraten würden, um schon mal auf privater Ebene die geplante Fusion zweier großer Geschäftsimperien einzuleiten. Sie hatten auf dem Campus ganz bewusst verlauten lassen, dass sie verlobt waren, um sich damit beide dem inoffiziellen Heiratsmarkt in Harvard zu entziehen.

Als sie Aldrich Hall erreichten, hatte es zu schneien begonnen. Wie Sina seit ihrem ersten Unterrichtstag wusste, war das imposante Gebäude von dem legendären Businessman und Öl-Tycoon John D. Rockefeller gespendet worden, der es nach seinem Schwiegervater Nelson W. Aldrich benannt hatte, dem Parteivorsitzenden der Republikanischen Partei, Vorsitzenden der Nationalen Währungskommission und des Finanzausschusses.

Wahrscheinlich würden sie und Felipe hier auch irgendwann einen Anbau sponsern. Fast alles, von den Tennisplätzen bis zum Teelöffel, beruhte auf Spenden von ehemaligen Studenten oder sehr wohlhabenden, mit der Regierung paktierenden Familien. Harvard galt inzwischen nicht nur als die beste, sondern auch als die reichste Universität der Welt. Wer hier seinen Abschluss machte, betrat einen klar vorgezeichneten Weg an die Spitze. Er oder sie war perfekt ausgebildet, um im oberen Management auf internationaler Ebene den Ton anzugeben, und zwar ohne Kompromisse.

Vor dem Gebäude standen bereits mehrere Grüppchen von Studenten, die lebhafte Diskussionen zu den drei Fällen führten, welche heute anstanden. Doch Sina verspürte merkwürdigerweise nicht die geringste Lust, sich daran zu beteiligen. Die üblichen Wortfetzen wie »Effizienz«, »Overhead«, »Standortbedingungen« oder »Kundenvertrauen aufbauen« drangen an ihr Ohr, lösten aber nichts in ihr aus. Gar nichts. Es war, als ob sie das alles plötzlich nichts anginge.

Sie betrat so entspannt wie noch nie den Seminarraum und wählte ihren Platz ziemlich weit oben in der Mitte aus. Tische und Stühle waren wie in einem Amphitheater im Halbkreis treppenförmig angeordnet. Jeder hatte dadurch einen freien Blick auf den Professor, der unten in der Mitte vor der großen Schiefertafel stand, und ebenso auf jeden der neunzig Mitstudenten. Keiner musste auf irgendwelche Rücken schauen, was für die Art der Unterrichtsform der Harvard Business School extrem wichtig war. Hier wurde von den Dozenten nicht einfach Wissen mit dem Maschinengewehr abgefeuert, sondern jeder musste es sich anhand von realen Fällen, Diskussionen, Analysen und Entscheidungen selbst erarbeiten. Dafür wurden meist zwei Gruppen gebildet, die wie in den oberen Managementetagen großer Unternehmen das Für und Wider einer anstehenden Entscheidung erörterten. Alle mussten für jeden der zu diskutierenden Fälle bis ins letzte Detail vorbereitet sein. Es reichte nicht aus, die Bilanz zu kennen, sondern es war notwendig, sich ausführlich mit der wirtschaftlichen Entwicklung, Politik, Bestechlichkeit, Arbeitsethik und den sozialen Strukturen des jeweiligen Landes auseinandergesetzt zu haben.

Sina holte ihr Namensschild aus der Tasche und stellte es vor sich auf den Tisch. Die Unterlagen für die heute anstehenden Fallstudien legte sie daneben – den Fischkonservenfall zuoberst. Sie hatte sich fein säuberlich Notizen an den Rand geschrieben, an deren Inhalt sie sich allerdings im Moment nicht erinnern konnte. Das beunruhigte sie nun doch. Felipe, der neben ihr saß, schien zu spüren, dass etwas nicht stimmte.

»Alles in Ordnung?«

Sina nickte. Wie sollte sie ihm auch begreiflich machen, dass sie große Mühe hatte, sich zu konzentrieren? Glücklicherweise zog jetzt Professor Bloomfield, ein kleiner, stämmiger Mann in einem dunkelblauen Anzug mit weinroter Krawatte, die Aufmerksamkeit auf sich. Ohne dass er etwas sagen musste, nahmen die Studenten ihre Plätze ein. Er sprach ein paar einführende Worte, machte zur Auflockerung seine typischen jüdischen Witze und schaltete dann den Beamer an, um seine erste Präsentation auf die große Leinwand neben der Tafel zu projizieren. In einer kurzen Einführung zum Hondurasfall fand er die passenden Worte, um die wirtschaftliche Situation Mittel- und Südamerikas nicht zu sehr zu kompromittieren – immerhin befanden sich neben Sina und Felipe noch zwei Studenten aus Brasilien, einer aus Argentinien sowie eine junge Frau aus Venezuela im Raum.

Sina musste sich extrem anstrengen, um Professor Bloomfield zu folgen. Es kam ihr beinahe so vor, als spräche er eine fremde Sprache, jedenfalls nicht Englisch, womit sie noch nie Probleme gehabt hatte. Wortfetzen wie »soziale und ökologische Komponenten«, »keine Diversifizierung«, »Überfischung«, »erhöhtes Steueraufkommen«, »Wertsteigerung«, »Preisdumping« und »Großhändler« rauschten nur so an ihr vorbei. Erst als sie ihren Namen hörte, tauchte sie wie eine Ertrinkende aus dem Brei aus Worten auf.

»Sina, was denken Sie? Sollte die Bank den Kredit für die Fischkonservenfabrik gewähren oder nicht?«

Ihr Blick ging durch Bloomfield hindurch, der sie über seine schmale Lesebrille hinweg ansah. Sie verstand überhaupt nicht, was er von ihr wollte. Panisch versuchte sie, aus ihren Notizen irgendeine schlüssige Argumentation zu basteln, aber auch das wollte ihr einfach nicht gelingen. Nicht nur, dass sie keine Antwort wusste, sie hatte auch keine Frage parat, die eine Diskussion in Gang bringen und so von ihr ablenken könnte. Neunzig Augenpaare ruhten auf ihr. Hatte plötzlich eine Art Lampenfiebervirus bei ihr angedockt, oder was war los?

»Sina, das ist doch Ihr Metier. Da müssten Sie sich doch ganz zu Hause fühlen.«

Doch Sina fühlte sich nicht zu Hause, sondern fremd und hilflos wie noch nie. Natürlich hatte Bloomfield recht. Fragen zu Kredit- und Investmentmöglichkeiten waren ihr seit ihrer Kindheit vertrauter als Märchen oder Puppen.

»Sind Sie vielleicht nicht vorbereitet?«

Der Satz fuhr auf sie hernieder wie ein Peitschenhieb. Nicht vorbereitet zu sein war etwas, das sich keiner hier leisten konnte. Ein absolutes No-Go, ein Zeichen völliger Ignoranz, Undankbarkeit und Missachtung. Der stechende Schmerz in ihrem Magen kehrte zurück, das Schwindelgefühl, das Zittern. Was war nur mit ihr los? Wieder drang die Stimme von Bloomfield an ihr Ohr.

»Sina, stimmt etwas nicht mit Ihnen?«

Er hatte den Nagel auf den Kopf getroffen. Mit ihr stimmte etwas ganz und gar nicht! Sie war nicht mehr sie selbst. Nicht mehr der brillante Kopf, der immer ein schlüssiges Argument für oder gegen eine Entscheidung hatte. Eines, dem in den seltensten Fällen etwas entgegenzusetzen war. Doch heute wollte ihr einfach nichts einfallen. Gar nichts. In ihrem Kopf gähnte dort, wo sie normalerweise ihre brillanten Antworten hervorholte, ein schwarzes Loch. Alles war gelöscht, ihre Festplatte war getilgt.

»Ich bitte um Entschuldigung«, stammelte sie leise. Was für eine Blamage, wo sie doch sonst immer die Erste war, deren Hand nach oben schnellte, selbst bei den kniffligsten Fragen.

»Kein Problem, Sina, das kann jedem mal passieren«, hörte sie Bloomfields Stimme mit leicht sarkastischem Unterton.

Ja, jedem, aber nicht ihr, Sina Saratoga, Enkeltochter von Enrique Mateo Saratoga, zukünftige Erbin des größten Bankenimperiums Lateinamerikas. Krampfhaft versuchte sie die aufsteigenden Tränen zu bezwingen und Haltung zu bewahren. Doch es war ihr unmöglich, sich dieser Schmach weiter auszusetzen. Sie zwängte sich an ihren Sitznachbarn vorbei und lief dann durch die Mitte nach vorn. Dabei fühlte sie sich wie ein geschlagener Gladiator, der die Arena verlassen musste. Aus dem Augenwinkel nahm sie noch wahr, wie Felipe aufstand, um ihr zu folgen, sich dann jedoch auf ein Handzeichen des Professors hin wieder setzte. Sie war froh darüber und lief, so schnell sie konnte, durch die hohen, majestätischen Gänge auf die Toilette. Ihr Magen und ihr Darm revoltierten um die Wette. Dieses Phänomen kannte sie nur zu gut. Es passierte immer dann, wenn sie emotional überfordert war, wenn zu viel auf einmal auf sie einprasselte. Aber dass ihr Kopf plötzlich wie leer gefegt war, dass sie nicht die geringste Ahnung hatte, was sie auf die Frage von Bloomfield hätte antworten können, machte ihr nicht nur Angst, sondern versetzte sie in helle Panik.

Nachdem sie sich entleert hatte, wusch sie sich die Hände und starrte in den Spiegel auf ihr bleiches, von lockigem dunklem Haar umrahmtes Gesicht. Sie wischte sich Stirn und Nacken mit einem Papierhandtuch ab und stellte sich für einen Moment eine Zukunft vor, in der dieser Blackout andauerte und den vorzeitigen Abbruch ihrer Karriere herbeiführte. Von ihr würde nichts bleiben als eine Fußnote in irgendeiner Saratoga-Biografie, so winzig klein gedruckt, dass man eine Lupe brauchte, um sie zu entziffern. In Panama galt sie als aufgehender Stern am Bankerhimmel, doch wie es aussah, war sie nichts als eine Sternschnuppe, die gerade in Höchstgeschwindigkeit im All verglühte. All ihre Hoffnungen, durch ihre Position in dieser Welt etwas mehr soziale Gerechtigkeit herbeizuführen, schienen in diesem Augenblick zu sterben.

Da sie unmöglich in den Hörsaal zurückkehren konnte, aber auch nicht auf ihr Zimmer wollte, flüchtete Sina durch tanzende Schneeflocken in die Kapelle des Campus, den einzigen Ort, wo sie ungestört über ihre fatale Situation nachdenken konnte. Sie setzte sich auf eine Bank in dem lichtdurchfluteten kreisförmigen Raum und genoss die Stille, die lediglich vom Plätschern eines kleinen Wasserfalls unterbrochen wurde, der sich an der Außenwand in einen Kanal ergoss, der die Kapelle wie ein kleiner Burggraben umschloss.

Sie hatte gerade einen Einbruch ihrer Persönlichkeit erlebt, der sie zutiefst verstörte. Ihre bisherigen Mechanismen griffen plötzlich nicht länger. Sie konnte nur hoffen, dass dies ein einmaliger Anfall war, aber was, wenn nicht? In dem Fall würde sich ihr Leben drastisch verändern. Vielleicht war das ja ein Zeichen? Vielleicht war es ihr gar nicht bestimmt, das Bankenimperium ihres Großvaters zu übernehmen? Womöglich hatte irgendeine höhere Macht etwas ganz anderes mit ihr vor. Sie blickte zu dem Holzkreuz, das über dem angedeuteten Steinaltar schwebte. Auch wenn sie aus einem katholischen Land stammte, in dem die Kirche über große Macht verfügte, war sie nicht besonders gläubig. Die Kirche an sich schien ihr mehr etwas für die Armen, die Hoffnungslosen zu sein – die Schicht, der sie angehörte, verließ sich lieber auf den Verstand. Aber der war ihr nun offensichtlich abhandengekommen.

Eine weibliche Stimme unterbrach ihre Gedanken. »Hierher hast du dich also zurückgezogen!«

Sina drehte sich um und blickte in das Gesicht von Dr. Nichols, die sie aus ihrem Nebenfach »Psychologische Führungsmethoden und Strategien« kannte. Die noch relativ junge Frau mit dem aschblonden Pagenkopf und der schwarz geränderten Brille lächelte sie vertrauensvoll an.

»Ich habe gehört, was im Seminar von Professor Bloomfield vorgefallen ist, und wollte fragen, ob du vielleicht mit mir reden möchtest.«

Sina gab keine Antwort.

»Du brauchst dich deswegen nicht zu schämen, so etwas kann jedem mal passieren.«

»Das hat Bloomfield auch gesagt, aber …«

»Du bist einfach überarbeitet, Sina, und das ist nur zu verständlich. Du hast mit sechzehn das College als Beste deines Jahrgangs abgeschlossen, dann ein Wirtschaftsstudium mit Summa-cum-laude-Abschluss hingelegt, ein Jahr in der Bank deines Großvaters gearbeitet, wo du ein geniales High-Speed-Investmentprogramm entwickelt hast, und bist jetzt mit vierundzwanzig die jüngste Studentin der HBS. Und auch noch die beste. Das haut irgendwann das stärkste Pferd um.« Sie lächelte Sina vertrauensvoll an. »Vielleicht solltest du ein paar Nebenfächer ablegen oder sogar bis zum Semesterende eine Pause einlegen. Die anfallenden Klausuren kannst du im nächsten Jahr nachschreiben.«

Überarbeitet oder besser: Burn-out. Sina war sich ganz sicher, dass das bei ihr nicht der Fall war. So etwas kam nicht von einem Tag auf den anderen … ausgelöst durch einen Stoffesel. Sie musste innerlich lächeln. Wenn sie Dr. Nichols von dem Esel erzählte, würde man sie wahrscheinlich auf direktem Weg von Harvard in die Klapsmühle überführen.

»Was meinst du? Es sind doch nur ein paar Wochen bis Weihnachten, die hast du im neuen Jahr sicher schnell wieder aufgeholt. Vielleicht sprichst du auch mal mit deinem Arzt.«

»Ich werde darüber nachdenken. Vielen Dank.«

»Tu das! Und jetzt kommst du mit in die Mensa. Ich bin sicher, du hast heute noch nichts Vernünftiges gegessen.«

Sina schüttelte den Kopf. Auf keinen Fall wollte sie sich den mitleidigen Blicken der anderen stellen. Bestimmt hatte ihr Aussetzer bereits wie ein Lauffeuer die Runde gemacht. Und sicherlich hatte sie damit einigen Neidern – die gab es hier zur Genüge – endlich mal Genugtuung verschafft.

»Ich würde gerne noch einen Moment hierbleiben«, antwortete sie.

»Wie du meinst. Aber du musst mir versprechen, etwas zu essen, Sina.«

»Versprochen. Und danke!«

»Gerne. Ich bin immer für dich da.«

Sina wandte sich ab und blickte wieder zu dem Holzkreuz. Was würde wohl ihr Großvater sagen, wenn sie mitten im Semester nach Hause käme? Wie sollte sie ihm, der so hohe Erwartungen an sie hatte, erklären, dass in ihrem Hirn nur noch Zuckerwatte war? Sie war doch seine Garantie für die Zukunft. Ihr hatte er es zu verdanken, dass in seinen Banken heute junge Leute saßen, die sich mit der Technologie ihrer Zeit auskannten und ihm äußerst lukrative Geschäfte ermöglichten, die in einem Wimpernschlag abgewickelt wurden. Ihr traute er als Einziger eine neue Art von Führungsstrategie zu. Nein, sie wollte erst einmal abwarten. Vielleicht war ja morgen schon wieder alles gut, und sie musste die Pferde in Panama gar nicht erst scheu machen.

2. KAPITEL

$

Einige Tage später verließen Sina und Felipe den Campus in nördlicher Richtung über die Anderson Memorial Bridge – Tage, in denen Sinas Gedächtnis sie immer öfter im Stich gelassen hatte. Sie passierten eine Baustelle, von der ein ohrenbetäubender Krach ausging. Sina, die ohnehin lärmempfindlich war, hielt sich die Ohren zu und verzog das Gesicht.

Unten auf dem Charles River trainierten die Rudermannschaften verschiedener Teams. Allerdings wurden die Kommandorufe der Steuermänner und -frauen, die sonst nach oben schallten, von den Presslufthämmern vollständig übertönt. Als Sina dann auch noch von einem Skateboardfahrer überholt wurde, der ihre Zehen nur knapp verfehlte, war sie so fertig, dass sie nur noch umkehren wollte. Felipe nahm jedoch ihre Hand und zog sie weiter. Er wusste um ihre hohe Sensibilität, die es ihr oft so schwer machte, Situationen zu ertragen, die andere mit links wegsteckten.

Sina verwünschte sich, den Termin bei Dr. Finkelstein nicht auf einen anderen Tag verschoben zu haben, und zwar einen, an dem die Taxifahrer nicht streikten. Aber Felipe hatte ihr davon abgeraten und sie überredet, die zwei Stationen bis Davidsquare mit der U-Bahn zu fahren. Es grenzte sowieso an ein Wunder, dass sie so schnell einen Termin bekommen hatte. Die Psychologin war schließlich weltberühmt und hatte sogar Patienten aus Europa, die extra über den Großen Teich kamen.

Die Empfehlung stammte von Eduardo, ihrem Privatlehrer und Freund ihrer Großmutter, der ebenfalls hier in den Staaten studiert hatte. Nach einer ausführlichen ärztlichen Untersuchung und einem Besuch beim Neurologen hatte sich Sina noch immer keinen Reim auf ihren Zustand machen können und schließlich Eduardo eingeweiht, ihn allerdings darum gebeten, ihren Großeltern vorerst nichts zu erzählen.

Am Harvard Square, wo sich die Metrostation befand, ging es auch nicht ruhiger zu. Straßenmusiker, Verkehr und Lautsprecherstimmen der Fremdenführer, die versuchten, ihre Schäfchen zusammenzuhalten, bildeten eine Kakofonie, die für Sina kaum auszuhalten war. Viele Studenten verdienten sich ein Zubrot, indem sie Touristen über den traditionellen Harvard-Campus führten und Anekdoten von Berühmtheiten wie Bill Clinton, Bill Gates oder George W. Bush, die alle hier studiert hatten, zum Besten gaben. Die etwas abgelegene Business School auf der anderen Seite des Flusses blieb glücklicherweise von diesen Menschenmassen verschont.

Felipe zog Sina die Treppen hinunter zur U-Bahn. Der Waggon war proppenvoll, sodass sie beide kaum Platz fanden. Die verschiedenen Ausdünstungen nahmen Sina fast den Atem. Es war so feucht und stickig, dass ihr unter dem Mantel kleine Bäche von Schweiß den Rücken hinunterliefen. Von Cambridge nach Summerhill waren es nur zwei Stationen. Trotzdem wäre sie am liebsten schon an der nächsten Haltestelle ausgestiegen. Doch sie wollte sich und auch Felipe beweisen, dass sie, wie jeder andere Mensch in Boston, in der Lage war, mit der Metro zu fahren.

»Next stop: Davidsquare«, schallte es nach gefühlten zwei Stunden aus dem Lautsprecher. Die Türen hatten sich noch nicht ganz geöffnet, da drängte Sina bereits nach draußen, hastete die

Rolltreppen hinauf und keuchte wie ein ausgepumpter Langstreckenläufer, als sie endlich wieder an der frischen Luft war.

»Du siehst nicht gut aus«, sagte Felipe, der kaum hinterherkam.

»Nein, alles in Ordnung«, versicherte Sina, obwohl sich ihr Darm wie auch ihr Magen schon wieder mit solcher Heftigkeit meldeten, dass sie schnellstens in einem der vielen Restaurants verschwinden musste.

Als sie von der Toilette zurückkam, hatte Felipe einen Tisch gefunden und ihr einen frisch gepressten Orangensaft bestellt.

»Wir haben noch etwas Zeit, trink erst mal einen Schluck.«

Sie lächelte ihn dankbar an und kippte dann den Orangensaft hinunter, als wäre er ein Zaubertrank, der ihr alles wiedergeben könnte, was sie verloren hatte.

Verloren? Was hatte sie eigentlich verloren? Ihre sogenannte Genialität? Aber vielleicht lebte es sich ja ohne viel besser, viel freier. Dieser Gedanke war ihr in den letzten Tagen öfter gekommen.

Sie stellte das leere Glas ab und sah Felipe nachdenklich an. »Was denkst du, werde ich wieder gesund? Werden wir unsere Träume von einem besseren Lateinamerika ohne Korruption, Drogen und Terror überhaupt wahr machen können? Vielleicht soll mir ja diese merkwürdige Krankheit sagen, dass das alles nur eine große Illusion ist und wir nichts als winzige, unbedeutende Zacken im großen Weltzahnrad sind. Vielleicht wird weder diese elitäre Schule noch alles Geld, das wir je verdienen können, ausreichen, um unsere Ziele zu erreichen.«

Felipe schüttelte den Kopf und nahm Sinas Hand.

»Du wirst sehen, wir schaffen das, und zwar wir beide gemeinsam. Eines Tages werde ich Präsident von Kolumbien sein. Ich werde dafür sorgen, dass sich kein Kolumbianer mehr schämen muss, wenn er seinen Pass vorzeigt. Die Kriminalität, der Drogenhandel, die Feindschaft, die Gier, der Hass, die Gewalt – das muss und wird aufhören! Ich möchte aufrecht in mein Land zurückgehen, auch wenn mein Vater dort viel Schaden angerichtet hat. Ich möchte, dass die Menschen in meiner Heimat nicht länger von Furcht beherrscht werden und sich nicht mehr nur durch ihr Verhältnis zur Gewalt definieren.«

Sina sah ihn lächelnd an. Sie liebte es, wenn er so sprach und sich gegen seinen Vater stellte, der einst einer der größten Drogenbarone Kolumbiens gewesen war, bis er sich in Panama niederließ und dort mit seinen Millionen ein Immobilienimperium zusammenkaufte. Mit der nicht unerheblichen Hilfe ihres Großvaters.

»Was wir hier in Harvard lernen, ist gut. Und Business ist wichtig, aber es darf nicht zulasten der kleinen Leute gehen. Man muss abgeben, muss seinen Gewinn teilen, alle müssen etwas davon haben. An einen Politiker erinnert man sich nicht deshalb, weil er Straßen und Krankenhäuser gebaut hat, sondern weil er in einer Gesellschaft ein anderes Bewusstsein hervorgebracht hat, so wie Martin Luther King oder Kennedy oder Gandhi. Man kann Menschen aus dem Weg räumen, aber keine Ideen! Wenn sie gut sind, überleben sie.« Er holte tief Luft und fuhr dann fort: »Wir sind nicht auf diesem Planeten, um uns gegenseitig Schaden zuzufügen – es gibt edlere Gründe, um zu leben.«

Sina drückte seine Hand. »Das solltest du dir für deine Antrittsrede merken.«

»Bei der du neben mir stehen wirst, als meine Frau. Ich werde immer bei dir bleiben, egal, ob du deine Fähigkeiten wiedererlangst oder nicht.«

Die Praxis von Dr. Finkelstein befand sich einige Straßen weiter in einer ruhigen Wohngegend mit den typischen weiß gestrichenen Neuengland-Holzhäusern. Auf dem Schild am Zaun, der den gepflegten Vorgarten von der Straße abtrennte, stand schlicht »Dr. Sarah Finkelstein, Psychotherapeutin, Sprechstunden nach Vereinbarung«.

Klar, dass sich hier in Boston, dem sogenannten Think Tank der Vereinigten Staaten mit MIT, Harvard, Berklee und der Boston University, viele Juden angesiedelt hatten. Das puritanische Neuengland, das sehr verbunden mit dem Alten Testament war, hatte sich von Anfang an offen gegenüber jüdischen Emigranten gezeigt. Von einer israelischen Mitstudentin wusste Sina, dass man bereits im siebzehnten Jahrhundert in Harvard Hebräisch studieren konnte.

Dr. Finkelstein empfing sie persönlich. Sie war um die fünfzig, mit grauem Kurzhaarschnitt und eleganter Kleidung. Ihre hohe Stirn und die wachen Augen ließen Sina schnell erkennen, dass sich hinter der eher unscheinbaren Fassade ein wacher Geist verbarg.

»Ich freue mich, Sie kennenzulernen«, begrüßte sie die beiden und sagte dann an Sina gewandt: »Eduardo hat mir schon einiges über Sie erzählt, aber keine Angst, ich werde mir auf alle Fälle selbst ein Bild machen.« Sie zeigte ihnen die Garderobe und bat Felipe, in dem stilvoll eingerichteten Vorraum zu warten.

»Sie können sich gerne bedienen«, sagte sie lächelnd und deutete auf ein gut sortiertes Bücherregal, das zum Stöbern einlud, und die Kaffeemaschine auf einem Tisch daneben.

Felipe bedankte sich und warf Sina einen aufmunternden Blick zu, bevor diese mit der Ärztin hinter der schallgedämmten Tür verschwand.

Das Sprechzimmer von Dr. Finkelstein zeugte von demselben guten Geschmack wie ihre Kleidung. Modernes und antikes Mobiliar harmonierten perfekt miteinander. Eine gemütliche Chaiselongue stand in einer Ecke, in der anderen ein alter Holztisch mit grober Maserung und vier Stühlen. Sina entschied sich für einen Platz am Tisch.

An der Wand hing eine gerahmte Mola, ein Bild aus verschiedenfarbigen zusammengenähten Stoffen, das eine Art Labyrinth darstellte und Sina an ihre Heimat erinnerte.

»Ein Geschenk von Eduardo«, erklärte die Therapeutin, die Sinas erstauntem Blick gefolgt war. »Als ich ihn vor Jahren in Panama besuchte, habe ich mich sofort in diese bunten Textilbilder der Kuna-Indios verliebt. Oben in meiner Privatwohnung hängen noch mehr davon.«

Damit war das Eis gebrochen. Dr. Finkelstein war Sina sofort sympathisch. Die Kunas waren ein außergewöhnliches Volk mit einer uralten Tradition. Sie lebten vollkommen autark nach eigenen Gesetzen in einem riesigen Territorium innerhalb Panamas, über das nur sie bestimmen konnten. Wer ihre Kunst liebte, musste ein sensibler Mensch sein, dem sie vertrauen konnte, dachte sich Sina. Auch wenn die Molas heutzutage hauptsächlich für Touristen hergestellt wurden, so waren sie doch ein Ausdruck der engen Verbundenheit der Kunas zu ihrem Land und ihrer Kultur. Sina wusste nicht, warum, aber das genügte ihr als Grund, sich dieser Frau zu öffnen. Sie setzte sich auf einen der Stühle und sah die Ärztin an.

»Was soll ich Ihnen erzählen, Dr. Finkelstein?«

»Sarah, mein Name ist Sarah. Ich denke, es ist einfacher, wenn wir uns duzen. Erzähl mir einfach, wie du dich gerade fühlst.«

Sina dachte einen Moment nach, bevor sie antwortete. »Beschämt und auch schuldig.« Es war eine Wohltat, endlich die Wahrheit sagen zu dürfen. Weder gegenüber Felipe noch Eduardo oder Dr. Nichols hatte sie ihre wahren Gefühle preisgeben wollen. Hier aber schossen die Worte nur so aus ihr heraus. »Auch ein wenig wie eine Versagerin und wie eine komplette Außenseiterin.«

»Bist du denn eine?«

»Ich bin nie in meinem Leben Fahrrad gefahren, nicht auf Bäume geklettert, nicht einmal in eine normale Schule gegangen. Ich habe Großeltern, die mich seit jeher verwöhnen, verhätscheln, anbeten, bewundern. Ich glaube kaum, dass man unter solchen Bedingungen normal bleiben kann – da muss man doch seltsam werden. Es ist ein Wunder, dass ich noch kein Magengeschwür habe und mir nicht vor jeder Prüfung an der Uni die Seele aus dem Leib gekotzt habe. Dass mir das Hirn nicht ständig wie eine Bohrmaschine dröhnt. Ich habe bisher nur zwei Mal mit einem Mann geschlafen, was jedoch nicht mit Lust oder Leidenschaft verbunden war, sondern immer mehr wie eine Aufgabe war, die es zu erledigen galt. So als müsste ich es hinter mich bringen, weil es ja irgendwie dazugehört zum Leben einer jungen Frau. Also bin ich jetzt ein Freak oder nicht?« Sina wunderte sich über sich selbst. Auf diese Weise hatte sie sich noch nirgends präsentiert.

Dr. Finkelstein sah sie weiterhin freundlich und nicht besonders überrascht an.

»War es der junge Mann, der draußen auf dich wartet?«

»Du meinst, ob ich mit ihm schlafe, ob er es geschafft hat, das Eis in meinen Adern zum Schmelzen zu bringen? Warum sagen wir eigentlich ›schlafen‹, wo doch schlafen das Letzte ist, was wir im Sinn haben, wenn wir mit jemandem ins Bett steigen? Insofern hast du recht. Felipe und ich schlafen miteinander. Öfter. Zusammen in einem Bett … sonst passiert allerdings gar nichts.«

Sarah sah sie abwartend an, und so sprach Sina einfach weiter.

»Wir fühlen uns manchmal einsam zwischen den ganzen Yankees, Russen und Chinesen … uns fehlt die Familie, und da kommt er zu mir ins Zimmer, und dann kuscheln wir uns in dem schmalen Bett aneinander. Das hat für uns beide etwas Tröstliches. Es vermittelt Geborgenheit. Aber Sex? Nein. Uns verbinden andere Dinge.«

»Was zum Beispiel?«

»Wie wir aufgewachsen sind, in was für einem Umfeld, mit welchen Ansprüchen.«

»Im Grunde sagst du mir, dass in deiner Kindheit etwas gefehlt hat, Sina. Wenn alle sich nur für deine Intelligenz, deine ungewöhnlichen analytischen Fähigkeiten interessiert haben, sind möglicherweise tiefe kindliche Bedürfnisse auf der Strecke geblieben.«

Sina sah sie aufmerksam an. »Aber das kann doch nicht der Grund dafür sein, dass Teile meines Gehirns plötzlich vollständig lahmgelegt sind. Meine Großeltern waren immer sehr gut zu mir. Mein Großvater traut mir eine Menge zu. Als sich zeigte, dass ich das Potenzial und die Begabung habe, in seine Fußstapfen zu treten, tat er alles, um mich zu fördern und mir das Leben so angenehm wie nur möglich zu machen.«

»Und trotzdem hat dir etwas Essenzielles gefehlt.« Sarah machte eine kleine Pause. »Kannst du dich eigentlich an deine Eltern erinnern – an irgendetwas?«

Sinas Blick versteinerte. »Ich war vier, als sie starben.«

»Nun, mit vier ist das Bewusstsein schon entwickelt. Da muss es doch irgendetwas in deiner Erinnerung geben?«

Sina schüttelte heftig den Kopf.

»Vielleicht ein Geruch, eine Berührung, Worte?«

Das Kopfschütteln wurde heftiger.

»Kann es sein, dass du dich nicht erinnern willst … weil es so wehtut?«

»Meine Eltern sind tot, und das schon seit über zwanzig Jahren. Sie sind bei der Explosion ihres medizinischen Labors auf der kanarischen Insel La Palma ums Leben gekommen«, leierte sie herunter, wie sie es schon viele Male getan hatte.

»Das haben dir deine Großeltern erzählt.«

»Ja, und es gibt auch alte Zeitungsausschnitte.«

»Warst du denn bei diesem Unfall dabei?«

»Nein.«

»Wo warst du?«

Sie zuckte mit den Achseln. »Keine Ahnung. Wenn ich meine Großeltern nach dieser Zeit frage, erzählen sie mir so gut wie nichts. Da gibt es überhaupt viele Heimlichkeiten. Schweigen und Heimlichkeiten. Manchmal komme ich in den Salon, und sofort wird es still. Ich weiß dann, dass sie von meinen Eltern gesprochen haben, oder zumindest von meinem Vater. Meine Mutter hat für sie sowieso nie existiert. Mein Großvater macht sie für den Tod meines Vaters verantwortlich. Ohne sie wäre er nie bei Forster's Health ausgestiegen und auf die kleine Insel gegangen.«

»Forster's Health, der große amerikanische Pharmakonzern?«, hakte Sarah nach.

Sina nickte. »Mein Vater war in erster Ehe mit der Tochter von Gerald Forster verheiratet und hat sie dann für meine Mutter verlassen. Das fand mein Großvater, der eng mit Gerald Forster befreundet ist, nicht gerade toll. Aber soviel ich weiß, machen die beiden immer noch Geschäfte miteinander.«

»Hast du denn ein Foto von deiner Mutter?«

»Ja, aber nur ein ganz schlechtes aus der Zeitung. Richtige Fotos gibt es keine. Meine Mutter war Waise. Sie hat ihre Eltern ganz früh bei einem Autounfall verloren und ist dann bei ihrer Großmutter in Spanien aufgewachsen. Aber die ist natürlich längst tot.«

»Kannst du dich denn an ihr Aussehen erinnern?«

»Sie soll rotblonde Haare gehabt haben. Großvater hat sie sogar mal als Hexe bezeichnet. Ich habe meine Eltern komplett vergessen«, sagte Sina. »Nicht nur ihren Tod, sondern dass sie überhaupt existiert haben. Es ist so, als hätte sie jemand aus meinem Gedächtnis ausradiert.«

»Nicht ausradiert – du hast sie verdrängt.«

»Verdrängt, wieso verdrängt? Ich will mich doch an meine Eltern erinnern. Aber ich kann es nicht.«

»Verdrängung ist ein unbewusster Vorgang«, erklärte Sarah mit sachlicher Stimme. »Sie tritt bei psychischen und physischen Ereignissen auf, die so überwältigend sind, dass wir sie nicht verarbeiten können. Zum Beispiel, wenn wir als Kinder etwas erleben, das große Angst in uns auslöst oder das wir nicht verstehen können – wie den Tod. Das kindliche Bewusstsein verfügt noch nicht über die Werkzeuge, sich mit dem Erlebten auseinanderzusetzen. Deshalb fassen wir den Entschluss, die schmerzliche Erfahrung aus unserem Gedächtnis zu streichen. Wir tun das allerdings nicht bewusst. In ausgeprägten Fällen wird die Erinnerung so früh ›ausgeschaltet‹, dass sie später der bewussten Wahrnehmung überhaupt nicht mehr zugänglich ist. Man merkt nicht einmal, dass da etwas fehlt. Manchmal betrifft es eine ganze Lebensphase. Wir sprechen dann von psychogener Amnesie.«

»Psychogene Amnesie«, wiederholte Sina nachdenklich. »Das kann ich noch nachvollziehen – aber wieso sind jetzt plötzlich große Teile meines angelernten Wissens weg?«

»Ganz einfach: Wenn plötzlich Dinge, Situationen oder auch Gerüche auftauchen, die Ähnlichkeiten zu der unterdrückten Vergangenheit haben, führt das zu neuen Verdrängungen, Verwirrung und zu enormen Ängsten, Schuld- und Schamgefühlen. Irgendetwas hat dich an das Verdrängte erinnert und eine weitere Amnesie ausgelöst. Sozusagen um dem, was du verdrängt hast, Platz zu machen.«

Sina sah sie nachdenklich an. »Der Esel! Felipe hat mir einen Stoffesel geschenkt. Darauf habe ich ziemlich heftig reagiert und von da an nichts mehr auf die Reihe bekommen.«

»Woran hat dich der Esel erinnert, Sina?«

Sie starrte die Therapeutin an und spürte plötzlich Angst in sich aufsteigen. Sie zwang sich, tief durchzuatmen.

»Ich hatte mal so einen als Kind.«

»Ein Geschenk von deiner Mutter oder deinem Vater?«

»Ich weiß es nicht.«

»Wer hat dir diesen Esel geschenkt, Sina? Denk nach!«

»Ich hatte ihn schon, bevor ich nach Panama kam«, antwortete Sina zögernd.

»Das heißt, du hast ihn aus La Palma mitgebracht?«

»Ich glaube schon.«

Sina spürte ihren Magen wieder revoltieren und Panik in sich aufsteigen. Andererseits wurde ihr bewusst, dass der Schlüssel zu ihrer Heilung offensichtlich in der Zeit vor dem Tod ihrer Eltern verborgen lag. Aber im Moment sah sie nur ein schwarzes Loch, aus dem Leid strömte, unsagbares Leid. Und das machte ihr große Angst. Doch sie war kein Feigling und zwang sich, dieser Furcht ins Gesicht zu blicken.

»Heißt das, der Esel versperrt mir den Zugang zu immer mehr

Erinnerungen, solange ich mich nicht an die Zeit vor dem Tod meiner Eltern entsinnen kann?«

Sarah lächelte, und Sina gönnte ihr den Triumph. Ihr war durchaus klar, dass es einen Therapeuten auszeichnete, wenn der Patient selbst die Lösung für sein Problem fand, denn nur dann war die Möglichkeit gegeben, dass er es auch löste.

»Und was soll ich jetzt tun?«

»Du musst gar nichts tun. Es wird dir passieren. Das Fenster in deine Vergangenheit hat sich bereits geöffnet. So wie der Stoffesel wieder aufgetaucht ist, werden weitere vertraute Dinge aufs Neue in dein Leben treten. Irgendwann wird sich daraus ein Bild ergeben, und du wirst dich an vieles aus deiner Kindheit erinnern können. Du musst nur offen dafür bleiben und deiner Intuition folgen.«

»Das wird nicht einfach sein«, sagte Sina nachdenklich. »Denn da sperrt sich etwas in mir. Und bis diese Barriere überwunden ist, wirst du durch zahllose Sitzungen mit mir immer reicher.« Sie grinste Sarah an. »Vielleicht werde ich sogar deine Patientin auf Lebenszeit. Allerdings müsstest du dafür nach Panama City ziehen. Vielleicht zu deinem Freund Eduardo ... Wie wäre das?«

»Ich denke, einige Stunden müssten reichen«, erwiderte die Therapeutin amüsiert. »Außerdem lebe ich ganz gerne hier.«

»Und wann bekomme ich mein Gedächtnis zurück?«

»Das kann ich dir nicht sagen. So etwas ist ein Prozess, aber auf alle Fälle ist es einen Versuch wert.«

Sina kannte genug Menschen, die mindestens einmal wöchentlich ihren Therapeuten aufsuchten und eigentlich keinen Schritt weiterkamen. Nein, das war nichts für sie. So nett sie Sarah Finkelstein auch fand – sie würde das ohne weitere Hilfe schaffen. Sie hatte nur einen Anstoß gebraucht, jemanden, der ihr eine Richtung vorgab. Den weiteren Weg musste sie allein finden und gehen.

Während dieser Gedanke in Sina immer mehr Gestalt annahm, fiel ihr Blick erneut auf das bunte Textilbild, das in feinen

Linien eine Spirale zeigte, von der sie sich geradezu magisch angezogen fühlte.

»Morgen Abend findet die Eröffnung einer kleinen Ausstellung über die Kunst der Kuna-Indios statt. Im Peabody Museum auf dem Harvard-Campus«, sagte Sarah, die Sina nicht aus den Augen gelassen hatte. »Eine Studiengruppe von Ethnologen und Anthropologen hat dort eine Menge Wissenswertes über die Kunas zusammengetragen. Die Kuratorin ist eine gute Freundin von mir. Vielleicht erfährst du ja etwas über die Ureinwohner deiner Heimat, wovon du noch nichts wusstest. Ich würde mich jedenfalls freuen, wenn du kommst.«

Sina sah sie erstaunt an. In Panama würde keiner je auf die Idee kommen, dergleichen auf die Beine zu stellen. Dort gehörten die Kunas wie auch andere indigene Gruppen zur untersten Bevölkerungsschicht. Und ihre Kunst war wie der Panamahut bloß etwas für die Souvenirläden und Touristenmärkte.

3. KAPITEL

$

Das Büro ihres Großvaters in der Saratogabank, voll mit Umzugskartons. Sie sind alle da: Sinas Großeltern, Eduardo, Felipe sowie zwei gesichtslose Gestalten, in denen sie ihre Eltern erkennt. Neben ihnen steht ein Mann mit wildem blondem Bart, himmelblauen Augen und einer Narbe auf der Stirn. Und dann ist da noch Sarah. Sie öffnet eine der Schachteln und holt ein vierjähriges Mädchen heraus. Sie bietet es jedem Einzelnen an, aber alle lehnen es ab, weil es etwas Böses getan hat.

Plötzlich wird es dunkel, und vor den Fenstern steigt das Wasser immer höher. Die Wände bekommen Risse, Wasser dringt ein, immer mehr, bis der Druck so groß ist, dass als Erstes die Fenster bersten, dann die Wände einstürzen und schließlich alles überschwemmt wird. Das Kind schreit wie am Spieß und wird mit einer Welle aus dem Büro gespült. Es greift nach der gesichtslosen Frau, doch vergebens. Für eine Weile sind die anderen noch in der Nähe des Kindes, doch dann geht einer nach dem anderen unter. Das kleine Mädchen schwimmt ganz allein mitten auf dem Ozean. Es wird von schäumenden Wellen überrollt, doch es schafft es, immer wieder an die Wasseroberfläche zu kommen, um Luft zu schnappen. Plötzlich hält ein Boot neben dem Kind, ein junger Kuna bückt sich über die Reling und zieht es hoch. Aber das Mädchen will zurück ins Meer. Es reißt sich mit aller Kraft los und springt ins Wasser. Das Boot dreht ab, und neben dem Mädchen schwimmt nur noch der Stoffesel. Eine große Hoffnungslosigkeit überfällt es wie nie zuvor im

Leben. Hoffnungslosigkeit und schreckliche Angst, weil alle es verlassen haben und es allein schuld daran war …

Sina wachte schweißgebadet auf. Ihr Herz schlug unregelmäßig, und Tränen liefen ihre Wangen hinab. Sie fühlte sich so einsam wie noch nie.

»Felipe, *cariño*. Kannst du kurz herkommen?«, schluchzte sie in ihr Handy, nachdem sie seine Nummer gewählt hatte.

»Ich bin gleich da«, antwortete ihr treuer Freund.

Sina konnte sich nicht erinnern, wann sie zum letzten Mal so geweint hatte, vor allem nicht wegen eines Traums, in dem ein kleines Mädchen nicht gerettet werden will, weil es sich schuldig fühlt, schuldig für den Tod seiner Familie.

»Ich glaube, ich bin schuld daran, dass meine Eltern umgekommen sind. *Me siento tan culpable*«, sagte sie mit leiser Stimme, als Felipe ihr Zimmer betrat.

Er sah sie liebevoll an, setzte sich auf die Bettkante und nahm ihre Hand.

»Das ist doch Unsinn. Du warst zu diesem Zeitpunkt erst vier Jahre alt.«

»Ich weiß nicht, was damals wirklich passiert ist. Sarah Finkelstein sagt, ich habe es verdrängt, sodass meine frühe Kindheit nur ein weißer Fleck auf der Landkarte meines Lebens ist. Irgendwann verliere ich wahrscheinlich völlig den Verstand.«

Felipe legte sich zu ihr ins Bett und nahm sie fest in den Arm. Mit der rechten Hand streichelte er ihr über den Kopf, mit der linken über den Rücken. Zwischen ihnen waren nur der dünne Stoff ihres Nachthemdes und der seines T-Shirts.

»Lass dich einfach fallen, *mi amor*«, flüsterte er.

Trotz seiner Worte, die unter anderen Umständen vielleicht ein Trost gewesen wären, wusste sie genau, was nun eigentlich hätte kommen müssen. Dass sie feucht wurde, sich mit kreisenden Hüftbewegungen an ihn drängte, den Kopf hob und mit ihren Lippen seinen Mund suchte. Oder aber ihre Hände abwärts zu seinem angeschwollenen Penis gleiten ließ. Sie müsste ihm signalisieren, dass sie bereit war, die Stille der Nacht mit Lustschreien zu durchbrechen. Dieser einzigartigen Lust, die ein Orgasmus auslöste, wenn beide gleichzeitig kamen.

Aber das geschah nicht. Sina fühlte sich wie eine leere Hülle, und nicht einmal das. Bis zu dem Tag des Fischkonservenfalls hatte sie wenigstens denken können und dadurch existiert. Jetzt war sie ein Nichts.

Die Gewerkschaft der Taxifahrer hatte sich offensichtlich mit den Behörden geeinigt, denn es fuhren wieder Taxis in Boston. Sina ließ sich direkt am Haupteingang des Peabody Museums absetzen, einem mächtigen quadratischen Backsteingebäude an der Divinity Avenue. Felipe hatte am folgenden Tag ein wichtiges Tennismatch, und so hatte sie ihn gar nicht erst gefragt, ob er sie begleiten würde. Wie hätte sie ihm auch erklären sollen, dass diese einfachen Bilder, die aus bunten Stoffen zusammengenäht wurden und die sie beide seit ihrer Kindheit kannten, sie plötzlich so in den Bann zogen. Er hielt sie sowieso schon für vollkommen abgedreht, da war sie sich sicher. Aber sie würde ab jetzt allem nachgehen, was in ihr irgendetwas zum Klingen brachte, so wie Dr. Finkelstein ihr geraten hatte. Vielleicht war das tatsächlich der Weg aus der Dunkelheit und plötzlichen Leere ihres Gehirns. Selbst wenn er ihr noch sehr nebulös vorkam. Sie hatte nicht die geringste Ahnung, durch welche Landschaften er führte, wie lang er war und was sie am Ende erwarten würde.

Sina war spät dran, und bis sie den richtigen Raum im dritten Stock gefunden hatte, war der Einführungsvortrag schon in vollem Gange. An den Wänden hingen Molas in verschiedenen Größen, Farben und Qualitäten. Eine Dame in Sarahs Alter, wahrscheinlich besagte Freundin, sprach von einem erhöhten Podest aus, während die Gäste mit einem Weinglas in der Hand um sie herumstanden und andächtig lauschten.

»Die Molas der Kunas sind inzwischen weltweit in Museen und privaten Sammlungen textiler Kunst zu finden und besitzen hohen Sammlerwert. Wir freuen uns ganz besonders, Ihnen hier eine kleine Auswahl präsentieren zu dürfen.«

Direkt hinter der Kuratorin war in einer Glasvitrine eine Mola ausgestellt, die wesentlich größer war als die anderen.

»Diese hier gilt als die älteste und ist ein einzigartiges Kunstwerk. Das Motiv birgt ein gewisses Geheimnis. Bei genauerem Hinsehen ist ein Baum zu erkennen, der jedoch weder in Panama noch im Rest Lateinamerikas beheimatet ist. Wie er in die Kosmologie und Sagenwelt der Kunas Einzug hielt, bleibt ein Rätsel.«

Der Baum hatte eine mächtige Krone, die von knorrigen Ästen geformt wurde, beinahe so wie die Speichen eines aufgespannten Schirms. An ihren Enden hingen lange, schwertförmige Blätter in einem dunkelgrünen Schopf nach unten. Darunter standen ein Mann und eine Frau, die sich an den Händen hielten.

Die Kraft, die von diesem Bild ausging, berührte Sina auf eine Weise, die sie sich nicht erklären konnte. Es war jedoch nichts Erschreckendes und rief auch kein Schuldgefühl in ihr hervor wie der Stoffesel. Im Gegenteil, der Baum hatte auf sie eine heitere, beruhigende Wirkung. Sie spürte beinahe so etwas wie Geborgenheit. Sehr seltsam. Hatte die Therapeutin sie deshalb hierher eingeladen? Aber wo war der Zusammenhang?

Sie versuchte, Sarah irgendwo in der Menschenmenge zu erspähen, während die Stimme der Kuratorin weiter an ihr Ohr drang.

»Tiere, Pflanzen, aber auch Gegenstände aus dem täglichen Leben der Kunas werden als Muster verwendet, ebenso wie geometrische Motive und Symbole aus ihrer magischen Welt. Ihren Ursprung aber haben die Molas in der Körperbemalung. Erst durch die Besiedlung durch die Spanier kamen die Kunas in

Kontakt mit Stoffen und begannen die traditionellen Muster in Textilien umzusetzen. Ihre Herstellung wird als ›umgekehrte Applikation‹ bezeichnet. Die Motive werden mit der Schere aus zwei oder mehreren übereinanderliegenden, miteinander kontrastierenden Stoffschichten ausgeschnitten und dann gesäumt. Molas sind auch ein Teil der Tracht der Kunas und werden von den Frauen auf Vorder- und Rückseite ihrer Blusen getragen. Zusammen mit den blau-gelben Wickelröcken, den roten Kopftüchern und den charakteristischen dünnen Perlenketten, die kunstvoll um Hand- und Fußgelenke gewickelt werden, stellen sie die traditionelle Kleidung der Frauen dar.« Sie deutete auf einige groß aufgezogene Fotos, die Kunafrauen zeigten. Dann fuhr sie mit ihrem Vortrag fort.

»Molas haben eine derart wichtige Bedeutung für die kulturelle Identität der Kunas eingenommen, dass sie mitverantwortlich sind für den unabhängigen Status von Kuna Yala, ihrem Stammesgebiet.«

Was sie nun erzählte, war Sina durchaus bekannt, allerdings hatte es in ihrem bisherigen Leben keine Rolle gespielt.

»Bei dem Versuch der panamaischen Regierung, Anfang des zwanzigsten Jahrhunderts den Frauen das Tragen ihrer Tracht zu verbieten, kam es zu großen Widerständen, die in weiterer Folge die Kunarevolution von 1925 auslösten. Ergebnis des blutigen Kampfes war das Eingeständnis der Regierung, den Kunas ein autonomes Gebiet an der Karibikküste mit 365 vorgelagerten Inseln, eine eigene Verwaltung und Rechtsprechung zuzusichern.«

An dieser Stelle des Vortrags trat eine gewisse Unruhe ein, denn ein junger Mann drängelte sich durch die dicht beieinanderstehenden Menschen nach vorn. Das eine oder andere Weinglas fiel klirrend zu Boden, gefolgt von kurzen Aufschreien der Empörung. Er hatte die strengen Gesichtszüge der Indios, jedoch die kräftige Statur eines Europäers. Das ovale Gesicht mit den hohen Wangenknochen und den dunklen Augen, die wütend funkelten, war von dichtem schwarzem Haar eingerahmt, das ihm bis auf die Schultern reichte. Er trug westliche Kleidung, Jeans, einen dicken dunkelblauen Pullover und darüber eine schwarze Lederjacke.

»Ich möchte hier etwas klarstellen«, sagte er in beinahe akzentfreiem Englisch und mit einer Stimme, die Sina – und offensichtlich nicht nur ihr – durch und durch ging. Es wurde von einem Moment auf den anderen still, so still, dass man eine Stecknadel hätte fallen hören können. Der Mann trat nun auf das Podest und schob die Kuratorin einfach zur Seite.

»All das, was hier zusammengetragen wurde, was irgendwelche Sammler großzügig zur Verfügung gestellt haben, gehört den Kunas, meinem Volk. Molas sind weder Sammelobjekte noch irgendwelche Bildchen, die man sich an die Wand hängt oder mit denen man ein Kissen oder eine Badetasche verziert. Sie werden von unseren Frauen getragen als ein sichtbares Statement, mit der Natur, die wir *Madre Tierra* nennen, in Verbindung zu stehen. Diese Verbundenheit habt ihr Weißen schon lange verloren, schlimmer noch, ihr könnt euch nicht einmal daran erinnern. Ihr tretet die Natur mit Füßen. Ihr holzt die Wälder ab, überfischt die Meere und verpestet die Luft, sodass die Menschen bald nicht mehr atmen können. Unsere Ahnen sahen sich als die Hüter der *Madre Tierra,* und einige von uns tun das noch immer. Das, wofür wir stehen, was unsere Identität ausmacht und unsere Frauen lange mit Stolz getragen haben, macht ihr zu einem kommerziellen Objekt. Ihr Amerikaner wart genauso Konquistadoren wie die Spanier, und ihr seid es bis heute. Und diese Mola hier, die älteste und wichtigste für die Geschichte der Kunas, werde ich jetzt mitnehmen und dorthin zurückbringen, wo sie hingehört.«

Sina bemerkte, wie die Kuratorin dem korpulenten Security-Mann, der am Eingang des Raumes stand, ein Zeichen gab. Als er an Sina vorbei nach vorn drängte, kam es ihr so vor, als ob jemand sie stieß, sodass sie dem Wachmann im Weg war, er über ihre Beine stolperte und hinfiel. Das gab dem jungen Indio die Zeit, die er brauchte, die Glasvitrine zu zerschlagen, die Mola an sich zu nehmen und durch den Nebenausgang zu verschwinden. Der schrille Ton der Alarmanlage und die Protestrufe des Publikums vergrößerten das Chaos noch.

Eine Frau hatte dem Wachmann inzwischen wieder auf die Beine geholfen, der sich, bedingt durch seinen Leibesumfang, etwas schwerfällig an die Fersen des Diebes heftete. Die Kuratorin tippte indessen aufgeregt in ihr Handy, während unter den Gästen eine rege Diskussion in Gang kam. Unter ihnen entdeckte Sina nun auch Sarah, die ihr zuwinkte.

»Hallo, Sina. Schön, dass du es geschafft hast. Ist ja ein Ding, was da eben passiert ist! Aber irgendwie muss ich dem jungen Mann recht geben, auch wenn diese Mola die schönste ist, die ich jemals gesehen habe. Aber mal im Ernst, was haben wir Weißen damit zu tun, außer, dass wir sie aus ästhetischen Gründen an die Wand hängen?«

»Weißt du, warum gerade diese Mola dem Kuna so wichtig war?«, fragte Sina.

Sarah schüttelte den Kopf. »Nein, dazu kenne ich mich viel zu wenig aus. Ich denke, dass sie den Kunas heilig ist. Vielleicht vergleichbar mit dem Grabtuch von Turin. Es wäre für die Katholiken ja auch undenkbar, wenn es plötzlich im Museum von Bagdad hängen würde.«

»Aber was für ein Baum war das denn?«

»Das kann ich dir auch nicht sagen. Viel wichtiger ist jedoch die Frage: Was hat er mit dir zu tun?«

Sina konnte ihre Therapeutin nur wortlos anstarren.

»Woran erinnert dich dieser Baum, Sina?«

Die Frage war Sina mehr als unangenehm, auch wenn sie nicht wusste, warum.

»Sind wir jetzt wieder in der Therapiestunde?«, erwiderte sie fast trotzig.

»Nein, und eigentlich vermeide ich es, meine Patienten privat zu treffen. Aber ich habe gelernt, auf meine Intuition zu hören, deshalb wollte ich bei dir eine Ausnahme machen. Ich möchte, dass du darüber nachdenkst, was dieser Baum mit dir zu tun hat.«

»Ich weiß es nicht. Keine Ahnung. Wirklich«, sagte Sina leise.

»Finde es heraus. Es könnte ein Anhaltspunkt sein.«

In diesem Moment vibrierte ihr Handy. Sina sah auf dem Display, dass es ihr Großvater war.

»Sorry, da muss ich rangehen«, entschuldigte sie sich.

»Was ist los mit dir, Sina? Wieso gehst du zu einer Psychoärztin und auch noch zu einer sündhaft teuren?«, bellte es in ihr Ohr.

Sina war einen Moment sprachlos. Woher wusste ihr Großvater das? Dann fiel ihr ein, dass sie die Stunde bei Dr. Finkelstein vorab via Internet mit ihrer Kreditkarte bezahlt hatte. Irgendjemand in der Bank musste das überprüft und ihrem Großvater Bescheid gesagt haben.

»Was tust du da?« Felipe stand in Sinas Zimmertür und sah sie überrascht an.

»Ich packe. Ich fliege zurück nach Panama. Heute Nachmittag. Ich habe schon gebucht.«

»Und was wirst du deinen Großeltern sagen?«

»Sie wissen es schon.«

»Dein Großvater weiß, dass du eins und eins nicht mehr zusammenzählen kannst?«

Sina sah ihren Freund erstaunt an. Auf diese Weise hatte er sich ihr gegenüber noch nie geäußert.

»Sorry, aber ich weiß auch nicht mehr weiter«, entschuldigte er sich sofort.

Sina spürte seine Frustration. »Ich kann es nicht ändern, Felipe, dass mein Gehirn gewisse Punkte nicht mehr miteinander verbindet. Aber es ist nun einmal so.«

»Nein, natürlich kannst du nichts dafür.«

»Aber es muss eine Lösung geben. Ich habe sogar schon eine Spur.«

»Welche Spur?«, fragte er argwöhnisch.

Sie zögerte einen Moment, da sie schon jetzt wusste, dass er sie nicht verstehen würde, beschloss aber, ihm trotzdem die Wahrheit zu sagen. Er hatte schließlich immer zu ihr gehalten.

»Ich werde den Kuna suchen, von dem ich dir erzählt habe, und in Erfahrung bringen, was dieser Baum mit mir zu tun hat.«

»Der Baum auf der Mola?«

»Genau. Ich kann dir nicht sagen, was es ist. Ich weiß nur, dass ich es tun muss. «

»Sagt das die Psychotante?«

»Sarah ist der Ansicht, dass ich Dingen, die mich berühren, auf den Grund gehen soll. Auch wenn ich nicht weiß, warum sie das tun.«

»Jetzt mal ehrlich, Sina, das macht doch alles keinen Sinn! Erst ist es ein Stoffesel, dann der Traum, nach dem du glaubtest, für den Tod deiner Eltern verantwortlich zu sein, und nun ein Baum auf einem Stoffbild. Ich weiß nicht, ob diese Ärztin dich nicht mehr verwirrt hat, als dass sie dir guttut.«

»Du irrst dich, Felipe. Sie tut mir gut. Sehr gut sogar.« Sina hatte inzwischen ihren silberfarbenen Hartschalenkoffer fertig gepackt, ihn zugeklappt und das Rädchen des Zahlenschlosses verstellt. »Aber sag bitte nichts zu meinem Großvater darüber. Versprichst du es?«

Er nickte widerwillig. »Ich mache mir Sorgen um dich, *cariño,* große Sorgen.«

»Das brauchst du nicht.«

»Das sagt sich so einfach, Sina, aber ich liebe dich. Auch wenn dieses Gefühl bei dir noch nicht angekommen ist.« Er zog sie an sich, und wie immer stieß sie ihn sanft zurück. Doch diesmal nahm er es nicht einfach so hin. Er umarmte sie erneut. Sina schnürte es fast die Luft ab.

»Bitte, Felipe. Ich kann nicht«, flüsterte sie. »Ich kann nicht. Es tut mir so leid.«

»Was kannst du nicht?«

»Ich möchte jetzt nicht darüber reden.«

Er ließ sie ruckartig los und verließ mit enttäuschtem Gesichtsausdruck ihr Zimmer. Sina sank seufzend neben ihrem Koffer aufs Bett. Er liebte sie, er hielt sie aus trotz ihrer Merkwürdigkeit – was konnte sie sich eigentlich mehr wünschen? Wieder hatte sie sich eine Chance entgehen lassen, ihm auf ehrliche Weise näherzukommen. Tut mir leid, Felipe … keine Zeit, um über unsere Beziehung zu sprechen. Keine Zeit, um sich mit unseren gegenseitigen Erwartungen auseinanderzusetzen. Keine Zeit, darüber nachzudenken, woher es kommt, dass ich dich in meinen Armen halte und deine Erregung spüre, ohne dass ich je etwas anderes fühle als die rasende Demütigung, nichts zu empfinden.

4. KAPITEL

$

Sina verbrachte die sieben Flugstunden von Boston nach Panama City auf einem bequemen Erste-Klasse-Sitz am Fenster. Der Platz neben ihr blieb leer, obwohl die Maschine der panamaischen Airline Copa völlig ausgebucht war.

Die Saratogabank hielt einen beträchtlichen Anteil an der Airline, außerdem war der Hauptaktionär, der zu den zehn reichsten Familien Panamas zählte, ein guter Freund ihres Großvaters, sodass Sina alle erdenklichen Privilegien in Anspruch nehmen konnte. Für ihr junges Alter hatte sie schon etliche Flugmeilen hinter sich gebracht, was allerdings nicht hieß, dass sie besonders gerne flog. Ganz im Gegenteil. Noch vor einigen Jahren hatte sie kein Flugzeug betreten können, ohne von schlimmen Panikattacken mit bedrohlicher Atemnot und Herzrasen heimgesucht zu werden. Auf Anraten ihres Großvaters hatte sie einen Kurs gegen Flugangst belegt. Damals war ihr klar geworden, dass es nicht die Angst vor einem Absturz war, die sie an Bord heimsuchte, sondern das unbestimmte Gefühl, irgendwo anzukommen, wo sie nicht hingehörte und wo sie nicht wusste, was sie erwartete. Seither bereitete sie sich mit speziellen Atemübungen vor und hatte das Fliegen inzwischen ganz gut im Griff.

Die Stewardess fragte sie nach ihren Wünschen, und Sina tat es gut, wieder Spanisch zu sprechen, auch wenn sie ohne Probleme von einer Sprache zur anderen wechseln konnte. Dass ihre eigentliche Muttersprache Deutsch war, hatte sie zum ersten Mal bewusst wahrgenommen, als sie vor ein paar Tagen zwei deutsche Studentinnen auf dem Campus miteinander hatte reden hören. Völlig unvermittelt kam ihr ein deutsches Kinderlied in den Sinn, das ihre Mutter ihr wohl früher vorgesungen haben musste: »Alle meine Entchen schwimmen auf dem See, schwimmen auf dem See, Köpfchen in das Wasser, Schwänzchen in die Höh'.« Es war eine helle, melodische Stimme gewesen, ihre erste Erinnerung nach zwanzig Jahren.

Sarah hatte recht behalten. Die Vergangenheit forderte ihren Raum. Deshalb mussten andere Funktionen ihres Gehirns, wie das Lernen, fürs Erste hintanstehen. Sina blieb nichts anderes übrig, als dieser Forderung ihres Unbewussten nachzukommen.

Die Maschine landete sanft auf dem Flughafen Tocumen International, vierundzwanzig Kilometer östlich von Panama City. Als Sina das Flughafengebäude verließ, schlug ihr feuchtwarme Luft entgegen. Was für ein Unterschied zu Boston, wo bei minus zwei Grad ein Schneesturm gewütet hatte, der beinahe verhindert hätte, dass die Maschine überhaupt starten konnte.

Sina genoss es, wieder in tropischen Gefilden zu sein und in die fröhlichen Gesichter der Panameños zu schauen, die lachend in sommerlicher Kleidung auf ihre Freunde oder Angehörigen warteten.

Der dunkle Mercedes ihres Großvaters stand direkt neben dem Ausgang. Benicio, der Chauffeur, kam ihr strahlend entgegen – ein Hüne von knapp zwei Metern, der trotz seiner beinahe sechzig Jahre noch volles schwarzes Haar hatte. Er arbeitete schon lange für die Familie Saratoga und kannte Sina bereits als kleines

Mädchen. Zu Anfang war er ihr Bodyguard gewesen, vor allem in den späten Neunzigern, als die Entführungen von Kindern reicher Familien quasi an der Tagesordnung waren. Später, als er so langsam in die Jahre kam, wurde ein jüngerer Mann mit dieser Aufgabe betraut, und Benicio blieb als Chauffeur in Diensten der Familie.

»Wie geht es meiner kleinen Prinzessin?«, fragte er und wuchtete ihr Gepäck in den Kofferraum. »Wie schön, dass du wieder da bist, wir alle haben dich vermisst. Elena hat schon Ceviche für dich vorbereitet.«

»Und ich habe euch vermisst.« Sina lächelte und freute sich schon jetzt auf die leckeren, roh marinierten Fischstücke mit Zitronensaft, Zwiebeln und Pfeffer. Ihr zuliebe stand immer ein Schälchen davon im Kühlschrank.

»Sie hat auch extra Tamales für dich gemacht«, fuhr Benicio fort und regte Sinas Appetit weiter an. Die leckeren Maistortillas, mit Fleisch gefüllt und in ein Bananenblatt gewickelt, gehörten zu ihren Lieblingsspeisen. Sie erinnerte sich, dass Benicios Frau das Kochen von ihrer indianischen Großmutter gelernt hatte. Aber jetzt erst wurde ihr so richtig bewusst, dass sie eine Kuna war, und die Kunas waren berühmt für ihre Kochkunst.

»Du hast doch sicher schon öfter die Familie deiner Frau in Kuna Yala besucht, oder? Wie kommt man dort eigentlich hin?«, fragte sie Benicio so unschuldig wie möglich.

»Nur mit Jeeps, weil die Straße nach Carti, zu ihrem Hafen, so schlecht ist. Die Kunas haben ihre eigene Wagenflotte und fahren jeden Tag morgens zwischen vier oder fünf von der Plaza 5 de Mayo. Wieso? Möchtest du dorthin?«, fragte er stirnrunzelnd.

»Nein, nein. Mich hat nur im Flieger eine Touristin danach gefragt«, ruderte Sina zurück. Sie durfte niemanden einweihen, der für ihren Großvater arbeitete, wenn sie verhindern wollte, dass er von ihrem Vorhaben erfuhr. Er würde sie für komplett verrückt halten! Sie konnte nur hoffen, dass Felipe wie versprochen nichts von ihren Plänen ausgeplaudert hatte.

Schon nach wenigen Kilometern tauchte in der Ferne die eindrucksvolle Skyline von Panama City auf. Ein Wolkenkratzer reihte sich an den nächsten, wie ein ganzes Heer von unbesiegbaren Riesen. Viele der Wohnungen und Büros standen leer und dienten nur als Geldanlage für reiche Südamerikaner, deren Währungen oft nicht einmal mehr das Papier wert waren, auf dem ihre Geldscheine gedruckt waren. Panama City galt inzwischen weltweit als sicherer Hafen. Nicht nur für illegale Einkünfte aus Drogen, Waffen und Immobiliengeschäften, sondern auch für Privatkonten von Russen, Asiaten und Europäern. Seit die Schweiz, Luxemburg und Liechtenstein das Bankgeheimnis hatten aufgeben müssen, hatte eine gigantische Geldlawine die Stadt überschwemmt. Jeder dritte Anleger organisierte sich einen panamaischen Pass, um sein Geld hier legal parken zu können. Goldene Zeiten für Banken, Anwälte und Vermögensverwaltungen. Beinahe dreihundert internationale Geldinstitute hatten sich inzwischen in Panama City angesiedelt und dem einstigen Dritte-Welt-Land einen ordentlichen Aufschwung verpasst. Alles hier war auf Geld ausgelegt, auf Geschäfte und natürlich auf Profit.

Das hatte auch Sinas Leben geprägt, das machte ihre Persönlichkeit aus. Jedenfalls bisher. Jetzt aber fühlte sie sich, als hätte man ihr die Wurzeln abgeschnitten. Sie war heimatlos. Zuvor hatte sie in einer Welt gelebt, die ihr vertraut war und in der sie sich zu Hause fühlte. In einer Welt mit klaren Vorgaben, von Menschen bevölkert, die ihre Sprache sprachen. Diese Welt kam ihr mit einem Mal so fremd vor. Ebenso fremd wie das, was sie erforschen wollte – ohne Führer, ohne Karte, nur ihrer Intuition folgend.

Wie immer am späten Nachmittag fühlte sich Panama City wie ein brodelnder Kessel an. Sämtliche Hauptstraßen waren verstopft. Überall wurde gehupt, plötzlich gebremst und aus den Seitenfenstern heraus lautstark geflucht. Doch Sina bekam davon glücklicherweise nichts mit. Die Fenster der Luxuslimousine waren getönt und luftdicht geschlossen. Sie ließen weder Lärm noch Gestank durch. Die Klimaanlage sorgte für eine angenehme Temperatur, und der ruhige Fahrstil von Benicio ließ sie ihre extreme Sensibilität gegenüber der Hektik und dem Lärm des Straßenverkehrs kaum spüren.

Als sie Costa del Este erreichten, jenes Viertel der Stadt, wo nur die Reichsten der Reichen lebten, lichtete sich der Verkehr. Sie passierten ein Wachhäuschen mit einer Schranke, die sich für den Mercedes wie von Geisterhand hob, und fuhren dann auf einer von lila blühenden Jacarandabäumen eingefassten Allee entlang, bis sie an deren Ende auf eine hohe Mauer mit einem verschlossenen Eisentor stießen.

Nichts wies darauf hin, wer dahinter lebte, kein Namensschild, keine Hausnummer. Das Tor öffnete sich mit einem leisen, surrenden Geräusch und schloss sich hinter ihnen wieder. Der Wagen rollte eine breite Auffahrt hinauf durch einen Park mit tropischen Bäumen und blieb schließlich vor dem Haupteingang der mächtigen, im Kolonialstil gehaltenen Villa stehen. Zwei Dienstmädchen mit frisch gestärkten Schürzen sowie der Hausdiener waren sofort zur Stelle, um sich um Sinas Gepäck zu kümmern. Benicio öffnete ihr die Wagentür.

Sina atmete tief durch und nahm den süßen Duft von Jasmin wahr, der rund um das Haus gepflanzt war. Das war ihr Zuhause, zumindest war es das vor ihrer letzten Abreise nach Boston gewesen. Würde sie sich hier noch zurechtfinden, oder würde sie ihr Gehirn auch in ihrer Heimat im Stich lassen?

Erst als die beiden Weimaraner José und Maria aus den Tiefen des Gartens herbeigesprungen kamen und sie am liebsten von oben bis unten abgeschleckt hätten, glitt ein befreites Lächeln über ihr Gesicht, und sie versuchte, die feuchten Sympathiebekundungen, so gut es ging, abzuwehren. Für die Hunde war sie allem Anschein nach noch ganz die alte Sina.

»Ihre Großmutter ist bei den Kakteen«, informierte sie eines der Mädchen, das sie zu ihren Räumen im Westflügel des Anwesens begleitete. Die Venezolanerin Mariella, die ungefähr Sinas Alter haben mochte, war in ihrer Abwesenheit eingestellt worden. Sie machte wenigstens nicht nach jedem Satz einen Knicks, wie es ihr Großvater früher vom weiblichen Personal verlangt hatte.

Auf den Wegen, die rund um das Haus angelegt waren, lag nicht ein einziges heruntergefallenes Blatt, auf den Beeten sprießte kein Unkraut, und der Rasen hatte den perfekten Schnitt. Drei Gärtner sorgten von morgens bis abends dafür, dass es so blieb.

»Die Señora erwartet Sie dort, sobald Sie sich frisch gemacht haben.«

»Danke, Mariella.«

Das Mädchen stellte Sinas Bordcase im Vorraum ihres Wohntraktes ab, wo bereits ihr Koffer stand. »Soll ich gleich auspacken oder …«

»Das können Sie später machen, vielen Dank«, verabschiedete Sina das Mädchen mit einem freundlichen Lächeln.

Sie betrat zögernd ihre Räume und war erleichtert, dass ihr auch hier alles vertraut vorkam. Dieser Teil ihres Erinnerungsvermögens schien also noch intakt zu sein. Die Abendsonne drängte durch die Ritzen der Jalousien und zeichnete ein Streifenmuster auf die reduzierte, strenge, schwarz-weiße Möblierung des Raums. Hatte sie sich hier eigentlich je wohlgefühlt?, kam es Sina plötzlich in den Sinn. Richteten sich nicht eher Börsenmakler oder Werbefachleute in diesem Stil ein? Eine Vierundzwanzigjährige könnte vielleicht ein wenig mehr Einfallsreichtum aufbringen und ihr Umfeld etwas bunter gestalten. Seltsam, einen solchen Gedanken hatte sie früher nie gehabt. Umso erstaunter war auch Antonia, die gute Seele des Hauses, als Sina sie über das Haustelefon anrief und darum bat, ihr ein paar Blumen aus dem Garten bringen zu lassen. Vielleicht Strelitzien oder Orchideen.

Carmen Saratoga blickte kaum auf, als Sina über den Kiesweg auf sie zukam. Sie war gerade dabei, ein besonders großes, haariges Exemplar ihrer Kakteensammlung mit einem Vergrößerungsglas zu inspizieren. Sina wusste nicht, ob sie nach Insekten oder Knospenansätzen suchte. Ihre Großmutter, die alle Kakteen ihres weitläufigen Gartens selbst gezogen und gekreuzt hatte, träumte davon, eine Blüte hervorzubringen, die es wert war, auf der Kakteenzüchterausstellung in Kalifornien gezeigt zu werden und dort einen Preis zu gewinnen. Alles andere betrachtete sie als Zeitverschwendung.

Seit sie aus Frustration ihr Interesse an Wirtschaft und Politik aufgegeben hatte, beschäftigte sie sich fast ausschließlich mit den stachligen Pflanzen, als ob diese den stechenden Schmerz symbolisierten, den sie jeden Morgen verspürte, wenn sie einen neuen Tag ihres reichen, jedoch sinnlosen Lebens begann. Sie hatte Sina früher oft mit leuchtenden Augen von der Zeit erzählt, bevor sie geheiratet hatte. Die große Zeit der Linken, als man in Mittel- und Südamerika noch öffentlich für seine Gesinnung eingetreten war, als Castro und Che Guevara die Amerikaner zumindest zeitweise in ihre Schranken gewiesen hatten, als die Linken noch auf die Straße gegangen waren und oft genug ihr Leben für ihre Überzeugung geopfert hatten. Ein Panama, das zum akkurat gestutzten Vorgarten Amerikas geworden war, interessierte sie nicht mehr. Nicht nur ihr Geist, auch ihr Körper hatte sich dem Gärtnern angepasst. Die Skoliose, an der sie schon lange litt, schien sich in letzter Zeit verschlimmert zu haben. Carmen Saratoga war dreiundsiebzig, aber durch den Buckel, der mit der Zeit immer größer wurde, schien sie Sina wesentlich älter.

»*Hola abuelita*«, begrüßte sie ihre Großmutter und schloss sie in die Arme. Da Carmen Sina nur bis zur Brust reichte, musste diese sich zu ihr hinunterbeugen.

»Kind, wie schön, dass du wieder da bist. Du weißt ja, wie sehr dich hier alle vermisst haben. Aber sag, wie geht es dir? Muss ich mir Sorgen machen, oder hat dein Großvater sich einen Scherz erlaubt, als er mir erzählte, dass du in psychiatrischer Behandlung seist?«

»Nein und ja.«

»Was nun?«

»Du brauchst dir keine Sorgen zu machen, und die Psychotherapeutin, bei der ich war, hat mir auf gewisse Weise schon geholfen.«

Carmen Saratoga sah ihre Enkelin mit ihren sanften braunen Augen skeptisch an. »Du weißt, dass du mir alles sagen kannst, Sina, auch das, was dein Großvater nicht wissen darf.«

Sina lächelte traurig. Es war immer dasselbe Spiel. Ihre Großmutter versuchte ständig, ihrem Mann, der sie nicht länger an seinem beruflichen Leben teilhaben ließ, wenigstens in privaten Dingen einen Schritt voraus zu sein. Das gab ihr offenbar eine gewisse Befriedigung.

»Was ist passiert, mein Kind?«

Sina seufzte und ließ die Schultern hängen. »Weißt du, *abuelita,* ich habe gerade das Gefühl, als würden in meinem Leben lauter Dinge geschehen, die am Ende irgendein Bild ergeben sollen – so wie bei einem Puzzle. Ich bin mir ziemlich sicher, dass dieses Bild mit meiner frühen Kindheit und mit meinen Eltern zu tun hat. Aber mir fehlen noch etliche Teilchen, um das Puzzle zusammenfügen zu können. Ich ... ich habe das Gefühl, als hättet ihr mir etwas verschwiegen.«

Carmen Saratoga musterte ihre Enkelin einige Sekunden lang. Dann wandte sie sich brüsk ab und begann, die trockene, krümelige Kakteenerde auf einem neuen Beet zu verteilen und sie mit einem extra dafür vorgesehenen Rechen zu bearbeiten, sodass feine, parallele Streifen entstanden. Als sie damit fertig war, zog sie die dicken Arbeitshandschuhe aus und warf sie in die Schubkarre. Sie hatte noch immer kein Wort gesagt.

»Abuela!«

Carmen schwieg beharrlich. Sina fühlte sich, als wäre sie gar nicht anwesend. Sie kannte dieses Verhalten ihrer Großmutter nur zu gut. Es war immer das Gleiche, wenn es um ihre Eltern ging. Dabei hatte Sina das Gefühl gehabt, ihre Großmutter hätte ihr eigentlich etwas zu erzählen. Vielleicht war es nicht ihre Schuld, vielleicht hatte ihr Großvater es einfach nicht gewollt. Früher hatte er Carmen oft regelrecht den Mund verboten, vor allem dann, wenn sie in der Öffentlichkeit Dinge gesagt hatte, die für ihn geschäftsschädigend waren. Irgendwann hatte ihre *abuelita* dann gar keine eigene Meinung mehr gehabt. Sina hatte öfter versucht, ihren alten Widerspruchsgeist zu wecken, doch keine Chance. Carmen Saratoga war wohl schon zu oft zurechtgewiesen worden.

Jetzt schraubte sie den Deckel des Düngers zu und verfrachtete ihn ebenfalls in die Schubkarre.

»Frag deinen Großvater«, stieß sie hervor und wandte ihrer Enkelin den Rücken zu.

Seit Sina denken konnte, speiste man im Hause Saratoga um halb neun zu Abend, keine Minute früher und auch keine später. Dieses Ritual wurde nur unterbrochen, wenn der Hausherr auf Reisen war oder in einem der neuen, schicken Restaurants speiste, die in den letzten Jahren wie die Pilze aus dem Boden geschossen waren.

Enrique Mateo Saratoga befestigte gerade seine Stoffserviette an den beiden Clips einer feinen silbernen Kette, die er um den Hals trug, als Sina das Esszimmer betrat, dessen Ausmaße eher einem Speisesaal glichen. Ihr Großvater thronte am Kopfende eines schweren, langen Holztisches und lächelte ihr wohlwollend zu. Ohne aufzustehen, hielt er ihr zuerst die linke und dann die rechte, glatt rasierte Wange hin. Sina gab ihm die eingeforderten Begrüßungsküsse und setzte sich anschließend auf ihren angestammten Platz zu seiner Rechten, gegenüber ihrer Großmutter.

Don Mateo, wie er von allen genannt wurde, hatte fülliges weißes Haar und wirkte in seinem naturfarbenen Leinenhemd mit Stehkragen und der im Ton dazu passenden Hose nicht wie achtundsiebzig. Er gab Mariella ein Zeichen, den Wein einzuschenken, und erhob dann das geschliffene Kristallglas mit Goldrand in Sinas Richtung.

»Schön, dass du wieder bei uns bist, wenn auch der Grund dafür einer gewissen Erklärung bedarf.«

Sina hob ebenfalls ihr Glas und prostete ihren Großeltern zu. Bevor sie zu erzählen begann, machte sie sich hungrig über die angekündigten Ceviches her. Verschiedene Sorten standen appetitlich angerichtet vor ihr: Tintenfisch, Krabben und Corvina.

»Der Appetit scheint dir ja nicht abhandengekommen zu sein«, unterbrach ihr Großvater die Stille.

»Die Mensa in Harvard war sehr gut, und Boston ist ja bekannt für seinen frischen Fisch, aber Ceviche, wie Elena sie macht, gibt es dort keine.«

»Tja, die Yankees können eben doch nicht alles.«

Sina lächelte. Sie kannte die Vorbehalte ihres Großvaters gegenüber den Amerikanern, die er bei jeder passenden und unpassenden Gelegenheit anbrachte.

»Dr. Finkelstein jedenfalls kann etwas, selbst wenn du das nicht für möglich hältst«, provozierte sie ihn auch sogleich.

»Aha. Da sind wir also schon beim Thema.« Er machte der Hausangestellten ein Zeichen, den Raum zu verlassen, und wandte sich dann wieder Sina zu. »Hat sie dich geheilt? Kannst du dein Gehirn jetzt wieder gebrauchen?«

»Nein.«

»Brillant«, polterte er. »Dann erkläre doch bitte deinem unwissenden Großvater, was das ganze Theater eigentlich soll.«

»Ich habe eine psychogene Amnesie.«

»Eine psycho… was?«

Sina bemühte sich, so gut sie konnte, wiederzugeben, was sie von Dr. Finkelstein erfahren hatte. »… und da der Neurologe nichts gefunden hat und es auch sonst keine körperliche Ursache für meinen Gedächtnisverlust gibt, muss der Grund woanders liegen – in der Psyche und nicht im Verstand. Sarah versucht wirklich, mir zu helfen.«

»Aha, ihr seid schon beim Vornamen, typisch Amerikaner. Machen einen auf dicke Freunde, und wenn man sie dann um einen Gefallen bittet, kennen sie einen plötzlich nicht mehr«, brummte Don Mateo.

»Sie möchte, dass ich das Fenster in meine Vergangenheit öffne, das mir bisher verschlossen war«, versuchte Sina es noch einmal.

»Pah, welche Vergangenheit?«

»Sie möchte mehr über ihre Eltern wissen«, warf Carmen Saratoga vorsichtig ein.

Ihr Mann stutzte und senkte dann ebenfalls die Stimme. »Sina, was, bitte schön, hast du davon, wenn du in der Vergangenheit herumstocherst? Dein Problem liegt in der Gegenwart. Es sind die Nerven, das hört man jetzt überall. Burn-out. Kommt natürlich von den Yankees. Auf Spanisch existiert nicht mal ein Wort dafür. Als ich jung war, gab es das jedenfalls noch nicht. Aber heute … der Druck, die Anforderungen, die Konkurrenz – da kann man schon mal was vergessen. Aber das kommt wieder.«

»Ich weiß nicht, *abuelo* … Ich habe große Angst. Kannst du dir vorstellen, wie sich das alles für mich anfühlt?« Sie ballte die Fäuste und bemühte sich, die aufsteigende Panik in den Griff zu bekommen.

Ihr Großvater schüttelte nur den Kopf. »Soll ich dir sagen, was ich denke?« Er sah sie streng an. »Dass es Feigheit ist. Auch wenn deine Ärztin dieses Wort bestimmt nicht über die Lippen bringt. Wenn du wirklich Angst hast, hätte sie dir beibringen sollen, wie man damit umgeht. Das habe ich genauso lernen müssen, als ich jung war. Wenn ich gewusst hätte, dass so eine Yankee-Jüdin den Doktor spielt, hätte ich nicht zugelassen, dass du ihr dein Herz ausschüttest. Ich weiß genau, wie das bei den Amerikanern läuft. Eine Generation von Faulpelzen, denen alles in den Schoß gefallen ist, die verhätschelt und verwöhnt wurden. Die haben alle zu viel Zeit und wissen nichts Besseres damit anzufangen, als die eigene Disziplinlosigkeit ihren Eltern vorzuwerfen. Diese sogenannte Psychologin bestärkt dich doch nur, die Schuld bei anderen zu suchen. Als Nächstes wird sie dir vorschlagen, dich in einer Talkshow auszusprechen. Sina Saratoga, die arme Waise und reiche Enkelin …«

»Das ist gemein!«, unterbrach ihn Sina.

»Dann sag mir doch mal, wann nach Meinung von Dr. Finkelstein die Aussicht darauf besteht, dass du dein Gehirn wieder benutzen und dein Studium in Harvard fortsetzen kannst.«

»Sie meint, es sei ein längerer Prozess.«

»Klar, je länger es dauert, desto mehr verdient sie.«

»Das ist deiner unwürdig.«

Ihr Großvater erwiderte nichts darauf und widmete sich stattdessen seinem Fünfhundert-Gramm-Steak, das ihm Mariella soeben auf einem Holzteller serviert hatte. Als er es anschnitt, um zu überprüfen, ob es auch *medium rare* zubereitet war, sammelte sich der blutige Fleischsaft in der extra dafür vorgesehenen Rinne. Sina wandte sich ab. Sie aß schon lange kein Fleisch mehr. Allein schon der Anblick sorgte für ein leichtes Unbehagen in ihrer Magengegend.

»*Abuelo,* sag mir eins: Warum gibt es im ganzen Haus nicht ein einziges Bild meiner Mutter? Warum wurde niemals auch nur ihr Name genannt? In all den Jahren habt ihr nie über meine Eltern gesprochen. Ich weiß im Grunde nichts über sie. Es ist, als hätten sie nie existiert.«

Don Mateo kaute den Bissen, den er sich gerade in den Mund gesteckt hatte, zu Ende, bevor er antwortete. »Meinst du, damit wäre irgendwas gewonnen gewesen? Hätte es dir in irgendeiner Weise genutzt, wenn sie Thema deines Alltags gewesen wären?« Er nahm einen Schluck Wein und stellte das Glas langsam wieder hin, ohne den Blick von Sina abzuwenden. Sein Gesicht kam ihr plötzlich grau vor. »Deine Eltern sind bei einem Unfall vor zwanzig Jahren gestorben.«

»Das weiß ich.«

»Gar nichts weißt du … Du hast ja keine Ahnung von dem Schmerz und Kummer, der ihrem Tod vorausging. Dein Vater hat nicht nur seine damalige Frau Jennifer und seinen äußerst verantwortungsvollen Posten in dem Konzern seines Schwiegervaters verlassen, sondern auch uns – deine Großmutter und mich. Er wollte nichts mehr mit uns zu tun haben, weder beruflich noch privat. Er hat alles, was wir für ihn getan haben, mit Füßen getreten und wollte uns sogar schaden. Und daran war allein deine Mutter schuld.«

»Mateo, bitte!« Sinas Großmutter wirkte gequält, doch ihr Großvater war noch nicht fertig.

»Hätten wir dich damit belasten sollen, Sina? Würde es dir dann heute besser gehen? Ich glaube, diese Finkelstein hat dich auf einen sehr gefährlichen Weg geschickt.«

Sina blickte hilfesuchend zu ihrer Großmutter. »Du wolltest doch, dass ich zu ihr gehe.«

»Was?«, brauste ihr Großvater auf.

»Dr. Finkelstein war eine Empfehlung von Eduardo«, sagte Carmen und senkte den Blick.

»Von Eduardo … ja dann!« Don Mateo richtete sich schnaubend auf.

Seine Frau zuckte zusammen, als ob sie jeden Moment eine demütigende Ohrfeige ihres Mannes erwartete. »Der hat ja schon immer alles besser gewusst«, sagte er mit sarkastischem Unterton.

Für Sina war das nichts Neues. Seit ihrer Kindheit, als ihre Großmutter darauf bestanden hatte, dass Eduardo ihr Lehrer wurde, gab es Unstimmigkeiten. Die beiden waren früher auf der Universität ein Paar gewesen, doch Carmen hatte sich letztlich gegen den Intellektuellen Eduardo und für den Banker Mateo entschieden. Allerdings nicht, weil sie sich ein Leben in Reichtum erhoffte, sondern weil sie dachte, mit den Mitteln der Saratogabank soziale Projekte auf den Weg zu bringen. Das hatte sich jedoch als Irrtum erwiesen.

Don Mateo nahm wieder Platz, beachtete seine Frau jedoch nicht weiter. »Warum bist du nicht als Erstes zu mir gekommen?«, wandte er sich wieder Sina zu.

»Ich habe mich geschämt«, sagte sie leise.

»Sina, ich liebe dich mehr als alles auf der Welt. Das weißt du.« Ihr Großvater wischte sich den Mund mit der weißen Stoffserviette ab. Der Appetit war ihm vergangen. Sein Steak hatte er nicht einmal zur Hälfte gegessen.

»Komm mit.«

Sina warf ihrer Großmutter einen hilfesuchenden Blick zu. Die aber wich ihr aus und wirkte mit einem Mal gänzlich verloren an der langen Tafel.

Widerwillig folgte Sina ihrem Großvater, der sie in einen Raum führte, in dem sie sich als kleines Kind immer gefürchtet hatte. Er bewahrte dort eine bizarre Kollektion von Jagdtrophäen auf. Ein ausgestopftes Krokodil, ein Leopard und verschiedene Gazellenköpfe glotzten mit ihren Glasaugen von den Wänden.

Don Mateo entnahm der von innen beleuchteten Bar eine Flasche Bourbon, schenkte sich das Glas halb voll und füllte es dann mit Wasser aus einer gläsernen Karaffe auf. Dann wählte er aus dem Humidor eine Zigarre, kappte die Spitze und zündete sie an. Sina wusste, dass man ihn bei diesem Ritual nicht unterbrechen durfte. Daher setzte sie sich schweigend auf einen der buttrig weichen braunen Wildledersessel und wartete ab. Sie hatten hier viele geschäftliche Gespräche geführt, doch heute ging es um etwas anderes.

»Du suchst also nach irgendetwas Finsterem?«, fragte Don Mateo. »Darauf haben die Seelenklempner es immer abgesehen.«

»Ich versuche, mich zu erinnern, und ich bitte dich, mir dabei zu helfen. Das ist alles.«

»Und wie soll die Erinnerung an deine Eltern dir helfen, deine geistigen Fähigkeiten wiederzuerlangen, damit du später in der Lage bist, eine große internationale Bank zu führen?«

»Sarah meint, erst wenn ich mich wieder an die frühen Jahre meiner Kindheit erinnere, die völlig ausgelöscht sind, kann meine jetzige Blockade aufgelöst werden.«

»Das ist doch alles Quatsch«, widersprach er, aber Sina spürte, dass dieses Auftrumpfen nur eine gewohnte Geste seinerseits war. Er setzte sich nun ebenfalls in einen der Sessel und starrte ins Leere.

»Also schön, *abuelo,* nehmen wir mal an, es ist wirklich alles nur Quatsch. Was soll ich dann deiner Ansicht nach tun? Wenn mein Zustand wirklich nur auf Nervenschwäche und Angst zurückzuführen ist, dann könnte ich doch meine Fallstudien bearbeiten, wenn ich allein bin. Wenn keine Kommilitonen und auch kein Professor mich erwartungsvoll ansehen und auf die genialen Lösungsvorschläge warten, welche die brillante Sina Saratoga sonst immer ausspuckt.«

»Hast du es denn überhaupt versucht, allein im stillen Kämmerlein?«

»Nein.« Sie schüttelte den Kopf. »Begreifst du denn nicht? Ich muss es gar nicht versuchen, da ich es schon vorher weiß. Diese Blockade überschattet mein ganzes Denken. Ich muss den Weg gehen, den mir Sarah gezeigt hat.«

»Du lässt dich von ihr herumführen wie ein Tanzbär.«

»Das ist nicht fair.«

»Glaubst du, ich finde es fair, einfach auf die Seite geschoben zu werden und untätig mit ansehen zu müssen, wie meine Enkelin, mein Ein und Alles, ihr Leben wegwirft? Wie sie beim ersten kleinen Problem in ihrer Karriere aus dem Gleichgewicht gerät, nachdem ich zwanzig Jahre lang dafür gesorgt habe, dass sie aufrecht steht? Sina, auch wenn es dir nicht so vorkommt, ich bin alt. Und ich möchte mein Lebenswerk, das meines Vaters und meines Großvaters in guten Händen wissen.«

Darum geht es ihm also, dachte Sina. Um seine Unsterblichkeit und die seiner Vorfahren, die damals mit dabei waren, als die Amerikaner den Bau des Panamakanals an sich gerissen hatten. Die gut daran verdient, aber fast nichts für das gerade unabhängig gewordene Panama getan hatten – was natürlich nie an die Öffentlichkeit gedrungen war. Außer dem Ruf seines Bankenimperiums hatte Don Mateo nichts, was nach seinem Tod von ihm übrig bleiben würde. Nichts, was seinem Leben einen Sinn gab, der es wert war, erhalten zu bleiben. Und vielleicht stimmte es sogar, vielleicht war dieses Erbe auch ihr Lebenssinn, und den boykottierte sie gerade selbst. Womöglich war seine Logik die richtige, und sie konnte die Zusammenhänge gerade einfach nicht sehen. Vielleicht versuchte er nur, ihr den einzigen richtigen Weg zu weisen. Vielleicht versteckte sich ihr gekränkter Stolz oder eine falsch verstandene Schuld hinter einem eingebildeten seelischen Leiden. Aber vielleicht auch nicht.

»Es sind die Nerven. Nichts als die Nerven.« Er wandte sich von ihr ab und reichte ihr einen Folder. »Sieh dir das mal an.« Sina nahm das Dossier, als wäre es ein glitschiges Tier. »Luxury Resorts Kuna Yala«, stand auf dem Deckblatt. Auf den ersten Seiten waren Fotos von unberührten Karibikinseln mit Palmen und weißen Sandstränden zu sehen.

»Marco Martinez' neuestes Projekt. Er will Kuna Yala zum Ferienparadies und Rückzugsort für die elitäre Oberschicht machen. Keine schlechte Idee. Was die Scheichs in Dubai mit diesen Palmeninseln gemacht haben, können wir schon lange. Und wir müssen die Inseln nicht einmal bauen, sie sind schon da. Willst du dir mal die Finanzierung ansehen? Ziemlich raffiniert, muss ich schon sagen.«

Sina blätterte nach hinten zur Kalkulation und versuchte, sich auf die Zahlenkolonnen zu konzentrieren. Bis vor Kurzem hätte sie die Finanzierung auf den ersten Blick analysiert, doch jetzt konnte sie nichts, aber auch gar nichts damit anfangen. Die Zahlen verschwammen vor ihren Augen, sie spürte, wie ihr die Tränen kamen. Ihr wurde heiß und kalt zugleich.

»Ich kann nicht, tut mir leid«, sagte sie mit einem Anflug von

Panik und wollte aufstehen, doch ihr Großvater drückte sie sanft in den Sessel zurück.

»Schon gut«, sagte er und streichelte etwas unbeholfen ihren Unterarm.

Sina beruhigte sich nur langsam. Ihr wurde plötzlich die Stille des Raumes bewusst, die nur vom Ticken der alten Standuhr unterbrochen wurde.

»Keiner …«, sagte Don Mateo plötzlich mit einer für ihn ungewohnt sanften Stimme. »Keiner ahnt bei der Geburt eines Kindes, was später an Schmerz auf ihn zukommen wird. Es scheint alles so einfach, aber so leicht ist es eben doch nicht.«

Sprach er von ihr oder von ihrem Vater?

»Man bringt Kinder auf die Welt und weiß, dass man alles tun würde, um sie zu beschützen und ihnen eine gesicherte Zukunft zu ermöglichen.«

Sina nickte und suchte seinen Blick, aber er sah immer noch an ihr vorbei.

»Ja, das kann ich verstehen«, sagte sie leise.

Das schien ihm zu genügen, und er fuhr fort. »Manchmal aber scheitert man. Man denkt nicht mal ans Scheitern, doch es passiert. Es kommt aus dem Nichts und trifft einen aus heiterem Himmel, ehe man überhaupt die Chance hat, es zu verhindern.« Er sah ihr in die Augen, und sein Blick war plötzlich so voller Qual, dass Sina sich am liebsten zurückgezogen und ihm den Kummer erspart hätte, der ihm so viel Schmerz bereitete. Aber etwas hielt sie davon ab. Es war das erste Mal, dass sich ihr Gespräch in diese Richtung bewegte, und es war noch längst nicht alles gesagt worden. Darum ließ sie das Schweigen wie einen hingeworfenen Handschuh zwischen ihnen liegen. Don Mateo seufzte tief. Dann nahm er aus einer silbernen Zigarrendose einen Schlüssel und öffnete damit den schweren Sekretär aus rötlichem Tropenholz, zog die mittlere Schublade auf, holte ein Foto heraus und reichte es ihr.

»Es ist das letzte vor ihrem Tod.«

Das rotblonde Haar der Frau, in dem sich die Sonne verfangen hatte, leuchtete Sina wie Feuer entgegen. Sie musste ihre Mutter sein. Ihr Vater, der ihrem Großvater zweifelsohne ähnlich sah, hatte einen Arm um sie gelegt. Sinas Mutter trug Jeans, Turnschuhe, eine weiße Bluse und einen dunklen Pullover, der um die Schultern geschlungen war. Sina starrte auf die Konturen ihres Gesichts, die Form ihres Kinns, die blaugrünen Augen, die sie offensichtlich von ihrer Mutter geerbt hatte. Ihr Vater sah so glücklich aus wie auf keinem anderen Foto je zuvor.

Sinas Magen rebellierte, vor ihren Augen flimmerte es. Die Gefühle überschwemmten sie, saugten sich so an ihrem ganzen Körper fest, dass sie glaubte, es nicht mehr aushalten zu können. Sie war sich der Dramatik und der Tragweite des Augenblicks bewusst. Es war, als würden sie und ihr Großvater eine Grenze überschreiten, deren Existenz beide vorher nie wahrgenommen hatten. Tränen liefen seine Wangen hinab. Sina hatte ihn noch nie in diesem Zustand erlebt. Alle Gesichtsmuskeln, die ihm sonst den typischen Ausdruck eines mächtigen Mannes verliehen, waren erschlafft.

Dann war der Augenblick vorbei. Don Mateo sperrte den Sekretär wieder zu, legte den Schlüssel zurück in die Silberdose und verließ schweren Schrittes den Raum.

Sina erholte sich nur langsam von dem Gefühlsaufruhr. Ihr Herzschlag beruhigte sich zögernd. Der Geruch des nicht angetasteten Whiskeys stieg ihr in die Nase. Die Zigarre war ausgegangen und lag wie ein Vorwurf quer über dem altmodischen Zinnaschenbecher. Das Ticken der Uhr kam ihr plötzlich lauter vor.

Sie sah sich das Foto noch einmal genauer an, als plötzlich etwas ganz anderes ihre Aufmerksamkeit erregte. Hinter dem glücklichen Paar stand ein Baum. Und dieser Baum erinnerte sie an jenen auf der Mola, die der Kuna in Boston für sein Volk zurückgefordert hatte. Das konnte doch kein Zufall sein! Die volle grüne Krone, die gleiche Form der Äste, die an die Speichen eines aufgespannten Schirms erinnerten, die langen, spindelförmigen Blätter. Wie konnte das sein? Es musste einen Zusammenhang geben. Aber welchen?

Vielleicht wusste ja ihr Handy eine Antwort. In Boston hatte sie sich irgendwann bei einem ihrer unzähligen Ausflüge in die virtuelle Welt eine Pflanzenidentifikations-App heruntergeladen. Sie klickte die App an, machte ein Foto von dem Baum auf dem Bild und bekam prompt eine Antwort: »Kanarischer Drachenbaum, lateinische Bezeichnung: *Dracaena draco.* Er wächst hauptsächlich auf den Kanarischen Inseln sowie den Kapverden, Madeira und Nordafrika. Der botanische Gattungsname Dracaena stammt von dem griechischen Wort *drákaina* und bedeutet ›weiblicher Drache‹. Bezüglich der Namensherkunft gibt es unterschiedliche Theorien. Einerseits wird der Name darauf zurückgeführt, dass abgebrochene Triebe meist erneut austreiben und in einer Verzweigung zwei oder mehr Triebe bilden, ähnlich einem Drachen, dem nach dem Abschlagen seines Kopfes der Sage nach mehrere neue Köpfe wachsen. Andererseits tritt bei Verletzungen des Stammes ein zunächst farbloser Saft aus, der an der Luft zu einem dunkelroten Harz gerinnt. Dieses Harz wird auch Drachenblut genannt. Die Guanchen, die Ureinwohner der Kanarischen Inseln, benutzten es zur Heilung von Knochenbrüchen und bei anderen Verletzungen, aber auch zur Mumifizierung ihrer Toten. Im Mittelalter war ›Drachenblut‹ so wertvoll wie Gold, da auch die spanischen Eroberer die heilsame Wirkung des harzigen Stoffes erkannten.«

Das klang spannend. Aber wie kam der kanarische Baum auf eine über zweihundert Jahre alte Mola aus Panama? Und was hatten die Kunas mit den Guanchen, den Ureinwohnern der Kanaren, zu tun? Gab es da irgendeinen Zusammenhang? Und wenn ja, welchen?

Sarah hatte also das richtige Gespür gehabt, sie auf diese Ausstellung zu schicken. Sina hätte sie am liebsten sofort angerufen, doch an der Ostküste der Vereinigten Staaten war es längst zu spät für ein Telefonat.

Sina sah wieder den jungen Indio mit seiner edlen, stolzen Ausstrahlung vor ihrem inneren Auge. Sicher wusste er, was es mit dem Baum auf sich hatte. Und welches Geheimnis er barg. Aber wie sollte sie ihn finden? Sie kannte ja nicht einmal seinen Namen. Und Kuna Yala bestand aus 365 Inseln.

Ihr Blick fiel auf den Folder. Komisch, dass Felipes Vater ausgerechnet dort ein Ferienparadies plante. Sie hatte gerade erst von der engen Verbundenheit der Kunas zur Natur gehört und dass sie ihr Land auf keinen Fall veräußern oder dem Einfluss der modernen Welt aussetzen wollten. Da stimmte doch etwas nicht. Das alles war kein Zufall, sondern eine klare Spur, der sie folgen musste.

Als Sina wenig später an der offenen Speisezimmertür vorbeikam, sah sie Don Mateo neben ihrer Großmutter sitzen, den Kopf in ihren Schoß gelegt. Er schluchzte leise vor sich hin, während seine Frau ihm beruhigend über den Rücken strich. Sina blieb einen Moment stehen. Es war das erste Mal, dass sie ihren Großvater in einer solchen Verfassung sah. Es berührte sie, dass er doch nicht aus Stein war und Schmerz fühlen konnte. Und dass dieser Schmerz offensichtlich dazu führte, dass ihre Großeltern sich wieder etwas näherkamen.

5. KAPITEL

Sinas Handy weckte sie um drei Uhr morgens. Ihr Rucksack war gepackt. Jetzt hieß es nur noch, unbemerkt aus dem Haus zu kommen. Sie machte kein Licht an, sondern schlich mithilfe einer Taschenlampe die Treppe hinunter. Im hinteren Teil der Empfangshalle befand sich der Kasten mit der Alarmanlage. Hoffentlich war der Code noch derselbe. Das hatte sie vergessen zu checken. 545478. Mit zitternden Fingern gab sie die Zahlen ein. Ein klickendes Geräusch ertönte, und das grüne Lämpchen erlosch. Sie atmete auf. Das wäre geschafft.

Sina verließ das Haus durch den Kücheneingang. Vorsichtig blies sie Luft durch die kleine Lücke zwischen ihren Schneidezähnen, was einen hohen Ton erzeugte, den die beiden Weimaraner kannten, die draußen in ihren Hütten schliefen. Sie würden nicht anschlagen.

Den Weg hinauf zur Hauptstraße legte sie in weniger als zehn Minuten zurück. Wie vorhergesehen, herrschte hier selbst um diese Uhrzeit noch reger Verkehr. Am Wochenende machten die Panameños gerne die Nacht zum Tag, was bedeutete, dass Sina kein Problem haben würde, ein Taxi anzuhalten.

An der Plaza 5 de Mayo, dem Sammelplatz der Jeeps, die nach Kuna Yala fuhren, herrschte bereits lebhafter Betrieb. Im Schein der Straßenlaternen wurden große, dick verschnürte Pakete auf die Dachträger der Nissan Patrols oder Mitsubishi Pajeros geladen. Die meisten Kunafrauen waren traditionell gekleidet. Die Verheirateten, das kannte Sina von Elena, hatten einen praktischen Kurzhaarschnitt und trugen darüber ein rot-gelbes Kopftuch, die älteren hatten sogar noch einen goldenen Ring durch beide Nasenflügel gestochen. Die Männer dagegen waren westlich angezogen, mit kurzen Hosen und T-Shirts. Nur ihr Gesicht verriet die indianische Herkunft. Sina war die einzige Weiße und überragte beinahe alle um mindestens einen Kopf.

Pünktlich um vier Uhr dreißig starteten die ersten Wagen. Man hatte Sina höflich den Platz neben dem Fahrer angeboten und ersparte ihr damit, auf den beiden Rückbänken eingeklemmt zwischen laut schwatzenden Kunas zu sitzen. Dafür war sie sehr dankbar.

Der Fahrer, ein Vater von drei Kindern, hielt sie für eine Touristin und versuchte, sie in ein Gespräch zu verwickeln, etwas, das Sina um diese Uhrzeit große Mühe machte. Nachdem sie ihm weder verraten wollte, wer sie war, noch sagen konnte, auf welcher der wenigen, extra ausgewiesenen Touristeninseln sie denn nun eine Hütte gemietet hätte, schlief das Gespräch bald ein und sie ebenfalls.

Sie wachte erst auf, als die Straße schlechter wurde. Es war Regenzeit, und die Wassermassen, die jeden Nachmittag herunterkamen, hatten an vielen Stellen den Zement ausgewaschen. Der Fahrer erklärte ihr, dass es diese Straße erst seit 2005 gab; vorher musste man von der Hauptstraße fünfzig Kilometer auf einem Dschungelpfad bis nach Carti zu Fuß gehen. Jetzt kam man in zwei Stunden nach Panama City. Es war offenkundig, dass sich dadurch viel verändert hatte. Der Fahrer erzählte weiter, dass nun schon beinahe ein Drittel der Kunas in der Stadt lebten und als Kellner, Wachmann oder Taxifahrer arbeiteten. Er fand es einerseits traurig, andererseits verständlich, dass die Bewohner der abgelegenen Inseln auch ein wenig vom süßen Kuchen der westlichen Zivilisation abhaben wollten. Wie süß der Kuchen dann tatsächlich war, musste jeder für sich selbst entscheiden.

Plötzlich hielt der Wagen an. Sie waren an der Grenzstation zum autonomen Indiogebiet angekommen. Zwei Kunas in Militärkleidung baten um die Ausweise aller Insassen. Damit hatte Sina nicht gerechnet. Sie hoffte nur, dass sie keine Unannehmlichkeiten haben würde. Schließlich war sie ja nicht irgendwer. Sie war eine Saratoga. Und jeder in Panama kannte diesen Namen – höchstwahrscheinlich auch die Kunas.

Der Grenzposten studierte aufmerksam ihre Personalien, blickte immer wieder in ihr Gesicht und dann wieder auf den Ausweis. Schließlich schien er zufrieden.

»Señorita Saratoga, willkommen in Kuna Yala, ich wünsche Ihnen einen angenehmen Aufenthalt.«

»Danke.« Sina steckte den Ausweis wieder ein. »Eine Frage: Ich bin auf der Suche nach einem Kuna. Er ist auffallend groß, ungefähr fünfundzwanzig Jahre alt, spricht sehr gut Englisch und war vor Kurzem noch in den Vereinigten Staaten, in Boston.« So viele Kunas, auf die diese Beschreibung passte, konnte es ja wohl nicht geben.

»Nein, so jemanden kenne ich leider nicht,« bekam sie brüsk zur Antwort.

Sina nickte dem Mann freundlich zu und kurbelte dann das Seitenfenster wieder hoch, um die Klimaanlage des schon älteren Wagens nicht über Gebühr zu beanspruchen. Der zweite Grenzposten hatte inzwischen auch die übrigen Insassen kontrolliert, und so konnten sie ihre Reise fortsetzen.

Während sie zuvor noch durch ziemlich abgeholztes Gelände gefahren waren, schlängelte sich die Straße nun durch dichten Urwald. Sina erinnerte sich wieder daran, was der Indio im Museum gesagt hatte. Im Gegensatz zu den Panameños schien sein Volk die Wälder zu schützen. Obwohl Sina, seit sie denken konnte, in Panama lebte, war sie noch nie hier gewesen. Die Kunas galten als abweisend Fremden gegenüber. Und was sie den

Touristen auf einigen wenigen Inseln als Unterkunft anboten, entsprach in keinster Weise dem Standard, den sie gewohnt war. Doch das war Sina egal, sie war froh, hier zu sein. Ganz allein, vor allem ohne jemanden, der auf sie aufpasste. Zum ersten Mal in ihrem Leben spürte sie einen Hauch von Freiheit. Keiner wusste, wo sie war. Niemand konnte sie erreichen, um sie in Situationen und Rollen zu zwängen, um die sie nicht gebeten hatte.

Der Hafen von Carti war eigentlich gar kein richtiger Hafen. Eine baufällige Holzbaracke, vor der ein paar Tische und Stühle standen, diente als Restaurant und Wartestation. Daneben hatte man zwei hellblaue Plastiktoiletten aufgestellt, und gegenüber befand sich eine Art Halle, wo die Tickets für den Weg zurück in die Stadt erhältlich waren.

Sanfte Wellen schwappten über einen mit Plastikmüll verdreckten graubraunen Sandstrand. An mehreren Holzstegen, die weit ins Meer hinausragten, waren einfache Boote mit Sitzbänken vertäut. Offensichtlich wusste jeder Bescheid, welches Boot wann auf welche Insel fuhr, denn nirgendwo waren Schilder angebracht, geschweige denn ein Fahrplan. Sina sah sich leicht verunsichert um, bis sie schließlich ein älterer Kuna mit pockennarbigem Gesicht ansprach und fragte, wohin sie wolle. Er könne sie zu den Cayos Holandeses bringen, das seien eindeutig die schönsten Inseln. Weißer Strand, Palmen, glasklares Wasser, und abends würden fangfrische Langusten über dem offenen Feuer gegrillt. Nur zweihundert Dollar die Nacht für eine Bambushütte mit Meeresrauschen plus hundertfünfzig Dollar für die Überfahrt.

Sina sparte es sich, ihn nach dem Kuna zu fragen, den sie suchte. Dieser Mann hatte sich eindeutig nicht der Erhaltung der Kunakultur verschrieben. Sie bedankte sich trotzdem bei ihm und wandte sich dann ab. Doch mit welchem Boot sollte sie jetzt fahren? Sie beschloss, wiederum nur ihrer Intuition zu folgen, wie Sarah es ihr geraten hatte, und lief zwei schwer bepackten

Frauen hinterher zu einem der Boote. Ohne nachzufragen oder sich bei irgendjemandem zu versichern, wohin das Boot fuhr, stieg sie ein und ließ sich auf einer der Bänke nieder. Ein völlig neues Gefühl erfasste sie, das keineswegs unangenehm war. Noch nie zuvor in ihrem Leben hatte sie sich einfach treiben lassen.

Innerhalb weniger Minuten war das Boot voll. Alle bekamen Schwimmwesten ausgehändigt, wie es das Gesetz vorschrieb, und dann ging es auch schon los. Obwohl Sina zwischen einer Mutter mit ihrem Baby auf dem Arm und einem jungen Mädchen, das über Kopfhörer Musik aus ihrem Handy hörte, eingeklemmt war, machte ihr das erstaunlich wenig aus. Eigentlich ertrug sie die unmittelbare Nähe von Fremden sonst kaum, aber jetzt empfand sie es als aufregend, mit Unbekannten ins Unbekannte unterwegs zu sein.

Die Mannschaft bestand aus zwei Kunas. Der eine saß hinten am Außenborder und steuerte, der andere stand vorn und hielt nach Untiefen, Treibholz oder umherschwimmendem Müll Ausschau, der sich in der Schiffsschraube verfangen könnte. Nie hätte Sina gedacht, dass die Verunreinigung der Meere so weit fortgeschritten war. Plastik, der Fluch der modernen Zivilisation, schwamm überall auf dem türkisfarbenen Wasser. Flaschen, Tüten, Schuhe … es war wirklich erstaunlich, was die Menschen alles gedankenlos wegwarfen.

Bereits nach kurzer Zeit machte das Boot an einer der vier Inseln fest, die man vom Hafen aus sehen konnte. Die Häuser aus Bambus standen eng aneinandergedrängt. Vor jedem befand sich ein windschiefer Steg, um den sich ebenfalls der Müll sammelte. Das hier hatte jedenfalls nichts mit den Trauminseln zu tun, von denen der Pockennarbige gesprochen hatte. Sina musste an den jungen Kuna aus dem Museum und an seinen Vortrag denken. Er hatte recht. Es war höchste Zeit, dass sich sein Volk wieder an seine ursprüngliche Lebensweise erinnerte. Ohne Plastik und ohne stinkende Außenbordmotoren. Aber war das überhaupt möglich?

Mehrere Menschen stiegen zu, und es wurde immer enger auf den schmalen Bänken. Sina hatte inzwischen herausgehört, dass das Boot nach Narganá fuhr, der größten und fortschrittlichsten Insel. Dort würde sie wohl am ehesten die Chance haben, etwas über den geheimnisvollen Indio zu erfahren. Sie hatte also das richtige Boot gewählt, und zwar ganz intuitiv und ohne ihre abhandengekommenen analytischen Fähigkeiten.

Weiter ging die Reise zwischen dampfendem Urwald auf dem Festland und kleinen, teilweise unbewohnten Inseln, die sich wie Perlen an einer Kette aneinanderreihten. Gegen Nachmittag zogen Wolken auf, und ein heftiger Wind ließ hohe Wellen entstehen. Jedes Wellental verursachte nun einen ordentlichen Stoß auf Sinas Wirbelsäule. Ihr blieb nichts anderes übrig, als das Ganze am Boden mit den Füßen und den Händen neben ihrer Sitzfläche ein wenig abzufedern, was ihr jedoch nicht wirklich gelang. Und dann begann es auch noch wie aus Eimern zu schütten. Den zwei Kunafrauen, die rechts und links neben ihr saßen, schien das nichts auszumachen. Sie hatten sich unter einer Plastikplane verkrochen und schliefen allem Anschein nach sogar. Jedenfalls waren ihre Augen geschlossen, und weder die lauten Motorengeräusche noch das unablässige Schwanken des Bootes schienen sie zu stören. Sina versuchte, ruhig zu bleiben. Noch nie war sie auf diese Weise den Naturgewalten ausgesetzt gewesen. Auf was hatte sie sich da bloß eingelassen? Was, wenn das Boot kenterte? Was, wenn sie ertrank? Wofür dann das Ganze?

Sie erreichten Narganá gefühlte zehn Stunden später und völlig durchnässt. Auf dem kleinen Steg fehlte jede zweite Planke, und Sina musste große Schritte machen, um ja nicht in die dreckige Brühe unter ihr zu fallen. Sie gelangte in eine hässliche Halle aus Betonsteinen, wo sie wenigstens im Trockenen stand – wenngleich hier auch ganz andere Flüssigkeiten in Strömen flossen. Kunafrauen balancierten Türme von Bierdosen zu einfachen Holztischen, an denen die Männer eine nach der anderen in sich hineinschütteten. Die leeren Dosen schichteten sie grölend erneut zu Türmen auf, die dann von den Frauen genauso wieder abtransportiert wurden. In einer Ecke fand sogar eine Schlägerei statt.

Sina begann am ganzen Körper zu zittern, und das nicht nur vor Nässe und Kälte. Wo war sie nur hingeraten? Das hier konnte wohl kaum die Kultur sein, von der der Indio sprach und die unbedingt erhalten werden musste. Schwer vorzustellen, dass den Menschen in dieser Halle die Natur am Herzen lag und sie ihre alte, traditionelle Lebensweise aufrechterhalten wollten. Die würden ihr bestimmt keine Auskunft über den offensichtlich einzigen Naturschützer der Kunas geben können.

Nach einer Weile ließ das starke Rauschen des Regens etwas nach, und Sina wagte sich nach draußen. Ein kleiner Junge, der bis zu den Knien in einem der braunen Seen stand, die sich auf dem Boden gebildet hatten, deutete grinsend auf ein rosa gestrichenes Steinhaus mit der Aufschrift »Hotel«.

Sina schenkte dem Jungen ein Lächeln, nahm sich ein Herz und watete dorthin. In einem kleinen Raum, in dem nur ein Tisch und ein Stuhl standen, der aber offensichtlich als Rezeption diente, wurde sie von Don Andrés empfangen, dem sauber gekleideten Besitzer. Sina erkundigte sich als Erstes nach dem Indio. Tatsächlich gab ihr Don Andrés den lang ersehnten Hinweis.

»Aber ja. Ich glaube, ich weiß, wen Sie meinen. Sein Name ist Neriokulunanabi, genannt Neri. Er ist einer der ersten Kuna, die in den USA studiert haben, und ich glaube, er ist gerade zurückgekommen. Neri hat sich schon immer für die Erhaltung unserer Kultur eingesetzt, mehr als vielen hier recht war. Vor dem Studium lebte er auf der Insel Soletupo. Das ist etwa auf der Höhe von Acla, einer alten spanischen Siedlung aus dem Mittelalter.«

Sina hätte am liebsten laut gejubelt. Ihr neu entdecktes Bauchgefühl sagte ihr, dass sie auf der richtigen Spur war. Natürlich hatte sie von Acla gehört, das von Vasco Núñez de Balboa, dem großen Eroberer und Nationalhelden Panamas, gegründet worden war. Eduardo, ihr Privatlehrer, hatte ihr als Kind viel über die frühe Zeit der spanischen Eroberung erzählt. Sie hatte sich nie besonders dafür interessiert, aber jetzt, im Zusammenhang mit jenem Neri, bekam sie plötzlich Gänsehaut. Sie spürte, dass jene Epoche irgendetwas mit ihr zu tun hatte … mit dieser inneren und äußeren Reise, die sie gerade unternahm. Allerdings war ihr völlig schleierhaft, weshalb und auf welche Weise. Doch sie beschloss, sich nicht weiter zu wundern, sondern, genau wie Sarah ihr geraten hatte, jeder Regung, die in ihr hochkam, gegenüber offen zu sein.

»Meine Frau ist um mehrere Ecken mit Neri verwandt. Ich kann versuchen, sie später anzurufen. Ich würde Ihnen raten, die Nacht hier zu verbringen und dann morgen früh um fünf das Versorgungsschiff Richtung Ustupo zu nehmen. Von dort müssen Sie sich dann weiter durchschlagen.«

Sina bedankte sich und bezog das winzige, leicht schimmelig riechende Zimmer, das immerhin über ein Bett, ein kleines Bad und eine Klimaanlage verfügte. Narganá war die einzige Insel, die ein kleines Stromkraftwerk besaß. Alle anderen hatte die Regierung kürzlich mit Solarpanelen ausgestattet, die es den Bewohnern gestatteten, die ganze Nacht über Licht zu haben und ihre Handys aufzuladen.

Die Sachen in Sinas Rucksack fühlten sich klamm an und strömten einen unangenehmen Geruch aus. Bei der feuchten Luft würde es wahrscheinlich Tage dauern, bis die Kleidung wieder trocken wäre. Sie leerte alles auf ihr Bett und sah sich nach einer Möglichkeit um, etwas aufzuhängen. Da erinnerte sie sich, dass draußen zwischen den Pfosten, die eine Art Vordach stützten, Wäscheleinen gespannt waren.

Die gleiche Idee hatten offensichtlich zwei Franzosen, die im Zimmer neben ihr übernachteten. Jean und Gilbert waren mit einem Kajak unterwegs und hatten in Anbetracht des Wetters hier eine Pause eingelegt. Sie stammten aus Bordeaux und sprachen leidlich Englisch. Sina kam nur zu gerne ihrer Aufforderung nach, sie doch auf einen kleinen Rundgang über die Insel zu begleiten. Alles war besser, als in dem stickigen Zimmer auf den nächsten Morgen zu warten.

Im Gegensatz zu den anderen Inseln bestanden die meisten Häuser auf Narganá aus unverputzten Betonsteinen und hockten nicht so dicht aufeinander. Auf den unasphaltierten Straßen wimmelte es nur so von Polizisten in Camouflage-Uniformen, was dem Ganzen das Ambiente einer kleinen Garnisonsstadt gab. Die Übergabe des Panamakanals durch die Amerikaner im Jahr 2000 war damit verbunden, dass Panama kein Militär mehr haben durfte. Dafür gab es nun das Servicio Nacional de Fronteras, eine Art Grenzpolizei. Ihre Aufgabe bestand hauptsächlich darin, alles zu kontrollieren, was den Anschein erweckte, mit den regelmäßigen Kokaintransporten aus Kolumbien in Verbindung zu stehen. Jean und Gilbert erzählten Sina, dass man sie schon einmal verhaftet hatte, als sie nachts bei Vollmond unterwegs gewesen waren. An der ganzen Küste herrschte für jede Art von Schiffen absolutes Nachtfahrverbot, damit es nicht zu Verwechslungen mit den Schiffen der Narcos kam, der Drogenhändler, die natürlich nur in der Dunkelheit unterwegs waren.

Die beiden Franzosen waren erstaunlich gut informiert. Sina erfuhr, dass viele Kunas für die Drogenmafia arbeiteten und als sogenannte Mulis in Rucksäcken das Kokain von der Küste auf geheimen Wegen durch den Urwald die fünfzig Kilometer hinauf zur Hauptstraße schleppten, wo es an täglich wechselnden Standorten mit Lastwagen weiter Richtung Mexiko transportiert wurde. Sina bekam relativ schnell heraus, dass die beiden Journalisten waren und für eine internationale Presseagentur arbeiteten. Ihre Kajaktour diente wohl nicht ausschließlich dem Vergnügen.

Sina dagegen behielt den Grund ihres Aufenthalts in Kuna Yala für sich und gab sich als spanische Touristin auf Abenteuerurlaub aus. Ihr war natürlich bekannt, dass sich die Aktivitäten der Kokainproduzenten und auch der FARC, der linksgerichteten kolumbianischen Terrororganisation, im Grenzgebiet auf Panama ausdehnten. Der naturbelassene Urwald des Kunagebietes ohne

Straßen und Infrastruktur bot ihnen die besten Versteckmöglichkeiten. Jean und Gilbert würden hier bestimmt Stoff für spannende Reportagen finden – auch wenn das alles andere als ungefährlich war. Wenn ihre Tarnung aufflog, würde man dafür sorgen, dass sie sang- und klanglos mit ihrem Kanu irgendwo untergingen. Auch wenn die Zeiten von Pablo Escobar vorbei waren, der Tausende von Menschen auf dem Gewissen hatte, waren die Narcos des einundzwanzigsten Jahrhunderts nicht weniger zimperlich, wenn man ihnen ins Handwerk pfuschte. Beinahe jeden Tag konnte man in der Zeitung lesen, dass wieder jemand im Zusammenhang mit dem Kokaingeschäft erschossen worden war. Panama als direkter Nachbar Kolumbiens war davon am meisten mit betroffen.

Sina hätte den beiden Franzosen so einige Informationen über die Beteiligung des kleinen Landes am internationalen Drogenhandel geben können. Wie beinahe alle Banken in Panama wusch auch die ihres Großvaters Drogengeld. So einige Familien aus der sogenannten Oberschicht hatten ihr Vermögen in Verbindung mit den Narcos gemacht. Und der vermögendste war Felipes Vater. Er besaß heute eines der größten Immobilienunternehmen Lateinamerikas, aber den Grundstein dafür hatte er mit Kokain gelegt. Und im Hintergrund mischte er immer noch im internationalen Drogengeschäft mit.

Felipe! Sie hatte schon seit Stunden nicht mehr an ihn gedacht. Eigentlich noch kein einziges Mal, seit sie unterwegs war. Bestimmt hatte er sie ein Dutzend Mal angerufen, aber ihr Handy funktionierte hier nicht. Sie hatte nicht daran gedacht, sich eine Sim-Karte für diese Gegend zu besorgen. Und eigentlich war sie sogar ganz froh darüber.

Die drei hatten beinahe die ganze Insel umrundet, als plötzlich aus einem Gebäude mit Wellblechdach und Kreuz der Psalm »Lobet den Herrn« auf Spanisch ertönte. Jean verdrehte die Augen gen Himmel.

»Die Missionare sind eine mindestens genauso große Bedrohung für den Untergang der Kunakultur wie die Narcos und der Müll«, sagte er mit seinem drolligen französischen Akzent. »Mormonen, Adventisten, Baptisten und Katholiken machen sich hier gegenseitig die Schäfchen streitig. Und dabei arbeiten sie mit allen Tricks.«

Sina verstand sofort, was er meinte, nachdem sie durch das Fenster der Kirche nach innen geblickt hatte. Mittels Beamer wurde wie in einer Karaokebar der Text des Psalms mit kitschigen Landschaftsbildern an die Wand projiziert. Davor stand ein katholischer Priester im Ornat mit verzücktem Gesichtsausdruck, die Arme ausgestreckt zum Himmel erhoben.

»Tja, das überzeugt«, sagte Gilbert mit frustriertem Unterton.

»Dagegen hat die mündliche Tradition der Kunas keine Chance«, fügte Jean hinzu. »Welcher Jugendliche hat heute schon noch Lust, den monotonen Sprechgesängen der Alten zu lauschen, die von früheren Zeiten erzählen? Zeiten, als es noch keine Computer, Handys und Fernseher gab. Das finden die doch total langweilig.«

»Und die kirchlichen Schulen fördern das Ganze natürlich unter dem Deckmantel der Bildung. Sie bringen ihnen nur deshalb Lesen und Schreiben bei, damit sie die blöde Bibel lesen können. Pardon! Aber da hat sich doch eigentlich seit der Zeit der spanischen Konquistadoren nicht viel geändert. Mit Bibel und Schwert haben sie schon damals den Kontinent erobert«, vervollständigte Jean das düstere Szenario.

Sina war wie die meisten Panameños katholisch erzogen worden und hatte ein weniger brutales Bild von der Kirche. Aber letztlich konnte sie den beiden nur recht geben. Außerdem musste sie sich eingestehen, dass sie nicht die geringste Ahnung hatte, welchen Glauben die Kunas ursprünglich praktizierten, ob sie einen oder mehrere Götter anbeteten, ob sie ein Leben nach dem Tod für möglich hielten und als was sie sich überhaupt verstanden. Wo sie ihre Zukunft innerhalb der panamaischen Gesellschaft sahen – und vor allem, was es wirklich mit diesen Molas auf sich hatte. Wie auf den anderen Inseln saßen auch hier vor fast jedem Haus Frauen, die mit Nadel und Faden die bunten Stoffbilder herstellten. Doch sobald Sina sie nach der tieferen Bedeutung fragte, schüttelten sie nur den Kopf und wollten ihr stattdessen eines verkaufen.

Als sie, kurz bevor es dunkel wurde, wieder am Hotel angekommen waren, verabschiedete sich Sina von den beiden Franzosen. Die negativen Eindrücke waren schon intensiv genug, die wollte sie nicht während eines gemeinsamen Abendessens noch vertiefen. Eines war ihr jedenfalls klar: Der Kampf, den dieser Neri führte, war aussichtslos. Längst war hier ein Stein ins Rollen gekommen, der nicht mehr aufzuhalten war. Sina fragte sich immer mehr, ob es auf diesen Inseln überhaupt Kunas gab, die sich für die Erhaltung ihrer ursprünglichen Kultur interessierten.

Immer wieder musste sie an den jungen Indio aus Boston denken. An seine Augen, seine olivfarbene Haut und den drahtigen Körper. Als sie allein auf der durchgelegenen Matratze in dem dunklen, muffigen Zimmer lag und dem Stöhnen und Ächzen der alten Klimaanlage lauschte, konnte sie sich sogar vorstellen, von ihm berührt zu werden. Sie glaubte, seine Hände auf ihrem Körper zu spüren, die Hände eines fremden Mannes, etwas, das sie sich nie zuvor hätte vorstellen können. Doch jetzt jagte dieser Gedanke ihr einen angenehmen Schauer über den Rücken.

Am nächsten Morgen, es war noch dunkel, tappte sie im Schein ihrer Taschenlampe hinunter zum Anlegesteg des Hotels und wartete auf das Boot nach Ustupo. Immer wieder horchte sie in die Nacht hinein, aber kein Motorengeräusch drang an ihr Ohr.

Nur irgendein Nachtvogel schrie sich den Kummer seines Daseins vom Herzen. Wenn das Schiff heute ausfiel, musste sie einen weiteren Tag auf Narganá verbringen. Immer mehr Leute würden auf sie aufmerksam werden, und ihre neu gewonnene Freiheit konnte schnell ins Gegenteil umschlagen. Ein Telefonat mit Felipe und ihr Großvater wusste, wo sie sich aufhielt. Mithilfe seiner umfangreichen Kontakte würde er sie leicht überall orten können.

Sina hatte die Hoffnung schon aufgegeben, als sie ein Tuckern vernahm. Von Weitem konnte sie in der einsetzenden Dämmerung erkennen, dass es sich nicht um ein Boot der Kunas handelte. Es hatte einen Aufbau, war viel größer und voll beladen mit Plastiksäcken, Kartons und Getränkekästen. Das Wasser vor dem Hotel war viel zu seicht, um dort an dem kleinen Steg anzulegen. Sina winkte dem Mann am Steuer zu, wollte wissen, wo er hinfuhr, und erhielt die Antwort: »Nach Ustupo!« Auf ihre Frage hin, ob sie denn mitfahren könne, riet man ihr nach einigem Hin und Her, zur Tankstation auf der anderen Seite der Insel zu gehen. Dort könne sie zusteigen. Sina wusste, wo sich die Tankstation befand, während des Spaziergangs mit den Franzosen war sie daran vorbeigekommen.

Sie erreichte den Steg noch vor dem Boot. Es gehörte kolumbianischen fliegenden Händlern, die von Insel zu Insel fuhren und dort alles verkauften, was nützlich und auch unnütz war. Sina einigte sich mit Iñaki, dem Chef des schwimmenden Kolonialwarenladens, auf ein Beförderungsgeld von hundertfünfzig Dollar, was natürlich völlig überhöht war, aber wenigstens kam sie auf diese Weise von der Insel weg.

Das Boot zu betanken dauerte fast eine Stunde, und als sie endlich losfuhren, war es bereits hell.

Der erste Hafen, an dem sie anlegten, war Isla Tigre: eine flache Insel, höchstens fünfhundert Meter lang und dreihundert Meter breit, mit Palmen und einem weißen Sandstrand, an den sich eng nebeneinandergebaut Bambushütten reihten. Ganze

Trauben von Kunas standen erwartungsvoll an der Mole, als das Schiff einlief. In Windeseile wurden Plastikplanen auf dem Boden ausgelegt und die Säcke mit Kleidung, Haushaltswaren, Töpfen und Geschirr darauf verteilt. Die Frauen fielen darüber her wie die Termiten.

»Seit sie jetzt auch auf den abgelegeneren Inseln das Geld für sich entdeckt haben, sind sie nicht mehr zu halten. Gut für uns«, schmunzelte Iñaki und rieb sich dabei den hervorstehenden behaarten Bauch.

»Und woher haben sie das Geld?«, fragte Sina, obwohl sie die Antwort eigentlich schon kannte.

»Der Tourismus und die Narcos bescheren ihnen neuen Reichtum. Gut für uns. Früher haben sie Kokosnüsse gegen ein paar billige Haushaltsutensilien getauscht, aber inzwischen sind die Ansprüche gestiegen. Gut für uns«, wiederholte er noch einmal.

Nach einer halben Stunde war der Spuk vorbei. Ein paar Sachen waren verkauft worden, der Rest wurde flink wieder in die schwarzen Plastiksäcke gepackt und zurück auf das Schiff gewuchtet. Diese Aktion wiederholte sich auf drei weiteren Inseln, die alle ähnlich aussahen, bis das Boot kurz vor Einbruch der Dunkelheit tatsächlich Ustupo erreichte. Auch diese Insel unterschied sich nur wenig von den anderen. Dicht aneinandergedrängte Bambushütten, davor Kunafrauen, die Molas fertigten, spielende Kinder und palavernde Männer. Fast alle hatten ein Handy, und man hörte ständig eines klingeln.

Iñaki lud Sina, die ihre Identität als spanische Touristin beibehalten hatte, zum Essen ein. Er führte sie zu einer der Hütten, wo es köstlich nach frisch gegrilltem Fisch roch. Eine Frau heizte die Glut mit einem Fächer an, während ihr Mann kleine bis mittelgroße Fische auf einem Rost wendete. Jetzt erst fiel Sina auf, dass sie den ganzen Tag noch nichts gegessen hatte, und sie machte sich dankbar über den Teller her, den man ihr hinstellte. Ihr Gastgeber war der Besitzer des einzigen Ladens auf der kleinen Insel und damit der Hauptabnehmer von Iñakis Ware. Er sprach etwas Spanisch und kannte zu Sinas Überraschung Neri.

»Ein guter Mann. Davon gibt es nur noch wenige. Neri kennt die alten Geschichten und Legenden der Kunas wie kaum einer aus der jungen Generation. Er versucht alles, damit wir zu unseren Werten zurückfinden und unsere Kultur nicht untergeht. Zu diesem Thema findet übrigens gerade ganz in der Nähe ein Kongress statt. Die *Sailas,* die Chefs der Inseln dieser Comarca, treffen sich dort und diskutieren über Maßnahmen, diesem Ziel wieder näher zu kommen. Neri ist auch dort.«

Sina sah ihn gespannt an. »Und wo ist das?«

»Auf der Insel Mamitupo, das ist mit dem Boot keine zwei Stunden von hier.«

Sina wurde ganz aufgeregt und fühlte sich endlich ihrem Ziel näher gekommen. »Können Sie mich dort hinbringen?«

Der Kuna sah sie nachdenklich an. »Ich glaube, das ist keine gute Idee. Sie dürfen nicht gestört werden.«

»Wie lange dauert denn die Versammlung?«

»Das kann ich nicht sagen. Aber … was wollen Sie denn eigentlich von ihm?«

Sina fiel es nicht leicht, darauf eine Antwort zu geben.

»Sie ist in ihn verliebt«, unkte Iñaki und leerte in einem Rutsch eine Bierdose.

Sina schüttelte den Kopf. »Ich möchte ihn etwas fragen, etwas sehr Persönliches.«

»Ich denke nicht, dass Neri erfreut sein wird, gestört zu werden. Nein, ich werde Sie nicht dorthin fahren, und auch niemand anderes auf der Insel wird es tun.« Der Kuna, der zunächst so freundlich schien, wirkte plötzlich abweisend, sodass Sina es für besser hielt, möglichst bald aufzubrechen, obwohl Iñaki noch nicht ganz aufgegessen hatte. Doch der schien sich gut mit den Befindlichkeiten der Indios auszukennen und erhob sich ächzend.

Auf dem Weg zurück zum Schiff erklärte er ihr, dass die traditionellen Kunas, zu denen wohl auch ihr Gastgeber gehörte, private Verbindungen zu Fremden strikt ablehnten. »Sie glauben, dass der Fortbestand ihrer Kultur dadurch in hohem Maß gefährdet ist.«

Sina musste ihm recht geben. Es trugen nicht nur die Narcos, der Tourismus, die Kirche und die Schulen dazu bei, sondern im Grunde auch die partnerschaftlichen Beziehungen zu Weißen, Schwarzen oder auch Asiaten.

»Das alles ist nicht aufzuhalten und hat ja auch sein Gutes, zumindest für mich.« Er sah sie verschmitzt an. »Wenn es dir wirklich so wichtig ist, diesen Jungen wiederzusehen, können wir dich ja morgen dort absetzen. Ist zwar ein kleiner Umweg, aber für hundert Dollar extra würde sich das schon machen lassen.«

Die kleinen Schweinsäuglein des Kolumbianers glänzten. Sina wusste, dass sie keine Wahl hatte, und immerhin war sie mithilfe von Iñaki wohlbehalten bis hierher gekommen.

»Okay. Plus eine Übernachtung in einer Hängematte an Deck.« Irgendwo musste sie ja schließlich die Nacht verbringen.

Der Kolumbianer schlug ein.

»*Bueno*. Das ist ein Deal.«

6. KAPITEL

$

Julios Handy vibrierte in der Tasche seiner karierten Bermudashorts der Marke Boss. Er schob sich die Ray-Ban-Sonnenbrille über die schwarzen Locken. Ein Blick auf die Nummer sagte ihm, dass er drangehen musste. Er hielt es allerdings nicht für nötig, die andere Hand aus dem Bikinihöschen der Kolumbianerin zu nehmen, die vor ihm auf der Sonnenliege neben dem Pool kniete.

»*Sí.*«

»Vater sagt, du bist in der Villa«, vernahm er Felipes Stimme.

»*Sí.*«

»Du hast doch gute Kontakte in Kuna Yala?«

»*Sí.*«

»Sina ist verschwunden. Ihr Großvater hat mich angerufen. Und ich glaube, sie ist dorthin gefahren. Sie ist krank. Wer weiß, wem sie da in die Hände fällt.«

»Wieso ist sie dort? Das verstehe ich nicht.«

Das Mädchen stöhnte laut auf, und Julio schob das Höschen endgültig zur Seite.

»Ich auch nicht. Sie sucht, glaube ich, irgendeinen Kuna, der eine Mola in einem Museum in Boston geklaut hat.«

»Ist sie verrückt geworden?«

»Natürlich nicht. Aber ich fühle mich verantwortlich. Es ist wichtig, verstehst du? Du musst sie finden.«

»*Tranquilo, hermano,* jetzt beruhige dich mal. Dort leben schließlich keine Kannibalen. Aber ich werde mich umhören, und dann bring ich dir dein Vögelchen zurück. Vale.«

»Kann ich mich auf dich verlassen?«

»Kannst du, Bruderherz.« Er legte auf. *Todos locos* ... alle komplett durchgeschossen, dachte er.

»Was ist los, *cariño?*«, gurrte die rassige Schönheit im gelben Bikini, der schon längst nicht mehr die vorgesehenen Stellen bedeckte.

»Nichts, was dich etwas angeht.« Julio öffnete den Klettverschluss seiner Short und zog das Mädchen auf sich. Der Auftrag seines Bruders Felipe, der nicht mal sein richtiger Bruder war – und wenn er es wäre, müsste er sich für ihn schämen –, konnte warten. Und was diese Sina betraf, aus der wurde er sowieso nicht schlau. Sie war ihm viel zu klug. Gar keine richtige Frau. Klar, dass Felipe sie heiraten wollte, schließlich war sie bis oben hin mit Geld gespickt, aber Sex konnte er sich mit ihr nicht einmal in seinen kühnsten Träumen vorstellen. Und dass Felipe sich für keine anderen *chicas* interessierte, grenzte für Julio schon an Schwulsein.

Er zuckte nur kurz, als er kam, schob das Mädchen dann wie einen gebrauchten Gegenstand beiseite und machte die Hose wieder zu. Dann stand er auf, lief ein paar Schritte an dem mit rosa Marmor eingefassten Pool entlang und sah auf seine Rolex. Er gab einen eindeutigen Laut der Unzufriedenheit von sich, holte sein Handy heraus und wählte eine Nummer.

»Wo bist du, Diego? Wir waren um drei verabredet. Schwing deinen Arsch hierher, und zwar zett wie zügig.«

Julio hasste Unpünktlichkeit. Im Gegensatz zu den meisten Lateinamerikanern hielt er es mit der Zeit ganz genau. Denn er hatte im Leben die Erfahrung gemacht, dass es manchmal auf Sekunden ankam. Diego musste für ihn sowieso noch etwas in Kuna Yala erledigen. Das sollte er jetzt tun und gleichzeitig nach dem verloren gegangenen Prinzesschen Ausschau halten.

Der junge Kolumbianer ging zurück zu seiner Sonnenliege, auf der das Mädchen es sich inzwischen bequem gemacht hatte.

»Verschwinde, ich bekomme gleich Besuch.«

Sie erhob sich schmollend, rückte ihren Bikini zurecht und verschwand in Richtung Haus. Julio sah ihr nur kurz nach. Sie war perfekt: fester Arsch, große Titten, lange Beine. Aber er hatte bereits genug von ihr. So wie er meist nach zwei Tagen genug von den Frauen hatte, die er fickte.

Er ließ den Blick über das Anwesen schweifen, in dem er zumindest im Augenblick der Hausherr war. Die fünfeckige weiße Architektenvilla bestand zum großen Teil aus hohen Glasfenstern und erhob sich arrogant über einen tropischen Garten mit ovalem Pool. Eine Steintreppe führte hinunter zum Strand, wo am Anlegesteg ein schnittiges, phallusförmiges Schnellboot festgemacht war. In der Bucht selbst schaukelte eine kleine Jacht sanft auf den Wellen.

Niemand konnte die Insel von Marco Martinez betreten, ohne dass es bemerkt wurde. Überall waren Bewegungsmelder installiert, die sofort Alarm schlugen, selbst wenn jemand versuchte, auf der anderen Seite anzulegen. Sein Adoptivvater hatte sich hier an der Karibikküste Panamas eine Art Fort Knox geschaffen, allerdings die paradiesische Ausführung. Was für ein Unterschied zu La Sierra, dem miesesten Barrio von Bogotá, wo Julio ursprünglich herkam. Für einen kurzen Moment tauchte die steile Straße mit den windschiefen Häusern aus Sperrholz und verrostetem Wellblech, in der er aufgewachsen war, vor seinem inneren Auge auf. Und er glaubte sogar den fauligen Geruch zu riechen, der bei Ostwind von den Müllbergen der Hauptstadt Kolumbiens herüberwehte.

Ein Gutes hatte sein erstes Leben, wie er es nannte, gehabt. Er fürchtete sich vor nichts und niemandem. Und keiner konnte ihm etwas vormachen. Von klein auf kannte er den Kampf. Linke Guerillas und rechte paramilitärische Gruppierungen hatten sich damals gegenseitig Territorien streitig gemacht und kein Erbarmen gekannt. Wer nicht nach einmaliger Aufforderung sein Haus aufgab, der stand auf der Abschussliste. Das Leben eines Einzelnen war nichts wert. Leichen und Blutlachen gehörten zum Straßenbild. Als Julio fünf Jahre alt gewesen war, wurde sein Vater vor seinen Augen erschossen. Seine Mutter hatte wieder geheiratet, und sein Stiefvater hatte ihn beinahe täglich verprügelt. Mit elf besaß er eine Schusswaffe, und mit zwölf tötete er damit seinen Peiniger. Mit dreizehn leitete er den bestfunktionierenden Drogenverteilerring in La Sierra. Mit vierzehn kam er in den Knast, und mit fünfzehn holte ihn Marco Martinez aus dieser Hölle direkt ins Paradies, indem er ihn adoptierte.

Das war jetzt zehn Jahre her. Doch letztlich war er derselbe geblieben. Manchmal sehnte er sich sogar zurück in den Dreck, andererseits war er stolz, so zu leben, wie er es jetzt tat. Das alles verdankte er Marco Martinez, der ihn selbstverständlich nicht aus reiner Menschenfreundlichkeit in seine Familie aufgenommen hatte, sondern um seiner Schwuchtel von Sohn zu zeigen, was ein richtiger Kerl war.

Julio grinste, wenn er an Felipe dachte. So ein Weichei, und jetzt war ihm auch noch die Braut weggelaufen. Und der wollte mal Präsident von Kolumbien werden, die Korruption und die Narcos abschaffen und Drogen legalisieren. Das hatte er ihm irgendwann einmal im halbtrunkenen Zustand erzählt. Was für eine lächerliche Vorstellung!

Julio horchte auf, als das Geräusch eines Außenborders näher kam.

Diego legte, trotz bewegter Wellen, geschickt an und vertäute das Boot am Steg. Er stammte von der Insel Narganá und gehörte zu dem Lager der Kunas, die entdeckt hatten, was man für Geld alles kaufen konnte, und alles taten, um immer mehr davon in die Hände zu kriegen. Und davon profitierte Julio. Diego war sein Mann in Kuna Yala, der dort die Dinge unter Kontrolle hielt. Allerdings nicht mit der Härte, die Julio sich gewünscht hätte.

Den Kunas fehlten der Biss und die Kaltblütigkeit, die man im Koka-Business brauchte. Im letzten und vorletzten Glied kein Problem, aber an den Schnittstellen brauchte Julio Männer, auf die er sich absolut verlassen konnte. Er tastete nach seiner Glock 36, die er unter dem Polster der Liege deponiert hatte.

Gestern war sein wichtigstes Schiff nur knapp einer erfolgreichen Razzia in Kuna Yala entkommen. Einer der Polizisten, die er seit Längerem schmierte, hatte ihm erst kurz vorher per Handy Bescheid gesagt, und so war Julio nichts anderes übrig geblieben, als dem Kapitän den Befehl zu erteilen, die ganze Ladung über Bord zu werfen. Und zwar in Sekundenschnelle. Das war die richtige Entscheidung gewesen. Die Bullen konnten nicht einen Krümel entdecken. Jetzt hieß es nur, die Ware im Wert von immerhin zwei Millionen Dollar nicht den Fischen zu überlassen beziehungsweise den Kunas. Meist wurden die mit mehreren Klebebandschichten wasserdicht verschnürten Pakete auf irgendeiner Insel angeschwemmt, und manchmal landeten sie auch in den Fischernetzen der Indios. Die verkauften den Stoff dann zu Dumpingpreisen oder zogen ihn sich selbst rein. Das musste verhindert werden. Und dafür war Diego zuständig.

Julio beobachtete, wie einer von Martinez' Bodyguards den jungen Kuna nach Waffen absuchte, bevor er ihm die Erlaubnis gab, die Steintreppe hinauf zur Villa zu betreten. Diego trug verhältnismäßig teure Sportkleidung und auf dem Kopf eine Baseballkappe mit der Aufschrift einer amerikanischen Biermarke. Seine Figur war nicht mehr drahtig und schlank. Er hatte bereits einen Bauch vom Bier und dem Junkfood, das seit Neuestem für viele Indios eine Alternative zu Kokosmilch, Fisch und Yucca geworden war.

Bewusst gelangweilt schob Julio seine Ray-Ban zurück und blickte Diego, der inzwischen den Poolbereich betreten hatte, herablassend an. Dann ließ er ihn auf dem Korbsessel ihm gegenüber Platz nehmen, zündete sich eine Zigarette an und blies ihm den Rauch ins Gesicht. Der Indio verzog keine Miene.

»Und?«

»Bisher hat keiner das Zeug gefunden, das habe ich dir doch schon am Telefon gesagt.«

Julio glaubte erst einmal grundsätzlich nichts, was ihm die Menschen erzählten, und nahm sein Gegenüber nun etwas genauer unter die Lupe. Er wusste, wenn jemand log, veränderte sich immer irgendetwas an ihm. Martinez war nicht der Erste, der ihn das gelehrt hatte. Horche auf den Ton der Stimme, beobachte die Pupillen, die Bewegung des Kopfes. Achte darauf, ob die Schultern angespannt sind oder locker, ob sich die Muskeln am Hals verkrampfen, ob die Fingerkuppen aneinandergerieben werden. Achte auf jede kleinste Veränderung, und du wirst erfahren, wie dein Gegenüber zur Wahrheit steht.

Diegos Halsschlagader war deutlich hervorgetreten, und Julio sah, dass sein Blut in Höchstgeschwindigkeit hindurchraste.

»Sicher?«

Diego nickte. »Ich schwöre es dir.«

»Okay, dann weißt du ja, was du jetzt zu tun hast.«

Der Kuna nickte.

»Hör zu, entweder du erledigst es selber, oder einer meiner Männer macht das, allerdings verlierst du dann vollkommen den Respekt deiner Leute, und ich kann dich nicht länger beschäftigen. Das verstehst du doch? Du musst ein Exempel statuieren, damit, wer auch immer den Stoff hat, Angst um sein Leben bekommt und ihn zurückgibt.«

Diego wagte es nicht, Julio in die Augen zu sehen.

»Und wen?«, fragte er mit belegter Stimme.

Julios Mundwinkel zuckten abfällig. »Bist du doof oder was? Jemand, der dir immer schon im Weg war. Damit schlägst du zwei Fliegen mit einer Klappe. Du verschaffst dir Respekt und bist eine lästige Fliege los.«

Diego sank kaum merklich in sich zusammen.

»Gab es da nicht so einen Fanatiker? Einen, der in Amerika studiert hat und jetzt will, dass ihr alle wieder im Lendenschurz rumlauft?«

Diego nickte.

»Wie auch immer. Lass es wie einen Unfall aussehen, am besten wirfst du ihn irgendwo weit draußen ins Meer. Das hinterlässt keine Spuren. Ach ja, und noch was. Die Braut meines Bruders, diese Sina Saratoga, soll angeblich irgendwo in Kuna Yala unterwegs sein. Hör dich mal um und gib mir dann Bescheid.«

Diego richtete sich auf, und Julio sah die Feigheit in den Augen des verfetteten Indios. Es widerte ihn an, mit solchen Typen arbeiten zu müssen. Er träumte von größeren Aufgaben innerhalb des Martinez-Imperiums. Aber er wollte nichts übereilen. Seine Stunde würde schon noch kommen, und da würde ihm keiner im Weg stehen, auch nicht Felipe, der eigentliche Erbe. Dieses Muttersöhnchen hatte im Gegensatz zu ihm nicht die geringste Ahnung, wie die Dinge im Business wirklich liefen. Martinez' Unternehmen waren grundsätzlich ähnlich strukturiert wie früher das seine in La Sierra. Nur tausend Mal größer, mit mehr Profit und höherem Risiko. Aber letztendlich musste man auf das Gleiche achten. Und das bedeutete: alles unter Kontrolle zu haben und nicht beschissen zu werden. Denn überall lauerte die Gier, und wer sich in diesem Metier verdingte, war skrupellos. Deshalb war es wichtig, immer wieder abschreckende Exempel zu statuieren. Das war die einzige Möglichkeit, die Zügel in der Hand zu behalten.

7. KAPITEL

$

Schon von Weitem drangen die monotonen Sprechgesänge der Kunas an Sinas Ohr und legten sich wie eine fremde Tonart über das Rauschen der Brandung. Es kam ihr vor, als elektrisierten sie die Luft und ließen auf diese Weise eine Art unsichtbare Mauer entstehen. Und diese Mauer galt es zu überwinden. Iñaki hatte sie vom Schiffsjungen in einem kleinen Beiboot zum Strand der Insel Mamitupo rudern lassen. Sie schulterte ihren Rucksack, verabschiedete sich und folgte dann dem Gesang.

Die Casa Mayor, das Versammlungshaus, das es auf fast jeder größeren Insel gab, stand hinter einer Reihe von Bäumen. Der Gesang war nun klar und deutlich zu vernehmen. Respektvoll blieb sie an der Tür stehen. Auch wenn sie nichts verstehen konnte, spürte sie, dass es um etwas Ernstes ging. Die Männer in ihren Hängematten, die quer durch den großen Raum gespannt waren, hatten, soweit sie das im Halbdunkel erkennen konnte, die Augen geschlossen. Als plötzlich hinter ihr jemand auftauchte und das letzte Licht stahl, das durch die Türöffnung strahlte, hielten die Männer inne, und der Gesang verebbte.

»Wer sind Sie, und was möchten Sie hier?«, wollte ein älterer Mann wissen.

»Ich suche Neri« antwortete sie, wie schon so oft.

»Hier gibt es keinen Neri, und ich muss Sie bitten zu gehen.

Das hier ist eine Versammlung der Kaziken der zweiten Comarca, und die darf nicht gestört werden. Fremde haben auf dieser Insel nichts zu suchen. Am besten fahren Sie auf dem schnellsten Weg zurück nach Carti.«

»Aber …« Das Wort blieb ihr im Hals stecken, denn nun erhoben sich sämtliche Kaziken aus ihren Hängematten und kamen mit versteinerten Gesichtern auf sie zu. Sie trugen ähnlich geschnittene langärmelige Hemden ohne Knöpfe, wenn auch in unterschiedlichen Farben, blau, gelb, grün und rosa. Dazu eine schwarze Hose und einen schwarzen Hut. Alle waren barfuß. Zwei hatten einen Stock bei sich und wirkten auf Sina alles andere als friedlich. Zum ersten Mal, seit sie allein unterwegs war, fühlte sie sich bedroht. Sie drehte sich um und trat schleunigst den Rückweg an. Sie war hier nicht erwünscht. Wer kein Kuna war, hatte bei den Traditionalisten nichts zu suchen – wahrscheinlich zu Recht. Das, was sie auf den anderen Inseln gesehen hatte, genügte, um zu verstehen, dass die Kultur der Blancos mit denen der Kunas nicht kompatibel war. Jetzt konnte sie nur hoffen, dass Iñakis Schiff noch in Sichtweite war und er umkehren würde. Während sie schnellen Schrittes hinunter zum Strand lief, sah sie, dass die Männer inzwischen auf einem kleinen Hügel standen und jeder von ihnen sein Handy in die Luft hielt, um ein Signal einzufangen. Wahrscheinlich gaben sie auf den anderen Inseln Bescheid, dass keiner sie mehr an Land lassen sollte. Ganz offensichtlich war es eine Schnapsidee gewesen, diesen Neri wiederfinden zu wollen. Was hatte sie sich nur dabei gedacht?

Das Boot der Kolumbianer war noch in Sichtweite, aber obwohl sie wie eine Wahnsinnige winkend auf und ab sprang, schien keiner an Bord sie zu bemerken. Wahrscheinlich war es auch gar nicht in Iñakis Sinn, umzudrehen. Er hatte seinen vollkommen überhöhten Fahrpreis längst kassiert – was sollte er sich jetzt noch weiteren Ärger aufhalsen?

Wieder einmal waren Sina die Zügel aus der Hand genommen worden. Sie hatte nicht die geringste Ahnung, wie es weitergehen sollte. Was würden die verärgerten Kaziken mit ihr machen? Wie kam sie hier weg? Wie sollte sie diese törichte Aktion erklären? Man würde sie endgültig für verrückt halten und wahrscheinlich in eine Klinik einweisen. Verzweifelt sank sie auf die Knie und hätte am liebsten geweint. Doch es kamen keine Tränen.

»Wer bist du? Und warum hast du mich gesucht?«

Sina drehte sich um und sah in die dunklen Augen des Mannes, der ihr in ihren Träumen schon öfter begegnet war. Obwohl sie sich in den letzten Tagen immer wieder ein Treffen mit ihm ausgemalt hatte, fühlte sie sich jetzt völlig überwältigt und beinahe unfähig, unter seinem prüfenden Blick auch nur ein Wort hervorzubringen.

»Wir kennen uns, nicht wahr? Ich habe gewusst, dass du irgendwann kommen würdest.«

Jetzt verstand Sina gar nichts mehr. »Du kannst dich tatsächlich an mich erinnern? Es waren doch so viele Menschen bei der Ausstellung.«

Er schien irritiert, lächelte dann aber. »Ich kenne dich schon viel länger. Es ist höchste Zeit, dass du hier auftauchst. Eigentlich habe ich dich schon viel früher erwartet.«

»Du hast mich erwartet?« Sie sah ihn verwundert an. »Warum?«

»Weil wir gemeinsam eine Aufgabe zu erfüllen haben.«

»Was für eine Aufgabe?« Sina hätte sich am liebsten in den Arm gekniffen, um sicherzugehen, dass sie nicht träumte. Wie konnte der Kuna nur so etwas sagen?

»Das werde ich dir später erklären. Wenn es dir recht ist, kommst du erst einmal mit mir nach Soletupo. Das ist die Insel, auf der ich mit meiner Familie lebe.«

»Und die Kaziken ... die Versammlung?«, stammelte sie.

»... ist vorüber. Jetzt muss nur noch abgestimmt werden. Aber ich habe sowieso keine Stimme, denn ich bin nur ein *Argar.*«

»Was ist ein *Argar?*«

Neri lächelte. »*Argars* sind die Übersetzer der *Sailas,* die sich in einer Art spiritueller Sprache ausdrücken. Sie ist nur für jene verständlich, die die Sagen- und Legendenwelt der Kunas kennen. Das wirst du, wenn du länger bei uns bist, alles besser verstehen. Aber jetzt komm.«

Länger bei uns bist … Hatte sie das eben richtig gehört?

Neri ging nicht weiter auf sie ein, sondern nahm einfach ihre Hand, und bevor sie sich's versah, saß sie in seinem Boot. Ihren Rucksack verstaute er vorn im Bug. Für einen kurzen Moment stieg eine alte Angst in ihr hoch, weil sie mit einem Fremden mitging, doch sie schluckte sie schnell wieder hinunter. Schließlich war sie seit Tagen unterwegs, um diesen Mann zu finden. Jetzt war es endlich so weit, und er hatte sie sogar erwartet. Das war allerdings mehr als merkwürdig.

Neri lenkte das Kanu mit dem starken Außenbordmotor geschickt über die Riffwellen, und schon bald flogen sie über das offene Meer. Wenn jetzt noch Delfine neben ihnen Saltos schlagen würden, wäre sie tatsächlich im Märchenwunderland angekommen, dachte sich Sina. Doch da war nur ein einzelner gelber Gummischuh, auf dem ein Seevogel saß und sich in der sanften Dünung schaukeln ließ.

Die samtene Luft streichelte ihr Gesicht, ihre Arme und Beine. Sie beschloss, erst mal überhaupt keine Fragen zu stellen, weder Neri noch sich selbst. Es war verrückt, zugleich aber war es ein perfekter Zustand, und sie konnte sich vorstellen, für immer darin zu verweilen. Hatte sie deshalb ihre mentalen Fähigkeiten verloren, um einen solchen Augenblick überhaupt erleben und genießen zu können?

Neri schaltete plötzlich den Motor aus, verließ seinen Platz neben dem Ruder, setzte sich neben sie und legte wie selbstverständlich den Arm um ihre Schultern. Aus seinem Blick, der unentwegt auf ihr ruhte, sprachen Vertrauen, Zärtlichkeit und ein Gefühl, das sie nicht zu benennen wagte. Er berührte sie in den Tiefen ihrer Seele. Sie spürte ihr Herz schlagen wie nie zuvor. Ihre Augen füllten sich mit Tränen, und es war nicht der Wind, der schuld daran war. Was war das nur? Sie hatte diesen Mann gerade erst getroffen, und trotzdem kam es ihr vor, als würden sie sich schon eine Ewigkeit kennen. Vielleicht aus einem früheren Leben? Nein, ganz bestimmt nicht. Sie glaubte nicht an so etwas. Das war etwas für Spinner und Esoteriker. Aber was war es dann, das sie verband? Einfach jemandem zu begegnen und zu wissen, das ist er, das ist der Richtige – das gab es doch nur im Kino. Ohne vorsichtiges Herantasten, ohne Fragen, ohne Tests.

Was geschah da mit ihr, mitten auf dem Meer in einem kleinen Boot, mit einem Kuna? Bevor ihr Gehirn weitere Kapriolen schlug und sie sich irgendwann doch eingestehen musste, dass sie komplett verrückt war, nahm er ihr Gesicht zärtlich in seine Hände und küsste sie auf den Mund. Seine Lippen waren weich und warm. Ein süßer Schauer durchfuhr ihren Körper. Eine Nähe, die sie bisher nie zulassen konnte, nicht einmal bei Felipe, zu dem sie wirklich Vertrauen hatte und den sie seit ihrer Kindheit kannte, war plötzlich möglich. Sie schmiegte sich an Neris sehnigen Körper und trank seinen Duft nach Sonne, Meer und Sand. Mit geschlossenen Augen lauschte sie seinem Herzschlag und ließ sich davontragen, dorthin, wo Raum und Zeit keine Rolle mehr spielten.

Erst als Neri den Außenborder hochzog und sie das Knirschen des Sandes unter dem Bug des Boots spürte, kehrte sie zurück in die Wirklichkeit.

»Wir sind da. Willkommen in Soletupo.« Er reichte ihr die Hand und half ihr auszusteigen.

Was tat sie hier? Noch immer war ihr alles ein Rätsel. Doch ihre Hand in seiner gab ihr das Gefühl, dass das, was hier geschah, richtig war. Dass sie tatsächlich geführt wurde auf dieser Reise.

Sie gingen über den weißen Sandstrand zur Hütte seiner Familie. Die Insel unterschied sich eindeutig von den anderen. Kein

Müll, keine Polizisten in Militäruniformen, keine unverputzten Häuser. Stattdessen ordentliche Bambushütten, nicht so dicht zusammengedrängt wie auf den anderen Inseln, sondern von Gärten umrahmt, in denen Kokospalmen, Yucca und Gemüse wuchsen. Sina fühlte sich sofort wohl. Am Rand des Dorfes stand eine kleine, aus Stein gebaute Kirche, die jedoch eher wie ein Fremdkörper wirkte.

»Vor einem Jahr sind endlich auch die Mormonen gegangen«, sagte Neri, der Sinas Blick gefolgt war. »Die Menschen auf dieser Insel haben sich entschlossen, wieder ein traditionelles Leben zu führen, mit ihren eigenen Göttern. Mit Baba und Nana, den Ureltern der Kunas. Das hier ist nur ein Anfang. Ich hoffe, dass die Kirchen auch auf den anderen Inseln bald verschwinden.«

Sina bemerkte, wie sein Körper sich anspannte und sein Gesicht einen kämpferischen Ausdruck bekam. »Iberogun, der Sohn von Baba und Nana, hat dem Mann vorgegeben, zu fischen und auf dem Feld zu arbeiten und dafür zu sorgen, dass für die Frau und die Kinder genug da ist. Er hat ihn gelehrt, seiner Frau ein Leben lang treu zu bleiben und seine Kinder liebevoll aufzuziehen, damit gute Menschen aus ihnen werden. Und Kikadiryai, seine Gefährtin, brachte den Frauen bei, zu kochen, das Haus sauber zu halten, und lehrte sie die Kunst, Molas herzustellen. Hier auf Soletupo arbeiten die Männer wieder auf den Feldern und fahren hinaus zum Fischen. Die Frauen kümmern sich um Haus und Küche. Wir bauen das, was wir zum Leben brauchen, selbst an, um nicht abhängig zu sein vom Geld der Weißen. Denn die Dinge, die sie uns verkaufen, vergiften nur unsere Körper und bringen uns Krankheiten wie Krebs und zu hohen Blutdruck. Für uns Kunas wäre es am besten, wenn wir überhaupt kein Geld zur Verfügung hätten. Wir schaffen es auch ohne.«

Sina sah ihn staunend an und dachte einen Moment darüber nach, was es für die Welt bedeuten würde, wenn es kein Geld mehr gäbe. Für sie, die in einem Bankerhaushalt aufgewachsen war, ein bisher unvorstellbarer Gedanke. Würden dann Gier und

Neid verschwinden? Würde es keine Kriege mehr geben? Das konnte sie sich eigentlich nicht vorstellen. Die Menschen würden immer Begehrlichkeiten haben, und wenn es nicht um Geld ging, dann um etwas anderes. Es war nicht allein das Geld, es war die Einstellung, immer mehr haben zu wollen. Da musste man ansetzen, jeder Einzelne, damit die Welt eine Chance hatte. Wenn die Starken den Schwachen helfen würden, anstatt sie noch weiter auszubeuten. Wenn die Klugen die Verantwortung für die weniger Klugen übernahmen. Wenn man zusammenarbeitete, statt miteinander zu konkurrieren. Wenn jeder die Möglichkeit hätte, sein Potenzial auszuschöpfen. Dann wäre es egal, ob man mit Geld oder Kokosnüssen Handel trieb. Doch davon war die Welt noch weit entfernt. Insofern konnte sie Neri gut verstehen, dass er sich auf das konzentrierte, was schon immer das Überleben seines Volkes garantiert hatte, und mit der Welt da draußen so wenig wie möglich zu tun haben wollte.

Sie waren inzwischen an einer verhältnismäßig großen Hütte am Rand des Dorfes angekommen, in der Neri mit seiner Familie wohnte. Eine Familie, die sich offensichtlich für eine komplett traditionelle Lebensweise entschieden hatte. Vor dem Eingang saßen zwei junge Mädchen und nähten an einer Mola. Ein junger Mann häutete ein Pekari, die für Panama typischen Wildschweine.

»Das ist Avelino, der Mann meiner Schwester, und das …«, Neri deutete auf einen anderen jungen Kuna, der etwas am Dach der Hütte reparierte, »ist Naputo, der Mann meiner anderen Schwester.«

Sina sah ihn fragend an. Neri grinste verschmitzt. »Ja, bei uns haben die Frauen die Hosen an. Ihre Männer wohnen und arbeiten im Haushalt der Braut beziehungsweise der Schwiegermutter. Töchter gelten als besonders wertvoll, da sie durch Heirat männliche Arbeitskräfte in die Familie bringen. Auch das Erbe wird immer auf der mütterlichen Linie weitergegeben. Nicht wie bei euch Blancos durch den Vater.«

Sicher keine dumme Idee, dachte Sina. Wahrscheinlich waren es auch bei den Kunas die Frauen, die besser mit Besitz umgehen konnten. Männer waren vielleicht die Risikofreudigeren, aber wenn es um Stabilität ging, war in vielen internationalen Unternehmen, die sie kannte, das Geld meist in den Händen von Frauen besser aufgehoben.

Alle nickten Sina freundlich zu, wenn auch mit einer gewissen Distanziertheit, so als ob sie nicht genau wüssten, ob sie Freund oder Feind war. Der Mann, der das Pekari häutete, erzählte aufgeregt etwas in der Sprache der Kunas. Neri hörte aufmerksam zu und übersetzte dann für Sina.

»Heute Morgen sind zweiundsiebzig Pekaris auf dem Festland von den Bergen heruntergekommen und in Richtung der Inseln geschwommen. Keiner weiß, warum. Diejenigen, die nicht ertrunken sind, wurden von den Kunas getötet. Da wir selbst keine Tiere züchten, war das natürlich ein nicht auszuschlagendes Angebot. Doch merkwürdig ist es schon.«

Eine Art Massenselbstmord, schoss es Sina durch den Kopf. Aber warum?

»Immer, wenn die Natur so aus den Fugen gerät, geschieht etwas, worauf man vorbereitet sein sollte.«

»Und was soll das sein?«

»Ich weiß es nicht. Aber es ist ein Zeichen. Wir werden später Galica fragen, unsere *Nele* – die Medizinfrau und Seherin. Ich möchte dir aber erst meinen Vater vorstellen. Er ist leider sehr krank.«

Sie betraten die geräumige Hütte, die mit Abtrennwänden in drei Wohnbereiche aufgeteilt war, in die nur wenig Licht fiel, das sich zwischen den Ritzen der Bambusstäbe hindurchzwängen konnte. In jedem Raum waren Hängematten gespannt. In dem ersten spielten drei kleine Kinder auf dem Boden ein Spiel mit Holzstöckchen.

»Die beiden Mädchen sind die Töchter meiner älteren Schwester, der Junge gehört zu meiner jüngeren.«

Sina sah noch einmal nach draußen. Die jüngere der beiden Mola-Näherinnen war höchstes fünfzehn. Neri verstand, auch ohne dass Sina aussprach, was sie bewegte.

»Ich weiß, das ist viel zu früh. Aber so ist das hier nun mal. Wir hätten uns alle gewünscht, dass sie sich mehr Zeit lässt. Doch hier werden die meisten Mädchen in diesem Alter zum ersten Mal Mutter.«

Sina stellte sich vor, eine neunjährige Tochter zu haben, und fand diesen Gedanken erschreckend. Natürlich wollte sie irgendwann Kinder haben, aber erst einmal ging es in ihrem Leben darum, die Bank ihres Großvaters zu übernehmen. Im gleichen Moment fiel ihr ein, dass ihre Zukunft derzeit auf wackeligen Füßen stand. Seit sie in Kuna Yala war, hatte sie nicht mehr an ihren Zustand gedacht. Warum auch? Hier musste sie sich weder mit Bilanzen, Aktienkursen noch mit Gewinnermittlung beschäftigen.

In der hintersten Ecke lag im Halbdunkel Neris Vater in einer von zwei Hängematten, die nahe nebeneinander aufgehängt waren. Er war nur noch Haut und Knochen, sein Gesicht von unzähligen Fältchen durchwirkt. Doch als er die Augen öffnete und Sina ansah, fühlte sie sich tief in ihrer Seele berührt. Es war eine Mischung aus Erschrecken und Erkennen. So, als ob sie jemanden wiedertreffen würde, mit dem sie nie mehr gerechnet hatte … Ähnlich wie bei der ersten Begegnung mit Neri hatte sie das Gefühl, dem Blick dieses alten Mannes nicht zum ersten Mal ausgesetzt zu sein.

Ganz langsam streckte er die knochige Hand nach ihr aus und murmelte etwas, das Sina nicht verstehen konnte. Dann deutete er nach oben, über seinen Kopf, wo an der Bambuswand die Mola mit dem Drachenbaum und dem Paar befestigt war, das sich an den Händen hielt.

Hier war das Artefakt also gelandet! Und hier gehörte es auch hin, das spürte Sina ganz deutlich. Das Motiv und die Farben zogen sie wie schon beim ersten Mal so tief in ihren Bann, dass sie den Blick nur schwer abwenden konnte.

»Er sagt, er ist froh, dass dein Weg dich noch rechtzeitig hierhergeführt hat«, übersetzte Neri. »Und er heißt dich hier willkommen.«

»Wie meint er das?«, flüsterte Sina.

»Was denkst du?« Neri lächelte sie an.

»Ich weiß es nicht. Ich weiß überhaupt nichts mehr.« Tränen liefen plötzlich ihre Wangen hinunter. Es war alles zu viel. Ihr Leben war komplett aus den Fugen geraten. Sie bewegte sich auf einem Terrain, auf dem alle anderen sich auszukennen schienen, nur sie nicht. Sie hatte nichts mehr in der Hand, konnte nichts mehr einordnen, nichts mehr bestimmen, nichts mehr zu einem sinnvollen Abschluss bringen. Sie hatte plötzlich keine Funktion mehr und auch keinen Grund zu handeln. Es gab keinen Gegner, den sie besiegen konnte, kein Ziel zu erreichen. Nirgendwo war Erfolg zu riechen, um seiner Fährte zu folgen. Ein Zustand, den sie noch nie erlebt hatte.

Neri schob sie sanft aus der Hütte hinaus in den hellen Tag. »Du möchtest sicher etwas essen. Es gibt Fisch in Kokosmilch, gekocht mit Yucca.«

Sina nickte nur, obwohl sie nicht sicher war, irgendetwas hinunterzubekommen. Neri deutete auf eine Strohmatte, die vor dem Eingang lag. »Setz dich. Ich bringe dir einen Teller.«

Seine jüngere Schwester reichte ihr ein Tongefäß mit Wasser, setzte sich dann ebenfalls hin und betrachtete Sina unverblümt von oben bis unten. Dann lachte sie schallend, stand auf und verschwand.

Was war so komisch an ihr? Egal. Sina verzichtete lieber darauf, sich darüber Gedanken zu machen. Am besten, sie schaltete das, was von ihrer Hirnmasse noch übrig war, auch noch aus, und dachte überhaupt nicht mehr nach.

Sie lehnte sich zurück, und langsam fiel die Spannung von ihr ab. Kinder spielten um sie herum, Frauen in ihren bunten Kleidern liefen schwatzend an ihr vorbei, ein älterer Kuna reparierte ein Kanu. Frieden pur. Und dann stellte man auch noch einen gefüllten Teller vor sie hin. Der Fisch duftete vorzüglich. Als Sina alles aufgegessen hatte, fühlte sie sich besser. Sie sah Neri an, der ihr stumm zugesehen hatte.

»Weißt du eigentlich, warum ich hierhergekommen bin und dich gesucht habe?«

Er schmunzelte. »Ja, ich glaube schon.«

»Wegen des Baums auf der Mola. Das ist kein Baum, der hier in Panama wächst.«

Neri schmunzelte. »Ich weiß. Er kommt von der Insel der Drachenbäume.«

8. KAPITEL

$

Julio wartete, bis die kleine zweimotorige Propellermaschine auf dem Rollfeld gelandet und zum Stehen gekommen war. Dann machte er sich gemächlichen Schrittes auf den Weg, während er sich eine Zigarette anzündete und sich gleichzeitig eine Antwort für den Piloten überlegte, der ihn sicher gleich anmachen würde, weil sein Baby wegen der brennenden Kippe explodieren könnte.

Als er die Luke öffnete, haute es Julio fast um. Der Geruch nach altem Fisch schlug ihm wie der nasse, dreckige Lappen entgegen, den ihm seine Mutter früher immer um die Ohren gehauen hatte, wenn er frech gewesen war.

»Mach sofort die Zigarette aus«, schrie ihn der Pilot wie erwartet an und kletterte aus der Maschine.

»Alles klar, Pablo.« Julio trat die Kippe aus und klopfte dem hochgewachsenen Typen auf die Schulter. »Mit irgendwas muss man ja gegen diesen Fischgestank vorgehen.«

»Alles Gewohnheit.«

»Schon klar.«

Pablo reichte Julio einen Aktenkoffer sowie eine Plastiktüte mit zwei fangfrischen Langusten.

»Hier, für dich. Mach dir einen schönen Abend mit deiner *chica*.«

Julio wusste, dass er den Koffer nicht öffnen und auch nicht nachzählen musste – im Gegensatz zu vielen anderen konnte er Pablo vertrauen. Er flog seit über zehn Jahren den Langustenflieger, der in Kuna Yala Krustentiere für die Spezialitätenrestaurants in Panama City einlud und sich vogelfrei am Himmel und auf jeder Landebahn bewegen konnte. Julio hatte ihn für Martinez' Binnenmarktgeschäfte gewinnen können und bisher nur gute Erfahrungen mit ihm gemacht. Nicht nur, dass er einer der besten Piloten war, die er kannte, sondern er stopfte, ohne mit der Wimper zu zucken, sein Baby auch bis obenhin mit Kokain voll, sodass sich jeder Trip für alle Beteiligten wirklich lohnte. Pablo holte die Ware direkt aus den Laboren im kolumbianischen Dschungel ab und tauschte sie bei den Kunas gegen Langusten aus, die er dann ganz offiziell nach Panama City flog. Die Indios schleppten das weiße Gold anschließend in Rucksäcken durch den Urwald hoch zur Straße, wo es von Lastwagen, die als Möbeltransporter getarnt waren, in Richtung Mexiko verfrachtet wurde.

Julio verabschiedete sich von Pablo mit einer Umarmung unter Männern und ging zu seinem schwarz lackierten Jeep, der am Rand der kleinen Piste geparkt war. Er schwang sich auf den beigen Ledersitz, ließ den Motor an und jagte in Richtung Hauptstraße. Aus den überdimensionalen Lautsprechern im Fond des Wagens tönte die sentimentale Stimme von Roberto Torres, der von Kolumbien, dem Kokain, den Favelas, den schönen Kolumbianerinnen und der Angst vor dem frühen Tod sang.

Manchmal, wenn er diese Lieder hörte, dachte Julio daran, dass es vielleicht besser gewesen wäre, so wie viele seiner Freunde aus La Sierra früh gestorben zu sein. Doch meist fing er sich schnell wieder, und es trat etwas anderes an die Stelle des Aufgebens, der Einsamkeit und der Verzweiflung an der Ungerechtigkeit der Welt. Und das war eine explosive Mischung aus Zorn und gleichzeitiger Nicht-Akzeptanz. Nein. Er konnte nicht zulassen, dass alles, was seine Jugend ausgemacht hatte, umsonst geschehen war. Der Tod von Lorenzo, dem man die rechte Hand weggeschossen hatte, der dann mit links genauso gut schoss und trotzdem eines Morgens in einer Blutlache vor dem Haus seiner Eltern endete. Der Tod von Juan, der das Gefängnis nicht länger ertrug und sich in seiner Zelle am Fensterkreuz erhängte. Claudio, der an einer Überdosis starb, und José, der von seinem Stiefvater so verprügelt wurde, dass er seitdem ein Leben im Rollstuhl im Hinterhof des Hauses seiner Mutter führte. Sie alle würde er niemals vergessen. Sie waren der Grund, warum er leben wollte. Es lag in seiner Verantwortung, mit den Schuldigen abzurechnen, mit denen, die an der Macht waren und nichts unternommen hatten, um diese jungen Menschen zu retten. Wann immer das sein würde. Dafür würde er jedes Risiko eingehen, keiner Gefahr aus dem Weg gehen und nicht aufgeben, bis sein Ziel erreicht war. Sein Krieg würde erst zu Ende sein, wenn er gewonnen war.

Julio lenkte den Wagen in Richtung Portobelo und bog in eine Seitenstraße ein, die zu einem kleinen privaten Hafen führte, zu dem auch ein Restaurant gehörte. Er befand sich auf historischem Boden. Die Bucht von Portobelo, heute ein kleiner Touristenort mit einer intakten Festung aus dem fünfzehnten Jahrhundert, war von Kolumbus entdeckt worden. Hier endete der berühmte Camino Real de Castilla de Oro, der Weg, auf dem vor über fünfhundert Jahren Indiosklaven das Gold der Inkas, das Pizarro und andere spanische Konquistadoren ihnen gestohlen hatten, vom Pazifik über den Isthmus zum Atlantik schleppten, von wo aus es mit Schiffen nach Spanien transportiert wurde.

Julio interessierte sich sehr für jene Zeit der spanischen Eroberungen in Amerika. Balboa, Pizarro, Cortés – das waren seine Helden. Er hätte gerne damals gelebt, als es noch keine Politiker, keine Gesetze und keine Ordnungshüter in diesem Land gab und vor allem kein Servicio Nacional de Fronteras. Als man sich einfach nehmen konnte, was einem gefiel, und seinen Besitz mit Leib und Leben verteidigte. Als man riesige Ländereien noch mit purer Gewalt einnehmen und beherrschen konnte. Ein solches Leben wäre ganz nach seinem Geschmack. Heute musste man tausend risikoreiche Umwege gehen, um irgendwie am Gesetz vorbei eine Machtstellung zu erlangen. Und diese Position dann zu behaupten war alles andere als einfach. Auch wenn sein Mentor und Gönner ihm das täglich vor Augen hielt. Julio hatte vor Martinez eine gewisse Hochachtung, und gleichzeitig kotzte er ihn an. Jetzt sollte er auch noch dessen Sohn Felipe treffen und mit ihm losziehen, um diese verwöhnte Banker-Schlampe zurückzuholen. Was für ein Schlappschwanz, dieser Typ!

Diego hatte inzwischen herausgefunden, dass Sina den Kuna tatsächlich gefunden hatte, der ausgerechnet jener unbequeme Anführer der Traditionalisten war. Felipe würde bestimmt nicht den Mut haben, ihn umzulegen. Julio konnte nur hoffen, dass Diego seine Aufgabe inzwischen erledigt hatte, sonst würde es wieder an ihm hängen bleiben. So wie immer. Er war Felipes großer Bruder, zumindest hieß es so. Doch die beiden sogenannten Brüder verband eigentlich nur eines miteinander: dass Julio stets die Drecksarbeit und Felipe sich nie die Finger schmutzig machen musste. Eines Tages aber würde er Felipe, nein, der ganzen Welt beweisen, dass es nicht ausreichte, gute Manieren zu haben und eine Eliteschule besucht zu haben. Zumindest nicht in diesem Business. Klar, Martinez machte inzwischen einen auf seriösen Geschäftsmann. Ihm gehörten mindestens zwanzig Hochhäuser auf der Avenida Balboa, und er baute Villenviertel für die Hautevolee von Panama City. Sein Sohn würde irgendwann in die Politik gehen und so tun, als hätte er Macht. Und er, Julio, sollte brav weiterhin für alle die Kastanien aus dem Feuer holen. So hatten sie sich das vorgestellt. Aber er verfolgte andere Pläne. Er war in La Sierra die Nummer eins gewesen und würde es auch hier irgendwann wieder sein. Es hieß nur den richtigen Augenblick abzuwarten und dann zuzuschlagen.

Julio parkte, setzte seine Ray-Ban auf, gab einem kleinen Jungen, der versprach, den Jeep notfalls mit seinem Leben zu verteidigen, einen Dollarschein und betrat dann mit selbstbewusstem Schritt die Terrasse des Lokals.

»Julio, *hermano,* Bruderherz!«, tönte auch schon Felipes Stimme. Der Blödmann war also schon da. Julio atmete tief durch.

»Wo ist sie?«

»Tranquilo! Mann, lass uns erst mal was trinken.« Er gab dem Ober in weißer Uniform ein Zeichen.

»*Dos Cuba Libre.*« Julio wartete gar nicht ab, ob Felipe vielleicht einen eigenen Wunsch äußern könnte. »Pass auf. So einfach ist die Sache nicht. Sie macht da mit so einem Typen rum.«

»Was?«

»Ja, aber nicht mit irgendeinem, sondern ausgerechnet mit dem, der uns allen das Leben schwer macht.«

»Und was heißt das?«, hakte Felipe nach.

»Na ja, was soll das schon heißen? Er ist fällig. So oder so. Wiegelt die Kunas auf, dass sie nicht mit uns arbeiten und wieder so leben sollen wie früher. Ohne Geld, nur vom Fischfang und Yuccaanbau. Falls sich deine ...«, er zögerte einen Moment und spuckte dann mit einer abfälligen Kopfbewegung auf den Boden »... Verlobte in den Typen verknallt hat, könnte es jedoch Komplikationen geben.«

»Ist es der Typ, der in Boston die Mola geklaut hat, auf der ein Baum abgebildet ist, der irgendwas mit Sinas Vergangenheit zu tun hat?«

Julio zündete sich kopfschüttelnd eine Zigarette an. »Bist du besoffen oder was? Es kann doch nicht dein Ernst sein, dass du so eine Scheiße glaubst. Die tanzt dir auf der Nase herum. Und zwar hochgradig.«

»Du verstehst das nicht. Ihre Eltern sind früh gestorben, und sie ...«

»Ach, ich versteh das nicht«, unterbrach er Felipe in aggressivem Ton. »Wenn jemand das versteht, dann ich.« Julio drückte die Zigarette, die er nur angeraucht hatte, wieder aus und spürte, dass er die Wut unterdrücken musste, die ihm direkt von den Eiern ins Gehirn stieg. Seine Hände ballten sich unwillkürlich zu Fäusten, sodass er sie schnell unter dem Tisch verschwinden ließ. »Aber deshalb muss man nicht glauben, dass man was Besonderes ist. Schon gar nicht, wenn man so mit Geld gespickt ist.« Er stand auf. »Ich seh schon mal nach dem Boot. Du kannst ja noch austrinken.« Er steckte dem Kellner, der gerade mit den Getränken ankam, eine Zehndollarnote in die Tasche seine Sakkos und ging hinunter zur Mole, wo Martinez' Jacht inzwischen aufgetankt worden war. Er hasste es, wenn Menschen, die mit dem goldenen Löffel im Mund geboren worden waren, zu Opfern stilisiert wurden. Da musste er sich jedes Mal zusammenreißen, um nicht zuzuschlagen.

Nachdem er außer Hörweite war, rief er Diego an, der sofort abnahm.

»Hör zu«, sagte er »du musst den Typen, diesen Lendenschurzträger, sofort aus dem Weg räumen. Ich bin mit Blödmann Felipe auf dem Weg nach Kuna Yala. Ich will nicht, dass Sina glaubt, er oder ich hätten irgendwas mit der Sache zu tun. Du hast fünf Stunden Zeit. *Comprende?*«

»Sí, Señor.«

»Gib mir Bescheid, wenn die Sache erledigt ist.« Er wartete die Antwort gar nicht erst ab, sondern legte auf und steckte sein Handy wieder in die Tasche seiner Bermudashorts. Das war die beste Lösung. Viele der Reichen aus der zweiten Generation hatten Angst vor Gewalt. Die kleine Schlampe war bestimmt froh, wenn er und Felipe sie abholten, bevor es am Ende auch ihr an den Kragen ging. Sie musste inzwischen mitbekommen haben, dass in Kuna Yala andere Gesetze herrschten als in Panama und dass es für einen Mord, selbst wenn mehrere Leute anwesend waren, niemals Zeugen gab.

»Auf welcher Insel ist sie denn?«, fragte Felipe, der sich über die Seekarte beugte, während Julio den Motor der kleinen, wendigen Jacht anließ und sie von der Anlegestelle wegmanövrierte.

»Soletupo.«

Eine Weile herrschte Schweigen zwischen den beiden.

»Du findest es blöd, ihr hinterherzufahren, was?«

Julio beschloss, den Souveränen zu spielen. »Ein Mann muss tun, was ein Mann tun muss.«

»Sie ist die Frau meines Lebens. Ich liebe sie seit meiner Kindheit und kann mir nicht vorstellen, es eines Tages nicht mehr zu tun.«

Julio konnte weder verstehen noch nachvollziehen, was Felipe da ritt. Liebe war doch genauso ein Geschäft wie alles andere auch. Er jedenfalls glaubte nicht an die romantische Liebe. Für ihn war das Weibersache. Zugegeben, mit ein bisschen Romantik bekam man die Frauen leichter ins Bett. Aber sich dafür bei Kerzenlicht und Rotwein stundenlang ihr dummes Gequatsche anzuhören war ihm zu blöd. Wenn eine sich zierte, konnte er gut auf sie verzichten. Aber bisher war das so gut wie nie vorgekommen.

»Wenn sie dich nicht will, würde ich ihr jedenfalls nicht hinterherrennen. Felipe, du kannst jeden Tag drei verschiedene Frauen haben, wenn du möchtest.«

»Aber das will ich nicht. Sie oder keine.«

Julio konnte diesen Schwachsinn nicht mehr hören. Bevor Felipe nach Amerika gegangen war und nicht ständig an Sinas Rockzipfel hing, hatten sie wenigstens hin und wieder Spaß zusammen gehabt. Sie waren bei Auto- und Pferderennen gewesen, im Casino und beim Heliskiing. Felipe hatte ihm die Welt der Reichen gezeigt, ihn überallhin mitgenommen. Das rechnete Julio ihm hoch an, auch wenn er sich nie vor ihn gestellt hatte, wenn irgendeine Tussi ihn belächelte, weil er nicht mit der Hummerschere umgehen konnte und den falschen Wein zum Essen bestellte. Felipe hatte dann immer weggesehen, als ob er ihn nicht kennen würde. Nicht, dass Julio in peinlichen Situationen auf den

Mund gefallen wäre, aber in seiner Welt hielten Brüder in jeder Hinsicht zusammen, standen füreinander ein.

Er peitschte den Motor hoch, sodass es unmöglich war, sich noch länger zu unterhalten. Die Stunden vergingen. Immer wieder sah er auf sein Handy, ob Diego ihm eine Nachricht hinterlassen hatte. Doch nichts. Er würde ihn austauschen müssen. Der Typ war einfach nicht zuverlässig.

Am Horizont zogen dunkle Wolken auf, und durch den zunehmenden Wind sah die eben noch spiegelglatte Oberfläche des Meeres schon jetzt aus wie grobes Krepppapier. Julio machte sich ernsthafte Sorgen und gab noch mehr Gas, sodass sie bereits am frühen Nachmittag Soletupo erreichten

»Wir sind da!« Julio drosselte den Motor. »Viel Zeit hast du nicht. Ich habe keine Lust, hier die Nacht zu verbringen. Die Wettervorhersage sieht alles andere als gut aus.« Schon jetzt hatte er große Schwierigkeiten, das Boot über die Riffwellen in Richtung Strand zu manövrieren. Immer wieder drohte die kleine Jacht zu kentern, bis er endlich eine Lücke im Riff gefunden hatte und in ruhigeres Gewässer steuerte. Durch die starke Dünung gab der automatische Tiefenmesser keine verlässliche Auskunft, weshalb Julio relativ früh den Anker warf, um nicht das Risiko einzugehen, auf Grund zu laufen.

»Okay, los. Ich warte hier auf dich. Du hast zehn Minuten, nicht mehr.«

Felipe blickte beunruhigt zum Strand, wo bereits mehrere Kunas Aufstellung genommen hatten. Sie sahen alles andere als freundlich aus.

Julio blickte wieder auf sein Handy. Noch immer nichts von Diego. Er versuchte noch einmal, ihn anzurufen, doch Diego hob nicht ab. Julio fluchte leise vor sich hin.

»Vielleicht kommst du doch besser mit?«, bat Felipe kleinlaut.

Julio hatte es geahnt. Er wollte schon ablehnen, aber in Anbetracht der wenigen Zeit, die ihnen blieb, war es vielleicht doch vernünftiger, das Weichei nicht allein gehen zu lassen.

Das Wasser reichte ihnen bis zur Brust, als sie in Richtung Strand wateten. Mitten unter den Kunas stand Sina und sah ihnen entgegen.

Felipe stolperte die letzten Schritte auf seine Verlobte zu, sodass sie ihn beinahe auffangen musste, damit er nicht hinfiel. Julio konnte gar nicht hinsehen. Ihm wurde immer klarer, dass er die Sache in die Hand nehmen musste. Er würde den Scheißer jedenfalls nicht im Regen stehen lassen, das gebot ihm seine Ehre. Etwas, das seinem »Bruderherz« ja fremd war.

»Ich habe mir solche Sorgen um dich gemacht«, stieß Felipe atemlos hervor. »Du kannst in deinem Zustand doch nicht einfach abhauen, ohne dass irgendjemand weiß, wo du bist.«

»*Hola* Felipe«, begrüßte Sina ihn. »Du hättest dir keine Sorgen um mich machen müssen. Es geht mir gut ... so gut wie schon lange nicht mehr.«

»Das freut mich, aber lass uns jetzt trotzdem zurückfahren.«

Sina schüttelte den Kopf. »Es tut mir leid, Felipe, aber ich kann nicht zurück. Ich werde erst mal hierbleiben.«

Der Kuna, der neben ihr stand – offensichtlich dieser Neri –, hatte bisher mit stoischer Miene zugehört und mischte sich nun ein. »Ich denke, Sina hat ihre Entscheidung gefällt.«

Felipe, der nun endlich auch kapierte, wer der Typ war, trat auf ihn zu. Sie waren ungefähr gleich groß. Julio wollte schon einschreiten, doch der Indio machte von sich aus einen Schritt zurück.

»Ich nehme an, du möchtest mit Sina einen Moment allein sprechen. Warum geht ihr nicht dorthin?« Er deutete in Richtung eines kleinen Palmenwalds, der gleich hinter dem Strand begann.

Julio stöhnte leise auf. Das würde jetzt wahrscheinlich Stunden dauern. Er tat so, als suche er einen Platz zum Pissen, und folgte den beiden dann in einem weiten Bogen, was nicht schwer war, denn Felipes aufgeregte Stimme schallte laut und deutlich durch den Wald.

»Was denkst du, wie lange du dir die Welt noch vom Hals

halten kannst? Deine Großeltern, deine Freunde – alle wollen wissen, wo du bist und was mit dir los ist!«

»Du weißt genau, was mit mir los ist. Und du weißt auch, dass ich mich bemühe, der Sache auf den Grund zu gehen. Und im Moment bleibt mir kein anderer Weg«, antwortete Sina.

»›Kein anderer Weg‹«, äffte Felipe sie nach. »Soll ich dir sagen, welchen Weg du gehst? Du gehst den Weg der Feigheit, sonst nichts, und das hätte ich nie für möglich gehalten. Suchst dir den nächstbesten Liebhaber, nur um deinen wirklichen Problemen nicht ins Gesicht sehen zu müssen. Glaubst du vielleicht, du hältst es hier ein Leben lang aus? Ich gebe ja zu, es ist paradiesisch. Aber du bist zu etwas anderem geboren. Du hast eine Aufgabe, um nicht zu sagen, eine Verpflichtung gegenüber dieser Welt.«

»Und wie soll ich die deiner Ansicht nach erfüllen? Mit einem Gehirn, das derzeit nicht in der Lage ist, logische Zusammenhänge zu begreifen? Ein Gehirn, das dies vielleicht auch gar nicht mehr will. Vielleicht gibt es ja auch hier für mich etwas zu tun.«

»Und was sollte das sein? Fischen, Kokosnüsse sammeln und kleine Halbblutkinder zur Welt bringen? Klar, dafür braucht man nicht viel Hirn.«

Julio nickte zustimmend. Endlich geigte er ihr mal die Meinung. Leise trat er näher, sodass er die Szene im Schutz einer Palme haargenau beobachten konnte. Das wollte er sich nicht entgehen lassen.

»Was fällt dir ein?«, zeterte Sina.

»Sina, *cariño«,* Felipe ruderte schon wieder zurück und änderte seine Stimmlage. »Wir haben uns gemeinsam etwas vorgenommen. Wir wollten die Welt aus den Angeln heben. Hast du das vergessen?«

»Nein, natürlich nicht.«

»Soll ich dir vielleicht die wichtigsten Punkte ins Gedächtnis rufen, über die wir so oft gesprochen haben?«

Sina setzte sich auf einen Baumstumpf und sah Felipe zum ersten Mal in die Augen.

Der schien wieder Hoffnung zu schöpfen. »Eine gerechtere Verteilung von Ressourcen, die Bekämpfung von Armut, bessere Chancen für Kinder und Jugendliche. Ein Lateinamerika, das nicht mehr im Schatten der USA steht.«

Julio konnte den aufsteigenden Hustenreiz nur schwer unterdrücken und hätte sich beinahe verraten. Dieses Weichei wollte tatsächlich die Welt retten! Er hatte Felipes weltverbesserische Parolen bisher immer für das Gefasel eines Betrunkenen gehalten. Der Junge war noch nicht mal in der Lage, ohne die Verbindungen seines Vaters eine Wohnung oder ein Auto zu kaufen. Wie er gehört hatte, war sein Studienplatz in Harvard auch nur das Resultat einer gewaltigen Spende, die Marco Martinez getätigt hatte. Was bildete sich der Typ nur ein?

»Du wirst wieder gesund, *mi amór*«, redete Felipe weiter auf Sina ein. »Ganz bestimmt. Ich habe mit Doktor Finkelstein gesprochen. Sie ist überzeugt davon, dass du deine Fähigkeiten wiedererlangst. Komm mit uns zurück. Ich brauche dich.«

Sina blickte ihn schweigend an, dann sagte sie: »Diese Mola hat mich hierhergeführt, und das bestimmt nicht umsonst. Ich glaube, dass ich hier gesund werden kann. Schon lange hatte ich nicht mehr das Gefühl, zur richtigen Zeit am richtigen Ort zu sein. Ich fühle mich hier geborgen, Felipe. Niemand verlangt etwas von mir. Ich kann einfach nur ich sein und den Menschen beim Leben zusehen. Ein geradezu paradiesischer Zustand. Es ist das erste Mal, dass ich das Gefühl habe, meiner Seele etwas Gutes zu tun, ihr das zu geben, wonach sie sich schon immer gesehnt hat.«

»Aber … ich liebe dich doch«, sagte Felipe mit trauriger Stimme. Julio hätte ihn am liebsten gepackt und geschüttelt.

»Wenn du mich wirklich liebst, dann lass mich hierbleiben, Felipe. Bitte!«

»Das kann ich nicht.«

»Du wirst es müssen«, sagte sie mit fester Stimme und wandte sich von ihm ab.

Julio fragte sich langsam, wie lange Felipe dieses Spiel noch mitmachen würde. Merkte er denn nicht, wie er sich endgültig zum Trottel machte? Klar, dass Sina diesen muskulösen Kuna bevorzugte. Der war wenigstens ein Mann mit Haltung, auch wenn die in Julios Augen ziemlich weltfremd und lächerlich war. Doch Neris Tage waren sowieso gezählt, und dann würde … *er* an Sinas Seite sein. Das war es! Als hätte er gerade eine göttliche Eingebung gehabt, sah er plötzlich alles ganz klar vor sich. Seine Power und seine Ideologie, gepaart mit Sinas Möglichkeiten, an die Schaltstellen der Macht heranzukommen, hatten echtes Potenzial. Sie würde weder mit dieser Schwuchtel noch mit dem muskulösen Naturburschen glücklich werden. Er, Julio, war der richtige Mann für sie.

Felipe war Sina hinterhergelaufen und hielt sie am Arm fest. Sie schrie auf, riss sich los und hastete Richtung Strand. Julio hielt es nun nicht länger in seinem Versteck. Er wusste, dass er jetzt handeln musste, und zwar so, wie er die Dinge schon immer geregelt hatte, wenn Worte nicht mehr ausreichten. Er rannte an Felipe vorbei, bekam Sina zu fassen und verpasste ihr einen wohldosierten Kinnhaken, der sie direkt zu Boden streckte.

»Bist du wahnsinnig?«, schrie Felipe ihn an.

»Nein, nur nicht so ein Feigling wie du. Meinst du vielleicht, die wäre freiwillig mitgekommen?«

In diesem Moment kam Neri angelaufen.

Julio tastete nach seiner Glock, die er in einem Halfter unter seinem Hemd trug.

»Los, trag sie zum Boot und lass den Motor an«, rief er Felipe mit einer Stimme zu, die keinen Widerspruch duldete. Dann entsicherte er die Pistole und zielte auf Neri. »Wenn dir dein Leben lieb ist, würde ich mir gut überlegen, was du jetzt tust.«

Doch der Kuna schien seine Drohung nicht ernst zu nehmen. Er folgte Felipe, der bereits bis zum Bauch im Wasser Richtung Boot watete, und würde ihn in wenigen Sekunden erreicht haben. Julio war klar, dass die Situation sofortiges

Handeln erforderte, sonst würde er die Kontrolle verlieren. Er zielte auf Neris Rücken und drückte eiskalt ab. Augenblicklich brach der Kuna im seichten Wasser zusammen. Felipe, der das Boot fast erreicht hatte, drehte sich um und starrte ihn erschrocken an.

»Los, mach schon – zum Boot!«, schrie Julio und sprintete dann ebenfalls durch das seichte Wasser. Aufgeschreckt durch den Schuss, kamen nun mehrere Dorfbewohner zum Strand gelaufen. Mit einem Blick checkte Julio die Lage. Keiner von ihnen hatte eine Waffe, und später würde Diego dafür sorgen, dass sie die Klappe hielten, schließlich hatte er gerade für ihn die Drecksarbeit erledigt.

Er erreichte fast gleichzeitig mit Felipe die Badeleiter und half ihm, die noch immer bewusstlose Sina an Deck zu hieven und sie auf eine der Sonnenmatten zu legen.

Felipe ließ den Motor an.

»Pass auf mit dem Riff, sonst sitzen wir hier fest. Das ist das Letzte, was wir jetzt brauchen«, rief Julio ihm zu, während er seine Pistole in einer der weißen Plastikboxen verstaute.

»Ist er tot?«, fragte Felipe, während er das Boot durch die Riffwellen lenkte.

»Davon gehe ich mal aus. Das waren keine Platzpatronen.«

Felipe hielt sich krampfhaft am Steuer fest und war kaum in der Lage, das Boot auf Kurs zu halten.

Was war nur mit dem los?, fragte sich Julio wie schon so oft. Sein Vater hatte zig Menschen auf dem Gewissen, und sein Sohn bekam einen Heulkrampf wegen eines Indios, den sowieso keiner brauchte.

»Wenn Sina das erfährt, dann …«

»Dann erfährt sie es eben nicht. Wir werden uns eine hübsche Geschichte für sie ausdenken. Wie wäre es damit: Neri ist hinter uns hergeschwommen und vom Hai gefressen worden oder am Riff zerschellt, was auch immer.«

Felipe blickte verzweifelt zu Sina, die auf ihrer Matte hin und her rollte, während sich das Boot immer extremer von einer Seite auf die andere neigte. »Das wird sie niemals glauben.«

»Dann glaubt sie es eben nicht. Und?«

»In was für einer Welt lebst du eigentlich?«

Plötzlich wurde die kleine Jacht von einer hohen Welle ergriffen und entging nur haarscharf einem Zusammenprall mit einem Felsen.

»Du Vollidiot, willst du uns umbringen?« Julio stieß Felipe weg und übernahm selbst das Steuer. Am liebsten hätte er ihn dabei über Bord gehen lassen. Doch das war schon schwieriger zu rechtfertigen. Was auch immer er Martinez für eine Story erzählte, der Vorwurf, nicht genügend auf Felipe aufgepasst zu haben, würde ihn vorerst, wenn nicht sogar für immer in Ungnade fallen lassen. Und damit wäre er aus dem Rennen. Nein, er musste diese Zecke noch eine Weile in seinem Pelz dulden.

Als er die Jacht nach einigen Manövern wieder auf Kurs gebracht hatte und sich nach Felipe umsah, blickte er plötzlich in die Mündung seiner eigenen Waffe.

»Es reicht, Julio. Ich lasse mir das nicht länger gefallen«, sagte Felipe mit zittriger Stimme.

»Das traust du dich nicht«, Julio lachte verächtlich. »Los, gib mir meine Waffe zurück, sonst tust du dir noch weh.«

»Du und mein Vater, ihr denkt wohl, ihr habt die Macht, alles zu bestimmen. Ihr nehmt euch, was ihr braucht, und wer stört, wird beiseitegeschafft. Ich werde das nicht länger zulassen …«

»Oho, hört, hört. Und wie willst du das anstellen? Indem du mich tötest? Dein Vater wird deshalb seine Geschäfte nicht aufgeben, und du wirst immer sein Sohn bleiben, ob es dir passt oder nicht. Eine weiße Weste bekommst du jedenfalls nie.« Er versuchte sich, so gut es ging, auf dem schwankenden Schiff auf den Beinen zu halten. »Du bist kein Revolutionär, Felipe. Du hast niemals Leid erfahren. Du hast deine Kindheit an den warmen Brüsten deiner hübschen Mutter verbracht. Man hat dir den Arsch gepudert und alles hinten reingesteckt. Menschen wie du haben keinen Grund, die Welt zu verändern. Und deshalb wird auch das, was du mit Sina vorhattest, nur Geschwätz bleiben. Denn letztendlich geht es dir nur um dich. Darum, deinen Status zu behalten – deine Autos, deine Wohnungen, deine sogenannten Freunde. Sei ehrlich: Würdest du irgendetwas von dem, was du hast, opfern? Nein! Denn dafür bist du zu feige. Und wenn nicht, dann drück ab.«

In diesem Moment war Julio tatsächlich alles egal, auch wenn er sich nicht gerade vorgestellt hatte, von der Hand dieses Knallkopfs zu sterben.

Der Schuss zerriss die Luft, gleichzeitig ging Felipe über Bord. Julio sah aus dem Augenwinkel, dass Sina ihn beiseitegestoßen hatte, doch dieser kurze Moment genügte, um ihm ein Verständnis dessen zu geben, was Schicksal bedeutete.

»Er hätte dich getötet«, sagte Sina mit leiser Stimme. »Er ist kein Feigling.«

Felipes Hilferufe drangen zu ihnen herauf. Sina hatte ihn nur davon abhalten wollen, Julio zu töten, aber durch eine ruckartige Bewegung des Schiffes war er über die Reling gefallen.

Der Wind war zum Sturm geworden, und die Wellen waren längst meterhoch. Der Kopf von Felipe wurde immer wieder nach unten gedrückt und tauchte dann wie ein Gummiball an einer anderen Stelle wieder auf. Sina riss den Rettungsring aus der Verankerung und warf ihn ihrem Verlobten zu. Sie verfehlte ihn jedoch, und der orange-weiße Reifen wurde in die entgegengesetzte Richtung abgetrieben.

»Tu doch was!«, schrie sie Julio zu, der keinerlei Anstalten machte, irgendetwas zu unternehmen. Hatte ihm Gott da ein Blatt in die Hände gespielt, von dem er nicht zu träumen gewagt hatte? Felipe wollte ihn erschießen, und seine Verlobte hatte ihn davon abgehalten, indem sie ihn über Bord ins sturmgepeitschte Meer stieß. Besser konnte es für ihn gar nicht laufen.

»Ich kann nicht schwimmen. Tut mir leid.«

Sina sah ihn fassungslos an. Dann zog sie Shorts und ihr

T-Shirt aus und sprang in Unterwäsche kopfüber in die brodelnde See.

Blöde Kuh, dachte Julio, während ihm der immer stärker werdende Regen ins Gesicht peitschte. Er konnte erkennen, wie Sina Felipe zu fassen bekam, dann jedoch beide von einer Welle gepackt und in Richtung Riff geschleudert wurden. Er selbst musste alle Mühe aufwenden, damit das Boot nicht auch zerschellte.

Als er es wieder im Griff hatte und durch den Regen aus sicherer Entfernung nach den beiden Ausschau hielt, konnte er sie nicht mehr entdecken. Er fuhr noch eine Weile in gebührendem Abstand zum Riff hin und her, doch ohne Resultat. Schließlich nahm er das goldene Kreuz, das er um den Hals trug, in die Hand, bat Gott um Vergebung und drehte ab.

9. KAPITEL

Enrique de Alba y Santa Barbara hastete durch die schmalen Gassen von Salamanca, seine dünne Ledermappe unter dem Arm, in der sich nur das Heft befand, in das er seine Aufzeichnungen schrieb. Er hatte weder einen Blick für die sandsteinfarbenen Häuser mit ihren dicken, festungsähnlichen Mauern noch für die Frauen, die sich in dieser frühen Stunde mit Kisten und Körben beladen auf den Weg zum Markt machten. Nur den Bettlern – traurigen, alterslosen Gestalten, in Lumpen gehüllt –, die auf den Stufen vor der Kathedrale hockten, schenkte er wie immer freundliche Beachtung und ein paar Kupfermünzen.

Dann stemmte er das schwere Holztor der Kathedrale San Martín gerade so weit auf, dass er seinen schlanken, hochgewachsenen Körper hindurchzwängen konnte. Die Kühle des wuchtigen Kirchenschiffs empfing ihn wohltuend, und er brauchte einen Moment, bis sich seine Augen an das Dunkel gewöhnt hatten, denn es fiel nur wenig Licht durch einige runde Fenster oben an der Decke. Er atmete tief ein und lief dann durch den Mittelgang nach vorn zum Altar. Seine Schritte hallten auf dem blanken, abgetretenen Steinboden. Obwohl er beinahe jeden Tag hierherkam, ließ er auch diesmal die Gelegenheit nicht verstreichen, kurz anzuhalten, um für einen Moment die im Stil seiner Zeit gemalten Fresken auf den Seitenwänden zu betrachten: die Heilung des Blinden, des Aussätzigen, des Taubstummen und des Gelähmten. Als angehender Arzt hatte er sich schon oft gefragt, welche geheimen Mittel der Sohn Gottes wohl vor 1500 Jahren verwendet hatte, aber natürlich keine Antwort darauf gefunden.

Mit einem gezielten Tritt öffnete er die stets klemmende Tür rechts neben dem Bildnis des heiligen Johannes, das mit Kerzen spärlich beleuchtet war, und betrat den schattigen Kreuzgang des angeschlossenen Klosters. Die ursprünglichen Kapellen an allen vier Seiten dienten als Vorlesungsräume, seit die einstige Domschule mit Unterstützung des Papstes zur Universität erklärt worden war. Der Innenhof, in dem sich sonst die Studenten tummelten, war wie leer gefegt, da der Unterricht längst begonnen hatte. Die Tür, hinter der Medizinkunde gelehrt wurde, war bereits geschlossen, die Stimme von Emilio León de Cosa drang jedoch unüberhörbar hindurch.

Enrique drückte die Klinke vorsichtig nach unten, um möglichst kein Geräusch zu verursachen. Er wollte gerade unauffällig an seinen Platz in der vorletzten Bank huschen, als ihn de Cosa mit seiner lauten Stimme nach vorn zitierte.

»De Alba, Ihr haltet es wohl nicht für nötig, mir den Respekt zu zollen, pünktlich zu sein. Es scheint Euch gar nicht zu interessieren, was ich zu sagen habe. Wisst Ihr überhaupt, wo Ihr Euch befindet? Das hier ist schließlich keine Schenke, wo man kommen und gehen kann, wie es einem beliebt.«

»Bitte verzeiht, Maestro, ich weiß, welch hohe Ehre es ist, bei Euch studieren zu dürfen. Ihr, der einer wandelnden Enzyklopädie gleicht und von allen Ärzten Spaniens die meiste Erfahrung habt.«

Der kleine Mann im hochgeschlossenen schwarzen Wams mit der typisch weißen Kröse, aus der sein schmaler Kopf herausragte, lächelte wohlgefällig, sodass die Spitzen seines aufgezwirbelten Schnurrbarts zitterten.

»Hört auf, mir zu schmeicheln, und seht Euch lieber dieses

Exemplar einer Wilden an, die man gestern zu mir gebracht hat. Aber kommt ihr um Himmels willen nicht zu nahe.«

Enrique näherte sich furchtlos der Trage, auf der eine zierliche junge Frau mit blauschwarzem Haar und rotbrauner Hautfarbe lag. Ihr Gesicht und ihre Arme, die aus dem weißen Leintuch herausragten, waren mit roten Pusteln bedeckt. Auf ihrer Stirn stand der Schweiß, und sie atmete nur flach.

Enrique schloss die Augen und nahm sie einfach nur wahr, während de Cosa ihn beobachtete.

»Na, was sagt der Spürhund?«

Enriques Mund verzog sich zu einem Lächeln. Er war nicht das erste Mal, dass der Maestro de Escuela ihn so betitelte. Aus einem unerfindlichen Grund hatte er die Fähigkeit, ohne große Untersuchungen ziemlich schnell zu erfassen, von welcher Krankheit ein Patient gequält wurde.

»Ich würde sagen, eine Sonderform der Pocken Cristalli oder Verole Volante, auch Fliegende Blattern genannt. Jedenfalls keine normalen Pocken, die sehen anders aus. Ich empfehle vor allem Ruhe, kalte Kompressen und Wadenwickel, um das Fieber zu senken. Ebenso eine spezielle Kräutersalbe für die entzündeten Hautstellen.«

»Kompliment. Das ist alles richtig. Trotzdem wird sie wohl den morgigen Tag nicht mehr erleben. Ihre Abwehrkräfte sind zu schwach.«

»Das glaube ich nicht«, erwiderte Enrique bestimmt.

De Cosa sah ihn herablassend an. »Es wird Euch nichts anderes übrig bleiben. Das hier sind keine Menschen, de Alba. Es sind Wilde, die nicht unter dem Schutz unseres Herrn stehen. Denn im Gegensatz zu den Heiden hat uns Gott durch seinen Sohn Jesus Christus etwas gegeben, das uns widerstandsfähig macht gegen die Attacken des Satans.«

Enrique hätte ihm gern widersprochen, tat es aber nicht. Er wusste, dass die Pocken und die Pest Tausende guter Christen dahingerafft hatten und jetzt auch noch von den Eroberern in die

Neue Welt geschleppt wurden. Gerade erst war ihm von Rückkehrern zu Ohren gekommen, dass auf der Insel La Española, wo schon bald nach der Entdeckung durch Cristóbal Colón die ersten spanischen Kolonien gegründet worden waren, die Indios beinahe ausgestorben waren und man inzwischen Sklaven aus Afrika einführen musste. Doch darüber war mit jemandem wie de Cosa sowieso nicht zu reden. Er hatte selbst drei *moros* in seinem Haushalt, und Enrique wollte es sich nicht mit ihm verscherzen. Denn Wertschätzung konnte schnell in Neid und Eifersucht übergehen, und das wollte er auf keinen Fall riskieren. Trotzdem gab er sich nicht so schnell geschlagen.

»Darf ich entgegen aller Vernunft versuchen, das Leben dieser Frau zu retten? Wenn man sie ins Universitätshospital brächte, hätte sie zumindest Aussicht auf Heilung.«

De Cosas Gesichtszüge wurden streng, doch dann entspannten sie sich plötzlich, und er lächelte Enrique gönnerhaft an. »Warum nicht? Für eine Nacht. Da will ich mal nicht so sein. Ihr bekommt die Möglichkeit, Euer Können unter Beweis zu stellen. Aber falls Euch das nicht gelingt, und davon müssen wir leider ausgehen, ruft einen Geistlichen, wenn es mit ihr zu Ende geht. Das wird nämlich das Einzige sein, was Ihr für sie noch tun könnt. Wenigstens schmort sie auf diese Weise nicht bis in alle Ewigkeit in der Hölle.«

»Danke, Maestro«, erwiderte Enrique. »Dürfte ich dann vielleicht, um keine Zeit zu verlieren, gleich mit der Behandlung beginnen?«

De Cosa zuckte mit den Achseln und gab den zwei Saaldienern ein Zeichen. Sie zogen sich jeder ein Tuch als Schutz über Mund und Nase und trugen die Bahre mit der jungen Frau hinaus. Enrique folgte ihnen.

»Und wenn sie dann tot ist, grämt Euch nicht, stellt Euch einfach vor, sie wäre eine Ziege gewesen«, rief ihm de Cosa noch unter dem Gelächter der übrigen Studenten hinterher.

Enrique schauderte. Ihm war die allgemein vertretene Ansicht, man könne die Ureinwohner der Neuen Welt wie Tiere behandeln, von Anfang an fremd gewesen, und er hatte sich oft an Diskussionen zu diesem Thema hier an der Universität beteiligt. Immer wieder strittig war in diesem Zusammenhang der Begriff des Naturrechts. Die einen sahen die Normen des menschlichen Zusammenlebens durch die Natur des Menschen begründet, worauf sich die sogenannte Schule von Salamanca stützte. Das hieß, wenn alle Menschen an der gleichen menschlichen Natur Anteil hatten, besaßen sie auch die gleichen Rechte, und darin wären die Ureinwohner der Neuen Welt eingeschlossen. Auch sie hätten auf diese Weise ein Eigentumsrecht an ihrem Land und das Recht, sich gegen eine gewaltsame Missionierung und Versklavung zu wehren. Diese Gedanken widersprachen jedoch der ursprünglich vorherrschenden Meinung, dass die Wilden über einen geringer entwickelten Verstand verfügten und sich daher nicht auf die gleichen Rechte wie die Europäer berufen konnten, sondern, wie Kinder, einer besonderen Führung durch die Eroberer bedurften. Daneben gab es auch noch die Auffassung vom Naturrecht als dem »Recht des Stärkeren«. Enrique fühlte sich natürlich der humanistischen Sichtweise der Schule von Salamanca verbunden, doch eine wirklich laute Stimme hatte diese kleine Gruppe leider nicht.

Sie konnten nicht den direkten Weg zum Hospital nehmen, sondern mussten um eine gigantische Baustelle herumlaufen, wo hauptsächlich schwarze Sklaven schwere Steine und Balken schleppten. Hier entstand das Fundament für ein neues Wahrzeichen der Christenheit. Eine gigantische Kathedrale, die alle bisherigen Bauwerke in den Schatten stellen sollte. Nicht wie die alte im romanischen Stil, rund und gedrungen, sondern mit hohen, nach oben gezogenen Spitzbogen. Man wollte dem himmlischen Vater noch näher sein als zuvor und auf der anderen Seite den Wert des einzelnen Menschen in den Vordergrund stellen.

Das sechzehnte Jahrhundert war der Aufbruch in ein neues Zeitalter. Man fühlte sich nicht mehr allein abhängig von seiner Herkunft, und das Schicksal eines Menschen unterlag auch nicht mehr einzig dem Willen Gottes. Die Buchdruckkunst war erfunden, und immer mehr Menschen konnten lesen und schreiben. Die Entdeckung Amerikas und die Eroberung unzähliger neuer Gebiete hatten die Denkweise verändert. Alles schien plötzlich möglich. Die Grenzen hatten sich verschoben. Und auch der Bau einer Kathedrale von über einhundertfünfzig Canna musste kein Traum mehr bleiben.

Das Hospital war wie immer überfüllt. Es roch nach Schweiß, Urin und Blut. Selbst in den hohen, von Säulen gestützten Fluren standen so viele Betten und Pritschen, dass ein Durchkommen kaum mehr möglich war.

Die meisten Patienten hatten die Pocken, eine Krankheit, die sich in Spanien ausbreitete wie ein Geschwür und deren Ursache der Medizin ein Rätsel war. Die trüben Augen, die gefleckte Haut und die ausgezehrten Körper, die sich unter den dünnen, teilweise zerschlissenen Laken abbildeten, zerrissen Enrique das Herz. Während im gegenüberliegenden Bischofspalast und in den Häusern der reichen Kaufleute der Überfluss regierte, fehlte es hier nahezu an allem. Wobei jeder sein Bestes gab: von den Nonnen, die im Namen Jesu ihren Dienst taten, bis zu den Ärzten, die, oft selbst dem Tod nahe, den Kampf nicht aufgaben.

Doch eines war Enrique klar. Hier hatte die junge Frau keine Chance, denn sie würde sich nur noch zusätzlich anstecken. Enrique überlegte einen Moment, befahl den beiden jungen Männern, die Kranke auf einem der abgewetzten Behandlungstische aus Holz abzulegen, und schickte sie dann weg. Er zog das Leintuch hoch, sodass er damit den Kopf der jungen Frau bedecken konnte, nahm sie auf den Arm und trug sie hinaus. Sie war ein Leichtgewicht, sodass er keinerlei Mühe hatte. Eine Schwester in laut raschelnder weißer Tracht nickte ihm voller Mitgefühl zu.

»Die Leichenkammer ist schon bis oben hin voll, aber sie soll in einer halben Stunde geleert werden. Da kommt es auf die auch nicht mehr an.«

Enrique nickte zurück und sah dann zu, dass er das Weite suchte. Er verließ das Krankenhausgelände durch den Hintereingang, der auf eine kleine, unbelebte Gasse führte. Von dort schlug er sich, größere Plätze meidend, auf grobem Steinpflaster bis zu seiner Studentenbleibe in einem zweistöckigen Haus direkt an der Stadtmauer durch. Die Besitzerin, eine alte Witwe, war um diese Tageszeit zumeist schon auf dem Markt, wo sie Körbe verkaufte, die sie in vielen Stunden mühsamer Arbeit mit ihren gichtgeplagten Händen fertigte.

In diesem Moment vernahm er ein leises Wimmern unter dem Tuch. Schnell stieß er mit dem Fuß die knarrende Tür auf und trug seine Last die ausgetretene Holztreppe hinauf bis unter das Dach, wo er sich, so gut wie möglich, häuslich eingerichtet hatte. Er legte die Frau auf sein Bett, zog ihr das Tuch vom Gesicht und strich ihr beruhigend über das dunkle Haar. Sie schlug die Augen auf und sah ihn ängstlich an.

»Keine Angst, ich will dir nur helfen«, sagte er, so sanft er nur konnte, ohne zu wissen, ob sie ihn überhaupt verstand.

»Ich bin ein Médico. Mein Name ist Enrique de Alba. Wie heißt du?« Er deutete dabei auf sich und dann auf sie. Sie versuchte etwas zu sagen, war aber eindeutig zu schwach und schloss wieder die Augen. Entweder spürte sie, dass er es gut mit ihr meinte, oder ihr war bereits so viel Böses widerfahren, dass sie vollständig resigniert hatte.

Er legte einige Schaffelle über sie, die er vom väterlichen Anwesen mit hierhergenommen hatte, tränkte dann Tücher mit kaltem Wasser und wickelte sie um ihre Waden. Anschließend mischte er aus verschiedenen Kräutern, einem Ei, Wasser und Fett eine Paste zusammen, wie er es von der *bruja,* einer alten weisen Frau, gelernt hatte, die außerhalb der Stadt lebte und der Inquisition schon lange ein Dorn im Auge war. Doch da ihre Heilkunst dem rachitischen Bischof unverzichtbar geworden war, ließ man sie in Ruhe.

Enrique nahm das Tuch vom Körper der jungen Frau und verteilte vorsichtig die zähflüssige Masse auf den entzündeten und vereiterten Stellen ihres Körpers. Dann deckte er sie wieder warm zu.

Jetzt hieß es abwarten und ihre Hände fest in den seinen zu halten, damit sie sich im Schlaf nicht weiter aufkratzte. Schon nach kürzester Zeit waren die Wickel allerdings so heiß, als hätten sie stundenlang in der Sonne gelegen. Enrique erneuerte sie immer wieder, jedes Mal mit dem gleichen Ergebnis. Erst nach mehreren Stunden schien das Fieber tatsächlich zu sinken. Ihre Stirn wurde kühler, und sie erlangte ihr Bewusstsein wieder, sodass er versuchen konnte, ihr Wasser einzuflößen, auch wenn ihr das meiste aus den Mundwinkeln wieder herausrann.

Sie schlug noch einmal die Augen auf, und das Leid, das Enrique darin zu sehen glaubte, fuhr ihm mitten ins Herz. Was hatte man ihr nur angetan? Er wusste, dass die Kolonisten roh und gewalttätig im Umgang mit den Ureinwohnern der Neuen Welt waren. Schon oft hatte er sich gefragt, ob es das wert war. Die Spanier besaßen doch genug eigenes Land. Warum mussten sie andere niederknüppeln und ihnen alles wegnehmen, nur weil sie sich überlegen fühlten? Er hätte am liebsten geweint, doch seine Erziehung verbot ihm das.

Die junge Frau schien trotz ihres Deliriums zu bemerken, was in ihm vorging. Sie drückte seine Hand und versuchte noch einmal mit letzter Kraft, etwas zu sagen. Enrique rückte ganz nah an sie heran und hielt sein Ohr an ihre Lippen, um sie besser zu verstehen.

»Du musst ihnen beistehen. Meinen Brüdern und Schwestern. Bitte …«, flüsterte sie in gebrochenem Spanisch. Dann erstarb ihre Stimme.

Enrique atmete tief durch. Wenn er das nur könnte!

Er verbrachte den Rest des Tages und die ganze Nacht am

Bett der Kranken. Zwischendurch fütterte er sie mit Haferbrei, den er auf einem kleinen Feuerherd zubereitete. Erst im Morgengrauen schlief er vor Erschöpfung kurz ein.

Als er erwachte, war die junge Frau tot. So wie de Cosa es vorhergesagt hatte. Eine große Traurigkeit ergriff den angehenden Médico, wie immer, wenn er gegen den Tod verlor. Wie gern hätte er, wie Jesus, über irgendein Mittel verfügt, das die Menschen am Leben erhielt und das zumindest den jungen, unschuldigen von ihnen noch eine zweite Chance gab. Doch diesen Gedanken konnte er jetzt nicht nachhängen. Er musste die Leiche verschwinden lassen, bevor die alte Witwe sie entdeckte und am Ende noch einen Herzstillstand erlitt.

Unten, in dem kleinen Verschlag im Innenhof, hörte er sie bereits ihre morgendliche Notdurft verrichten. Es blieb ihm also nicht viel Zeit, mit der Toten das Haus zu verlassen. Und so schlich er sich schnellstmöglich mit ihr aus dem Haus, zwängte sich durch eine ihm bekannte brüchige Stelle in der Stadtmauer und lief durch ein kleines Wäldchen zum Fluss. Er hockte sich am Ufer des Tormes nieder und ließ sie dann vorsichtig ins Wasser gleiten. Die Strömung erfasste sofort ihren Körper und trug ihn schnell aus seinem Blickfeld. Vielleicht würde die junge Frau auf diese Weise ins Meer und wieder zurück ins Land ihrer Ahnen gelangen, dachte er. So fern der Heimat zu sterben war bestimmt auch in der Glaubenswelt der Indios nicht vorgesehen.

Plötzlich schien es ihm, als ob ihm der Wind noch einmal die einzigen Worte zuflüsterte, die sie in seinem Beisein gesprochen hatte. »Du musst meinen Brüdern und Schwestern beistehen.« Und dann noch einmal. »Du musst meinen Brüdern und Schwestern beistehen …«

Doch wie? Weder er noch die Kräuter der *bruja* waren hilfreich gewesen. Vielleicht hatte er sich von Anfang an etwas vorgemacht? Nur weil seine Mutter, an die er sich nicht einmal erinnerte, angeblich eine große Heilerin gewesen war, mussten in ihm nicht die gleichen Fähigkeiten schlummern, selbst wenn er sich das noch so sehr wünschte. Wenn er nicht irgendetwas entdeckte, um diesen tödlichen Krankheiten Einhalt zu gebieten, würden ihm seine Patienten weiter unter den Händen wegsterben. Was nutzte ihm da ein Universitätsstudium? Was die hochmütigen, selbstverliebten Worte eines de Cosa? Ein starkes Gefühl von Ohnmacht und Verzweiflung ergriff von ihm Besitz, als er sich auf den Rückweg machte.

An der Haustür fing ihn die alte Witwe ab. »So früh schon unterwegs? Gut, dass ich Euch treffe. Gestern wurde ein Brief von Eurem Vater bei mir abgegeben.« Sie reichte ihm einen Umschlag und zog dann die Tür schnell wieder hinter sich zu, da sie noch im Unterrock war.

Enrique, der sich, seit er denken konnte, um seinen Vater sorgte, besonders um dessen Gemütszustand, las den Brief noch im Flur.

Trujillo, den 11. November 1512

Mein lieber Sohn,
ich schreibe Dir, weil ich zum ersten Mal seit langer Zeit einen Lichtschein im Dunkel meines Daseins sehe. Ich spüre, wie schon lange nicht mehr, eine Kraft in mir, es noch einmal zu wagen, meinem Leben eine andere Richtung zu geben und die Trauer und Melancholie, die mir wie ein Schatten folgen, abzuschütteln.

Gestern hat mich ein alter Freund besucht: Capitán Juan de Terrabaja, der gerade aus der Neuen Welt zurückgekehrt ist und mir einen Teller aus purem Gold mitgebracht hat. Er hat mich von Francisco Pizarro grüßen lassen.

Du erinnerst Dich doch an ihn und seinen berühmten Ausspruch: In der »Neuen Welt« kann selbst ein Schweinehirte ein Königreich erobern. Und das ist ihm jetzt gelungen. Er hat einen wichtigen Posten in Castilla de Oro inne. Dort suchen sie noch Kolonisten. Ich habe nun ernsthaft darüber nachgedacht, ob ich nicht dort noch einmal von vorn anfan-

gen soll. Mein bisheriges Leben ist, wie Du weißt, gescheitert. Deine Mutter hat mich verlassen, meine Ehefrau ist gestorben, und bei Hofe giltst Du immer noch nicht als legitimes Mitglied der Familie de Alba y Santa Barbara. Unsere Ländereien gehören der Krone, und unter den Adligen der Extremadura ist unser Name nicht lauter zu vernehmen als das Piepsen einer Maus.

Was spricht dagegen, auf der anderen Seite des Meeres ein neues Leben zu beginnen? Die Überfahrt zahlt die Krone. Ich könnte es dort noch einmal zu Ansehen und Geld bringen und meine Schulden begleichen, sodass Dein Erbe später nicht belastet sein wird.

Mein Sohn, ich weiß, wie wichtig Dir Dein Studium ist, und auch, dass Du noch keinen Abschluss in der Tasche hast. Trotzdem möchte ich Dich fragen, ob Du Dir nicht vorstellen könntest, mit mir zu kommen. Denn nur mit Dir würde ich mich noch einmal in ein solches Abenteuer stürzen. Sie brauchen dort dringend Ärzte. Die Pocken wüten in beinahe allen Siedlungen, von den tropischen Krankheiten gar nicht zu sprechen. Sicher wäre es für Deine Ausbildung kein Schaden, Dich auch auf diesem Gebiet fortzubilden. Denke darüber nach.

Dein Dich liebender Vater
Don Joaquín de Alba y Santa Barbara

Enrique setzte sich auf die unterste der ausgetretenen Stufen, die nach oben in seine Dachkammer führten, und fuhr sich durch das dunkle lockige Haar, das er von seinem Vater geerbt hatte. Er war froh, dass sein alter Herr, der oft tagelang, vor allem in den trüben Wintermonaten, das Bett nicht verließ und zum Essen geradezu gezwungen werden musste, neuen Lebensmut zu fassen schien. Vielleicht würden durch einen Ortswechsel tatsächlich Traurigkeit und Schwermut von ihm abfallen.

Und wenn er auf seine eigene Lebenssituation blickte, war es vielleicht gar keine so schlechte Idee, Spanien den Rücken zu kehren. Jene Gesellschaft, die er im Grunde verachtete, in der die Armen nie den Kreislauf der Armut verließen und die Reichen und Mächtigen sich immer besser einrichteten. In der Menschen wie de Cosa nur aufgrund ihrer Herkunft und ihrer Güter ein hohes Ansehen genossen, während alle anderen als minderbemittelt und wertlos betrachtet wurden.

Er sah die zerlumpten Bettler auf den Stufen der Kathedrale vor sich, denen man nicht einmal am Ende ihres Lebens ein würdiges Grab zuweisen würde, und all die Kranken im Hospital, die nicht angemessen versorgt werden konnten. Vielleicht gab es tatsächlich die Möglichkeit, weit fort von hier anders zu leben? Vielleicht kam dieser Brief seines Vaters genau im richtigen Moment? Täglich zur Universität zu gehen und den dekadenten, hochmütigen Maestros zuzuhören, verlangte ihm jeden Tag aufs Neue Überwindungskraft und Toleranz ab. Er hatte sich das nicht so vorgestellt, als er mit großem Eifer sein Studium an der ältesten und größten Universität des Landes begonnen hatte. Sicher war ihm in den letzten drei Jahren, die er in Salamanca verbracht hatte, Wissen vermittelt worden, doch er glaubte immer weniger, hier das Rüstzeug zu erwerben, um ein wirklich guter Arzt zu werden. Dazu gehörte für ihn noch etwas, das ihm hier immer weniger begegnete: wahre Menschlichkeit. Sorge und Mitgefühl für die Schwachen und Kranken. Die Verantwortung, auch tatsächlich mit ihnen zu sein, ihnen das Gefühl zu geben, nicht einsam und verloren in dieser Welt zu stehen. Alles andere kam für ihn eigentlich nicht infrage, schien ihm bloß Selbstbeweihräucherung und Befriedigung der eigenen Großartigkeit zu sein.

Noch einmal dachte er an die Worte des sterbenden Mädchens. Im Licht der neuen Ereignisse wirkten sie plötzlich wie ein Wegweiser. Alles schien irgendwie einen tiefen Zusammenhang zu haben. Die Bitte der jungen Indiofrau und der Wunsch seines Vaters, in die Neue Welt zu gehen, führten zweifellos in dieselbe Richtung.

»Was machst du hier um diese Tageszeit? Musst du nicht in der Universität sein?« Die fröhliche Stimme von Pilar, einem blassen Mädchen mit krausem rotbraunem Haar, das der Witwe manchmal beim Korbflechten half, riss ihn aus seinen Gedanken. Pilar war elternlos und lebte im Waisenhaus, das sich nur eine Straße weiter befand. Früher selbst Zögling, kümmerte sie sich heute um die Wäsche und half in der Küche mit. Sie strahlte ihn mit einer Offenheit und einem Vertrauen an, das Enrique immer wieder in Staunen versetzte.

Ihr Blick wanderte voller Neugier zu dem Brief in seiner Hand. »Schlechte Nachrichten? Ist irgendetwas Schlimmes passiert?«

»Nein. Nur dass ich mein Studium nicht weiter fortsetzen und mein Zimmer kündigen werde.« Er wunderte sich über sich selbst, wie schnell er diese Entscheidung getroffen hatte. Alles in ihm hatte »Ja« geschrien, schon während der letzten Sätze des Briefes.

»Was?« Sie starrte ihn an, und unmittelbar darauf quollen Tränen aus ihren großen dunklen Augen.

»Ich werde mit meinem Vater in die Neue Welt gehen!« Jetzt war es sogar ausgesprochen. Nie hatte er so geschwind, ohne zu überlegen, eine solch schwerwiegende Entscheidung getroffen.

Als ob sie sich nicht einen Moment länger auf den Beinen halten könnte, sank Pilar neben ihm auf die Stiege. »Dann nimm mich mit.«

Trotz ihrer Tränen musste er lächeln. Er wusste natürlich, wie vernarrt die Kleine in ihn war, und auch er konnte nicht leugnen, dass er sie mit der Zeit lieb gewonnen hatte. In so manchen Nächten war sie heimlich in seine Kammer geschlichen, und eng aneinandergedrückt hatten sie die Einsamkeit verscheucht, die sie beide umtrieb.

»Heirate mich und nimm mich mit. Hier ist das unmöglich, aber in der Neuen Welt gehen die Menschen vielleicht anders miteinander um.«

»Pilar, das geht nicht. Ich kann die Verantwortung für dich nicht übernehmen. Allein die Überfahrt soll so anstrengend sein, dass sie die Menschen völlig auszehrt und bis an den Rand ihrer

Kräfte bringt. Sieh dich doch an, du bestehst doch jetzt schon nur aus Haut und Knochen.«

Pilar sah bestürzt an sich herunter. »Nicht nur Haut und Knochen, ich habe auch ein Herz. Und das schlägt allein für dich. Wenn du nicht mehr bei mir bist, wird es aufhören zu schlagen.«

Er musste wieder lächeln. Pilar war unverbesserlich. Und sie war mutig. Andererseits hatte sie nichts zu verlieren. Doch er konnte sie unmöglich mitnehmen. Was würde sein Vater sagen, wenn er ihm eine Frau präsentierte, die weder standesgemäß war noch wusste, wer sie wann geboren hatte? Sie war als Säugling in der Drehlade des Klosters Santa Maria de Angeli aufgefunden worden und später, als sie sich weigerte, Nonne zu werden, an das Waisenhaus weitergereicht worden.

»Es geht nicht, Pilar. Du musst das einsehen.« Durch ihre lauten Stimmen angelockt, erschien die alte Witwe auf der Bildfläche, inzwischen für den Tag gekleidet.

»Was höre ich da?«, wandte sie sich an Enrique. »Ihr wollt in die Neue Welt? Ach herrje, warum das denn? Alles noch einmal von vorn aufbauen, irgendwo im Nirgendwo.«

»Ich finde es eine gute Idee. Hier in Spanien wartet doch nur der Tod auf uns«, warf Pilar ein, die offensichtlich Enriques Einwand nicht zur Kenntnis nahm.

»Und dort? Da lauern die Wilden hinter jedem Baum mit Pfeil und Bogen. Soweit ich gehört habe, sollen sie ihre Feinde sogar bei lebendigem Leib verspeisen.« Sie sah den jungen Spanier abschätzend an. »Aber Ihr seid jung und braucht wahrscheinlich noch das Abenteuer.«

»Es ist wohl eher eine Aufgabe, die dort auf mich wartet«, erwiderte er ernst.

»Was für eine Aufgabe?«, fragte Pilar neugierig. »Ich werde Euch helfen, sie zu erfüllen, gnädiger Herr. Dafür würde ich mein Leben geben.« Sie machte eine dramatische Körperbewegung, als hätte sie ein Pfeil getroffen, und taumelte dann laut kichernd zu Boden. Ihr schauspielerisches Talent entbehrte nicht einer gewissen Komik, sodass Enrique wie auch die Witwe in lautes Gelächter ausbrachen.

»Los, sag es mir«, drängte Pilar.

Enrique atmete tief durch. »Ich werde dort gebraucht. Sowohl von den Spaniern als auch von den Ureinwohnern. Keiner meiner Kommilitonen würde sich je auf ein solches Abenteuer einlassen. Und irgendjemand muss den Menschen dort doch zur Seite stehen.« Er hatte keine Lust, die Schwierigkeiten seines Vaters im Treppenhaus zu erklären.

Pilar sah ihn bewundernd an. »Du bist der beste Mensch, der mir je begegnet ist. Ich kann dich nicht einfach so ziehen lassen. Das musst du doch verstehen.«

Die alte Witwe bedachte Pilar mit einem abschätzigen Blick. Enrique lächelte. Natürlich schickte es sich nicht für ein Mädchen von ihrem Stand, einen Edelmann auf diese Weise zu bedrängen. Doch ihn brüskierte das in keinster Weise.

»Es tut mir leid, Pilar. Aber ich kann dich unmöglich mitnehmen«, sagte er mit strenger Stimme. Die Witwe nickte zustimmend.

»Das werden wir ja sehen.« Pilar erhob sich vom Boden und verließ mit einer schnippischen Kopfbewegung das Haus.

»Nehmt es ihr nicht übel, mein Herr. Ich kann sie ja verstehen. Was hat sie hier schon für Möglichkeiten?« Die Alte seufzte tief. »Da kann ich Euch nur Glück wünschen. Der Herrgott möge Euch und Euren Vater schützen.«

»Danke.« Enrique stand auf und drückte ihre raue Hand. »Ich möchte das Zimmer schon morgen kündigen. Bestimmt findet Ihr bald jemand Neuen.«

»Aber sicher nicht so einen guten Menschen wie Euch. Ich werde Euch nie vergessen und vor allem nicht die Salbe, die Ihr mir für meine schmerzenden Gelenke gegeben habt.«

»Dafür braucht Ihr mich nicht. Ihr könnt selbst zu der *bruja* gehen.« Er nickte ihr noch einmal zu und stieg dann hinauf in seine Kammer, um sein weniges Hab und Gut zu packen: ein paar

Kleidungsstücke, seine medizinischen Bücher und Aufzeichnungshefte, zwei Paar Schuhe und seinen Hut. Viel mehr war es ohnehin nicht. Dann legte er die Laken und Felle zusammen, um sie nachher dorthin zu tragen, wo der Müll des Stadtviertels verbrannt wurde.

Er war noch immer über sich selbst erstaunt. Sonst war er eher ein Mensch, der sich genau überlegte, warum er wann was tat, aber jetzt kam es ihm fast so vor, als würde er von einer höheren Macht gelenkt. Ein letzter Blick in das nun gänzlich unbewohnt aussehende Zimmer erregte weder Abschiedsschmerz noch das Gefühl, gegen sein Herz oder seinen Willen zu handeln. Der einzige Wermutstropfen war, dass er Pilar verletzen musste. Sie würde ihm fehlen.

Als er am nächsten Morgen mit seiner Reisetruhe auf die Straße trat, drangen von Weitem Klänge von Trompeten, Schalmeien und Trommeln an sein Ohr. Das hatte er vollkommen vergessen! Heute war der elfte November, der Tag des heiligen Martin, an dem die Wahl des neuen Direktors der Alma Mater abgehalten wurde. Und nun zogen die Studenten mit ihren Instrumenten zu dessen Haus, um ihm die frohe Kunde zu überbringen. Sie bogen gerade um die Ecke, und viele, die Enrique kannten, winkten ihm zu und forderten ihn auf, sich ihnen anzuschließen.

»Es ist Emilio León de Cosa!«, riefen sie ihm zu.

Der junge Spanier konnte nicht anders, als sich aus Erleichterung und Dankbarkeit heraus zu bekreuzigen. Wie gut, dass er sich bereits gestern von der Universität und allem, was dazugehörte, verabschiedet hatte. De Cosa als neuer Direktor hätte es ihm schwer gemacht, die Abschlussprüfung zu bestehen. Er besaß damit das letzte Veto und hätte, nur um ihm seine Macht zu demonstrieren, ihn mindestens einmal durchrasseln lassen. Enrique sah sein Gesicht mit den sarkastisch nach unten gezogenen Mundwinkeln geradezu vor sich.

Er war im letzten Jahr Beisitzer bei der Abschlussprüfung in

Rechtswesen eines guten Freundes gewesen und konnte sich noch lebhaft daran erinnern, wie man diesen vierundzwanzig Stunden lang im wahrsten Sinne des Wortes auseinandergenommen und ihn dann doch eiskalt hatte durchfallen lassen, obwohl er bestens vorbereitet gewesen war. Er hatte mehrere Stunden zur heiligen Barbara gebetet, der Schutzheiligen der Wissenschaft, drei je zweistündige Vorträge zu Themen gehalten, die durch den berühmten Stilettstich in ein Buch ausgewählt wurden, und war dann doch als Versager abgestempelt worden.

Dieses Schicksal würde ihm, Enrique, nun erspart bleiben. Denn wenn er eines verstanden hatte, dann war es, dass, nur wer sich mit den Mächtigen verbündete, selbst Ruhm und Macht erlangen konnte. Doch war man nur einmal anderer Meinung, ließen sie einen gnadenlos fallen. Und auf diese Erfahrung konnte er gut verzichten.

Ohne noch einen weiteren Gedanken an seine abgebrochene Karriere zu verschwenden, wandte er sich in Richtung Plaza de San Martín, von wo aus am Vormittag Postkutschen in alle Himmelsrichtungen fuhren.

Der größte Platz der Christenheit, wie er genannt wurde, erstreckte sich von der Kathedrale San Martín mehrere hundert Fuß an der Stadtmauer entlang bis zur Puerta del Sol, dem Haupttor. Er war an beiden Seiten von eindrucksvollen Verwaltungsgebäuden gesäumt, deren Fassaden so fein ziseliert gestaltet waren, als wäre ein Silberschmied am Werk gewesen. Hier fanden große Kundgebungen, Märkte, Theatervorstellungen und sogar Stierkämpfe statt.

Enrique brauchte eine Weile, bis er einen Kutscher fand, der Richtung Süden fuhr. Denn in die trockene Extremadura, das Armenhaus Spaniens, zog es die wenigsten. Madrid und Toledo waren die Hauptziele für jene, die es auf sich nahmen, mehrere Tage auf schlechten Wegen in einer ständig ruckelnden Kutsche zu verbringen und auch noch Gefahr zu laufen, von Wegelagerern überfallen zu werden.

Es waren zwei Tagesreisen bis nach Cáceres und von dort ein weiterer halber Tag bis nach Trujillo, seiner Heimat. Die beiden Pferde, die vor die Kutsche gespannt waren, in der sechs Personen Platz fanden, sahen recht zäh aus, sodass sie wahrscheinlich nur wenige Pausen benötigten.

Der Kutscher, ein älterer Mann mit maurischem Einschlag, verlangte den Preis von zwei Silbermünzen im Voraus. Enrique gab ihm noch eine dazu, in der Hoffnung, den Mann bei guter Laune zu halten. Denn es war allerorts bekannt, dass Kutscher meist mürrisch und die von Salamanca die allermürrischsten waren. Und so war der Aufschlag wohl auch der Grund dafür, dass der Mann sich pünktlich in Bewegung setzte und nicht auf weitere Fahrgäste wartete, die wahrscheinlich sowieso nicht erschienen wären.

Enrique versuchte eine Sitzhaltung einzunehmen, die ihn wenigstens bis zur ersten Pause ohne Rücken- und Kopfschmerzen sein ließ, und blickte aus dem Fenster. Plötzlich sah er von Weitem eine Gestalt über den Platz rennen, die ihm bekannt vorkam. Eine Nonne in wehender Tracht machte verzweifelt Handzeichen, dass sie mitfahren wollte. Er bat den Kutscher, noch einmal anzuhalten. Und als die Tür sich öffnete, blickte er voller Freude in ein ihm wohlvertrautes Gesicht. Es war Madre Teresa, die Äbtissin des Klosters Santa Maria del Valle, das seine Großmutter einst in der Nähe von Trujillo für unverheiratete adelige Frauen gegründet hatte.

»Enrique, welch eine Freude«, schnaufte sie völlig außer Atem, als sie ihn erkannte.

»Ganz meinerseits.« Er half ihr in die Kutsche und verstaute ihr Reisebündel. Wie immer hatte er das Gefühl, dass die warmen Augen der Frau, die für ihn lange Zeit eine Art Mutterersatz gewesen war, mitten in sein Herz blickten. Wie alle Dominikanerinnen trug sie eine eng anliegende weiße Haube auf dem Kopf und darüber den schwarzen Schleier.

»Ihr weilt in Salamanca, ohne mir Bescheid zu sagen?«

»Don Enrique, Ihr wisst doch, wie es ist. Ich war gerade mal einen Tag hier, um beim Bischof vorzusprechen, dass er uns wieder einen kleinen Zuschuss zukommen lässt. Es fehlt unserem Kloster an so vielen Dingen. Die Apotheke, die Eure Mutter – Gott habe sie selig – eingerichtet hat, ist zwar inzwischen offiziell anerkannt, wirft aber nicht genug ab, um alle Löcher zu stopfen.«

Enrique liebte es, wenn die alte Äbtissin von seiner Mutter sprach, an die er sich nicht bewusst erinnern konnte. Sie stammte von Benahoare, einer der Islas Canarias, der sogenannten Inseln der Glückseligen, und war in ihrer Heimat eine Art magische Heilpriesterin gewesen. Sein Vater, einst die rechte Hand von Alonso de Lugo, dem großen Kanareneroberer, hatte sie vor über zwanzig Jahren als Sklavin mit aufs Festland gebracht. Da sie alles andere als standesgemäß war, musste sie das Kind, das sie von ihm erwartete, heimlich im Kloster von Madre Teresa zur Welt bringen. Erst später hatte sein Großvater sie und Enrique nach Trujillo geholt. Was anschließend aus ihr geworden war, lag im Dunkeln, denn sein Vater sprach nicht über sie. Wann immer die Rede auf jene Ur-Kanarierin mit dem klangvollen Namen Iriomé kam, versteinerte sein Gesichtsausdruck, und er brachte kein Wort mehr über die Lippen. Dieser Zustand dauerte manchmal mehrere Tage an. Und so blieb Enrique nur die alte Äbtissin, die nie müde wurde, ihm von seiner Mutter zu erzählen. Besonders liebte er die Geschichte, als sie ihr hochschwanger in einer wilden, stürmischen Nacht das Leben rettete, mit dem Madre Teresa schon abgeschlossen hatte. Ihm kam es so vor, als gäbe es in diesem Zusammenhang ein Geheimnis, das die alte Äbtissin zu lüften jedoch nicht bereit war. Enrique hatte alles versucht, doch die Nonne war standhaft geblieben. Seine Mutter musste ganz besondere Fähigkeiten gehabt haben, die sie in die Lage versetzt hatten, sogar den Tod in seine Schranken zu weisen. Etwas, das ihm leider verwehrt blieb.

Während die Kutsche den Rio Tormes entlang durch die abwechslungsreiche Landschaft von Kastilien fuhr, erzählte Enrique vom Brief seines Vaters und seiner schnell gefällten Entscheidung, gemeinsam mit ihm in die Neue Welt zu gehen.

»Eine große Herausforderung«, sagte Madre Teresa, nachdem sie das Für und Wider gegeneinander abgewogen hatte. »Doch jede große Herausforderung kommt immer genau zur richtigen Zeit. Nämlich dann, wenn der Mensch bereit ist, sie anzunehmen und daran zu wachsen.«

»Ihr meint also auch, es ist richtig?«

Sie lächelte ihn an. »Ihr seid jetzt ein Mann, und deshalb traue ich Euch ohne Weiteres zu, richtige Entscheidungen zu treffen.«

»Danke.« Enrique lehnte sich zurück. »Was täte ich nur ohne Euch?«

Die weitere Reise verlief ohne Zwischenfall, zumindest ohne größeren. Einmal brach auf einem besonders steinigen Weg hinten rechts eine Achse, und die Äbtissin saß plötzlich auf Enriques Schoß, als die Kutsche sich gefährlich zur Seite neigte. Glücklicherweise befanden sie sich gerade in der Nähe eines kleinen Dorfs, wo man den Schaden innerhalb weniger Stunden beheben konnte. Solche Unfälle und die damit verbundenen unfreiwilligen Pausen waren nichts Besonderes.

Die beiden Reisenden setzten sich auf eine Steinmauer und führten dort ihre Unterhaltung fort. Wieder einmal erkannte Enrique, wie wichtig es war, einen Menschen zu haben, mit dem man alles, was einen bewegte, teilen konnte. Wahrscheinlich war es auch das, was ihm in Salamanca gefehlt hatte. Einen wirklich vertrauensvollen Freund hatte er dort nicht gefunden. Mit Studenten, Kollegen und Lehrern unterhielt er sich meist nur über Fachthemen, darüber hinaus ging man gemeinsam in Gasthäuser, aber dort führte meist der süffige Wein das Wort. Und Pilar? Vor ihr, einer Frau, wollte er nicht schwach aussehen. Ein Mann war nur dann ein Mann, wenn er sich von seiner starken Seite zeigte. Enrique fiel es oft genug schwer, eine Maske zu tragen und seine Zweifel oder Schwächen zu verbergen.

Madre Teresa war die Einzige, die jene Einsamkeit, die damit einherging, verstand.

»Das habt Ihr bestimmt von Eurer Mutter«, sagte Madre Teresa. »Sie hat sich unter den Spaniern auch nie wohlgefühlt. Dort, wo sie herkam, lebte man andere Werte. Da mussten sich die Menschen mit guten Taten bewähren und nicht mit großspurigem Geplapper oder einer angeblich edlen Herkunft. Kein Wunder, dass sie in ihre Heimat zurückkehren wollte. Es war ihr höchstes Anliegen, dass Ihr dort aufwachst, damit Ihr nicht so werdet wie die Männer hier.« Sie lächelte. »Aber das ist auch so nicht eingetreten.«

»Sehr zum Leidwesen meines Vaters«, sagte Enrique.

»Kann man ihm das verdenken? Ihr erinnert ihn stark an sie. Euer Aussehen, Eure blauen Augen, Eure aufrechte Haltung sowohl körperlich als auch dem Leben gegenüber.«

»Meint Ihr, sie lebt noch?«

»Das habt Ihr mich doch schon tausendmal gefragt. Ich weiß es nicht. Der Kultur ihres Volkes entsprach es, aus dem Leben zu scheiden, wenn man keine Möglichkeit mehr sah, es so zu gestalten, dass es einem lebenswert erschien. Viele ihrer Stammesbrüder und -schwestern haben während der spanischen Eroberungskriege den Freitod gewählt, statt versklavt zu werden. Für uns Christen ist das natürlich kein Weg, weil er einem den Zutritt ins Himmelreich verwehrt und stattdessen das Fegefeuer auf einen wartet.«

Gut ersonnen, dachte Enrique. Auf diese Weise machte man sich alle untertan: mit Angst und Furcht und düsteren Visionen von einem Leben nach dem Tod. Doch er sprach es nicht aus. Das verbot ihm der Respekt gegenüber der Äbtissin.

»Aber sie ist in ihre Heimat zurückgekehrt?«

»Sie hatte es zumindest vor. Aber das wisst Ihr doch alles. Der letzte Brief, den ich von ihr bekommen habe, stammte aus Augsburg im Schwabenland. Von dort wollte sie mit einem Schiff der Kaufmannsfamilie Welser zurück auf ihre Insel, die inzwischen von den Spaniern in San Miguel de La Palma umbenannt worden war. Ich habe Euch ihr Schreiben schon gezeigt, als Ihr gerade lesen gelernt hattet.«

Natürlich erinnerte sich Enrique daran. Er sah sogar noch die Schrift vor sich, die etwas kindlich wirkte, was daran lag, dass seine Mutter erst spät des Schreibens kundig geworden war. Gerade in letzter Zeit hatte er oft an sie gedacht und sich immer wieder vorgestellt, wie sie wohl jetzt aussehen mochte.

Die Äbtissin nahm liebevoll seine Hand. »Glaubt mir, wenn sie noch am Leben wäre, hätte sie Euch bestimmt geholt.«

»Die Schiffe, die in die Neue Welt fahren, werden auf den *Islas Canarias* aufgerüstet. Vielleicht finde ich ja dort etwas über sie heraus. Noch ein Grund, der für dieses Abenteuer spricht.«

»Es ist bestimmt kein Fehler, wenn Ihr die Heimat Eurer Mutter kennenlernt«, sagte Madre Teresa.

Er sah sie nachdenklich an. »Nein, das ist es bestimmt nicht.«

10. KAPITEL

Als Enrique mit steifen Gliedern und dröhnendem Kopf zwei Tage später auf dem Marktplatz von Trujillo aus der Kutsche stieg, hatte er das Gefühl, jeden einzelnen Knochen wieder an den richtigen Platz rücken zu müssen. Die Äbtissin war schon vor einer guten Stunde an der Pforte ihres Klosters ausgestiegen und hatte sich herzlich von ihm verabschiedet. Doch es schien ihm kein Abschied für immer, das war deutlich gewesen. Und irgendwie gab ihm das die Sicherheit, sein Abenteuer in der Neuen Welt lebend zu überstehen und eines Tages in die Heimat zurückzukehren.

Es regnete in Strömen, und er stand knöcheltief im Wasser, das auf dem mit Steinen eng gepflasterten Platz nicht abfließen konnte. Welch ein Empfang.

Enrique stemmte mit beiden Händen seine lederne Reisetruhe hoch, hielt sie sich als Regenschutz über den Kopf und begann den Aufstieg zum Castillo seiner Vorfahren. Er entschied sich für den kürzeren Weg, der vom Dorf zum hinteren Tor der Feste führte, das eigentlich nur von den Bediensteten genutzt wurde. Der schmale Pfad, der zuerst hinauf- und dann an der mächtigen Mauer aus Sandstein entlangführte, hatte sich in einen reißenden Bach verwandelt, und er musste aufpassen, dass er nicht ausrutschte. Dennoch entglitt ihm auf halber Strecke die Truhe und polterte in rasender Geschwindigkeit den Abhang hinunter Richtung Dorf, sodass ihm nichts anderes übrig blieb, als noch einmal umzukehren. Als wäre es ein Zeichen, blieb sie auf der Plaza Mayor direkt vor der Bodega in den Arkaden liegen, die den Platz säumten.

Lautes Palaver schlug ihm entgegen, als die Tür aufging und zwei Männer, die sich aneinander festhielten, an ihm vorbeitorkelten.

Enrique beschloss, den Regen in der Bodega abzuwarten und sich erst einmal einen Tinto zu genehmigen, bevor er ein zweites Mal den Aufstieg wagte. Außerdem würde er hier schon mal den gesamten Klatsch erfahren, den sein zurückgezogen lebender Vater gewiss nicht kannte.

Im Inneren war es düster und so dampfig, dass Enrique kaum etwas erkennen konnte. Doch als er beim dicken Wirt um einen Tempranillo bat, starrte der ihn zwar erst an wie ein Gespenst, kam aber dann freudestrahlend hinter seinem Tresen hervor. Er umarmte Enrique, dass diesem beinahe die Luft wegblieb.

»Don Enrique! *Que alegría!* Ihr seid zurück.«

Jetzt wurden auch die anderen auf den neuen Gast aufmerksam, und keiner ließ es sich nehmen, Enrique zumindest auf die Schulter zu klopfen und ihn willkommen zu heißen. Auch wenn er oben auf der Feste lebte, betrachteten sie ihn als einen der ihren. Einerseits, weil er ein Bastard war, andererseits, weil er schon als Junge mehr Zeit mit den einfachen Dorfbewohnern verbracht hatte als mit Menschen seines Standes. Vor allem, wenn es jemandem nicht gut ging, war er stets zur Stelle gewesen und hatte oft ganze Nächte am Bett der Leidenden gesessen, um ihnen den Zuspruch zu geben, den sie brauchten. Auf diese Weise hatte er schon früh Erfahrungen mit Krankheit, Leid und auch dem Tod gesammelt, sodass sein Wunsch, Medizinkunde zu studieren, für niemanden eine Überraschung gewesen war.

Der Wirt stellte Wein, Brot, Käse und Schinken auf einen Tisch, rückte Enrique den Stuhl zurecht und forderte ihn auf, ordentlich zuzulangen. Das ließ sich dieser nicht zweimal sagen. Während der holprigen Reise hatte er in weiser Voraussicht auf feste Nahrung verzichtet und merkte jetzt erst, wie ausgehungert er war.

»Lasst ihn doch erst einmal ankommen«, verscheuchte der Wirt die Neugierigen, die sich wie Trauben an der Dolde um ihn geschart hatten. Nur einem, der nun ebenfalls an den Tisch trat, erlaubte er, sich zu setzen: Roberto de la Torre, dem Burgvogt des Castillos. Der kräftige, hochgewachsene Mann mit dem dichten roten Bart, durch den sich bereits silbrige Fäden zogen, begrüßte den Erben von Trujillo, wie es sich gehörte, respektvoll mit einer angedeuteten Verbeugung, und nahm dann ihm gegenüber Platz.

»Warum habt Ihr Euer Kommen nicht angekündigt? Wir hätten Euch einen angemessenen Empfang bereitet.«

Enrique lächelte. »Danke, das hier genügt mir völlig. Ich habe sie wirklich vermisst, die Herzlichkeit der Menschen der Extremadura. In Salamanca schlagen die Herzen in einem anderen Takt.«

»Ihr müsst es ja wissen«, schmunzelte de la Torre. »Aber gehe ich richtig in der Annahme, dass Eure Rückkehr etwas mit den Plänen Eures Vaters zu tun hat?«

Enrique nickte. »Ihr wisst also davon. Und was denkt Ihr?«

»Er ist verändert und scheint tatsächlich wieder neuen Lebensmut zu fassen. Jetzt geht es nur noch darum, ob Ihr mit ihm kommt.« Der Burgvogt sah ihn fragend an. »Und, habt Ihr schon eine Entscheidung getroffen?«

»Würdet Ihr Euch denn weiter um den Erhalt des Castillos kümmern, bis wir zurückkehren?«

»Welch eine Frage, Don Enrique. Schließlich habe ich das Eurem Großvater auf dem Sterbebett versprochen. Ebenso wie ich ihm die Verantwortung für Euch und die Sicherheit Eurer Mutter zugesagt habe.«

»Ich weiß«, antwortete Enrique, obwohl er eigentlich gar nichts wusste. Genauso wie die ungewöhnliche Heilgabe seiner Mutter im Dunkeln lag, barg auch ihre Flucht aus Trujillo ein

Geheimnis, über das keiner mit ihm reden wollte. Wie Madre Teresa musste auch de la Torre Einzelheiten kennen, die er aber für sich behielt. Je älter Enrique wurde, desto mehr plagte ihn diese Unwissenheit und desto schlimmer war es für ihn, dass die Menschen, die über seine Mutter Bescheid wussten, weiterhin auf seine Fragen schwiegen.

Nachdem er aufgegessen und ausgetrunken hatte, machte er sich gemeinsam mit de la Torre, der nun sein Gepäck trug, erneut auf in Richtung der Feste, diesmal allerdings auf dem breiten Zugang, der zum Haupttor führte. Die Regenwolken hatten sich verzogen, und mitunter blitzte sogar die Sonne durch, sodass sich ein fahler Regenbogen über dem Hügel zeigte, auf dem der einstige Alkazar mit seinen hohen Zinnen stand. Die Zugbrücke, die sich über den Burggraben spannte, war heruntergelassen, und der Torwächter ließ sie herein.

De la Torre übergab einem Knecht, der herbeigeeilt war, Enriques Reisetruhe und geleitete den jungen Burgherrn durch kalte, feuchte Gänge zu den Gemächern seines Vaters. Er traf ihn in seinem Arbeitszimmer an, einem hohen, düsteren Raum, durch dessen schmale Fenster nur wenig Tageslicht hereinfiel. Fünf Kerzen auf schmiedeeisernen Ständern sorgten jedoch für ausreichend Helligkeit auf dem mächtigen Schreibtisch, der mit Seekarten bedeckt war. Don Joaquín war darin vertieft und vom Eintreffen seines Sohnes offensichtlich noch nicht benachrichtigt worden.

»Don Joaquín«, sprach ihn der Burgvogt leise an, um ihn nicht zu erschrecken. »Ihr habt Besuch.«

»Ich weiß von keinem Besuch. Lasst mich in Ruhe. Ich bin beschäftigt«, brummte er, ohne sich umzudrehen.

»Vater!«

Don Joaquíns Kopf schnellte herum, und Enrique blickte in sein von Kummer und Gram gezeichnetes Gesicht. Sein Vater hatte sich einen Bart wachsen lassen, der ihm bis auf die Brust hing, so als wolle er seine ganze Traurigkeit dahinter verstecken.

Doch seine Augen bekamen einen warmen Glanz, als er seinen Sohn erblickte. »Du wirst deiner Mutter immer ähnlicher«, entfuhr es ihm, als er sich erhob.

Enrique schluckte. Es war stets ein schwieriger Moment für ihn, wenn er diese Worte hörte, sich jedoch nicht vorstellen konnte, was damit gemeint war.

»Lass dich umarmen.«

Der ihm wohlbekannte Geruch von Schweiß, Galle und Magensäure stieg ihm in die Nase. Aber trotzdem kam ihm sein Vater verändert vor. Er bewegte sich mit einer anderen Kraft, nicht mehr wie jemand, der bereits mit allem abgeschlossen hatte.

»Du hast also meinen Brief bekommen. Und du bist hier …«, sagte Don Joaquín mit der rauen Stimme eines Menschen, der normalerweise nur wenig sprach. »Und so schnell. Heißt das, ich kann davon ausgehen, dass du mit mir das Abenteuer wagst?«

Enrique nickte.

Ein kleines Lächeln erhellte das Gesicht seines Vaters, und er griff noch einmal nach seiner Hand. »Was soll ich sagen? Das ist das schönste Geschenk, das ich bekommen habe, seit deine Mutter mich verlassen hat. Enrique, mein Sohn! Ich weiß nicht, wie ich dir danken soll.«

»Deine Freude ist mir Dank genug, Vater.«

»Nein, hör auf. Ich weiß, dass ich dir von Anfang an das Leben schwer gemacht habe. Ich habe dich allein gelassen, und es ist meine Schuld, dass du abgeschottet von anderen deines Standes aufgewachsen bist. Ich habe dir die Mutter genommen und dich damit dem gleichen Schicksal ausgesetzt, wie es mir widerfahren ist. Aber ich werde es wiedergutmachen. Dort in der Neuen Welt haben wir beide die Möglichkeit, neu zu beginnen. Da ist jeder gleich und hat auch die gleichen Chancen.«

Der Burgvogt zog sich diskret zurück, und Enrique hörte, wie die Tür hinter ihm leise ins Schloss fiel.

»Wir werden die düsteren Schatten der Vergangenheit zurücklassen«, fuhr sein Vater fort. »Jene grauen Dämonen werden die beschwerliche Reise über den Ozean nicht überleben. Und dann wird es für uns beide ein anderes Leben geben. Das Schiff von Capitán Terrabaja startet schon nächste Woche von Sevilla aus. Ich werde sofort jemanden mit der Botschaft losschicken, zwei Plätze für uns zu reservieren.«

Er zog an der Klingel und überreichte der kurz darauf eintretenden Magd eine bereits vorbereitete Depesche.

»Sorgt dafür, dass ein Bote sich noch heute damit auf den Weg nach Sevilla macht. Es ist wichtig. Lebenswichtig. Und sagt de la Torre Bescheid, er möge herkommen. Es gibt einiges zu besprechen.«

Die junge Frau steckte die Papierrolle in ihre Schürze und nickte eingeschüchtert. »Wie Ihr befehlt.« Sie knickste und verließ das Arbeitszimmer.

Don Joaquín hatte in den letzten Minuten mehr gesprochen als sonst in vielen Wochen.

De la Torre ließ es sich nicht nehmen, eine Woche später Vater und Sohn persönlich nach Sevilla zu bringen. Er hatte ihnen in der Albergo zum Gallo Rojo in der Nähe des Hafens zwei Zimmer reserviert, denn wann das Schiff tatsächlich auslaufen würde, konnte keiner so genau sagen. Er ließ die beiden mit kleinem Gepäck aussteigen, sodass sie sich nach der anstrengenden Reise erst einmal frisch machen konnten. Er selbst würde die großen Schrankkoffer direkt zum Schiff bringen und dann zurück nach Trujillo fahren.

»Don Joaquín, ich wünsche Euch alles nur erdenklich Gute, auf dass Ihr dort in der Neuen Welt findet, was Euch hier verwehrt geblieben ist«, sagte er sehr förmlich, um den Abschied von seinem Herrn einzuleiten.

»Ich danke Euch. Und auch dafür, dass Ihr Trujillo treu bleibt und meinen Besitz instand haltet.«

»Das ist mir eine Ehre und eine Selbstverständlichkeit.« De la Torre verbeugte sich tief und wandte sich dann Enrique zu. Die Augen des Rotbärtigen wurden feucht. »Passt gut auf Euch auf, jetzt, wo ich es nicht mehr tun kann. Ihr werdet mir fehlen.«

Enrique drückte den älteren Mann, der sichtlich bewegt war, an sich. »Ihr habt alles getan, um mir das Reiten beizubringen und Schwert und Degen zu führen. Ich hätte keinen besseren Lehrmeister haben können. Mit dieser Ausbildung, was soll mir da schon geschehen? Ich kann mir keinen Indio vorstellen, der mir Schwierigkeiten machen könnte.«

»Da habt Ihr allerdings recht.« Roberto de la Torre tat so, als sei ihm etwas ins Auge geflogen, und wischte sich schnell die Träne weg, die bereits ihren Weg seine Wange hinuntergesucht hatte. »Ich hoffe trotzdem, Ihr kehrt eines Tages wohlbehalten hierher zurück. Trujillo ist trotz allem Euer Zuhause.«

Enrique nickte. Natürlich hatte de la Torre recht, es war sein Zuhause, wenngleich er sich dort auch nicht immer wohlgefühlt hatte. »Wir werden uns wiedersehen. Ganz bestimmt. Und bis dahin seid Ihr jetzt der Herr der Feste.«

»Ich werde Euren Besitz in Ehren halten und zu Eurer Zufriedenheit verwalten«, sagte er und drehte sich dann schnell um, kletterte auf den Kutschbock und gab den Pferden die Peitsche.

Als Enrique kurz darauf sein kleines, schlicht gehaltenes Gastzimmer des Gallo Rojo betrat, glaubte er, seinen Augen nicht zu trauen. Unter der schmuddeligen Zudecke auf dem schmalen Holzbett zeichneten sich die Konturen eines Körpers ab, den er nur zu gut kannte. Er zog die Decke herunter und rief laut ihren Namen, sodass sie hochschreckte.

»Was machst du hier?«

Pilar blinzelte verschlafen, war dann aber sogleich hellwach.

»Ich habe dir doch gesagt, dass ich dich niemals allein gehen lassen werde.«

»Aber wie bist du in dieses Zimmer gekommen?«

Sie grinste verschmitzt. »Ich habe dem Wirt gesagt, ich sei deine Frau.« Sie streckte die rechte Hand aus und zeigte ihm ihren Ringfinger, an dem ein dünner goldener Reif steckte.

»Hier, ich habe auch einen für dich.« Sie hielt ihm den gleichen Ring nur etwas größer hin.

»Nach Papieren wird uns keiner fragen, und wenn, dann haben wir sie vergessen oder verloren oder was auch immer.«

Enrique musste sich auf diesen Schreck erst einmal setzen. »Pilar, wie stellst du dir das vor? Was soll ich meinem Vater sagen? Und außerdem ist auf dem Schiff kein Platz für dich reserviert.«

»Ich schlafe bei dir. Schmaler als dein Bett bei der alten Witwe kann keine Schlafstatt sein, und da ist es uns doch wunderbar gelungen.«

»Trotzdem«, er stand auf, lief unruhig in dem kleinen Zimmer auf und ab und ließ dabei die Bodendielen so erbärmlich knarren, dass im Zimmer darunter lautstark protestiert wurde. »Es geht nicht!«

»Dann werde ich irgendeinen Mann heiraten, der in die Neue Welt will und eine Frau sucht, ihn anschließend vergiften und dann zu dir kommen«, erwiderte Pilar störrisch. »Ich könnte auch als Hure mitkommen. Unten im Schankraum sitzt eine Frau, die ein Bordell eröffnen will und noch willige Mädchen sucht.«

Enrique raufte sich die Haare. Was sollte er nur tun? De la Torre bitten, sie nach Salamanca zu bringen? Sie würde bei der nächstbesten Gelegenheit ausreißen, sich als blinder Passagier auf irgendein Schiff schmuggeln und ihm folgen. Und was mit blinden Passagieren geschah, war ja bekannt. So langsam wurde ihm klar, dass er keine andere Möglichkeit hatte, als das Mädchen mitzunehmen, wenn er nicht das Risiko eingehen wollte, dass es sich seine sowieso schon recht aussichtslose Zukunft für immer verdarb.

»Also gut«, lenkte er schließlich ein. »Ich werde mit dem Kapitän sprechen. Mein Vater ist gut mit ihm befreundet.«

Pilar strahlte ihn an und wäre ihm am liebsten um den Hals gefallen, unterließ es jedoch, um den jungen Spanier nicht noch mehr in die Enge zu treiben. Sie schlug die Decke ganz zurück, und Enrique bemerkte, dass sie ein Reisekleid trug, das ihr zwar etwas um die schlanke Taille schlotterte, aber sie nicht länger wie ein armes Waisenmädchen aussehen ließ.

»Wer hat dir das Kleid und die Ringe gegeben?«

»Die alte Witwe. Es hat ihr früher einmal gepasst, auch wenn man das heute nicht mehr für möglich hält«, kicherte Pilar. »Na ja, und für ihre Eheringe glaubte sie in diesem Leben auch keine weitere Verwendung mehr zu haben.«

»Das hast du ja gut eingefädelt.«

»Was hätte ich denn tun sollen?«

Enrique streifte sich seufzend den Ring über den Finger, der ihm erstaunlicherweise passte. Natürlich wollte er irgendwann heiraten, aber dass es jetzt so schnell ging, damit hatte er nicht gerechnet. Aber wenn das Schicksal es so wollte, was konnte er schon dagegen tun? Jetzt hieß es nur noch, seinen Vater davon in Kenntnis zu setzen. Doch irgendwie hatte er ein gutes Gefühl, als er kurz darauf nebenan an dessen Zimmertür klopfte.

»Ja?«

Enrique kam sofort zur Sache. »Vater, ich muss etwas beichten.«

Don Joaquín sah ihn erstaunt an. »Dann solltest du noch schnell einen Geistlichen aufsuchen, denn ich weiß nicht, ob wir einen an Bord haben werden. Aber wahrscheinlich schon, einer muss die Wilden ja zum rechten Glauben führen.«

»Nein, darum geht es nicht. Ich … ich habe eine Frau. Und … sie ist hier. Und … ich muss sie mitnehmen. Ich fühle mich ihr gegenüber verpflichtet. Ich mag sie auch sehr. Aber sie … sie ist nicht standesgemäß.« Er atmete tief durch. So, jetzt war es raus.

Don Joaquín sah ihn einen Moment sprachlos an und fasste sich dann nachdenklich an seinen langen Bart.

Enrique wusste, dass er seinen Vater, vor allem was den niedrigen Stand Pilars betraf, an einer empfindlichen Stelle traf. Madre Teresa hatte ihm erklärt, warum Joaquín sich damals dafür entschieden hatte, nicht Enriques Mutter, sondern eine mit der Krone verwandte Frau zu heiraten, die dann allerdings im Kindbett verstarb. Auch wenn jeder Edelmann in seiner Situation so entschieden hätte, war das, was sein Vater getan hatte, in Enriques Augen Verrat. Verrat an seiner Mutter. Verrat an ihm.

»Warum sagst du mir das erst jetzt? Wir hätten doch eine Schiffspassage für sie kaufen müssen.«

Enrique schloss für einen Moment erleichtert die Augen. »Es war nicht so eindeutig gewesen zwischen uns«, sagte er etwas zögernd.

»Liebst du sie denn?«

»Ich glaube, ja.«

»Du glaubst?«

»Ich kann sie jedenfalls unter keinen Umständen zurücklassen. Das würde ich mir niemals verzeihen.«

»Dann werden wir einen Weg finden, mein Sohn. Das bin ich dir schuldig.«

»Danke, Vater.«

»Wo ist denn die junge Dame?«

»In meinem Zimmer. Warte, ich werde sie holen.«

Als Pilar kurz darauf die ungewohnten Röcke raffte und mit einem schüchternen Knicks, so gut sie konnte, ihre Aufwartung machte, reichte Joaquín ihr die Hand und half ihr, wieder aufzustehen.

»Mein Kind, ich war einmal in einer ganz ähnlichen Lage. Ich liebte eine Frau, die nicht meinem Stand angehörte, Enriques Mutter. Und ich hätte die Möglichkeit gehabt, mit ihr in die Neue Welt zu gehen. Ich habe es damals nicht getan und diesen Fehler bis heute bereut. Ich werde alles dafür tun, dass Ihr und mein Sohn nicht dasselbe traurige Schicksal erleiden müsst.«

Enrique sah seinen Vater erstaunt an. Es war das erste Mal, dass er in dieser Offenheit vor anderen über seine Mutter sprach. Sollte dieser Schritt, den sie gemeinsam taten, wirklich dazu beitragen, die undurchdringliche Mauer, die seit Anbeginn seines Lebens zwischen ihnen stand, endlich einzureißen?

»Dann lass uns gleich losgehen und mit Terrabaja sprechen. Ihr bleibt am besten hier«, wandte er sich an Pilar, »und versucht, in dieser stinkenden Schenke dort unten einen Platz zu ergattern. Dann können wir später gemeinsam zu Abend essen.«

Sie nickte, knickste noch einmal und verließ, so schnell sie gekommen war, das Zimmer.

»Etwas schüchtern, oder?«

Enrique schüttelte nur den Kopf. »Nein. Eigentlich nicht.«

Die Santa Teresa war ein Dreimaster von mittlerer Größe und darauf ausgerichtet, Kolonisten in die Neue Welt zu bringen. Als Vater und Sohn über ein wackeliges Brett, das als Steg diente, an Bord gingen, kam ihnen sogleich ein kräftiger Mann mit schnellen Schritten entgegen.

»Don Joaquín«, rief er. »Ihr wollt es also tatsächlich wagen, das große Abenteuer! Das freut mich. Und das hier ist wohl Euer Sohn. Willkommen an Bord.«

Sein Händedruck war so kräftig, dass er Enrique beinahe die Finger zerquetscht hätte. Sein Gesicht war von Wind und Wetter gegerbt, die langen dunklen Haare hatte er im Nacken zusammengebunden. Er trug ein nicht mehr ganz blütenweißes Hemd über einer eng anliegenden dunklen Hose und dazu schwarze Stiefel.

»Es wird Euch gefallen, dort in der Neuen Welt. Immer gutes Wetter, keine Abgaben an die Krone, nackte Indiofrauen und niemand, dem Ihr Rechenschaft schuldig seid. Also, kurz gefasst, paradiesische Zustände.«

Enrique kamen die Beschreibungen des Capitán recht übertrieben vor. Sein Tonfall erinnerte ihn an einen der Pferdehändler auf dem Markt von Salamanca, der ihm stets in schillerndsten Farben von einem Hengst berichtet hatte, der so schnell sei wie der Wind und ihn zum glücklichsten Mann des Landes machen würde. Oder auch an Mercedes, die das gefragteste Bordell der Stadt führte und immer, wenn sie ihn traf, eines ihrer Mädchen anpries, als wäre es die Königin von Saba. Zum ersten Mal kamen ihm gewisse Zweifel. Hatte er sich doch zu schnell hinreißen lassen? Hätte er nicht vorher ein paar Informationen von Kolonisten einholen sollen, die zurückgekehrt waren? Doch dafür war es zu spät. Einen Rückzieher konnte er seinem Vater nun nicht mehr antun.

»Wir haben noch ein kleines Problem. Mein Sohn hat kurzfristig geheiratet, und jetzt brauchen wir noch einen zusätzlichen Platz«, kam Don Joaquín sogleich auf ihr Anliegen zu sprechen.

Enrique sah den Capitán gespannt an, dessen Gesichtsausdruck sich von einem Moment auf den anderen veränderte.

»Tut mir leid, aber das Schiff ist voll.«

»Sie braucht nicht viel Platz. Sie kann bei mir schlafen«, warf Enrique ein.

Terrabaja grinste ihn schmierig an. »Das glaube ich Euch gerne. Aber das ist ein anständiges Schiff. Männer und Frauen schlafen getrennt.«

»Es muss doch eine Möglichkeit geben. Ich bitte Euch.«

»Das ist nicht mein Schiff. Wie soll ich das dem Eigner erklären?«

»Sagt ihm, wenn sie nicht mitkommt, bleibe ich auch hier, und dann habt Ihr keinen Médico an Bord. Das ist immer ein Risiko. Selbst Euch kann etwas geschehen.«

Terrabaja zögerte noch immer, schien aber dann das eine gegen das andere abzuwägen. »Also gut, das ist ein berechtigter Einwand. Ich werde mit dem Eigner sprechen und sehen, was ich für Euch tun kann.«

»Danke.«

»Schon gut. Aber Ihr müsst trotzdem für sie zahlen. Und Ihr wisst ja, je später eine Passage gekauft wird, desto höher ihr Preis.«

»Ich werde zahlen, was Ihr verlangt«, unterbrach ihn Don Joaquín, dem die Gier und Aufschneiderei von Terrabaja, den er seinen Freund nannte, vor seinem Sohn nun mehr als unangenehm war. »Nun sagt aber, wann soll es losgehen?«

»Morgen Abend oder am Tag darauf. Wir warten noch auf einen ordentlichen Ostwind. Genießt die Zeit, in der Ihr nachts ruhig schlafen könnt. Das wird bald vorbei sein. Gerade um diese Jahreszeit benimmt sich die See manchmal wie eine störrische Jungfrau.« Er lachte laut über seinen eigenen Scherz und zwinkerte Enrique wie einem Verbündeten zu. Der dagegen hoffte nur, dass die Passagiere von etwas anderem Format waren und er möglichst wenig Zeit mit dem Capitán verbringen musste.

»Ich habe Euch und Eurem Vater zwei Schlafplätze gleich neben der Tür freigehalten, da habt Ihr wenigstens frische Luft«, sagte er versöhnlich, so als hätte er Enriques Missfallen bemerkt. Dann klopfte er ihm auf die Schulter. »Hier an Bord geht es etwas rauer zu als an der Universität von Salamanca, aber Ihr werdet Euch schon daran gewöhnen.«

Im Schankraum des Gallo Rojo schwappte die Stimmung genauso über wie der Wein in den Krügen, die in immer kürzeren Abständen auf die alten Holztische gedonnert wurden. Die Auswanderungswilligen ließen sich noch mal so richtig volllaufen und schaufelten deftige Speisen in sich hinein, als wäre es ihr letztes Mal.

Pilar saß mit zwei Frauen an einem kleinen, etwas abseits vom Getümmel stehenden Tisch und winkte ihnen zu. Enrique wusste nicht, warum, aber mit einem Mal machte er sich Sorgen um sie. Sie wirkte so schmal, so zerbrechlich. Wieder zweifelte er daran, ob es wirklich eine gute Idee war, ihrem Drängen nachgekommen zu sein. Was, wenn sie all dem nicht gewachsen war?

»Enrique!«, der Blick, der ihn traf, sagte ihm jedoch, dass sie ihn über alles liebte und nichts sie aufhalten würde, ihren Platz an seiner Seite einzunehmen. »Ich habe schon Essen für uns bestellt. Es gibt Wildschwein und dunkles Bier. Komm, setz dich.«

Die beiden Frauen, bei denen es sich offensichtlich um Mutter und Tochter handelte, rückten etwas zur Seite.

»Das sind Doña Madalena und ihre Tochter Rosamaria. Sie haben dasselbe Ziel wie wir. Nur, dass sie dort gleich ins gemachte Nest plumpsen.« Die beiden sahen sich etwas verlegen an, doch Pilar dachte sich wie immer nichts dabei und plapperte munter weiter. »Sie werden von ihren Ehemännern erwartet, die sie allerdings noch nie zuvor gesehen haben.«

Enrique legte seine Hand auf ihre, sodass die schmalen Goldringe sich berührten. »Es gibt viele Gründe für eine Eheschließung. Nicht immer ist es Liebe.« Er sah nicht nur Pilar, sondern auch seinem Vater tief in die Augen, der seinem Blick jedoch auswich und sich hinter dem Weinkrug versteckte, den der Schankjunge gerade auf den Tisch stellte.

»Was hast du?«, fragte Pilar. »Ich habe das nicht böse gemeint.«

»Ich weiß.« Enrique strich ihr über die Wange. »Es hat nichts mit dir zu tun.«

Die Stimmung war plötzlich getrübt. Weder er noch sein Vater verloren während des Essens noch ein Wort, was für Enrique beinahe wieder ein gewohnter Zustand war. Doch Pilar wusste so gar nicht, was sie davon halten sollte.

Erst als sie später allein in ihrem einfachen Zimmer waren, gelang es ihm, sie zu beruhigen. Er nahm sie liebevoll in den Arm. »Du musst keine Angst haben. Es gibt da etwas, das zwischen mir und meinem Vater steht: das Geheimnis um meine Mutter. Er spricht kaum über sie und sagt auch nicht, warum sie uns verlassen hat.«

»Ich werde dich nie verlassen, Enrique. Ich würde eher sterben«, flüsterte Pilar.

Er lächelte. »Bitte tu das nicht.«

Als sie später eng aneinandergedrückt in dem schmalen Bett lagen, streichelte er ihr sanft über das Haar. Doch trotz der Nähe und des willigen weiblichen Körpers neben ihm war er noch nicht bereit. Nicht bereit, ihr den letzten Beweis von Zusammengehörigkeit und absoluter Verschmelzung zu schenken.

11. KAPITEL

Die Santa Teresa setzte die Segel morgens um fünf Uhr am ersten Dezember des Jahres 1512. Es versprach ein schöner Tag zu werden. Eine leichte Brise von Nordnordost würde den Schoner zügig den Guadalquivir hinuntertreiben, und dann ging es weiter Richtung Cádiz, weiter an der nordafrikanischen Küste vorbei zu den Kanarischen Inseln.

Enrique hatte den Arm um Pilars Schultern gelegt, während sie an der Reling standen und Sevilla sich hinter ihnen im Morgennebel auflöste.

Don Joaquín richtete einige Schritte von ihnen entfernt den Blick zum Horizont. Enrique konnte sich gut vorstellen, was in ihm vorging. Vor zwanzig Jahren war er an der Seite von Alonso de Lugo die gleiche Strecke gesegelt, um die Insel Benahoare zu erobern, die heute den Namen San Miguel de La Palma trug. De Lugo war unter ungeklärten Umständen in Zaragoza gestorben, und man munkelte, dass Enriques Mutter die Hände im Spiel gehabt haben sollte. Doch das waren nur Gerüchte, es gab nichts, was eindeutige Beweise dafür liefern konnte.

Pilar drückte aufgeregt Enriques Hand. Sie benahm sich wie ein kleines Mädchen kurz vor Weihnachten und hüpfte von einem Fuß auf den anderen.

»Es wird dort, wohin wir fahren, ganz wundervoll sein. Ich

glaube, ich war noch nie so glücklich wie heute. Es ist, als ob zum ersten Mal in meinem Leben die Sonne hinter den Wolken hervorkommt.«

Enrique wurde ganz warm ums Herz, und er war nun doch froh, sie mitgenommen zu haben.

Als sie allerdings das offene Meer erreichten, änderte sich Pilars Verfassung schlagartig. Sie wurde schneeweiß im Gesicht und musste sich mehrmals übergeben. Enrique wich nicht von ihrer Seite, hielt ihr den Kopf und wischte mit seinem Taschentuch ihren Mund sauber.

Die Wellen warfen die Karavelle ordentlich von rechts nach links, sodass es gar nicht einfach war, an Deck einen Platz zu finden, an dem man nicht hin und her rollte. Die meisten Passagiere hatten sich in der Mitte des Schiffs zwischen den beiden Masten niedergelassen, und Enrique kam erst jetzt dazu, sich wenigstens einen Teil der Mitreisenden und auch die Mannschaft etwas genauer anzusehen. Mutter und Tochter, die zu ihren Ehemännern reisten, kannte er ja schon, dann waren da Frai Ambrosio, ein Dominikanermönch, der sich die Kapuze seines schwarz-weißen Habits tief ins Gesicht gezogen hatte, zwei Eheleute aus Andalusien und mehrere junge Männer aus der Extremadura, die der Überzeugung waren, dass es sich mit Sicherheit überall auf der Welt besser leben ließe als in ihrer Heimat. Dann eine schon etwas ältere Frau, deren feuerrotes Haar in der Sonne glänzte, mit ihrem Sohn, der ungefähr in Enriques Alter sein mochte. Sie hatte eine etwas merkwürdige Ausstrahlung, und er konnte sich gut vorstellen, dass man sie dort, wo sie herkam, mindestens als Außenseiterin, wenn nicht sogar als Hexe gebrandmarkt hatte. Ihr Sohn machte einen etwas schwächlichen Eindruck. Er hatte das gleiche rote Haar wie seine Mutter, eine helle Haut mit Sommersprossen und blaue Augen. Dass der Vater Spanier war, schien eher unwahrscheinlich. »La Roja«, die Rote, wie Enrique sie insgeheim nannte, hatte außerdem drei junge Mädchen von zwielichtiger Herkunft im Schlepptau.

Und dann war da noch Pedro d'Atenza. Er war von der spanischen Krone beauftragt, große Mengen an Zuckerrohrstecklingen von den Kanaren nach La Española zu bringen. Cristóbal Colón hatte bei seiner zweiten Reise bereits Schösslinge dabeigehabt und von dem günstigen Boden und den Klimabedingungen in der Neuen Welt geschwärmt. Es war mit großen Gewinnen zu rechnen, denn aufgrund der schwierigen Verarbeitung war Zucker noch immer sehr rar und für den normalen Bürger kaum erschwinglich. D'Atenza hatte Enrique und seinen Vater gleich zu Anfang darauf angesprochen, in Castilla de Oro, ihrem Zielort, ebenfalls ins Zuckergeschäft einzusteigen, sobald ihnen Land zugeteilt worden war. Mit genügend Sklaven wäre damit in kürzester Zeit ein Vermögen zu machen. Und Don Joaquín, der darin immerhin eine erste Möglichkeit sah, etwas zu verdienen, hatte versprochen, darüber nachzudenken.

Die Mannschaft selbst bestand aus dem Kapitän, seinem Adjutanten, dem Steuermann und dem Bootsmann, der für die restlichen Seeleute an Bord verantwortlich war, welche die schweren Arbeiten verrichteten. Dann gab es noch den Koch, einen kleinen wuseligen Basken, und den Maat Jesús, einen schlaksigen Jungen von höchstens zwölf Jahren, der von allen herumgescheucht wurde.

Eine Kostprobe der baskischen Küche bekamen die Kolonisten gegen drei Uhr nachmittags in Form einer ziemlich versalzenen Suppe, in der ein paar Stücke Fleisch schwammen. Das Ganze wurde in einem verbeulten Blechnapf serviert, aus dem jeder stumm löffelte, in der Hoffnung, das karge Mahl wenigstens bei sich zu behalten.

Am Abend hatte sich die See noch immer nicht beruhigt. Pilar wollte ruhen, und Enrique gesellte sich trotz einer gewissen Abneigung zu seinem Vater und Terrabaja, der bei einer Flasche Rum in den schillerndsten Farben über alte Zeiten und über deren gemeinsamen Freund Francisco Pizarro schwadronierte. Enrique konnte sich nur vage an den Konquistadoren erinnern, denn er selbst war damals noch ein Kind gewesen, als dieser mit seiner Mutter auf Trujillo lebte. Pizarro war der Sohn eines Capitano der Infanterie, der in Navarra gedient und es zu großen Ehren im Militär gebracht hatte, und einer Magd, die in Trujillo die Schweine hütete. Mit Enrique verband ihn, dass sie beide Bastarde und ihre Mütter von niederer Herkunft waren, wodurch ihnen jeglicher Zugang zu den höheren Kreisen verwehrt blieb. Nun versuchten sie ihr Glück in der Neuen Welt, der eine als Soldat, der andere als Arzt. Viele andere Möglichkeiten gab es sowieso nicht für einen jungen Mann ohne edle Abstammung. Außer vielleicht noch, Priester zu werden, doch das schien für keinen der beiden der Weg ins Himmelreich zu sein. In Pizarros Adern floss das Blut eines Soldaten, in Enrique das einer Heilerin.

Terrabaja machte dem jungen Spanier Platz und schenkte ihm einen Becher Rum ein, den er schnell austrank, da er sich sonst durch das heftig schwankende Schiff auf den Boden ergossen hätte. Der Kapitän schenkte sofort nach, während er erzählte, wie er mit Pizarro vor zehn Jahren zum ersten Mal auf der Insel La Española ankam. Inzwischen war die erste spanische Kolonie der Neuen Welt zum Hauptanlaufpunkt sämtlicher Seefahrer und Eroberer geworden, die von dort aus ihre Expeditionen starteten.

»Pizarro stieg nach seiner Ankunft auf Española direkt in den Sklavenhandel ein, womit das schnellste Geld zu verdienen war, ließ sich dann Land zuweisen und kaufte Saatgut und Zuchtschweine«, erzählte Terrabaja dem interessiert zuhörenden Don Joaquín. »Daraufhin wurde er schnell zum wichtigsten Lieferanten von Fleisch und Getreide. Doch er wollte mehr aus sich machen und ist heute die oberste Militärinstanz von Castilla de Oro und gleichzeitig die rechte Hand von Vasco Núñez Balboa, dem jetzigen Gouverneur.«

»Das passt zu ihm«, unterbrach ihn Don Joaquín beeindruckt. »Wenn er sich etwas vorgenommen hat, führt er es, ohne Furcht und ohne zu zögern, bis zum Ende durch. Das war schon immer so.«

»Ja, so etwas wie Angst ist diesem Mann fremd, mehr noch, er verachtet sie sogar aufs Höchste! Aus diesem Grund fällt es ihm auch nicht schwer zu töten.« Terrabaja schien ein großer Bewunderer Pizarros zu sein, zumindest kam es Enrique so vor. Er dagegen bekam eher ein mulmiges Gefühl, wenn er die beiden so reden hörte. Sklavenhandel. Mord. Das klang nicht gerade nach dem friedlichen, gleichberechtigten Miteinander, von dem er geträumt hatte. Was Pizarro betraf, hatte er so seine eigene Theorie. »Ich denke, sein eiserner Durchsetzungswille und seine Furchtlosigkeit kommen daher, dass er nicht in einer heilen Familie aufgewachsen ist. Er war von Anfang an auf sich gestellt und durfte nie Schwäche oder gar Angst zeigen. Bestimmt stand er als Sohn einer Magd oft mit dem Rücken zur Wand.«

Sein Vater und Terrabaja blickten ihn erstaunt an, sagten aber nichts weiter. Derlei Überlegungen waren ihnen wie den meisten seiner Zeitgenossen fremd.

»Bleibt nur die Frage, ob ihn das, was er jetzt tut, erfüllt oder ihm nur die Aufmerksamkeit und den Respekt anderer einbringt, auf die er als junger Mensch verzichten musste«, überlegte Enrique und erntete sowohl von seinem Vater als auch von Terrabaja einen verständnislosen Blick. Es ging ihm fast immer so, dass er in Gesprächen unter Männern meist anderer Anschauung war. So hielt er zum Beispiel auch die viel gerühmte Tapferkeit für eine der nettesten Umschreibungen von Dummheit. Und ein Held war für ihn jemand, der sich im großen Stil etwas beweisen musste, weil er im Grunde nicht viel von sich selbst hielt. Aber Enrique hatte gelernt, sich mit solchen Äußerungen zurückzuhalten, was ihm allerdings nicht immer gelang.

Deshalb leerte er rasch den zweiten Becher Rum, den er in der Hand hielt, und verabschiedete sich mit der Ausrede, müde zu sein und außerdem noch etwas mit Pilar besprechen zu wollen. Die beiden älteren Männer hielten ihn nicht zurück und schienen eher froh zu sein, die Unterhaltung nun auf ihre Weise fortführen zu können.

Enrique fand Pilar vorn am Bug. Sie saß im Schatten eines Stapels dicker Taue. Trotz der weiterhin unruhigen See schien es ihr besser zu gehen, denn sie schenkte ihm ein strahlendes Lächeln, als er mit einer Laterne in der Hand auf sie zukam. Sie machte ihm bereitwillig neben sich Platz und nahm vertrauensvoll seine Hand in die ihre.

»Stell dir vor, Enrique, ich habe mit Frai Ambrosio gesprochen, und er wäre bereit, uns in der Kirche des Dominikanerklosters in San Miguel de La Palma zu trauen. Wäre das nicht wunderbar? Dann würden wir als verheiratetes Paar mit Gottes Segen in die Neue Welt reisen. Was denkst du?«

Enrique spürte plötzlich einen starken Widerstand in sich aufsteigen. Auch wenn er sich hatte überreden lassen, Pilar als seine Frau mitzunehmen, erschien es ihm nicht richtig, sie nun auch offiziell zu heiraten. Und dann auch noch in der Heimat seiner Mutter. In diesem Moment wurde ihm auf unangenehme Weise bewusst, dass er aus Mitleid und nicht aus Liebe gehandelt hatte. Denn letzten Endes entsprach Pilar nicht der Gefährtin auf Augenhöhe, die er sich für sein Leben vorgestellt hatte. Diese Gedanken gefielen ihm gar nicht.

»Ich glaube nicht, dass dafür Zeit sein wird«, erwiderte er sehr viel ruppiger, als nötig gewesen wäre.

Pilar zuckte zusammen. »Du willst es nicht!«, erwiderte sie und erkannte damit den eigentlichen Grund seiner Ausrede. Ihr Gesicht verdunkelte sich. »Du hast mich nur aus Mitleid mitgenommen, nicht wahr?«

»Nein, natürlich nicht«, log Enrique im gleichen ruppigen Ton. »Ich finde es nur unnötig, in Gegenwart dieses Dominikaners zu heiraten. Erstens mag ich ihn nicht, und zweitens haben wir doch schon Ringe. Du kennst meine Meinung über Gott und die Kirche. Eine reine Erfindung der Menschen, um auf andere Macht auszuüben.« Der Alkohol hatte seine Zunge gelöst, und die Worte brachen nur so aus ihm hervor.

Pilar sprang auf und sah ihn erschrocken an. »So darfst du nicht reden. Damit erzürnst du den Herrn.«

»Welchen Herrn? Siehst du ihn hier irgendwo an Bord oder im Meer schwimmen? Oder läuft gar sein Sohn übers Wasser?« Enrique spürte, wie die Wirkung des Rums seine Zunge immer mehr löste. »Dein Herr hat ja angeblich uns Spaniern die Neue Welt zum Geschenk gemacht und uns die Erlaubnis erteilt, die ursprünglichen Einwohner zu massakrieren, weil wir für ihn die Mauren und den Islam besiegt haben. So legt es sich jeder zurecht, wie er es braucht.« Er merkte, wie Pilar seine blasphemischen Ausführungen kaum mehr ertrug, aber er konnte und wollte nichts davon zurücknehmen.

So stand sie auf und ging, ohne ihn eines weiteren Blickes zu würdigen, zu den Frauenschlafplätzen.

Während der Nacht war der Wind noch stärker geworden, und die hohen Wellen ließen das Schiff wie eine Nussschale tanzen. Noch bevor die Dämmerung nahte, machte sich Enrique doch Sorgen um Pilar. Der Alkohol verlor langsam seine Wirkung, und ihm wurde klar, dass er nicht so mit ihr hätte reden dürfen, zumal er um ihren tiefen Glauben wusste. Bestimmt hatte sie die ganze Nacht kein Auge zugetan. Er musste sich bei ihr entschuldigen, und zwar sofort. Also stand er leise auf, um seinen Vater nicht zu wecken, und tastete sich an Deck. Eigentlich war es Männern verboten, sich während der nächtlichen Ruhezeit den Frauenschlafplätzen zu nähern, doch er wollte nicht länger warten.

Es brannte nur eine funzelige Laterne, die heftig schaukelte und im regelmäßigen Rhythmus die Schlafenden beleuchtete. Ohne dass er einen Ton von sich gab, schien Pilar ihn bemerkt zu haben. Er beobachtete, wie sich ihre schmale Silhouette aus der Decke schälte und sie aufstand. Als der Schein der Laterne ihr Gesicht traf, sah er, dass sie geweint hatte.

»Ich habe gewusst, dass du kommst«, flüsterte sie, als sie dicht neben ihm stand und sich an ihm festhielt.

»Es tut mir so leid«, sagte er und wischte ihr die Tränen von den Wangen. »Komm, lass uns einen Moment hier weggehen, sonst wecken wir die anderen noch auf.« Er nahm ihre Hand und führte sie über das heftig schwankende Schiff zum Hauptmast, an den sie sich beide klammerten. Immer wieder traten Wellen über die Reling, sodass ihre Füße mit kaltem Wasser überspült wurden. Doch das war ihnen in diesem Moment nicht wichtig.

»Das Leben ist viel zu kurz, als dass wir uns streiten wie ein altes Ehepaar. Wir sind ja noch nicht einmal eines«, sagte er laut, um das Flattern des kleinen, noch aufgezogenen Hecksegels zu übertönen. Auch wenn es noch dunkel war, konnte er ihr Lächeln erahnen.

»Enrique, ich liebe dich. Du bist schon jetzt das Beste, was mir in meinem Leben widerfahren ist, egal, ob du mich heiratest oder nicht.«

Er war tief gerührt und froh, den Weg zu ihr gesucht zu haben. »Wir werden uns gemeinsam ein schönes Leben aufbauen. Das verspreche ich dir.«

»Dann werde ich jetzt schlafen können.«

Er nahm sie noch einmal in den Arm, drückte ihren zierlichen Körper an sich und gab ihr einen sanften Kuss auf die Stirn. »Gute Nacht, Pilar.«

»Gute Nacht.« Sie löste sich von ihm und lief auf den wankenden Planken zurück.

»Warte«, rief er ihr noch nach, doch in diesem Moment trat eine riesige Welle über die Reling und donnerte gegen eine der Seilwinden, die sich löste und das Segel herunterstürzen ließ. Der nun freischwingende Baum wurde in Pilars Richtung geschleudert und bohrte sich mit voller Wucht direkt in ihren Rücken, so als hätte er sein Ziel genau im Visier gehabt. Sie schrie nur kurz auf und brach dann ohnmächtig zusammen. Enrique versuchte, den Baum festzuhalten, der, als wolle er noch einmal ausholen, zurückschwang und sich dann erneut in Pilars Richtung bewegte. Er hängte sich mit seinem ganzen Gewicht daran, bis ihm endlich zwei wachhabende Seeleute zu Hilfe kamen und das Ungeheuer mit dicken Tauen zum Stillstand brachten.

Enrique stürzte zu Pilar. Jesús, der Küchenjunge, der das Drama offensichtlich beobachtet hatte, leuchtete ihm mit einer Laterne. Das Mädchen lag wie ein getroffenes Tier auf den Planken in einer Wasserlache, die sich bereits rot färbte, den Arm unnatürlich zur Seite gedreht. Enrique nahm sie vorsichtig hoch und trug sie zu seiner Unterkunft. Sein Vater half ihm, die Schwerverletzte vorsichtig mit dem Bauch nach unten auf seine Lagerstatt zu legen.

Enrique löste die Schnüre ihres Korsetts, das von Blut und Salzwasser durchtränkt war. Er erkannte sofort, dass das linke Schulterblatt vollkommen zertrümmert war – ein Knochen ragte heraus, und über den oberen Rücken zog sich eine hässliche Platzwunde. Pilar war noch immer nicht bei Bewusstsein, doch ihre Augenlider flatterten.

»Los, meine Medizintasche«, fuhr er seinen Vater an. Der reagierte nur langsam, holte schließlich den ledernen Beutel, der auf einem Brett an der Wand stand, reichte ihn seinem Sohn und sah ihn dann verstört an.

»Wie ist das passiert?«

»Erzähl ich dir später. Dafür ist jetzt keine Zeit.« Er hatte inzwischen das Korsett entfernt und drückte ein Tuch auf die stark blutende Wunde. »Ich muss einen Druckverband machen. In der Tasche ist eine Paste aus Spitzwegerich in einer grünen Dose, das hilft, die Blutung zu stillen. Vorher aber muss ich die Knochen wieder an die richtige Stelle bekommen, dann hat sie vielleicht eine kleine Chance, ihren Arm irgendwann noch einmal bewegen zu können. Du musst mir helfen.«

»Das kann ich nicht«, erwiderte Don Joaquín.

»Doch! Drück das Tuch weiter fest auf die Wunde.«

Joaquín tat wie geheißen, während Enrique sein Operationsbesteck zusammensuchte. Trotz des päpstlichen Operationsverbots hatte er in einem geheimen Keller des Universitätshospitals von Salamanca gemeinsam mit einem Freund nicht nur an Leichen die menschliche Anatomie studiert, sondern auch selbst schon den einen oder anderen Eingriff erfolgreich durchgeführt. Was jedoch jetzt auf ihn wartete, überstieg bei Weitem sein Können. Aber er hatte keine andere Wahl. Mit Rum, den Jesús ihm gebracht hatte, desinfizierte er die Wunde und befreite sie mit einer speziellen Art von Pinzette von Knochensplittern. Dann setzte er eine Zange an und versuchte, so gut es ging, alles wieder an seinen ursprünglichen Platz zu zwingen. Doch so viel Mühe er sich auch gab, ihm war klar, dass seine Anstrengungen von recht dilettantischer Natur waren und Pilar sich nie wieder so bewegen würde wie vorher, wenn sie das Ganze überhaupt überlebte. Immer wieder stöhnte sie laut auf. Die Schmerzen mussten so unerträglich sein, dass der Körper ihr die Gnade der Bewusstlosigkeit auch weiterhin gewährte.

Ihr Blut sprudelte nur so über seine Hände. Er durfte keine Zeit verlieren.

Da er kein glühendes Eisen zur Verfügung hatte, um die Blutung aufzuhalten, musste er den Druckverband umso fester anlegen. Inzwischen hatte Jesús einigermaßen saubere Stoffbahnen aufgetrieben und verteilte auf Enriques Anweisung hin die Wegerichpaste darauf. Er stellte sich erstaunlich geschickt an und war im Gegensatz zu Don Joaquín, der nur kreidebleich danebenstand, eine wirkliche Hilfe. Gemeinsam legten sie nun den Verband, so fest es ging, um die verletzte Schulter herum an. Um den Druck noch zu erhöhen, baute Enrique kleine Stoffkissen ein, die er an den Stellen platzierte, wo die Blutung besonders stark war. Sobald Pilar zu sich kam, würde sie unerträgliche Schmerzen haben, und Enrique fragte sich, wie sie das aushalten sollte. Vor allem dann, wenn er den Verband wechseln musste, um die Wunde noch einmal zu säubern. Daran, dass sich die Knochen dann wieder verschieben würden, wollte er lieber gar nicht denken.

Es war inzwischen heller Tag, und der Wind war schwächer geworden, als Terrabaja sich nach dem Stand der Dinge erkundigte.

Enrique gab keine Antwort, er war damit beschäftigt, mit

nasskalten Tüchern, die er um die Waden und den Kopf der Verletzten wickelte, dem Wundfieber zu trotzen, das längst auf dem Weg war, Besitz von Pilars Körper zu ergreifen. Auf ihrer Stirn hatten sich Schweißperlen gebildet, und sie warf unruhig den Kopf hin und her. Enrique hielt sie sanft fest und redete mit leisen Worten beruhigend auf sie ein, auch wenn er wusste, dass sie ihn nicht hören konnte.

»Ich bin bei dir«, flüsterte er. »Du musst keine Angst haben. Alles wird wieder gut.« Seine Stimme zitterte, und es fiel ihm schwer, ihr einen überzeugenden Klang zu geben.

Terrabaja hatte genug gesehen und zog sich ohne ein weiteres Wort zurück.

Erst am Abend des folgenden Tags schlug die Schwerverletzte zum ersten Mal wieder die Augen auf.

»Kannst du mich hören, Pilar?«, fragte Enrique mit ein wenig Hoffnung.

Sie stöhnte nur laut auf und war nicht in der Lage zu sprechen.

»Du musst etwas trinken, bitte.« Er schob ihr einen kleinen Strohhalm in den Mund, der in einem Becher mit Wasser steckte. »Du darfst dich nicht aufrichten, bitte sauge an dem Halm.« Doch auch dazu war sie zu schwach. Er versuchte ihr nun vorsichtig Wasser einzuflößen, das ihr jedoch wieder aus den Mundwinkeln herauslief. »Du musst schlucken, Pilar, bitte!«

Sie versuchte es, verschluckte sich jedoch und musste husten. Die geringe Erschütterung ihres Oberkörpers verursachte ihr solche Schmerzen, dass sie laut aufschrie und dann erneut das Bewusstsein verlor. Enrique fühlte mit ihr und musste an die junge Indiofrau denken. Wie damals empfand er eine tiefe Ohnmacht und Hilflosigkeit.

In den nächsten Tagen wich er nur von Pilars Seite, um seine Notdurft zu verrichten. Der kleine Jesús musste ihn des Öfteren zwingen, wenigstens ab und zu etwas zu essen oder zu trinken.

Natürlich machte Enrique sich schwere Vorwürfe und gab sich die Schuld an dem Unfall. Denn hätten sie nicht diesen Streit gehabt, hätte er sich nicht entschuldigen müssen, und Pilar wäre nicht aufgestanden und an Deck gekommen. Er ging sogar noch weiter mit seinen Selbstvorwürfen. Hätte er sich nicht darauf eingelassen, sie mitzunehmen, würde sie jetzt an der Seite der alten Witwe Körbe flechten und sie auf dem großen Markt von Salamanca auf ihre unnachahmliche Art zum Verkauf anbieten. Er verfluchte sich, nicht auf seine innere Stimme gehört zu haben, die ihm im Schankraum des Gallo Rojo zugeflüstert hatte, dass Pilar den Strapazen einer solchen Reise nicht gewachsen sein würde. Er hätte ein so zerbrechliches Wesen niemals mitnehmen dürfen. Und nun war sie tatsächlich zerbrochen.

Doch alles Grübeln nutzte jetzt nichts. Er konnte nur hoffen, dass sie es bis nach Santa Cruz, dem Hafen von San Miguel de La Palma, schaffte. Erst jetzt fiel ihm auf, dass er jegliche Orientierung für Raum und Zeit verloren hatte. Er wusste weder, welcher Wochentag war, noch, wo auf der Strecke sie sich gerade befanden. Aber das war auch nicht wichtig. Denn mit jedem Tag, den die Reise andauerte, ging es Pilar schlechter. Das Fieber gewann die Oberhand. Sie hatte das Bewusstsein noch immer nicht wiedererlangt, schlug aber unruhig den Kopf hin und her, als wolle sie ihm dadurch kundtun, dass sie noch am Leben war und er sie nicht aufgeben sollte. Und das tat Enrique auch nicht, obwohl ihm inzwischen klar war, dass seine Fähigkeiten nicht ausreichen würden, um Pilar zu retten.

»Was sollen wir nur tun?« Er sah seinen Vater verzweifelt an, als dieser wie so oft in die kleine Kajüte kam, um nach ihnen zu sehen.

»Es gibt vielleicht noch Hoffnung«, sagte Don Joaquín zögernd.

»Und die wäre?«, fragte Enrique mit erschöpfter Stimme.

»Auf Benahoare, der Insel, von der deine Mutter stammt, muss irgendein Kraut wachsen, das dem Tod trotzt.«

Enrique horchte auf. Etwas sagte ihm, dass er zum ersten Mal die Gelegenheit hatte, dem Geheimnis, das seine Mutter umgab, näherzukommen.

»Was für ein Kraut?«, wollte er wissen.

»Eine Art Wundermittel. Iriomé hat einen Freund von mir, der dem Tod mindestens so nah war wie jetzt Pilar, zurück ins Leben geholt, und das innerhalb weniger Stunden.«

»Und wie hat sie das gemacht?«

»Ich weiß es nicht. Niemand wusste es. Aber ich denke, dass der Teufel da seine Hände mit im Spiel hatte.«

Enrique schüttelte den Kopf, obwohl er wusste, dass für viele das Heilen von schweren Krankheiten noch immer Teufelswerk war und vor allem die *brujas* oft genug dafür zum Tod auf dem Scheiterhaufen verurteilt wurden. Er selbst hatte jedoch gute Erfahrungen mit heilkundigen Frauen gemacht und schätzte ihre Intuition und Kräuterkenntnisse aufs Höchste.

»Ich habe sie einmal beobachtet, wie sie ein Ritual durchführte und dabei eine Ziege ausbluten ließ«, fuhr sein Vater mit leiser Stimme fort, als hätte er Angst, jemand könnte sie belauschen und ihn an die Inquisition verraten.

»Du weißt, ich glaube nicht an so etwas«, sagte Enrique, »aber wenn wir auf dieser Insel jemanden finden könnten, der etwas über das Mittel weiß …« Plötzlich sah er wieder Licht am Horizont. »Hilfst du mir? Kommst du mit an Land?«

»Nein«, entgegnete sein Vater abrupt. »Das kann ich nicht. Du musst allein gehen. Wenn mich dort jemand wiedererkennt, wirst du ganz bestimmt keinen Erfolg haben.«

»Weshalb?«

Don Joaquín sah ihn eine Weile nur stumm an, und Enrique merkte, wie er nach Worten rang, aber doch keine fand.

»Vater, bitte, im Angesicht dieses sterbenden Mädchens, sag mir endlich die Wahrheit! Was ist damals geschehen?«

Don Joaquíns Gesicht wurde immer fahler. Er wankte leicht, was nicht nur an dem schwankenden Schiff lag, und musste sich an dem Holzbalken festhalten, der die Decke der kleinen Kajüte stützte.

»Ich habe nicht nur deine Mutter verraten, sondern ihr ganzes Volk«, sagte er schließlich mit brüchiger Stimme. »Was ich diesen Menschen angetan habe, dafür gibt es keine Entschuldigung.« Er sackte in sich zusammen, sein Kopf fiel nach unten, und er bekam wieder jenen starren, verschlossenen Gesichtsausdruck, den Enrique zur Genüge kannte und von dem er sich immer wieder hatte einschüchtern lassen. Doch diesmal würde er es nicht tun.

»Weiter!«, fuhr er seinen Vater wütend an, packte ihn bei den Schultern und erhob nun sogar die Stimme, was er sonst selten tat. »Sprich weiter!«

Joaquín schloss die Augen, als wolle er sich unsichtbar machen. Sein Mund war ein schmaler Strich, der sich nur zögernd öffnete, um endlich das längst fällige Geständnis abzulegen.

»Während des Eroberungskrieges habe ich letztlich dafür gesorgt, dass Tanausú, der Anführer ihres Stammes, der als Letzter mit seinen Männern Widerstand leistete, in eine Falle geriet und wir ihn besiegen konnten. Deine Mutter hatte mir vertraut und dadurch den Untergang ihres Volkes mit verursacht«, sagte er stockend. »Diese Schuld trug sie mit sich. Ich kann heute verstehen, dass sie mir das nie verziehen hat, auch wenn ich nur bedingt etwas dafürkonnte. Denn auch ich bin verraten worden. Von Alonso de Lugo, dem großen Kanareneroberer, jenem Freund, dem sie auf der Rückfahrt nach Spanien mir zuliebe das Leben rettete.«

»Ich verstehe nicht ganz. Sie hat dem Mann, der ihr Volk vernichtet hat, das Leben gerettet?«

»Aus Liebe zu mir. Man hätte mich sonst des Mordes angeklagt und gehängt, denn seine schweren Verletzungen habe ich ihm während eines Duells zugefügt. Ich hatte ihn herausgefordert. Es ging um deine Mutter.«

Enrique merkte, wie schwer es seinem Vater fiel, über jene dunkle Vergangenheit zu sprechen, doch er ließ nicht locker. »Und dann … was ist weiter mit ihr passiert?«

Don Joaquín holte tief Luft. »Sie sprang kurz vor Cádiz von Bord, weil sie Angst hatte, wir würden ihr das Geheimnis ihrer Heilkunst entreißen.«

»Sie sprang einfach ins Meer?«

Joaquín nickte. »Sie konnte gut schwimmen und hat es tatsächlich an Land geschafft. Ein maurischer Médico mit Namen Ibn Said hat sie aufgenommen. Zufällig kam er kurz darauf mit ihr und einem seiner Patienten, dem Großinquisitor, nach Trujillo. Sie hatte sich als Junge verkleidet, sodass sie unauffällig blieb, trotzdem habe ich sie wiedererkannt. Sie war bereits schwanger mit dir, und ich konnte damals nichts anderes tun, als sie zu Madre Teresa zu bringen, da ich kurz vor der Hochzeit mit Inés de Perreira stand, einer Cousine von Königin Isabella.«

»Du hast sie dort abgestellt, um eine andere Frau zu heiraten?«, stellte Enrique empört fest und blickte zu Pilar, die wieder unruhig wurde. Er konnte sich unmöglich vorstellen, einer Frau, die er liebte, so etwas anzutun.

»Dort war sie wenigstens sicher«, verteidigte sich Don Joaquín mit schwacher Stimme. »Denn mein Freund Alonso de Lugo war wegen des Wundermittels hinter ihr her.«

»Warum bist du nicht mit ihr auf ihre Insel zurückgekehrt? Das war doch ihr größter Wunsch, und dort wäre sie auch in Sicherheit gewesen.«

»Das konnte ich nicht«, antwortete Joaquín. »Was wäre dann aus Trujillo geworden?«

»Und was ist aus ihr geworden?«, fragte Enrique nun mit zynischem Unterton.

»Nach deiner Geburt hielt dein Großvater seine schützende Hand über sie und holte euch beide nach Trujillo. Aber nach seinem Tod …« Er zögerte wieder. Die nächsten Worte schienen ihm besonders schwerzufallen. »… ließ ich sie in unserem Kellerverlies einsperren. Sie sollte dort bei Wasser und Brot darben, bis sie gewillt war, ihr Geheimnis zu verraten. Ich tat es nicht einmal für mich, sondern für de Lugo. Er litt an der Schwindsucht und hätte sonst nicht mehr lange zu leben gehabt.« Tränen der Scham liefen seine Wangen herunter.

»Doch sie hat es nicht offenbart?«

»Nein. Aber ich war sogar bereit, sie ihm ganz zu überlassen«, flüsterte er nur noch.

»Was heißt das?«

»Er hätte sie gefoltert … auch bis zum Tod. Er war ein wahrer Konquistador, der nichts unversucht ließ, um sein Ziel zu erreichen.«

Joaquín zitterte am ganzen Körper und war kaum noch in der Lage, weiterzusprechen. Enrique lockerte seinen Griff ein wenig. Er war fassungslos und konnte kaum glauben, was sein Vater ihm da erzählte.

»Warum hast du das getan?«, sagte er mit tonloser Stimme.

»Ich habe sie geliebt und gehasst zur gleichen Zeit. Sie hat mich zerrissen und zugleich tief in meiner Seele berührt.«

»Aus welchem Grund hast du sie gehasst?«

Don Joaquín senkte den Blick. »Als ich sie bat, meine Ehefrau und meinen legitimen Sohn vor dem Tod zu bewahren, hat sie das verweigert. Ein Sohn mit Inés de Perreira wäre die Rettung für Trujillo gewesen. Die Feste hätte dann trotz Schulden unter dem Schutz der Krone gestanden.«

»Nur darum ging es dir. Um deinen Besitz«, schleuderte Enrique seinem Vater empört ins Gesicht. »Es tut mir wirklich leid, dass ich nur ein Bastard bin und dir deshalb bei Hof nicht weiterhelfen kann.«

Joaquín brach nun endgültig zusammen. »Nein, so ist es nicht! Iriomé und du, ihr seid das Wertvollste, was mir das Leben geschenkt hat. Ich habe damals den größten Fehler meines Lebens begangen, den ich zutiefst bereue. Ich war blind für die Liebe. Ich wollte Trujillo erhalten. Stattdessen hätte ich mit euch beiden fortgehen sollen.«

Enrique atmete tief durch. Er zitterte nun selbst am ganzen Körper. »Und was ist dann mit meiner Mutter geschehen?«

»Jemand hat ihr zur Flucht verholfen.«

»Roberto de la Torre?«

Joaquín nickte. »Und sie war sogar noch in der Lage, dich mitzunehmen. Aber man hat dich mir zurückgebracht.«

»Und das hat sie zugelassen?«

Jetzt war es ganz um Joaquín geschehen. Er schluchzte laut. Enrique ließ ihn los und wandte sich wieder Pilar zu, aber innerlich hatte er das Bild vor Augen, wie Soldaten ihn als Kind seiner Mutter entrissen.

»Ich weiß nicht, warum Gott dieses unschuldige Mädchen hier straft und nicht mich. Es wäre mein Schicksal gewesen, auf Benahoare zu sterben«, presste Joaquín mit erstickter Stimme hervor.

»Noch ist sie nicht tot, Vater!«

Joaquín erhob sich mühsam und zog aus seiner Jackentasche ein kleines goldenes Amulett, das er seinem Sohn übergab. Auf der Vorderseite war ein Miniaturporträt zu sehen, in dem Enrique seine Großmutter wiedererkannte, die lange vor seiner Geburt gestorben war.

»Was hat das zu bedeuten?«

»Du hattest es um den Hals, als die Soldaten dich zurückbrachten. Ich habe es damals auf Benahoare deiner Mutter geschenkt, als wir kurz vor der Abreise zurück nach Spanien waren. Sie hatte mich darum gebeten, noch einmal in ihr Dorf zurückkehren zu dürfen, wahrscheinlich, um von dort das Zaubermittel zu holen. Ich gab ihr das Amulett, wohl in der Hoffnung, dass es uns verbinden und sie zu mir zurückkehren würde. Und das tat sie auch. «

»Warum zeigst du es mir erst jetzt?«

Joaquín gab ihm keine Antwort und ging gebeugt nach draußen an Deck. Enrique sah ihm wütend hinterher. Viel zu lange hatte er Geduld mit seinem Vater gehabt und ihn in Schutz genommen, doch das war jetzt zu Ende. Was er soeben erfahren hatte, war einfach zu viel. Er konnte den Schmerz seiner Mutter beinahe körperlich fühlen. Wäre er doch damals schon älter gewesen, dann hätte er sie beschützen können. Doch so grausam dieses Geständnis auch war, es hatte ein Gutes. Er wusste nun von jenem Wundermittel und konnte Pilar vielleicht noch retten. Ihre Liebe und ihr großes Opfer hatten endlich sein Herz geöffnet, und es schrie nach ihr, lauter als je zuvor.

12. KAPITEL

Nach siebzehn Tagen auf See erreichte die Santa Teresa am Vormittag des 19. Dezember 1512 San Miguel de La Palma. Enrique hatte nur einen kurzen Blick für die schmucken Häuser mit ihren Holzbalkonen übrig, die sich entlang der einen Seite der Hafenmole aneinanderreihten. Pilar lag im Sterben. Ihr Körper glühte vor Hitze und bestand nur noch aus Haut und Knochen. Sie hatte zweimal das Bewusstsein wiedererlangt, und Enrique konnte ihr von dem Wundermittel seiner Mutter erzählen, das er für sie finden und ihr Leben retten würde. Sie hatte nur gelächelt, als wäre sie bereits mit ihrem Schicksal zu sterben einverstanden, doch Enrique würde das nicht zulassen.

Er nahm ihre Hand und flüsterte zum Abschied eindringlich in ihr Ohr, als wolle er sie beschwören: »Du musst durchhalten. Ich bin bald zurück. Du wirst sehen, es dauert nicht lange. Und dann wirst du gesund. Halte durch. Ich liebe dich von ganzem Herzen. Wir werden heiraten, Kinder haben und bis zu unserem Lebensende glücklich miteinander sein.«

Sie öffnete kurz die Augen. Ihre aufgeplatzten Lippen öffneten sich, als ob sie etwas sagen wolle, doch ihre Stimme versagte. Er küsste sie sanft zum Abschied auf die Stirn und hauchte ein *»Adiós, mi amor«*.

Sein Vater, der es, seit er sich zu seiner Vergangenheit bekannt hatte, kaum mehr wagte, Enrique in die Augen zu sehen, hatte versprochen, nicht von Pilars Lagerstatt zu weichen und niemanden zu ihr zu lassen. Vor allem nicht Frai Ambrosio, der längst darauf gedrungen hatte, Pilar die Letzte Ölung zu erteilen. Auch wenn Enrique katholisch erzogen worden war, wurden seine Zweifel an den wahren Absichten der Geistlichen, vor allem was die Eroberung und Missionierung der Neuen Welt anging, immer größer.

»Wo wollt Ihr hin?«, hielt ihn der Dominikaner auf, als Enrique gerade von Bord gehen wollte. »Eure junge Frau ist bereits auf dem Weg zu unserem Herrn. Ihr solltet jetzt besser bei ihr bleiben.«

Der junge Spanier sah ihn wütend an. »Noch lebt sie, also haltet Euch fern von ihr.«

»Euer Vater hat mir gebeichtet, was Ihr vorhabt. Mit welchen dunklen Mächten auch immer Ihr Euch einlasst, oder gar mit dem Teufel persönlich, seid Euch bewusst, dass der Herr allmächtig ist und sein Wille immer geschieht, im Himmel wie auf Erden.«

Enrique hörte schon gar nicht mehr hin. Er hatte nur noch eines im Sinn: das Dorf seiner Mutter im Innern des Vulkankraters zu erreichen. Don Joaquín hatte sich erinnert, dass es Aceró hieß, und ihm genau erklärt, wo der einzige Zugang auf der Westseite der Insel war, den Iriomé ihm damals gezeigt hatte. Trotzdem war Enrique klar, dass er sich allein verlaufen würde und einen Ortskundigen brauchte, um dorthin zu gelangen.

Er durchquerte eine große Werft, wo fleißig gesägt und gehämmert wurde, um die so dringend benötigten Schiffe für die zahlreichen Überfahrten in die Neue Welt vom Stapel laufen zu lassen. Als er an einem riesigen Stoß von fein gehobelten Brettern vorbeilief, sog er den Geruch von frisch geschlagenem Holz ein und hatte beinahe das Gefühl, sich auf dem Festland zu befinden. Jedenfalls war hier von langbärtigen Wilden in Fellkleidung, von denen sein Vater ihm erzählt hatte, nichts zu sehen. Innerhalb kürzester Zeit hatten die Spanier ein ganzes Volk ausgelöscht, und er war sich nicht sicher, ob überhaupt noch jemand am Leben war, der seine Mutter gekannt hatte. Den nächstbesten Arbeiter, der ihm begegnete, fragte er nach dem Ort Aceró, doch der konnte ihm nicht weiterhelfen. Er empfahl ihm jedoch, in dem kleinen Gasthaus am Ende der Mole nachzufragen. Die Frau, die dort sauber machte, sei wohl eine Ureinwohnerin. Vielleicht wüsste sie Bescheid.

Es roch nach schlechtem Tabak und billigem Fusel, als Enrique über die Schwelle der Spelunke trat. Die meisten Männer, die sich auf den Tresen stützten, waren schon betrunken, obwohl es noch nicht einmal Mittag war.

Enrique erkundigte sich beim Wirt, einem dicken Andalusier mit schmutziger Schürze, nach der Scheuerfrau, doch er bekam keine befriedigende Antwort. Sie würde erst am Abend auftauchen, vielleicht auch erst am Morgen des nächsten Tages. Und wo sie wohne, das könne er ihm erst recht nicht sagen. Schließlich mischte sich ein junger Mann ein, der vom Aussehen her eine gewisse Ähnlichkeit mit Enrique hatte. Er war ebenfalls größer als die meisten Spanier und hatte helle Augen und rotbraunes Haar.

»Sie ist meine Mutter. Was wollt Ihr denn von ihr?«

Enrique wiederholte sein Begehr, und diesmal hatte er Glück.

»Ja, ich weiß, wie man dort hinkommt. Aber es ist weit und nicht ungefährlich. Ich kann Euch führen, wenn Ihr wollt. Doch es hat seinen Preis.«

Enrique klopfte ihm dankbar auf die Schulter. »Ich zahle jeden Preis. Aber wir müssen sofort aufbrechen. Ich habe nicht viel Zeit.«

»Zwei Silbermünzen«, verlangte der junge Mann. »Und Ihr müsst im Voraus bezahlen.«

»Gut. Dann kommt mit nach draußen. Ich werde nicht hier in Anwesenheit gieriger Tagelöhner meine Taschen öffnen.«

»Mein Name ist José«, sagte der Mann, als sie auf der Straße standen. »Meine Mutter gehörte einst zum Stamm von Aceró, hat jedoch einen Spanier aus Asturien geheiratet, und jetzt wohnen wir hier. Einige Frauen leben noch immer in dem Vulkankrater in einer Art Höhlenkloster. Sie sind jedoch keine Nonnen, sondern *brujas,* Hexen. Keiner weiß genau, was sie dort tun. Doch die Inquisition ist weit weg. Auf dem Festland hätte man sie bestimmt schon längst als Ketzerinnen verbrannt. Aber hier ... Was wollt Ihr überhaupt dort?«

»Meine Frau liegt im Sterben, und diese *brujas* sollen ein wundersames Mittel haben, das dem Tod trotzt.«

José sah ihn misstrauisch an. »Darüber weiß ich nichts, aber es stimmt schon, sie sind allesamt hervorragende Heilerinnen und kennen sich mit Kräutern aus. Wenn kein Médico mehr helfen konnte, hat schon mancher den beschwerlichen Weg zu ihnen auf sich genommen und ist tatsächlich gesund zurückgekehrt.«

Enrique wurde immer aufgeregter. Er war auf der richtigen Fährte. Er musste dorthin. Das war Pilars einzige Chance. Dass er dort möglicherweise etwas über seine Mutter erfahren würde, war im Augenblick zweitrangig. Es ging ihm vor allem um Pilar.

Er drängte zur Eile, doch José bestand darauf, in einem Laden noch einen Laib Brot und etwas gesalzenen Fisch zu kaufen, denn wenn sie unterwegs verhungerten, hätte schließlich niemand etwas davon.

Nachdem sie mit allem, was sie für ihr Unternehmen brauchten, ausgerüstet waren, wandten sie sich zuerst nach Süden, um das Gebirge, das die Insel teilte, zu umgehen und von Westen, wie Don Joaquín beschrieben hatte, in den Vulkankrater einzusteigen. Sie durchquerten dichte Kiefernwälder und wanderten über schwarze Lavafelder.

»Seit Jahrhunderten erkaltete Asche«, erklärte José auf Enriques erstaunten Blick hin, der so etwas noch nie zuvor gesehen hatte. Auch die Extremadura bestand hauptsächlich aus kahlen Landschaften, doch das hier war etwas anderes. Das viele Schwarz löste ein mulmiges Gefühl in ihm aus. Hatte Frai Ambrosio vielleicht doch recht gehabt? Begab er sich geradewegs in die Klauen des Teufels? War das der Vorhof zur Hölle? Ein Schwarm schwarzer Bergdohlen, der laut keckernd über ihnen flog, verstärkte sein schlechtes Gewissen noch. Doch nun gab es kein Zurück mehr. Er hatte José den Ernst der Lage erklärt, und der ging in schnellem Schritt voran. Auf Enriques Bitte verzichteten sie sogar auf Pausen und liefen auch, als es dunkel geworden war, weiter. Der Mond war zwar nur halb voll, aber sein Licht reichte aus, um ihnen den Weg zu weisen. Erst als der Morgen dämmerte, machten sie eine kleine Pause, und Enrique fand endlich Zeit, sich ein wenig umzusehen.

Auch wenn ihm die Wildheit der Insel, die tiefen Barrancos und das steile Gebirge Respekt einflößten, spürte er die Verbundenheit mit der Erde, den Pflanzen, der Luft und dem Wasser. Er konnte die ursprüngliche Lebensweise der Menschen spüren, die einst hier gelebt hatten. Zum ersten Mal fühlte sich Enrique in dieser Umgebung seiner Mutter nahe, und sein Bedürfnis, mehr über sie zu erfahren, kehrte zurück. Er versuchte sich vorzustellen, wie sie ausgesehen haben musste und wie sie hier gelebt hatte.

»Hast du eigentlich als Kind das Leben der Benahoares kennengelernt?«, unterbrach er die Stille, die nur vom Geräusch ihrer Schuhe auf dem Felsboden unterbrochen wurde.

»Nein«, erwiderte José. »Mein Vater hat meiner Mutter sogar verboten hierherzukommen. Aber immer, wenn er mal mehrere Tage betrunken war, ist sie mit mir hier hinaufgestiegen. Sie hat mich auch die Sprache der Benahoares gelehrt.«

Darüber hatte sich Enrique noch gar keine Gedanken gemacht. Natürlich war es seiner Mutter zu Anfang gar nicht möglich gewesen, sich mit seinem Vater oder auch mit Madre Teresa zu verständigen. Das hatte ihr bestimmt große Unsicherheit, viele offene Fragen über Sitten und Gebräuche der Spanier, vor allem aber Einsamkeit beschert. Wie wenig er doch immer noch über sie wusste. Aber das würde sich bald ändern. Diese Frauen konnten ihm bestimmt mehr über sie erzählen. Und vielleicht war sie ja entgegen Madre Teresas Vermutung doch noch am Leben!

Gegen Mittag erreichten sie das Flussbett auf der anderen Seite der Insel, das den Eingang in den Vulkankrater bildete. Hier hatte damals sein Vater mit Alonso de Lugo den Eroberungsfeldzug gegen die Ureinwohner begonnen.

»Warum haben die Benahoares damals eigentlich die Konquistadoren nicht zurückgedrängt? Sie waren doch bestimmt in der Überzahl«, fragte Enrique, der sich darüber schon öfter Gedanken gemacht hatte, aber zu keinem Schluss gekommen war.

»Das ist eine traurige Geschichte«, erklärte ihm José. »Tanausú, der Anführer von Aceró, hatte damals alle zwölf Stämme der Insel aufgerufen, sich zu vereinen und gemeinsam gegen den Feind zu kämpfen. Doch nicht alle waren seiner Meinung und haben sich sogar teilweise mit den Eroberern verbündet. Allein hatte Tanausú keine Chance, zumal er von den Spaniern etwas weiter oben in einen Hinterhalt gelockt wurde.«

Enrique wusste genau, wer dafür verantwortlich war. Und er schämte sich in diesem Moment für seinen Vater, wie er es noch nie zuvor getan hatte. Seine Gedanken wurden jäh unterbrochen, als José plötzlich vor ihm stehen blieb. Ein Erdrutsch hatte den Weg verschüttet. Rechts gähnte der Abgrund, links erstreckte sich eine Felswand steil in den Himmel.

»Und jetzt?«, fragte Enrique seinen neuen Freund leicht verzweifelt. Zwang das Schicksal sie umzukehren? War alles umsonst gewesen? Würde er mit leeren Händen vor Pilar stehen und hilflos zusehen müssen, wie sie starb?

José hatte jedoch vorgesorgt und zog triumphierend ein Seil aus seinem Beutel, den er über der Schulter trug. Er befestigte das eine Ende am festen Stamm eines Baumes und band sich das andere um die Taille. Dann ließ er sich ein Stück den Abgrund hinunter und hangelte sich, an Wurzeln und Büschen festhaltend, an dem Geröll vorbei auf die andere Seite. Immer wieder rutschte er ab und wurde zurückgeworfen. Enrique biss sich jedes Mal auf die Lippen und nahm schon bald den süßlichen Geschmack seines eigenen Blutes wahr. Er hatte fast die Hoffnung aufgegeben, als es José tatsächlich gelang, sich auf der anderen Seite der Geröllawine zurück auf den Weg zu ziehen.

Nun war er dran. Aufgeregt verknotete Enrique das Seil vor seinem Bauch. Aus den Ebenen der Extremadura kommend, hatte er keinerlei Erfahrung mit solchen Abenteuern. Was, wenn das Seil nicht hielt und er in die Tiefe stürzte? Wieder überkam ihn das Gefühl absoluter Ohnmacht und Hilflosigkeit.

»Du schaffst es«, ertönte Josés Stimme. Enrique riss sich zusammen und ließ sich vorsichtig die steile Böschung hinunter. Es war weniger schwierig, als er gedacht hatte. Konzentriert, immer sein Ziel vor Augen, fanden sowohl seine Hände als auch die Füße Halt. Er vermied den Blick nach unten und schob sich vorsichtig Stück für Stück weiter. Es kam ihm wie eine halbe Ewigkeit vor, aber seine langsame Vorgehensweise schien von Erfolg gekrönt. Er rutschte kein einziges Mal ab, und nach einer Weile streckte José ihm die Hand entgegen und zog ihn hoch.

Das Seil ließen sie dort, nahmen eine kleine Mahlzeit zu sich und setzten ihren Weg fort. Es kam zu keinem weiteren Zwischenfall, und auch wenn sie viel Zeit verloren hatten, erreichten sie kurz vor Einbruch der Dunkelheit das berüchtigte Höhlenheiligtum von Aceró.

Enrique blickte staunend den mächtigen Felsen empor, der auf verschiedenen Höhen mit Höhlen durchsetzt war, deren Eingänge mit Holzleitern verbunden waren.

José stieß einen schrillen Pfiff aus. Sie warteten ab. Nach einer Weile stand unvermittelt eine große, schlanke Frau mit langem schlohweißem Haar vor ihnen. Sie trug ein feines, mit bunten Samenkapseln besticktes Ledergewand, das bis zum Boden reichte. Allerdings schien sie über den Besuch der beiden jungen Männer nicht gerade erfreut zu sein und strahlte eine gewisse Strenge aus.

José verneigte sich ehrfürchtig vor ihr und berührte mit seiner Stirn die ihre, wie es wohl Brauch war. Dabei flüsterten beide gleichzeitig: »*Chusar Axhoran, Magoc e Cel.* Gegrüßt seist du im Angesicht des Himmels, der Sonne und des Mondes«, übersetzte José.

Enrique machte es ihm nach.

»Das ist Tinerfe, die Oberste Harimaguada«, stellte José die Frau mit der ätherischen Erscheinung vor. Enrique erinnerte sich daran, dass Madre Teresa dieses Wort öfter erwähnt hatte, wenn über das Leben seiner Mutter, bevor sie nach Spanien kam, gesprochen wurde. Er bat José, nach Iriomé zu fragen und zu erklären, dass er ihr Sohn sei.

Tinerfes Gesichtszüge zeigten keine Regung, doch sie musterte ihn nun ausführlich von oben bis unten.

»Wie ist dein Name?«, übersetzte José ihre mit leiser Stimme gestellte Frage.

Enrique antwortete nicht sofort, denn er erinnerte sich plötzlich daran, dass seine Mutter ihm einen anderen Namen gegeben hatte, bevor er später christlich getauft wurde.

»Tamanca«, antwortete er. Der Name hatte ihm auf Anhieb gefallen, als die Äbtissin ihn einmal erwähnt hatte.

Tinerfe wiederholte ihn ein paarmal, als wollte sie damit irgendetwas heraufbeschwören.

»Es ist lange her«, sagte sie, »dass Iriomé zurückgekehrt ist.«

Nachdem José abermals übersetzt hatte, konnte Enrique seine Aufregung kaum mehr verbergen.

»Frag sie, was mit ihr geschehen ist«, drängte er. Wenn er etwas über das Heilmittel erfahren wollte, musste er das Vertrauen dieser Frau gewinnen, und das ging nur über seine Mutter.

»Sie ist schon vor langer Zeit gestorben«, bekam er schließlich zur Antwort.

Auch wenn er darauf vorbereitet war, schmerzte es ihn, die Wahrheit zu hören, und diesmal sogar aus berufenem Mund.

»Wenn sie hier gestorben ist, muss es ein Grab geben. Ich will es sehen«, sagte er beinahe trotzig.

Tinerfes Gesichtszüge verhärteten sich, nachdem José Enriques Wunsch übersetzt hatte. Sie schüttelte den Kopf.

»Ich glaube, das ist nicht möglich«, deutete José ihre abweisende Haltung. »Die Begräbnisrituale der Obersten Harimaguadas sind geheim, ebenso wie der Ort, wo die Mumien ihre letzte Ruhestätte finden.«

»Das ist mir egal. Ich möchte es trotzdem sehen.« Irgendetwas sagte ihm, dass er jetzt nicht aufgeben durfte. Dass er dem Geheimnis, das seine Mutter umgab, ganz nah war.

Inzwischen waren einige der anderen Frauen näher gekommen, die genau wie Tinerfe lange, fein bestickte Ledergewänder trugen. Sie wirkten nicht bedrohlich, doch sie stellten sich schützend vor ihre Anführerin.

»Ich glaube, sie wollen, dass wir gehen«, sagte José, dem das Ganze nicht mehr geheuer war, und zog Enrique am Ärmel.

»Ich kann jetzt nicht aufgeben.« Enrique schüttelte José ab. Plötzlich fiel ihm das Medaillon ein, das sein Vater ihm gegeben hatte und das seine Mutter, als sie vor ihrer Abreise nach Spanien zum letzten Mal hier gewesen war, getragen hatte. Er zog es unter seiner Jacke hervor und hielt es den Frauen wie eine Trophäe entgegen.

Eine kleine, schon sehr alte Harimaguada stieß einen spitzen Schrei aus und trat nach vorn. Sie verbeugte sich tief vor Enrique.

»Ich bin Nesfete und war eine gute Freundin deiner Mutter«, sagte sie in gebrochenem Spanisch.

Enrique sah sie dankbar an und schöpfte wieder Hoffnung.

»Darf ich es mir genauer ansehen?«, fragte sie.

Er reichte es ihr.

Sie drehte es ein paarmal hin und her und versuchte dann, es zu öffnen. Als das nicht gleich gelang, kniete sie nieder, nahm einen kleinen Stein und schlug damit ein paarmal vorsichtig auf das winzige Schloss an der Seite, bis es schließlich aufsprang.

»Maruc ax venel tige«, sagte sie mit einem Blick zu José, wor-

aufhin die anderen Frauen einen Kreis um Enrique bildeten, sodass sein Weggefährte vollständig ausgeschlossen war.

»Warum bist du hier?«, fragte Nesfete leise.

»Mein Vater hat mir von einem Heilmittel erzählt, das dem Tod trotzt«, erwiderte Enrique in ebenso gedämpfter Stimme.

»Aber du hast es doch schon! Zumindest das, was davon übrig ist«, sagte Nesfete erstaunt.

Enrique sah sie verdutzt an.

»Hier«, sie hielt ihm das geöffnete Amulett hin, in dem er bei genauem Hinsehen einige winzige graubraune Körnchen erkannte. »Selbst diese kleine Menge heilt jeden Menschen in nur wenigen Stunden, wie krank er auch sein mag.«

Enrique wurde ganz schwindelig. Sein Vater hatte also die ganze Zeit das Mittel bei sich getragen.

»Niemand scheint das Amulett je geöffnet zu haben«, murmelte er.

»Dann weiß glücklicherweise niemand davon, und so soll es auch bleiben«, sagte Nesfete erleichtert. »Amakuna muss im Verborgenen bleiben, bis die richtige Zeit gekommen ist.«

»Amakuna?«, hakte Enrique nach, der das Wort nie zuvor gehört hatte.

»Amakuna, das heimliche Herz der Insel, das in der Höhle des höchsten Berges schlägt. Es wurde vorhergesagt, dass nur ein liebendes Paar dazu bestimmt ist, es zu bewahren und dafür zu sorgen, dass es nicht in falsche Hände gerät. Denn wo die Liebe lebt und gewürdigt wird, kann der Samen von Macht und Hass, von Gier und Neid nicht aufgehen. Dieses Paar waren einst deine Mutter und dein Vater.«

»Ich glaube, mein Vater wusste nie etwas davon.«

»Weil deine Mutter es ihm nie gesagt hat. Sie musste leider feststellen, dass er noch nicht so weit war in seiner Entwicklung als Mensch.« Nesfete sah ihn prüfend an. »Bist du es denn? Hast du eine Frau, für die du wahre Liebe empfindest?«

Er nickte. Ja, das hatte er. Und er konnte sich auch nicht mehr vorstellen, je ohne Pilar zu leben. »Ja, ich habe eine Frau, die ich liebe. Aber sie ist sehr krank und wird sterben, wenn ich ihr das Heilmittel nicht bringe.«

Nesfete wandte sich daraufhin in ihrer Sprache an die übrigen Harimaguadas, und nach einer Weile hob eine nach der anderen die Hand. Manche schnell, manche nur zögerlich, doch am Ende zeigten alle Hände nach oben.

Nesfete sah Enrique ernst in die Augen. »Wir denken, dass du und deine Frau auserwählt seid, die neuen Hüter von Amakuna zu werden. Es wird ganz allein eure Entscheidung sein, wann sein Geheimnis gelüftet und allen Menschen zugänglich gemacht werden soll.«

Enrique schluckte. Was hatte das zu bedeuten? Wollte das Schicksal etwa, dass er hier in der Heimat seiner Mutter lebte? Vielleicht waren weder sein Vater noch das tote Indiomädchen der Grund gewesen, die Heimat zu verlassen. Vielleicht sollte er mit Pilar ein neues Leben auf dieser Insel beginnen und die Heilkunst der Harimaguadas erlernen. Hatte er sich das nicht immer gewünscht? Würde er hier in der Heimat seiner Mutter von dem grausamen Gefühl der Ohnmacht befreit werden, das er immer wieder im Angesicht schwer kranker Menschen empfand? War er hier bereits am Ziel? Es könnte sein. Die Träume und die Lebensweise der Konquistadoren waren ihm letztendlich fremd. Und das Geständnis seines Vaters hatte sie beide einander nicht nähergebracht. Auch wenn Don Joaquín seine Schuld bekannt hatte, würde aus ihm vermutlich doch kein anderer Mensch mehr werden.

»Wir bereiten inzwischen alles für eure Einweihungszeremonie vor«, riss ihn Nesfete aus seinen Gedanken. »Und nun geh, damit du schon bald mit deiner Frau zurückkommen kannst.«

Enrique schloss vorsichtig das Amulett und legte es sich wieder um den Hals.

»Ich werde zurückkommen, gemeinsam mit meiner Frau«, versprach er. Jetzt, da er wusste, dass angeblich bereits wenige

Körnchen dieses Wundermittels genügten, um Pilar gesund zu machen, war er wieder voller Hoffnung.

»Damals war es Iriomé, die deinem Vater versprach zurückzukehren. Nun bist du es, der mir das gleiche Versprechen gibt«, sagte Nesfete.

»Und ich werde es halten, genau wie sie«, verabschiedete er sich.

»Der Schicksalsstein ist bereits ins Rollen gekommen, und du wirst ihn nicht mehr aufhalten«, gab Nesfete ihm noch mit auf den Weg. »Und vergiss nicht: Du darfst mit niemandem über Amakuna sprechen. Auch nicht mit deinem Vater.«

Enrique konnte sich zwar nicht vorstellen, wie er es vor Joaquín geheim halten sollte, vor allem, wenn Pilar wieder gesund wurde, aber er nickte trotzdem. »Meine Lippen werden versiegelt bleiben.«

Die Frauen traten zur Seite und entließen ihn aus dem Kreis. Neugierig kam José, der sich im Schatten einer großen Pinie ausgeruht hatte, auf ihn zugelaufen. »Und, hast du das Mittel?«

Enrique schüttelte den Kopf. »Nein, da hat man mir wohl einen Bären aufgebunden. Wir müssen sofort zurück. Gibt es denn keinen schnelleren Weg?«

José sah ihn misstrauisch an. »Wieso hast du es dann jetzt so eilig?«

»Meine sterbende Frau. Ich möchte mich wenigstens noch von ihr verabschieden.« Die Worte, die er soeben ausgesprochen hatte, klangen noch einen Moment nach. Aber er konnte und wollte ihnen keine Bedeutung geben.

»Also doch fliegen«, José grinste. »Warte, ich bin gleich wieder da.« Er sprach mit einer der Harimaguadas, und sie kam kurz darauf mit zwei langen Sprungstäben zurück, von denen sie einen José, den anderen Enrique reichte. Der sah den Stock, der mindestens doppelt so lang war wie er selbst, ratlos an.

»Es ist nicht schwer. Du hast es bestimmt im Blut«, ermunterte ihn José. »Schließlich bist du zur Hälfte ein Benahoare.

Und wenn diese Frauen sich damit fortbewegen, kannst du das auch.«

Er hielt kurz nach einem geeigneten Platz unterhalb seines Standorts Ausschau, rammte dann den Stab dort in den Boden, holte tief Luft und schwang sich daran nach unten. Kaum war er gelandet, zog er ihn wieder heraus und wiederholte das Ganze. Auf diese Weise überwand er in kürzester Zeit eine beachtliche Höhe.

»Und jetzt du«, rief er Enrique zu, als er wieder fest auf zwei Beinen stand.

Der zögerte noch, fasste sich dann aber ein Herz und wagte es. Beim ersten Sprung wäre er bei der Landung beinahe umgeknickt, doch beim zweiten und dritten hatte er bereits das Gefühl, sich nie auf eine andere Weise fortbewegt zu haben. Und das Wissen um den Inhalt des Amuletts ließ ihn tatsächlich nahezu fliegen.

Auf halbem Weg schliefen sie einige Stunden in einer Höhle und brachen dann frisch gestärkt im Morgengrauen auf. Diesmal nahmen sie den Weg über den Nordosten der Insel. Das bedeutete zwar, dass sie noch einige Male an steilen Felswänden entlangklettern mussten, doch trotz aller Mühsal kam Enrique dieser Rückweg vor wie ein Sonntagnachmittagsspaziergang in den Auen des Tormes.

José, der an Enriques guter Stimmung sah, dass er doch irgendetwas erreicht haben musste, ließ nicht locker und fragte immer wieder nach dem Wundermittel. Doch Enrique blieb bei seiner ursprünglichen Aussage.

Kurz vor Einbruch der Dunkelheit konnten sie bereits den Hafen von Santa Cruz unter sich erkennen. Jetzt war es nur noch eine Frage von Stunden, bis er Pilar mit Amakuna heilen konnte, und obwohl beide bis an ihre Grenzen erschöpft waren, verdoppelten sie ihre Geschwindigkeit.

Als sie die ersten Häuser erreicht hatten, übergab Enrique José seinen Sprungstab. Der Abschied zwischen den beiden Männern war kurz, aber herzlich. Auch wenn José ein Risiko war, was Amakuna betraf, hatte Enrique ihn in der kurzen Zeit zu schätzen gelernt. In seinen Adern floss wie in den seinen das Blut der Benahoares, und das verband sie. Falls das Schicksal sie eines Tages wieder zusammenführte, hätte er nichts dagegen einzuwenden. Sie umarmten einander kurz, und dann ging jeder seines Weges.

Enrique rannte quer durch die kaum beleuchtete Stadt hinunter zum Hafen. Neben der Santa Teresa lag jetzt noch ein zweites, etwas größeres Auswandererschiff, das er jedoch nicht beachtete.

»Wer da?«, rief der wachhabende Seemann, als Enrique das Schiff über ein wackeliges Brett betrat. Er gab sich zu erkennen und wollte sogleich zu seiner Unterkunft eilen, als Frai Ambrosio ihm den Weg versperrte.

»Ihr kommt zu spät, Don Enrique. Der Allmächtige hat sie bereits zu sich geholt.«

»Sagt, dass das nicht wahr ist«, erwiderte er mit tonloser Stimme. Er konnte sich ob der körperlichen Anstrengung des letzten Tages sowieso kaum mehr auf den Beinen halten. Doch nun musste er sich an die Reling klammern, um nicht zu stürzen.

»Sie ist noch einmal zu sich gekommen und hat nach Euch gefragt. Doch leider wart Ihr nicht zugegen. Ich habe ihr die Letzte Ölung gegeben und bin bis zum Ende nicht von ihrer Seite gewichen. Ebenso wie Euer Vater. Ich verstehe wirklich nicht, was Euch so lange aufgehalten hat.«

»Da gibt es nicht viel zu verstehen, werter Frai Ambrosio. Ich habe, wie Ihr ja wisst, versucht, ein Heilmittel zu bekommen, das ihr geholfen hätte.«

»Und habt Ihr es?«

»Nein.« Im Licht der einzigen Laterne, die am Hauptmast baumelte, glaubte Enrique in den Zügen des Dominikaners beinahe so etwas wie Schadenfreude zu erkennen.

»Ihr seid gefährdet, falschen Versuchungen anheimzufallen. Der Satan ist überall. Seid Euch dessen gewahr!«

Enrique wollte an ihm vorbei, doch der Dominikaner hielt ihn am Ärmel fest.

»Ich habe mit dem Abt des örtlichen Klosters gesprochen. Sie bekommt ein ordentliches Begräbnis auf dem Friedhof der Kirche Nuestra Señora Maria de las Nieves. Man hat sie dort aufgebahrt, und Ihr könnt Euch von ihr verabschieden. Es bringt Unglück, eine Leiche an Bord zu behalten. Ihr wisst, wie abergläubisch die Seeleute sind.«

Enrique wandte sich ohne ein weiteres Wort von ihm ab und verließ das Schiff. Er setzte einen Schritt vor den anderen, ohne überhaupt zu wissen, wohin er ging. Wofür das alles? Wofür die Mühe und der Schmerz, wenn am Ende doch nur der Tod stand? Selbst das Wundermittel konnte nicht mehr zum Einsatz kommen. Hatte der Mönch recht behalten? Hatte er sich von Vorstellungen leiten lassen, die außerhalb der Wirklichkeit lagen? Ruhte das Geschehen hier auf Erden doch allein in Gottes Hand? Die Menschen schienen ihm plötzlich wie Murmeln, die mal hierhin und mal dorthin rollten. Er hatte Pilar nicht einmal in ihren letzten Stunden beigestanden. Wütend stieß er einen Stein beiseite, der versehentlich einen jungen Dominikaner in Novizentracht traf.

»Auch das noch«, murmelte er. Der Mönch rieb sich mit schmerzverzerrtem Gesicht seinen Knöchel, worauf Enrique sofort wieder seine übliche fürsorgliche Haltung annahm.

»Bitte entschuldigt. Habe ich Euch verletzt?«

»Schon gut, ich zürne auch schon mal mit dem da oben«, grinste der Novize. »Aber keine Angst, der Herr vergibt uns alles.«

Das war nun das Letzte, was Enrique hören wollte.

»Wenn, dann ist es an mir, ihm zu vergeben«, erwiderte er. »Er hat mir gerade meine Frau genommen.«

Der Mönch bedachte ihn mit einem mitleidigen Blick. »Ah, dann weiß ich, wer Ihr seid. Ihr wollt sicher zu Eurer Frau. Bitte folgt mir, ich zeige Euch den Weg.«

Das Kloster befand sich etwas oberhalb der Stadt und war von einer hohen Mauer aus groben Steinen umgeben. Der Novize klopfte an das Tor, ein kleines Fensterchen öffnete sich, und der Pförtner ließ sie herein. Sie durchquerten den einfachen, mit dunklem Holz gestalteten Kreuzgang, an dessen gegenüberliegender Seite sich die Tür zu einer schmucklosen Kirche befand. Dieselbe Kirche, in der Pilar heiraten wollte, schoss es Enrique durch den Kopf.

Der Novize hielt ihm die schwere Tür auf und sagte ihm Lebewohl. Er ließ es sich jedoch nicht nehmen, Enrique noch einen christlichen Rat mit auf den Weg zu geben.

»Hadert nicht länger, Señor, die Wege des Herrn sind manchmal unergründlich, aber am Ende werdet auch Ihr erkennen, dass seine Entscheidung die richtige war.«

Enrique sah sich nicht in der Lage, eine theologische Diskussion zu beginnen, und verabschiedete sich nur mit einem kurzen Kopfnicken.

Als er die Kirche betrat, sah er als Erstes den gebeugten Rücken seines Vaters, der in sich zusammengesunken auf einer der vorderen Bänke saß. Er näherte sich langsam und legte ihm die Hand auf die Schulter. Don Joaquín schien geschlafen zu haben, denn er zuckte unter der Berührung zusammen.

»Du kommst zu spät, mein Sohn«, sagte er mit trauriger Stimme, ohne aufzublicken. »Auch dir scheint das Glück verwehrt zu sein, mit der Frau zu leben, die du liebst.«

Enrique ging schweigend zu dem aufgebahrten, offenen Sarg neben dem Altar und betrachtete eine ganze Weile Pilars Gesicht, das noch immer von den erlittenen Schmerzen gezeichnet war. Dann nahm er ihre kalte Hand in die seine und überließ sich seiner Trauer. Ein tiefes Schluchzen entrang sich seiner Brust. Sie, die gemeinsam mit ihm über die Zukunft von Amakuna entscheiden sollte, war tot. Er verstand nichts mehr. Amakuna, das liebende Paar, die Harimaguadas – waren das nur Schimären, die seinen Verstand vernebelt hatten?

Enrique streifte sich den schmalen goldenen Ring der Witwe vom Finger und legte ihn in die Hand der Toten. Dann strich er zum letzten Mal über Pilars krauses Haar, kniete nieder und verabschiedete sich von ihr. Alle Wut war vergangen, er spürte nur noch unendliche Trauer. Er hatte einen wunderbaren Menschen verloren.

Nachdem Enrique das wenige, was er über Pilar wusste, dem für die Grabrede zuständigen Mönch erzählt hatte, machten sich Vater und Sohn zurück auf den Weg zum Schiff.

»Konntest du eigentlich irgendetwas herausfinden?«, sprach ihn sein Vater nun doch auf den eigentlichen Grund seines Ausflugs in den Vulkankrater an.

Enrique schüttelte den Kopf.

»Auch nicht über Iriomé?«

»Doch. Sie ist in Aceró gestorben.«

Joaquín sah seinem Sohn traurig in die Augen. »So haben wir beide die Frauen, die wir liebten, hier auf dieser Insel verloren.«

Enrique wagte in diesem Moment zu bezweifeln, ob sein Vater überhaupt zu diesem Gefühl, das man Liebe nannte, fähig war. Sonst hätte ihm Iriomé vom Inhalt des Medaillons erzählt, und sie hätten gemeinsam über dem Geheimnis von Amakuna gewacht. Doch er war nicht der richtige Partner gewesen, um ein Mittel, das über Leben und Tod entschied, in Händen zu halten. Sollte Amakuna tatsächlich diese Eigenschaft haben, so lag darin eine große Verantwortung. Deshalb war es tatsächlich eine kluge Entscheidung, diese einem liebenden Paar zu übertragen.

»Ich habe sie geliebt«, sagte Don Joaquín leise und sah seinem Sohn zum ersten Mal wieder in die Augen. »Aber dann habe ich dieses wertvolle Geschenk Gottes nicht gewürdigt, sondern weggeworfen wie einen alten Schuh. Und wer die Liebe nicht würdigt, ist ihrer nicht wert und verliert sie unweigerlich.«

Sie liefen eine Weile stumm nebeneinander her, als in Enrique ein schrecklicher Gedanke aufstieg. Hatte auch er Pilars Liebe nicht genug gewürdigt? War sie deshalb gestorben? Trug er letztlich die Schuld an ihrem Tod? War er ein schlechter Mensch, einer, der nicht lieben konnte? Aber warum wollten dann die Harimaguadas, dass er das Erbe seiner Mutter antrat? Irrten sie sich genauso in ihm, wie Iriomé sich in seinem Vater geirrt hatte?

»Und was ist mit dem Mittel?«, unterbrach Don Joaquín seine unbehaglichen Gedanken. »Hat man dir wirklich nichts darüber erzählt?«

Enrique schüttelte den Kopf.

»Bestimmt wollen die Hexen ihr Geheimnis für sich behalten. Auch Iriomé hat mir gegenüber nie ein Wort darüber verloren.«

»Diese Frauen sind keine Hexen, Vater, und sie beten bestimmt auch nicht den Teufel an. Sie haben auf mich eher wie himmlische Wesen gewirkt.«

»Weil du dir das so gewünscht hast. Du bist ein Träumer, Enrique. Aber ich kann dich verstehen. Die Wirklichkeit ist grausam, deshalb möchte man von Zeit zu Zeit entfliehen.«

Inzwischen hatten sie das Schiff erreicht, wo reges Treiben herrschte. Fässer mit fermentiertem Kraut, Kartoffeln in Säcken, aber auch Hühner in Käfigen und lebende Schweine wurden an Bord gebracht und unter der Aufsicht des baskischen Kochs unten im Schiffsbauch verstaut. Die Männer brüllten sich an, wenn etwas herunterfiel, fluchten und schimpften auf übelste Weise.

Enrique sah dem Treiben eine Weile zu. Vielleicht hatte sein Vater recht? Vielleicht war diese Wirklichkeit nicht für ihn geschaffen? Er konnte sie tatsächlich oft nicht ertragen.

Als Enrique später auf seiner Pritsche lag, fand er trotz seiner Erschöpfung lange keinen Schlaf. Zu viel ging ihm im Kopf herum, doch am meisten quälte ihn der Gedanke, ob er noch einmal zu den Harimaguadas gehen sollte oder nicht. Einerseits zog es ihn dorthin, andererseits fehlte Pilar, um die Aufgabe, für die sie auserwählt waren, zu erfüllen.

Irgendwann sank er in einen unruhigen Schlummer und begann zu träumen …

Zwei Talgfackeln beleuchteten die Felswand, in die Dreiecke, Quadrate und konzentrische Kreise geritzt waren: Zeichen, durch die sich die Eingeweihten mit den Geistern verbinden konnten.

Iriomé nahm den Deckel von der Schale und verrührte mit einem Holzlöffel die öligen gelben Schlieren auf der Oberfläche. Dann nahm sie das Gefäß in beide Hände, kniete vor der Obersten Medizinfrau nieder und reichte es ihr. Gespannt beobachtete sie, wie ihre Lehrerin die Schale an die aufgesprungenen Lippen führte.

Nach einigen Atemzügen schoben sich die Pupillen der Alten nach oben. Nur mehr das Weiß ihrer Augen war zu sehen. Sie schien angekommen in der anderen Welt.

Plötzlich ertönte ein dumpfer Knall. Die Schale war zu Boden gefallen und in mehrere Teile zerbrochen. Iriomé zuckte zusammen und sah voller Schrecken, wie der Körper der Medizinfrau zu zittern begann, sich aufbäumte und wand, als wäre ein Dämon in ihn eingedrungen. Ihr Gesicht hatte sich zu einer hässlichen Fratze verformt. Schaum trat aus ihrem Mund. Sie keuchte, als kämpfte sie mit jemandem. Dann stürzte sie rücklings zu Boden.

Iriomé sprang auf, um sie aufzufangen. Doch der von Krämpfen geschüttelte Körper entglitt ihr und prallte auf eine Felskante. Aus der Wunde am Kopf sickerte Blut, das ihr weißes Haar rot färbte. Sie heulte auf und rollte sich über den Boden hinaus aus der Höhle. Dort drückte sie sich Hilfe suchend an den knorrigen Stamm eines gewaltigen Baumes, der mit seiner wuchtigen Krone wie ein Riese in das fahle Mondlicht aufragte.

Keiner vermochte sich vorzustellen, was die Medizinfrau in der anderen Welt gesehen hatte, das einen solchen Ausbruch hervorrufen konnte. Keiner wagte es, sich ihr zu nähern. Schließlich hielt Iriomé es nicht länger aus. Sie lief zu ihr, schmiegte sich an den noch immer stark zit-

ternden Körper und versuchte, die Arme, die wie starke Taue um den Stamm geschlungen waren, zu lösen, doch ohne Erfolg. Erst nach einer ganzen Weile ließ die alte Frau los. Ihr Mund befand sich dicht an Iriomés Ohr, und so konnte sie hören, was ihre Lehrerin mit letzter Kraft flüsterte: »Es werden Männer mit Schiffen kommen, Männer, für die nur Macht und Reichtum zählen. Diese Männer kennen keine Liebe. Sie werden alles, was uns heilig ist, vernichten. Doch eines darf niemals in ihre Hände gelangen: das heimliche Herz der Insel, das in der Höhle des höchsten Berges schlägt! Erst wenn die Menschen frei von Gier nach Macht und Reichtum sind, darf sein Geheimnis offenbart werden.« Ihre Stimme wurde schwächer. »Es ist deine Aufgabe, als meine Nachfolgerin Amakuna so lange zu bewahren, bis jene Zeit gekommen ist.«

Im Anschluss an die Beerdigung machte sich Enrique noch einmal auf den Weg zum Vulkankrater. Der Traum hatte ihn zurück in die Welt seiner Mutter geführt, und er wollte und konnte sich dem nicht entziehen. Ihre Welt war für ihn genauso vorhanden wie die seine. Dass er im Traum miterleben durfte, wie die alte Medizinfrau seiner Mutter ihre Nachfolge übertragen hatte, konnte nur eines bedeuten: Es war nun seine Aufgabe, das Geheimnis von Amakuna zu bewahren. Zumindest würde er die Insel nicht verlassen, ohne mit den Harimaguadas ein klärendes Gespräch geführt zu haben. Außerdem fühlte er sich auf eine Weise verantwortlich für das, was sein Vater Iriomé und ihrem Volk angetan hatte. Er wollte sich in seinem Namen entschuldigen. Und ganz egal, was sie von ihm verlangen würden, er war bereit, jedes Opfer zu bringen.

Enrique machte sich diesmal allein auf den Weg. Er nahm die kürzere Nordroute, auch wenn sie wesentlich steiler war, denn die Santa Teresa würde schon in zwei Tagen auslaufen. Seinem Vater hatte er seine Abwesenheit damit erklärt, dass er etwas Zeit für sich brauchte, um zu trauern.

Die zweite Hälfte des Weges musste er in der Dunkelheit zurücklegen. Doch wieder hatte er Glück. Der Himmel war sternenklar und wolkenlos, sodass der Halbmond ihm wie eine verlässliche Laterne den Weg wies.

In seinem Kopf wirbelten die verschiedensten Gedanken umher. Vielleicht würden sie ihn ohne Pilar gleich wieder wegschicken und falls nicht, was für ein Ritual war das, von dem Nesfete gesprochen hatte? Ob es mit Schmerzen verbunden oder nur eine Art Taufe war? In Salamanca hatte er von Rückkehrern die unglaublichsten Geschichten über die heidnischen Ureinwohner der Neuen Welt gehört. Dass die Benahoares Blutrituale durchführten, Menschenfleisch aßen oder Jungfrauen opferten, konnte er sich jedoch nicht vorstellen. Und so schwand seine Angst mit jedem Schritt, den er dem Inneren des Vulkankraters näher kam. Der Geist seiner Mutter war bei ihm und würde ihn beschützen, auf welche Wege er sich auch immer begab. Seit er ihre Heimat betreten hatte, fühlte er sich vollständiger, so als ob zwei Hälften seines Seins endlich zusammengeführt worden waren. Die Unkenntnis über ihr Schicksal hatte ihm viel zu oft Unbehagen verursacht.

In den frühen Morgenstunden erreichte er Aceró. Wie José es bei ihrem ersten Besuch getan hatte, stieß Enrique einen schrillen Pfiff aus, um auf sich aufmerksam zu machen. Kurz darauf tauchte Nesfete wie aus dem Nichts auf und trat ihm entgegen.

»Ich habe schon auf dich gewartet«, sagte sie statt einer Begrüßung. Es schien sie nicht zu erstaunen, dass er allein gekommen war.

»Meine Frau … ich bin zu spät eingetroffen. Sie ist …«, stammelte Enrique.

»… gestorben. Das tut mir sehr leid«, ergänzte Nesfete mitfühlend.

»Ich kann nun leider die Aufgabe, die ihr uns zugedacht habt, nicht erfüllen«, sagte Enrique traurig. »Ich weiß nicht einmal, ob meine Liebe zu ihr groß genug war. Die meines Vaters zu Iriomé war es wohl nicht. Dafür möchte ich mich von ganzem Herzen entschuldigen … für alles, was er getan hat.«

Nesfete blickte ihn liebevoll an. »Das musst du nicht«, erwiderte sie. »Das Schicksal hat durch deinen Vater und deine Mutter unsere beiden Welten zusammengeführt. Du bist die Frucht aus dieser Verbindung und deshalb der Einzige, der Amakuna unbeschadet durch die Zeiten, die uns bevorstehen, bringen kann. Amakuna ist hier nicht mehr sicher, denn die Ära der Harimaguadas neigt sich dem Ende zu. Uns wird es schon bald nicht mehr geben. Ebenso wie es das Volk der Benahoares so nicht mehr gibt. Die wenigen, die noch da sind, haben sich für eine andere Art zu leben entschieden. Und deshalb werden wir hier nicht mehr benötigt.«

»Aber was ist mit euren Heilkünsten?«

»Amakuna war ursprünglich nicht dafür vorgesehen, Menschen zu heilen, sondern es eröffnete der Obersten Harimaguada die Möglichkeit, in die Vergangenheit und in die Zukunft zu blicken, um im Notfall in das Schicksal der Benahoares eingreifen zu können.«

Jetzt erst verstand Enrique seinen Traum. »Hat sich deshalb die Oberste Harimaguada aus freien Stücken für den Tod entschieden, weil sie die Ausweglosigkeit für ihr Volk vorhergesehen hatte und keine Möglichkeit sah, den Untergang zu verhindern?«

Nesfete nickte. »Auch Iriomé sah diese Möglichkeit nicht mehr und ist ebenfalls in die andere Welt gegangen, so wie es viele in jener dunklen Zeit getan haben. Aber in dir, Tamanca, fließt altes und neues Blut. Wo du hingehst, wird dir eine Frau begegnen, die du über alles lieben wirst und die dir treu und bedingungslos zur Seite steht. Ihr werdet Amakuna schützen und eure Nachfahren ebenfalls, bis die Zeit gekommen ist, sein Geheimnis allen Menschen zu offenbaren.«

»Woher weißt du das?«

»Wir haben Amakuna befragt. Und es bezeugte, dass du der Richtige bist und Amakuna nur zum Besseren der Menschen nutzen wirst.«

Enrique wurde ganz schwindlig. Er sollte Amakuna mit in die Neue Welt nehmen, wo es vor Konquistadoren nur so wimmelte? War es wirklich das, was die Frauen von ihm wollten?

»Doch bevor nun deine Zeremonie beginnt«, unterbrach Nesfete seine Gedanken, »möchte ich dir gerne etwas zeigen.« Sie führte ihn um den mächtigen Felsen herum, bis sie zu einem kleinen, von stacheligem Gebüsch verdeckten Eingang kamen. Sie schob die Zweige behutsam beiseite. »Du wolltest doch das Grab deiner Mutter sehen.«

Im Innern der Höhle glomm in einer Felsmulde etwas Moos in einer öligen Flüssigkeit, woran Nesfete eine bereitstehende Fackel entzündete. Die kleine Frau ging voraus und leuchtete ihm den Weg. Fledermäuse streiften Enriques Wangen, und die modrige Kälte drang durch sein Gewand. Er fröstelte.

»Du bist der erste Mann seit dem Anbeginn der Zeit, der in das Innere des Heiligen Berges vordringt. Sonst war es nur der Obersten Harimaguada gestattet, die von der vorherigen zu ihrer Nachfolgerin bestimmt war. Auf diese Weise hat nie jemand anderes von diesem Ort erfahren. Doch seit Tanausú, unser Anführer, von uns gegangen ist und die Spanier Benahoare erobert haben, hat sich alles geändert.«

Kurzfristig erhellte ein Loch in der Decke die steinernen Wände eines riesigen Raums, der auf Enrique fast wie eine Kathedrale wirkte. Nesfete blieb kurz stehen, machte mit ihren Armen eine Bewegung in Richtung Himmel, als würde sie eine Nachricht dorthin übermitteln, und verschwand dann in einem niedrigen Nebengang. Enrique zwickte sich kurz, um sicherzugehen, dass er nicht träumte. Aber erst als er sich bücken musste, um ihr folgen zu können, und sich den Kopf anstieß, war er wirklich überzeugt.

Nach einer Weile wurde der Gang wieder etwas breiter, und sie waren offensichtlich am Ziel angelangt. Nesfete leuchtete nach oben zu einer Holzleiter, die zu einer Grabkammer führte.

»Du bist genau zum richtigen Moment gekommen. Heute ist der kürzeste Tag des Jahres, der Tag der Wintersonnenwende, der Tag, an dem Amakuna geboren wird.«

Enrique verstand nicht ganz, was sie damit meinte, nahm aber die Fackel, die sie ihm reichte, und kletterte mit zitternden Knien hinauf. Auch wenn er dem Tod schon viele Male ins Auge gesehen hatte, war es doch etwas anderes, die Grabkammer seiner eigenen Mutter zu betreten. Er hatte zwar nichts mehr ersehnt, als sie irgendwann wiederzusehen, doch dass es in dieser Form sein würde, wäre ihm nicht in den Sinn gekommen.

Als er sich oben über die Kante stemmte und mit der Fackel um sich leuchtete, stockte ihm der Atem. Der gesamte Boden war bedeckt mit kleinen weißen, langstieligen Pilzen. Das also war Amakuna in seinem natürlichen Zustand – seit Jahrhunderten bewacht von den weisen Frauen dieses Volkes, seit Anbeginn ihrer Zeit auf der Insel. Ihre Mumien ruhten in Vertiefungen entlang der Felswand. Jede einzelne war sorgfältig in ein Ziegenfell eingenäht, nur der Kopf ragte heraus. Die Gesichter waren nur leicht zusammengeschrumpft, doch die Oberfläche war glatt und nur wenig verfärbt.

Enrique erkannte seine Mutter sofort an ihrem rotblonden Haar, das noch teilweise vorhanden war. Er kniete vor ihr nieder. Tränen liefen seine Wangen hinunter. Ihr feines Gesicht mit den hohen Wangenknochen ließ ihn Züge erkennen, die den seinen ähnelten. Er wurde von einer Welle der Zärtlichkeit überschwemmt. Am liebsten hätte er sie in den Arm genommen und an sich gedrückt. Da war kein Ekel, kein Abscheu. Nur Dankbarkeit, dass die Benahoares ihm durch die Kunstfertigkeit der Mumifizierung diesen Augenblick ermöglichten.

Als er seine Gefühle wieder ein wenig im Griff hatte, erhob er sich und betrachtete noch einmal die Pilze, die ihn letztlich hierhergeführt hatten. Ja, er war bereit, sich seiner Aufgabe zu stellen, egal, was sie ihm abverlangte. Ja, er würde Amakuna in der Nachfolge seiner Mutter schützen.

Er verbeugte sich noch ein letztes Mal vor ihrer Mumie, kletterte über die Leiter wieder nach unten und verließ mit Nesfete das Labyrinth. Nachdem die alte Harimaguada den Eingang wieder verschlossen hatte, zog sie ein kleines Gefäß aus ihrem Gewand.

»Gib mir dein Medaillon«, bat sie. »Ich habe genügend Pilze getrocknet und zu Pulver zerstampft, dass du sie mitnehmen kannst.« Er reichte ihr das Amulett, sie öffnete es und füllte es bis zum Rand mit dem feinen braunen Pulver.

»Ich habe das Gleiche einst für deine Mutter getan«, sagte sie wehmütig. »Ihr hat Amakuna in der Alten Welt kein Glück gebracht. Aber der Vorhersehung nach wird es in der Neuen Welt zumindest für eine Weile einem kleinen Volk Glück und Frieden bringen.« Nesfete gab ihm das Amulett zurück. »Du musst gut darauf aufpassen, damit es nicht in falsche Hände gerät«, wiederholte sie noch einmal mit ernster Stimme.

Enrique griff danach und umschloss es mit seiner Hand. »Das werde ich«, sagte er. »Du kannst dich auf mich verlassen.«

Während sie um den großen Fels zurück zu den Wohnhöhlen der Harimaguadas gingen, sah er immer noch das feine Gesicht seiner Mutter vor sich. Wie gerne hätte er sie lebend gesehen, sie in die Arme geschlossen, mit ihr gesprochen, gelacht und geweint.

»Wie ist sie eigentlich gestorben?«, fragte er mit belegter Stimme.

»So, wie die meisten von uns sterben, wenn sie spüren, dass ihre Zeit gekommen ist. Sie hat sich in eine Höhle zurückgezogen und dort einfach abgewartet«, antwortete Nesfete. »Wenn eine freie Seele sich nicht mehr nähren kann, gibt es keinen Grund für sie, hier weiter zu verweilen. Iriomé fühlte sich nicht mehr in der Lage, ihrem Leben die Richtung zu geben, wie es ihrer und der Vorstellung unserer Götter entsprach.«

»Wegen meines Vaters?«

Nesfete seufzte. »Er war ihre große Liebe. Und als sie dann auch noch dich verloren hatte, was war ihr da geblieben?«

Als sie sich wieder dem Höhlenheiligtum näherten, stieg Enrique scharfer Brandgeruch in die Nase. Er rührte von einem Feuer, das in einer der oberen Höhlen brannte.

»Ich denke, es ist alles vorbereitet«, sagte Nesfete und machte ihm ein Zeichen, ihr zu folgen. Sie kletterte für ihr Alter recht behände eine der Holzleitern empor, die zur größten Höhle am oberen Kraterrand führte. Davor wuchs auf einem Plateau ein mächtiger Baum mit einem knorrigen Stamm. Die Äste, an denen dünne, lange Blätter hingen, spannten die Krone wie die Speichen einen Schirm. Es war der gleiche Baum, an den sich die sterbende Medizinfrau in Enriques Traum geklammert hatte. Ihm wurde nun doch etwas mulmig. Schließlich hatte sie dort nach Einnahme des Tranks ihr Leben ausgehaucht. Andererseits, was sollte ihm passieren? Seine Zukunft war doch schon geschrieben.

Als er die Kante erreichte, blickten ihm acht Harimaguadas, die um ein großes Feuer standen, stumm entgegen. Nesfete hatte in einer Ecke Platz genommen und gebot Enrique, sich neben sie zu setzen. Dann tauchte sie ihren Finger in einen Topf mit blauem Farbpulver und malte ihm einen Kreis auf die eine und ein nach oben zeigendes Dreieck auf die andere Wange. Der Kreis, so erklärte sie ihm, stand für das immer wiederkehrende Leben, das Dreieck galt als Zeichen des Kampfes und des Überlebens.

Eine der Frauen spielte nun auf einer Flöte, die aus dem Knochen eines Vogelbeins bestand. Sie entlockte dem fein geschliffenen Instrument eine einfache Melodie, die sich wie ein hauchdünner Faden erst durch die Höhle und dann durch seine Seele schlängelte.

Tinerfe warf eine Handvoll gehackter Piniennadeln in die Flammen, die knackend und Funken sprühend aufloderten. Dann erhob sie sich und rief den Geist Iriomés herbei: »Iriomé, Höchste Harimaguada von Benahoare, ich bitte dich um ein Zeichen der Zustimmung, dass dein Sohn deine Nachfolge antreten darf.«

Um dem Geist der Verstorbenen den Weg zu weisen, ließen die Harimaguadas nun einen lang gezogenen, lichten Ton erklingen. Noch bevor einer Frau die Luft ausging, übernahm die nächste, ohne dass eine Pause entstand und die Übergänge von einer zur anderen nicht herauszuhören waren. Nach einer Weile erschien im Eingang der Höhle eine durchsichtige Gestalt mit langem rotblondem Haar, umgeben von einem hellen Lichtschein. Ihre Füße berührten den Boden nicht, als sie näher kam.

Enrique nahm einen kalten Hauch wahr, als sie ihm über das Haar strich und er ihre Stimme hörte, die aus einer anderen Welt zu kommen schien.

»Tamanca, mein Sohn, ich danke dir, dass du gekommen bist, und ich lege Amakuna in deine Hände. Ich bitte dich, das zu bewahren, was die Menschen eines Tages erlösen wird.«

Ihr Auftritt schien wie eine Ewigkeit, doch es waren nur Momente verstrichen, bis sich ihr Geist wieder im Rauch des Feuers auflöste. Tinerfe streckte die Arme nach oben und stieß einen schrillen Pfiff aus, den sie dreimal wiederholte. Alle Harimaguadas hoben nun ebenfalls die Arme und ließen einen Ton erklingen, aus dem sich das Wort Amakuna formte, das sie im gleichen Rhythmus wiederholten. Amakuna. Amakuna. Amakuna.

Nesfete ging daraufhin zu der Felsnische, wo eine Tonschale stand. Sie verrührte die gelben Schlieren auf der Flüssigkeit und bot sie mit beiden Händen Tamanca dar. Er dankte ihr und setzte das Gefäß mit geschlossenen Augen an die Lippen.

Die Wirkung ließ nur kurz auf sich warten. Ein Teil von ihm schien sich zu lösen, und er sah alles um sich herum aus immer größer werdender Entfernung. Es war ein erhebendes Gefühl, auch wenn er jegliche Empfindung für seinen Körper verloren hatte. Doch es machte ihm keine Angst. Im Gegenteil, er fühlte sich sicher und aufgehoben in den Händen einer höheren Macht. Farben und Geräusche veränderten sich. Die Höhlenwände, die

Holzscheite im Feuer und auch die Frauen in ihren Gewändern nahmen unnatürliche, in die Länge gezogene Formen an. Sie verbogen sich immer mehr, bis sich alles in einer Spirale auflöste, die irgendwo in der Ewigkeit verschwand.

13. KAPITEL

$

Als Sina die Augen aufschlug, blickte sie direkt in Neris Gesicht, der sie besorgt ansah. Sie nahm einen faulen, erdigen Geschmack in ihrem Mund wahr. Hatte sie geträumt? Noch begriff sie nicht ganz, wer sie gerade war und in welcher Zeit sie sich befand. Das, was sie soeben durchlebt hatte, kam ihr vor, als wäre es tatsächlich geschehen. Aber was hatte diese Reise in die Vergangenheit, dieser Einblick in Enriques Leben im sechzehnten Jahrhundert zu bedeuten? Wer war jener Enrique oder besser, Tamanca?

Sina schloss noch einmal die Augen, in der Hoffnung, dass die Vision wiederkehrte. Doch nichts geschah. Sie spürte nur, wie Neri ihre Hand nahm und sanft die Hängematte schaukelte, in der sie lag. Also öffnete sie die Augen erneut und nahm ihre Umgebung etwas genauer ins Visier. Offensichtlich war sie wieder in der Jetztzeit angekommen. Sie befand sich in der Gemeinschaftshütte von Neris Familie, durch deren Ritzen die Sonne drängte. Neben ihr auf dem Boden spielten die Kinder seiner jüngeren Schwestern mit Steinen und Stöckchen.

»Was ist mit mir passiert?«, fragte sie leise. Das, was sie soeben durchlebt hatte, war mit normalem Menschenverstand nicht nachvollziehbar.

»Ich habe dir Amakuna gegeben«, antwortete Neri. Amakuna,

das Wundermittel von der Insel der Drachenbäume? »Sonst wärst du gestorben.«

Sina starrte ihn an. »Gestorben?«

»Dein Körper war beinahe vollkommen zerstört«, erklärte Neri mit leiser Stimme. »Du warst schwer am Kopf verletzt, hast dir beide Arme gebrochen, den linken Unterschenkel sowie mehrere Rippen. Und bestimmt hattest du auch innere Verletzungen.«

Ganz langsam kehrten Bruchstücke ihrer Erinnerung zurück. Sie sah sich im Meer, im Kampf mit den hohen Wellen. Und dann war da das Riff, scharfe, mit Korallen überzogene Felsbrocken. Sie spürte noch einmal den Schmerz, als sie dagegengeprallt war. Ungläubig blickte sie an sich herab und tastete ihre Arme und Beine ab, die nicht eine einzige Schramme aufwiesen.

»Und ich bin wirklich völlig in Ordnung?«, fragte sie fassungslos.

Neri nickte und strich ihr liebevoll über die Wange.

Sina verstand überhaupt nichts mehr. Außer, dass sie ganz offensichtlich dieses Wundermittel verabreicht bekommen hatte.

»Wie lange bin ich denn weg gewesen?«, fragte sie vorsichtig.

»Sieben Stunden. Amakuna schafft es, jeden Körper in dieser Zeitspanne wieder vollkommen zu heilen.«

Hatte die Harimaguada auf La Palma nicht das Gleiche gesagt? Also gab es dieses Mittel tatsächlich?! Oder war das alles nur eine Fantasie? Vielleicht spielte ihr Gehirn ihr schon wieder einen Streich? Am Ende war sie jetzt völlig durchgedreht und tatsächlich reif für die Klapse. Sina kniff sich in den Arm. Autsch, das tat eindeutig weh. Sie befand sich in der Realität, auch wenn die ihr gerade vollkommen irreal vorkam.

»Ich weiß, das ist alles recht verwirrend«, versuchte Neri sie zu beruhigen.

Verwirrend ist noch milde ausgedrückt, dachte Sina. Sie versuchte, aus der Hängematte aufzustehen, was ihr sogar gelang, auch wenn ihre Knie noch etwas weich waren. Sie machte einige

Schritte, und nichts wies darauf hin, dass ihr Körper schwer verwundet gewesen war. Und dann überkam es sie plötzlich wie eine Erleuchtung! Das Ganze machte doch Sinn. Kuna und Amakuna, kombinierte sie. Das lag nicht so weit auseinander. Tamanca musste den Pilz in die Neue Welt gebracht und in die Obhut der Kunas gegeben haben. Ihnen war es gelungen, sein Geheimnis zu wahren. Und ganz offensichtlich wirkte es noch immer. Wenn ja, wäre das eine absolute Sensation für die Medizin und die Wissenschaft. Die Gedanken rauschten wie ein Wasserfall durch ihr Gehirn: keine Operationen mehr, keine Therapien, keine Krankenhäuser, keine Rehas, keine Ärzte, keine Pharmaindustrie. Einer der lukrativsten und gefährlichsten Wirtschaftszweige hätte plötzlich keine Existenzberechtigung mehr. Mit dem nächsten Atemzug wurde ihr klar, was es bedeutete, wenn ein solches Heilmittel in die falschen Hände gelangte, wenn Menschen darüber verfügten, die von der Gier nach Macht und Reichtum getrieben waren. Das, wovor die alte Medizinfrau gewarnt hatte … Sie starrte Neri erschrocken an.

»Heißt das, du bist der Hüter von Amakuna?«

»Ich würde sagen, wir sind es. Du und ich. Ein liebendes Paar!«

Das wurde ja immer verrückter. »Das ist der Grund, warum ich hier bin?«

»Gibt es einen besseren?«

»Aber ich verstehe nicht ganz …«

»Ich werde es dir erklären«, sagte er mit warmer Stimme und hielt sie dabei fest im Arm. »Meine Eltern waren das letzte liebende Paar, welches das Geheimnis des Pilzes hütete. Nach dem Tod meiner Mutter befragte mein Vater Amakuna, so wie die Kunas es schon immer getan haben, wer das nächste Paar sein würde. Er hat uns beide gesehen, dich und mich. Und dann hat er mir von dir erzählt und dass wir uns schon bald begegnen würden.«

Sina war sich schon wieder nicht sicher, ob sie sich nicht doch in einem Traum befand. Für Neri schien alles ganz selbstverständlich. Dass sich die Zeitebenen verschoben und gewisse Parameter plötzlich außer Kraft gesetzt waren. Sie musste sich jedoch erst daran gewöhnen.

»Als ich dich am Strand von Mamitupo sah, wusste ich sofort, wer du bist.«

»Und in dem Museum?«, erinnerte sie sich. »Hast du mich da auch erkannt?«

Er schüttelte den Kopf und grinste lausbubenhaft. »Nein, da hatte ich leider etwas anderes zu tun.«

»Während Amakuna mich geheilt hat, hatte ich eine Vision von Enrique beziehungsweise Tamanca, einem angehenden Arzt aus dem frühen sechzehnten Jahrhundert. Und du weißt auch, wer er war?«

Er lächelte wissend. »Natürlich. Der Überbringer von Amakuna. Alle Eingeweihten wissen es. Mein Vater hat es mir erzählt und sein Vater ihm. Er war ein junger Médico, der Amakuna vor über fünfhundert Jahren von der Insel der Drachenbäume hierherbrachte.«

Sina schloss für einen Moment die Augen und versuchte, die einzelnen Puzzleteile aus Gegenwart und Vergangenheit zusammenzusetzen, damit sie ein Bild ergaben, das irgendwie Sinn machte. Was sie während ihrer Heilungsphase erlebt hatte, beruhte also auf einer wahren Begebenheit. Sie und Neri, das Geheimnis um Amakuna, die Mola mit dem Drachenbaum, darunter das Paar, La Palma, ihre Eltern, die dort zu Tode kamen, das hing offenbar alles irgendwie zusammen. Aber wie?

»Meine Eltern sind auf La Palma, der Insel der Drachenbäume, gestorben«, sagte sie nachdenklich. »Vielleicht hatte ihr Tod ja etwas mit Amakuna zu tun? Schließlich stammt der Pilz ursprünglich von dort.« Sie war offensichtlich wieder in der Lage, logische Zusammenhänge herzustellen. Hieß das, sie hatte ihre geistigen Fähigkeiten zurück? War sie wieder ganz die Alte? Hatte Amakuna nicht nur ihren Körper, sondern auch ihre Psyche geheilt?

»Wie sind deine Eltern denn gestorben?«, fragte Neri.

»Es hieß, es war ein Unfall. Eine Explosion. Das stand zumindest im Polizeibericht und in der Presse. Meine Mutter war Biochemikerin, und die beiden haben sich im Norden von La Palma ein Labor aufgebaut, in dem sie Forschungen über alternative Medikamente betrieben. Vielleicht haben sie ja auch Forschungen zu dem Pilz angestellt …«

»Und vielleicht hat das irgendjemandem nicht gefallen?« Neri sah sie besorgt an.

»Das werde ich herausfinden. Ich werde auf die Insel der Drachenbäume fliegen.«

»Und ich komme mit dir.«

»Danke.« In Sinas Kopf herrschte endlich wieder eine gewisse Klarheit. Sie spürte Entschlossenheit und die Fähigkeit, Entscheidungen zu treffen. Fast hatte sie vergessen, wie sich das anfühlte.

Im nächsten Moment drängte sich jedoch noch eine andere Erinnerung in den Vordergrund. Felipe! Sie sah sich panisch um. Er war mit ihr im Wasser gewesen! Plötzlich war alles wieder präsent, und die Katastrophe spulte sich wie ein Film im Zeitraffer vor ihrem inneren Auge ab. Ihre Entführung, das Boot, der Streit zwischen Julio und Felipe. Der Sturm. Ihr Sprung ins Wasser. Felipe, den sie nicht zu fassen bekam.

»Wo ist er? Wo ist Felipe?«, fragte sie aufgeregt.

Neri schüttelte traurig den Kopf. »Er war schon tot, als man euch aus dem Meer gezogen hat. Sein Rückgrat war gebrochen. Es war zu spät. Auch Amakuna konnte ihn nicht mehr retten.«

Sina schnürte es die Luft ab, und sie fühle sich, als würde ihr der Boden unter den Füßen weggezogen. Ihr bester Freund war tot. Der Mann, der ihr immer zur Seite gestanden hatte, egal, in welcher Verfassung sie sich befand. Der Mann, mit dem sie ihre Zukunft geplant hatte. Der nie ungeduldig geworden war, der ihr nie etwas Böses getan, der sich immer etwas hatte einfallen lassen, um ihr eine Freude zu machen.

»Ich konnte es dir nicht sofort sagen, du warst noch zu schwach.« Neri strich ihr tröstend über das Haar. »Ich weiß, wie schwer das alles für dich ist. Wenn du ihn sehen möchtest – wir haben ihn in der alten Mormonenkirche aufgebahrt.«

In dem aus Betonsteinen errichteten viereckigen Gebäude war es zwar kühler als draußen, doch der süßliche Verwesungsgeruch hatte sich schon überall festgesetzt. Der Körper ihres Verlobten lag auf dem steinernen Altar unter einem einfachen Holzkreuz. Man hatte ein buntes Tuch über ihn gelegt, um die Fliegen fernzuhalten. Sina hob es an und blickte erschüttert in das fahle, mit Blutergüssen übersäte Gesicht. Wie Pilar, durchfuhr es sie. Auch ihr hatte Amakuna nicht mehr helfen können. Auch sie lag aufgebahrt in einer Kirche, als Tamanca sie zum letzten Mal sah. Er hatte sie geliebt, wenn auch erst spät verstanden, welch großes Geschenk sie ihm gemacht hatte.

Und sie? Hatte sie Felipe geliebt? Vielleicht nicht genug? Er war lange Zeit ihr einziger Vertrauter gewesen. Trotzdem hatte sie ihn nicht einbezogen in ihre Reise, in ihre Suche nach ihren Wurzeln. Er war ihr hinterhergereist, genauso wie Pilar ihrer großen Liebe gefolgt war. Und jetzt war er tot. Wegen ihr! Musste er sterben, um Neri Platz zu machen? Glich Pilars Schicksal dem von Felipe? Ein Schicksal, das sich nun wiederholte? Aber warum? Um ihr, Sina, eine Chance zu geben, es beim nächsten Mal besser zu machen? Tiefer zu lieben? Mehr auf den anderen zu achten? Seine Hingabe mehr zu schätzen? Sich selbst mehr hinzugeben? Zu verstehen, was wahre Liebe war und was es bedeutete, sich für einen Menschen zu entscheiden? War es das, was sie begreifen sollte? Passierte deshalb alles noch einmal? Die Gedanken prasselten auf sie ein wie ein Trommelwirbel.

Sie nahm Felipes kalte Hand. »Bitte verzeih mir. Verzeih mir, was ich dir angetan habe«, flüsterte sie, während die Tränen ihre Wangen hinunterliefen.

»Wir sollten ihn noch heute begraben«, unterbrach Neri sie leise. Sina blickte auf und versuchte sich zusammenzureißen, auch wenn es ihr schwerfiel.

»Du hast recht«, meinte sie. Eigentlich müsste ja Martinez bald auftauchen, um die Leiche seines Sohnes abzuholen. Doch was, wenn er noch gar nichts von Felipes Tod wusste? Wenn Julio es ihm, aus welchen Gründen auch immer, bisher verschwiegen hatte?

Vielleicht hätte es Felipe sogar gefallen, hier seine letzte Ruhe zu finden. Er hatte seinen Vater und alles, was mit ihm und seinen Machenschaften verbunden war, gehasst. Hier auf dem Land der Kunas, das sein Vater ihnen wegnehmen wollte, begraben zu sein wäre ihm womöglich eine Genugtuung gewesen.

Der Friedhof der Einwohner von Soletupo befand sich nicht auf der Insel, sondern auf dem Festland. Neri bedeckte Felipes Leichnam wieder mit dem Tuch, trug ihn hinunter zum Strand und legte ihn vorsichtig in sein Kanu.

Sina hatte kurz überlegt, von einer anderen Insel einen katholischen Pfarrer zu holen, denn sie wusste, dass Felipe an Gott glaubte. Doch dann verwarf sie diesen Gedanken wieder. Sie selbst war schon lange der Meinung, Gott hätte die Menschen verlassen. Was die Welt heute regierte, hatte nichts mehr mit ihm oder seinem Sohn zu tun, sondern nur noch mit Menschen in Machtpositionen, die sich durch Geld und Besitz definierten. Und diese Heuchler hielten es sogar oft noch am meisten mit Gott, zumindest nach außen hin. Ihr Großvater ging jeden Sonntag zur Kirche, und Felipes Vater spendete regelmäßig für die Armen und bastelte sich so seine Moral zurecht. Natürlich würde er toben, wenn er eines Tages erfuhr, dass sein Sohn kein anständiges Begräbnis bekommen hatte, sondern auf einem Indianerfriedhof, ausgerechnet in Kuna Yala, unter einem einfachen Holzkreuz lag. Doch das war Sina egal. Felipe hätte es in Ordnung gefunden, dessen war sie sich inzwischen sicher.

»Die Kunas halten ihre Toten auf Distanz«, sagte Neri, während sein Kanu die glatte See durchpflügte. »Manche glauben noch immer, dass die Verstorbenen als lebende Leichen nachts ihr Unwesen treiben. Daher werden sie auch mit besonders festgestampfter Erde bedeckt. Tagsüber dagegen kommen die weiblichen Angehörigen samt Kindern auch jetzt noch bis zu einem Jahr nach dem Tod ans Grab. Sie spannen ein Dach aus Palmwedeln darüber, kochen oder dösen in der Hängematte, ganz wie zu Hause. Damit geben sie dem Toten das Gefühl, nicht allein zu sein. Und durch den Rauch von Kakaobohnen, die sie verbrennen, helfen sie der Seele, aus der sterblichen Hülle zu steigen, um als freundlicher Geist umherzuwandeln.«

Welch ein schöner Brauch, dachte Sina. Eigentlich schade, dass die Welt sich heute so schnell drehte und keiner mehr Zeit und Muße für die Toten hatte. Trotzdem hoffte sie von ganzem Herzen, dass Felipe seinen Frieden fand und als freundlicher Geist, wie und wo auch immer, herumschwirren konnte.

Als sie das Festland erreichten, zog Neri das Kanu an den Strand. Er hob Felipes Leichnam hoch, als wäre er der eines Kindes, und trug ihn ein Stück in den angrenzenden Palmenhain, wo er ihn sanft niederlegte. Sina konnte den Blick nur schwer von ihrem früheren Verlobten lösen. Sie dachte noch einmal über sein Leben nach, soweit sie es kannte und er es ihr erzählt hatte.

»Felipes Vater hat ihm als kleinem Jungen Märchen vorgelesen und gleichzeitig Mordaufträge an seine Killer vergeben«, sagte sie leise zu Neri, der inzwischen begonnen hatte, mit einer Schaufel das Grab auszuheben. »Sein Vater war einst ein berüchtigter Drogenbaron und hatte viele Feinde. Auf der anderen Seite gab er Felipe alles, was er sich nur wünschen konnte. Autos, Pferde, eine Jacht und Wohnungen in sämtlichen Metropolen.«

»Aber das Wichtigste fehlte ihm wohl.«

Sina sah ihn fragend an.

»Die Liebe seiner Eltern!«

»Das hatten wir wohl gemeinsam.« Sina wischte sich die Tränen weg und setzte sich unter einen Baum mit weißen Blüten. »Felipe wollte alles so viel besser machen als sein Vater, aber keiner hat es ihm zugetraut … außer mir.«

Neri hielt einen Moment inne und blickte sie ernst an. »Für uns Kunas ist es ein Verbrechen, Kinder zu vernachlässigen. Wir versäumen es nie, sie für gute Leistungen zu loben, und wir vermeiden es, sie zu entmutigen, wenn etwas noch nicht so gut klappt. Im Gegenteil. Gerade dann geben wir uns besonders viel Mühe, damit sie ihre Fähigkeiten entfalten können wie ein Schmetterling seine Flügel.«

Sina sah ihn erstaunt an. Das hatte nun gar nichts mit dem Elitedenken zu tun, mit dem sie aufgewachsen und von dem sie bis heute umgeben war. Wahrscheinlich würde die Welt anders aussehen, wenn jedem Kind auf der Welt, so wie Neri es gerade beschrieben hatte, Selbstbewusstsein und Stolz mitgegeben würden. Dann könnte sich das sogenannte Establishment wahrscheinlich nicht mehr so einfach auf seinem Thron halten.

Da die Erde mit Sand vermischt war, hatte Neri schon bald ein ausreichend tiefes Loch gegraben. Gemeinsam legten sie nun Felipes Leichnam hinein. Sina schaffte es nur mühsam, sich auf den Beinen zu halten. Sie hatte ihn geliebt, auf ihre Weise. Er war der einzige Mensch, von dem sie sich verstanden gefühlt hatte. Er war in der Kälte des ständigen Profitdenkens ihr wärmender Pol gewesen. Warum nur mussten immer die Guten gehen? Warum erwischte es nicht so jemanden wie Martinez oder Julio?

Sie pflückte einige weiße Blüten und warf sie in das Grab.

»*Adiós,* Felipe«, flüsterte sie. »Du warst mein bester Freund.«

Neri ließ ihr noch einen Moment Zeit, bevor er wieder zur Schaufel griff. »Du wirst ihn eines Tages wiedersehen. Wer ein anständiges Leben geführt hat, darf in der Geisterwelt seinen Lieben noch einmal begegnen«, sagte Neri. »Nur wer böse war, bleibt einsam.« Er hackte mit seiner Machete zwei Äste eines in der Nähe stehenden Baumes ab und fügte sie zu einem Kreuz zusammen, das er am Kopfende des Grabes in die Erde rammte. Dann legte er tröstend den Arm um Sinas Schultern, und sie gingen zum Strand zurück.

»Felipes Aufgabe in seinem Leben hat sich erfüllt, doch deine steht dir noch bevor, Sina. Hättest du ihn geheiratet, wärst du vielleicht mit ihm aufgestiegen oder mit ihm untergegangen. Aber das war nicht dein Weg.«

»Und was ist mein Weg?«

»Das weißt du.«

»Nein.«

»Das, was *sein* wird.«

»Und was wird *sein?*«

»Du und ich und Amakuna und alles, was sich daraus ergeben wird.« Er lächelte und schob das Kanu ins Wasser. »Du fragst zu viel. Das ist die Krankheit der Weißen. Ihr wollt immer alles vorhersehen, planen und erfolgreich durchführen. Dabei seht ihr gar nicht, was nebenbei in die Brüche geht. Schau dir die Welt an, die von den Planern regiert wird. Könnte es sein, dass sie vielleicht irgendetwas übersehen haben?«

Neri tauchte das Paddel ins Wasser und nahm Kurs in Richtung seiner Insel. Die regelmäßigen Ruderstöße ließen Sina in eine Art Trance fallen. Sie schloss für einen Moment die Augen, um nachzudenken und nicht direkt zu antworten. Neri hatte recht. Auch wenn sie und Felipe ihre Pläne verwirklicht hätten, wäre wahrscheinlich irgendetwas auf der Strecke geblieben. Vielleicht sogar ihre Freundschaft.

»Die Liebe hat kein Ziel, Sina. Sie will nichts Neues erschaffen. Vielleicht kann sie Kaputtes heilen und die Dinge, die in Unordnung sind, in Ordnung bringen, aber mehr ist nicht ihr Anliegen.«

So wie Neri hatte noch keiner mit ihr gesprochen. Und so hatte sie die Welt auch noch nie betrachtet. Denn schließlich war sie von Kindesbeinen an darauf trainiert, zu agieren und Mehrwert zu schaffen. Doch jetzt schien es um etwas anderes zu gehen. Wenn sie sich umsah und dieses unglaubliche Inselparadies um sich herum in sich aufnahm, dann konnte es nur darum gehen, dieses Paradies zu bewahren und, wie Neri sagte, in Ordnung zu halten. Das hieß, den Müll, der durch die »Planer« überall angeschwemmt worden war, zu beseitigen. Dafür zu sorgen, dass deren Ideologie hier nicht Fuß fassen konnte. Und vor allem, den Kunas zu vermitteln, dass sie keine andere Chance hatten, als ihre Liebe und Wertschätzung zu dem, was sie besaßen, dem Wahnsinn der Planer entgegenzusetzen.

Und dann war da natürlich noch Amakuna. Der Pilz, der nicht nur heilte, sondern es möglich machte, in die Vergangenheit und in die Zukunft zu blicken, um bessere Entscheidungen in der Gegenwart treffen zu können.

Sie musste über sich selbst lächeln. Wenn die Menschen mehr nach den Parametern lebten, die Neri benannt hatte, würden sie heiler sein, und diejenigen, die an den Schalthebeln der Macht saßen, hätten keine so große Handhabe mehr. Die Werbekonzerne, die Luxusgüterproduzenten, die Auto-, die Pharma- und die Waffenindustrie würden ihre Bedeutung verlieren. Keiner würde mehr Drogen oder Alkohol brauchen, um der allgegenwärtigen Lieblosigkeit und dem Stress zu entfliehen. Die Welt wäre dann dort angekommen, wovon die Medizinfrau auf den Kanarischen Inseln gesprochen hatte: im Amakuna-Zeitalter.

»Was denkst du?«, unterbrach Neri ihre Gedanken.

»Dass ich so gerne die Welt verändern würde.«

»Dann heirate mich!«

Sina sah ihn erschrocken an. »Was?« Das kam jetzt wirklich etwas plötzlich. Sie hatte gerade ihren Verlobten begraben und konnte doch nicht sofort … Andererseits wäre sie mit Neri an ihrer Seite in der Lage, das zu verwirklichen, wovon Felipe geträumt hatte. Und war sie es ihm nicht schuldig, seinen Lebenstraum von einer besseren Welt zu verwirklichen? Etwas, wozu er jetzt nicht mehr in der Lage war.

Sie hatten inzwischen Soletupo erreicht, und Neri legte mit dem Kanu direkt vor seiner Hütte an.

»*Hola,* Neri!« Ein feister Kuna mit Baseballkappe, einer Bierdose in der einen und einer Zigarette in der anderen Hand kam über den Steg auf sie zu und enthob Sina vorerst einer Antwort.

»Was willst du hier, Diego?«

Sina merkte sofort an Neris Stimme, dass es bestimmt keine Freundschaft war, die beide Männer verband.

»Ich muss dich sprechen.« Er warf Sina einen beunruhigenden Blick zu. »Unter vier Augen.«

»Warum? Sie kann alles hören.«

»Seit wann verbündest du dich mit deinen Feinden, Neri?«

»Ich weiß nicht, was du meinst.«

»Weißt du überhaupt, wer sie ist?« Diego grinste überheblich, baute sich vor den beiden auf und blickte Sina abschätzig an. »Ah, jetzt verstehe ich. Ganz schön raffiniert. Ich muss schon sagen, ihr Weißen schreckt wirklich vor nichts zurück.«

»Was soll das?«, unterbrach ihn Neri.

»Du weißt es also wirklich nicht?« Er lachte laut, schnippte die Asche von seiner Zigarette und nahm genüsslich einen Schluck Bier. »Sie ist eine Saratoga. Klingelt da was? Sa–ra–to–ga!« Er betonte jede einzelne Silbe mit Genuss. »Das ist die Bank, die unser großes Entwicklungsprojekt finanzieren wird. Kindergärten, Schulen, Krankenhäuser. Das Projekt, das du die ganze Zeit boykottierst.«

»Ja, weil sie uns als Gegenleistung unser Land wegnehmen werden.«

Sina erinnerte sich an den Folder »Luxury Resorts Kuna Yala«, den ihr Großvater ihr an ihrem letzten Abend in Panama City gezeigt hatte. In ihrem Kopf begannen sämtliche Alarmglocken zu schrillen. Weder ihr Großvater noch Marco Martinez waren Wohltäter, die den Indios soziale Projekte finanzierten, ohne für sich einen ordentlichen Vorteil daraus zu ziehen. Neri hatte bestimmt recht mit seinem Boykott. Am Ende würden sie ihr Land verlieren, und das wäre vermutlich nicht der einzige Nachteil dieses Deals.

»Aber da muss ich mir ja jetzt keine Sorgen mehr machen«, sagte Diego und warf die leere Bierdose einfach in den Sand. »Offensichtlich hast du deine Meinung geändert und die Seiten gewechselt. Dann können wir ja übermorgen auf der Versammlung des Kongresses mit deiner Stimme rechnen. Und auch mit denen deiner Freunde. *Adiós.* Man sieht sich.« Er drehte sich um, kam jedoch noch einmal zurück. »Weißt du übrigens, dass du mir zu verdanken hast, dass du überhaupt noch lebst?«

»Wie meinst du das?«, fragte Neri nun doch etwas verunsichert.

»Na ja«, lächelte Diego feist. »Ich hatte eigentlich von Julio Cabrero den Auftrag, dich umzulegen. Aber erstens lass ich mir von so einem überheblichen Blanco nichts befehlen, und zweitens bist du mir in dieser neuen Konstellation lebend lieber.« Er schenkte Sina einen abschätzigen Blick. »Was die Liebe alles fertigbringt!«, sagte er hämisch und lief pfeifend zu seinem Boot. Kurz darauf hörten sie ihn lautstark den Motor anlassen und von der Insel ablegen.

»Was müsst ihr als Gegenleistung für dieses ominöse Sozialprojekt erbringen?«, fragte Sina mit ernster Stimme, sobald das Motorgeräusch verklungen war.

»Soviel ich weiß, Pachtverträge für einige Inseln, auf denen Luxusresorts gebaut werden sollen.«

Ihr war sofort klar, was die beiden Alten sich da ausgedacht hatten. »Ihr dürft euch auf keinen Fall darauf einlassen«, warnte sie mit aufgeregter Stimme. »Auf keinen Fall.«

»Ich weiß, ich war schon immer dagegen«, erwiderte Neri. »Aber der Kongress entscheidet. Diego hat eine gewichtige Stimme. Er finanziert den Kunas mit seinen Verdiensten aus dem Drogengeschäft Autos, Motorräder und Boote. Im Augenblick sieht es wohl so aus, als würden alle außer mir und ein paar Freunden dem Deal zustimmen.«

»Soll ich dir sagen, was passieren wird, wenn ihr euch darauf einlasst?«

»Das musst du gar nicht. Ich kenne die Machenschaften der Weißen. Wir sind lange davon verschont geblieben, weil wir auf nichts, was sie uns angeboten haben, eingegangen sind. Wir haben uns weder mit ihnen vermischt noch mit ihnen Handel getrieben. Wir haben ihre Sprache und ihre Religion nicht angenommen, wir haben uns unsere Traditionen nicht verbieten lassen. Und vor allem haben wir unser Land verteidigt. Die Kunas sind die einzigen Indígenas, die über ein eigenes Territorium verfügen, das gegen ihren Willen nicht angetastet werden darf. Das ist der Grund, warum unsere Wälder noch intakt sind, warum das Wasser hier noch nicht vollständig verseucht ist und warum es noch etwas zu fischen gibt. Doch das alles scheint jetzt zu Ende zu gehen. Die Weißen schaffen es doch noch, uns in die Knie zu zwingen. Heute nicht mehr mit Waffen, so wie zu Zeiten der Konquistadoren, sondern mit Handys, Fernsehern und der Aussicht auf Geld.« Er trat wütend mit dem Fuß gegen die Bierdose, was ein lautes, schepperndes Geräusch verursachte. »Ganz zu schweigen von dem Müll, den die sogenannte Zivilisation hervorbringt und mit dem wir bisher nicht gelernt haben umzugehen.«

»Du musst unbedingt den Kongress überzeugen, dass die Bank euch betrügen wird und ihr am Schluss alle eure Inseln los seid«, sagte Sina mit eindringlicher Stimme.

»Sie werden mir nicht glauben.«

»Dann werde ich es ihnen sagen. Als zukünftige Erbin der Saratogabank müssen sie mir zuhören. Ich kann ihnen auch ganz genau erklären, wie die Enteignung stattfinden wird.« Sie konnte sich schon vorstellen, welche schmutzigen Methoden und Winkelzüge Martinez und ihr Großvater anwenden würden.

»Da hast du dir aber etwas vorgenommen«, seufzte Neri.

Sina nickte. »Ja. Genau deshalb habe ich an der besten Universität studiert, um dieses kranke System bis in seine letzten Verästelungen zu verstehen. Deshalb habe ich gelächelt und genickt, wenn mein Großvater mir immer wieder erklärt hat, wie die Welt funktioniert und wo die Schwachstellen liegen.«

Neri sah Sina nachdenklich an. »Wir wurden nicht nur zusammengeführt, um das Geheimnis von Amakuna zu wahren, sondern es geht um noch viel mehr.«

»Ja, wir beide haben offensichtlich noch viel vor«, sagte sie.

»Du hast meine Frage nicht beantwortet. Wir wurden vorhin unterbrochen.«

Sina lächelte.

»Es geht dir alles zu schnell, nicht wahr?«

»Na ja, irgendwie schon. Es ist alles ein bisschen viel auf einmal. Erst war ich beinahe tot, dann irgendwo im sechzehnten Jahrhundert, und jetzt soll ich vor den Traualtar. Ich habe ja nicht einmal ein Brautkleid«, erwiderte sie belustigt. »Und auch meine Geburtsurkunde habe ich nicht dabei.«

»Du brauchst weder das eine noch das andere. Es wird auch keine Hochzeit sein, wie du sie vielleicht kennst. Die Kunas haben ihr eigenes Ritual. Und das geht nur uns beide etwas an.« Er nahm ihr Gesicht in seine Hände und sah ihr tief in die Augen. Und Sina wusste plötzlich, dass es so vorherbestimmt und ein Leben an Neris Seite ihr Weg war.

»Ja«, sagte sie. »Ich möchte deine Frau werden.«

Er nahm sie in die Arme und küsste sie. Dieser Kuss war schon einmal geküsst worden, vielleicht sogar schon öfter. Und es waren immer wieder sie beide gewesen. In anderen Leben, unter anderen Umständen. Doch wie würde es jetzt in der Gegenwart weitergehen? Sie konnte doch nicht das Leben einer Kuna an der Seite von Neri führen und diesen Pilz hüten. Oder doch?

14. KAPITEL

$

Julio war alles andere als wohl bei dem Gedanken, in wenigen Minuten Martinez unter die Augen zu treten. Er hatte die verschiedensten Storys durchgespielt, die er ihm auftischen wollte, und war schließlich zu dem Schluss gekommen, dass er eigentlich mit dem Ganzen gar nichts zu tun hatte. Dass ihn überhaupt keine Schuld traf. Er hatte nur einen Auftrag ausgeführt, nämlich Felipe auf diese verdammte Insel zu bringen. Alles andere lag nicht in seiner Verantwortung. Allerdings würde ihm keiner glauben, was wirklich geschehen war. Vor allem nicht, dass Felipe, das Weichei, ihn abknallen wollte. Mit der Geschichte würde er nicht durchkommen. Niemals. Martinez ging davon aus, dass er auf Felipe aufpasste. Und der war jetzt höchstwahrscheinlich tot, inklusive der verrückten Schwiegertochter in spe. Und er, Julio, hatte das nicht verhindert. Das war der Haken. Das würde Martinez gar nicht komisch finden. Damit konnte sich Julio alles, was er sich in den letzten Jahren aufgebaut hatte, verderben.

Er warf einen Blick in den Spiegel in seinem Penthouse im fünfundsechzigsten Stock des *Torre Trump*. Beinahe liebevoll strich er über das Tattoo an seinem Hals, das er normalerweise mit einem leichten Seidenschal verdeckte: »Wer nicht mit mir ist, ist gegen mich.« Matthäus 12:30. Das war sein Motto, und das würde er durchziehen.

Er zog seine Lederjacke an, klemmte sich den Helm unter den Arm und ging zum Lift, der ihn hinunter in die Tiefgarage brachte. Statt die elektrische Zündung zu benutzen, ließ er die 1200er BMW mit dem Kickstarter an und stellte sich dabei die grinsende Visage von Marco Martinez unter seinem Fuß vor. Aber das half jetzt auch nicht weiter.

Er hatte im Augenblick nur eine Chance, nämlich auf Zeit zu spielen. Es waren beinahe achtundvierzig Stunden vergangen, doch bisher hatte er von seinen Kontakten in Kuna Yala keine Nachricht erhalten, dass Sina und Felipe irgendwo wieder aufgetaucht waren. Er hatte Martinez am Telefon erzählt, die beiden hätten sich geweigert mitzukommen. Was anschließend aus ihnen geworden war, entzöge sich seiner Kenntnis. Zur Not konnte er ihr Verschwinden immer noch den Kunas in die Schuhe schieben. Leider schien Diego wie vom Erdboden verschwunden. Der Vollpfosten hatte sich weder gemeldet noch ihm eine Nachricht zukommen lassen, etwas, das Julio überhaupt nicht schätzte. Er hatte nicht übel Lust, das nächste Exempel an ihm zu statuieren. Damit würde der feiste Kuna wenigstens noch irgendeinen Sinn erfüllen.

Mit laut aufheulendem Motor fuhr er die Rampe der Tiefgarage hinauf und reihte sich dann in die vierspurige Avenida Balboa ein. Am Mercado de Mariscos, dem Fischmarkt am Rand des inzwischen edel renovierten Casco Viejo, bog er Richtung Kanal ab. Die auf Stelzen gebaute Schnellstraße führte direkt an den Fenstern billiger Wohnhäuser vorbei, bis sie in die Autobahn mündete.

Er überquerte die berühmte Puente de las Américas, die sich über den Panamakanal spannte, und fuhr schließlich in eine kleine, unscheinbare Seitenstraße hinein, die man kaum wahrnahm, wenn man sie nicht kannte. Nach weiteren fünfzehn Minuten erreichte er die erste Sicherheitskontrolle vor Marco Martinez' Anwesen. Obwohl er längst zur Familie gehörte, musste er sich durchsuchen lassen und seine Waffe abgeben. Erst dann ließ man ihn weiterfahren. Doch was nun kam, entschädigte den jungen Kolumbianer immer wieder für vieles, was er zu ertragen hatte. Zur Linken standen mindestens zwei Dutzend rosafarbene Flamingos am Ufer eines kleinen Sees. Daneben weideten Zebras, Gazellen und sogar eine Giraffe, auf deren Rücken ein weißer Reiher saß. Das kleine Waldstück, durch das er als Nächstes fuhr, vibrierte von Vogelstimmen und Affengeschrei. Weiter ging es über eine Hochebene, auf der Pferde auf großzügigen Koppeln weideten. Martinez züchtete Rennpferde und hatte sogar eine eigene Bahn, auf der er einmal im Jahr ein Privatrennen für seine engsten Geschäftsfreunde veranstaltete. Bei solchen Zusammentreffen wurde um mehr Geld gewettet als auf jeder normalen Rennbahn.

Julio hatte ein gespaltenes Verhältnis zu diesem unvorstellbaren Luxus. Einerseits war er ein Ausdruck dafür, es geschafft zu haben, ganz an der Spitze zu stehen, andererseits fand er das Geprotze geradezu obszön. Es ließ all jene, die nicht an der Spitze standen, nur noch kleiner aussehen. Gerade bei solch pompösen Anlässen wie dem Pferderennen musste er immer an seine ursprüngliche Herkunft denken. Und jedes Mal versuchte er es anschließend so einzurichten, dass er etwas in Bogotá zu erledigen hatte, weil er das dringende Bedürfnis hatte, dort nach seinen ehemaligen Freunden zu sehen, soweit sie noch lebten. Und wenn nicht, wenigstens den jungen Müttern ihrer Söhne finanziell ein wenig unter die Arme zu greifen. Anschließend fühlte er sich meist etwas besser und konnte den Luxus und die Launen der Familie Martinez wieder aushalten.

Wie schon der zoologische Garten ließ auch das schlossartige Anwesen keine Wünsche offen – eine Mischung aus Kolonial- und Südstaatenstil erhob sich auf einer kleinen Anhöhe direkt vor ihm. Weiße Säulen, eine riesige Terrasse, hohe Fenster mit Balkonen davor, umrahmt von einem tropischen Garten, der unzählige Gärtner auf Trab hielt. Soweit Julio wusste, erforderte das gesamte Gelände einen Personalaufwand von beinahe hundert Menschen. Früher war so etwas unvorstellbar für ihn gewesen, doch inzwischen hatte er sich daran gewöhnt. Trotzdem würde er, sobald das Ganze irgendwann einmal unter seinem Einfluss stand, mindestens die Hälfte der Belegschaft entlassen. Besser noch: Er würde es in ein Heim für notleidende Kinder umwandeln.

Noch einmal musste er einen Sicherheitscheck passieren, doch diesmal grinste der Guard ihn nur an und winkte ihn dann weiter.

Er hatte gerade die Maschine abgestellt und noch nicht einmal den Helm abgenommen, als Maria Martinez auf ihn zustürzte. Sie war in jungen Jahren Schönheitskönigin von Panama gewesen und trotz des fortgeschrittenen Alters noch immer eine sehr attraktive Frau. Dank ständiger Diäten konnte sie es sich auch weiterhin leisten, enge Hosen und Pullover zu tragen. Ihr Gesicht kannte weder Falten noch Mimik und ihr schulterlanges pechschwarzes Haar keine grauen Strähnen. Natürlich war es Martinez gewesen, der damals dafür gesorgt hatte, dass man ihr die Schärpe umhängte, etwas, das er immer wieder gerne erzählte, ob sie dabei war oder nicht. Sonst hätte sie ihn wahrscheinlich auch nicht geheiratet, denn als gut aussehend und charmant konnte man den schweinsäugigen und stiernackigen kleinen Kolumbianer nicht gerade bezeichnen.

»Wo ist mein Sohn?«, rief sie ihm hysterisch entgegen. »Ich habe seit zwei Tagen nichts von ihm gehört. Du weißt, er ist mein Ein und Alles.« Julio nahm erst einmal den Helm ab. Er wusste, dass die beiden ein beinahe inzestuöses Verhältnis hatten und dass Felipe mindestens einmal am Tag mit seiner Mutter telefonierte, wenn er nicht in Panama war.

»Buenos días«, begrüßte er sie. »Ich habe es Marco schon am Telefon gesagt. Ich konnte die beiden nicht dazu bewegen, mitzukommen. Allerdings kann ich schon verstehen, weshalb er noch nicht wieder da ist. Diese Inselwelt ist ein Paradies.«

»Das war ein Fehler. Ein schwerer Fehler, Julio. Die Saratogas machen sich große Sorgen. Sina ist psychisch krank! Ich habe ja schon immer gesagt, dass bei der da oben was nicht stimmt. Aber was sie sich jetzt geleistet hat!«

»Was denn?«

»Das wirst du gleich erfahren. Marco erwartet dich.«

Julio musste erst einmal tief durchatmen. Sina lebte also. Ob das gut für ihn war oder nicht, dazu hatte er im Moment noch keine Meinung. Jetzt hieß es, Ruhe zu bewahren, herauszubekommen, was mit Felipe geschehen war, und aus der Situation heraus eine Strategie zu entwickeln.

Als er das private Büro des Tycoons betrat, schmiss der ihm die Titelseite der *Panama-Times* vor die Füße.

Julio bückte sich und hob die Zeitung auf. »Skandal in Kuna Yala! Sina Saratoga enthüllt Baubetrug … Kunarat lehnt ›Saratogaplan‹ ab. Schwerer Schlag für die panamaische Tourismusindustrie.« Die großen Lettern schlugen ihm ebenso ins Gesicht wie das nun folgende Gebrüll von Martinez. Julio kannte seine Wutausbrüche, doch diesmal klirrten die Fensterscheiben.

»Wir hatten eine Absprache!«, schrie er. »Du solltest sie zurückbringen! Beide! Diese Frau ist krank, vollkommen krank im Hirn, durchgeschossen, komplett verrückt, und wahrscheinlich hat sie auch noch meinen trotteligen Sohn da reingezogen. Diese Wahnsinnige hat alles zerstört. Das war ein Milliardenprojekt mit internationalem Prestige! Saratoga ist außer sich. Er hat sich auf mich verlassen und ich mich auf dich!«

Julio wusste aus Erfahrung, dass es in solchen Momenten am besten war, gar nichts zu sagen. Jedes Wort von ihm hätte Martinez' Wut nur noch gesteigert. Er blickte noch einmal auf die Schlagzeilen, unter denen ein Foto von Sina abgebildet war. Allerdings keines von Felipe.

»Hier, sieh dir das an. Irgendein Trottel hat ihren Auftritt sogar gefilmt und ins Netz gestellt.« Er reichte Julio sein iPad und startete das Video.

»Die Firma, die eure Inseln pachten will, ist eine Strohfirma und wird irgendwann mit Absicht pleitegehen«, sagte Sina bestimmt. »Dann habt ihr keine Pachteinnahmen mehr und könnt die Kredite für eure Bauvorhaben, sprich Schulen und Krankenhäuser, nicht mehr abbezahlen. Die Bank aber hält die Pachtverträge als Sicherheit. Das heißt, sie kann darüber verfügen und ist damit auch der eigentliche Besitzer. Sie kann nun ohne Probleme selbst so viele Luxusresorts bauen, wie sie will, und unter der Hand die Strohfirma beteiligen. So haben alle etwas davon, nur ihr nicht.«

Julio verkniff sich ein Grinsen. Die Kleine hatte es echt drauf. Was ihn jedoch noch viel mehr verblüffte, war, dass sie vollkommen gesund wirkte ... Kein Kratzer, keine Schramme, die darauf hinwies, dass sie mit voller Wucht auf ein scharfes Korallenriff geprallt war. Doch den größten Schock löste Neri in ihm aus, der, während Sina ihren Monolog hielt, die ganze Zeit neben ihr stand. Julio war sich hundertprozentig sicher, dem Kuna in den Rücken geschossen zu haben. Vielleicht war der Schuss nicht tödlich gewesen, aber auf alle Fälle war es unmöglich, dass der Typ kurz darauf quicklebendig dastand, so als käme er gerade von einer erholsamen Urlaubsreise zurück. Irgendetwas ging da nicht mit rechten Dingen zu.

»Saratoga lässt gerade diese Psychotante in Amerika ausfindig machen, bei der Sina in Behandlung ist, damit sie den umnachteten Geisteszustand dieser Wahnsinnigen bestätigt. Dann werden wir eine Gegendarstellung fordern. Und zwar ebenfalls auf der Titelseite. Wir müssen nur versuchen, Felipe da rauszuhalten. Was ist eigentlich mit ihm? Wo ist er überhaupt? Von ihm ist in dem Artikel keine Rede. Und in dem Video ist er auch nicht zu sehen.«

Julio hätte Martinez eine Menge dazu sagen können, doch dafür war es noch zu früh. Falls Felipe wirklich tot war, sprach die momentane Situation dafür, alles Neri in die Schuhe zu schieben. Der Kuna hätte jetzt immerhin ein Motiv, Felipe getötet zu haben, nachdem er durch Sina bis ins Detail über Martinez' Bauvorhaben im Bilde war. Das ließe sich bestimmt so hindrehen. Aber Sina? Sie würde da nicht mitspielen. Andererseits war sie an Felipes Tod selbst nicht ganz unbeteiligt. Doch das konnte er nicht beweisen. Und leider hatte sie die besseren Beziehungen. Dadurch saß sie am längeren Hebel und konnte ohne Weiteres ihm den Mord an Felipe anhängen. Und dann saß er so richtig in der Scheiße. Selbst wenn er Martinez von seiner Unschuld überzeugen könnte, würde der es sich seinetwegen bestimmt nicht mit den Saratogas verscherzen.

Julio hatte nur eine Chance. Er musste irgendwie an Sina herankommen, ihr Vertrauen gewinnen und sie dann auf seine Seite ziehen. Er erinnerte sich an den Moment in Kuna Yala, als er das Gefühl gehabt hatte, dass sie die Richtige für ihn wäre. Das musste er hinbekommen. Irgendwie würde er sie schon einwickeln, auch wenn sie ziemlich spröde war. Bisher hatte ihm noch keine Frau widerstehen können. Und wenn Felipe und sogar ein Kuna sie rumbekommen hatten, würde es ihm ein Leichtes sein. Sie konnte im Grunde froh sein, dass jemand wie er sich für sie interessierte.

»Bist du eingepennt oder was?«, holte ihn Martinez aus seinen Überlegungen. »Du musst da noch mal hin. Ich habe schon die entsprechenden Vorbereitungen getroffen.« In diesem Moment klingelte sein Handy.

»Saratoga«, brummte er nach einem Blick auf das Display. *»Sí, qué pasa?«* Er stellte auf Lautsprecher.

»Also, ich habe mit dieser Frau Psychodoktor gesprochen«, ertönte die sonore Stimme des alten Bankers. »Sie ist bereit, mit auf diese verdammte Insel zu fahren und Sina davon zu überzeugen, dass sie zurück nach Panama City kommt. Sie landet morgen mit der ersten Maschine. Meine Frau wollte auch mit, aber das halte ich für keine gute Idee. Stattdessen sollte Roger Russel sie begleiten. Du kennst ihn. Er ist mein engster Vertrauter in der Firma und ebenfalls Amerikaner. Vielleicht kann er die Dame ein wenig unter Kontrolle halten.«

»Gut, dann kommen von meiner Seite Francisca und Julio mit.

Er kennt sich mit dem Boot und den Gegebenheiten in Kuna Yala am besten aus. Außerdem ist Harris, der Anwalt von Forster's Health, gerade hier. Die Holding ist immerhin mit achtzig Millionen Dollar drin in dem Deal. Wenn das Ganze kippt, ist das nicht gerade ein Pappenstiel. Verständlich, dass Harris mit deiner Enkelin sprechen will. Immerhin ist sie die Tochter des einstigen Kronprinzen von Foster's Health.«

»Ich habe nichts dagegen. Soll er sein Glück versuchen.«

»Es kann doch nicht so schwer sein, ein zwanzigjähriges Gör unter Kontrolle zu bekommen!«

»Vierundzwanzig«, erwiderte der Banker. »Und sie ist eine Saratoga«, gab er seufzend zu bedenken.

»Treffpunkt morgen Mittag zwölf Uhr im Hafen von Carti.« Martinez legte auf und sah Julio scharf an. »Deine letzte Chance. Vermassel es nicht.«

Julio hasste es, wenn Martinez ihn wie einen Schuljungen vorführte. Seine Fingernägel krallten sich in seine Handflächen, ein Schmerz, der ihn daran erinnern sollte, nicht zuzuschlagen – was in solchen Situationen früher sein erster Impuls gewesen war. Doch er hatte dazugelernt. Er rückte sich seinen Seidenschal zurecht und antwortete nur »Klar, Boss«, so wie es alle taten, die für Marco Martinez arbeiteten. Denn bei diesem Auftrag würde er am Schluss der Gewinner sein – er musste nur als Erster an Sina herankommen.

Als er sich zum Gehen wandte, fiel ihm auf, dass Francisca Ribeira, Martinez' Privatsekretärin, die ganze Zeit in einer Ecke des Büros gesessen hatte, und er wunderte sich, dass er sie nicht schon früher bemerkt hatte. Die ganze Nummer hier nahm ihn doch mehr in Anspruch, als er glaubte.

Sie war eine auffallende Erscheinung: Nicht mehr jung, eine verblühte Schönheit mit streng nach hinten gekämmtem schwarzem Haar, von der man dennoch den Blick nur schwer abwenden konnte, denn unter der leicht welken Haut war eine subtile, aufregende Härte zu erahnen. Sie stammte wie Martinez und Julio aus Kolumbien. Dort war sie ursprünglich Lehrerin gewesen, wurde später die Geliebte eines Kommandanten der dortigen linken Terrororganisation FARC und dann zur Disponentin und Verbindungsfrau zum Drogenkartell. In diesem Umfeld lernte sie Martinez kennen. Als ihr Freund damals von einem Tag auf den anderen verschwand, wurde sie dessen Sekretärin und Geliebte, die seine ganz speziellen Vorlieben für Schmerz erfüllte.

Julio mochte sie. Er konnte sich gut vorstellen, in ihr eines Tages eine Verbündete zu haben, wenn es darum ging, seinen Plan zu verwirklichen und Martinez zu Fall zu bringen. So wie er sie einschätzte, musste das auch in ihrem Sinn sein. Sie hielt doch auch nur still, weil sie auf den richtigen Moment wartete. Sie beide spielten auf derselben Seite des Netzes und würden ein gutes Team abgeben. Sie kannte sämtliche Interna von Martinez' Geschäften, und er, Julio, hatte die Energie und die Willenskraft, den Alten vom Sockel zu stoßen.

»Du weißt doch mehr, als du vorgibst«, sagte sie leise, als sie gemeinsam das Büro verließen und hinaus auf die Terrasse traten.

»Wie meinst du das?«, fragte Julio, der sich ertappt fühlte.

»Da ist doch irgendwas passiert! Ich habe für solche Dinge einen sechsten Sinn.«

Julio überlegte einen Augenblick, bevor er weitersprach. War das der richtige Augenblick, sie ins Boot zu holen? Und wenn nicht jetzt, wann dann? So schnell würde er keine Gelegenheit mehr haben, sie unter vier Augen zu sprechen.

»Na gut.« Er hielt sie am Arm fest. »Ich hatte die zwei schon im Boot, dann gab es Streit, und sie sind beide im Wasser gelandet.«

»Was?«

»War aber nicht meine Schuld.«

»Und dann?«

»Da war ein Riff. Es hat sie ziemlich übel erwischt.«

»Das heißt? Jetzt lass dir doch nicht jedes Wort aus der Nase ziehen.« Die Kolumbianerin machte sich los und sah ihn abwartend an.

»Da war ein Sturm mit meterhohen Wellen. Irgendwann habe ich sie dann nicht mehr gesehen.« Er zuckte mit den Achseln.

»Sina sah auf dem Video aber nicht so aus, als hätte sie gerade ein Riff geküsst. Keine Spur von Schürfwunden. Kann es sein, dass du da vielleicht irgendetwas gesehen hast, was gar nicht passiert ist?«

Jetzt fing sie auch noch an! Wieder krallte er die Fingernägel in seine Handinnenfläche, um nicht zuzuschlagen. Ein antrainierter Reflex, auch wenn er auf Frauen bisher noch nie losgegangen war.

»Und was ist mit Felipe?«, wollte Francisca nun auch noch wissen.

Der war wahrscheinlich tot, sonst wäre er auf dem Video zu sehen gewesen oder hätte sich irgendwie gemeldet. Julio war sich dessen immer sicherer, sprach es aber nicht aus. Wenn Felipe tot wäre, dann wäre der Weg endlich frei. Dann würde er als Marcos Adoptivsohn an Felipes Stelle treten. Doch so weit waren sie noch nicht. Deshalb brach er die Unterhaltung jäh ab.

»Wir sehen uns morgen. Ich hole dich um sechs Uhr morgens bei dir zu Hause ab.«

»Was hast du vor, Julio?«

Er lächelte sie nur an, küsste sie zum Abschied rechts und links auf die Wange und genoss es, wie sie ihm hinterhersah. Bisher hatte sie ihn meist nicht beachtet, doch das würde sich ändern. Das Schicksal war auf seiner Seite. Wenn er sich nicht allzu blöd anstellte, würde das auch weiterhin so sein. Und da war auch noch Gott. All diese Fügungen kamen schließlich nicht von ungefähr. Er hatte etwas vor mit ihm. Etwas Großes. Da war Julio sich ganz sicher. Zufrieden mit sich selbst, setzte er seinen Helm auf und startete die Maschine, diesmal per Anlasser.

15. KAPITEL

$

»Wenn du die Welt verändern möchtest, liebe deinen Mann. Liebe ihn aufrichtig. Höre, wie seine Seele klar die deine ruft«, drang der Sprechgesang der *Nele* an Sinas Ohr. Neri hielt ihre Hand, während ihr Blick über den wogenden Urwald schweifte, der sich wie ein grünes Meer unter ihr ausbreitete. Sie waren mit dem spirituellen Oberhaupt seines Dorfes wieder hinüber zum Festland gefahren, über eine Stunde durch den feuchten Dschungel marschiert und dann immer weiter hinaufgestiegen. Sie hatten mehrere Hundert Höhenmeter überwunden und die tropische Zone verlassen. Hier, auf einer Art Tafelberg, wehte ein frischer Wind, und die Luft war von kristallener Klarheit.

»Empfange seine Hand, und führe sie sanft zu deines Herzens Blut, dass er deine Wärme spüren kann und Ruhe findet, dass seine schwere Last verbrennen kann in deinem Feuer. Schau tief in sein Inneres, und sieh, was dort schlummert oder wach ist, schüchtern oder voller Erwartung. Schau in seine Augen, und sieh dort seine Väter und Großväter, all die Kriege und den Wahnsinn, den ihre Geister kämpften, zu einer anderen Zeit. Schau auf ihre Schmerzen und Kämpfe und Qualen und Schuld, ohne Urteil. Fühle hinein in die Bürde seiner Ahnen, und wisse, was er sucht, ist sichere Zuflucht in dir.«

Sina konnte ihren Blick nicht von dem faltenzerfurchten Gesicht der alten Frau abwenden, die ihr gerade mal bis zur Schulter reichte. Von den durchdringenden Augen, aus denen die Erfahrung von unzähligen Leben sprach. Sie hatte keine Zähne mehr, doch ihre Worte waren klar und verständlich.

»Lass ihn in deinem festen Blick schmelzen. Und wisse, dass du seine Wut nicht zurückgeben musst, denn du besitzt die Fähigkeit, alte Wunden zu heilen.« Die Worte der Kunafrau drangen tief in Sinas Seele. Sprach sie von den Wunden der Vergangenheit? Den Wunden aus der Zeit, in der Tamanca lebte?

»Wenn du die Welt verändern möchtest, liebe deinen Mann. Liebe ihn wirklich. Sitze vor ihm, in der vollen Würde deiner Weiblichkeit, im Atem deiner Verletzlichkeit, in der Tiefe deines Todes. Und wenn er sich zurückzieht, und das wird er, flüchtend aus Angst in seine Höhle, dann beruhige das Herz des Mädchens in dir. Sei still und warte geduldig auf seine Rückkehr. Sitze und singe an seiner Tür ein Lied der Erinnerung, dass er Ruhe und Trost findet, ein weiteres Mal.«

Neri drückte ihre Hand, als wolle er ihr sagen, dass sie sich keine Sorgen machen müsste. Dass er sie niemals im Stich lassen würde. Das Drama ihrer Kindheit würde sich nicht wiederholen.

Der monotone Sprechgesang hatte einen Sog, dem Sina sich nicht entziehen konnte. Jedes einzelne Wort hinterließ tiefe Spuren in ihrem Inneren.

»Wenn du die Welt verändern möchtest, liebe deinen Mann. Liebe ihn ganz. Entlocke ihm nicht seinen kleinen Jungen, mit Tücke und List, Verführung und Betrug, nur um ihn in ein Netz der Zerstörung zu locken – zu einem Ort aus Chaos und Hass, schrecklicher als jeder Krieg, den seine Brüder je kämpften. Stattdessen halte ihn, und führe ihn in deine Gnade und Tiefe, glimmend im Kern dieser Erde.

Wenn du die Welt verändern möchtest, liebe deinen Mann. Liebe ihn schutzlos. Liebe ihn genug, um deinen Körper und deine Seele zu öffnen für den Kreislauf von Geburt und Tod. Und danke ihm für die Gelegenheit, während ihr gemeinsam tanzt, durch tobende Winde und stille Wälder. Sei mutig genug, zerbrechlich zu sein, lass ihn die weichen, berauschenden Blüten deines Seins trinken. Lass ihn wissen, dass er dich halten, aufstehen und dich schützen darf. Lass dich in seine Arme fallen, und vertraue ihm, dass er dich auffängt. Lehre ihn Hingabe, indem du dich selbst hingibst. Und schmelze in das süße Nichts, das Herz dieser Welt.

Wenn du die Welt verändern möchtest, liebe deinen Mann. Liebe ihn. Ermutige ihn, nähre ihn, erlaube ihm, höre ihn, halte ihn, heile ihn. Und du wirst genährt und unterstützt und geschützt sein, durch starke Arme und klare Gedanken und gezielte Pfeile. Denn er kann, wenn du ihn lässt, alles sein, was du dir erträumst. Und finde in ihm den Samen, um gemeinsam eine neue Welt wachsen zu lassen.«

Die *Nele* hatte ununterbrochen geredet, und Sina hätte jedes Wort so unterschreiben können, wie es gesagt worden war. Es konnte nur Frieden und Gerechtigkeit auf der Welt geben, wenn diese Vorgaben beachtet würden.

Wenn Sina an ihre Großeltern dachte, spürte sie, dass es zwischen ihnen nicht um Halten und Heilen ging, sondern um Vorwurf und Verletzung. Wenn sie an Felipes Eltern dachte, waren da keine Hingabe und kein Auffangen, nur Verständnislosigkeit und Resignation. Und das betraf nicht nur die beiden Paare, sondern ihr gesamtes Umfeld. Die Liebe, von der die Kunafrau sprach, war dort dünn gesät, wenn überhaupt vorhanden.

Zum ersten Mal verstand sie das Versprechen, das sich Ehepaare vor dem Altar gaben, nämlich zusammenzustehen in guten und in schlechten Zeiten, bis dass der Tod sie schied. Heute wurden Trennungen jedoch in den seltensten Fällen durch den Tod herbeigeführt. Was war nur zwischen Mann und Frau geschehen? War es schon immer so gewesen? Oder hatte der Egoismus die Liebe besiegt? Lag die Welt deshalb in Trümmern? Oder waren es die gesellschaftlichen Normen, die die persönliche Freiheit und die Entfaltungsmöglichkeiten jedes Einzelnen einengten?

Sie sah in Neris Augen und wünschte sich von ganzem Herzen, in der Lage zu sein, das, was die *Nele* gesagt hatte, mit ihm zu erfüllen. Plötzlich kam ihr die Zeremonie gar nicht mehr so überstürzt vor. Und irgendwie auch ganz selbstverständlich. Dieses besondere Liebesversprechen zwischen ihr und Neri bildete die Voraussetzung für ihre gemeinsame Aufgabe. Genau deshalb musste ihre Hochzeit auch hier und jetzt stattfinden, musste dieser Bund fürs Leben an diesem magischen Ort geschlossen werden.

Nachdem sich die alte Kunafrau vor den beiden verbeugt hatte, ging sie etwas abseits zu einer kleinen Feuerstelle, die sie zuvor entzündet hatte, um Kakaobohnen zu rösten. Sie hockte sich davor und inhalierte den aromatischen Rauch. Ihre Pupillen glitten nach oben, sodass nur noch das Weiße in ihren Augen zu sehen war.

»Was ist mit ihr?«, flüsterte Sina.

»Das hier ist ein ganz besonderer Ort. Nur hier kann die *Nele* ihre Heilungsrituale durchführen«, erläuterte Neri ihr.

»Mit Amakuna?«

Neri schüttelte den Kopf. »Dieses Ritual stammt aus einer Zeit, lange bevor Amakuna hierhergekommen ist.«

»Kannst du es mir erklären?«

»Ich werde es versuchen. Schließlich bist du ja jetzt meine Frau und hast ein Anrecht auf das gleiche Wissen, das ich habe.« Er lächelte sie an, und sie knuffte ihn in die Seite.

»Durch die ätherischen Öle der Kakaobohnen gerät die *Nele* in Trance und kann die acht Stufen der Geistwelten, die unter der Erde liegen, hinuntersteigen, und die acht Stufen, die oberhalb liegen, hinaufsteigen. Diese Schichten, die bei der Erschaffung der Erde entstanden sind, nennen wir unsere Brüder. Sie stehen alle miteinander in Verbindung. Wird auch nur eine von ihnen beschädigt, gerät das ganze Weltensystem in Unordnung.«

Sina sah ihn nun doch etwas ratlos an. »Welche Schichten?«

»Zum Beispiel die Schicht der Mineralien. Wird sie verändert, weil der Mensch ihr zu viel Öl, Gold oder Kohle entnimmt, beeinflusst das auch die über der Erde liegenden Luftschichten. Sprich, das Klima ändert sich. Oder wenn zu viele Bäume gefällt werden, destabilisiert das die erste Erdschicht, die durch Wurzeln zusammengehalten wird, und gleichzeitig die erste Luftschicht, weil der Sauerstoff immer geringer wird. Das Resultat sind Erdrutsche und Luftverschmutzung. Je mehr all diese Schichten verletzt werden, umso größere Schwierigkeiten hat eine *Nele,* bis in die letzten vorzudringen, dort, wo die mächtigen Geister wohnen, die alle Schichten wieder ins Gleichgewicht bringen können.«

Sina hatte aufmerksam zugehört. »Die Kunas spielten offensichtlich schon immer eine große Rolle, was den Erhalt unserer Erde betrifft«, sagte sie beeindruckt.

»Die *Madre Tierra* zu erhalten – genau deshalb sind wir noch immer hier, während andere Indiostämme längst aufgegeben haben. Und ich denke, das ist auch der Grund, warum Amakuna in unsere Hände gelegt wurde.«

»Die Kunas hüten also nicht nur Amakuna, sondern gleich die ganze Erde?«

»Wir haben durch unsere Spiritualität – so nennt ihr das, glaube ich – ein anderes Verhältnis zur Natur. Für uns ist alles beseelt und alles miteinander verbunden: jede Pflanze, jedes Tier, jeder Stein, sogar jeder einzelne Wassertropfen und natürlich der Mensch. Doch er steht nicht über dem Wassertropfen. Wer die Natur verletzt, verletzt auch jeden einzelnen Menschen. Deshalb ist die Ausbeutung und Zerstörung der Natur nichts anderes als Selbstmord. Die *Madre Tierra* ist unsere Lebensgrundlage, wir haben keine zweite.«

Auf so tiefsinnige und verantwortungsvolle Weise hatte Sina noch nie jemanden über Naturschutz sprechen hören. Natürlich kannte sie Filme von National Geographic oder dem Discovery Channel, in denen die Zerstörung der Umwelt angeprangert wurde. Aber die Art, wie Neri es ausdrückte, berührte sie in einer Tiefe, die sie zu Tränen rührte. Sein Verhältnis zur Natur war von einem Respekt bestimmt, den die Weißen nicht besaßen.

»Überall, wo die Blancos die Erde berührt haben, ist sie wund«, sagte er leise.

Sie sah in seinen Augen den Schmerz und die Verzweiflung darüber, der überall stattfindenden Vernichtung nichts mehr entgegensetzen zu können. Irgendwann nur noch zusehen zu müssen, wie all das, was ihm heilig war, für immer verloren ging.

»Komm mit, ich möchte dir etwas zeigen.« Er nahm ihre Hand und führte sie zu einem Fels, der beinahe vollständig mit lianenartigen Pflanzen bewachsen war, die wie ein dicker grüner Vorhang daran herunterhingen. Vorsichtig schob er einen Teil davon beiseite, und ein steinernes Tor wurde sichtbar, in das unzählige Figuren, Bäume, Blumen und Tiere eingemeißelt waren. Dahinter befand sich der Eingang zu einer Höhle. Sina dachte unwillkürlich an Tamanca und wie er zum ersten Mal auf La Palma in das Innere der Erde eingedrungen war.

Dunkelheit und Feuchtigkeit umgaben sie, und sie begann zu zittern. Neri umfasste ihre Hand noch ein wenig fester. Das hier war die Wirklichkeit, die Gegenwart. Keine Zeitreise, keine Vision, kein Traum. Neri zog eine Taschenlampe aus der Hosentasche und leuchtete ihr den Weg. An den Wänden hatten sich Salzkristalle gebildet, und von der Decke hingen kleine Stalaktiten. Sie mussten aufpassen, dass sie nicht ausrutschten oder sich den Kopf stießen.

Sina hatte den Eindruck, dass es immer weiter nach unten ging, immer tiefer in den Schoß der Erde. Doch sie empfand keine Angst. Im Gegenteil, es war beinahe eine Art Nachhausekommen, als ob sie vor langer Zeit schon einmal hier gewesen wäre. Nachdem der Gang immer enger geworden war, öffnete er sich schließlich zu einer runden Höhle. Sina hatte zwar geahnt, was sie hier erwartete, doch der tatsächliche Anblick nahm ihr den Atem. Ähnlich wie einst in der Caldera auf der Insel Benahoare wuchsen in der Mitte kleine weiße Schlauchpilze, über die Neri den Lichtstrahl der Taschenlampe tanzen ließ. Dann leuchtete er an den Rand der Höhle. So wie Sina es von ihrer Reise in die Vergangenheit kannte, waren auch hier Kuhlen ausgegraben, in denen Mumien lagen – die einstigen Hüter von Amakuna. Als Sina genauer hinblickte, sah sie, dass es immer zwei Mumien waren, die eng beieinanderlagen. Liebende Paare, hier vereint bis in die Ewigkeit. Würden sie und Neri auch irgendwann hier ihre letzte Ruhe finden? Trotz der erhabenen Stimmung war es eine gruselige Vorstellung. Der Tod schien ihr noch so fern.

»Du bist die erste Weiße, die je ihren Fuß in dieses Grab gesetzt hat«, sagte Neri, der offenbar spürte, dass sie sich ein wenig unwohl fühlte.

So wie Tamanca der erste Mann war, der die Höhle der Harimaguadas betreten hatte, ging es Sina durch den Kopf. Aber sie sprach es nicht aus. Es fiel ihr noch immer nicht leicht, sich mit dem Gedanken anzufreunden, dass sie eventuell früher schon einmal gelebt hatte, und vielleicht sogar als Mann. Ob das wohl Auswirkungen auf ihr heutiges Dasein als Frau hatte? War Neri vielleicht in einem anderen Leben eine Frau gewesen?

16. KAPITEL

$

Julio blickte auf die kleine Reisegruppe, die sich auf dem Deck der Jacht versammelt hatte. Dr. Sarah Finkelstein, die Psychologin, Dr. Stanley Harris, der Anwalt von Forster's Health, Roger Russel, der Aktenkofferträger des alten Saratoga, und Francisca Ribeira.

Der Himmel schien ihrem Unterfangen nicht wirklich gewogen zu sein. Dunkle Wolken am Horizont versprachen nichts Gutes und auf keinen Fall eine gemütliche Bootsfahrt.

Er wollte gerade ablegen, als in letzter Minute ein Jeep angefahren kam und mit quietschenden Reifen am Steg hielt. Ein gut gekleideter Mann im hellen Sommeranzug und mit Aktentasche unter dem Arm stieg aus und kam winkend herbeigerannt.

»Halt, warten Sie«, rief er in einem Spanisch, das ihn sofort als Andalusier auswies. »Mein Name ist Dr. Miguel Gonzalez. Ich bin Anwalt und muss dringend mit Señorita Saratoga sprechen. Ihr Großvater sagte mir, dass Sie auf dem Weg zu ihr sind. Bitte nehmen Sie mich doch mit.«

Julio zögerte einen Augenblick. Martinez hatte ihm nichts von einem weiteren Anwalt gesagt. Und auch Harris schien den Spanier nicht zu kennen.

»Um was geht es denn?«, fragte Julio misstrauisch.

»Das kann ich der Señorita nur persönlich sagen.«

Julio überlegte einen Augenblick und wollte schon ablehnen, überlegte es sich dann aber noch einmal anders. Wahrscheinlich wäre es klüger, diesen Mann mitzunehmen und herauszubekommen, was er von Sina wollte. Damit wäre er Martinez und Saratoga einen Schritt voraus. Eine Position, die ihm möglicherweise irgendwann zum Vorteil gereichen würde.

»Können Sie sich ausweisen?«, fragte Julio daher.

»Aber sicher.« Der kleine Spanier hielt seinen Ausweis in die Höhe.

Julio warf Harris einen fragenden Blick zu, doch der zuckte nur mit den Schultern.

»In Ordnung. Kommen Sie.«

Julio ließ noch einmal die kleine Gangway hinunter und half dem Anwalt an Bord. Dann löste er die Taue, ließ die Motoren der vollgetankten Jacht an und steuerte sie vorsichtig durch die eng beieinanderliegenden Inseln vor Carti.

Er war jetzt zum zweiten Mal auf der gleichen Strecke unterwegs, wenn auch diesmal in anderer Gesellschaft. Harris, den Wadenbeißer von Gerald Forster, kannte er von früheren Besuchen in Kolumbien. Er war der Verbindungsmann zwischen Martinez und Forster's Health, dem großen amerikanischen Pharmakonzern, der die Basischemikalien für die Herstellung von Kokain und Heroin lieferte. Harris sorgte dafür, dass sie ohne Aufsehen in den geheimen Laboren in Kolumbien ankamen. Soweit Julio wusste, ging der Stoff getarnt als Medikament für verschiedene Krankenhäuser in Bogotá auf die Reise. Der knochige Anwalt aus Texas hatte sowohl gute Verbindungen zur DEA, der Drogenvollzugsbehörde der USA, als auch zum kolumbianischen Militär. Er musste so Mitte fünfzig sein, trug noch immer großblumige Hawaiihemden aus den Achtzigerjahren und hatte einen inzwischen angegrauten Schnauzer. Auf Julio wirkte der Anwalt immer etwas lächerlich, aber vielleicht war das sogar ein Vorteil. Man unterschätzte ihn leicht. Doch Julio kannte ihn. Harris zog durch, wofür er bezahlt wurde, und schaute dabei weder nach rechts noch nach links. Es ging ihm um Kohle und um seine Selbstherrlichkeit. Er hatte keine Familie und lebte nur in Hotels. Frauen behandelte er noch übler als Julio, der ihm schon öfter seine abgelegten *chicas* überlassen hatte. Eine wäre vor ein paar Jahren beinahe draufgegangen, hätte Julio sie nicht in letzter Minute davor bewahrt, mit einer Plastiktüte über dem Kopf beim Sex mit Harris zu sterben.

Es war der exzessive Kokainkonsum, der den Anwalt immer wieder Grenzen überschreiten ließ. Die Psychologin hatte sich bestimmt schon ein Bild von ihm gemacht, denn auf seine schmierigen Avancen, mit denen er wohl hoffte, von ihr etwas über Sinas Zustand zu erfahren, reagierte sie kühl und distanziert.

»Sie möchte etwas über ihre Eltern herausfinden«, sagte sie reserviert. »Wer kann ihr das schon verdenken? Viele Menschen kommen irgendwann im Leben an einen Punkt, wo sie mehr über ihre Wurzeln erfahren möchten, da es ihnen sonst unmöglich ist, weiterzuwachsen. Macht irgendwie Sinn, oder?«

Harris sah sie einen Moment nachdenklich an. »Ich bin nicht ganz Ihrer Meinung. Manchmal ist es besser, die Vergangenheit ruhen zu lassen, besonders, wenn sie so traurig ist wie im Fall von Sina Saratoga.«

»Gerade dann ist es wichtig, die Vergangenheit zu verarbeiten und nicht ein Leben lang mit sich herumzuschleppen«, erwiderte die Psychologin kühl.

»Aber was, bitte schön, hat der Tod ihrer Eltern mit diesen Kunas zu tun? Und warum verhindert sie, dass Schulen und Krankenhäuser in Kuna Yala gebaut werden können? Das ist doch völlig gaga.«

»Sina Saratoga ist ganz bestimmt nicht gaga, wie Sie es nennen.«

»Ich kann Dr. Harris nur beipflichten«, mischte sich Roger Russel ein. »Ich habe ein halbes Jahr mit ihr Schreibtisch an Schreibtisch in der Bank ihres Großvaters gearbeitet und sie als scharfen Geist und sehr zielstrebigen, auf Erfolg ausgerichteten jungen Menschen kennengelernt. Und trotzdem besitzt sie ein soziales Gewissen. Was sie da jetzt vorhat, ist mir unverständlich. Ist ja auch irgendwie Nestbeschmutzung. Das hat ihr Großvater, der alles für sie tut, wirklich nicht verdient.«

»Es hat etwas Zerstörerisches. Das können Sie nicht leugnen«, nahm Harris den Faden wieder auf.

Sarah Finkelstein gab darauf keine Antwort, sodass der Anwalt es als Zustimmung auffasste und nun in eine Richtung vorstieß, bei der er sich etwas Sympathie erhoffte. »Da kommt sie doch sehr nach ihrer deutschen Mutter, nicht wahr? Die hat den Sohn des alten Saratoga mit in den Tod genommen. In allen Deutschen steckt etwas Zerstörerisches. Ich mag sie irgendwie nicht, die Deutschen.« Er sah die Psychologin gespannt an.

Doch Sarah Finkelstein lächelte nur. »Ich therapiere Menschen, Dr. Harris, keine Nationalitäten. Sie brauchen sich keine weitere Mühe zu geben, mich von irgendetwas zu überzeugen. Ich mache mir mein Bild immer selbst, auch wenn man mich mit Honoraren lockt, die ich sonst in einem Jahr nicht verdiene.«

Das saß.

So tough Harris sonst Menschen manipulierte, diese Nuss knackte er nicht.

»Eingebildete Kuh«, sagte er leise zu Julio. »Diese Psychotanten haben doch alle selbst einen Knall.«

»Und Amerikanerinnen sowieso«, antwortete Julio.

»Da sind wir beide uns ja einig.« Harris grinste und begann dann zu singen: »La Colombiana, La Colombiana …« Dann drehte er sich zur Seite und schnupfte schnell eine Prise, ohne dass es die anderen mitbekamen.

»Wie geht es eigentlich dem alten Forster?«, fragte Julio, der um den labilen Gesundheitszustand des greisen Konzernchefs von Forster's Health wusste.

»Wie soll es ihm schon gehen?« Harris wischte sich mit seinem Taschentuch, das kleine Blutflecken aufwies, die Nase sauber. »Er kann weder allein atmen noch essen, noch scheißen. Und trotzdem will er immer noch alles bestimmen. Ein Cyborg eben. Na ja, wenn da nicht irgendwann jemand den Stecker zieht, macht der es noch eine Weile. Ist ja auch nicht das Schlechteste. Sollte nämlich seine Tochter Jennifer den Laden übernehmen, dann Gnade uns Gott. Die ist so doof … ach, lassen wir das.«

In Julios Gehirn stellten sich sofort die Weichen um. »Warum schnappst du dir die Tusse nicht, ziehst den Stecker und …«

Harris klopfte ihm gönnerhaft auf die Schultern. »So einfach ist das nicht, mein Lieber.«

Für Harris vielleicht nicht. Weil er feige war. Weil ihm der starke Wille fehlte, weil er keine Vision hatte, so wie Julio. Oder wie Jesus Christus. Und wie all die anderen Helden, die die Welt verändert hatten. Da war sicher keiner dabei, der eine so lächerliche Figur machte wie Harris. Er gebrauchte die wenige Macht, die er besaß, nur dafür, ein wenig Bewunderung zu erhaschen und seinen eigenen Vorteil durchzusetzen – der Rest der Menschheit ging ihm am Arsch vorbei. Genauso wie den Martinez, Forsters und Saratogas. Sie alle waren letztendlich mit dafür verantwortlich, dass sein Leben so beschissen begonnen hatte, dass sein Vater ermordet worden war und so viele seiner Freunde in jungen Jahren sterben mussten. Große Wut stieg in Julio hoch, sodass er kaum merkte, wie er immer mehr Gas gab und die Jacht nur so über die Wellen flog. Irgendwann würde er selbst die Macht besitzen und ihnen alles zurückzahlen.

»Bist du wahnsinnig geworden? Willst du den Kahn schrotten?«, schrie ihm Francisca Ribeira ins Ohr. »Ich glaube nicht, dass Martinez davon begeistert sein wird. Und ich habe, ehrlich gesagt, keine Lust, auf einer der Inseln hier zu stranden. Zumindest nicht, solange hier noch keine Luxusvillen stehen.«

Julio drosselte den Motor. Er durfte es nicht übertreiben. Jedenfalls jetzt noch nicht. Seine Ziele waren hoch gesteckt, doch das wusste allein er. Und so sollte es vorerst auch bleiben. Je länger alle glaubten, er sei nur der kleine Handlanger von Martinez, umso besser.

Harris hatte sich inzwischen seinem spanischen Kollegen zugewandt und versuchte, wenigstens irgendeinen Anhaltspunkt über dessen Funktion zu bekommen, indem er sich noch einmal die Papiere des Anwalts zeigen ließ.

»Sie leben also in Marbella an der Costa del Sol. Ein interessanter Ort. Ganz in der Hand der Schönen und Reichen.«

»Reich mag sein. Aber sonst möchte ich mir über die Russen, die dort leben, kein weiteres Urteil erlauben«, antwortete der Spanier höflich.

»Für die arbeiten Sie also nicht, nehme ich an. In wessen Auftrag sind Sie denn dann unterwegs?«, wagte er einen ersten Vorstoß.

»Ich bin nicht befugt, Ihnen darüber Auskunft zu erteilen«, erwiderte Gonzalez in stereotyper Manier.

»Hat nicht Nic Saratoga, Sinas Vater, ein Anwesen in Marbella gehabt, und lebt die Frau von Gerald Forster nicht dort in einem, na ja, sagen wir mal, Seniorenheim?« Es war schon immer seine Stärke gewesen, blitzschnell aus dem Bauch heraus zu kombinieren, und meistens lag er auch richtig. »Geht es ihr gut, der Señora? Sie muss ja jetzt auch schon weit in den Achtzigern sein.«

»Es tut mir leid. Auch darüber kann ich Ihnen keine Auskunft geben. Das werden Sie als Kollege doch sicher verstehen. Und jetzt lassen Sie mich bitte diese traumhafte Inselwelt genießen.«

Zum zweiten Mal abgeblitzt. Das war wohl nicht sein Tag heute. Harris wandte sich wieder Julio zu, der über Funk den Wetterbericht für die nächsten Stunden abhörte.

»Sieht nicht gut aus. Da braut sich schneller was zusammen, als ich dachte. Ist allerdings für die Jahreszeit nichts Ungewöhnliches. Wahrscheinlich müssen wir irgendwo unterwegs vor Anker gehen.«

Tatsächlich hatte sich der Himmel zugezogen, und die See war unruhiger geworden.

»Um was ging es damals eigentlich?«, wandte sich Julio an Harris. »Warum hat sich Nic Saratoga, Sinas Vater, damals gegen

Forster's Health und seinen Exschwiegervater gestellt und ist mit dieser Deutschen auf die Kanaren gegangen?«

Harris tat geheimnisvoll und wiegte den Kopf hin und her, als überlege er, ob er wirklich erzählen sollte, was damals vorgefallen war. Aber dann siegte offensichtlich seine Sucht nach Aufmerksamkeit und Bewunderung.

»Es ging um einen Pilz. Eine Art Wunderpilz, der angeblich in kürzester Zeit alles heilt, jede noch so tödliche Verletzung oder Krankheit. Krebs, Schlaganfall, einfach alles.« Julio spitzte die Ohren. »Sinas Mutter war Biochemikerin und soll ihn zufällig auf der Insel La Palma entdeckt haben. Nic Saratoga war damals für Forster's Health hinter dem Pilz her, hat sich aber dann in die Deutsche verliebt ...« Er machte eine abfällige Handbewegung. »Meiner Ansicht nach hat sie ihn mit der Geschichte um diesen Pilz nur geködert. Ich glaube nicht, dass es ihn je gab. Aber Liebe macht ja bekanntlich blind. Der junge Saratoga ließ sich jedenfalls von Jennifer scheiden und verabschiedete sich von dem Konzern, seinem Schwiegervater und auch seinem Vater. Dann baute er mit dieser Deutschen im Norden von La Palma ein Labor auf, um zu forschen. Irgendwas muss dann wohl schiefgegangen sein. Denn eines Tages ist die ganze Bude in die Luft geflogen. Und dabei kamen beide um.«

»Ging es bei ihren Forschungen um den Pilz?«, hakte Julio noch einmal nach.

»Ich hab dir doch gesagt, den Pilz gab es gar nicht.«

Julio beschlich ein eigenartiges Gefühl. Er sah plötzlich Sina in dem Video vor sich. Strahlend, engagiert und vor allem vollkommen unverletzt, kurz nachdem sie von der Monsterwelle gegen das Riff geschleudert worden war. Dann Neri, der in dem Video an Sinas Seite stand, obwohl er am Strand zusammengebrochen war, nachdem ihn Julios Kugel getroffen hatte. Das passte doch nicht zusammen, außer ... dieser Pilz existierte doch! Vielleicht waren die beiden deshalb noch am Leben? Das musste der wahre Grund sein! Wie sonst konnten sie so schnell geheilt werden? Und vielleicht hing der alte Forster noch immer an all diesen Maschinen, weil er die Hoffnung auf das Wundermittel nicht aufgegeben hatte …

»Ich war damals gerade wegen irgendeines Falls in Europa, und der alte Saratoga bat mich, seine erst vier Jahre alte Enkelin dort abzuholen und nach Panama zu bringen. Das habe ich auch getan«, beendete Harris die Geschichte.

Julio hätte ihn gern noch weiter ausgefragt, doch das Wetter wurde immer schlechter, und er musste sich nun ganz auf das Schiff konzentrieren, das wie eine Nussschale auf den Wellen tanzte.

Auch die anderen hatten ihre Unterhaltungen inzwischen eingestellt und hielten mehr oder weniger voneinander Abstand. Roger Russel und die Finkelstein waren bereits grün im Gesicht und beugten sich über die Reling. Harris hielt sich tapfer und versuchte, den aufkommenden Brechreiz zu unterdrücken. Gonzalez saß mit geschlossenen Augen gegen die Kajütentür gelehnt und umklammerte seinen Aktenkoffer mit beiden Händen. Nur Francisca Ribeira verzog wie immer keine Miene.

Als am späten Nachmittag auch noch heftiger Tropenregen auf sie einprasselte, beschloss Julio, in Narganá haltzumachen, dort zu übernachten und früh am nächsten Morgen weiterzufahren, wenn sich das Wetter gebessert hatte. Das Hotel von Don Andrés entsprach bestimmt nicht den Vorstellungen seiner Passagiere, war aber allemal besser, als das Risiko einzugehen, dass sie kenterten. Er warf den Anker und ließ seine Passagiere in das Ruderboot steigen, das sie zum Steg vor dem kleinen Hotel brachte.

Alle waren bis auf die Haut durchnässt, als sie dort ankamen. Da nur noch drei Doppelzimmer frei waren, blieb ihnen nichts anderes übrig, als sich zu Paaren zusammenzutun. Francisca Ribeira musste sich ein Zimmer mit der Psychologin teilen, Harris mit Roger Russel und Julio mit dem spanischen Anwalt.

Nachdem das geklärt war, nahmen sie in einem Restaurant

gleich nebenan ein auf einfachen Plastiktellern serviertes, allerdings recht schmackhaftes Abendessen zu sich, das aus verschiedenen Fischen und Bohnengemüse bestand.

Julio, dem die Sache mit dem ominösen Pilz einfach nicht aus dem Kopf ging, hätte Harris gerne noch einmal deswegen befragt, doch es ergab sich keine weitere Gelegenheit, ihn allein zu sprechen. Alle zogen sich schon früh zurück, um am nächsten Morgen möglichst zeitig ihre Reise fortzusetzen.

In alter Gewohnheit hatte Julio seine Glock unter dem Kopfkissen deponiert und tastete auch sogleich danach, als er mitten in der Nacht am Arm gerüttelt wurde. Es war jedoch nur Gonzalez, der ängstlich zurückzuckte, als ihm Julio den Pistolenlauf in die Brust bohrte.

»Keine Panik. Ich tue Ihnen nichts«, sagte der Andalusier mit erschrockener Stimme.

Julio beruhigte sich wieder und nahm die Waffe zurück.

»Hören Sie zu, Señor Cabrero. Der Sturm hat sich gelegt. Es ist noch nicht einmal Mitternacht. Wenn Sie mich jetzt zu der Insel fahren und ich allein mit der Señorita sprechen kann, können wir schon am frühen Vormittag wieder zurück sein. Es ist wirklich sehr wichtig, dass ich ihr meine Botschaft ohne Zeugen überbringe. Ich traue niemandem von dieser werten Reisegesellschaft. Jeder scheint ein ganz spezielles Interesse an ihr zu haben. Verstehen Sie: Ich möchte nicht, dass der Señorita ein Schaden entsteht.«

Julio setzte sich auf. Er hatte sich also nicht getäuscht. Da war irgendwas im Busch.

»Aber mir trauen Sie?«

»Mir bleibt nichts anderes übrig. Sie steuern das Boot.«

Julio grinste. Wie gut, dass niemand ihm irgendetwas zutraute. Er war bloß der Fahrer, der Dealer oder derjenige, der mal schnell jemanden um die Ecke brachte. Dieses Image schien ihm jetzt zuzuarbeiten. Auf diese Weise erfuhr er immer etwas mehr als die anderen. Und dieses Image schien ihm auch jetzt zugutekommen.

»Was für ein Schaden könnte Sina denn entstehen?«, fragte er.

»Wie soll ich Ihnen das nur erklären?«, druckste Gonzalez herum.

»Auch mir liegt die Señorita sehr am Herzen«, erwiderte Julio. »Wenn Sie mir nicht sagen, worum es geht, kann ich die Verantwortung nicht übernehmen.«

»Kann ich Ihnen wirklich trauen?«

»Das tun Sie doch schon, oder? Außerdem bin ich, wie Sie richtig erkannt haben, nur der Steuermann dieses Bootes.«

»Also gut.« Gonzalez schien begriffen zu haben, dass er keine Wahl hatte. »Es ist eine Testamentsangelegenheit, aber mehr kann ich unmöglich preisgeben.«

»Das ist doch etwas Gutes, wenn die Señorita erbt«, stellte Julio sich bewusst dumm und kombinierte dann blitzschnell. Das kleine Vögelchen erbte irgendetwas, das mit Forster's Health zu tun hatte. Harris lag also gar nicht so falsch. Es musste etwas mit der Ehefrau von Forster oder mit ihren toten Eltern zu tun haben. Er und dieser Anwalt waren bisher die Einzigen, die davon wussten. Das war immer noch einer zu viel. Aber dafür gab es eine Lösung.

»Ich komme natürlich für die extra Unkosten auf«, fügte Gonzalez, der Julios Zögern missverstand, schnell hinzu.

»Schon gut«, beschwichtigte der ihn. »Das einzige Problem ist das Nachtfahrverbot wegen der Narcos. Wenn der Servicio Nacional de Fronteras uns erwischt, ist eine Geldstrafe fällig. Und das ist nicht wenig.«

»Die zahle ich, keine Sorge.«

»Okay.« Julio schwang sich aus dem Bett. »Dann wollen wir mal los.«

Besser konnte es gar nicht kommen. Auf diese Weise würde auch er ein Gespräch unter vier Augen mit Sina führen können. Gott war weiterhin mit ihm. Das wurde ihm immer klarer.

17. KAPITEL

$

Sina lag in Neris Arm in der Hängematte, die in seinem abgetrennten Bereich in der großen Gemeinschaftshütte gespannt war. Hier zu schlafen war für sie anfangs gewöhnungsbedürftig gewesen – weniger die Hängematte als die fehlende Privatsphäre. Doch da alle völlig natürlich miteinander umgingen, waren weder Nacktheit noch Sexualität etwas, das man vor den anderen versteckte. Und was sie in der letzten Nacht mit Neri erlebt hatte, fand sowieso nicht hier auf der Erde statt, sondern irgendwo in einem zeitlosen Raum des Universums. Es waren nicht nur ihre Körper, die zu einem wurden – ihre Seelen verschmolzen in Liebe, vom Anfang der Zeit bis in alle Ewigkeit. Sie fühlte sich frei von allem, was die Menschen sonst belastete – von Hass, von Gier, von Neid, von Sucht. Sie waren beieinander angekommen, und nichts konnte sie jemals wieder trennen.

Das jedenfalls war das Gefühl, mit dem Sina erwachte. Nur das leise Rauschen des Meeres war zu hören. Der Rest der Familie schlief noch, und auch Neri atmete tief und gleichmäßig neben ihr. Nur schemenhaft waren die Umrisse der Bambushütte zu erkennen, durch deren schmale Ritzen das matte Morgenlicht drang.

Sie hatte gelernt, dass jeder Gegenstand im Leben der Kunas eine Seele besaß, was sie auch in ihrer Sprache ausdrückten. Die Hütte war nicht einfach eine Hütte, sondern ein Raum, der ihnen

Schutz bot vor Sonne, Sturm und Regen. Die Hängematte war nicht nur eine Hängematte, sondern eine Bahn aus Baumwolle, in der man gezeugt, geboren und am Ende seines Lebens begraben wurde. Essen war nicht bloß Essen, sondern das, was die *Madre Tierra* den Kunas schenkte, damit sie am Leben blieben, um wiederum die Natur zu schützen. Dafür waren sie auf die Erde geschickt worden, das war ihre Aufgabe. So verstanden sie ihre Existenz.

Neri hob plötzlich den Kopf und war sofort hellwach. »Da kommt ein Boot, aber es ist kein Boot der Kunas.«

Sina hörte nun auch von fern den Motor eines größeren Bootes näher kommen.

Sie setzte sich auf. »Das ist entweder mein Großvater oder Marco Martinez, der seinen Sohn sucht.«

»Und? Was willst du ihnen sagen?«

»Die Wahrheit. Sie kommt sowieso irgendwann ans Licht.« Sie stand auf, wickelte sich ein buntes Tuch um den schlanken Körper und wandte sich dem Ausgang zu.

»Soll ich mitkommen?«

»Erst einmal nicht. Ich möchte allein mit ihnen reden.«

Sie lief zum Strand und erkannte zu ihrer Überraschung Julio, der den Anker auswarf und dann gemeinsam mit einem Mann, den sie noch nie zuvor gesehen hatte, durchs hüfthohe Wasser zum Strand watete.

Ob Julio seinem Adoptivvater bereits alles erzählt hatte? Eigentlich musste er ja annehmen, dass sie und Felipe tot waren. Sina hätte gerne zuerst allein mit ihm gesprochen, aber der kleine Mann im halbnassen Anzug, der als Erster den Strand erreichte, ließ sie erst gar nicht zu Wort kommen.

»Señorita Saratoga?«, fragte er.

»Ja«, antwortete Sina.

»Wie gut, dass ich Sie allein antreffe. Ich überbringe Ihnen wichtige Papiere, die Sie sich bitte sofort ansehen. Mein Name ist Dr. Miguel Gonzalez, und ich bin Anwalt.« Er reichte ihr seine Visitenkarte.

Sina sah ihn überrascht an und warf Julio einen fragenden Blick zu. Doch der zuckte nur mit den Schultern.

»Können wir irgendwo ungestört reden?«, fragte Gonzalez und sah sich etwas verunsichert um.

»Ein Büro gibt es hier leider nicht. Aber wie wäre es da unter den Palmen?« Dort hatte auch ihre letzte Auseinandersetzung mit Felipe stattgefunden, dachte sie wehmütig.

Gonzalez folgte ihr, während Julio sich etwas im Hintergrund hielt.

»Wir haben nicht viel Zeit«, sagte der Anwalt. »Deshalb komme ich gleich zur Sache. Ann Forster, die Ehefrau von Gerald Forster und Mitinhaberin von Forster's Health, ist vor drei Wochen verstorben. Sie hat mich mit der Testamentsabwicklung beauftragt.«

»Das tut mir leid, aber mir ist die Dame nie begegnet«, erwiderte Sina überrascht.

»Sie kannte Ihre Mutter und hat sie wohl sehr geschätzt«, erwiderte Dr. Gonzalez. »Bitte.« Er öffnete seinen Aktenkoffer und reichte ihr eine Mappe. »Da sind alle Unterlagen drin. Bitte lesen Sie sie sorgfältig durch. Ich werde so lange hier auf Sie warten. Teilen Sie mir bitte so schnell wie möglich mit, wie Sie darüber denken und … ob Sie sich vorstellen können, das Erbe anzunehmen. Wir müssen nämlich wieder zurück nach Narganá, dort warten noch ein paar andere Leute, die ganz dringend mit Ihnen reden möchten. Doch ich wollte, dass Sie vorher über Ihre neue Situation Bescheid wissen.«

»Gut, geben Sie mir einen Moment.« Sina lief mit der Mappe unter dem Arm zurück in Richtung Hütte.

»Wer ist dieser Mann?«, empfing Neri sie. »Und warum ist dieser Killer wieder hier?«

Sina sah ihn leicht verstört an. »Was meinst du mit ›Killer‹? Er hat mich k. o. geschlagen.«

»Er hat auf mich geschossen, als er und dein Freund Felipe dich entführt haben.«

Sina sah ihn erschrocken an. »Was? Wieso hast du mir das nicht erzählt?«

»Weil es keine Konsequenzen hatte und du dich nur gesorgt hättest.«

»Keine Konsequenzen?« Dann verstand sie erst, was er meinte. »Amakuna?«

Neri nickte nur.

Sie seufzte tief und strich ihm liebevoll mit dem Handrücken über die Wange. Brachte sie schon wieder einen Menschen, der ihr am Herzen lag, in eine gefährliche Situation? Was war nur plötzlich los in ihrem Leben?

»Dieser Mann könnte zum Problem werden«, äußerte Neri seine Bedenken.

»Ich kenne ihn, ich weiß, wie ich mit ihm sprechen muss.«

»Das ist es nicht. Es geht um Amakuna. Er könnte gewisse Schlüsse daraus ziehen, uns gesund und ohne Verletzungen zu sehen.«

Sie schüttelte den Kopf. »Er denkt nicht so weit. Er ist der Handlanger von Martinez, und außerdem war er früher mal ein Junkie. Wahrscheinlich haben die Drogen die Mehrzahl seiner Gehirnzellen zerstört.«

»Ich weiß nicht, Sina. Du darfst ihn auf keinen Fall unterschätzen.«

Neri hatte recht. Sie würde mit ihm sprechen müssen. Zuerst aber öffnete sie die Mappe.

»Das hier sind Papiere von einem spanischen Anwalt. Angeblich habe ich irgendetwas geerbt.«

Als Erstes entdeckte sie einen Brief, adressiert an Romy Conrad in Augsburg. Sie öffnete ihn. Er stammte aus dem Jahr vor Sinas Geburt und war an ihre Mutter gerichtet. Sie las ihn laut vor:

Liebe Romy,
zuerst möchte ich Dir für Deinen Besuch hier in Marbella danken. Er hat zum ersten Mal seit langer Zeit wieder Licht in mein schattenhaftes Dasein gebracht. Deine warme Art einerseits und Dein Scharfsinn andererseits haben mich tief beeindruckt. Auch wenn ich meine Tochter Jennifer liebe, bin ich überzeugt, dass Du die richtige Frau für meinen Schwiegersohn Nic bist und ihr beide Gutes in diese Welt bringen werdet. Aus diesem Grund habe ich mein Testament geändert und Dir meinen Anteil an Forster's Health vermacht. Du und Nic, ihr werdet dafür sorgen, dass der Konzern die Menschen weltweit nicht weiter ausbeutet, sondern zu den Aufgaben zurückkehrt, für die er gegründet wurde: erschwingliche Medikamente herzustellen, deren Nebenwirkungen sich im akzeptablen Rahmen halten. Dieses Ziel hat mein Mann vollkommen aus den Augen verloren. Sollte er vor mir sterben, fallen seine Anteile mir zu, und ich vererbe Dir hundert Prozent; sterbe ich vor ihm, gehören Dir einundfünfzig Prozent, aber damit bist Du Hauptaktionärin und kannst bestimmen. Nach seinem Tod gehört dann alles dir. Mit diesem Gedanken ist es mir wohler, dieses Leben, das es oft nicht gut mit mir gemeint hat, hinter mir zu lassen. Lebe Du ein besseres.

Deine Ann Forster

»Aber meine Mutter ist tot«, flüsterte Sina.

»Dann gehören dir jetzt diese einundfünfzig Prozent«, erwiderte Neri trocken. »Du bist ihre einzige lebende Verwandte, oder?«

»Ich glaube schon.«

Sina blätterte die anderen Dokumente durch, unter ihnen auch das kurz gehaltene Testament von Ann Forster, in dem sie tatsächlich Sinas Mutter zur Alleinerbin bestimmt hatte.

»Sie verstehen, was das bedeutet, nicht wahr?« Gonzalez stand plötzlich im Eingang der Hütte. »Sie sind die rechtmäßige Nachfolgerin Ihrer Mutter. Und so, wie ich Señora Forster kennengelernt habe, wäre das auch in ihrem Sinn gewesen. Ich habe in der Zeitung gelesen, wie Sie sich für dieses wunderbare Fleckchen Erde eingesetzt haben, damit es nicht in die Hände von Immobilienhaien fällt. Sie sind jung. Sie haben eine gute Ausbildung, und Sie haben die angemessene Haltung, um auch Forster's Health wieder auf die richtige Spur zu führen. Was mich betrifft, kann ich nur hoffen, dass Sie diesen Weg einschlagen. Es würde auch mir ein wenig Hoffnung geben.«

Sina wusste überhaupt nicht mehr, was sie sagen sollte. Die Aufgaben fingen langsam an, ihr über den Kopf zu wachsen.

»Gerald Forster geht es nicht gut. Ich glaube nicht, dass er noch lange leben wird. Dann haben Sie freie Bahn«, fügte der Anwalt noch hinzu.

»Darüber muss ich wirklich erst einmal nachdenken«, sagte Sina leise.

»Ich verstehe. Aber ich wollte, dass Sie von dieser Option Kenntnis haben, bevor Sie weitere Entscheidungen treffen.«

»Danke.« Sina wurde bewusst, wie sehr diese Welt da draußen sie forderte und unter Druck setzte. Besonders, seit sie das ruhige Leben in Kuna Yala kennengelernt hatte.

»Sina, ich würde auch gern kurz mit dir unter vier Augen reden, wenn das möglich ist«, unterbrach Julio das Gespräch.

Keiner hatte ihn kommen hören. »Und dann sollten wir auch bald wieder zurückfahren«, wandte er sich an Gonzalez.

Sina schloss die Mappe, stand auf und folgte dem Kolumbianer nach draußen. Vorher warf sie jedoch Neri einen beruhigenden Blick zu.

Erst nachdem sie einige Meter den Strand entlanggegangen waren, stellte Julio die Frage, die zwischen ihnen stand. »Felipe hat es wohl nicht geschafft?«

Sina schüttelte traurig den Kopf. »Wir haben ihn auf einem kleinen Friedhof begraben.« Sie deutete in Richtung Festland. »Er war schon tot, als man uns beide aus dem Meer gezogen hat.«

»Und dir ist nichts weiter passiert?«, fragte Julio lauernd.

»Viel Wasser geschluckt, aber sonst alles okay.«

»Aber ich habe doch gesehen, wie du gegen das Riff geschleudert wurdest.«

»Das war wohl Felipe, du musst dich geirrt haben. Ich wurde abgetrieben und bin dann mindestens einen Kilometer weiter an Land gespült worden«, sagte Sina so überzeugend, wie es ihr möglich war. »Und irgendwann hat man mich dann gefunden.«

»Und dein Freund Neri, was ist mit ihm?«

»Was soll mit ihm sein? Es geht ihm gut. Wieso fragst du?«

»Ach, nur so.«

Sie wusste nur zu gut, weshalb er fragte, doch sie hielt es für das Beste, sich weiterhin dumm zu stellen.

»Weiß es Felipes Familie inzwischen?«, fragte sie stattdessen.

»Nein. Hätte ich ihnen erzählen sollen, dass du es warst, die ihn ins Wasser gestoßen hat? Das würde den Geschäftsbeziehungen zwischen Martinez und deinem Großvater sicher nicht förderlich sein«, antwortete Julio sarkastisch.

»Ich habe ihn nicht mit Absicht ins Wasser gestoßen, das weißt du. Es war ein Unfall.«

Julio grinste sie an, und es war alles andere als ein freundliches Grinsen. »Mit mir als einzigem Zeugen! Da wird Aussage gegen Aussage stehen.«

Drohte er ihr etwa? Wollte er sie in eine Falle locken, um sich selbst einen Vorteil zu verschaffen?

»Wir sollten uns auf eine gemeinsame Geschichte einigen, Sina. Sonst könnte es sein, dass du eine Weile im Gefängnis sitzt und alles, was du erbst, in falsche Hände gerät.«

Sina merkte, wie sich ihr Magen verkrampfte. Neri hatte recht. Julio war gefährlich. Sie hatte ihn vollkommen unterschätzt.

»Was willst du?«, fragte sie vorsichtig. »Geld?«

»Für wen hältst du mich eigentlich? Ich bin weder wie Martinez noch wie Forster oder dein Großvater. Mir geht es um etwas ganz anderes, um etwas viel Wichtigeres.« Er blickte sie voller Willenskraft und mit einer Ernsthaftigkeit an, die ihr mehr

Angst machte als die Pistole, die sich unter seinem Hemd abzeichnete.

»Und was soll das sein?«, fragte sie und versuchte, ihn ihr Unbehagen nicht spüren zu lassen.

»Weißt du, Sina, ich will nicht, dass weiterhin Kinder so aufwachsen, wie ich aufgewachsen bin. In den Slums, in Dreck, Armut und mit Gewalt, sodass Drogen der einzige Ausweg sind. Wenn nur ein Schuss Heroin oder Kokain ein wenig Licht ins Leben bringt und hinterher alles noch schlimmer ist als zuvor. Ich habe noch nicht resigniert, weil ich Möglichkeiten sehe, etwas zu verändern. Aber das geht nur mit Geld und Macht. Und beides ist auf dieser Welt ausreichend vorhanden. Es ist nur in den falschen Händen und wird falsch eingesetzt. Und jetzt, Sina, kommst du ins Spiel. Mit den Banken deines Großvaters, mit Forster's Health, dem größten amerikanischen Pharmakonzern, und mit Martinez' internationalem Immobilienimperium könnten wir tatsächlich etwas bewegen. Und nicht nur wie Felipe bei einem guten Glas Wein darüber philosophieren, wie man die Welt verbessern kann.«

Sie starrte ihn nur an und konnte kaum glauben, was er da sagte. »Nenne mir bitte einen Grund, warum ich mich gerade mit dir zusammentun sollte.«

»Weil du Ähnliches vorhast und ich dir sagen kann, wo man ansetzen muss, um tatsächlich etwas zu ändern. Nämlich dort, wo sich die Wurzeln der Armut in den Boden krallen, aus denen die Bäume der Gewalt wachsen, gedüngt von Diskriminierungs- und Rachegedanken. Das sind Welten, die dir fremd sind, Sina, und um die zu verstehen, brauchst du mich. Mehr als Felipe oder deinen Umweltschützer. Wir beide können die Welt zu einer besseren machen. Ein besseres Duo für diese Aufgabe gibt es nicht.« Seine Augen musterten sie immer eindringlicher, sodass sie seinem Blick kaum mehr standhalten konnte. Sie spürte einerseits die Kraft und den Willen, die in Julio steckten, andererseits aber auch seine Skrupellosigkeit.

»Das sind höchst ehrenwerte Gedanken, aber gerade du arbeitest doch genau für so einen Menschen, der dafür sorgt, dass diese Welt so bestehen bleibt, wie sie ist.«

»Und du machst es nicht anders«, begehrte Julio auf. »Lässt dich sogar noch auf dieser Eliteschule in Amerika ausbilden, um zu lernen, wie man noch lukrativere und noch effizientere Geschäfte auf dem Rücken der Schwachen macht. Ich dagegen unterstütze Martinez nur noch so lange, bis ich seine Machenschaften komplett durchschaut habe. Und dann werde ich ihn mit seinen eigenen Waffen schlagen.«

Das entsprach ja beinahe Sinas Plan. Sie sah Julio plötzlich mit etwas anderen Augen, ohne jedoch die Wut zu unterschätzen, die in ihm loderte. Ihre Ziele lagen gar nicht so weit auseinander, aber die Motivation und die Vorgehensweise unterschieden sich wohl ganz gewaltig. Sie dachte daran, dass er auf Neri geschossen hatte, verzichtete aber darauf, ihm das vorzuwerfen. Sicher war es keine gute Idee, ihn jetzt damit zu konfrontieren, dass er nicht der Gutmensch war, der er zu sein vorgab.

»Julio, ich denke, unser Gespräch ist hiermit beendet. Du musst dir jemand anderen suchen, um deine Pläne zu verwirklichen.«

Noch bevor Julio darauf reagieren konnte, ließ das Geräusch eines Wasserflugzeugs beide zum Meer blicken.

»*Mierda!* Die haben wohl die Geduld verloren und sich einen schnelleren Transport organisiert«, fluchte Julio.

»Wer sind *die?*«

»Lakaien von Martinez und deinem Großvater. Sie wollen dich zur Vernunft bringen und mit nach Panama City nehmen. Dir ist schon klar, was passiert, wenn sie dich in ihren Händen haben?«, fragte er in herausforderndem Ton.

»Was meinst du?«

»Na ja, schließlich hast du ihnen den Immobiliendeal hier versaut. Es ist sogar eine Psychotante mit von der Partie. Man hat ihr eine ordentliche Summe geboten, wenn sie bestätigt, dass du

… na ja, vollkommen verrückt bist. So schnell kannst du gar nicht schauen, wie du in der Klapse landest. Dann lassen sie noch ein paar Beziehungen spielen, und schon bist du entmündigt. Dein Erbe ist beim Teufel, ebenso wie all unsere schönen Pläne.«

Sina war entsetzt. Unsere Pläne? Der Mann war nicht ganz bei Sinnen. Er tat so, als hätten sie gerade gemeinsam eine Firma zur Verbesserung der Welt gegründet. Was dachte der sich eigentlich? Sie plante ein Leben mit Neri. Wie auch immer das aussehen mochte. Der Kuna war der Mann an ihrer Seite.

Er musste das Flugzeug auch gehört haben, denn sie sah ihn aus seiner Hütte zum Strand laufen und nach ihr suchen.

»Ich bringe dich weg von hier, wohin du willst«, drang Julios Stimme an ihr Ohr. »Ich verfüge über ein schnelles Schiff. Das ist das Einzige, was dir jetzt helfen kann.«

Sina beobachtete, wie das Wasserflugzeug landete und die Passagiere durch das seichte Wasser zum Strand wateten.

»Siehst du den Typen in dem Hawaiihemd? Sein Name ist Stanley Harris. Er ist ein ausgefuchster Anwalt und arbeitet für Forster's Health. Er hat dich schon einmal zurück zu deinem Großvater gebracht.«

Sina fixierte den Anwalt, der gerade mit Russel, Francisca Ribeira und Sarah Finkelstein den Strand erreicht hatte. Julio hatte recht. Sie erkannte ihn wieder. Das Hawaiihemd, der Schnauzer, die hagere Figur. Und plötzlich sah sie sich als Kind mit ihm im Flugzeug sitzen, auf dem Weg zurück nach Panama. Aber warum war er gekommen und nicht ein Anwalt ihres Großvaters oder gar er selbst? Hatte dieser riesige Konzern, den sie da gerade erbte, am Ende etwas mit dem Tod ihrer Eltern zu tun? Ihr Vater war nicht nur der Schwiegersohn des Hauptaktionärs, sondern auch der Geschäftsführer der gesamten Holding gewesen. Könnte es sein, dass er Dinge gewusst hatte, die nicht an die Öffentlichkeit dringen sollten, und dass ihre Eltern deshalb sterben mussten?

»Wir haben nicht viel Zeit, Sina. Noch steht mein Angebot. Ich bringe dich überallhin, du musst es nur sagen.«

Ihr Gehirn spielte im Schnelldurchlauf alle Situationen durch. War sie erst einmal in den Händen dieses Harris, von Martinez' Geliebter oder von Russel, dem Kofferträger ihres Großvaters, würde sie keinerlei Spielraum mehr haben. Vielleicht würde sie auch Neri nicht wiedersehen. Ihr Großvater akzeptierte ihn bestimmt nicht als ihren Ehemann. Nein, das war keine Option. Da schien ihr der Kolumbianer noch immer die bessere Lösung. Julio brauchte sie, um seine Vorstellungen zu verwirklichen. Und sie hatten im wahrsten Sinne des Wortes eine gemeinsame Leiche im Keller.

»La Palma, Kanarische Inseln«, presste sie hervor.

»Kein Problem. Der Kahn schafft auch eine Atlantiküberquerung.«

»Und Neri kommt mit.«

Er nickte. »Wir sehen uns dann auf dem Boot. Ich versuche, die anderen auf die Rückseite der Insel zu locken. Sieh zu, dass du hier verschwindest und deinen Lover klarmachst.«

Sina fühlte sich Julio ausgeliefert. Andererseits waren seine Weltverbesserungspläne alles, was ihn antrieb, und dafür brauchte er sie. Damit hatte sie zumindest eine gewisse Kontrolle über ihn.

Der Indio passte zwar gar nicht in Julios Konzept, aber dieses Problem würde er schon auf die eine oder andere Weise lösen. Er musste das nächste Mal einfach besser zielen. Am besten direkt auf das Herz. Und den Atlantik zu überqueren war bestimmt nicht sein Plan. Sobald er Sina in seiner Gewalt hatte, würde er sie schon dazu bekommen, nach seinen Spielregeln zu spielen. Er hatte mehr denn je das Gefühl, dass sich die Dinge in die richtige Richtung entwickelten.

»*Hola,* Harris«, begrüßte er den Texaner, der mit eisiger Miene auf ihn zukam und Julio auch gleich anfuhr.

»Was soll die Scheiße, warum lässt du uns einfach sitzen? Hast du plötzlich die Seiten gewechselt oder was?«

»Quatsch, ich habe für dich herauszufinden versucht, was dieser Gonzalez von unserer Kleinen will. Er wollte sie unbedingt alleine sprechen und nicht vor der ganzen Meute. Ihn ohne euch hierherzufahren war die einzige Möglichkeit.«

»Und?«

Julio überlegte blitzschnell. »Ich glaube, es geht irgendwie darum, dass ihre Eltern noch am Leben sind«, log er, ohne eine Miene zu verziehen.

»Das ist doch kompletter Unsinn«, erwiderte Harris und wirkte plötzlich gar nicht mehr so entspannt. »Wo ist sie?«

»Dort hinter dem Palmenwäldchen auf der Rückseite der Insel.«

»Okay, dann lass uns da hingehen.« Er packte Julio am Arm.

»Immer schön langsam, mein Freund.« Wenn er etwas nicht leiden konnte, war es, ungefragt angefasst zu werden. Er hatte bereits die Hand zur Faust geballt, als Russel dazwischenging.

»Ruhig Blut, wir werden uns doch nicht gegenseitig zerfleischen. Wo die doch nur darauf warten.« Er deutete auf die andere Seite des Strandes, wo sämtliche Kunas des Dorfes in einer Reihe Aufstellung genommen hatten und alles andere als freundlich auf die Eindringlinge zukamen.

Sina war inzwischen zurück zu Neris Hütte gehastet und erklärte ihm, so gut sie konnte, ihren Plan: dass die Flucht mit Julios Boot ihre einzige Chance war und dass er sie beide nach La Palma bringen würde. Sie konnte nur hoffen, dass Neri ihr vertraute und mitkam, trotz aller Vorbehalte gegenüber Julio.

Doch Neri sah sie an, als wäre sie komplett verrückt geworden. »Ich kann dich genauso gut dort hinbringen.«

Sina schüttelte den Kopf. Sie hatte es sich genau überlegt.

»Dann würde uns nicht nur diese Truppe im Wasserflugzeug verfolgen, sondern auch Julio mit seinem Boot. Und beide verfügen über wesentlich mehr PS als dein Kanu.«

»Und wenn er wieder auf mich schießt?«

Noch bevor Sina antworten konnte, stand plötzlich Sarah Finkelstein mitten in der Hütte. »Ich freue mich, dass du dich auf deinen Weg gemacht hast, Sina. Es wurde Zeit«, sagte sie mit warmer Stimme.

Sina erinnerte sich daran, was Julio über ihre Anwesenheit hatte verlauten lassen, und funkelte sie wütend an. »Du kannst dir deine Worte sparen. Ich komme nicht mit.«

»Das sollst du auch nicht, zumindest nicht mit dieser merkwürdigen Gesellschaft«, erwiderte Sarah Finkelstein.

Sina sah sie erstaunt an. »Ich dachte, du solltest mich für geisteskrank und unzurechnungsfähig erklären …«

»Ja, dafür wurde ich auch engagiert, aber nachdem ich meine Auftraggeber besser kennengelernt habe, kann ich dir nur abraten, mit ihnen zu gehen.«

Sina war froh, dass sie sich nicht in Sarah getäuscht hatte und sie ihr weiterhin vertrauen konnte. »Neri und ich fahren nach La Palma. Ich brauche endlich Klarheit, was mit meinen Eltern geschehen ist«, sagte sie stolz.

»Tu das, Sina. Du hast deine Vergangenheit schon viel zu lange verdrängt. Doch jetzt ist alles anders, nicht wahr?« Sie musterte Neri aufmerksam. »Und es hat mit diesem jungen Mann zu tun.«

Sina nickte. »Er wird mir helfen herauszufinden, wer für ihren Tod verantwortlich ist.« Und was das alles mit Amakuna zu tun hatte. Letzteres sprach sie natürlich nicht laut aus. »Erst dann werde ich Ruhe finden und mich den Aufgaben widmen können, die ich in diesem Leben zu erfüllen habe.«

»Ich wünsche dir viel Glück dabei, Sina.«

»Danke.« Die beiden Frauen umarmten sich.

Neri, der bereits Sinas Rucksack auf dem Rücken und eine gepackte Sporttasche in der Hand trug, drängte zum Aufbruch.

»Wenn du wirklich sicher bist, dann lass uns gehen.«

»Hier wird nirgendwo hingegangen.« Francisca Ribeira stand mit gezückter Pistole im Eingang der Hütte. Und noch bevor irgendwer reagieren konnte, schnappte sie sich Neri und hielt ihm die Waffe an den Kopf. Sina stockte der Atem. Schon wieder brachte sie ihren Freund, ihren Geliebten, ihren Mann in Gefahr. Warum nur musste sie ihm das dauernd antun?

»Du wirst jetzt schön zu dem Wasserflugzeug gehen, dann wird deinem Freund hier nichts geschehen«, sagte Francisca mit schneidender Stimme zu Sina.

Sina zögerte. Sie wollte Neri auf keinen Fall allein lassen. Sie wusste von der FARC-Vergangenheit der Kolumbianerin. Terroristen wie sie hatten kein Problem, Kollateralschäden in Kauf zu nehmen, um Aufträge weisungsgemäß auszuführen.

»Tu, was sie sagt«, bat Neri jedoch mit ruhiger Stimme.

Wie konnte er nur so gelassen sein?

»Hast du mich nicht verstanden?«, fragte Francisca Ribeira und drückte den Pistolenlauf noch fester an Neris Schläfe.

»Denken Sie nicht, wir können das auf eine andere Weise lösen?«, ging nun Sarah Finkelstein mutig dazwischen. »Und nehmen Sie endlich die Waffe herunter. Wir sind doch nicht im Wilden Westen.«

»Dann walten Sie endlich Ihres Amtes. Ich weiß sowieso nicht, wofür Sie hier sind. Jedenfalls nicht, um Sina darin zu bestärken, mit diesem Typen hier abzuhauen.«

Die Kolumbianerin hatte also ihr Gespräch mit angehört. Jetzt wussten alle, was sie vorhatten. Sina schloss für einen Moment verzweifelt die Augen. Ein Albtraum. Sie wusste nicht mehr, wo ihr der Kopf stand. Es kam ihr so vor, als ob sich die Bedrohungen beinahe sekündlich änderten, sodass sie gar nicht mehr wusste, wie sie dieser Situation je entkommen sollte.

»Ich gehe einen von den anderen holen.« Sarah verließ mit resoluter Miene die Hütte, kehrte jedoch schon nach kürzester

Zeit kreidebleich zurück. Zum ersten Mal wirkte sie nicht mehr so klar und überlegen auf Sina wie sonst.

»Was ist los?«

Sarah zögerte.

»Los, sag schon«, bellte nun auch Francisca Ribeira.

»Die Kunas … Sie haben Harris, Russel und Julio.«

»Los, alle nach draußen«, sagte die Kolumbianerin in hartem Befehlston. Sie dirigierte Neri mit dem Lauf ihrer Waffe hinunter zum Strand, wo sich ihnen eine abstruse Szenerie eröffnete.

Julio, Harris und Russel waren jeder an eine Palme gefesselt und hatten einen Knebel im Mund. In ihren Taschen klingelten ihre Handys, an die sie nicht herankamen, um die Wette. Hinter ihnen stand je ein Kuna mit einem Messer in der Hand. Als sie den von Ribeira bedrohten Neri sahen, zeigten ihre Mienen, dass sie bereit waren zuzustechen.

Währenddessen läuteten die drei Handys mit unterschiedlichen Klingeltönen ohne Unterlass weiter. Sina, die inzwischen auch den Strand erreicht hatte, war kurz davor durchzudrehen. Das Adrenalin rauschte durch ihre Adern. Sie musste irgendetwas tun, sonst würde es Tote oder zumindest Schwerverletzte geben. Ihr Blick fiel auf Julio. Er schien ihr der Einzige zu sein, auf den die Kolumbianerin hören würde. Offensichtlich war er schon wieder ihre einzige Option. Das erschreckte sie. Wo sollte das noch hinführen? Doch sosehr sie sämtliche Möglichkeiten durchspielte, es gab keinen anderen Weg.

Sie ging zu dem Kuna, der hinter ihm stand, und bat ihn, Julio freizulassen. Der warf Neri einen fragenden Blick zu und löste auf dessen Nicken hin Julios Fesseln mitsamt dem Knebel. Sina atmete auf. Neri vertraute ihr, ohne die Hintergründe zu kennen. Jetzt konnte sie nur hoffen, die richtige Entscheidung getroffen zu haben.

»Danke, Sina.« Julio sah auf das Display seines Handys. »Martinez! Lass mich mit ihm sprechen, sonst kriegen wir hier gleich noch mehr Besuch.«

Sina nickte. »Okay.«

Er nahm den Anruf an. »Marco … es ist alles in Ordnung. Wir haben die Situation unter Kontrolle … Nein. Mach dir keine Sorgen. Wir sind schon auf dem Weg zurück.« Er legte auf und zwinkerte Sina kurz zu. »Ich spreche jetzt mit Francisca. Ich bekomme das schon hin. Hast du alles, was du brauchst? Wir fahren dann wie geplant ab.«

Sina wusste zwar nicht genau, was er plante, doch sie hatte A gesagt und musste jetzt wohl auch B sagen. So, wie sich die Dinge hier entwickelten, war sowieso nichts mehr vorhersehbar.

»Du willst mit diesem Typen fahren?«, fragte Sarah erschrocken.

»Ich habe keine andere Wahl«, antwortete Sina.

»Du könntest versuchen, mit deinem Großvater zu reden.«

»Ich habe mich entschieden, mir meine Vergangenheit anzusehen, Sarah, und du warst es, die mich auf diesen Weg geführt hat.«

Natürlich gab es da noch eine andere Stimme in ihr. Die der Vorsicht, des Zweifels und der Sorge um Neri. Ribeiras Waffe war nach wie vor auf ihn gerichtet, während Julio mit Nachdruck auf sie einredete.

Und dann war da noch immer das Klingeln der beiden anderen Telefone. Um nicht wahnsinnig zu werden, griff Sina nach dem von Harris und nahm den Anruf entgegen. Am anderen Ende der Leitung war der Pilot des Wasserflugzeugs, der wissen wollte, ob er zurück nach Narganá fliegen könne, er habe seine Zeit schließlich auch nicht gestohlen.

»Aber ja, tun Sie das«, antwortete Sina erfreut. »Hier spricht Sina Saratoga. Vielen Dank für Ihre Hilfe. Wir brauchen Sie nicht mehr, wir fahren alle mit dem Boot zurück.« Sie legte auf und warf das Telefon weit hinaus ins Meer.

Harris wand sich und gab hinter dem Knebel wütende Töne von sich.

Als Nächstes nahm Sina das Gespräch von Russels Handy an. Auch wenn sie bereits auf dem Display gesehen hatte, wer dran war, zuckte sie leicht zusammen, als sie die Stimme ihres Großvaters vernahm. »Russel, habt ihr sie? Ich versuche schon die ganze Zeit, Sie zu erreichen.«

»Es geht mir gut, Großvater«, antwortete ihm Sina.

»Kind, wie gut, deine Stimme zu hören. Was bin ich froh. Mach dir keine Sorgen. Wir werden alles wieder in Ordnung bringen. Hauptsache, du bist erst einmal wieder zu Hause.«

»Ich komme in den nächsten Tagen zurück, Großvater. Versprochen.«

»Gut, mein Kind, und jetzt gib mir doch bitte Russel. Ich würde gerne noch mit ihm sprechen.«

Diesem Wunsch wollte Sina allerdings nicht nachkommen. Russel sah sie mit resigniertem Blick an, als ahne er schon, dass sie auch sein Handy nicht verschonen würde. Sie warf es ebenfalls mit großer Genugtuung in hohem Bogen ins Meer, begleitet vom Geräusch des startenden Wasserflugzeugs. Immerhin hatte sie jetzt schon einmal zwei potenzielle Verfolger ausgeschaltet. Zumindest fürs Erste.

Sie sah sich nach Julio um, der offensichtlich mit Francisca Ribeira gesprochen hatte und nun auf sie zukam.

»Lass uns fahren.«

Sina sah, dass die Kolumbianerin noch immer die Waffe auf Neri gerichtet hielt. »Aber was ist mit Neri?«

»Sobald wir weg sind, lässt sie ihn frei«, sagte Julio.

»Ich fahre nicht ohne ihn«, erwiderte Sina. »Du glaubst doch nicht, dass ich dieser Frau vertraue.«

»Es wird dir nichts anderes übrig bleiben. Ich fahre dich allein oder gar nicht.«

Sina schloss die Augen. Sie wusste, dass sie ihn nicht würde umstimmen können. Er wollte mit ihr allein sein und ihr seine Zukunftspläne unterbreiten.

»Kann ich mich wenigstens von ihm verabschieden?«, bat sie verzweifelt.

»Warum nicht?« Er nickte Francisca Ribeira zu.

Sina rannte zu Neri und schloss ihn fest in die Arme.

»Fahr, Sina«, flüsterte er in ihr Ohr. »Sie wird mir nichts tun. Es wird alles gut werden. Die Zukunft ist mit uns.«

Seine Worte gaben ihr trotz allem ein wenig Sicherheit. Er war der Einzige, dem sie vertrauen konnte. Und schließlich kannte er die Zukunft. »Wir werden uns schon bald wiedersehen.«

»Te quiero«, hauchte sie in sein Ohr.

»Ich liebe dich auch«, flüsterte Neri zurück.

»Das reicht«, fuhr Francisca Ribeira dazwischen.

Sina wandte sich notgedrungen ab und folgte Julio, der ihren Rucksack zum Boot trug.

»Pass auf dich auf«, bat Sarah sie. »Ich versuche, hier noch ein wenig zu vermitteln, auch wenn ich meine Fähigkeiten in diesem Fall wirklich für begrenzt halte. Und dann …«, sie zog grinsend ihr Handy aus der Jackentasche, »rufe ich das Wasserflugzeug.«

»Danke.«

Sina lächelte ihr zu und watete dann mit aufrechter Haltung durch das seichte Wasser zum Boot. Als sie sich noch einmal umdrehte, um Neri einen letzten Blick zuzuwerfen, erspähte sie hinter einer Palme Gonzalez, der sich offensichtlich dort versteckt hatte. Er winkte ihr zu. Wie jetzt alles weitergehen sollte, war ihr ein Rätsel, aber fürs Erste war sie aus der Schusslinie. Und mit Julio würde sie schon fertigwerden.

18. KAPITEL

$

Die Mittagssonne knallte mit ihrer ganzen Kraft auf die spiegelglatte Meeresoberfläche. Der Fahrtwind kam Sina vor wie direkt aus einem heißen Föhn geblasen, und obwohl sie unter dem Schatten spendenden Segeltuch auf dem Vorderdeck saß, lief ihr der Schweiß in kleinen Bächen den Rücken hinunter. Sie waren in Richtung Colón unterwegs, wo sie genug Benzin bunkern würden, um es bis zur Dominikanischen Republik zu schaffen. Eine Atlantiküberquerung mit dieser Jacht, und das auch noch im Winter, schien ihr nach reiflicher Überlegung doch zu riskant. Julio hatte dem Plan zu ihrer Überraschung zugestimmt. Von Santo Domingo aus gab es täglich mehrere Touristenbomber nach Europa.

Sie musste ununterbrochen an Neri denken und sorgte sich um ihn, auch wenn seine letzten Worte ihr Hoffnung gemacht hatten. Vielleicht war es ihr bestimmt, diese Reise allein durchzustehen, und vielleicht war es sogar gut, dass er nicht hier an Bord und damit auch nicht der Willkür von Julio ausgesetzt war.

Sina hatte bisher kaum ein Wort mit ihm gewechselt, um zu vermeiden, dass er ihr wieder irgendwelche erpresserischen Vorschläge unterbreitete. Sie wusste nicht viel über den Kolumbianer und hatte ihn in der Vergangenheit möglichst gemieden, da seine aggressive Ausstrahlung für sie nur schwer erträglich war. Doch wie es aussah, würde sie jetzt eine Weile mit ihm zu tun haben.

Deshalb war es vielleicht doch wichtig, mehr über Julio zu erfahren. Um ihn besser einschätzen zu können und zu wissen, welche Knöpfe man bei ihm tunlichst nicht drückte.

»Wie hast du eigentlich Martinez kennengelernt, und wieso hat er dich in seine Familie aufgenommen?«, begann sie unverfänglich das Gespräch.

»Weil ich keine eigene hatte.«

»Deine Eltern sind auch tot?«

»Willst du es genau wissen?« Er erhob die Stimme. »Mein Großvater hat meinen Vater bei uns zu Hause in der Küche umgelegt. Da war ich vier und habe danebengestanden, wie er zigmal auf ihn eingestochen hat, bis alles voller Blut war.«

Sina wollte sich dieses Bild lieber nicht vorstellen, was jedoch unmöglich war angesichts der Intensität, mit der Julio sprach.

»Das tut mir leid. Wirklich«, sagte sie leise. Gleichzeitig überkam sie der Gedanke, dass auch ihr Vater gewaltsam zu Tode gekommen sein könnte.

»Ich kann dir gerne noch mehr erzählen, wenn du willst.« Er wartete ihre Antwort gar nicht erst ab, sondern sprach einfach weiter. »Das Ganze passierte in La Sierra, einem miesen *Barrio* von Bogotá. Bei der Beerdigung in der Kirche, die übrigens voll war, denn mein Vater war ein beliebter Mann, fragte ich meine Mutter, wo er denn jetzt sei. Sie deutete nach oben zur Orgel, neben der ein Schrank stand. Sie meinte natürlich, dass er jetzt im Himmel sei, aber ich dachte, man hätte meinen Vater in diesem Schrank aufgehoben. Von da an träumte ich fast jede Nacht von dem Schrank. Ich stieg die Treppen zur Orgel hinauf, öffnete den Schrank, und der blutüberströmte Leichnam meines Vaters kippte mir entgegen.«

»Hast du diesen Traum noch immer?«, fragte Sina nach einer ganzen Weile.

Julio nickte. »Möchtest du noch mehr über mich hören, oder reicht es dir?«

»Nein, erzähl weiter.« Ob sie wollte oder nicht, hatte Sina plötzlich großes Mitgefühl für ihn. Sie verstand seine Wut und Aggressivität nun etwas besser, was jedoch ihre Furcht vor deren Auswirkungen nicht gerade minderte.

»Meine Mutter hat dann wieder geheiratet, und mit ihm zog der Teufel bei uns ein. Mein Stiefvater schlug mich fast täglich halb tot und missbrauchte meine ältere Schwester, indem er vorgab zu kontrollieren, ob ihr Bett auch anständig gemacht war. Meiner Mutter blieb nichts anderes übrig, als zuzusehen, sonst hätte er sie auch misshandelt. Wann immer ich mich gegen ihn zur Wehr setzte, zog er seinen Ledergürtel aus der Hose, verprügelte mich und sperrte mich dann in einen kleinen Verschlag im Hinterhof ein, manchmal tagelang und ohne Essen. Das war meine erste Gefängniszelle. Später kamen dann richtige dazu. Wie viele Jugendliche in La Sierra habe ich mir mit elf den ersten Schuss gesetzt. Das war wie eine Erleuchtung. Das Leben schien plötzlich hell und schön. So schön, dass ich auf diesen Zustand nicht mehr verzichten wollte. Klar, dass ich es bald auch nicht mehr konnte. Meine einzige Hoffnung auf ein normales Leben war ein wunderschönes Mädchen, in das ich mich verliebt hatte, doch sie zog schon bald mit ihren Eltern weg, und ich war wieder allein.«

»Hast du noch mal von ihr gehört?«

Er schüttelte den Kopf. »Nein. Doch von da an brauchte ich jeden Tag einen Schuss, und das ging nur mit Dealen. Noch mit elf habe ich mir meine erste Pistole verdient und später damit meinen Stiefvater erschossen. Meine Mutter, die dumme Fotze, hat mich drei Jahre danach an die Bullen verraten. Aber irgendwie war das auch mein Glück. Im Gefängnis wurde ich clean und kam mit Martinez in Verbindung.«

Sina sah ihn fragend an.

»Er suchte jemanden, der für ihn im Knast einen Jungen umlegte, der gegen ihn in irgendeiner Gerichtssache aussagen sollte. Das habe ich dann sauber erledigt, und zum Dank hat er mich rausgeholt.«

»… und bei sich aufgenommen?«

»Ja, erst mal als so eine Art Bruder für Felipe. Soweit ich mitbekommen habe, wollte Martinez' bescheuerte Frau wegen der Figur kein weiteres Kind. Na ja, und später hab ich dann die Drecksarbeit für ihn erledigt. Typen, die nicht funktionierten, entweder eingeschüchtert oder aus dem Weg geräumt.«

»Aus Dankbarkeit?«

»Nein. Ich gehörte ja zur Familie. Da ist so was Ehrensache. Doch inzwischen hat sich das geändert.«

»Wie meinst du das?«

»Ich habe sie durchschaut, die sogenannte bessere Gesellschaft. Sie häufen Geld an und suhlen sich im Luxus, um sich mächtig und überlegen zu fühlen. Und um diese Macht bloß nicht zu verlieren, werden alle anderen klein gehalten. Keiner von denen denkt an diejenigen, die nicht die Kraft haben, es bis ganz nach oben zu schaffen. Immer wenn ich in Kolumbien bin und mein *Barrio* besuche, komme ich mit einer solchen Wut im Bauch zurück, dass ich es kaum mehr aushalte.« Er sah sie einen Augenblick nachdenklich an. »Das alles habe ich noch nie jemandem erzählt, und mir hat auch noch nie jemand so lange zugehört.«

Sina wusste nicht genau, was sie darauf erwidern sollte.

»Das alles hier geschieht nicht umsonst, Sina«, sagte er mit nachdenklicher Stimme. »Mir wird immer mehr bewusst, dass ich im Auftrag Gottes handle, und du bist der Engel, den er mir an die Seite gestellt hat.«

Sina lief es kalt den Rücken hinunter.

Als plötzlich vor ihnen ein Patrouillenboot des Servicio Nacional de Fronteras auftauchte, wusste sie nicht, ob sie das gut oder schlecht finden sollte. Es drehte steuerbords bei, und man forderte sie per Lautsprecher auf, den Motor auszuschalten. An Bord waren vier bis an die Zähne bewaffnete Polizisten in Camouflage-Uniform und dunklen Sonnenbrillen. Hatte ihr Großvater doch Lunte gerochen und ihr diese Miniarmee auf den Hals gehetzt? Oder der Pilot des Wasserflugzeugs? Oder Harris?

Noch bevor beide Boote zum Stehen gekommen waren, forderten die Männer Julio und Sina auf, die Hände über den Kopf zu nehmen. Während zwei sie im Visier hatten, schwang sich ein dritter über die Reling an Bord. Das alles geschah blitzschnell und routiniert.

Julio, für den solche Situationen nichts Ungewöhnliches waren, machte auf cool. »Wir unternehmen nur eine Spazierfahrt, meine Freundin und ich.«

Doch der Polizist ging nicht darauf ein und verlangte von beiden ihre Ausweispapiere. »Und Sie sind freiwillig hier, Señorita Saratoga?«, fragte er, nachdem er ihre Identitätskarte ausführlich studiert hatte.

Sie nickte.

»Wer ist der Eigner der Jacht?«

»Marco Martinez, mein Boss. Es hat alles seine Richtigkeit. Wir können ihn gerne anrufen. Soll ich?« Julio wollte schon sein Handy zücken, doch der Polizist winkte ab.

»Wir wollen uns nur ein wenig umsehen. Ist doch kein Problem, oder?«

Der Kolumbianer zuckte nur mit den Schultern und nahm die Sonnenbrille ab. »Wir haben nichts zu verbergen, *mi amor,* oder?«

Nun kam auch der vierte Polizist an Bord, der zielstrebig die Kajüte ansteuerte. Die anderen beiden hielten noch immer ihre Waffen im Anschlag. Nummer eins dagegen öffnete die Klappe zum Motor- und Stauraum, zückte seine Taschenlampe und leuchtete nach unten. Sein Gesicht überzog sich mit einem siegreichen Grinsen. Er stieg die kleine Leiter hinunter und kam kurz darauf zurück. Dann nickte er seinem Kollegen zu, und keine fünf Sekunden später trugen Sina und Julio Handschellen.

»Da unten liegen mindestens fünfhundert Kilo reinstes Kokain«, sagte der Polizist mit einem gewissen Triumph in der Stimme. Selbst Julio geriet jetzt leicht aus der Fassung.

»Das kann nicht sein!«

»Arschloch!« Nummer eins stieß ihn in Richtung Luke und leuchtete noch mal hinein. Auch Sina wagte einen Blick nach unten. Dort lagen tatsächlich fein säuberlich mit wasserdichtem Klebeband versiegelt in Viererreihen aufgeschichtete Pakete. Eines war aufgeschlitzt worden, und feines weißes Pulver rieselte heraus.

Sina hatte das Gefühl, der Boden rutsche ihr unter den Füßen weg. Wie jeder in Südamerika wusste sie nur zu gut, was es bedeutete, mit einer solchen Menge Kokain auf frischer Tat ertappt zu werden.

19. KAPITEL

Die Santa Teresa verließ mit geblähten Segeln bei Nordostwind den Hafen von Santa Cruz de La Palma. Die meisten Passagiere brachten Tamanca, wie er sich jetzt nannte, wenig Mitgefühl für seinen Verlust entgegen, dafür teilweise offenen Hass und Empörung. Frai Ambrosio musste wohl kräftig Stimmung gegen ihn gemacht haben. Denn es herrschte die allgemeine Auffassung, Tamanca hätte sich mit irgendwelchen Teufelsanbeterinnen eingelassen, statt am Krankenbett seiner jungen Frau zu wachen. Und dann war da noch dieser seltsame Name, auf dem er plötzlich bestand.

Kaum einer wechselte ein Wort mit ihm. Sogar der Koch sorgte dafür, dass er immer die kleinste Portion bekam, und die meist noch mit Sehnen und Knochen darin. Der Einzige, der ihm hin und wieder etwas zusteckte, das er aus der Küche stibitzt hatte, war Jesús, der Schiffsjunge. Es tat gut, wenigstens eine Seele an Bord zu haben, die zu ihm hielt. Der kleine Kerl schien trotz seiner höchstens zwölf Jahre zu verstehen, wie Tamanca zumute war.

Die Trauer um Pilar füllte sein ganzes Denken und Fühlen aus. Immer wieder zog es ihn zu ihrem einstigen Lieblingsplatz vorn am Bug des Schiffes, wo die dicken Taue lagen. Dort konnte er stundenlang verweilen, auf die Horizontlinie starren und mit ihr Zwiesprache halten, so als säße sie neben ihm.

Er hatte einen wunderbaren Menschen verloren. Erst jetzt erkannte er, dass sie mehr für ihn war als ein junges Mädchen, das sich in ihn verliebt hatte – sie war eine wahre Freundin gewesen, die in jeder Situation zu ihm gestanden hätte. Musste sie erst sterben, damit er einen solchen Wert überhaupt erkannte? Dieser Gedanke löste ein Schuldgefühl in ihm aus, mit dem er nur schwer fertigwurde. Sie hatte ihn in den letzten Nächten immer wieder in seinen Träumen besucht, aber nie mit einem Vorwurf oder gar einer Anschuldigung auf den Lippen. Um ihren Mund spielte nur das ihm so wohlbekannte kecke Lächeln, und in ihren Augen funkelte noch immer Liebe.

Und heute kam es ihm fast so vor, als flüstere der Wind ihm mit ihrer Stimme ins Ohr: »Es geht mir gut, Liebster, dort, wo ich jetzt bin. Mein Leben hat sich dadurch erfüllt, dass du nun weißt, dass es die Liebe gibt. Dass du nicht achtlos vorübergehst, wenn sie dir noch einmal begegnet. Und mach dir um mich keine Sorgen. Ich werde in deiner Erinnerung weiterleben.«

Tamanca stiegen Tränen in die Augen. Entsprang diese Stimme seiner Fantasie, um ihn diese schwere Zeit besser ertragen zu lassen, oder bestand tatsächlich noch eine Verbindung zwischen Pilar und ihm? Seit er mit Amakuna in jene ferne, unbekannte Zeit gereist war, hielt er alles für möglich. Vielleicht gab es in Wahrheit gar keine Grenzen zwischen Raum und Zeit, zwischen Leben und Tod. Vielleicht waren es nur die Menschen, die diese Mauern mit ihrem beschränkten Denken errichtet hatten. Es schien Pilar gut zu gehen, wo sie war. In seinen Träumen hatte er sie in Gesellschaft von fröhlichen Menschen tanzen sehen, und sie war dabei so schön gewesen wie noch nie. Er konnte sich nicht vorstellen, noch einmal mit einer Frau gesegnet zu werden, die ihn so bedingungslos liebte, sogar über den Tod hinaus. Vielleicht war es das, was die Liebe in dieser Welt hielt – was sie unsterblich machte. Was sie als ständige Gegnerin von Hass, Gier, Neid und Feigheit immer wieder auf den Plan rief … Es war ihm nach wie vor ein Rätsel, woher dieses mächtige Gefühl kam, das von einem Moment auf den anderen zwei Menschen dazu brachte, ihr restliches Leben miteinander verbringen zu wollen. Liebe war nicht greifbar, nicht sichtbar, man konnte sie nicht riechen, nur spüren. Und trotzdem lagen in ihr eine Wahrhaftigkeit und vor allem eine große Möglichkeit, die Welt zu einem besseren Ort zu machen. Nur wenn diese Wolke von Liebe immer wieder von Liebenden genährt würde, könnte das Amakuna-Zeitalter vielleicht doch irgendwann geboren werden.

Er holte das Medaillon unter seinem Hemd hervor, so als könne er sich daran festhalten, als wäre es sein Gefährt in andere Dimensionen.

»Ihr erinnert mich an jemanden«, holte ihn die rothaarige Frau zurück in die Wirklichkeit. Ihr Name war Letitia, wie er inzwischen erfahren hatte. Sie suchte nicht zum ersten Mal seine Nähe und schien ihn schon seit geraumer Zeit zu beobachten. Er ließ das Medaillon schnell wieder unter seinem Hemd verschwinden, doch nicht schnell genug.

»Und zwar an einen jungen Mann, der mir einst mit einem Zaubermittel das Leben gerettet hat, als ich bei der Geburt meines Sohnes beinahe gestorben wäre. Er war zarter als Ihr, hatte kurze rotblonde Haare und etwas Weibliches an sich. Und …«, sie machte eine bedeutungsvolle Pause und sah ihn triumphierend an. »… er trug dasselbe Amulett wie Ihr.«

Tamanca zuckte kurz zusammen, hatte sich aber schnell wieder unter Kontrolle. »Wo seid Ihr diesem jungen Mann denn begegnet?«, fragte er, so unbeteiligt er nur konnte.

»In der Nähe von Cádiz. Er war der Gehilfe eines maurischen Médico. Viel später habe ich allerdings erfahren, dass dieser junge Mann eigentlich eine Frau von den Inseln der Glückseligen gewesen sein soll – eine Hexe, die später verfolgt wurde.«

»Und was ist dann aus ihr geworden?« Einerseits hatte Tamanca Angst, sich zu verraten, andererseits bot sich ihm hier eine Möglichkeit, noch mehr über das Leben seiner Mutter zu erfahren. Die Zeit mit den Harimaguadas auf La Palma war dafür viel zu kurz gewesen. Und sein Vater hatte ihm inzwischen zwar einiges erzählt, doch wusste er weder, wie sie aufgewachsen war, noch, wie sie ihre Heilkunst erlernt hatte, und vor allem nicht, wie eng sie mit der Natur und dem Übernatürlichen in Verbindung gestanden hatte. Etwas, das in der Männerwelt, in der Tamanca aufgewachsen war, zu seinem großen Kummer nie stattgefunden hatte. Und auch Madre Teresa hatte ihm über diesen Teil von Iriomés Leben nur wenig berichtet.

»Das weiß ich nicht. Nur, dass man später im ganzen Land nach ihr hat suchen lassen. Es war sogar ein hoher Preis auf sie ausgesetzt. Wer sie Alonso de Lugo, dem großen Kanareneroberer, auslieferte, sollte zwei Goldmünzen erhalten. Aber soviel ich weiß, soll er vorher an der Schwindsucht gestorben sein, und von ihr ward nie wieder etwas gehört oder gesehen. Ich kann mich jedoch noch genau an das Medaillon erinnern.« Sie deutete mit dem Finger auf seine Brust. »Sie hatte ihr Zaubermittel darin versteckt.«

Tamanca schluckte. Amakuna hatte Spuren hinterlassen. Spuren, die auch vor dem Ozean nicht haltmachten und sich offensichtlich weiter ausbreiteten.

»Das muss ein Zufall sein«, erwiderte er. »Dieses Medaillon zeigt meine Großmutter, und ich trage es, seit ich auf der Welt bin.«

Doña Letitia sah ihn misstrauisch an. »Aber ich sehe es erst an Euch, seit wir La Palma verlassen haben.«

»Da irrt Ihr. Ich habe es immer unter dem Hemd versteckt und nur jetzt zur Hand genommen. Es sollte mich trösten«, versuchte Tamanca sich herauszureden. Nesfete hatte das Amulett bis zum Rand mit getrocknetem Pilzpulver gefüllt, und es brannte ihm auf der Brust wie ein Brenneisen. Er musste unbedingt ein neues Gefäß finden, in dem er es sicher vor den Blicken anderer aufbewahren konnte. Die von unersättlicher Neugierde geplagte Frau könnte sonst tatsächlich auf die Idee kommen, es ihm zu entwenden. Nicht auszudenken! Er musste trotz seiner Trauer auf der Hut sein und durfte sich zu keinerlei Unvorsichtigkeiten hinreißen lassen.

»Der Dominikaner hat erzählt, Ihr seid bei irgendwelchen Hexen gewesen. Vielleicht habt Ihr diese Frau ja getroffen und verfügt jetzt auch über das Wundermittel.«

Tamanca schüttelte den Kopf. »Leider nein. Ich wünschte, es wäre so.«

»Aber Ihr wart auf der Suche danach.« Doña Letitia ließ nicht locker.

»Mutter, bitte«, ihr schmächtiger Sohn Oriol gesellte sich nun zu ihnen. »Entschuldigt bitte. Aber die Geschichte meiner Geburt lässt sie einfach nicht los. Sie hätte sich damit einmal fast selbst auf den Scheiterhaufen gebracht.«

»Es ist nicht nur so, dass ich durch das Mittel dem Tod von der Schippe gesprungen bin, ich habe auch eine Reise in die Zukunft unternommen«, fuhr die Rothaarige unbekümmert fort. »Und dort in der Zukunft, in der Neuen Welt, gehörte mir das größte und schönste Hurenhaus der Stadt. Ohne diese Vision wäre ich nie auf den Gedanken gekommen, Spanien zu verlassen.«

»Mutter, was erzählst du da?«, unterbrach sie ihr Sohn.

»Lass mich doch.« Sie grinste Tamanca breit an, sodass eine große Zahnlücke auf der rechten Seite ihres Kiefers sichtbar wurde. »Es gibt Frauen, die haben Spaß mit Männern, und es gibt solche, die sehen es als eine leidige Pflicht an. Ich werde den einen die Möglichkeit geben, sich auszuleben, und damit den anderen ersparen, sich jedes Mal überwinden zu müssen.«

Tamanca musste erst einmal verarbeiten, was er da hörte, aber er verstand jetzt, dass die Einnahme des Pilzes wohl immer mit einer Reise in eine andere Zeit verbunden war, egal, ob er zur Heilung verwendet wurde oder, wie in seinem Fall, für eine Art Einweihungsritual. Er hatte seine eigene »Reise« bisher verdrängt, da er das meiste sowieso nicht verstand. Die Menschen aus der fernen Zukunft, die sich ihm gezeigt hatten, waren ihm vollkommen fremd gewesen, ihre Art, sich zu kleiden, ihr Umgang miteinander, wie sie sich fortbewegten, ihre Wünsche und Ziele. Natürlich sah er Ähnlichkeiten zwischen seinem Schicksal und dem der jungen Frau, die den Namen Sina trug. Auch sie hatte den Menschen, der sie liebte, verloren. Doch dann war ihr Neri begegnet! Hieß das, dass auch er bald eine neue Liebe finden würde, die die schwere Aufgabe, Amakuna zu schützen, mit ihm teilte? Pilar hatte ihn gelehrt, was Liebe bedeutete und wie wichtig es war, sie wertzuschätzen. Das schien die Voraussetzung zu sein. Er hoffte nur, dass er auch wirklich dazu bereit und fähig sein würde. Was ihm eine gewisse Sicherheit gab, war, dass Amakuna in jener fernen, unbekannten Zeit noch immer in den Händen guter Menschen war, obgleich die Bedrohung in Gestalt dieses Julio bereits lauerte. Das konnte doch nur bedeuten, dass er, Tamanca, sein Versprechen gegenüber den Harimaguadas halten und die Gefahren, die damit verbunden waren, meistern würde. Und seine Nachfolger ebenso. Und auch deren Nachfolger.

»Wer eine solche Zeitreise nicht selbst erlebt hat, der kann sich nicht vorstellen, wie sie das Leben verändert«, sagte die Rothaarige in seine Gedanken hinein.

Tamanca konnte ihr nur beipflichten, was er natürlich nicht laut tat. Sie war von solcher Neugierde, dass jedes Wort eines zu viel wäre.

Wer zum Hüter von Amakuna bestimmt war, würde immer wieder in heikle Situationen geraten. Er als Médico natürlich besonders. Während er früher so oft unter seiner Hilflosigkeit gelitten hatte, lag es jetzt in seiner Hand, welcher Patient starb und welcher am Leben blieb. Entschied er sich jedoch, Amakuna zu verwenden, gefährdete er jedes Mal das Geheimnis des Pilzes.

Auch die Menschen aus der Zukunft waren noch nicht reif gewesen für Amakuna. Das war offensichtlich. Ehre und andere Werte spielten keine Rolle. Viele dachten nur an sich. Die Gier nach Macht und Reichtum schien genauso verbreitet wie zu seiner Zeit. Sina, Neri und selbst Julio schienen ihm eine Art Vorreiter im Kampf um eine bessere Welt zu sein. Durch sie könnte das Amakuna-Zeitalter in greifbare Nähe rücken.

Immer klarer sah er jetzt seine Aufgabe vor sich. Es kam auf ihn an. Wenn er versagte, verspielte er die Grundlage für das, was sie planten. Wenn Amakuna in die falschen Hände geriet, war alles verloren. Er wusste zwar nicht, inwieweit die Zukunft durch die Gegenwart beeinflussbar wäre, doch ein Risiko durfte er so oder so nicht eingehen.

»Ich werde schon noch dahinterkommen«, beschied Doña Letitia schnippisch und wandte sich dann glücklicherweise von ihm ab.

Doch Tamanca hatte sich zu früh gefreut – ihr Sohn setzte sich nun neben ihn.

»Ich möchte mich für meine Mutter entschuldigen«, sagte er mit leiser Stimme. »Sie geht manchmal etwas zu weit. Ich weiß, dass Ihr in Trauer seid, und gerade dann ist oft jedes Gespräch zu viel. Ich möchte Euch noch einmal mein Beileid aussprechen.«

»Danke«, erwiderte Tamanca, »das ist sehr nett von Euch.« Er rückte etwas von ihm ab und hoffte, nun endlich wieder für sich sein zu können. Doch weit gefehlt.

»Darf ich Euch trotzdem eine Frage stellen?«

Tamanca stöhnte innerlich auf.

»Ich würde gern als Euer Gehilfe arbeiten, dort in der Neuen Welt, und von Euch lernen. Auch mich interessiert die Kunst der Heilkunde.«

»Warum wollt Ihr denn den Beruf des Heilens erlernen?«, fragte er und versuchte höflich zu bleiben. Er hatte Sorge, dass der junge Mann ihn ebenfalls aushorchen wollte.

Oriol druckste ein wenig herum. »Ich … ich möchte den Menschen helfen … denen, die krank sind.«

Sehr überzeugend klang das für den jungen Médico allerdings nicht. »Und weshalb wollt Ihr das?«

»Na ja, einfach, damit es ihnen besser geht.«

Tamanca atmete tief durch. »Wisst Ihr, ich kann Euch im Augenblick nichts versprechen, da ich mir zuerst einmal ein Bild von den Umständen machen möchte, die uns dort in der Neuen Welt erwarten.«

Oriols Gesicht verdüsterte sich. »Vielleicht denkt Ihr noch einmal darüber nach. Ich kann mir nicht vorstellen, dass Ihr so schnell noch einmal ein solches Angebot bekommt.«

Die Art, wie Oriol sprach, sagte Tamanca schon jetzt, dass er bestimmt nicht weiter darüber nachdenken würde. Der junge Mann wollte seiner Mutter lediglich zeigen, dass er viel geschickter war als sie, um nicht zu sagen, hinterhältiger. Er wollte genau wie sie etwas über Amakuna herausfinden.

»Wisst Ihr«, sagte Tamanca schließlich ganz offen zu Oriol. »Ich kann mir Euch nicht am Bett eines Sterbenden vorstellen oder an dem einer gebärenden Frau, ja nicht einmal, wie Ihr ein Kind verarztet, das sich die Hand mit heißem Wasser verbrüht hat. Ein Médico zu sein oder zu werden bedeutet Hingabe und Verantwortung, etwas, das man nicht erlernen kann, sondern mitbringen muss.«

»Wie Ihr meint.« Oriol erhob sich mit dem gleichen sauren Gesichtsausdruck wie seine Mutter und machte sich von dannen.

Tamanca war klar, dass er nun nicht nur den Mönch zum Feind hatte, sondern dass es gleich drei waren, vor denen er sich in Acht nehmen musste.

Am Abend des achtzehnten Januar 1513 ertönte aus dem Mastkorb endlich der erlösende Ruf »Land in Sicht!«. Sämtliche Kolonisten rannten an Deck und blickten auf die kaum wahrnehmbare Küstenlinie, die sich am Horizont abzeichnete. Erleichterung und Freude zeigten sich in den Gesichtern.

Sie waren zwar noch nicht an ihrem endgültigen Ziel angelangt, dafür aber kurz vor La Isla Española, wo Cristóbal Colón vor rund zwanzig Jahren zum ersten Mal die spanische Flagge gehisst hatte. Von hier würde sie ein anderes Schiff weiter nach Castilla de Oro bringen, ihrem eigentlichen Ziel.

Tamanca war vor allem froh, endlich der Enge und der Feindseligkeit zu entkommen, die ihm auf dem zweiten Teil der Reise entgegengeschlagen war. Selbst mit seinem Vater hatte er seit La Palma kaum mehr gesprochen. Zum einen, weil er weiteren Fragen über seinen Ausflug zu den Harimaguadas ausweichen wollte, zum anderen aber auch, weil er es noch immer nicht fertigbrachte, ihm zu verzeihen, was er seiner Mutter angetan hatte.

»Ich glaube, das ist ein guter Augenblick, dich um einen Neuanfang zu bitten«, sagte Don Joaquín, der neben ihn getreten war, um sich ebenfalls davon zu überzeugen, dass sie bald wieder festen Boden unter den Füßen haben würden. »Lass uns die Vergangenheit begraben und in der Verbundenheit von Vater und Sohn diesen neuen Lebensabschnitt beginnen.« Er legte seine Hand auf Tamancas Schulter und sah ihn mit klarem, ehrlichem Blick an.

Doch Tamanca wandte sich ab. Es war zu früh. Er konnte nicht. Es tat noch zu weh.

Joaquín tat einen tiefen Seufzer. »Ich verstehe dich …«

Nachdem das Schiff in der Bucht vor Santo Domingo, der neu gegründeten Hauptstadt von La Española, Anker geworfen hatte, waren Tamanca, sein Vater und Pedro d'Atenza die Ersten, die sich mit ihrem Gepäck an Land rudern ließen. Der Samenhändler, der schon öfter hier gewesen war, hatte Vater und Sohn versprochen, ihnen bei der Suche nach einem Schlafplatz behilflich zu sein. Er selbst fand immer Unterkunft bei Martín Alonso Pinzón, einem Freund, der einst mit Colón hierhergekommen war, sozusagen ein Mann der ersten Stunde. Sein Gastgeber verfügte über ein großes Stadthaus und würde bestimmt für die beiden aus Trujillo ein Zimmer übrig haben. Außerdem konnte er ihnen sicher eine Menge guter Ratschläge geben.

Pedro d'Atenza winkte einem Schwarzen zu, der mit einem

Fuhrwerk am Kai auf ihn zu warten schien. Der mindestens sechseinhalb Fuß große Sklave aus Afrika sprang dienstbeflissen vom Bock, verbeugte sich und wuchtete dann das umfangreiche Gepäck der drei auf die Ladefläche. Tamanca fiel auf, dass seine Oberarme mit Narben übersät waren, die eindeutig von Peitschenhieben stammten. Sklavenhaltung und Sklavenhandel waren dem Spanier nicht fremd und auch auf der Iberischen Halbinsel schon lange an der Tagesordnung, doch die Anschaffung von Sklaven gründete dort meist auf dem Prinzip des Freikaufs, was hieß, dass die »frei« gewordenen Sklaven noch für eine bestimmte Zeit ohne Lohn für ihre ehemaligen Besitzer arbeiteten mussten und dann gehen konnten. Ein hoher Anteil weiblicher Sklaven arbeitete im Haushalt, während kräftige Männer aus Afrika gern für die Feldarbeit eingesetzt wurden. Auch Tamanca war bis zu seinem fünften Lebensjahr von einer Sklavin aus dem Osmanischen Reich aufgezogen worden. Trotzdem widerstrebte es ihm zutiefst, einen anderen Menschen als sein Eigentum zu betrachten und mit ihm umzugehen, wie es ihm beliebte. Doch hier schien eine solche Ansicht eher weniger verbreitet zu sein. Als er den Schwarzen auf seine Narben ansprach, tat der vorsichtshalber so, als verstünde er ihn gar nicht.

»Die portugiesischen Sklavenhändler gehen nicht gerade liebevoll mit ihrer Ware um. Die meisten Sklaven kommen hier mit Wunden an, die von Misshandlungen stammen«, sagte d'Atenza in dem Versuch, die Verantwortung schnell von sich zu schieben.

Tamanca verkniff sich auf den bittenden Blick seines Vaters hin jede weitere Bemerkung.

Vom Hafen war es nicht weit bis ins Zentrum der Stadt. Tamanca fiel sofort auf, dass der Grundriss einer Idealstadt entsprach, wie ihn die modernen Städtebauer inzwischen forderten – rechtwinklig angelegte Straßen und eine zentral gelegene Plaza Mayor. Der Samenhändler erzählte ihnen, dass Santo Domingo bereits der dritte Anlauf war, auf der Insel eine Stadt zu errichten. Starke Stürme, feindliche Indios und Insektenplagen hatten die Kolonisten immer wieder vertrieben. Aber hier war nun endlich der richtige Ort gefunden worden.

Obwohl es bereits kühler Abend war und die Menschen sich nach der glühenden Mittagshitze wieder auf die Straße trauten, konnte Tamanca keinen einzigen Ureinwohner entdecken. Er erinnerte sich daran, dass die Rückkehrer vom Tod Tausender Indios erzählt hatten, die sich Krankheiten aus Europa und Afrika zugezogen hatten. Es war also nicht nur ein Gerücht, sondern die bittere Wahrheit.

Einige Soldaten patrouillierten zwischen den weiß gekalkten Häusern mit Holzbalkonen, und ein paar schwatzende Spanierinnen drängten sich an ihnen vorbei und verschwanden in einem der neu wirkenden Läden. Pedro sah ihnen grinsend hinterher.

»Immer wenn ein Schiff eintrifft, ist das für die Frauen wie Weihnachten. Dann gibt es die neuesten Waren aus Spanien, Stoffe, Gewürze und eben alles, was die Neue Welt noch nicht zu bieten hat.«

Das Haus von Pinzón befand sich am äußersten Rand der Stadt. Der mächtige Bau aus hellem Sandstein, einem Flachdach und vergitterten Fenstern erinnerte ein wenig an eine Burg – es fehlten nur noch die Kanonen davor.

»Der Mann wusste schon, warum er sich so verbarrikadiert hat. Aber Ihr könnt ganz beruhigt sein«, erklärte d'Atenza. »Heute muss Santo Domingo keine Angriffe der Indios mehr fürchten.«

Weil sie alle bereits unter der Erde liegen, dachte Tamanca verbittert.

Ein weiterer, schon älterer Schwarzer mit kurz geschorenem grauem Haar lud ächzend ihr Gepäck ab. Tamanca wollte helfend eingreifen, wofür er sich einen tadelnden Blick des Samenhändlers einfing.

Sie betraten das Haus, das sie sofort mit einer angenehmen Kühle umschloss.

Der Hausherr sei noch beschäftigt, hieß es, würde sie aber so bald wie möglich begrüßen.

»Martín Alonso Pinzón gilt als eine Art Berater für spanische Konquistadoren, die beinahe alle ihre Eroberungszüge von hier aus starten«, erklärte Pedro und schnippte mit dem Finger, um eine junge Frau herbeizuzitieren, die dabei war, die Eingangshalle zu fegen.

»Los, bring das Gästebuch«, herrschte er sie an, sodass Tamanca zusammenzuckte. Hier ging man mit den Sklaven offensichtlich noch harscher um als in der Alten Welt.

Als sie ihm das Buch reichte, bedankte sich Tamanca besonders herzlich bei ihr. Wie angekündigt, fand er beim Durchblättern beinahe alle Namen der großen Entdecker und Eroberer: Pedro de Alvarado, Sebastián de Belalcázar, Hernán Cortés, Vasco Núñez de Balboa, Alonso de Ojeda, Rodrigo de Bastidas, Diego de Nicuesa.

»Wo ist Francisco Pizarro?«, fragte Joaquín, der seinem Sohn über die Schulter blickte. »Er hat doch auch eine Weile hier gelebt.«

»Genau, bis er mit Ojeda loszog, um mit ihm eine Kolonie auf der Terra Firma zu gründen«, schallte die Antwort von der Tür. »Leider ist er des Schreibens nicht mächtig … aber irgendwo hat er drei Kreuze gemacht. Ehrgeiziger Mann! Er wird es noch weit bringen. Dafür verwette ich zehn meiner besten Sklaven.«

Die drei waren so in das Gästebuch vertieft gewesen, dass sie gar nicht gemerkt hatten, wie sich der Besitzer des Hauses ihnen näherte. Pinzón war eine beeindruckende Erscheinung. Er trug eine Augenklappe, einen langen grauen Bart und, obwohl er sich in seinen eigenen vier Wänden befand, ein Kettenhemd über seinem enormen Bauch, dazu eine weite Pumphose im Stil der Mauren und einen Dolch im Gürtel. Als er Tamancas erstaunten Blick bemerkte, grinste er.

»Alte Gewohnheit. Die legt man nicht ab, wenn man das erlebt hat, was ich alles erlebt habe. Seid mir gegrüßt.« Er klopfte d'Atenza jovial auf die Schulter. »Und wen haben wir da?« Er blickte Tamanca und seinen Vater neugierig an.

»Seid mir ebenfalls gegrüßt, Don Martín.« Der Samenhändler grüßte ihn auf die gleiche Weise zurück. »Das sind Joaquín de Alba y Santa Barbara und sein Sohn. Sie suchen bis zu ihrer Weiterfahrt nach Castilla de Oro eine Unterkunft. Ich dachte, Ihr könnt ihnen vielleicht helfen.«

»So, zu Balboa wollt Ihr. Da müsst ihr Euch warm anziehen, was bei den Temperaturen hier nicht gerade angenehm ist.« Er lachte als Einziger über seinen eigenen Witz.

»Wie meint Ihr das?«, fragte Tamanca.

»Na ja. Hier auf La Española hat er sich keinen guten Namen gemacht. Er hat alle Spelunken leer gesoffen und enorme Spielschulden gemacht. Ein paar Leute, die noch eine Rechnung mit ihm offen hatten, waren hinter ihm her. Doch bevor sie ihn einsperren konnten, machte er sich mit einer List auf und davon. Dass er jetzt der Gouverneur von Castilla de Oro ist, kann, ehrlich gesagt, nicht mit rechten Dingen zugegangen sein. Aber die Krone ist weit weg.« Er lachte laut und ließ sich auf einen der grob geschnitzten Stühle fallen, die in der Eingangshalle standen.

»Und Pizarro?«, wollte nun Joaquín wissen.

»... ist sein Capitano. Kümmert sich um die Soldaten. Wie schon gesagt: vom Ehrgeiz zerfressen. Aber sei's drum. Jeder, der hierherkommt, muss um sein Überleben kämpfen, und da darf man nicht lange nachdenken, was richtig oder falsch sein könnte.« Er berührte den Knauf seines Dolchs. »Sonst landet man ganz schnell im Kochtopf irgendeines Indiostamms.« Wieder lachte er lauthals. »Allerdings sind diese Zeiten hier auf La Española vorbei. Heute leben hier nur noch ein paar Tausend Arawaken. Die Kriege sind ausgefochten. Jetzt krepieren sie als Sklaven an der schweren Arbeit oder werden von Krankheiten und Seuchen dahingerafft. Die halten nichts aus. Die Schwarzen sind da wesentlich robuster. Na ja, kosten ja auch Geld. Aber da greife ich lieber einmal tiefer in die Tasche.«

Tamanca fühlte sich von der offen zur Schau gestellten Menschenverachtung des ehemaligen Konquistadoren so abgestoßen, dass er am liebsten an einem anderen Ort genächtigt hätte. Doch dafür war es zu spät, wollte er den Hausherrn nicht offen beleidigen.

»Die Freunde meiner Freunde und sogar deren Freunde sind auch meine Freunde«, polterte Pinzón. »Ich habe genug Platz. Ihr könnt Euch gerne hier ein wenig Frieden gönnen. Krieg, Kampf und Krankheit werdet Ihr dort, wo Ihr hinwollt, noch zur Genüge haben. In Castilla de Oro haben bisher noch die Indios das Zepter in der Hand. Aber wie ich diesen Pizarro kenne, wird sich das bestimmt bald ändern.«

Sobald Vater und Sohn allein in dem ihnen zugewiesenen Gästezimmer waren, konnte sich Tamanca nicht mehr beherrschen und äußerte lautstark sein Missfallen über die unflätige Art ihres Gastgebers.

»Was für ein herzloser, widerlicher Kerl«, schimpfte er.

»Bitte nicht so laut«, versuchte Don Joaquín ihn zu beschwichtigen. »Es muss das Blut der kanarischen Ureinwohner sein, das in deinen Adern fließt und dich so für diese Indios einstehen lässt.«

Tamanca schob das Moskitonetz, das über dem einfachen Eisenbett befestigt war, beiseite und ließ sich darauf nieder. Sein Vater dagegen lief beunruhigt auf dem groben Steinfußboden auf und ab.

»Vergiss bitte nicht, du bist auch ein de Alba. Trujillo ist, seitdem christliche Ritter es von den Mauren 1231 zurückerobert haben, durchgehend im Besitz unserer Familie. Es gibt nicht viele spanische Geschlechter, die dergleichen von sich behaupten können. Du kannst den Kopf also ruhig stolz erhoben tragen.«

»Vater! Dir ist doch bekannt, dass ich keinen Wert auf Name oder Besitz lege und auf Macht sowieso nicht. Weißt du, was mir ein junger Mann auf La Palma erzählt hat, der wie ich halb Benahoare ist? Dieses Volk hat, bevor deinesgleichen es fast gänzlich ausgelöscht hat, seine Machthaber nicht durch Erbfolge oder Besitz bestimmt, sondern anhand guter Taten. Nur wer fortlaufend durch gute Taten auf sich aufmerksam machte, konnte zum Anführer werden. Und er konnte auch wieder abgesetzt werden, falls er Dinge tat, die seinen Untertanen missfielen.«

Sein Vater schwieg einige Atemzüge lang, dann sah er Tamanca mit ernstem Blick an. »Ich glaube nicht, dass du mit dieser Einstellung hier in der Neuen Welt Erfolg haben wirst. Wahrscheinlich noch weniger als in der Alten.«

»Dann habe ich eben keinen Erfolg, zumindest nicht in deinem Sinn. Ich werde jedoch meine Haltung und das Empfinden, das ich gegenüber jedem Lebewesen habe, nicht aufgeben.«

»Du redest wie deine Mutter«, sagte Don Joaquín und bekam wieder seinen üblichen melancholischen Gesichtsausdruck.

»Leider ist es mir ja verwehrt geblieben, sie kennenzulernen«, erwiderte Tamanca bitter. »Aber das Blut in meinen Adern spricht wohl mit ihrer Stimme.«

»Das wäre ihr bestimmt eine große Genugtuung«, erwiderte Don Joaquín.

»Hat sie dich denn so gar nicht von ihrer Lebensweise, von den Werten ihres Volkes überzeugen können?«, wagte Tamanca einen letzten Versuch.

Sein Vater dachte einen Moment lang nach. »Zu Anfang ja, aber dann wurde es immer schwieriger. Ihre Ansichten, ihre Eigenwilligkeit – sie war so anders als spanische Frauen.«

»Aber war es nicht das, was du zu Beginn an ihr geliebt hast?«

Er nickte. »Ja, das stimmt. Als wir auf ihrer Insel waren und auch später auf dem Schiff. Doch da fing es schon an, dass sie mir fremd wurde. Vieles, was sie tat, habe ich einfach nicht verstanden und dann auch abgelehnt. Das war der Anfang vom Ende. Ich liebte sie, doch je mehr ich wieder in meiner Welt war, desto weniger war ich in der Lage, vollkommen zu ihr zu stehen oder mich gar vor sie zu stellen. Es ging einfach nicht.«

»Aber sie hat dann doch mit dir auf Trujillo gelebt?«

»Weil mein Vater, dein Großvater, sie zu uns geholt hat. Er hatte sich noch nie um die Meinung anderer geschert. Er hätte dir gefallen. Doch nach seinem Tod und dem Tod meiner Ehefrau geriet alles aus den Fugen. Iriomé und ich hatten nur noch Streit.«

»Wieso?« Tamanca war froh, endlich etwas mehr zu erfahren.

Don Joaquín aber stöhnte. »Ich habe ihr vorgeworfen, das Leben meiner Gattin und meines legitimen Sohnes nicht gerettet zu haben, obwohl sie dazu in der Lage gewesen wäre.«

Sie wollte Amakuna nicht gefährden, dachte Tamanca, sprach es jedoch nicht aus. Auch sie wusste, dass mit dem Pilz eigentlich nur Menschen zu retten waren, die sein Geheimnis nicht aufs Spiel setzten.

Ihr Gespräch wurde unterbrochen, als es an der Tür klopfte und zwei schwarze Sklavinnen einen Zuber hereinschleppten, um den beiden Spaniern ein Bad zu bereiten. Immer wieder kamen sie mit Eimern voll heißem Wasser, bis der Bottich zur Hälfte gefüllt war und Tamanca und sein Vater sich darin niederlassen konnten.

Pinzón musste die Frauen gerade erst gekauft haben, denn sie sprachen kein Wort Spanisch. Dafür aber schrubbten sie den Männern ausdauernd den Rücken, schnitten ihnen die Haare und stutzten die wild wuchernden Bärte. Es war das erste Mal seit ihrer Abreise, dass Tamanca und Don Joaquín die Gelegenheit hatten, sich gründlich zu waschen, und sie genossen es dementsprechend.

»Ob sie wohl auch noch für andere Dienste zur Verfügung stehen?«, fragte Don Joaquín schmunzelnd, doch Tamanca warf seinem Vater einen vorwurfsvollen Blick zu, erhob sich schnell und wandte ihm den Rücken zu. Das warme Wasser und die weibliche Zuwendung hatten auch bei ihm gewisse Gefühle geweckt, deren Auswirkungen sich kaum übersehen ließen. Die Trauer um Pilar hatte bisher sämtliche Bedürfnisse dieser Art in den Hintergrund gedrängt, aber jetzt spürte er doch, dass er ein Mann war, mit allem, was dazugehörte. Eine der Afrikanerinnen grinste ihn auch prompt anzüglich an, doch Tamanca wich ihrem Blick aus und verweigerte ihr, sich beim Ankleiden helfen zu lassen.

Als Vater und Sohn später wohlriechend in frischer Kleidung am reichlich gedeckten Tisch im überdachten *Patio* von Pinzón saßen, war selbst Tamanca wieder etwas versöhnter mit der Welt. Er war sogar bereit, sich die blutrünstigen Geschichten aus dem Mund ihres Gastgebers anzuhören, der es offensichtlich liebte, in illustrer Gesellschaft von seinen einstigen Reisen mit Colón zu erzählen. Mehrere Kolonisten, wie auch Frai Ambrosio und Capitán Terrabaja, waren ebenfalls eingeladen und hingen bereits an seinen Lippen.

»Die erste Reise wurde mit etwa zwei Millionen Maravedís finanziert«, antwortete Pinzón auf die Frage des Dominikaners, wie viel Geld der Genuese damals für seine Fahrt ins Unbekannte eingetrieben hatte.

»Und das war alles andere als leicht. Er hatte ja bereits bei den verschiedensten Höfen vorgesprochen. Das spanische Königspaar gab nur den Zuschlag, weil sie gerade die letzten Mauren aus Granada vertrieben hatten und in Siegerlaune waren. Der größte Teil des Geldes stammte übrigens vom Amt, das für die Sicherheit der Straßen zuständig war. Der Verwalter der Kasse war ein konvertierter Jude, weshalb man schon munkelte, Colón hätte jüdisches Blut und den Auftrag gehabt, Land für die aus Spanien ins Exil verbannten Juden zu suchen.« Pinzón schmunzelte in seinen Bart. »Aber das sind natürlich nur Gerüchte. Colón wollte, wie wir alle wissen, Indien auf der Westroute erreichen. Das war sein Plan.«

Während Don Martín sich langsam in Fahrt redete, trugen die Sklaven Terrinen auf, in denen eine heiße Suppe dampfte, und verteilten sie mithilfe mächtiger Kellen auf die Teller der Gäste.

»Am dritten August 1492 stachen wir in See«, fuhr der Gastgeber fort, nachdem er hungrig einige Löffel zu sich genommen hatte. »Diese Reise war von den vieren, die ich mit ihm erst als

Seemann, später als Steuermann und am Schluss als Offizier unternommen habe, die schwierigste. Ihr könnt es Euch nicht vorstellen. Beinahe jedes ungewöhnliche Naturschauspiel wurde von der Mannschaft als schlechtes Omen gedeutet. Ich kann mich noch gut an die Rauchwolken des Teide erinnern, des Vulkans auf der Isla de Tenerife. Da hieß es, der Teufel wäre uns auf den Fersen. Mehrmals standen wir kurz vor der offenen Meuterei. Die Reise ins Ungewisse schürte große Angst. Kann man ja auch verstehen. Von Tag zu Tag wurde das Ausbleiben einer Küste am Horizont unheimlicher. Und als die Kompassnadel immer mehr von Norden abwich, hielt die Mannschaft das für einen Beweis, dass wir jetzt in ein Gebiet vorgedrungen waren, in dem die Grundgesetze der Natur nicht mehr galten – *Terra incognita.*« Er machte eine spannungssteigernde Pause, auch um sich zu vergewissern, dass alle ihm noch aufmerksam zuhörten. »Manche glaubten sogar, uns würden dort riesige Seeungeheuer verschlingen.« Der alte Seemann fuhr mit der Zunge über seine fettigen Lippen, als wolle er sogleich einen seiner Gäste auffressen. »Doch gerade als die Mannschaft eine Umkehr zurück nach Europa gewaltsam erzwingen wollte, erschien ein Vogel über dem Schiff. Colón hielt das für ein Zeichen Gottes und beschwor uns daraufhin, an der Weiterfahrt festzuhalten. Denn er wusste, dass sich Vögel nie mehr als hundert Meilen weit von der Küste entfernen. Als dann die ersten Anzeichen von Land, wie Treibholz und verrottete Pflanzen, auftauchten, erschienen ihm diese wie weitere Zeichen des Herrn. Denn er war überzeugt, ein Gesandter Gottes zu sein und in seinem Auftrag zu handeln.«

Frai Ambrosio unterbrach ihn. »Es *waren* von Gott gesandte Zeichen. Ohne sie hätte er sich wahrscheinlich den Forderungen der Mannschaft gebeugt und wäre umgekehrt. Cristóbal Colón war ein Auserwählter. Nicht umsonst nannte er sich *Christum ferens,* der Christusträger.«

D'Atenza verdrehte die Augen. Wahrscheinlich hatte er das alles nun schon zum hundertsten Mal gehört.

»Bitte erzählt weiter«, bat dagegen Don Joaquín, der von dieser Geschichte aus erster Hand vollkommen gefesselt war.

Don Martín nahm noch einen Schluck Wein und sprach dann weiter. »Es dauerte noch einen ganzen Monat, bis eine Küstenlinie sichtbar wurde. Aber wir hielten durch. Am zwölften Oktober gingen wir dann endlich auf einer Insel an Land, die von den Einheimischen ›Guanahani‹ genannt wurde. Colón taufte sie ›San Salvador‹, heiliger Erlöser. Auf der Weiterfahrt entdeckten wir La Isla Española. Hier wurde am fünfundzwanzigsten Dezember eines unserer drei Schiffe, die Santa Maria, von einem Felsen aufgeschlitzt, doch Colón ließ aus ihren Überresten die erste spanische Festung in der Neuen Welt errichten und nannte sie passend ›La Navidad‹, Weihnachten. Die gesamte Besatzung, ungefähr vierzig Mann, blieben dort zurück. Ich war einer von ihnen.« Wieder machte Pinzón eine Pause. Diesmal jedoch, um seinen Teller an den Mund zu setzen und den Rest der Suppe zu schlürfen. Nachdem er wohltuend gerülpst hatte, sprach er weiter.

»Colón selbst machte sich mit den beiden verbliebenen Schiffen auf den Weg zurück nach Europa, ließ sich dort feiern und zum Vizekönig und Gouverneur der ersten spanischen Kolonie ausrufen.«

»Doch er glaubte noch immer, auf einer Insel an der Küste von China gelandet zu sein«, warf d'Atenza ironisch ein.

»Stimmt«, gab Don Martín zu. »Er war ein Sturkopf und wollte bis zu seinem Tod nicht zugeben, dass er sich geirrt hatte.«

Die Sklavinnen hatten inzwischen die Suppenteller und Terrinen abgeräumt, deckten neu auf und trugen nun ein halbes Schwein auf einer silbernen Platte herein, dessen knusprig gebratene Fettschwarte in der gerade untergehenden Sonne glänzte.

»Und was geschah dann weiter?«, wollte nun auch der Dominikaner wissen.

»Ich war einer der wenigen Überlebenden von La Navidad.« Pinzón brach sich den vorderen rechten Schweinefuß ab und riss mit den Zähnen große Stücke Fleisch herunter, was ihn zu einer kleinen Erzählpause zwang. Die nutzten auch die anderen Gäste, um sich die Teller vollzuschaufeln. »Die Eingeborenen waren zu Anfang friedlich und sahen uns sogar als eine Art weiße Götter, aber einige von uns fingen dann an zu plündern, zu vergewaltigen und auch zu töten«, fuhr er mit vollem Mund fort. »Deshalb wurden wir schon zwei Tage später angegriffen. Die Arawaken haben mit Brandpfeilen auf das Fort geschossen, das schließlich in Flammen aufging, sodass wir es verlassen mussten. Am Schluss war ich der einzige Überlebende, als Colón im November mit einer neuen riesigen Flotte voller Kolonisten zurückkam.« Er sah sich Beifall heischend um, doch die meisten waren jetzt mit dem Essen beschäftigt.

Tamanca wusste nicht, was ihn mehr anekelte: die hochmütige Erzählweise von Pinzón oder die Gier, mit der seine Gäste das kostenfreie Essen in sich hineinstopften. Das Schmatzen und Rülpsen, das Knacken der Knochen und der Speckschwarte untermalte auf bizarre Weise die Geschichte dieser ersten Eroberung. Doch da fuhr der Gastgeber auch schon fort.

»Gemeinsam mit seinem Bruder Bartolomé gründete Colón am Ostufer des Río Ozama eine neue Siedlung und gab ihr, um die Königin zu ehren, den Namen La Nueva Isabela. Doch leider waren die Bedingungen dort für die Kolonisten so ungünstig, dass sie revoltierten – Moskitos, unfruchtbarer Boden, Angriffe der Eingeborenen. Wir wurden mit Giftpfeilen beschossen und manche von uns sogar verspeist. Allerdings hielt das Colón nicht davon ab, sich seiner eigentlichen Mission zu widmen. Der Suche nach Gold! Denn schließlich musste er ja sein Versprechen gegenüber der spanischen Königin einlösen. Er war ein hohes Wagnis eingegangen und hatte jeden Teller, jeden Becher, jeden Schmuck aus Gold nach Spanien geschickt, um dort die Gier zu schüren, die ihm weitere Expeditionen ermöglichen sollte. Er glaubte, dass es davon noch viel mehr geben musste.«

Das Wort »Gold« fesselte ganz offensichtlich die Aufmerksamkeit seiner Zuhörer, die sich ihm nun wieder zuwandten.

»Nachdem seine Erkundigungen im Hinterland erfolglos geblieben waren, stach Colón im April erneut in See, um weiter im Westen nach dem chinesischen Festland zu suchen, das er in der Nähe der vorgelagerten Inseln vermutete. Er war immer noch der Meinung, den Osten von Asien entdeckt zu haben, und suchte nach dem von Marco Polo beschriebenen Reich Qinsay und dem Großen Khan. Doch nach einigen Monaten musste er schließlich krank und erschöpft hierher zurückkehren. Leider war die Kolonie inzwischen völlig außer Kontrolle geraten, hauptsächlich, weil die Spanier versuchten, sich das Gold, das ihnen in Aussicht gestellt worden war, mit Gewalt von den Indios zu beschaffen. Colón vermochte es nicht, die Kolonisten im Zaum zu halten.«

»Sie haben einfach zu viel erwartet. Die einheimischen Mädchen sollten für sie bereitstehen, ebenso wie Gold und Gewürze. Am besten noch fertig verpackt am Strand. Da wäre jeder überfordert gewesen«, verteidigte Frai Ambrosio erneut sein Idol. »Bestimmt hat er jede Form von Unmoral strengstens abgelehnt. Ich weiß, dass Colón bei meinem Orden angefragt hat, ob man Mönche schicken könne, die den Männern die schlechten Gewohnheiten austreiben sollten. Das sehe auch ich als meine zukünftige Aufgabe.«

Tamanca konnte sich nur schwer vorstellen, dass Colón die Unmoral aus Mitleid mit den Indios verurteilt hatte. Letztendlich sah er in ihnen auch nur ein Versprechen auf Gewinn, der sich aus ihnen ziehen ließ. Und alle, die ihm nachfolgten, hatten das Gleiche im Sinn, nämlich ein besseres Leben zu führen als in Spanien. Egal, auf wessen Kosten, egal, welch großes Leid sie dadurch anrichteten, egal, was dabei zerstört wurde.

Don Martín lud sich ein weiteres Stück vom Schwein auf den Teller und setzte seine Geschichte fort. »Colón rief schließlich zu einem gut geplanten, umfassenden Unterwerfungsfeldzug gegen die Indios auf, um die Kolonisten bei Laune zu halten. Dabei wurden Tausende Ureinwohner getötet, ihr Land verteilt und der Rest zu Goldtributen gezwungen.«

Tamanca konnte seine Gefühle nur mühsam zurückhalten. Er sah nur mehr Mord-, Ausbeutungs- und Unterwerfungslust, mit der sich das spanische Königreich seine erste Kolonie in der Neuen Welt gesichert hatte. Am liebsten wäre er aufgestanden und hätte die Tafel verlassen, aber das wäre einer Beleidigung seines Gastgebers gleichgekommen und hätte auch seinem Vater nicht gefallen. Denn der fühlte sich offensichtlich wohl in dieser Gesellschaft.

»Doch von nun an ging es bergab.« Pinzóns Stimme bekam einen dramatischen Unterton. »Heimgekehrte Siedler beschuldigten Colón in Spanien, die Verwaltung seiner Kolonie nicht im Griff zu haben. So wurde er kurzerhand als Gouverneur abgesetzt, und ein gewisser Francisco de Bobadilla bekam seinen Posten. Der fackelte nicht lange, legte Colón und seinen Bruder in Ketten und schickte beide nach Spanien zurück. Letztendlich wurden sie begnadigt, erhielten jedoch ihre Ämter nie zurück. Ihr Ruf war zerstört und der Name Colón nicht mehr viel wert.«

Tamanca empfand kein Mitleid mit dem Entdecker, im Gegenteil.

Inzwischen war der Hauptgang abgeschlossen, und zum Nachtisch wurden große Schalen mit tropischen Früchten aufgetragen, die er und sein Vater nie zuvor gesehen hatten. Doch weder das zarte orangefarbene Fleisch der Papaya noch die saftigen Mangos oder die süße Ananas nahmen Tamanca die Bitterkeit des Gehörten.

»Und wie endete die Geschichte nun?«, wandte sich Don Joaquín noch einmal an den Hausherrn.

»Nicht gerade rühmlich, sondern demütigend. Colón war inzwischen krank an Körper und Geist. Er verbrachte noch knapp zwei Jahre damit, dem Hof hinterherzureisen, um seine Ehre wiederherzustellen und seine Ämter zurückzuerhalten. Doch leider ohne Erfolg.«

»Eine wirkliche Beleidigung für diesen großen Mann«, empörte sich Frai Ambrosio. »Ich bin überzeugt, er war in den Dienst Gottes gestellt. Die Entdeckung der Neuen Welt durch Colón war die Belohnung an Spanien für die Vertreibung der Mauren. Und mit dem Gold, das wir hier finden, werden wir im Namen unseres Herrn auch den Rest der Welt von den Muselmanen befreien.«

»Wenn wir es finden«, spottete d'Atenza.

»Das werden wir«, konterte der Dominikaner aus tiefster Überzeugung. »Gott lässt die Seinen nicht im Stich.«

Tamanca, der sich beim besten Willen nicht vorstellen konnte, dass Gott auch nur das Geringste mit den Grausamkeiten, die hier stattfanden, zu tun hatte, warf Frai Ambrosio einen skeptischen Blick zu. Es schien ihm, als benutzten die Menschen immer wieder Gottes Namen, um sich Autorität und eine Machtposition zu verschaffen. Und obwohl er wusste, dass er mit dieser Meinung seine Beziehung zu dem Dominikaner bestimmt nicht verbesserte, wollte er sie doch kundtun und meldete sich erstmals zu Wort.

»Ist es nicht eher so, dass Colón sich maßlos überschätzt hat? Er wollte einfach kein dahergelaufener Glückspilz sein, den nur der Zufall vor dem sicheren Untergang im Ozean bewahrt hat, um ihm dann auch noch eine Neue Welt in den Schoß zu legen, die er gar nicht gesucht hatte.«

Sein Vater warf ihm einen warnenden Blick zu, doch Tamanca ließ sich davon nicht aufhalten. Er hatte die Nase voll von der Augenwischerei der Kirche und der Konquistadoren, denen es letztlich um das Gleiche ging.

»Ist es nicht zuletzt dieser Irrglaube an sein Schicksal und seine göttliche Auserwähltheit, die es ihm unmöglich machten, seinen großen Irrtum, die Westroute nach Asien entdeckt zu haben, zu widerrufen?«

Pinzón nickte erstmals zustimmend. »Da habt Ihr recht. Es gab für ihn keine Zufälle. Mehr als alles andere wollte er Anerkennung dafür, dass er recht und seine Widersacher unrecht hatten.«

»Ich denke, die Hartnäckigkeit, die ihn nach oben gebracht hat, und der Starrsinn, mit dem er seinen Irrtum bis zu seinem Tode verteidigte, liegen dicht beieinander«, resümierte Tamanca.

»Stimmt«, schloss sich d'Atenza seiner Meinung an. »Seine kühne Westfahrt war ein Geniestreich, aber seine maßlose Sturheit und Selbstüberschätzung haben ihn schließlich zu Fall gebracht.« Er nahm einen großen Verdauungsschluck aus der Rumflasche, die zum Abschluss des Gelages herumgereicht wurde, und gab sie an Frai Ambrosio weiter. Der dagegen knallte sie, ohne daraus zu trinken, lautstark auf den Tisch, um auf die Wichtigkeit dessen, was er nun zu sagen gedachte, hinzuweisen.

»Auch Jesus wurde von den Menschen verkannt und ans Kreuz genagelt. Colón wurde aus dem Nichts emporgehoben und vollbrachte eine Tat, die zur höchsten Ehre der Christenheit gereicht und keine ihresgleichen finden wird. Ich bin überzeugt, die Nachwelt wird ihn noch lange Zeit als den großen Helden und den Entdecker der Neuen Welt feiern. Denn er wurde von Gott geschickt, und das wird die Kirche verkünden, solange sie existiert.«

Tamanca überlegte kurz, ob er noch etwas entgegnen sollte, entschied sich dann aber dagegen. In seiner Brust schlug nicht das Herz des Revolutionärs, des Kämpfers, des Anklägers. Selbst mit einer flammenden Rede würde er die Haltung dieser Menschen nicht ändern können. Wichtig war nur, dass er seine Gesinnung behielt. Vielleicht begegnete er ihnen genau aus diesem Grund. Vielleicht war es eine Art Prüfung. Eine Prüfung, auch was seine Standhaftigkeit im Zusammenhang mit Amakuna betraf. Anders konnte er sich das alles nicht erklären.

Amakuna war hier nicht sicherer als auf La Palma. Im Gegenteil. Die Neue Welt schien geradezu Menschen anzuziehen, die im blutigen Kampf um Macht ein solches Mittel erst recht gebrauchen konnten. Doch irgendeinen Sinn musste es haben, dass er mitsamt dem Pilz hier gelandet war. Er würde es herausfinden.

Nachdem er sich höflich bei seinem Gastgeber für das schmackhafte Essen bedankt und sich auf sein Zimmer zurückgezogen hatte, drang das Gelächter der Runde noch eine Weile an sein Ohr, bis ihn ein Traum in eine andere Welt zog.

Wogender Urwald von oben – er fliegt über eine tiefgrüne, undurchdringliche Fläche. Schließlich landet er auf einem Berg und kann sich ausruhen. Es scheint, als ob alles Leid, alle Strapazen seines bisherigen Lebens von ihm abfallen. Als ob die Luft, die er hier atmet, ihm neue Kraft und neuen Mut einflößt. Die Wolken, die zuerst über ihm waren, sieht er jetzt unter sich. Alles ist umgedreht, steht auf dem Kopf. Plötzlich lautes Gelächter von Hunderten von Konquistadoren in Kettenhemd und Helm, das Schwert in der Hand. Sie lachen und lachen und hören gar nicht mehr auf. Tamanca hält sich die Ohren zu. Stille tritt ein.

Er dreht sich um und nimmt das Bild einer jungen Frau wahr. Sie lächelt ihn an, nimmt ihm sanft die Hände von den Ohren und legt sie in seinen Schoß. Es ist noch immer still. Die junge Frau ist unbekleidet und von so makelloser Schönheit, dass er sich wünscht, dieses Bild nie wieder zu verlieren. Aber es ist nicht nur ihre Erscheinung, es ist das Gefühl, das sie in ihm auslöst. Eine Empfindung, die so tief geht, dass sie den hintersten Winkel seines Herzens beleuchtet. Er versucht, mit ihr zu sprechen, sie zu fragen, wer sie sei, doch da löst sich ihr Bild wieder auf, und das Lachen der Konquistadoren dringt erneut an sein Ohr, aber es macht ihm nichts mehr aus. Er hat einen Moment einzigartigen Friedens erlebt, und er weiß, dass nur der Gedanke daran jedes neu aufkommende Gelächter augenblicklich verstummen lassen wird.

20. KAPITEL

Als Tamanca am nächsten Morgen erwachte, war er schweißgebadet. Und das lag nicht nur an dem tropischen Klima. Sein Traum, die Erzählungen vom Vorabend und auch das, was er auf La Palma erlebt hatte, fügten sich langsam zu einem Bild, doch wie alles für ihn ausgehen sollte, war ihm ein Rätsel. Er griff nach dem Amulett, als hätte er Angst, es während der Nacht verloren zu haben.

»Guten Morgen«, ertönte die Stimme seines Vaters vom anderen Ende des großzügigen Zimmers, wo sein Bett stand.

»Ich habe zum ersten Mal seit Langem wieder gut geschlafen. Mag am guten Essen und dem Rum gelegen haben.« Er wälzte sich von seiner Lagerstatt, schob das Moskitonetz beiseite und verrichtete lautstark seine Notdurft in dem bereitgestellten Nachttopf. »Schade, dass du schon so früh zu Bett gegangen bist. Danach wurde es noch richtig lustig.«

»Lustig? Der Rum hat dir wohl jegliche Klarheit aus dem Gehirn gespült«, sagte Tamanca vorwurfsvoll. »Ich jedenfalls kann dem Humor von Menschen, die Töten, Plündern und Vergewaltigen als etwas Normales empfinden, nichts abgewinnen. Aber ich bin da wohl kein Maßstab.«

Don Joaquín richtete sich auf, zog seine lange Unterhose an und drehte sich ärgerlich zu seinem Sohn um. »Ein bisschen mehr Respekt! Du bist noch immer mein Sohn.«

»Aber auch der meiner Mutter! Hast du denn nicht gesehen, was auf San Miguel de La Palma geschehen ist? Schon zwanzig Jahre nach der *Conquista* existiert ihr Volk so gut wie gar nicht mehr. Und hier geschieht dasselbe. Das Wissen der Ureinwohner, ihre Art zu leben, ihr Glaube, ihre Kunst, alles fällt dem großen Vergessen zum Opfer.«

»Es ist eben Gottes Wille«, verteidigte sich Don Joaquín. »Er will, dass wir Christen die Welt beherrschen und überall sein Wort verbreiten.«

Tamanca stand wütend auf und hätte beinahe das Moskitonetz heruntergerissen. »Du meinst wirklich, Gott und sein angeblich so barmherziger Sohn wollten, dass Zigtausende Menschen sterben? So leichtgläubig und töricht kannst du doch nicht sein! Nein, das ist, was die Christen wollen, und sie missbrauchen dafür seinen Namen.«

Don Joaquín seufzte tief. Er hatte sich inzwischen auf die Kante seines Bettes gesetzt, die Schultern nach vorn gebeugt, den Kopf auf die Hände gestützt.

»Vielleicht hast du ja recht«, sagte er leise. »Aber was ist es dann, was uns treibt?«

»Die Gier, Vater. Nichts weiter als die Gier nach Macht und Reichtum.« Das waren die Worte der Harimaguada gewesen. Und sie hatte recht gehabt. Es war nur zu verständlich, dass der Blick in die Zukunft ihr jeglichen Wunsch genommen hatte weiterzuleben. Doch was war mit ihm?

Tamanca hatte noch weiter in die Zukunft gesehen, und dort herrschten noch immer die gleichen Zustände. War der Mensch eben so angelegt, sich überlegen zu fühlen, um andere beherrschen zu können? War er vielleicht gar nicht in der Lage, einfach nur zu leben und leben zu lassen? Warum musste der Stärkere immer dem Schwächeren seine Position aufzeigen? Weshalb konnte er ihm nicht die Hand reichen und mit ihm die Freuden dieses Lebens teilen? Teilen war für Tamanca kein Begriff, der einem etwas wegnahm, sondern im Gegenteil, der etwas größer machte, den Menschen Glück und ein Miteinander ermöglichte. Behielt man alles nur für sich, blieb man allein, und dafür war der Mensch nicht gemacht. Das konnte er bei seinem Vater hautnah erleben. Um seinen Besitz zu behalten, hatte er die Liebe seines Lebens verraten. Und damit nicht genug: Er hatte nicht nur sein eigenes Leben verwirkt, sondern auch noch das von Iriomé.

Doch was war mit ihm? Sollte er sich deshalb geschlagen geben? Nein. Solange es die Hoffnung gab, dass die Liebe irgendwann vielleicht doch die Oberhand gewann, würde er kämpfen. Sie war die einzige Kraft, die den Menschen Frieden brachte. Hier in der Neuen Welt, das war Tamanca längst klar, war davon genauso wenig zu spüren wie in der Alten. Im Augenblick waren es jedoch die Gefühle aus seinem Traum, die ihn mit einem letzten Funken Hoffnung erfüllten und ihn nicht aufgeben ließen.

Nach einem ausführlichen Frühstück mit frisch gebackenem Brot und tropischen Marmeladen schlug d'Atenza Tamanca und seinem Vater vor, ihn zur Encomienda von Bartolomé de Las Casas zu begleiten, um die bestellten Zuckerrohrstecklinge zu liefern. So könnten sie dort schon einmal eine ertragreiche Plantage besichtigen. Don Joaquín stimmte sogleich zu. Tamanca vermutete, dass sein Vater vermeiden wollte, mit ihm allein zu sein und sich weitere Wahrheiten über die verlogene und unchristliche Lebensweise der Kolonisten anhören zu müssen. Doch er würde auch vor anderen mit seiner Meinung nicht hinter dem Berg halten.

Pedro d'Atenza wartete bereits vor dem Haus auf sie. Die Ladefläche des Fuhrwerks, das von zwei kräftigen Pferden gezogen wurde, war bis oben hin mit den Säcken aus La Palma beladen, sodass alle drei vorn beim Kutscher Platz nehmen mussten. Auch dieser hatte frische Striemen von Peitschenhieben auf Armen und Beinen.

»Die sind wohl auch noch von den portugiesischen Sklavenhändlern?«, konnte sich Tamanca nicht verkneifen zu fragen.

D'Atenza sah ihn leicht spöttisch an. »Ihr solltet langsam von Eurem hohen Ross heruntersteigen und verstehen, wie der Hase hier läuft. Andernfalls würde ich Euch empfehlen, mit dem nächsten Schiff zurückzufahren.«

»Vielen Dank für den guten Ratschlag«, äußerte sich Tamanca mit der gleichen falschen Freundlichkeit.

»Er meint es nicht so«, versuchte Don Joaquín die Stimmung wieder etwas aufzuheitern, was ihm allerdings nicht gelang. D'Atenza spielte den Beleidigten und sprach von nun an nur noch das Nötigste.

Sie fuhren an riesigen Zuckerrohrfeldern vorbei, die alle von Schwarzen bewirtschaftet wurden. Die Aufseher, die ihnen zuwinkten, trugen einer wie der andere Peitschen, Stöcke und manche sogar Gewehre. Tamanca war klar, dass sie diese, ohne mit der Wimper zu zucken, einsetzen würden. Die zwei Männer mit den vernarbten Rücken waren bestimmt keine Einzelfälle. Mit Absicht zugefügte Wunden waren für ihn als Mensch und auch als Médico ein ganz besonderer Gräuel.

»Ohne die Sklaven wäre es gar nicht möglich, die riesigen Ländereien zu bewirtschaften«, richtete d'Atenza das Wort an Don Joaquín.

»Und vor allem nicht ohne die Sklavenhändler«, warf Tamanca ein und dachte dabei an Pizarro.

»Stimmt. Sie machen natürlich das beste Geschäft im Dreieckshandel zwischen Europa, Afrika und der Neuen Welt«, bestätigte der Samenhändler, wandte sich dabei jedoch an Don Joaquín »Sie tauschen an der afrikanischen Küste Manufakturwaren, Werkzeuge, Waffen und Textilien gegen Sklaven ein, die sie dann kostengünstig in die Neue Welt transportieren und dort als Arbeitskräfte für Plantagen und Bergwerke verkaufen. Dann erwerben sie die Erzeugnisse dieser Plantagen und Minen und veräußern sie in Europa mit hohem Profit. Ein Sklave, den man in Afrika für Tauschartikel von geringem Wert erwerben kann, bringt hier das Zehnfache an Zucker ein, der in Europa wiederum für das Hundertfache verkauft wird.«

Don Joaquín hörte aufmerksam zu, während Tamanca sich zutiefst abgestoßen fühlte. Auf dem Rücken von Menschen, die weder Macht noch Besitz hatten, wurden überaus profitable Geschäfte gemacht. Er merkte, wie sehr ihm das Leid der Sklaven unter die Haut ging, und so langsam fragte er sich, ob es nicht ein großer Fehler gewesen war, seinen Vater hierher zu begleiten.

»Und der Preis? Was kostet ein Sklave?«, erkundigte sich Don Joaquín jetzt auch noch, wofür ihn Tamanca am liebsten vom Kutschbock gestoßen hätte.

»Das weiß ich nicht, aber bestimmt kann Euch de Las Casas darüber Auskunft geben. Er war einer der Ersten, der afrikanische Sklaven hier einführte«, erwiderte der Samenhändler.

Und das rechtfertigte dieser bestimmt auch mit dem Namen Gottes, dachte Tamanca.

Er hatte sich nicht getäuscht. In der Eingangshalle der riesigen Encomienda hingen Gemälde mit Szenen aus der Bibel, ebenso wie Porträts verschiedener Heiliger. Johannes der Täufer, Maria mit dem Jesuskind und der Erzengel Michael, der mit seinem Schwert den Drachen tötete.

Tamanca hatte einen grobschlächtigen Kerl erwartet, so wie die Männer gestern an Pinzóns Tisch, und war erstaunt, als ihm nun ein Mann mit feinen Gesichtszügen und einem höflichen Umgangston gegenüberstand. Er begrüßte alle drei herzlich und war gerne bereit, Don Joaquín alles, was dieser über den Zuckerrohranbau wissen wollte, zu erklären. Die beiden Männer schienen sich auf Anhieb zu verstehen, während Tamanca skeptisch blieb.

»Ich habe gehört, dass Ihr der Erste wart, der statt der Indios afrikanische Sklaven für sich arbeiten ließ. Tut ihr das aus reiner Menschenfreundlichkeit den Indios gegenüber oder weil sie schwächer sind und schneller sterben?«, provozierte er nun ganz bewusst.

Don Joaquín und d'Atenza hielten den Atem an, doch de Las Casas nahm es gelassen. Er schüttelte den Kopf.

»Nein. Ich habe eine besondere Beziehung zu den Indios. Mein Onkel, der damals mit Colón hierherkam, hat mir einen Arawaken-Jungen als Spielkameraden mit nach Spanien gebracht, und wir wurden beste Freunde, obwohl wir völlig verschieden waren. Allerdings blieb er nur knappe zwei Jahre, da Königin Isabella die Versklavung ihrer neu erworbenen Untertanen sofort für unrechtmäßig erklärt hatte und alle in ihre Heimat zurückschicken ließ. Hier traf sie jedoch ein noch viel schlimmeres Los. Die Krone hatte den Kolonisten riesige Landgüter mitsamt der darauf lebenden indigenen Bevölkerung treuhänderisch übertragen, die zwar grundsätzlich frei war, aber gegen Geld und Naturalien zur Arbeit gezwungen werden konnte.«

»Also lebenslange Zwangsarbeit«, stieß Tamanca wütend hervor.

»Und noch menschenverachtender als die Sklaverei«, stimmte ihm de Las Casas zu. »Die Indios mussten nicht gekauft werden, stellten somit keinerlei Wert dar und konnten dementsprechend leichtfertig zu Tode geschunden werden. Die Krone wollte damit verhindern, dass sich hier eine unabhängige politische Macht entwickelte. Deshalb …«

Er sprach nicht weiter, aber Tamanca wusste natürlich genau, was er sagen wollte. Deshalb war es sogar erwünscht, dass möglichst viele von ihnen umkamen. Er musste plötzlich an das tote Indiomädchen denken, dem er auf dem Sterbebett versprochen hatte, auf seine Brüder und Schwestern achtzugeben. Das war sein persönlicher Grund gewesen, sich auf den Weg in die Neue Welt zu machen. Doch hier auf La Española blieb für ihn nichts mehr zu tun. Die erste spanische Kolonie hatte die Ureinwohner beinahe vollständig ausgerottet. Er konnte nur hoffen, dass es in Castilla de Oro, ihrem eigentlichen Ziel auf der Terra Firma, noch Chancen gab, ihr Schicksal aufzuhalten.

Nachdem die drei auch in de Las Casas' Haus aufwendig bewirtet worden waren, machten sie sich wieder auf den Rückweg nach Santo Domingo. Es war Sonntag, und im Gegensatz zum Vortag war die Plaza Mayor voller Menschen, die vor der gerade neu gebauten Basilika standen, um die Abendmesse zu besuchen, die in Kürze beginnen sollte.

Don Joaquín bat darum anzuhalten, da er seit vielen Wochen kein Gotteshaus mehr betreten hatte und es vielleicht für eine lange Zeit die letzte Gelegenheit war, die sich ihm bot. D'Atenza tat ihm den Gefallen, hielt an und half ihm vom Kutschbock. Er warf Tamanca einen fragenden Blick zu.

»Was ist mit Euch? Habt Ihr Lust auf einen guten Rum? Der Wirt des besten Gasthauses von Santo Domingo ist ein alter Freund von mir.«

Tamanca war zwar noch nie ein großer Kirchgänger gewesen und sah sich seit seinem Besuch bei den Harimaguadas immer weniger als Christ, doch noch weniger zog es ihn zu betrunkenen Konquistadoren, die damit prahlten, wie viele Ureinwohner sie massakriert hatten, oder sich darum stritten, wer welche Insel als Erster entdeckt und erobert hatte.

»Nein, danke«, lehnte er daher freundlich ab. »Ich möchte meinen Vater nicht allein lassen.«

»Gut, wie Ihr wollt. Aber lasst um Himmels willen die heilige Kommunion aus. Der Messwein hier ist saurer als jeder Essig.«

»Danke für den guten Ratschlag. Ich werde mich daran halten.«

Christliche Rituale interessierten ihn, wenn er ehrlich war, sowieso kaum noch. Er fühlte sich inzwischen dem Glauben an die Natur, wie ihn seine Mutter praktiziert haben musste, viel näher. Er dachte an den mächtigen Drachenbaum, an die bemalten Gesichter der weisen Frauen aus dem Vulkankrater und natürlich an Amakuna. Falls es einen Gott gab, hatte er dieses Geschenk des Himmels jedenfalls nicht den Christen auf den Gabentisch gelegt.

Die Kirche – die erste in der Neuen Welt gebaute – trug den Namen Basilica Menor de la Virgen de la Asunción und wirkte eher schlicht. Dem Glockenturm und ihrer Fassade aus ockerfarbenen Korallensteinen fehlten jeglicher Prunk sowie eine Verzierung. Das Dach bestand aus Lehmziegeln und Palmenblättern.

Innen sah es jedoch anders aus. Der Hauptaltar, ein Prunkstück, das sofort jedem ins Auge fallen musste, war aus reinem Gold. Tamanca wusste aus seiner Heimat um die Prunksucht der Kirche, aber hier schien sie ihm doch arg fehl am Platz, zumal das Gold den Indios gestohlen wurde und es bestimmt nicht in deren Sinn war, damit einem fremden Gott zu huldigen.

Die einfachen Holzbänke waren bis auf den letzten Platz besetzt, sodass Tamanca und sein Vater sich zwischen den Stehenden neben dem Haupteingang einreihen mussten. Schräg vor ihnen standen Mutter und Tochter, die mit ihnen auf der Santa Teresa gereist waren. Die Jüngere trat aufgeregt von einem Fuß auf den anderen, weil vorn in der ersten Reihe Diego, der Sohn von Colón und derzeitiger Vizekönig der Kolonie, mit seiner Familie saß. Don Martín hatte Tamanca beim Frühstück noch erzählt, dass der älteste Sprössling des Entdeckers lange um die Erfüllung des Testaments seines Vaters hatte kämpfen müssen, der ihm alle Rechte und Pflichten für die von ihm entdeckten Inseln vererbt hatte. Allerdings verdankte er seinen jetzigen Posten nicht der Anerkennung seiner ererbten Rechte, sondern allein der Gnade König Ferdinands, an dessen Hof er eine Weile gedient hatte. Wieder einmal zeigte sich, dass es letztlich Beziehungen, wenn nicht gar Freundschaften waren, die einem im Leben zu dem verhalfen, was man anstrebte. Und offensichtlich blieb nur der erfolgreich, der sich mit der Macht verbündete beziehungsweise sich ihr unterordnete.

Nachdem ein schlichter Psalm, den beinahe jeder der Anwesenden mitbrummen konnte, verklungen war, betrat ein kleiner, auf den ersten Blick unscheinbarer Mönch in der schwarz-weißen Tracht der Dominikanermönche die Kanzel. Als er die Stimme erhob, wurde es plötzlich so still, dass man eine Nadel hätte fallen hören können.

»Ich, Antonio Montesino, der ich die Stimme Christi in der Wüste dieser Insel bin, möchte euch Folgendes bekannt geben. Deshalb ist es angebracht, dass ihr aufmerksam zuhört, und zwar nicht so aufmerksam, wie es euch gut dünkt, sondern mit eurem ganzen Herzen und all euren Sinnen; diese Rede wird für euch ungewöhnlicher sein als alles, was ihr jemals vernommen habt, die raueste, härteste, schrecklichste und gefährlichste, die ihr jemals zu hören meintet.«

Ein Raunen ging durch die Anwesenden, und vor allem vorn in der ersten Reihe machte sich eine gewisse Unruhe breit.

»Sagt mir«, fuhr der Dominikaner fort, »mit welchem Recht und mit welcher Gerechtigkeit haltet ihr diese Indios in solch grausamer und entsetzlicher Knechtschaft? Mit welcher Machtbefugnis habt ihr solch verabscheuungswürdige Kriege gegen diese Menschen geführt, die ruhig und friedlich in ihren Ländern lebten? Warum habt ihr so unendlich viele von ihnen getötet und mit unerhörten Verheerungen ausgerottet? Wieso unterdrückt und plagt ihr sie, ohne ihnen Essen zu geben oder ihre Krankheiten zu pflegen, die sie sich durch übermäßige Arbeit zuziehen? Sie sterben durch eure Schuld, oder, besser gesagt, ihr tötet sie, um täglich mehr Gold aus ihnen herauszupressen. Sind sie etwa keine Menschen?«

Tamanca konnte kaum glauben, was er da hörte.

»Haben sie keine Seelen? Seid ihr nicht verpflichtet, sie wie euch selbst zu lieben? Versteht ihr das nicht?«, fuhr der Mönch fort. »Fühlt ihr das nicht? Wie könnt ihr in einen so tiefen, so bleiernen Schlaf versunken sein?«

Am liebsten wäre er nach vorn gelaufen und hätte den Dominikaner umarmt. Endlich sprach jemand öffentlich aus, was schon lange in ihm gärte. Er konnte es kaum glauben. Und dann noch aus dem Mund eines Kirchenmannes! Sein Blick flog zu seinem Vater. Er war ein gläubiger Mensch. Hoffentlich würde die Predigt bei ihm auf fruchtbaren Boden fallen. Und vielleicht brachte sie sie einander wieder etwas näher. Denn daran war ihm trotz allem gelegen.

Die letzten Worte waren noch nicht verklungen, als Diego Colón und seine Familie sich mit versteinertem Gesichtsausdruck erhoben. Bevor der Gouverneur jedoch die Kirche verließ, drehte er sich noch einmal um und zeigte dem Mönch seine Faust. Auch die anderen Gottesdienstbesucher reagierten mit Schrecken und Bestürzung.

Tamanca verstand, dass es dem Dominikaner darum ging, die Zuhörer für sich zu gewinnen und dadurch zur Einsicht zu bewegen. Doch der Schuss ging nach hinten los. Manche sprangen auf, beschimpften ihn wüst, andere ballten ebenfalls die Faust, und einer spuckte sogar vor ihm aus.

Tamanca verstand natürlich die Gefahr, die von dieser Predigt ausging. Die politische Gewalt des spanischen Königs über die Neue Welt war an seine Rolle als Patronatsherr der dortigen lokalen Kirche gebunden – wenn diese sich gegen Sklaven- und Zwangsarbeit stellte, hatte er keine Handhabe mehr. Und die Kolonisten ebenfalls nicht. War das ein erster Schritt? Ein Hoffnungsschimmer? Tamanca hatte schon geglaubt, dass er mit seiner Meinung allein wäre.

Schließlich wurde der Ruf nach Pedro de Córdoba laut, dem Abt der kleinen Ordensgemeinschaft, die sich hier vor ein paar Jahren auf La Española niedergelassen hatte. Der Mob forderte, Montesino sollte auf der Stelle seine Anklagen widerrufen. Er hätte mit seinen Vorwürfen die Herrschaft des spanischen Königs über die Neue Welt und damit auch ihre Besitztitel infrage gestellt.

Der schmächtige Dominikaner bestieg daraufhin noch einmal die Kanzel. Er hob die Hände, als wolle er mit dieser Geste die

Wogen des Unmuts glätten. Tamanca hoffte nur, dass er nichts von dem zurücknahm, was er soeben gesagt hatte, nur um die Obrigkeit nicht zu verärgern.

»Ich erlaube mir und mit Gottes Zustimmung, die Gesetze der Religion über die Gesetze des Individuums und des Staates zu stellen«, sagte er und stieß damit noch einmal in die gleiche Kerbe. »Und diese Gesetze besagen, dass es vor Gott keinen Unterschied der Rassen gibt, dass Sklaverei und Knechtschaft ungesetzmäßig sind, ebenso wie Diebstahl. Deshalb, sage ich euch, muss den Indios ihre Freiheit und ihr Eigentum zurückgegeben werden.«

Tamanca fiel ein Stein vom Herzen, während die Menge aufs Neue zu toben begann. Dieser Mann machte keinen Rückzieher, ließ sich nicht in die Knie zwingen, er sprach die Wahrheit aus mit allen Konsequenzen.

Noch einmal hob er die Hände, um sich Gehör zu verschaffen.

»Ihr alle, die ihr hier versammelt seid … wendet euch endlich wieder dem Christentum zu und versucht, den Indios als gutes Beispiel voranzugehen.«

Ein kluger Schachzug. Er forderte sie auf, sich an der eigenen Nase zu packen.

»Wer dem aber nicht Folge leistet«, fuhr er mit einem Lächeln fort, »wer nicht zur Bekehrung und Restitution für das begangene Unrecht bereit ist, dem wird in Zukunft weder von mir noch von meinen Brüdern die Beichte abgenommen oder gar Vergebung gewährt werden.«

Ein Aufschrei ging durch die Menge. Man zerrte den Mönch von der Kanzel, und wären ihm seine Brüder nicht zu Hilfe geeilt, hätte er die Kirche wahrscheinlich nicht lebend verlassen.

Tamanca wurde mit den empörten Kolonisten nach draußen auf den Vorplatz gespült. Er sah sich suchend nach seinem Vater um. Da er ihn jedoch nirgendwo entdecken konnte, ging er zurück zur Kirche. Er wollte unbedingt mit Montesino sprechen und ihm zu seinem Mut und seiner Beharrlichkeit gratulieren.

Solche Menschen waren für ihn die wahren Helden, nicht die Entdecker und Konquistadoren. Und vielleicht konnte er ja von diesem Mann ein wenig Beistand bekommen. Als Einzelkämpfer, das war ihm klar, hatte man gegen den Pöbel so gut wie keine Chancen.

Als er das Gotteshaus wieder betrat, lag die Empörung noch in der Luft. Einige Bänke waren umgefallen, die Scherben einer heruntergefallenen Vase lagen am Boden, daneben verstreut die Blumen. Tamanca suchte nach einer Tür, die zum angeschlossenen Kloster führte. Als er hinter dem Altar danach Ausschau hielt, fiel ihm auf, dass dort eine Gestalt kniete, den Kopf bis zum Boden gebeugt. Als er näher herankam, erkannte er Bartolomé de Las Casas. Tamanca wollte sich schon davonstehlen, doch der Encomendero hatte ihn gehört und bat ihn zu bleiben. Sein Gesicht zeigte Spuren von Tränen.

»Dieser Mann hat recht. Vollkommen recht«, brach es unter Schluchzen aus ihm hervor. »Wir alle haben uns versündigt.«

Tamanca sah ihn erstaunt an. Hatte dieser Mann nicht noch vor wenigen Stunden stolz seine Encomienda vorgeführt und ausführlich erklärt, warum Spanien die Neue Welt brauchte und ein Leben ohne Sklaven gar nicht möglich war?

»Sagt mir, woher kommt diese Unmenschlichkeit, diese ungeheure Brutalität? Diese blutrünstige Raserei? Ich selbst habe sie miterlebt. Sie diente nicht nur dem Zweck, sondern war niederträchtig und gemein. Die Indios wurden umgebracht, um ihr Land in Besitz zu nehmen, gefoltert, um ihnen Angst und Schrecken einzujagen und sie als Zwangsarbeiter bis zur Entkräftung auszubeuten.«

Tamanca hatte noch nie einen solch gefühlsgewaltigen Meinungsumschwung bei einem Menschen erlebt. Es hätte nur noch gefehlt, dass der Konquistador ihm schluchzend in die Arme gefallen wäre.

De Las Casas sah ihn noch immer durch einen Tränenschleier hindurch an und beantwortete sich dann seine Frage selbst.

»Vielleicht, weil wir fern der halbwegs, doch anscheinend nur oberflächlich zivilisierend-zähmenden Heimat alle Hemmungen fallen und die Zügel schießen lassen. Weil dem ›Bösen‹ kein Riegel durch ein Mindestmaß an Moral vorgeschoben wird und man sich in gegenseitigem Einvernehmen barbarisch austoben kann.«

Tamanca sah ihn ernst an. »Ich glaube, es gibt solche und solche Menschen. Diejenigen, die zügellos morden und plündern, hätten das auch zu Hause getan, wenn man es dulden würde. Die aber, die Liebe im Herzen tragen, nehmen sie überallhin mit, wie dieser Prediger eben.«

»Und wie Ihr.«

Tamanca lächelte. »Ich bin noch ein Student in Sachen Liebe.«

»Da können wir uns ja die Hände reichen.« De Las Casas stand auf und umfasste Tamancas Schulter. »Ich werde meine Encomienda der Krone zurückgeben«, äußerte er in vollster Überzeugung seine Absichten, und Tamanca hatte keinen Zweifel daran, dass er dies auch tun würde. »Und dann werde ich in die Fußstapfen dieses Dominikaners treten. Ich werde nach Spanien reisen und meine guten Beziehungen dafür einsetzen, dass Gesetze erlassen werden, die die Ureinwohner vor diesen Bestien schützen. Das ist die Aufgabe, die Gott mir in diesem Leben zugedacht hat, und mein Ausdruck von Liebe. Ganz praktisch gesprochen. Mein Freund«, er verbeugte sich vor Tamanca, »Ihr werdet noch von mir hören. Verlasst Euch darauf.« Dann ging er an ihm vorbei in Richtung Ausgang und stellte dabei im Vorübergehen die umgefallenen Bänke wieder auf. Kurz bevor er die Tür erreichte, drehte er sich noch einmal um.

»Ihr seid aus ähnlichem Holz geschnitzt und werdet einen wichtigen Beitrag hier in der Neuen Welt leisten. Bleibt dabei. Wir werden uns eines Tages wiedersehen, und wenn es im Himmel ist.«

Tamanca sah ihm noch eine Weile nach und ließ seine Worte auf sich wirken. Die letzte halbe Stunde hatte tiefe Spuren in ihm hinterlassen. Er hatte gleich zwei starke Stimmen gehört, die das ausdrückten, was auch er fühlte, die eines Kirchenmannes und die eines Konquistadoren. Das bedeutete doch, dass es auch unter den sogenannten Machthabern Menschen mit Herz gab, Menschen, die das Gefühl der Liebe kannten. Diese Erkenntnis verlieh ihm plötzlich eine unbändige Kraft. Er war auf dem richtigen Weg, wenn auch auf seine Art, und hielt es nun nicht mehr für notwendig, mit Montesino persönlich zu sprechen. Der Dominikaner hatte etwas losgetreten, und wie Bartolomé de Las Casas würden sich ihm vielleicht immer mehr Menschen anschließen. Und irgendwann würden es so viele sein, dass vielleicht endlich das Amakuna-Zeitalter beginnen konnte.

Tamanca fand seinen Vater draußen vor der Kirche in ein Gespräch mit Frai Ambrosio und La Roja verwickelt. Die kleine Hoffnung, dass Don Joaquín von der Predigt beeindruckt war und sich etwas offener für die Sichtweise seines Sohnes zeigte, zerplatzte, als er seinen Vater sagen hörte: »Ich denke, wir brauchen vor allem auf der Terra Firma die Indios als Arbeiter, um das Land fruchtbar zu machen und das Gold aus den Minen zu holen. Und das werden sie nicht freiwillig tun. Deshalb glaube ich nicht, dass sich an der Vorgehensweise der Kolonisten etwas ändern wird oder sollte.«

Tamanca hätte ihn am liebsten gepackt und geschüttelt. In diesem Moment drehte sich sein Vater um und winkte ihm zu.

»Wo bist du gewesen?«

»Ich habe de Las Casas getroffen.«

»Wo ist er denn?« Don Joaquín sah sich suchend um. »Ich hätte ihn gerne noch etwas gefragt.«

»Ich denke nicht, dass er dir groß weiterhelfen wird. Die Predigt hat ihn so mit Ehrfurcht erfüllt, dass er seine Encomienda aufgeben und nach Spanien zurückkehren will, um sich am Hof für die Rechte der Indios einzusetzen.«

Für einen Moment schien Don Joaquín tatsächlich verunsichert. »Wirklich?«

»Dieser Montesino ist jemand, der sich gerne reden hört, ohne über die Folgen nachzudenken, die sein Geschwätz auslösen könnte«, fuhr Frai Ambrosio ärgerlich dazwischen. »Ich kann Eurem Vater nur recht geben. Es muss alles so bleiben, wie es ist. Dieser Narr kann nicht einfach das Fundament, auf dem die Kolonisierung und damit die außenpolitische und wirtschaftliche Macht Spaniens beruht, offen infrage stellen. Ihm muss besser heute als morgen Einhalt geboten werden!«

La Roja nickte zustimmend, auch wenn es Tamanca so vorkam, als verstünde sie nur halb, worum es hier ging, und würde sich, wie es so oft geschah, lediglich der mehrheitlichen Meinung anschließen.

»Leider hat die Mutter Kirche immer wieder auch schwarze Schafe hervorgebracht. Aber gibt es die nicht in jeder größeren Familie?« Frai Ambrosio lächelte beinahe entschuldigend in die Runde.

»In Deutschland soll gerade ein Augustinermönch die gesamte Kirche reformieren wollen und flammende Predigten gegen den Ablass halten. Ich glaube, sein Name ist Martin Luther. Aber ehrlich gesagt, ich gebe ihm keine große Zukunft.«

Vielleicht doch, dachte Tamanca. Vielleicht begann jetzt eine Epoche, in der sich immer mehr kleine Steinchen in das große Getriebe der Macht einschlichen und dafür sorgten, dass es eines Tages zum Stillstand kam.

Er ließ diesen Gedanken gerade auf sich wirken, als Terrabaja außer Atem auf die kleine Gruppe zulief.

»Da seid Ihr ja. Ich habe Euch überall gesucht«, sprach er Don Joaquín direkt an. »Ich habe gute Nachrichten für Euch. Das Schiff nach Castilla de Oro ist soeben eingelaufen und schon in zwei Tagen zur Weiterfahrt bereit.«

21. KAPITEL

Die erneute Seereise auf dem Handelsschiff, das zwischen Santo Domingo und Santa María de Antigua del Darién hin und her pendelte – der ersten länger bestehenden spanischen Siedlung auf dem Festland –, sollte nur eine knappe Woche dauern. Es waren über zweihundert Kolonisten an Bord, darunter viele junge Männer mit handwerklichen Fähigkeiten, die sich ein besseres Leben aufbauen wollten. Außerdem hatte Frai Ambrosio zwei junge Mönche aus La Española überzeugt, mit ihm zu kommen, um fern von reformatorischen Umtrieben ein Kloster zu gründen und von dort aus das Christentum im Sinne der Krone weiterzuverbreiten. Die beiden hatten nicht lange gezögert. Vielleicht war ihnen nach der Predigt von Antonio Montesino die Stimmung in Santo Domingo zu heiß geworden. Die aufgebrachten Kolonisten hatten noch am selben Abend versucht, das Kloster anzuzünden, und am folgenden Tag waren die üblichen Spenden an Nahrungsmitteln ausgeblieben.

Tamanca wunderte das nicht. Er hoffte nur, dass der aufrührerische Dominikaner und seine Getreuen durchhielten. Und auch, dass de Las Casas seine Pläne in die Tat umsetzen würde.

Mit seinem Vater hatte er sich darauf geeinigt, Fragestellungen, die immer wieder zu Zwistigkeiten führten, nicht länger zur Sprache zu bringen, sodass sie sich nicht dauernd aus dem Weg gehen mussten. Trotzdem entwickelte sich Tamanca immer mehr zum Einzelgänger. Er konnte die Erwartungen und Sehnsüchte der übrigen Kolonisten einfach nicht teilen. Ihn interessierte weder das Gold, das auf der Terra Firma angeblich in Hülle und Fülle auf sie warten sollte, noch die Idee, große Plantagen anzulegen und dafür die Urbevölkerung zu Tode zu schinden. Immer besser konnte er nun verstehen, wie ausgeschlossen und allein sich seine Mutter in Spanien gefühlt haben musste. Sie war als Sklavin in jenes fremde Land gekommen, in dem Werte, die ihr am Herzen gelegen haben mussten, mit Füßen getreten wurden. Das, was er von seinem Vater über seine Mutter erfahren und was ihm die Äbtissin über ihre Andersartigkeit erzählt hatte, erfuhr er nun am eigenen Leib.

Der einzige Mensch, den er in seiner Nähe duldete, war Jesús, der Schiffsjunge. Er freute sich, dass der zähe kleine Kerl wieder dabei war. Hundertmal mehr als Oriol konnte er sich diesen Jungen als seinen Gehilfen vorstellen. Er hatte ein Herz für Menschen. Einmal brachte er einer Frau, die sich übergeben musste, ein sauberes Tuch, um sich zu reinigen, und einen Becher Wasser, um den Mund auszuspülen. Ein anderes Mal holte er eine wärmende Decke für einen älteren Mann, der schwer hustete. Der Junge war eigentlich immer da, wenn Hilfe benötigt wurde. Das gefiel ihm. Und da Jesús offensichtlich allein war und keine Eltern mehr hatte, überlegte Tamanca ernsthaft, ihn unter seine Fittiche zu nehmen. Er wartete nur noch auf die richtige Gelegenheit, um mit ihm unter vier Augen darüber zu sprechen.

Das Wetter zeigte sich gnädig. Der Himmel war leicht bewölkt, sodass sich die Kraft der Sonne nicht mit voller Wucht auf die Reisenden entlud. Ein sanfter Rückenwind verhalf ihnen dazu, ohne weitere Zwischenfälle bereits nach fünf Tagen, im Morgengrauen des ersten März 1513, ihre neue Heimat zu erreichen. Sie waren an mehreren kleinen, unbewohnten Inseln vorbeigekommen, bevor sich ein langer, gleichmäßiger Küstenstreifen vor ihnen auftat.

Tamanca schirmte die Augen gegen die nun doch recht grelle Sonne ab. Je näher sie kamen, desto mehr Menschen zeigten sich an einer Stelle des Strandes, wo ein windschiefer Steg ins Meer ragte. Da gerade Ebbe herrschte, mussten die Seeleute den Anker weit draußen werfen. Unter routinierten Kommandorufen wurden vier Ruderboote heruntergelassen. Dann folgte das Gepäck, um den Booten mehr Stabilität zu verleihen, danach die Passagiere. In jeder Schaluppe hatten ungefähr zehn Personen Platz. Tamanca und sein Vater ließen Familien den Vortritt und hievten erst dann ihre Reisetruhen in eines der Boote.

Die Ruderer mussten ihr Bestes geben, um gegen die langgezogenen Wellen und die tückische Strömung anzukämpfen. Schon nach kurzer Zeit war jeder bis auf die Haut durchnässt und das Boot mit Wasser beinahe vollgelaufen. Es mussten sogar einige Gepäckstücke über Bord geworfen werden, die jedoch von den Wellen an den Strand gespült wurden.

Aufgrund des ganzen Durcheinanders konnte Tamanca den Moment, als er zum ersten Mal den Fuß auf den Boden seiner neuen Heimat setzte, gar nicht so recht wahrnehmen. Dazu kam der Anblick der Menschen, der ihn ein wenig aus der Fassung brachte. Die meisten waren in fadenscheinige Stoffe gekleidet, barfüßig und erinnerten ihn an die Bettler, die sich in Salamanca täglich vor der Kathedrale versammelten, um die Almosen aus den Händen der wohlhabenden Städter entgegenzunehmen. Die Menschen hier hatten ähnlich fahle Augen, in denen Enttäuschung geschrieben stand. Mehr Lumpen hatte Tamanca selten auf einmal gesehen. Dazwischen standen halbnackte Indios, deren Geschlecht mit Palmenfasern bedeckt war. Am Waldrand erschienen nun auch Soldaten. Sie trugen Kettenhemden, einige sogar Helme und Eisenpanzer, die jedoch gänzlich verrostet waren. Er stellte sich lieber nicht vor, wie es unter dem Harnisch aussehen und riechen mochte.

»Wo ist Franzisco Pizarro?«, rief Joaquín in die Menge hinein, die ihnen stumm und erwartungsvoll entgegenblickte. Viele Gesichter waren von den Blattern so entstellt, dass sie kaum mehr als menschlich durchgehen konnten. Tamanca atmete tief durch. Einen Médico hatten diese Menschen bestimmt schon lange nicht mehr zu Gesicht bekommen.

»Wer will das wissen?« Ein Mann, der etwas besser gekleidet war als der Rest, trat nach vorn. Er trug über einem Leinenwams ein leicht zerschlissenes Kettenhemd, an den Beinen jedoch noch gute Hosen und Stiefel. Das Gesicht war hohlwangig und sonnenverbrannt, der Spitzbart grau meliert. Mit seinen leicht wässrigen graublauen Augen musterte er Vater und Sohn einen Moment, dann verzog sich sein schmaler Mund zu einem Grinsen.

»De Alba, Ihr habt also tatsächlich den langen Weg aus Trujillo auf Euch genommen! Seid gegrüßt und willkommen hier in Castilla de Oro. Und Ihr müsst Enrique sein. Ich kann mich gut daran erinnern, als Ihr noch in die Hosen geschissen habt. Schaut nicht so entsetzt! Es lebt sich hier gar nicht so schlecht unter den Wilden. « Er tätschelte einem Indiomädchen, das gerade an ihm vorbeilief, den Hintern, und Tamanca wünschte sich weit weg. Er konnte de Las Casas nur beipflichten. Außerhalb von Kultur und Gesetz trat eine Verrohung bei den Menschen ein, die man kaum für möglich hielt.

»Mein Name ist jetzt Tamanca«, erwiderte er statt einer Begrüßung scharf.

»Hat das irgendeinen Grund?«, fragte Pizarro spöttisch.

»Es ist der Name, den meine Mutter mir gegeben hat. Sie war übrigens auch, wie Ihr es ausdrücken würdet, eine Wilde.«

Der Capitano reagierte darauf nur mit einem verständnislosen Nicken und wandte sich Don Joaquín zu. »Ich hoffe, Ihr habt Euren Namen behalten! Kommt mit. Ich will Euch ein wenig die Gegend zeigen.«

In seinem Gefolge befanden sich mehrere Indios, die, obwohl sie von wesentlich kleinerer Statur waren als die Europäer, das Gepäck der beiden mit Leichtigkeit schulterten. Nach einem kurzen Fußmarsch landeinwärts durch einen Palmenhain trafen sie auf die ersten Häuser, die sich beim Näherkommen als einfache, mit Palmwedeln gedeckte Holzbaracken entpuppten. Die meisten waren so verfallen, dass sie jeden Moment einzustürzen drohten. Wie gut, dass ein paar Zimmermänner mit an Bord gewesen waren und auch sonst einige tatkräftige Kerle, die Hand anlegen konnten, dachte Tamanca. So, wie es hier aussah, fehlte es an allen Ecken und Enden an kundigen Bauleuten. Im Gegensatz dazu kam ihm Santo Domingo wie eine vornehm herausgeputzte Stadt vor.

»Ja, Ihr seht, jeder ist hier willkommen, um die Kolonien zu blühenden und gewinnbringenden Orten zu machen«, erklärte Pizarro. »Ihr und Euer Sohn«, wandte er sich an Don Joaquín, »könnt vorerst bei mir wohnen, bis Euch Euer Land zugeteilt worden ist und Ihr selbst mit dem Bau eines Hauses beginnen könnt.«

Die beiden bedankten sich, auch wenn Tamanca nicht wirklich begeistert von diesem Vorschlag war und eine ähnliche Stimmung wie bei Pinzón erwartete. Er hatte auch noch Terrabajas Erzählungen über den Konquistadoren im Ohr, die nicht gerade dazu beigetragen hatten, ihm große Sympathie entgegenzubringen.

Nach einer Weile erreichten sie einen quadratischen Platz, auf dem noch die Pfützen des letzten Tropengusses zu sehen waren. Auf der gegenüberliegenden Seite stand eine wesentlich größere, aber nicht weniger baufällige Hütte, allerdings war sie mit frischen Palmenblättern neu eingedeckt.

»Der Gouverneurspalast«, verkündete Pizarro, als handle es sich um einen Prachtbau. »Kommt, ich möchte Euch den Gouverneur von Castilla de Oro, Vasco Núñez de Balboa, vorstellen.«

Zwei Soldaten in etwas weniger verrosteten Harnischen als die des Begrüßungskomitees am Strand traten beflissen zur Seite, als die drei die windschiefe Holztreppe des auf Stelzen stehenden »Palastes« hinaufstiegen. Innen roch es modrig, und durch die kleinen Fenster fiel nur wenig Licht. Balboa saß an einem Schreibtisch über verschiedene selbst gezeichnete Landkarten gebeugt. Er trug erstaunlich saubere Kleidung, musterte die Eintretenden kurz und schien dann sofort Bescheid zu wissen.

»Ah, der Médico ist eingetroffen. Ihr glaubt gar nicht, wie dringend wir Euch hier benötigen. Seid mir gegrüßt. Capitano Pizarro hat bereits viel von Euch und Eurem Vater erzählt.«

Tamanca verbeugte sich vor dem Gouverneur, wie es die Etikette vorschrieb, auch wenn ihm das in dieser Umgebung mehr als lächerlich vorkam. Balboa schien indes nicht besonders viel Wert auf derlei Formalitäten zu legen.

»Lasst das, es gibt hier schon genug, was einen in die Knie zwingt.«

Der Konquistador hatte wenigstens Humor, auch wenn ihm der Ruf eines Leichtfußes vorauseilte. Seine Gesichtszüge zeigten zwar den Willen zur Macht, aber da war noch etwas anderes. Tamanca schien es fast, als funkle in seinen Augen ein Hauch von Menschlichkeit.

»Seid bitte heute Abend meine Gäste«, wandte er sich nun auch an Don Joaquín, »und lasst uns dann alles besprechen, was Eure Zukunft hier betrifft.« Er lächelte sie gewinnend an. »Jetzt habe ich leider noch zu tun. Dann bis heute Abend.«

Natürlich stimmten sie zu. Wieso auch nicht? Gastfreundschaft war selbst dem ungehobeltesten Hidalgo eine Ehre.

Nachdem die drei sich verabschiedet hatten, geleitete Pizarro sie zu seinem Haus. Sie waren erst wenige Schritte gegangen, als einer der Kolonisten auf sie zukam und Tamanca am Arm festhielt. Er hatte eine ungesunde Gesichtsfarbe und blies ihm seinen fauligen Atem ins Gesicht.

»Dieses Land frisst die Menschen auf, und zwar von innen«, krächzte der noch gar nicht so alte Mann. Er hatte weder Wimpern noch Augenbrauen und trug ein Tuch um den Kopf, was darauf schließen ließ, dass auch dort nichts mehr spross.

»Habt Ihr schon jemals so riesige Wespen gesehen?« Er deutete auf einige Insekten, die durch die Luft schwirrten. »Sie haben einen Stachel, der so lang ist wie das Tier selbst. Die Wespe sticht eine Spinne, die daraufhin nicht stirbt, sondern nur gelähmt ist. Dann legt sie im Körper der Spinne Eier ab, und sobald die Larven geschlüpft sind, fressen sie das noch immer lebende Tier von innen auf. So fühle ich mich.« Er lachte hysterisch und schien damit gar nicht mehr aufhören zu wollen.

Tamanca vermutete, dass der Mann irgendeine Erkrankung infolge schlechter Ernährung haben musste, was hier bestimmt keine Seltenheit war.

»Wenn Ihr wollt, kann ich Euch morgen einen Krankenbesuch abstatten«, versuchte er den Mann zu beruhigen, der ihn jedoch nur erschrocken anstarrte und dann davonrannte, als wäre der Teufel hinter ihm her.

»Vielen bekommt die Sonne nicht«, spielte Pizarro die merkwürdige Begegnung herunter. »Aber Ihr werdet sehen: So schlecht lebt es sich hier gar nicht. Vor allem, wenn man sich daran gewöhnt, dass nicht alles so ist wie in Spanien. Die Natur ist fantastisch, und außerdem gibt es Gold in Hülle und Fülle.«

Ersterem konnte Tamanca nur zustimmen. Die Natur zeigte sich tatsächlich in ungewöhnlicher Schönheit. Die Bäume waren von einem üppigen Grün. Hie und da lugten farbenprächtige Blüten hervor sowie pralle Früchte, an denen sich Affen und Vögel gütlich taten. In der Luft lag allerdings eine schwüle Feuchtigkeit, die eher gewöhnungsbedürftig war.

»Das Gold ist natürlich der Hauptgrund, warum Balboa gerade hier die erste Kolonie auf der Terra Firma gründete«, fuhr Pizarro fort. »Er war zuvor schon einmal hier gewesen und hatte bemerkt, dass die gewöhnlichen Teller, Töpfe und Schalen der Stämme in dieser Gegend fast alle aus Gold waren. Unvorstellbar!«

Tamanca kam es so vor, als bekämen Pizarros Augen einen hellen Schimmer, als er davon berichtete.

Sein Anwesen sah nicht viel anders aus als die einfachen Holzhütten der übrigen Kolonisten. Das Haus war etwas größer und von einem hohen Zaun umgeben, dessen Tor von zwei Männern bewacht wurde. Als Tamanca den Wohnraum betrat, verstand er auch, weshalb. Auf mehreren grob zusammengezimmerten Regalen standen verschiedene Götterfiguren, Teller und Schalen – und sie waren tatsächlich aus Gold.

Pizarro war seinem Blick gefolgt. »Solche Dinge könnt Ihr auch bald Euer Eigen nennen. Wenn Ihr sie nicht selbst den Indios abjagen wollt, könnt Ihr ja Eure Patienten bitten, Euch in Gold zu bezahlen. Manchem ist das eigene Leben dann doch noch mehr wert als alles Gold der Indios.« Er lachte ein falsches Lachen, das Tamanca in den Ohren schmerzte.

Er dachte an Amakuna und dass er so schnell wie möglich einen sicheren Aufbewahrungsort dafür finden musste. Eine Höhle oder etwas Ähnliches, wo der Pilz wachsen konnte, damit er zur nächsten Wintersonnenwende bereit wäre, die Zukunft vorauszusagen. Wenn Amakuna in die Hände dieses goldgierigen Capitano geriete, würde der mit einem Heer unverwundbarer Soldaten über dieses Land herfallen wie ein Schwarm Heuschrecken und nichts mehr davon übrig lassen. Tamanca konnte noch immer nicht begreifen, wie die Harimaguadas glauben konnten, der Pilz würde hier in Sicherheit sein. Genau das Gegenteil war der Fall. Und doch musste es irgendeinen Grund geben, weshalb der Pilz genau hier am richtigen Platz war. Vielleicht hatte es ja mit jener fernen Zeit zu tun, in der Sina lebte. Doch das hier war nicht der passende Augenblick, um darüber nachzudenken.

Pizarro brachte sie zu einem einfachen Gemach mit zwei Holzbetten und einem Moskitonetz vor dem Fenster und bat sie, die Tür stets geschlossen zu halten, um ungebetene Gäste wie Schlangen und Skorpione fernzuhalten.

Don Joaquín ließ sich erschöpft und wohl auch enttäuscht auf eines der Betten fallen, das jedoch so hart war, dass er aufstöhnte. Er war kein Mann, der Pracht und Pomp um sich herum brauchte, doch die Lebensumstände, die hier herrschten, waren wohl nicht so ganz nach seinem Geschmack. Und selbst Tamanca musste zugeben, dass sein Quartier bei der alten Witwe in Salamanca im Vergleich zu diesem hier von hohem Anspruch gewesen war. Doch sie mussten nun Selbstdisziplin beweisen, sonst gerieten sie noch in dieselbe trübe Stimmung wie viele der bereits hier ansässigen Kolonisten. Zumindest kam es Tamanca so vor, als schwebe über der Siedlung eine Wolke von Schwermut und Niedergeschlagenheit.

»Komm«, forderte er daher seinen Vater auf, »lass uns unsere nassen Sachen aufhängen, bevor alles zu schimmeln beginnt und unbrauchbar wird.«

Doch Don Joaquín war schon nach hinten gesunken und hatte die Augen geschlossen. Schweiß stand auf seiner Stirn. Die ungewohnte feuchte Hitze machte ihm eindeutig zu schaffen. Tamanca beschloss, ihn in Ruhe zu lassen. In einer der Truhen fand er einen Strick, den er mehrfach durch den Raum spannte, um dann ihre nassen Sachen darüberzuhängen. Die weniger feuchte Nachtluft würde hoffentlich dafür sorgen, dass alles trocknete.

Nachdem das erledigt war, beschloss er, die nähere Umgebung ein wenig zu erkunden. Er wandte sich Richtung Strand, wo ihn ein atemberaubendes Schauspiel erwartete. Die gerade untergehende Sonne zauberte ein Feuerwerk aus Farben, Lichtreflexen und Bewegungen in den Palmenwald. Alles flimmerte und glitzerte. Sämtliche Farbschattierungen flossen ineinander und ließen die einzelnen Formen verschwimmen, als blicke man auf die bunten Flügel eines Schmetterlings. Tamanca kniff die Augen zusammen und überließ sich ganz diesem Zustand. Er fühlte sich, als sei er nicht mehr auf dieser Welt.

Plötzlich zuckte er zusammen. Ein Pfeil war direkt vor ihm in den Boden eingeschlagen. Einen Wimpernschlag später tauchte wie aus dem Nichts eine junge, nackte Indiofrau auf und zog den Schaft zwischen seinen Beinen hervor. Die Spitze hatte sich in einen riesigen schwarzen Skorpion gebohrt, der noch am Leben war und mit erhobenem Schwanz versuchte, auf den Pfeil einzustechen. Sie packte das Tier so, dass der Stachel sie nicht erreichen konnte, zog es vom Pfeil herunter und warf es im hohen Bogen ins Meer.

Tamanca blieb nur ein kurzer Moment, um in ihre tiefen dunklen Augen zu blicken, dann verschwand sie genauso schnell, wie sie aufgetaucht war. Ihre Bewegungen waren so geschmeidig wie die der Eidechsen, die sich durch das Unterholz schlängelten.

Nachdem er sich vom ersten Schreck erholt hatte, lief er, so schnell er konnte, hinter ihr her, doch sie war bereits unsichtbar geworden. Er drehte sich ein paarmal um sich selbst, entdeckte jedoch nur ein paar Affen, deren Schnattern so klang, als würden sie ihn auslachen.

Balboa, Pizarro und Don Joaquín schienen bester Laune zu sein und hatten bereits eine Flasche Tempranillo aus der Heimat geleert, als Tamanca zu ihnen stieß. Sie saßen um ein Feuer, über dem ein frisch erlegter Tapir am Spieß brutzelte. Die beiden Konquistadoren hatten ihre Schutzkleidung abgelegt und ließen sich die kühle Abendluft um den nackten Oberkörper wehen.

Tamanca setzte sich zu ihnen. Er war noch aufgewühlt von der glücklichen Fügung, die ihm gerade zuteilgeworden war, und konnte nicht anders, als den Männern davon zu erzählen. Doch anstatt froh über seine Rettung zu sein, schien Pizarro das plötzliche Auftauchen einer bewaffneten Indiofrau eher zu beunruhigen. Er sah dies als einen Hinweis darauf, dass sich ein feindlicher Stamm in direkter Nähe befand.

»Wieso feindlich? Die Frau hat mir das Leben gerettet!«

»Da wäre ich mir mal nicht so sicher«, wies ihn der Konquistador zurecht. »Vielleicht wollte sie ja Euch treffen. Ich werde jedenfalls umgehend dafür sorgen, dass noch mehr Wachen aufgestellt werden, und gleich morgen früh die Neuankömmlinge in mein Bataillon einteilen.«

»Du musst vorsichtiger sein«, mahnte ihn nun auch sein Vater. »Du irrst dich, wenn du denkst, dass die Ureinwohner harmlos sind. Vergiss bitte nicht, du bist nicht an Krieg gewöhnt.«

»Ich möchte mich auch nicht daran gewöhnen«, sagte Tamanca beinahe trotzig. »Ich kann aber verstehen, dass diese Menschen uns nicht wohlgesinnt sind und nicht tatenlos zusehen, wie ihnen alles weggenommen wird. Schließlich waren sie zuerst hier.«

»Oh, sieh an, ein Fürsprecher der Indios«, erwiderte Pizarro spöttisch.

»Macht Euch nichts draus«, sprang zu Tamancas Erstaunen Balboa für ihn in die Bresche. »Unserem Capitano ist nur eine einzige Vorgehensweise geläufig.« Er blickte Pizarro provozierend an.

»Aufgrund dieser Vorgehensweise besteht unsere Siedlung überhaupt noch«, gab Pizarro zurück. »Oder wollt Ihr das bestreiten?«

Tamanca war schnell klar, dass die beiden öfter aneinandergerieten und Pizarro wahrscheinlich nur schwer damit fertigwurde, dass Balboa der Gouverneur war und nicht er. Gewiss würde er keine Gelegenheit verstreichen lassen, um sich selbst auf diesen Posten zu katapultieren. Doch er war wohl intelligent genug, dafür den richtigen Moment abzupassen.

»Ich verfolge seit Kurzem eine neue Strategie«, fuhr Balboa fort. »Statt sie zu töten, werden wir uns jetzt mit den Indios verbünden, ihre Sprache lernen, mit ihnen Handel treiben und dabei etwas über ihr Land erfahren. Ich habe bereits einen Verbündeten: den Kaziken Careta. Ein kluger Mann. Er hat mir ein Bündnis vorgeschlagen: Wir stehen ihm gegen die Feinde seines Stammes bei, dafür verrät er mir, wo die Goldminen sind. Und als Zeichen seines Vertrauens hat er mir seine Tochter als Ehefrau anvertraut.«

»Und wo ist sie?« Tamanca sah sich suchend um.

»Bei ihrem Vater. Ich kann sie doch nicht der Gefahr aussetzen, von einem der ungehobelten Kerle hier vergewaltigt zu werden. Die Frauen der Indios sind für sie Freiwild. Ein Glück, dass diese Rothaarige nun hier ist. Jetzt müssen wir nur noch das Gold finden, damit die Männer die Mädchen auch bezahlen können.«

Pizarro nickte zustimmend. Zumindest, was das Gold betraf, schienen die beiden sich zu verstehen.

»Careta hat mir Comagre, einen der mächtigsten Kaziken dieser Gegend, vorgestellt«, fuhr Balboa fort. »Ich dachte zuerst, es sei eine Falle, aber als wir dann bei ihm waren, schenkte er uns Schmuck, Teller, Becher und Figuren aus reinem Gold. Meine Männer fingen natürlich sofort an, sich um die besten Stücke zu streiten. Sie gingen mit Fäusten und Schwertern aufeinander los. Der Kazike verstand gar nicht, was sie so bewegte. Für ihn waren das offensichtlich ganz normale Gebrauchsgegenstände wie für uns Geschirr aus Ton. Er erzählte uns, wenn wir mehr von diesem Metall suchten, müssten wir über die Berge nach Süden gehen. Dort sei ein mächtiger See, an dessen gegenüberliegendem Ufer sich das Goldland befände.«

»Und das glaubt Ihr?«, fragte Don Joaquín, der gespannt zugehört hatte.

Balboa grinste. »Ich habe mich natürlich bei meinem Schwiegervater rückversichert. Er ist selbst noch nicht dort gewesen, dafür aber einige aus seinem Stamm. Sie werden uns dorthin führen.«

»Das ist eine große Chance«, sagte Pizarro, mehr getrieben von der Goldgier als vom Entdeckergeist. »Kommt Ihr mit?«, wandte er sich an Joaquín. »Wenn wir tatsächlich große Mengen an Gold finden, könnt Ihr Euch das mühsame Geschäft des Zuckeranbaus sparen.«

»Wir müssen diese Expedition so schnell wie möglich antreten, denn wenn wir nicht die Ersten sind, werden andere das Gold finden«, sagte der Gouverneur.

»Wie meint Ihr das?«, fragte Pizarro misstrauisch.

Balboa atmete tief durch. »Es sieht nicht gut für mich aus.« Er zeigte dem Capitano eine Depesche, die mit dem Schiff gekommen war. Das Siegel war aufgebrochen, das Papier durch die Feuchtigkeit mit Wasserrändern versehen und die Tinte leicht verschwommen.

»Soweit ich das hier verstehe, hat mich Martín de Enciso in Sevilla verklagt.«

»Wir hätten ihn doch töten sollen«, entfuhr es Pizarro.

Balboa überhörte diesen Einwurf geflissentlich. »Der Mann hat mächtige Freunde. Deshalb müssen wir schnell handeln und so bald wie möglich losziehen.«

»Wer ist dieser Enciso, und was hat er gegen Euch in der Hand?«, fragte Don Joaquín neugierig.

»Das ist eine lange Geschichte, aber ich versuche mich kurz zu fassen«, erwiderte Balboa. »Ich habe mich vor zwei Jahren in Santo Domingo als blinder Passagier auf sein Schiff geschmuggelt, weil dort die Schuldner hinter mir her waren. Unterwegs haben wir die letzten Überlebenden einer anderen Expedition aufgenommen, darunter auch meinen Freund hier.« Er deutete auf Pizarro. »Sie wollten sich weiter südlich niederlassen, sind aber gescheitert. Ich habe damals vorgeschlagen, hier an diesem Ort eine Siedlung zu gründen.«

»Weil die Ureinwohner hier von Tellern aus Gold aßen«, warf Tamanca ein. Doch Balboa ging nicht darauf ein, sondern fuhr in seiner Erzählung fort.

»Enciso erwies sich als Weichling, deshalb sah ich nach einigem Hin und Her keine andere Möglichkeit, als mich selbst zum Gouverneur und Pizarro zum Oberbefehlshaber über die Soldaten auszurufen.«

Tamanca konnte kaum glauben, wie leicht hier Recht und Ordnung ausgehebelt wurden.

»Doch jetzt bekommen wir leider die Rechnung präsentiert. Sevilla will einen neuen Gouverneur schicken: Pedro Arias Dávila, genannt Pedrarias. Er hat den Ruf, Feldzüge von großer

Grausamkeit zu führen. Dann wären alle guten Verbindungen, die wir hier mit den Indios aufgebaut haben, hinfällig«, sagte Balboa mit unterdrückter Wut und zerriss die Depesche, nachdem er sie in seiner Faust zerknüllt hatte.

»Wir müssen ihm unbedingt zuvorkommen.« Balboa sah Tamanca auffordernd an. »Ihr kommt doch mit, oder? Wir könnten einen Arzt gut gebrauchen. Es wäre mir eine große Beruhigung und auch eine persönliche Freude.«

»Natürlich kommt er mit«, übernahm Joaquín das Wort. »Das werden wir uns doch nicht entgehen lassen.«

»Ich kann für mich selbst sprechen, Vater. Außerdem denke ich, dass viele Menschen hier meine Hilfe brauchen. Das ist der eigentliche Grund, weshalb ich hergekommen bin. Gold interessiert mich nicht.«

Balboa sah ihn erstaunt an. »Es werden wenige hier bleiben«, erklärte er dann. »Und der Weg ist hart, voll wilder Tiere und feindlicher Indiostämme. Careta hat mir Männer zugesagt, und die werden vielleicht auch ärztliche Betreuung brauchen.«

Tamanca dachte an Amakuna und dass es ihm damit ein Leichtes wäre, den gesamten Trupp am Leben zu erhalten, aber er würde natürlich keinesfalls davon Gebrauch machen. Nesfetes Worte klangen ihm in den Ohren: »Amakuna darf nur bei Menschen als Heilmittel eingesetzt werden, die zum Schutz des Pilzes beitragen. Solchen, denen es nicht um Macht und Reichtum geht, sondern darum, diese Welt zu einer menschlicheren zu machen.« Dazu gehörten weder Balboa noch Pizarro oder gar die goldgierigen Kolonisten. Doch schaffte er das? Konnte er einen Menschen seinem endgültigen Schicksal überlassen, obwohl er die Möglichkeit hatte, ihn davor zu bewahren? Eines wurde Tamanca in diesem Augenblick klar: Wenn er tatsächlich mit auf diese Expedition ginge, würde er Amakuna nicht mitnehmen. Er musste unbedingt einen sicheren Ort dafür finden.

Balboa musterte ihn eindringlich, als könne er erraten, worüber Tamanca nachdachte. »Ich bin kein schlechter Mensch.

Glaubt mir. Ich will auch keine Indios abschlachten, wie es dieser Pedrarias tun wird. Ich bin diesen Menschen durch meine Frau nähergekommen. Ich möchte nur, dass die Kolonisten, die so viel Mühe und Leid auf sich genommen haben, überleben und wenigstens einen geringen Lohn davontragen. Begreift Ihr das nicht?«

Tamanca verstand, worum es Balboa ging, und er glaubte auch, dass er für die Menschen hier, obwohl er unrechtmäßig Gouverneur geworden war, möglicherweise die bessere Lösung war.

»Lasst mich eine Nacht darüber schlafen.«

»Auch zwei«, sagte Pizarro. »Es wird sowieso noch dauern, bis wir genügend Männer zusammenhaben. Andererseits ist Gold immer ein schlagkräftiges Argument.«

»Wie schon gesagt: für mich nicht«, wiederholte Tamanca.

»Ich kann Euch noch etwas anderes anbieten.« Balboa stand auf und legte ihm väterlich die Hand auf die Schulter. »Etwas, das Euch von großem Nutzen sein wird.«

»Und was sollte das sein?«

»Heilpflanzen! Meine Frau wird Euch mit einer *Nele* bekannt machen. So heißen die Medizinfrauen der Indios. Sie kennt alle Kräuter, die hier wachsen, und weiß, wie sie einzusetzen sind. Sie kennt Rezepte für Salben und Tees. Gegen giftige Tiere, gegen Wundfieber und die einheimischen Krankheiten.«

»Das viel größere Problem sind doch die von uns eingeschleppten Seuchen, nicht wahr?« Tamanca sah Balboa vielleicht ein wenig zu vorwurfsvoll an, schließlich war er nicht allein dafür verantwortlich. »Daran sterben die Menschen hier, vor allem die Indios.«

»Diese Frau wird Euch trotzdem von Nutzen sein«, beharrte Balboa. »Ihr werdet einheimische Medizin benötigen, denn das, was Ihr aus Spanien kennt, ist hier nicht verfügbar.«

Tamanca konnte in dieser Nacht lange keinen Schlaf finden. Und es war nicht einmal die Frage, ob er Balboas Expedition begleiten sollte, die ihn wach hielt, sondern die Augen der jungen Frau, die ihn vor dem Stich des Skorpions bewahrt hatte. Er konnte sie nicht vergessen. Warum hatte sie ihm das Leben gerettet? Er war ein Weißer, und die Weißen waren eindeutig nicht ihre Freunde. Jeder tote Weiße war einer weniger, der ihr oder ihren Brüdern und Schwestern etwas antun konnte.

Und plötzlich erinnerte er sich an den Traum, den er in La Española im Haus von Pinzón gehabt hatte. Das Mädchen, das hinter einem Vorhang aus Lianen stand. Es musste … es konnte nur *sie* gewesen sein. Sie und keine andere. Sie war das Mädchen aus seinem Traum. Sie würde ihm zur Seite stehen, um Amakuna zu beschützen. Das machte einen gewissen Sinn. Denn in der Zukunft stand der Pilz unter dem Schutz der Kunas, also Indios. Und sie war ein Indiomädchen. Er musste sie unbedingt wiedersehen.

22. KAPITEL

Am Nachmittag des folgenden Tages ließ Vasco Núñez de Balboa alle Bewohner von Santa María la Antigua zusammenrufen. Auf der Plaza vor der Kommandantur hatte er ein kleines Podest aus zwei Holzkisten aufstellen lassen, von dem aus er seine Ansprache hielt.

»Freunde und Kampfgefährten!«, begann er. »Ihr seid Spaniens Tapferste, sonst hättet Ihr den Weg hierher nicht geschafft. Ihr seid die kühnsten und die zähesten Söhne unseres Landes. Ihr seid hier, weil Ihr Ruhm erwerben wollt, für die Krone, für Eure Kinder und Enkel. Ihr wollt Euren Namen in das Buch der Geschichte unseres Königreiches schreiben …«

Der Konquistador machte eine kleine Pause und warf einen bedeutungsvollen Blick über die Versammlung aus wenig ruhmreich aussehenden Männern, die ihm still und ohne sonderliche Begeisterung lauschten.

»Und ich habe einen Plan, wie uns allen das gelingen wird!« Er senkte seine Stimme leicht. Es wurde noch stiller in der Runde.

»Ich habe mit den Kaziken der Stämme in den Bergen gesprochen. Sie haben mir von einem großen Meer auf der anderen Seite erzählt, dem Südmeer.« Er hob die Stimme. »Ein gigantischer Ozean, den wir für die Krone entdecken und erobern werden! Die Entdeckung dieses Ozeans wird uns unsterblich und aus unserer Kolonie das Tor zu einem neuen Reich machen, einem Weltreich.«

Ein Murmeln ging durch die Menge. Tamanca sah Skepsis in den Augen der abgerissenen Gestalten, die offenbar daran dachten, was zwischen ihnen und dem Ruhm lag: die Sümpfe und Berge, die Indios mit ihren Giftpfeilen, der Urwald mit seinen Schlangen und Mückenschwärmen. Was sollte dem Leichnam, der im Dschungel vermoderte, Entdeckerruhm nutzen?

Balboa hob die Hand, bis wieder Stille einkehrte. »Aber die Kaziken haben mir noch mehr erzählt. Weiter im Süden an der Küste dieses neuen Meeres liegt ein reiches Land. Seine Priester baden in Goldstaub, ihre Tempel sind mit Goldplatten ausgekleidet, der Fürst dort trägt eine Rüstung aus purem Gold, und selbst das Spielzeug der Kinder ist aus Gold. Die Indios haben mir goldene Teller aus diesem Land gezeigt. Und sie haben mir das hier gegeben.«

Er hielt eine kleine Statue hoch, die in der Sonne glitzerte.

»Ihr habt die Legende von diesem Goldland gehört. Die Legende von El Dorado. Wir werden auf der anderen Seite der Berge mehr finden als Ruhm und neue Länder für die Krone. Dort wartet unvorstellbarer Reichtum auf uns – Gold, Gold für jeden von uns!«

Es war, als ob ein Funke auf die Versammlung übersprang und in ihren Augen eine Flamme entfachte – das Feuer der Gier. Balboa hatte wahrlich die Eigenschaften eines Herzensbrechers. Er wusste zu verführen, seine wahren Gefühle zu verstecken und dafür zu sorgen, dass sein Gegenüber sich begehrt, respektiert und wertgeschätzt fühlte.

Pizarro sprang nun neben Balboa auf die Holzkiste und reckte seine Faust in den Himmel.

»El Dorado!«, rief er, und die Menge brüllte zurück: »El Dorado! El Dorado!«

Balboa stimmte in das Geschrei ein und konnte sich ein zufriedenes Grinsen nicht verkneifen. Hundertfünfzig der männlichen Neuankömmlinge und vierzig der ursprünglichen Einwohner der Kolonie meldeten sich unmittelbar darauf, um an der Expedition teilzunehmen.

Die folgende Woche verbrachte Pizarro damit, die Männer in Hauptmänner und Verantwortliche für Lageraufbau, Wasser und Nahrungsmittelbeschaffung, Kochen und Holzsammeln einzuteilen. Er hatte Wachen benannt und einen Flankenschutz aufgestellt. Joaquín war stets an seiner Seite. Die beiden Männer verstanden sich bestens, und das nicht nur, weil sie aus der Extremadura stammten, sondern weil ihre Gesinnung die gleiche war.

Statt von Schwermut und Schweigsamkeit niedergedrückt zu sein, zeigte Don Joaquín nun wieder Mut und Zuversicht. Doch mit welchem Ziel? Das Gold nahm täglich einen immer größeren Platz in seinem Denken und Handeln ein, wie Tamanca mit Bedauern feststellen musste. In der neuen Umgebung verschwand das, was während der Überfahrt auf dem Schiff noch vorhanden gewesen war: Reue und der Wille zur Veränderung. Vater und Sohn fanden keine gemeinsame Sprache. Wenn sie abends nebeneinander in ihrem Schlafgemach lagen, interessierte den einen nicht, was der andere getan hatte. Während Joaquín sich dafür rüstete, in den Krieg zu ziehen, bemühte sich Tamanca, den Einwohnern von Santa María la Antigua die einfachsten Regeln von Hygiene und Sauberkeit zu vermitteln und, so gut es ging, ihre Leiden zu lindern. Es gab kaum einen Bewohner, der nicht an Zahnfäule, Geschwüren oder Geschwülsten, Verdauungsproblemen oder Hautkrankheiten litt. Die Säfte, Salben und Tinkturen, die ihm die *bruja* aus Salamanca vor der Abreise zusammengestellt hatte, gingen schnell zur Neige, und so blieb ihm nichts anderes übrig, als sich auf Balboas Vorschlag einzulassen und besagte Medizinfrau aufzusuchen. Außerdem bot dies eine gute Gelegenheit, einmal mit Balboa allein zu sein, um ein wenig mehr über ihn zu erfahren. Im Beisein von Pizarro kam er ihm meist so vor, als müsse er seine Energie hauptsächlich darauf verwenden, den Capitano in Schach zu halten.

Der Konquistador zeigte sich mehr als erfreut, als Tamanca bei ihm vorsprach, tat aber andererseits so, als hätte er sowieso nichts anderes erwartet.

Sie brachen schon früh am nächsten Morgen auf und richteten sich nach Norden. Laut Balboas Aussage gab es keine feindlichen Stämme auf dem Weg zum Dorf von Careta, weshalb sie sich ohne weiteren Geleitschutz nur zu zweit auf den Weg machten. Balboa hatte seinem Schwiegervater geholfen, das Land um sein Stammesgebiet herum zu befrieden, sodass dieser keine überraschenden Angriffe mehr fürchten musste.

»Manchmal würde ich am liebsten einfach nur dort bleiben«, sagte er nach einer Weile wohltuenden Schweigens. »Bei Frau und Kind.«

Sie ritten auf einem gut ausgetretenen Dschungelpfad nebeneinander her.

»Die Kolonisten, das Gold, die Verpflichtung gegenüber der Krone … das alles steht mir manchmal bis hier.« Er hielt seine Hand knapp unter die Nase und lachte dabei verlegen.

»Ich wusste nicht, dass Ihr ein Kind habt«, erwiderte Tamanca.

»Einen Sohn. Er ist drei Monate alt. Aber er brüllt schon wie ein echter Konquistador.«

Es war das erste Mal, dass Tamanca den Spanier so gelöst erlebte, und je weiter sie sich von der Kolonie entfernten, desto mehr nahm seine gute Laune noch zu.

»Und warum tut Ihr es nicht? Warum lebt Ihr nicht bei Eurer Frau? Oder wurde die Ehe mit dieser Indiofrau nur aus rein politischen Gründen geschlossen?« Für einen kurzen Moment sah er wieder die dunklen Augen der Skorpionjägerin vor sich.

»Nein. Wenn ich sie ansehe und vor allem, wenn ich ihr beiliege, möchte ich nicht mehr kämpfen, möchte ich keine Befehle mehr hinausbellen, sondern mich nur noch an ihre Brust schmiegen und ihrem Herzschlag lauschen.«

»Dann liebt Ihr sie?«

»Sie gibt mir Frieden, zumindest für eine kurze Zeit.«

»Das ist es, was die Liebe fertigbringt.« Tamanca musste daran denken, was die Harimaguada über das liebende Paar gesagt hatte.

»Da habt Ihr sicher recht, aber wir alle haben einen Schwur geleistet, der Krone zu dienen und den Reichtum Spaniens zu vermehren.«

»Und Euren dazu.«

Balboa lachte laut. »Umsonst ist nur der Tod.«

»Aber Ihr seid doch ein kluger Kopf. Wie könnt Ihr mit diesen Kolonisten leben? Sie verrohen. Sie töten um des Tötens willen. Sie quälen andere Menschen und haben auch noch Spaß daran.«

»Ich glaube, in jedem weißen Mann lebt ein grausames Ungeheuer, und wenn es freigelassen wird, kann es großen Schaden anrichten.«

»Warum ist das so?«, fragte Tamanca nachdenklich.

»Das Ungeheuer entsteht durch das Gefühl der Überlegenheit. Aber letztendlich sind wir den Indios gar nicht überlegen«, gab Balboa zurück. »Auch wenn wir die besseren Waffen haben und … na ja, und ebendieses innere Ungeheuer, das uns die Härte und die Kraft verleiht, sie zu vernichten.«

Wenn auch nicht so extrem wie Bartolomé de Las Casas, schien sich Balboa doch Gedanken darüber zu machen, die sich in hohem Maße von denen anderer Konquistadoren unterschieden. Die Tatsache, dass er überdies eine Machtposition innehatte, gab Tamanca ein wenig Hoffnung. Das war es doch, was er hier zu finden gehofft hatte: Menschen, die anders dachten als die festgefahrene spanische Elite, Menschen, die sich selbst infrage stellten und nach Möglichkeiten suchten, eine neue Gesinnung zu leben. Er dachte wieder an Sina und Neri, an ihren Kampf gegen das Geld, die Macht und die Gier. Offensichtlich gab es zu jeder Zeit eine kleine Gruppe, die sich gegen das gängige System stellte und für die Unterdrückten kämpfte.

Balboa war eine Weile schweigend neben ihm hergeritten und nahm nun noch einmal den Gedanken von eben auf.

»Nur … Ungeheuer sterben einsam. Da ist am Ende meist keiner, der um sie weint, der sie geliebt hat und gewillt ist, ihre Seele am Leben zu halten.«

»Ihr werdet nicht einsam sterben«, tröstete Tamanca ihn.

»Euer Wort in Gottes Ohr. Aber lasst uns über etwas anderes reden. Der Tod ist hier viel zu oft anwesend.« Er hob den Kopf und blickte in die Ferne, wo er eine kleine Rauchsäule zu entdecken glaubte.

»Seht Ihr das auch?«

Vor allem roch Tamanca es. Er hatte eine feine Nase, er nahm nicht nur den Geruch von verbranntem Holz wahr, sondern auch den von verbranntem Fleisch. Menschenfleisch.

»Ich dachte, hier gäbe es keine Überfälle feindlicher Indios.«

»Gibt es auch nicht. Kommt!« Balboa gab seinem Ross die Sporen, und Tamanca folgte ihm.

Der Gestank wurde intensiver, als sie das Dorf erreichten oder vielmehr das, was davon noch übrig war. Es standen nur noch zwei Hütten, der Rest waren Ruinen, und in der Mitte schwelten die Überreste eines Feuers, aus dem verkohlte menschliche Überreste ragten.

»Es gibt nur eine Erklärung: Sklavenhändler!«, sagte Balboa.

Tamanca fuhr sich durch das Haar. Er hatte gedacht, dieses Thema in La Española hinter sich gelassen zu haben.

»Die Indios, die nicht kräftig genug sind, um gutes Geld einzubringen, werden getötet, damit sie nicht entkommen können, um die nächsten Dörfer zu warnen.«

»Und die Leichen werden angezündet?«

Balboa schüttelte den Kopf. »Nein, das waren die Indios selbst – zumindest einer, der es geschafft hat zu fliehen. Das Feuer und der Geruch sollen die anderen warnen. Die Dörfer nahe der

Küste sind besonders gefährdet. Seit es auf La Española so gut wie keine Eingeborenen mehr gibt, jagen die Sklavenhändler sie hier.«

Plötzlich vernahmen sie ein leises Stöhnen aus einer der beiden unversehrten Hütten. Tamanca stieg vom Pferd und ging unerschrocken darauf zu.

»Passt auf. Man könnte Euch für einen zurückgekehrten Sklavenhändler halten«, rief ihm Balboa noch hinterher. Doch da hatte Tamanca die Tür der einen Hütte bereits aufgestoßen. Nichts konnte ihn zurückhalten, wenn er den Leidensruf eines Menschen hörte.

Im Halbdunkel erkannte er eine zusammengekrümmte Gestalt. Es war eine Frau. Sein Herz schlug auf einmal schneller. Das lange schwarze Haar, das ihr Gesicht verdeckte, war blut- und schlammverkrustet. Er beugte sich zu ihr hinunter und strich es vorsichtig beiseite. Dann strauchelte er kurz. Ihre Augen waren geschlossen, aber er hätte ihr Gesicht unter Tausenden wiedererkannt. Sie war die Skorpionjägerin. Das Mädchen aus seinem Traum.

Er wagte es nicht, sie anzufassen, nahm aber ihren Körper genauer in Augenschein. Ihr Rücken war übersät mit Striemen, die von Peitschenhieben stammen mussten, der rechte Arm wies eine tiefe, in Längsrichtung verlaufende Wunde auf, die nach einem Schwerthieb aussah, und ihr Oberschenkel war mit irgendetwas durchbohrt worden.

Tränen liefen seine Wangen hinunter. Ihm war klar, dass sie diese Verletzungen nicht überleben würde. Außer … Seine Gedanken wirbelten durcheinander. Es war die einzige Lösung! Natürlich kamen ihm sogleich Nesfetes mahnende Worte in den Sinn. Er durfte Amakuna nur dann als Heilmittel einsetzen, wenn der oder die Betreffende zum Schutz des Pilzes beitrug. Doch genau das würde sie tun. Das Schicksal hatte sie ihm wieder in die Hände gespielt – oder gar Amakuna selbst? Auch wenn er ihren Namen nicht kannte und nie ein einziges Wort mit ihr gewechselt hatte, wusste er, dass sie dazu bestimmt war, die zukünftige Frau an seiner Seite zu sein. Er und sie würden Amakuna gemeinsam bewahren, und deshalb musste er ihr Leben retten. Dieses Mal hatte er die Möglichkeit, und er würde sie nutzen. Dieses Mal konnte er die Frau seines Herzens retten. Er tastete nach dem Amulett, das er unter dem Harnisch trug, zu dem Balboa ihn gezwungen hatte.

»Sie wird sterben«, sagte der Konquistador, der nun ebenfalls die Hütte betreten hatte, mit Kennerblick.

Tamanca zog die Hand zurück. Er musste unter allen Umständen vermeiden, dass Balboa mitbekam, was er vorhatte.

»Das ist die Frau, die den Skorpion getötet hat.«

Balboa neigte den Kopf zur Seite. »Dann wäre es die Erfüllung eures gemeinsamen Schicksals, wenn Ihr jetzt die Chance hättet, ihr Leben zu retten«, sagte er mit dem für ihn so typischen sarkastischen Unterton. »Aber da ist wohl nicht mehr viel zu machen. Lasst uns weiterreiten. Ich mache mir ein wenig Sorgen. Auch wenn Careta sich von diesen Kerlen nicht einschüchtern lässt, möchte ich doch so bald wie möglich bei ihm eintreffen.«

Tamanca schüttelte den Kopf. »Ich werde bei ihr bleiben. Vielleicht kann ich doch noch helfen. Reitet Ihr zu Eurer Frau.«

»Das ist doch Unsinn. Ich verstehe Euch ja. Aber seht sie Euch doch an. Ihr Leben geht zu Ende. Ihr könnt nichts mehr tun.«

Balboa hatte recht. Ihre Atmung war bereits so flach, dass sie kaum mehr wahrnehmbar war. Er musste Balboa auf der Stelle loswerden, sonst würde auch Amakuna nichts mehr ausrichten können.

»Geht. Bitte. Ich flehe Euch an. Ich komme nach.«

»Was soll das? Hat Euch die Hitze auch schon das Gehirn verklebt?«

Tamanca sah ihn verzweifelt an. »Es bedeutet mir viel. Bitte.«

Balboa blickte skeptisch auf ihn herab, lenkte dann aber ein. »Wie Ihr wollt.«

Nachdem das Hufgetrappel seines Pferdes verklungen war,

öffnete Tamanca das Amulett, befeuchtete seinen Finger, sodass einige Körnchen des Pilzpulvers daran hängen blieben, öffnete den Mund der Frau und strich es ihr auf die Zunge. Wenn es stimmte, was die Harimaguada gesagt und was er in der Zukunft gesehen hatte, würde sie jetzt sieben Stunden schlafen. Er ließ sie nicht einen Moment aus den Augen, einerseits aus Sorge, andererseits aus Neugier, ob und wie der Pilz seine Wirkung entfalten würde.

Als Erstes beobachtete er, wie die flatternden Lider sich beruhigten, Atmung und Puls regelmäßiger wurden und das Blut ihre Wunden verkrustete. Der normalerweise lang andauernde Heilungsprozess schien sich mithilfe des Pilzes in ungewöhnlicher Geschwindigkeit zu vollziehen. Auch ihre Knochen bewegten sich unter der Haut wie von Geisterhand wieder an die richtige Position. Er dachte an Pilar. Hätte er doch damals schon von diesem Mittel gewusst, dann wäre sie noch am Leben.

Irgendwann musste er trotzdem eingeschlafen sein, denn er wurde von der jungen Indiofrau geweckt, die ihn mit großen, erstaunten Augen ansah.

»Bist du der Gott der Weißen, der über Leben und Tod bestimmt, oder gar sein Sohn Jesus Christus?«, fragte sie in passablem Spanisch.

Tamanca musste trotz der Ernsthaftigkeit der Situation lachen. Er schüttelte den Kopf. »Nein, das bin ich nicht. Mein Name ist Tamanca.« In diesem Moment war er besonders froh, seinen spanischen Namen abgelegt zu haben. Er hatte nichts mehr mit ihm zu tun.

»Tamanca«, widerholte sie, sodass der Klang des Namens eine Melodie formte. »Ich heiße Itapiú.«

Er lächelte und betrachtete aufmerksam ihren Körper, der nicht mehr die kleinste Verletzung aufwies. Er war tatsächlich Zeuge eines großen Mysteriums geworden. Die Wirkung des Pilzes übertraf all seine Erwartungen. Es kam ihm fast so vor, als befände er sich in einem der biblischen Gemälde aus der Kathedrale von Salamanca, in denen Jesus seine Heilwunder vollbrachte.

»Wie geht es dir, Itapiú?«, fragte er sie mit rauer Stimme.

Sie blickte an sich herunter und strich mit ihrer rechten Hand vorsichtig über die Stellen, wo man ihr die grausamen Verletzungen zugefügt hatte. Dann sah sie ihn ebenfalls mit einem Ausdruck größter Verwunderung an.

»Wie ist das möglich?«, fragte sie.

Tamanca zögerte einen Moment. Wie sollte er ihr alles in wenigen Worten erklären?

»Du hast mein Leben gerettet«, stellte sie recht nüchtern fest.

»Und du meines. Weißt du noch, der Skorpion?«, gab er genauso trocken zurück.

»Dann sind unsere Leben jetzt für immer miteinander verbunden.«

Er schloss für einen Moment die Augen und spürte in sich ein Gefühl aufsteigen, das man wohl als Glückseligkeit bezeichnete. Und er sprach aus, was er vom ersten Moment an gespürt hatte.

»Du bist es. Du bist meine Liebe. Ich habe es bereits gewusst, als ich dich zum ersten Mal sah.« Tamanca nahm ihre Hand und legte sie an sein Herz. Er hatte sich noch nie so stark zu einem Menschen hingezogen gefühlt, den er überhaupt nicht kannte. Er wusste weder, ob diese Frau irgendetwas mit ihm gemein hatte, noch, ob sie einander verstehen oder gar miteinander leben könnten. Aber all diese Gedanken waren nicht wichtig. Ein Gefühl endloser Liebe durchflutete ihn. Doch dann kam es ihm gar nicht mehr vor wie ein Gefühl, sondern wie der Anfang eines tiefen Wissens, so wie Feuer der Anfang des Lichts war. Sie beide waren Teil einer Prophezeiung, die über ihren Tod hinausreichen würde. Sie waren die neuen Hüter von Amakuna. Doch noch immer wusste er nicht, wie er ihr das erklären sollte. Aber vielleicht waren es gar nicht Worte, die sie einander näherbringen würden …

Er blickte ihr tief in die Augen und nahm sie dann sanft in

seine Arme. Itapiú wehrte sich nicht, sondern ließ es geschehen, schien unendliches Vertrauen zu ihm zu haben. Ihr Körper fühlte sich warm an, zart und zerbrechlich und zugleich zäh und widerstandsfähig. Ohne darüber nachzudenken, suchten seine Lippen die ihren, und er küsste sie. Sie zuckte ein wenig zurück, und er verstand, dass sie eine solche Berührung offensichtlich nicht kannte. Doch nach einem kurzen Moment der Überraschung gab sie sich ihm hin. Ihr Mund öffnete sich, ein Gefühl von Süße und Weichheit ließ ihn erzittern. Er atmete ihren Atem und tauchte in eine ihm bisher unbekannte Sphäre ein, ohne Boden und ohne Horizont. Dieser Kuss fühlte sich für ihn an wie das, was von der Sprache des Paradieses übrig geblieben war.

Plötzlich wandte sie den Kopf ab, als höre sie etwas. »Es nähern sich drei Menschen. Ein Mann und zwei Frauen. Sie werden in kurzer Zeit hier sein.«

Tamanca vernahm zwar noch keinen Laut, aber er vertraute der jungen Indiofrau. Sie hatte das feine Gehör einer Jägerin. Sie war mit den Schwingungen verbunden, die dem Urwald alle Veränderungen mitteilten.

Wahrscheinlich war es Balboa in Begleitung von zwei Frauen. Er durfte Itapiú auf keinen Fall so sehen. Nun musste Tamanca es ihr sagen. Und es fühlte sich auch richtig an. Denn sie war die Richtige. Er holte tief Luft.

»Die Medizin, die ich dir gegeben habe, birgt ein großes Geheimnis, das mir die weisen Frauen von den Inseln der Glückseligen anvertraut haben«, begann er. »Amakuna heilt nicht nur alle Krankheiten und Verletzungen, sondern lässt uns in die Zukunft und in die Vergangenheit blicken. Es wurde bestimmt, dass nur ein liebendes Paar es bewahren und entscheiden kann, wann und wem sein Geheimnis enthüllt werden darf. Denn nur, wo die Liebe ist, haben Macht, Gier und Neid keine Möglichkeit, sich zu entfalten.«

Sie sah ihn an, als ob das, was er sagte, sie nicht im Geringsten erstaunte.

»Nur Menschen, die reinen Herzens sind, dürfen mit Amakuna geheilt werden. Denn nur sie können in allen Zeiten die Welt im Gleichgewicht halten. Deshalb darf es niemals in die Hände der Konquistadoren gelangen«, beendete sie seine Ausführungen.

Jetzt war es an ihm zu staunen, doch dann verstand er. Sie hatte ebenfalls eine Reise unternommen – ob in die Zukunft oder die Vergangenheit, das wusste er nicht.

»Ich werde dir zur Seite stehen«, sagte sie mit fester Stimme. »Denn auch ich habe von dir geträumt«, fuhr sie fort. »Und ich habe in diesem Traum gesehen, dass wir beide eine wichtige Rolle dabei spielen, dass die Welt irgendwann in einen ausgewogenen Zustand kommt.« Er hätte sie am liebsten gleich noch einmal geküsst, doch sie entzog sich ihm. »Der Mann und die beiden Frauen werden gleich hier sein. Was sollen wir jetzt tun?«

Tamanca überlegte fieberhaft, was zu tun war. Balboa würde sofort misstrauisch werden, wenn er das Mädchen, das eben noch dem Tod geweiht war, bei blühender Gesundheit vorfand. Auch wenn sie sich tot oder schwer leidend stellte, würde er sehen, dass die Wunden verschwunden waren.

»Ich werde mich unsichtbar machen«, flüsterte Itapiú. »Sage ihnen, du hast mich begraben. Gleich hinter der Hütte ist ein frisches Grab.«

Sie verschwand keine Sekunde zu früh. Gleich darauf war Pferdegetrappel zu vernehmen. Tamanca trat vor die Hütte und erwartete Balboa, der, wie Itapiú vorausgesagt hatte, mit zwei Frauen auf dem einstigen Dorfplatz eintraf. Die jüngere der beiden stellte er als seine Frau vor, die ältere als die *Nele,* von der er erzählt hatte.

»Ihr kommt zu spät. Ich habe sie soeben begraben«, rief ihm Tamanca mit tiefer Traurigkeit in der Stimme entgegen. Es fiel ihm nicht leicht, denn er hatte das Gefühl, als liefe sein Herz über vor Glück. Er spürte den misstrauischen Blick der Medizinfrau, der ihm durch und durch ging. Sie sagte jedoch kein Wort.

»Und? Sind die Sklavenjäger in das Dorf von Careta vorgedrungen?«, fragte er, um das Gespräch in eine andere Richtung zu lenken.

Balboa schüttelte den Kopf. »Das haben sie nicht gewagt. Späher konnten beobachten, wie sie ihre Gefangenen auf ihr Schiff getrieben haben und davongesegelt sind.«

»Itapiú«, stieß die Alte plötzlich hervor.

Tamanca stellte sich verständnislos.

»Sie fragt, ob der Name des Mädchens Itapiú war«, erklärte Balboa.

»Das weiß ich nicht. Sie konnte nicht mehr sprechen«, gab Tamanca zurück.

»Ich will ihr Grab sehen«, sagte die Alte in erstaunlich gutem Spanisch mit fordernder Stimme.

»Warum?«

»Ich spüre ihren Geist, aber es ist nicht der Geist einer Toten.«

Balboa schlug kurz die Augen zum Himmel. »Los, tut ihr den Gefallen.«

Tamanca machte der alten Indiofrau ein Zeichen, ihm zu folgen. Hoffentlich war das Grab auch wirklich an Ort und Stelle. Wenn nicht, stünde er als Lügner da, und vor allem der Konquistador würde skeptisch werden und ihn nicht in Ruhe lassen, bis er herausbekam, was er wissen wollte.

Glücklicherweise war der frisch aufgeworfene Hügel hinter der Hütte jedoch sofort zu erkennen. Tamanca atmete auf. Balboa schien es zufrieden.

»Tut mir leid«, entschuldigte er sich, »ich falle doch immer wieder auf den Blödsinn mit den Geistern herein.«

Die Medizinfrau sah sich noch ein paarmal um, sprang dann auf das Grab und stampfte mit ihren Füßen, so gut sie konnte, die Erde fest.

»Damit die Geister der Toten schön da unten bleiben«, erklärte Balboa mit einem Grinsen. »Lasst uns zurückreiten. Careta hat uns zu Ehren ein Schwein schlachten lassen.«

Tamanca seufzte vor Erleichterung tief auf, auch wenn ihm klar war, dass ihm die Alte trotzdem nicht über den Weg traute. Schweren Herzens band er sein Pferd los und folgte den anderen. Er sah sich noch einmal nach Itapiú um, doch sie hielt sich versteckt.

23. KAPITEL

Im Dorf von Careta herrschte eine völlig andere Stimmung als in der Siedlung der Kolonisten. Es bestand aus einer einzigen großen Rundhütte, in der sich alle Dorfbewohner aufhielten. Am Rand hingen nebeneinander aus Pflanzenfasern gefertigte Matten, in denen die Indios schliefen. Im offenen Teil in der Mitte spielten Kinder, angefeuert von Hunden und kleinen Äffchen. In verschiedenen Winkeln waren die Frauen mit Kochen und dem Entkernen und Schälen von Früchten beschäftigt. Dabei wurde viel gelacht und gescherzt.

Einige der Männer setzten das Dach der Hütte instand, doch die meisten standen in wildem Palaver um das am Spieß bratende Schwein herum. Sie trugen alle keine Kleidung. Ihr Geschlechtsteil war hochgebunden und an einer dünnen Schnur befestigt, die sie um die Taille gewickelt hatten. Auch die Frauen waren nackt, und Tamanca fiel auf, dass sie es einfach laufen ließen, wenn sie ihre Notdurft verrichteten, egal, wo sie sich gerade befanden. Deshalb lag über dem Dorf der Geruch von Urin, etwas, das Tamanca von heißen Tagen in Salamanca kannte.

Balboa hatte sich mit seiner Frau zurückgezogen, und die alte Medizinfrau war wie vom Erdboden verschwunden. Tamanca lief etwas unschlüssig durch die ihm völlig fremde Umgebung, als plötzlich eine faltige Hand nach ihm griff und ihn durch eine kleine Öffnung aus der Hütte zerrte. Es war die *Nele*. Ihr Blick hatte sich verändert. Aus dem Misstrauen war Sorge geworden.

»Kommt mit. Itapiú ist hier. Sie ist uns gefolgt und hat mir alles erzählt. Ich kenne Euer Geheimnis und Eure Aufgabe, die Euch nun aneinander bindet.«

Tamanca erschrak und suchte ihren Blick. Etwas sagte ihm, dass er der weisen Frau vertrauen konnte.

»Sie hat mir erzählt, dass sie in die Zukunft gereist ist und dort sah, wie Ihr unser Volk vor den Konquistadoren gerettet habt. Und ich glaube ihr. Baba und Nana haben Euch auf die Erde geschickt, um diese Aufgabe zu erfüllen. Doch Ihr werdet das nicht allein tun. Itapiú wird an Eurer Seite sein. Die Zeit, das zu offenbaren, ist noch nicht gekommen, aber ich fühle mich in der Verantwortung der Geister und Ahnen, Euch zu helfen und zu Mann und Frau zu machen, damit Ihr diese Aufgabe gemeinsam bewältigen könnt.«

Tamanca sah sie erstaunt an. Es kam ihm einerseits so vor, als überschlügen sich die Ereignisse, andererseits schien es ihm, als wäre alles lange vorherbestimmt und ereignete sich genau zum richtigen Zeitpunkt. Als hätte sich alles in seinem Leben darauf hinentwickelt, dass er und Itapiú einander begegneten, und zwar aus einem ganz besonderen Grund. Es war schlüssig, dass sie nun auch durch ein Ritual miteinander verbunden wurden. Und eine kirchliche Trauung kam ja wohl nicht infrage.

Er folgte der Alten auf einem schmalen Dschungelpfad weg vom Dorf. Schon nach kurzer Zeit vernahm er ein Rauschen. Die Luft war durchdrungen von feinsten Wassertropfen. Und je weiter sie sich vom Dorf entfernten, desto mehr steigerte sich das Rauschen zu einer ohrenbetäubenden Brandung. Und dann stand er plötzlich davor. Ein gigantischer Wasserfall stürzte von einem hohen Felsen herab, und unten am Ende des schäumenden Vorhangs stand sie. Nackt, vollendet, so wie Gott sie geschaffen hatte.

Als er Itapiú auf sich zukommen sah, schlug sein Herz so

schnell, dass er glaubte, es würde zerspringen. Er umarmte sie, als hätten sie sich seit Jahren nicht mehr gesehen, und hielt sie eine Weile eng an sich gedrückt. Dann nahm sie seine Hand und führte ihn um den Felsen herum, wo wie auf magische Weise plötzlich Stille eintrat.

Die Alte folgte ihnen. Sie sah Tamanca tief in die Augen. »Seid Ihr bereit?«

»Ja, ich bin bereit«, sagte er mit fester Stimme. Noch nie zuvor hatte er so genau gewusst, dass er das Richtige tat.

»Gut«, sagte die *Nele*, die ihn an jene weise Frau aus seiner Vision erinnerte, die in fünfhundert Jahren Sina und Neri zu Mann und Frau machen würde. Irgendwie fühlte sich Tamanca beruhigt. Das, was ihn und seinesgleichen im Innersten ausmachte, würde überleben: Menschlichkeit sowie ein Verständnis für das Natürliche und auch das Übernatürliche – das, wovor sich viele Menschen seiner Kultur fürchteten.

Die Alte hob die Arme zum Himmel und schloss die Augen. »Wenn du die Welt verändern willst … liebe deine Frau über dich selbst hinaus …« Schon ihre ersten Worte zauberten ein verstehendes Lächeln in sein Gesicht.

»… jenseits von Begehren und Vernunft, jenseits von Jugend, Schönheit und deiner Vorstellung von Freiheit. Wahrhaftige Freiheit erwächst, indem wir in der Mitte unseres Seelenfeuers stehen und durch die Widerstände gegen die Liebe brennen. Es gibt nur eine Frau. Schaue in ihre Augen und sieh – sieh wirklich –, ob sie diejenige ist, die dir den Kopf abschlägt. Wenn nicht, geh weiter. Sofort. Verschwende deine Zeit nicht.«

Die Worte der *Nele* trafen ihn tief in seinem Inneren, und er versuchte, sie sich dort zu notieren, um sie, wann immer er sie brauchte, lesen zu können.

»Wenn du die Welt verändern willst … liebe deine Frau. Liebe sie jenseits deiner Angst vor dem Tod. Sag ihr nicht, dass du bereit bist, für sie zu sterben. Sag ihr, dass du bereit bist, mit ihr zu leben, Bäume mit ihr zu pflanzen und diese wachsen zu sehen. Sei ihr

Held, indem du ihr sagst, wie wunderschön sie ist in ihrer verletzlichen Erhabenheit, indem du ihr jeden Tag durch deine Bewunderung und Hingabe hilfst, sich daran zu erinnern, dass sie die Eine, die Einzige ist.

Wenn du die Welt verändern willst … liebe deine Frau mit all ihren Gesichtern, durch alle Jahreszeiten, und sie wird all deine Schwächen heilen, deine zerrissenen Gedanken und deine Halbherzigkeit, die deine Seele und deinen Körper getrennt halten – die dich allein sein und immer außerhalb von dir nach jemandem suchen lassen, der dein Leben lebenswert macht.«

Tamanca suchte Itapiús Blick und fand darin genau das, wovon die *Nele* sprach.

»Es wird immer eine andere Frau geben. Schon bald wird die neue Strahlende zur alten Farblosen, und du wirst wieder traurig werden und dich auf die Suche nach einer neuen Begierde machen. Der Mann braucht nicht noch mehr Wahlmöglichkeiten; was er braucht, ist die Frau, den Weg des Weiblichen, den Weg der Geduld und des Mitgefühls, nicht-suchend, nicht-tuend, an einem Ort atmend und sich sinken lassend in tief verschlungene Wurzeln, die stark genug sind, um die Erde zusammenzuhalten.

Wenn du die Welt verändern willst … liebe deine Frau – nur deine Frau. Liebe und beschütze sie, als wäre sie das letzte heilige Gefäß. Liebe sie durch ihre Angst vor dem Verlassenwerden hindurch, die sie für alle Frauen auf sich genommen hat.

Wenn du die Welt verändern willst … liebe diese Frau den ganzen Weg hindurch, so lange, bis sie dir glaubt, bis ihre Instinkte, ihre Visionen, ihre Stimme, ihre Kunst, ihre Leidenschaft sich überall in ihr verteilt haben – bis sie eine Kraft von Liebe ist, die mächtiger ist als alles, was je versucht, sie zu zerstören.

Wenn du die Welt verändern willst, lege deine Gründe nieder, deine Rüstung und deine Waffen. Lege deinen inneren Krieg nieder, deinen berechtigten Ärger, und liebe diese Frau … jenseits all deines Strebens nach Heldentum. Jenseits deiner beharrlichen Suche nach Vollkommenheit. Die Vollkommenheit steht vor dir. Was wäre, wenn Frieden nur erinnert werden könnte durch das Herz einer Frau?

Wenn du die Welt verändern willst … liebe deine Frau bis zu den Tiefen deiner Schatten, bis zu den höchsten Weiten deines Wesens, zurück zu dem Ort, wo ihr euch zuerst getroffen habt, zum Tor des Regenbogenreiches, durch das ihr gemeinsam hindurchgeht bis zu dem Punkt, an dem es keine Umkehr mehr gibt, zum Ende und dem Beginn einer neuen Erde, eines neuen Zeitalters.«

Des Amakuna-Zeitalters, fügte Tamanca in Gedanken hinzu. Anschließend wandte die *Nele* sich in ihrer Sprache an Itapiú. Er konnte sich gut vorstellen, dass sie ihr ähnliche Worte sagte wie jene, die Sina zu hören bekam. Er lauschte der Melodie ihrer Sätze und holte sich die Zukunft zurück in die Erinnerung.

Nachdem die Alte geendet hatte, setzte sich Itapiú auf die Erde. Tamanca nahm neben ihr Platz und legte den Kopf in ihren Schoß. Sie umfasste zärtlich seinen Körper. Und so saßen sie eine Weile, während die soeben gehörten Worte Eingang in ihre Seelen fanden.

»Ihr solltet jetzt zurück ins Dorf gehen, sonst schöpft man noch Verdacht«, unterbrach die *Nele* schließlich den innigen Moment.

Es fiel Tamanca nicht leicht, sich aus den Armen seiner Gefährtin zu lösen.

»Wir werden uns bald wiedersehen«, beruhigte sie ihn. »Die *Nele* hat recht. Du musst gehen!«

Er drückte sie noch einmal an sich und küsste sie. Jeden einzelnen Satz, den er soeben gehört hatte, wollte er in die Tat umsetzen. Nie sollte es Itapiú an irgendetwas mangeln, am wenigsten an Liebe. Amakuna würde bei ihnen sicher sein.

Als er ins Dorf zurückkehrte, lief er sogleich Balboa in die Arme, der ihn schon überall gesucht hatte. »Wo seid Ihr gewesen? Das

Festmahl uns zu Ehren hat bereits begonnen. Es ist nicht besonders höflich, zu spät zu kommen.«

»Ich habe ihm Pflanzen und Kräuter gezeigt, mit denen er die schlimmsten Leiden Eurer Männer heilen kann«, kam ihm die *Nele* zu Hilfe und reichte Tamanca den Ballen mit Wurzeln und Kräutern, die sie unterwegs noch gesammelt hatten.

»Das ist gut.« Das Misstrauen wich aus dem Gesicht des Konquistadoren. »Dann seid Ihr ja gerüstet für unsere Expedition.«

Tamanca sah ihn erschrocken an. Die Expedition hatte er völlig vergessen. Die Begegnung mit Itapiú und ihr soeben geschlossener Bund fürs Leben hatten alles andere überlagert.

»Gleich morgen früh reiten wir zurück. Ich hoffe, dass Pizarro dann so weit ist und alle Männer beisammen hat.«

Tamanca kam zu Bewusstsein, dass er Itapiú, die er gerade erst gefunden hatte, schon wieder verlassen musste. Die bevorstehende Expedition war schließlich Teil des Handels zwischen ihm und Balboa. Wenn er sich jetzt weigerte mitzukommen, würde dieser wahrscheinlich erst recht misstrauisch werden.

»Ich muss übrigens darauf bestehen, dass Ihr mir mitteilt, wenn Ihr Euch mehr als fünfzig Schritte von mir entfernt«, gab Balboa ihm mit Strenge zu verstehen. »Wir sind hier nicht in Spanien, es kann immer etwas passieren.«

Tamanca nickte und gab sich den Anschein von Dankbarkeit angesichts der Fürsorge. Zugleich aber überlegte er fieberhaft, wie er es bewerkstelligen könnte, je mit Itapiú zusammen zu sein, wenn der Gouverneur ständig in seiner Nähe war. Balboa würde sie wiedererkennen und unbequeme Fragen stellen.

»Aber jetzt kommt, ich möchte Euch Careta vorstellen«, forderte ihn der Konquistador auf.

Auf dem Platz in der Mitte der Rundhütte waren sämtliche Stammesmitglieder zusammengekommen und taten sich an dem vom Spieß genommenen Schwein gütlich. Balboa entschuldigte sich bei seinem Schwiegervater für Tamancas Zuspätkommen und nahm neben ihm Platz. Die *Nele* warf dem

Kaziken einen Blick zu, der wohl bedeuten musste, dass dies alles einen Grund hatte und nicht auf Unhöflichkeit oder Missachtung zurückging.

Careta musterte den jungen Spanier von oben bis unten und sorgte dann dafür, dass er ein besonders großes Stück Fleisch bekam.

Tamanca balancierte es zwischen seinen Fingern, so gut er konnte, und biss dann einfach hinein. Es schmeckte hervorragend. Jetzt erst fiel ihm auf, dass er seit ihrem Aufbruch nichts mehr gegessen hatte. Außerdem stellte er fest, wie wohl er sich in der Gesellschaft der Indios fühlte, obwohl er weder ihre Sprache verstand noch ihre Sitten und Gebräuche kannte. Auch ihre Tischmanieren entsprachen nicht so ganz den seinen. Vielleicht lag seine gelöste Stimmung ja daran, dass anders als in Gesellschaft der Konquistadoren hier keine blutrünstigen Heldengeschichten und peinlichen Aufschneidereien zum Besten gegeben wurden, dachte er schmunzelnd.

Nachdem alle ausreichend gegessen und getrunken hatten und es bereits wieder dunkel wurde, wies man ihm eine Hängematte zu, in der er sich satt und leicht erschöpft niederlassen konnte. Er schloss die Augen und schaukelte sanft hin und her. Und dann sah er plötzlich vor seinem inneren Auge, wie er mit Itapiú unter ihresgleichen in einer ganz ähnlichen Umgebung lebte. Diese Vorstellung machte ihm keinerlei Angst – im Gegenteil, sie gefiel ihm. Er sah sich mit ihr unter einem Baum sitzen und geduldig ihre Sprache lernen. Er sah sie beide zusammen jagen und Essen zubereiten. Er sah, wie sie an dem Wasserfall ein Bad nahmen und wie sie anschließend … Nein, das stellte er sich jetzt lieber nicht vor.

Doch genau in diesem Moment beugte sich jemand über ihn. Tamanca öffnete die Augen, und der Mond war hell genug, dass er Itapiús Gesicht erkennen konnte. Sie griff nach seiner Hand und zog ihn hoch.

»Komm mit«, flüsterte sie in sein Ohr. »Aber leise.«

Sie führte ihn direkt in den Dschungel. Und obwohl die hohen Baumkronen kaum Mondlicht durchließen, schien sie den Pfad, auf dem sie sich vorwärtsbewegten, genau zu erkennen.

»Wohin gehen wir?«

Sie bedeutete ihm zu schweigen, indem sie kurz einen Finger auf seine Lippen legte. Die Berührung ging ihm durch und durch. Noch nie hatte eine Frau ein solches Begehren in ihm ausgelöst. Er konnte nicht einen Moment den Blick von ihrem geschmeidigen nackten Körper lassen, der sich vor ihm zwischen den Bäumen bewegte. Die Silhouette ihres Rückens, ihres Hinterteils, ihrer Schenkel, zwischen denen sich, wenn sie stand, ein kleines Dreieck bildete, weckten ungezähmte Sehnsüchte in ihm. Es erforderte seine ganze Kraft, ihnen nicht sofort nachzugeben. Am liebsten hätte er sie überall geküsst und gestreichelt. Bisher waren ihm solch starke Gefühlsregungen fremd gewesen. Natürlich hatte er schon Frauen begehrt. Doch das hier war etwas anderes. Die Wildheit, die Stärke und die Selbstsicherheit des Indiomädchens hatten nichts mit den Frauen gemein, die er aus Spanien kannte. Ihr Blick, jede Bewegung ihres Körpers, ihr Geruch und vor allem ihre Berührung brachten alles in ihm in Aufruhr. Sie ließen ihn an nichts anderes denken, als sich mit ihr zu vereinen.

Der Mond stand hoch am Himmel, als Itapiú die Geschwindigkeit, mit der sie bisher durch den Dschungel gelaufen waren, etwas verlangsamte. Sie nahm erneut seine Hand und zog ihn durch dichtes Gestrüpp, das von Dornen und kleinen gelben Blüten mit betörendem Duft durchsetzt war. Wegen der vielen spitzen Äste schloss Tamanca die Augen und überließ sich ganz ihrer Führung. Erst nach einer ganzen Weile war der Dornenwall überwunden, und der Dschungel gab sie frei.

Als er die Augen wieder öffnete, standen sie vor einem Tafelberg, auf dem sich mehrere große, teilweise bewachsene Felsen befanden. Tamanca kannte diesen Ort. Er befand sich am Fuß desselben Berges, zu dem Neri Sina geführt hatte. Jenes Berges, in dem sich das »Tor der Zeit« befand. Und in seinem Inneren die

Höhle, in der Amakuna sicher aufbewahrt sein würde bis in jene ferne Zukunft. Er atmete tief durch und genoss das Gefühl großer Erleichterung. Endlich war er an dem Ort angekommen, nach dem er in seinem Inneren die ganze Zeit gesucht hatte.

Itapiú zeigte ihm, wie er sich mit den Händen an bestimmten Felsausbuchtungen festklammern und mit den Füßen in kleinen Nischen Halt finden konnte. In kürzester Zeit hatten sie auf diese Weise den oberen Rand des Plateaus erreicht. Tamancas Atem ging stoßweise, als er über die Kante kletterte, doch der Blick, der sich ihm eröffnete, belohnte ihn für seine Mühe. Wie einst in seinem Traum lag nun der Dschungel wie ein dunkelgrünes, samtenes Tuch weit unter ihnen. Und in der Ferne berührten sich Himmel und Meer in einer feinen Linie, über der die ersten Anzeichen der nahen Dämmerung zu sehen waren. Er blickte sich nach Itapiú um, doch sie war verschwunden. Seiner Erinnerung an die Zukunft folgend, lief er zu den Felsen. Und dann sah er sie, schemenhaft hinter einem grünen Vorhang aus Lianen. Als sie diesen beiseiteschob, zeigte sich das steinerne Tor, in das unzählige Figuren, Bäume, Blumen und Tiere eingeritzt waren.

»Das ›Tor der Zeit‹«, flüsterte er.

»Woher weißt du das?«

Er lächelte nur.

»Komm!« Sie fasste ihn an der Hand, und gemeinsam traten sie durch den behauenen Torbogen in das Innere des Felsens, wo sie eine angenehme Kühle umgab. Das hier war die Wirklichkeit, die Gegenwart. Keine Zeitreise, keine Vision, kein Traum. An den Wänden glitzerten Salzkristalle, und von der Decke hingen Tropfsteine in merkwürdigen Formen. Sie mussten aufpassen, sich nicht den Kopf daran zu stoßen.

Schritt für Schritt drangen sie immer tiefer in den Schoß der Erde vor. Tamanca empfand es beinahe als eine Art Rückkehr. Noch zwei Biegungen, und sie würden ihr Ziel erreicht haben. Ein großer runder Raum öffnete sich vor ihnen, ähnlich wie in der Höhle im Vulkankrater auf der Insel der Glückseligen.

»Hier ist Amakuna sicher«, flüsterte Itapiú. Sie deutete auf eine nur für Eingeweihte sichtbare Kuhle im Fels. »Wenn du möchtest, können wir den heiligen Pilz dort bewahren.«

Er staunte erneut über ihre Fähigkeit zu erkennen, was notwendig war. Ohne dass er ihr davon erzählt hatte, bot sie ihm ein sicheres Versteck für Amakuna. Nicht nur ihre Herzen schlugen im Gleichklang – auch ihre Gesinnung, ihre innere Haltung und ihr Handeln stimmten überein.

»Niemand kennt diesen Ort, außer mir und meiner Mutter … und sie hat vor einigen Wochen diese Welt verlassen. Sie wollte nicht mehr mit ansehen, was die Konquistadoren und Sklavenhändler uns antun würden.«

Genau wie Tichiname, die älteste Harimaguada von La Palma, die vorausgesehen hatte, dass die Konquistadoren ihr Volk vernichten würden, und die deshalb den Freitod wählte, dachte Tamanca. Wiederholte sich hier ihre Geschichte? Und würde sie genauso traurig ausgehen? Nein, es musste diesmal eine andere Lösung geben.

Er öffnete das Amulett und ließ das feinkörnige graue Pulver in die Felskuhle rieseln.

»Alles?«, fragte sie. »Willst du nicht etwas behalten?«

»Nein, das wäre zu gefährlich. Hier ist es am sichersten.«

Sie nickte zustimmend.

Doch dann entschied er sich plötzlich aus einem Gefühl heraus um. Er ließ eine winzige Menge in dem Amulett, schloss es wieder und hängte es Itapiú um den Hals.

»Ich möchte, dass du es behältst. Mein Vater hat dieses Amulett einst meiner Mutter gegeben, als Zeichen der Verbundenheit. Bitte nimm du es jetzt an dich.«

Sie hielt ganz still, als er sie umfasste und sein Gesicht in ihrem Haar vergrub. Es roch nach Feuer, nach Dschungel, nach ihr. Sie standen eine Weile nur so da, bis er sicher war, dass auch sie ihn wollte, ihn begehrte. Erst dann nahm er sie auf den Arm und trug sie hinaus in das Licht der aufgehenden Sonne.

Mit unendlicher Zärtlichkeit bettete er sie auf eine kleine, mit Moos überzogene Fläche. Er zog sich aus und legte sich neben sie. Weiter geschah nichts, und sie gaben diesem Augenblick die Zeit, die er verlangte.

Dann nahm Itapiú sein Gemächt in die Hand und liebkoste es, sodass Tamanca glaubte, gleich in tausend Teile zu zerspringen. Bevor das jedoch passierte, entzog er sich ihr und vergrub sein Gesicht zwischen ihren sehnigen Schenkeln. Er fühlte sich im Himmel angekommen und konnte nicht genug bekommen vom Geruch und Geschmack ihres Schoßes. Immer tiefer drang er mit seiner Zunge in sie ein, zog sie wieder heraus und ließ sie zärtlich kreisen, bis sie jeden noch so versteckten Winkel erkundet hatte. Itapiú stöhnte, und ihr Körper wurde von heftigen, wellenartigen Bewegungen geschüttelt. Erst als ihr Keuchen immer stärker wurde und sich schließlich in einem lauten Schrei entlud, nahm er sie und fand auch selbst nach wenigen Minuten die Erlösung, die er so tief herbeigesehnt hatte.

Sanft strich er ihr über die Haare, über die geschlossenen Augen und die Lippen, die sein Lächeln spiegelten, hinunter zu den Brüsten, über den Bauch zu ihrer feuchten Scham. Sogleich regte sich in ihm erneut das Verlangen. Er wollte noch einmal in ihr sein, ihr noch einmal so nahekommen, wie es nur zwischen Mann und Frau möglich war.

Itapiú drehte ihm ihr Hinterteil zu, und er drang erneut in sie ein. Diesmal konnte er es auf eine ganz andere Weise genießen. Die Lust machte der Liebe Platz und erfüllte ihre beiden Körper so, als seien sie allein dafür bestimmt, den Rhythmus und die Melodie des gesamten Universums wiederzugeben.

Als sie beide zur gleichen Zeit erschöpft niedersanken, schien es, als ob ein großes Musikstück zu Ende gespielt war und in der Stille danach noch immer jeder einzelne Ton auf einer anderen Ebene nachklang.

24. KAPITEL

$

Die Handschellen hingen schwer an Sinas schmalen Gelenken. Man hatte ihr alles abgenommen: ihren Ausweis, ihre Kreditkarten, ihr Handy. Sie fühlte sich nackt und ausgeliefert, während sie durch die schmutzigen Scheiben des Polizeifahrzeugs nach draußen starrte. Wie immer um diese Jahreszeit war am Nachmittag ein Tropenregen losgebrochen, und sämtliche Straßen standen nun knietief unter Wasser. Die Häuser der alten Handelsstadt Colón an der Atlantikseite des Panamakanals waren in einem fürchterlichen Zustand. Genauso wie sie selbst.

Die Aussicht, eingesperrt zu werden, bereitete ihr noch die geringsten Sorgen, denn bestimmt würde sie schon morgen früh ein Anwalt ihres Großvaters herausholen. Viel schlimmer war, dass er sie von dem Moment an nicht mehr aus den Augen lassen und sie zu einer Presseerklärung zwingen würde, um alles, was sie über den Kuna-Yala-Deal gesagt hatte, zu widerrufen. All ihre Hoffnungen und Pläne waren zunichtegemacht. Tränen liefen ihre Wangen hinunter, etwas, das ihr in diesem Ausmaß seit ihrer Kindheit nicht mehr passiert war.

Außerdem fehlte ihr Neri. Es war ein schwerer Fehler gewesen, sich darauf einzulassen, ohne ihn zu fahren. Der dringliche Wunsch, endlich nach La Palma zu gelangen und das Geheimnis um den Tod ihrer Eltern aufzuklären, hatte sie blind für alles andere gemacht. Sie konnte nur hoffen, dass Francisca Wort gehalten hatte und Neri wirklich in Sicherheit war.

Der Wagen parkte vor der Polizeistation. Damit sie sich nicht absprechen konnten, saß Julio in einem zweiten Wagen, der direkt hinter dem ersten hielt. Sie schenkte dem Kolumbianer keinen Blick. Er ahnte wahrscheinlich nicht einmal im Entferntesten, was er ihr antat. Seine Lebensgeschichte und auch sein Bemühen um eine bessere Welt hatten sie berührt, doch sie konnte recht gut einschätzen, was alles dahintersteckte. Eines war ihr jedenfalls klar: Sie musste sich von ihm fernhalten.

Man führte Sina ins Innere des Gebäudes. Obwohl eine Putzfrau mit scharfen Reinigungsmitteln den Gang wischte, roch es nach Moder und Schimmel. Der Putz bröckelte von den Wänden, die Schreibtische aus Resopal waren abgewetzt, die Stühle durchgesessen. Sina konnte sich nur zu gut vorstellen, wie die Zelle aussah, in der sie wahrscheinlich die Nacht verbringen würde.

So, wie die Beamten die Köpfe zusammensteckten und zu ihr herüberstarrten, begriff sie schnell, dass alle wussten, wer sie war. Zu oft hatten Paparazzi sie fotografiert und sie in den Gazetten immer wieder als eine der begehrtesten Partien Südamerikas vorgestellt. Erst nach der offiziellen Verlobung mit Felipe hatte die Hexenjagd aufgehört, und sie konnte sich auch mal in ein Café setzen, ohne von aufdringlichen Reportern aufgespürt und gleich »abgeschossen« zu werden. Einer der Beamten fiel ihr auf, denn er blickte sie anders an als die übrigen – erstaunt, vielleicht sogar besorgt. Er war ein Kuna. Und irgendwie hatte Sina das Gefühl, dass er noch wichtig für sie sein würde.

»Señorita Saratoga«, sprach sie nun der diensthabende Verantwortliche an. »Ich bin Comisario Jorge Grajales. Wir müssen Sie leider vorübergehend in Haft nehmen, bis die Einzelheiten geklärt sind.« Der Polizist, der sie hereingeführt hatte, drückte sie auf einen Stuhl.

»Sie haben die Erlaubnis, ein Telefonat zu führen. Ich nehme an, Sie möchten Ihren Großvater anrufen.« Er deutete auf das Telefon auf seinem Schreibtisch und reichte ihr den Hörer. Daneben stand ein gerahmtes Foto – offensichtlich von seiner Frau und drei Söhnen.

»Danke.« Sina überlegte einen Moment, dann wählte sie langsam und bedächtig, während der nach billigem Rasierwasser riechende Comisario sie nicht einen Moment aus den Augen ließ. Sie presste den Hörer an ihr Ohr, sodass weder das Freizeichen noch die Stimme ihres Gesprächspartners nach draußen drangen. Es meldete sich jedoch nur Neris Mailbox.

»Ich bin es. Wir sind in Colón verhaftet worden, weil auf dem Boot große Mengen von Kokain versteckt waren«, sagte sie und hängte wieder ein.

»Nur die Mailbox. Mein Großvater ist ein beschäftigter Mann«, informierte sie den Comisario.

»Na, irgendwann wird er die Nachricht schon abhören. Und dann wird die Saratoga-Maschinerie ins Laufen kommen«, bemerkte Grajales sarkastisch. Er sah sie mit dem Frust eines Menschen an, der sich vom Leben ungerecht behandelt fühlte und endlich die Möglichkeit sah, Vergeltung zu üben. Sina war derlei Verhalten nicht unbekannt.

»Sie werden heute Nacht hier bleiben. Aber keine Angst, wir stellen Ihnen eine Luxus-Einzelzelle zur Verfügung. Außer ein paar Ratten und Kakerlaken wird Sie dort keiner stören.« Auch während der Aufnahme ihrer Personalien ließ Grajales keine Gelegenheit aus, Sina zu beleidigen und spüren zu lassen, dass Name und Status ihr in diesem Augenblick wenig nutzten.

»Und Sie bestehen wirklich weiter darauf, dass Sie keine Ahnung davon hatten, was sich an Bord der Jacht befand?«

»Nein, nicht die geringste. Das habe ich doch jetzt schon zum hundertsten Mal gesagt.«

»Und wenn Sie es noch hundertmal sagen, ich glaube Ihnen nicht. Diesmal werde ich mit allen Mitteln dafür kämpfen, dass Menschen wie Sie nicht so einfach davonkommen.«

Sina stöhnte. Sie wusste, es hatte keinen Sinn, sich gegen diesen Mann zu stellen.

»Kann ich jetzt endlich die Zelle mit den reizenden Mitbewohnern beziehen, die Sie mir in Aussicht gestellt haben?«

Der Comisario grinste süffisant. »Und wie lange haben Sie schon eine Liebesbeziehung mit diesem Julio Cabrero?«, fragte er stattdessen lauernd. »Ihnen ist doch bestimmt bekannt, dass er wegen mehrerer Drogendelikte in Haft saß, und das nicht nur einmal. Lassen Sie sich öfter von solchen Subjekten durchvögeln? Verleiht Ihnen das einen besonderen Kick?« Sina verzichtete erneut auf eine Antwort. »Sind Sie Ihres Lebens so überdrüssig, dass Sie sich auf einen Drogendealer einlassen müssen?«

So langsam reichte es ihr. Der Typ wollte einfach nicht aufhören, sie zu provozieren. Einerseits verständlich, doch andererseits war Sina im Augenblick nicht nach einem Schlagabtausch zumute.

»Ich denke, wir warten, bis mein Anwalt hier ist, und setzen die Unterhaltung dann fort«, sagte sie kühl. Wobei sie natürlich hoffte, dass ihr Großvater noch nichts von ihrer Verhaftung wusste und seine Bluthunde noch nicht losgelassen hatte.

Den Anwalt hätte sie jedoch besser nicht erwähnen sollen, denn jetzt drehte der Comisario erst recht auf.

»So läuft es immer. Nur die kleinen Fische gehen ins Netz. Die großen kaufen sich einfach frei. Sie haben die besten Anwälte und genug Kohle oder andere Druckmittel, um die Richter zu bestechen. Ich frage mich wirklich, wofür ich meinen Job hier mache. Ist doch alles sinnlos. Scheiß Korruption.« Er war rot angelaufen und stieß mit dem Fuß gegen seinen Schreibtisch, sodass sämtliche Akten, die am Rand lagen, herunterfielen.

»Bring sie weg«, rief er einer korpulenten Beamtin in stramm sitzender kakifarbener Uniform zu, die bisher regungslos an der Tür gestanden hatte.

Sina musste Grajales insgeheim recht geben. Sein Job war sinnlos, solange Typen wie ihr Großvater oder Martinez existierten, die über enge langjährige Beziehungen verfügten, um Menschen wie ihn immer wieder auszuhebeln.

Sinas Zelle befand sich im Keller eines alten Gebäudes aus dem neunzehnten Jahrhundert. Nur ein winziges vergittertes Loch oben an der Wand ließ ein wenig Luft und Licht herein. Ein weiteres Loch im Boden, aus dem es fürchterlich stank, diente als Klo, und in einer Ecke lag eine alte Decke. Das war alles.

Sina straffte sich und trat dann tapfer über die Schwelle. Was mochte das hier alles mit ihrem persönlichen Weg zu tun haben? War es wirklich nötig, eine Nacht im Knast zu verbringen? Sie dachte an Sarah und ihre Empfehlung, offen zu sein für alles, was ihr passierte, und daraus für sich etwas Positives zu ziehen. Vielleicht sogar aus Julios Geschichte. Vielleicht hatte er gar nicht so unrecht, und sie konnte durch ihn tatsächlich gewisse Einblicke gewinnen, die ihr bisher verschlossen waren. Doch so hautnah hatte sie es sich eigentlich nicht vorgestellt.

»Ich bringe Ihnen gleich noch etwas zu essen«, sagte die korpulente Gefängniswärterin.

»Lieber nicht«, erwiderte Sina. »Ich bekomme hier keinen Bissen herunter.«

»Auch recht«, antwortete die Dicke, und Sina hatte das Gefühl, dass sie ihr jetzt bestimmt Undankbarkeit unterstellte. Aber allein schon der Gedanke an eine fette Bohnensuppe oder Ähnliches ließ ihren Magen revoltieren.

Als die schwere Metalltür krachend hinter ihr ins Schloss fiel und der Schlüssel zweimal umgedreht wurde, beschlich Sina das Gefühl, in einer Sackgasse gelandet zu sein. Und in was für einer! Der Gestank war unerträglich. Wie nur sollte sie hier eine ganze Nacht überstehen?

Doch im Gegensatz zu früher stieg trotz der Enge der Zelle keine Panik in ihr auf, kein Herzrasen, keine Atemnot. Zu ihrem eigenen Erstaunen war sie die Ruhe selbst und hatte zum ersten Mal Gelegenheit, sich ihrer Lage bewusst zu werden. Dann fiel es ihr wie Schuppen von den Augen. Amakuna! Offensichtlich hatte der Pilz nicht nur ihre Verletzungen geheilt und ihr Gedächtnis zurückgebracht, sondern sie auch von ihren Ängsten befreit.

Sie konnte jetzt nur hoffen, dass Neri ihre Nachricht abgehört hatte. Noch immer machte sie sich Sorgen um ihn, doch zugleich war sie sich sicher, dass sie es gespürt hätte, wenn ihm etwas zugestoßen wäre. Wobei die Chance, dass er es irgendwie schaffte, sie hier rauszuholen, mehr als gering war. Aber letztlich war er der Einzige, der ihr wirklich weiterhelfen könnte. Und umgekehrt. Wenn es wirklich ihre gemeinsame Aufgabe war, Amakuna zu schützen und dafür zu sorgen, dass das Amakuna-Zeitalter ein wenig näher rückte, musste sie ganz in ihre Kraft kommen und sich ganz auf sich selbst konzentrieren. Und sie musste die Sache mit ihren Eltern auf La Palma klären.

Plötzlich war es gar keine Frage mehr, dass Neri sie hier herausholen würde. Er würde sie nie im Stich lassen. Ebenso wie Itapiú in der Vergangenheit immer zu Tamanca gestanden hatte. Dieser Gedanke gab ihr plötzlich eine große Sicherheit. Ja, sie vertraute Neri – und das war etwas, das sie bisher so nicht kannte. Vielleicht, weil sie überhaupt zum ersten Mal jemanden liebte?

Irgendwann in den frühen Morgenstunden – sie war trotz allem in einen leichten Schlaf gefallen – wachte sie vom Geräusch des Schlüssels im Türschloss auf. Sie erschrak. Natürlich hatte sie von Misshandlungen und Vergewaltigungen in Gefängnissen gehört. Oder holte man sie vielleicht zu einem nächtlichen Verhör, um ihre Müdigkeit auszunutzen? Oder wollte man sie gar foltern, damit sie irgendwelche Namen von Hintermännern verriet? Sina zitterte am ganzen Körper und zog die stinkende Decke bis zum Hals hoch, als könnte sie sich darunter verstecken. Sie erwartete die dicke Beamtin, doch stattdessen betrat der uniformierte Kuna, dessen Blick sie bei ihrer Ankunft im Gefängnis aufgefangen hatte, mit einer Taschenlampe die Zelle und reichte ihr die Hand, um ihr hochzuhelfen.

»Ich bin ein Freund von Neri. Los, komm. Er wartet draußen auf dich. Hier, nimm.« Er gab ihr ihren Ausweis und ihre Kreditkarten zurück, die sie dankbar einsteckte, und schob sie aus der Zelle. »Wir haben genau drei Minuten, dann ist Schichtwechsel, und keiner sitzt vor den Kameramonitoren«, sagte er leise.

Sina brauchte einen Moment, um sich zu sammeln. Das war kein Traum, keine Vision, sondern wunderbare Wirklichkeit! Sie folgte ihrem Retter den finsteren Gang entlang, an dem sich rechts und links rostige Zellentüren befanden, über die der Schein seiner Taschenlampe huschte. Als wäre sie ferngesteuert, lief sie hinter ihm her, die Treppen hinauf und blieb dann abrupt stehen, als sie oben zwei Beamte miteinander reden hörte. Sina wagte kaum zu atmen. Die beiden Polizisten sprachen über den niedrigen Lohn, den sie erhielten, und über die schlechten Arbeitsbedingungen. Würden sie nicht hin und wieder Schmiergelder annehmen, könnten sie ihre Familien überhaupt nicht durchbringen.

War vielleicht auch der Comisario geschmiert worden?, fragte sich Sina. Oder hatte der Kuna alles gemanagt, und Grajales hatte mit ihrer Flucht gar nichts zu tun? Tausend Fragen wirbelten durch ihren Kopf, während die Polizisten vom Hölzchen aufs Stöckchen kamen. Dann endlich verabschiedete sich der eine, während der andere sich wohl auf den Weg zum Kontrollraum machte.

»Los, komm«, flüsterte der Kuna.

Sie rannten die Treppe hinauf und einen weiteren Gang entlang, an dessen Ende sich eine Toilette befand. Der Kuna öffnete die Tür und deutete zu dem Fenster, das bereits offen stand. Sina warf ihm ein »*Muchas gracias*« zu und kletterte dann geschwind hinaus, während hinter ihr das Fenster geschlossen wurde.

Sie fand sich in einem schmutzigen Innenhof wieder, voll mit stinkenden Mülltonnen. Und jetzt? Wo war Neri?

Plötzlich öffnete sich auf der gegenüberliegenden Seite eine Tür, und sie erkannte seine Silhouette. Ihr Gefühl hatte sie also nicht getäuscht. Er würde da sein, wann immer sie ihn brauchte. Mit Tränen in den Augen lief sie auf ihn zu. Er drückte sie kurz an sich und zog sie dann durch einen Hausflur hinaus auf eine kleine Nebenstraße, die kaum beleuchtet war. Dort stand ein Jeep mit laufendem Motor.

»Wir haben nicht viel Zeit. Grajales hat uns zwei Stunden gegeben. Dann wird er Alarm schlagen.«

»Also doch. Grajales hat mich laufen lassen?«

»Ich werde dir alles erklären, aber jetzt steig bitte ein.«

Sina ließ sich auf den abgeschabten Ledersitz fallen, während Neri losfuhr. Sie konnte es kaum erwarten, die Hintergründe ihres Ausbruchs zu erfahren, aber sie wusste, dass der Kuna seine eigene Auffassung von Zeit hatte.

Er lenkte den Wagen konzentriert durch die ausgestorbene Stadt. Colón war die erste Freihandelszone Lateinamerikas gewesen. Einst blühte hier das Geschäft, als die Amerikaner noch über den Kanal herrschten und es an jeder Straßenecke Bars, Nachtclubs und Kinos gab. Doch in den letzten Jahrzehnten waren fast alle großen Firmen nach Panama City gezogen, und hier hielt sich nur noch auf, wer den Anschluss verpasst hatte. Sina kam der Gedanke, dass sich Santa María la Antigua, die erste spanische Siedlung in Panama, auch hier an der Atlantikküste befunden haben musste. Damals wie heute hatte die Gier die Menschen angetrieben. Doch sie brachte ihnen kein Glück. Zumindest nicht langfristig.

»Diego hat das Koks auf der Jacht versteckt und die Polizei verständigt«, begann Neri unvermittelt zu erzählen. Sie hatten die Stadt verlassen und befanden sich auf einer kleinen Ausfallstraße.

»Es stammte von einem Drogenboot und musste wegen einer bevorstehenden Razzia über Bord geworfen werden. Die ganze Ladung wurde auf meiner Insel angeschwemmt. Wir haben sie sichergestellt und getrocknet. Eigentlich wollte ich alles vernichten, doch Diego hatte die Idee, diesen Julio in Schwierigkeiten zu bringen und ihn zu verpfeifen. Er rechnete natürlich nicht damit, dass du auf diesem Boot sein würdest. Es hat ihn viel Überredungskunst gekostet, Grajales davon zu überzeugen, dich auf freien Fuß zu setzen. Dummerweise hat irgendein Idiot das Ganze auf Facebook und Twitter gestellt, sodass er dich nicht einfach laufen lassen konnte.«

So langsam verstand Sina. Ein Gutes hatte die Sache: Julio war hinter Schloss und Riegel und konnte ihr nichts mehr anhaben. Trotzdem machte ihr die Tatsache, dass sie offiziell gesucht wurde, einen Strich durch ihre Pläne, nach La Palma zu fliegen.

»Ich wollte von Santo Domingo aus mit einem der Touristenbomber in Richtung Europa fliegen. Aber wie soll ich jetzt dort hinkommen?«, fragte sie leise. »Wenn ich von hier losfliege, nehmen sie mich doch direkt am Flughafen fest.«

Neri schenkte ihr einen liebevollen Blick, legte seine Hand auf ihr Knie und lächelte geheimnisvoll. »Das lass mal meine Sorge sein.«

25. KAPITEL

$

»Du hast echt 'ne Macke«, sagte Francisca Ribeira, gut getarnt mit einer großen Sonnenbrille und einer Baseballkappe, bevor sie sich an den wackeligen Tisch des Besucherraums setzte und Julio abwartend musterte. Es war ihm deutlich anzusehen, dass er die letzte Nacht kein Auge zugetan hatte. Rechts und links von ihm standen zwei schwer bewaffnete Wärter. Der Ventilator, der an der Decke müde seine Runden drehte, wurde der schwülen, drückenden Luft nicht Herr.

»Diese miesen Kuna-Ratten. Ich hätte Diego sofort umlegen sollen«, fluchte er.

»Julio, beruhige dich. Und bitte keine weiteren Ankündigungen krimineller Delikte«, zischte sie ihm zu.

Einer der Wärter verzog den Mundwinkel zu einem schiefen Grinsen. Daraufhin zog die Kolumbianerin ein Bündel Dollarscheine aus der Tasche und drückte sie ihm in die Hand.

»Wie wäre es mit einer kurzen Frühstückspause, die Herren?«

Der Hüne zählte kurz nach und nickte dann seinem Kollegen zu. »*De acuerdo, quince minutos.* Einverstanden.«

Julio grinste. Es war hier nicht anders als in Kolumbien. Bestechung war noch immer die wirksamste Methode, Probleme zu lösen.

Nachdem die beiden verschwunden waren und dreimal hinter sich abgeschlossen hatten, reichte ihm Francisca Ribeira ein dick mit Fleisch belegtes *bocadillo.*

»Iss erst mal. Wir kriegen dich hier schon wieder raus. Deine kleine Freundin ist übrigens schon weg«, informierte sie ihn.

Julio sprang auf, sodass der metallene Stuhl, auf dem er saß, laut scheppernd umfiel.

»Was? Wie geht das denn?«, fragte er fassungslos.

»Das ist auch hier niemandem so wirklich klar. Heute Morgen jedenfalls war ihre Zelle leer.«

Julio hob den Stuhl auf und setzte sich wieder. »Wer hat sie rausgeholt? Der alte Saratoga?«

»Nein. Nach meinen Informationen nicht.«

»Wer dann?«

Sie zuckte mit den Achseln. »Auf Facebook und Twitter scheint es übrigens kein anderes Thema zu geben. Sie zog ihr Handy aus der Tasche und las ihm vor: »›Bankerbin Sina Saratoga als Kokain-Dealerin entlarvt‹, ›Ist Saratoga-Erbin Mitglied der Narcos?‹, ›Saratogabank in Drogenhandel involviert‹. Morgen werden auch die Zeitungen voll davon sein.«

Julio überlegte sofort, was das für seinen großen Plan bedeuten könnte, und schmunzelte dann. Wenn die Polizei weiter herumstocherte, würde das Kartell der alten Herren vielleicht schneller in die Brüche gehen, als er gehofft hatte.

»Julio, du bist in echten Schwierigkeiten. Mir ist es ja egal. Aber in ein paar Stunden wird Martinez hier sein, und der will vor allem eines von dir wissen: nämlich, wo sein Sohn ist.«

»Er ist tot.«

»Das dachte ich mir schon«, sagte sie völlig emotionslos.

»Francisca, ich möchte dir ein Angebot machen«, sagte Julio schnell.

»Du mir? In deiner Situation?« Sie lachte laut auf.

»Hilf mir, Martinez loszuwerden!«, platzte es aus ihm heraus.

»Hast du ’ne Macke? An so etwas solltest du nicht einmal denken. Außerdem: warum?«

»Weil ich nun sein einziger Sohn bin. Adoptivkinder haben die gleichen Erbrechte wie leibliche Kinder. Jetzt ist die richtige Zeit, die alten Säcke Forster, Saratoga und Martinez vom Thron zu stoßen und ihr Geld dafür zu benutzen, etwas Sinnvolles zu tun.«

»Was meinst du?« Sie rückte etwas ab, während sich auf ihrer Stirn mehrere Senkrechtfalten bildeten.

Julio beugte sich zu ihr und sah ihr direkt in die Augen.

»Du weißt, wo ich aufgewachsen bin, und deine Kindheit sah nicht viel besser aus. Du bist zur FARC gegangen, ich zu den Narcos, und jetzt arbeiten wir beide für einen gierigen Immobilienhai und Multimillionär. Ich kümmere mich um seine Drogengeschäfte, und du erledigst seine Post und schmeißt dich zweimal die Woche in Leder und Latex, um ihm in seinem Folterkeller den Arsch zu versohlen. Soll das der Film sein, der vor unseren Augen abläuft, wenn wir irgendwann draufgehen und unser Leben Revue passieren lassen?« Francisca sah ihn zum ersten Mal auf eine Weise an, als nehme sie ihn ernst. »Hast du wirklich schon alle deine Träume begraben?«, fuhr er fort. »Du warst doch auch einmal politisch aktiv. Sollen all deine früheren Aktivitäten umsonst gewesen sein? Willst du die Mehrzahl deiner Freunde völlig grundlos verloren haben?

Lass uns das unendliche Vermögen des Kartells abgreifen, auf welchen Konten sie es auch immer versteckt haben, und etwas aufbauen, um der nächsten Generation eine bessere Zukunft zu bieten. Es ist möglich. Man muss es nur tun.«

Franciscas hartes Gesicht zeigte keine Regung.

»Ich gehe sogar noch einen Schritt weiter. Es muss irgendwann ein geeintes Lateinamerika geben. Nur so können wir den Amerikanern die Stirn bieten.«

»Ich habe schon immer gewusst, dass du größenwahnsinnig bist«, sagte sie trocken. »Wie stellst du dir das denn vor?«

Er grinste siegesbewusst. »Ich verrate dir jetzt etwas, das dir genügen sollte, um mir zu vertrauen.« Er machte eine kleine dramaturgische Pause und senkte die Stimme, als er weitersprach.

»Sina Saratoga ist die Erbin von Forster's Health. Sie erbt den ganzen verdammten Konzern, und sie erbt das Saratoga-Imperium. Haben wir sie in der Hand, bestimmen wir das Kartell. Martinez' Laden haben wir dann sowieso unter Kontrolle.«

»Wir?« Zum ersten Mal zeigte Francisca Ribeira eine gewisse Regung. Ihre Mundwinkel zuckten, und ihre Nasenflügel bebten.

»Und dann ist da noch was.« Er machte wieder eine Pause und genoss es, jetzt ihre volle Aufmerksamkeit zu haben. »Ich weiß nicht genau, was, aber diese Kunas müssen irgendein geheimes Mittel haben, das Verletzungen in Höchstgeschwindigkeit heilen lässt oder vielleicht sogar Tote zum Leben erweckt. So was ist auf dem Pharmamarkt ein Vermögen wert.«

»Wie bitte? Bist du jetzt völlig durchgeknallt?« Francisca Ribeira sah ihn an, als würde er nicht Handschellen, sondern eine Zwangsjacke tragen.

Er schüttelte den Kopf. »Nein, ganz im Gegenteil. Ich bin so klar wie selten zuvor in meinem Leben. Sowohl Sina als auch ihr Kuna-Stecher waren vor ein paar Tagen so gut wie tot. Du kannst mich für verrückt erklären, aber ich habe mit eigenen Augen gesehen, wie die kleine Schlampe von einer Monsterwelle gegen das Riff geschleudert wurde. Und diesen Neri habe ich mit eigener Hand in den Rücken geschossen. Doch zwei Tage später tauchen die beiden quietschfidel bei dieser Versammlung auf. Da stimmt doch irgendwas nicht.«

»Und warum lebt dann Felipe nicht mehr?«

Julio grinste. »Das ist die große Frage und macht unsere kleine Sina zur Mörderin. Verstehst du jetzt besser? Wir haben gleich mehrere Trümpfe in der Hand. Wir müssen sie nur noch im richtigen Moment ausspielen. Also, was sagst du? Bist du dabei?«

Sie starrte ihn nur an. Offensichtlich konnte sie seinen großartigen Vorschlag nicht so schnell verarbeiten.

»Ob du dabei bist?«, wiederholte Julio seine Frage.

»Das kann ich dir nicht so schnell sagen. Ehrlich gesagt verstehe ich deinen Plan noch nicht so ganz. Vor allem nicht, wie du

Sina Saratoga für dich gewinnen willst. Aber ich hätte nichts dagegen, Martinez am Boden zu sehen.«

»Versprochen. Kannst du haben!«, sagte Julio. »Nichts lieber als das. Und die kleine Saratoga lass mal meine Sorge sein. Wir müssen sie nur einfangen, bevor sie auf diese Insel abhaut.«

Julio lehnte sich zurück. Er hatte sich also nicht getäuscht. Francisca hatte noch eine Rechnung mit Martinez offen. Auch wenn er sie in seinem Folterkeller die Herrin spielen ließ, behandelte er sie im wirklichen Leben oft wie den letzten Dreck. Er war noch nie einem Menschen auf Augenhöhe begegnet. Und das auf Dauer ertragen zu müssen weckte Mordgelüste. Julio kannte das nur zu gut.

Ohne ein weiteres Wort nahm sie ihre gelbe Plastikhandtasche vom Tisch, öffnete sie und gab Julio ein Kleinkaliber und ein Handy, das er sofort in seiner Tasche verschwinden ließ.

»Mein Honda steht gleich rechts an der nächsten Ecke.« Sie zog den Reißverschluss ihrer Handtasche wieder zu, und zwar genau in dem Augenblick, als die beiden Wärter zurückkamen. Als hätten sich Julio und Francisca abgesprochen, zog sie ihre eigene Waffe hervor, zielte auf den einen und drückte ab. Bevor der andere reagieren konnte, traf ihn die Kugel aus Julios Pistole.

»Ich hoffe, die Herren haben wenigstens noch gut auf meine Kosten gefrühstückt«, sagte sie spöttisch. Dann rannten sie und Julio den Gang entlang nach draußen, wo der Fluchtwagen stand.

Zwanzig Kilometer hinter Colón, kurz vor dem kleinen Ort Sabanitas, lenkte Francisca den Honda von der Carretera General auf eine Nebenstraße und fuhr dann in den Hinterhof einer Autowerkstatt. Der Wagen verschwand sofort in einer Garage.

Julio hatte ihr inzwischen erzählt, dass Sina nicht von Panama

City, sondern von der Dominikanischen Republik aus nach La Palma fliegen wollte. »Ich denke, wer auch immer sie befreit hat, wird sie da irgendwie per Boot hinbringen. Fliegen fällt ja wohl flach.«

»Genauso wie für dich.«

»Unsere einzige Chance ist, sie in Santo Domingo zu erwischen, nur leider hat sie einen Vorsprung, und außerdem wurde die Jacht beschlagnahmt.«

»Ich habe Freunde bei der FARC«, überlegte Francisca und zog eines ihrer Prepaid-Handys aus der gelben Handtasche. »Die haben eine alte Cessna. Wenn Christobal noch lebt, fliegt er uns bestimmt in die Dominikanische Republik. Was will die Kleine eigentlich auf La Palma? Irgendetwas klingelt da bei mir, als hätte ich schon mal von dieser Insel gehört.«

»Ihre Eltern sind da gestorben, und ihr Tod muss irgendetwas mit diesem Wunderpilz zu tun haben.«

Francisca stöhnte wieder auf. Sie nahm ihm diese Geschichte natürlich noch nicht ab. Aber immerhin war sie jetzt auf seiner Seite.

Während Julio sich vor einem halb blinden Spiegel im hinteren Teil der Werkstatt eine Glatze rasierte, telefonierte Francisca Ribeira draußen ihren Akku fast leer, um ihre Kontakte von früher zu reaktivieren.

Endlich kam sie zufrieden zurück. »Mein ursprüngliches Camp existiert noch, und Christobal fliegt uns. Er war einer unserer besten Piloten, bis man ihn angeschossen hat. Seitdem sitzt er im Rollstuhl, was ihn aber nicht daran hindert, immer noch regelmäßig mit einer Ladung Koks nach Mexiko oder Florida zu düsen. Wenn wir uns beeilen, können wir morgen Abend dort sein.«

»Viel früher werden es unsere Freunde per Boot auch nicht schaffen, wenn sie nicht schon vorher geschnappt werden«, sagte Julio und drehte sich noch ein paarmal vor der Spiegelscherbe. »Bin mal gespannt, ob die *chicas* so auch noch auf mich stehen.«

»Ich glaube, wir haben jetzt wirklich andere Sorgen«, blaffte ihn die Kolumbianerin an, setzte sich eine dunkelbraune Kurzhaarperücke auf und wechselte ganz ungeniert die Kleidung. Sie trug sportliche Unterwäsche, die ihren noch immer durchtrainierten Körper gut zur Geltung brachte.

Julio pfiff anerkennend. »Ich kann schon verstehen, dass der alte Martinez auf dich steht.« Francisca Ribeira überhörte sowohl den Pfiff als auch die Bemerkung, während sie in eine Art paramilitärische Kleidung schlüpfte.

Der Besitzer der Werkstatt hatte inzwischen den Honda gegen einen Mitsubishi Montero getauscht. Damit ließ sich wenigstens Darién, das wilde Dschungelgebiet zwischen Panama und Kolumbien, durchqueren. Die Carretera Panamericana, die weltberühmte, über 25 000 Kilometer lange Straße, die den nordamerikanischen Kontinent mit dem südamerikanischen verband, wies genau im Grenzgebiet zwischen Kolumbien und Panama eine Unterbrechung von etwa hundert Kilometern auf: das sogenannte Tapón del Darién, ein undurchdringliches Dschungelgebiet. Tummelplatz von FARC, der linksgerichteten kolumbianischen Terrororganisation, von Narcos und weltweit gesuchten Kriminellen. Weder das kolumbianische Militär noch der Servicio Nacional de Fronteras wagten sich normalerweise in dieses Gebiet.

Bevor der Mechaniker sich von ihnen verabschiedete, reichte er Francisca Ribeira einen von Hand gezeichneten Plan, der ein Netz von Wegen in verschiedenen Farben aufzeigte. Sie bedankte sich bei ihm und faltete ihn beinahe andächtig auseinander, als wäre es ein wertvolles, unwiederbringliches Dokument.

»Auf den roten Strichellinien kann man nur zu Fuß gehen, auf den braunen nur zur Trockenzeit und auf den blauen auch zur Regenzeit«, erklärte sie Julio, der ihr über die Schulter blickte.

»Die schwarze Linie ist eine Piste, die allerdings ein paarmal von Flüssen unterbrochen wird. Wenn wir Glück haben, sind sie ausgetrocknet, wenn nicht, haben wir ein Problem.« Nachdem sie die Zeichnung ausführlich studiert hatte, faltete Francisca sie wieder sorgfältig zusammen, steckte sie ein und stieg in den Jeep.

Julio schwang sich auf den Fahrersitz, setzte seine Sonnenbrille auf, startete den Motor und lenkte den Wagen nach ein paar Metern von der Hauptstraße auf einen Feldweg, der in gebührendem Abstand parallel verlief. Von Weitem konnten sie schon die erste Straßensperre sehen, vor der sich bereits eine lange Autoschlange gebildet hatte.

Julio versuchte, den Jeep, so gut es ging, in der ausgewaschenen Fahrrinne zu halten, was seine ganze Konzentration erforderte, sodass vorerst kein Gespräch zustande kam. Nach mehreren Stunden auf schlechten Wegen, die ihre Wirbelsäulen auf übelste Weise malträtierten, lag Yaviza vor ihnen – der letzte Ort, bevor die Panamericana auf panamaischer Seite endete. Er bestand aus einem von Sandsäcken umgebenen und mit Schießscharten ausgestatteten Polizeiposten, ein paar windschiefen Bretterbuden und einer Kneipe, vor der ein Generator brummte, was darauf hoffen ließ, dass sie dort kaltes Bier verkauften. Julio hielt direkt darauf zu.

»Hast du 'ne Macke?«, herrschte Francisca Ribeira ihn an. »Wir machen da schön einen Bogen drum.« Doch Julio dachte nicht daran, sich etwas vorschreiben zu lassen, noch dazu von einer Frau. Er parkte direkt vor der Kneipe und stapfte mit erhobenem Kahlkopf hinein. An der Bar standen zwei Polizisten in Camouflage-Uniformen, die jedoch nicht an ihm interessiert schienen und stumpfsinnig ihre Bohnensuppe löffelten. Julio kaufte ein paar Dosen Bier und machte, dass er wieder nach draußen kam.

»Señor!«

Er hatte sich zu früh gefreut.

»Wo wollen Sie hin? Sie kommen hier nicht weiter. Die Straße ist zu Ende.«

»Ich weiß, wir fahren wieder zurück. Kleiner Ausflug.« Er öffnete die Wagentür und ließ sofort den Motor an. Doch da stand bereits der andere Polizist direkt vor der Motorhaube.

»*Documentos por favor!* Ausweispapiere!«

»Ich hab's dir gesagt, du Vollpfosten«, zischte Francisca. »Willst du den jetzt über den Haufen fahren?«

»Klar, was sonst?« Julio legte den ersten Gang ein und gab Gas. Der Polizist sprang in letzter Sekunde beiseite, doch der linke vordere Reifen erwischte sein Bein. Mehrere Kugeln zerschmetterten die Rückscheibe des Mitsubishi. Francisca Ribeira duckte sich und fluchte.

Julio schlug sich, sobald er konnte, wieder ins Unterholz. Der schmale Pfad führte zu einem Indiodorf, wo er endete. Einer der Bewohner, ein junger Typ im löchrigen T-Shirt und dreckigen Hosen, erklärte ihnen in schlechtem Spanisch, dass es ganz in der Nähe ein ausgetrocknetes Flussbett gebe, das in Richtung der kolumbianischen Grenze führte.

Sie folgten seinem Hinweis, allerdings wurde der Wald bald so dicht, dass sie nur noch im Schritttempo vorankamen. Eventuelle Verfolger könnten sie hier wahrscheinlich zu Fuß einholen. Außerdem hinterließen die dicken Reifen des Jeeps deutlich sichtbare Spuren.

Nach einer Weile und weiteren Beschimpfungen seitens Franciscas entdeckten sie das Flussbett, in dem zwar dicke Steine lagen, aber auch Kies, auf dem der Jeep fahren konnte. Julio atmete auf und gab zum ersten Mal wieder richtig Gas, während Francisca noch immer fluchend die Karte studierte.

»Wir sind jetzt ganz woanders! Der Fluss hier führt uns weg von der befahrbaren Route.«

Allerdings hatten sie im Moment keine andere Chance, denn Umkehren kam nicht infrage. Nach einer Weile vernahmen sie ein immer lauter werdendes Rauschen, und der Wagen stand schon bald bis über die Stoßstange im Wasser, sodass Julio nichts weiter übrig blieb, als sich über eine niedrige Furt wieder in den Dschungel zu schlagen. Doch das funktionierte nur ein paar Meter weit, dann war Schluss. Die Räder hatten sich im Morast festgefahren. Julio rangierte vor- und rückwärts, doch ohne Erfolg.

»Los, raus«, fauchte Francisca Ribeira. »Wir gehen zu Fuß. Oder willst du noch mehr Zeit verlieren? Wir sind höchstens drei Meilen von dieser Polizeistation entfernt.«

Julio dachte nicht daran, auszusteigen, und erst recht nicht, die Strecke zu Fuß zurückzulegen. Er gab noch einmal Gas, was die Räder jedoch noch tiefer in den Schlamm sinken ließ. Schließlich machte Francisca kurzen Prozess, zog den Zündschlüssel aus dem Schloss und warf ihn in hohem Bogen ins Gebüsch.

»Es reicht. Ich habe keine Lust mehr auf deine Kindereien.«

Julio starrte sie fassungslos an und schlug dann mit geballter Faust auf das Steuerrad ein.

»Bist du wahnsinnig geworden?«, schrie er sie an, dass ein Schwarm Papageien, die friedlich in einem Baum gesessen hatten, laut schimpfend davonflog.

»Wie kann man nur so blöd sein?« Er stieg aus und begann wie von Sinnen nach dem Schlüssel zu suchen.

»Hör auf. Der ist weg«, rief ihm Francisca zu, nachdem sie ihm eine Weile bei seinen unsinnigen Bemühungen zugesehen hatte. »Wir spielen jetzt nach meinen Regeln. Klar? Du kannst aber auch gerne weitersuchen, doch dann bin ich weg, und du kannst deine großen Pläne allein verwirklichen.«

Julio kehrte völlig verdreckt und verschwitzt zum Wagen zurück. Er wusste, dass er allein keine Chance hatte. Francisca Ribeira kannte sich im Dschungel aus wie kaum ein anderer. Vor zehn Jahren war das ihr Zuhause gewesen. Er musste klein beigeben, ob ihm das passte oder nicht.

»Schon gut«, lenkte er ein und kickte einen Ast beiseite, der im Weg lag.

Die Kolumbianerin kümmerte sich nicht weiter um ihn, sondern studierte konzentriert den Plan, glich den Stand der Sonne mit der Uhrzeit ab und versuchte sich, so gut es ging, zu orientieren.

»Wir müssen ungefähr hier sein.« Sie deutete auf einen bestimmten Punkt auf der Karte. »Nicht weit von uns ist ein ›roter‹ Weg. Der führt Richtung Grenze. Wenn ich mich nicht irre, liegt das Camp auf dieser Linie. Da ist auch ein Zeichen.«

»Bist du sicher?«

»Nein. Aber hier festwachsen und warten, bis die Bullen uns eingeholt haben, macht wenig Sinn.« Sie nahm die Perücke ab, band ihr hüftlanges Haar zu einem Zopf, nahm ihre Papiere und die Pistole aus ihrer Handtasche, steckte sie in die Hosentaschen und schnappte sich noch das Messer aus dem Handschuhfach. Dann stapfte sie los. Julio folgte ihr ohne einen weiteren Kommentar.

Erst nach einer Weile war er so weit, dass er sich selbst eingestehen konnte, Scheiße gebaut zu haben. Es passierte ihm immer wieder, dass er seine Pläne gegen alle Vernunft durchsetzen wollte, wenn man ihm etwas abschlug, egal, ob das sinnvoll war oder nicht. Hauptsache, er stand nicht als unterlegen oder minderwertig da. Und fast immer bestrafte er sich dadurch letztlich selbst und andere noch mit. Aber in dem Moment, in dem es passierte, konnte er das nicht sehen und hatte keinerlei Kontrolle darüber.

»*Disculpe,* es tut mir leid«, versuchte er Francisca zu versöhnen.

»*Hijo de puta!* Arschloch! Wenn du das noch einmal bringst, könnte es sein, dass ich mich vergesse.«

»Kommt nicht mehr vor. Versprochen«, sagte er nachgiebig.

Francisca gab keine Antwort. Sie lief einfach voraus, und Julio folgte ihr. Schon nach kurzer Zeit lief ihm der Schweiß in Strömen den Körper hinunter. Außerdem folgten ihnen ganze Schwärme von hungrigen Moskitos auf Schritt und Tritt. Er war schon bald mit Stichen übersät, die er teilweise aufkratzte, da sie so fürchterlich juckten. Und blieb er nur einen Moment stehen, krabbelten ihm große rotbraune Ameisen unter seiner Hose die

Beine hinauf. Er fragte sich einen Augenblick lang, ob sich die ganze Mühe, die er da auf sich nahm, wirklich lohnte. Auf der anderen Seite fühlte er sich nicht länger als Martinez' Laufbursche, sondern er war jetzt sein Kontrahent. Er hatte einen Plan, ihn zu stürzen, zumindest einen ungefähren. Und dass die Umsetzung kein Kinderspiel sein würde, war ihm natürlich klar. Wahrscheinlich war das hier erst der Anfang. Um sein Endziel zu erreichen, würde er sicher noch Schwereres durchzustehen haben als diesen Spaziergang durch den Dschungel.

Nachdem sie sich über Stunden hinweg schweigend vorangekämpft hatten, blieb Julio einfach stehen. Er konnte nicht mehr, auch wenn es ihm schwerfiel, das zuzugeben.

»Ich brauche dringend etwas zu trinken, sonst falle ich auf der Stelle tot um«, deklamierte er. Das Bier, das er unter Einsatz ihrer beider Leben gekauft hatte, war längst ausgetrunken.

»Das wollen wir doch vermeiden«, erwiderte Francisca süffisant. Seit dem Schlüsseldrama hatten sie kein Wort mehr miteinander gewechselt. Sie zog ein Messer aus der Tasche und schnitt ein meterlanges Stück aus einer herunterhängenden Lianen heraus. Schon als sie die Pflanze anschnitt, spritzte eine Fontäne Wasser heraus. Schnell hielt sie beide Enden des schlauchförmigen Stücks nach oben und reichte ihn Julio.

»Danke«, sagt er in ehrlich gemeintem Respekt, bevor er gierig das Wasser in seinen Mund laufen ließ. Dann versorgte sie sich selbst mit einem weiteren Stück aus der Liane. Francisca war ein Kind des Dschungels und verstand es, darin zu überleben.

»Vieles hat mich Tanausú gelehrt«, sagte sie mit leicht melancholischer Stimme auf Julios fragenden Blick hin.

»Wer?«

»Meine große Liebe. Wegen ihm bin ich zur FARC gegangen. Wegen ihm habe ich mein bürgerliches Leben in Barranquilla aufgegeben.«

Julio war trotz allem froh, dass sie wieder mit ihm sprach, und forderte sie auf weiterzuerzählen.

»Ich war einmal Lehrerin in einer Grundschule. Kannst du dir das vorstellen?«

»Ehrlich gesagt, nein. Was ist aus dem Typen geworden? Komischer Name übrigens.«

»Das war sein *Nom de Guerre*. Der echte Tanausú lebte im fünfzehnten Jahrhundert auf den Kanaren und war der letzte Widerstandskämpfer der Ureinwohner gegen die spanischen Eroberer. Sein richtiger Name war Leandro, und er ist auf einer dieser Inseln geboren. Ich habe vergessen, auf welcher.«

»Vielleicht La Palma?«

Sie sah ihn einen Moment lang sprachlos an. »Ja, genau. La Palma! Deshalb kannte ich den Namen.«

»Das ist kein Zufall.« Julio wurde plötzlich ganz aufgeregt und warf die leer getrunkene Liane weg.

»Jetzt erinnere ich mich wieder. Ich glaube, die Ureinwohner dieser Inseln hießen Guanchen oder so ähnlich. Sie sind dann von den spanischen Konquistadoren vollständig ausgerottet worden. Aus irgendeinem Grund wollte Tanausú immer wieder auf diese Insel zurück.« Ihre Augen wurden feucht, je länger sie von ihm sprach. »Er war ein ganz besonderer Mensch. Wir nannten ihn auch ›el gato‹, die Katze, weil es schien, als hätte er mindestens neun Leben, wenn nicht mehr. Er konnte noch so schwer verletzt sein – schon am nächsten Tag ging es ihm wieder gut.«

»Kommt dir das nicht bekannt vor?«

Diesmal verdrehte Francisca nicht die Augen.

Julio glaubte, plötzlich wieder Oberwasser zu haben. Zumindest was diese Wundermittel-Geschichte betraf.

»Und jetzt will Sina auf dieselbe Insel.« Er wurde immer aufgeregter. »Francisca, das alles hängt irgendwie zusammen. Ich weiß nur noch nicht, wie.«

Francisca Ribeira wirkte nun auch etwas nachdenklicher. »Das sind schon ein bisschen zu viele Zufälle«, gab sie zu.

Julio nickte. »Was ist aus dem Typ geworden? Hast du noch Kontakt zu ihm?«

»Nein«, erwiderte sie traurig. »Er ist zurück nach Europa gegangen. Als die kolumbianische Regierung 2010 die Waffenstillstandsverhandlungen mit der FARC wiederaufnahm, bot sie einigen der Rebellenführer eine Amnestie an. Tanausú machte davon Gebrauch, um seine deutsche Mutter in Hamburg zu besuchen, die Krebs hatte. Er hat mir noch geschrieben, dass sie gestorben ist, allerdings nicht am Krebs, sondern an den Medikamenten, die man ihr verabreicht hat. Das hat ihn so wütend gemacht, dass er an eine Weltverschwörung der Arzneimittelhersteller glaubte und so etwas wie ein Ökoterrorist wurde. Er war schon immer ein Meister im Bauen von Brandsätzen und Sprengbomben und hat wohl so einige Anschläge auf Pharmalabore und führende Mitarbeiter von Pharma- und Chemieunternehmen verübt. Ich glaube, er hatte sogar auch mal mit Forster's Health zu tun.«

Noch ein Puzzlestein, dachte Julio.

»Sie haben ihn ein paarmal eingebuchtet, aber soviel ich weiß, ist er wieder unterwegs. Er wird immer ein Kämpfer bleiben. Etwas anderes kommt für ihn gar nicht infrage. Ich bin nicht sicher, aber er soll jetzt bei der Frente Polisario sein, einer Organisation, die sich in der Westsahara für die Unabhängigkeit von Marokko einsetzt.«

»Nie gehört«, gab Julio zu.

»Soviel ich weiß, ist das eine von Algerien aus unterstützte Befreiungsbewegung der Sahrauis. Die Marokkaner haben schon seit Langem ihr Land besetzt. Wegen der Bodenschätze natürlich. Das Übliche. Sie machen mit den USA Millionengeschäfte, und die eigentlichen Besitzer darben in Flüchtlingscamps oder in marokkanischen Gefängnissen.«

»Und dein Freund, pardon Exfreund, kämpft für die Sahrauis?«

»Was sonst?«

Dieser Kerl gefiel ihm. Er musste ihn unbedingt kennenlernen. »Du solltest versuchen, ihn zu kontaktieren«, sagte Julio. »Vielleicht weiß er ja etwas über diesen Pilz.«

»Ich werde es versuchen. Die Kanarischen Inseln liegen, glaube ich, gar nicht so weit von der afrikanischen Küste entfernt.«

Julio griff nach dem kleinen Goldkreuz, das er um den Hals hängen hatte. Er war immer mehr davon überzeugt, dass Gott ihm die richtigen Menschen schickte und ihn seinem Ziel jeden Tag ein wenig näherbrachte.

Nach sechs Stunden auf dem Drogenpfad, der manchmal kaum noch erkennbar war, blieb Francisca Ribeira plötzlich stehen.

»Hörst du das auch?«

Doch sosehr Julio sich auch bemühte, außer dem Schreien eines Vogels, der ihnen seit geraumer Zeit folgte, und den vielfachen Urwaldgeräuschen drang nichts Ungewöhnliches an sein Ohr.

»Wasser«, hauchte die inzwischen ebenfalls sichtlich erschöpfte Francisca. »Hörst du es nicht? Der Fluss! Es kann nicht mehr weit sein.« Sie nahm ihre letzte Kraft zusammen und lief weiter.

Fünf Minuten später vernahm er es auch. Julio konnte sie nur bewundernd ansehen. Ohne sie wäre er in dieser Situation verloren. Es war für ihn eine komplett neue Erfahrung, dass Frauen auch noch zu etwas anderem nütze waren, als den Haushalt in Ordnung zu halten und die Beine breit zu machen.

Das Rauschen wurde immer lauter, je mehr sie sich in die Richtung bewegten, aus der es kam. Sie schlugen sich nun rücksichtslos durch das Unterholz, ohne auf zurückschnellende Äste oder hervorstehende Wurzeln zu achten.

Und dann lag er vor ihnen. Kein Fluss, sondern ein reißender, tosender Strom, der Äste, tote Tiere und sogar Baumstämme mit sich führte. Julio glaubte, seinen Augen nicht zu trauen, und plötzlich kam es ihm so vor, als hätte er schon einmal genau an dieser Stelle gestanden, als hätte ihn schon einmal irgendwann in grauer Vorzeit der verzweifelte Gedanke gequält, wie er diesen Fluss überqueren sollte. Und damals verfolgte er ebenfalls einen Plan, der sein weiteres Leben nachhaltig bestimmen sollte. Und dieser Plan hatte genau wie heute mit Macht und unendlichem Reichtum zu tun. Alles hing davon ab, diesen Fluss zu überqueren. Aber warum?

Noch nie hatten so übermächtige Gefühle sein Inneres ergriffen. Kamen sie von Gott, um ihm zu zeigen, dass er auf dem richtigen Weg war? Waren es die Hitze und die Erschöpfung, die ihm so zusetzten? Er kniff kurz die Augen zu, doch nun tauchten mächtige Bilder in seiner Fantasie auf. Männer in Helmen, Kettenhemden und Rüstungen, dazwischen nackte Indios sowie drei Mönche. Und dann sah er sich plötzlich selbst mit einem Seil um den Körper, das am Ufer festgemacht war, schwimmend den reißenden Fluss durchqueren und es auf der anderen Seite um einen Baum zurren.

»Hier kommen wir nicht hinüber«, drang die resignierte Stimme von Francisca Ribeira an sein Ohr und verscheuchte damit die merkwürdige Vision. »Wir müssen eine andere Stelle finden, vielleicht weiter oben.«

»Kannst du vergessen«, antwortete Julio mit vollster Überzeugung.

»Wie kommst du darauf?«

»Ich weiß es einfach.«

Francisca hob erstaunt die Brauen und sah ihn an. »Wahrscheinlich hast du recht. Stromabwärts wird es immer heftiger, und stromaufwärts ist nicht unsere Richtung. Und dann ist da noch etwas.« Ihre Worte klangen plötzlich nicht mehr so selbstbewusst wie vorher. »Ich kann nicht schwimmen.«

»Wir werden es trotzdem hinüberschaffen«, sagte Julio plötzlich sehr zuversichtlich. »Ich brauche ein Seil.«

Sie überlegte einen Moment und verstand dann, was er vorhatte. »Eine gute Idee«, sagte sie. »Meinst du wirklich, du kannst da rüberschwimmen?«

Er nickte. Plötzlich fühlte er sich stark, beinahe so wie die Männer in den Helmen und Rüstungen, die er gerade gesehen hatte. Waren ihm diese Ikonen aus der Vergangenheit erschienen, um ihm Mut zu machen, damit er sein Vorhaben auch bis zum Ende durchführte?

»Ich habe vorhin eine passende Liane gesehen, damit könnte es klappen«, sagte Francisca mit fester Stimme. Sie hatte offensichtlich zu ihrem alten Selbstbewusstsein zurückgefunden.

Nicht weit entfernt fanden sie besagten Baum, an dem zartgrüne Lianen wie meterlange Bärte bis zum Boden hingen. Francisca kletterte hinauf und schnitt sie ab, während Julio sie unten miteinander verknotete.

»Das reicht«, rief er zu ihr hinauf, nachdem er ein doppeltes Seil zusammengeknüpft hatte, das mindestens dreimal so lang war wie der Fluss breit.

Sie schleppten es gemeinsam zurück zum Fluss, und nachdem er es auf seine Festigkeit überprüft hatte, wickelte er sich das eine Ende um die Taille und das andere um den stabilsten Baum am Ufer.

»Falls mir irgendein Baumstamm den Schädel einschlägt, kannst du mich daran zurückziehen und hier begraben«, sagte Julio mit zynischem Unterton. »Ich bin sowieso nicht davon ausgegangen, dass je irgendjemand mein Grab besuchen wird.«

Er zog sich aus, bekreuzigte sich zweimal, küsste das kleine goldene Kreuz um seinen Hals und stürzte sich in die Fluten. Wenigstens war es nicht kalt, doch die Strömung forderte sein Äußerstes. Wie gut, dass er in Panama City regelmäßig in die Muckibude gegangen war, sonst wäre er jetzt aufgeschmissen gewesen.

Immer wieder wurde er abgetrieben, doch nach vielleicht zehn Minuten hatte er sich immerhin zur Mitte des Flusses vorgekämpft. Dann schoss plötzlich ein Baumstamm auf ihn zu. Panik ergriff ihn. Er versuchte instinktiv auszuweichen, doch die Strömung hielt ihn wie eine eiserne Zange fest. Sollte es hier schon zu Ende sein? Hatte ihn Gott verlassen? Der Stamm samt Wurzelgeflecht, das sich wie Greifarme nach ihm ausstreckte, hatte ihn nun fast erreicht. Julio holte tief Luft und tauchte in letzter Sekunde ab. Als sein Kopf unter Wasser war, überfiel ihn für einen kurzen Augenblick der Gedanke, dort unten zu bleiben und dem ganzen Elend seines Lebens auf diese Weise zu entkommen. Doch genau in diesem Moment zog der dunkle Stamm vorüber, und als er nach oben sah, spiegelte sich die Sonne im Wasser, und es kam ihm vor, als ob dort Tausende von Goldmünzen tanzten. Er sah dies als ein göttliches Zeichen an, das ihn aufforderte, nicht aufzugeben, sondern die Chancen, die sich ihm boten, wahrzunehmen. Er würde es schaffen und letztendlich mit Reichtum und der damit verbundenen Macht über alles und jeden triumphieren. Das ließ ihn wieder nach oben tauchen.

Prustend spuckte er das Flusswasser aus und kämpfte sich mit einer Kraft weiter, die er sich selbst nicht zugetraut hätte. Die Liane hatte sich jetzt voll Wasser gesogen, sodass sie ihn immer wieder nach unten zog. Mit brüllenden Kopfschmerzen und heftigem Herzklopfen, dass er glaubte, seine Brust würde gleich zerspringen, erreichte er schließlich das gegenüberliegende Ufer. Als er endlich Boden unter den Füßen spürte, hatte er das Gefühl, ein Königreich erobert zu haben. Er war ein Auserwählter, auf die Erde gesandt, um sie zu einer besseren zu machen. Wie hatte er nur einen Moment zweifeln können? Er blickte nach oben und war jetzt vollkommen sicher, die schwere Aufgabe, die ihm Gott zutraute, auch erfüllen zu können. Er würde schon bald in der Position sein, anderen Befehle zu erteilen und nicht länger hinter Menschen, die er verachtete, herlaufen zu müssen.

Auf allen vieren kroch er die Böschung hinauf, löste die schwere, von Wasser durchtränkte Liane, von seinem Körper und knüpfte sie um den nächststehenden Baum. Dann winkte er Francisca Ribeira zu, die sich zögernd ins Wasser begab. Sie hatte seine Kleidung auf ihren Rücken gebunden und hangelte sich nun Meter für Meter an dem straff gespannten Seil entlang. Nur einmal musste sie eine Hand loslassen, weil sich ihr Fuß in einem Busch verfangen hatte, doch sie schaffte es, ihn abzuschütteln und das Seil wieder mit beiden Händen zu fassen.

Als sie das Ufer erreichte, hatte Julio sich so weit wieder im Griff, dass er ihr helfen konnte. Sie fielen sich erleichtert in die Arme, und er hätte sich beinahe vorstellen können, sie zu küssen, etwas, das ihm noch nie in den Sinn gekommen war. Natürlich tat er es nicht. Im Gegenteil, er schob sie von sich, weil er es als Schwäche sah, und nichts war ihm ein schlimmerer Gräuel. Er dachte kurz an Felipe und dessen Gefühle für Sina. Sie waren ihm eindeutig nicht bekommen. Gefühle vernebelten das Gehirn, etwas, das er gerade jetzt am allerwenigsten gebrauchen konnte.

»Wir sollten weiter. Vielleicht erreichen wir dann noch vor Einbruch der Nacht das Lager«, sagte er mit rauer Stimme.

Francisca Ribeira nickte, ebenfalls leicht irritiert, und wandte sich dann ab. Auch sie schien diesen kurzen Moment von Frieden wahrgenommen zu haben, der jedoch in ihrer beider Leben keinen Platz hatte. Julio war froh darüber. Für ihn und auch für Francisca ging es um etwas anderes. Darum, sich die Position zu erkämpfen, die ihnen zustand, und nicht, dort stehen zu bleiben, wo sie geboren worden waren. Gefühlsduseleien hatten da nichts zu suchen. In dieser Hinsicht waren sie sich offensichtlich einig.

Im nächsten Moment bohrte sich ein Gewehrlauf in Julios Rücken.

»*Manos arriba!* Hände hoch!«, bellte eine raue Stimme in sein Ohr. Zwei bis an die Zähne bewaffnete Männer in paramilitärischer Kleidung traten aus dem Gebüsch.

»Wer seid ihr?«

Sie ergaben sich sofort.

»Tranquilo«, versuchte die Kolumbianerin sie zu beruhigen. »Wir sind Freunde. Mein Name ist Francisca Ribeira. Das ist Julio Cabrero. Wir sind mit Christobal verabredet.

Die beiden Guerilleros blieben skeptisch und hielten ihre Waffen weiter im Anschlag.

Julio war sich nicht sicher, wie ernst die FARC es nahm, wenn Fremde ihr Gebiet betraten. Vielleicht machten sie ja kurzen Prozess mit ihnen. Er überlegte fieberhaft, wie er die Typen überzeugen konnte. Vielleicht zog ja der Name von Franciscas Ex. Wie war der gleich noch mal ?

»Tanausú«, fiel es ihm ein. »Wir sind Freunde von Tanausú«, stieß er hervor. Der Druck in seinem Rücken ließ sofort nach.

Christobal Gomez wäre am liebsten aus seinem Rollstuhl gesprungen, wäre ihm das möglich gewesen. Tränen der Wiedersehensfreude liefen über seine Wangen, als Francisca Ribeira vor ihm niederkniete und den Kopf in seinen Schoß legte. Julio spürte so etwas wie Eifersucht in sich aufsteigen. Nicht auf Christobal, sondern auf die Gefühle, die Francisca entgegenschlugen. Wenn er zurück nach La Sierra, in sein altes Umfeld kam, war dort niemand, der vor Freude weinte. Denn die, die vor Freude geweint hätten, waren tot. Und die, die jetzt dort lebten, kannten ihn nicht.

Er sah sich neugierig in dem Lager um, in das man sie begleitet hatte, sobald klar gewesen war, dass sie keine Feinde waren. Es wirkte auf ihn wie eine Dschungelkaserne. Die Unterkünfte bestanden aus einfachen Hütten in mehreren Reihen, dann waren da eine Art Schießplatz inklusive Trainingsgelände und ein größeres Gebäude, das sie wahrscheinlich für Besprechungen und Versammlungen nutzten. Er hatte bisher wenig mit der FARC zu tun gehabt. Da das Verschieben von Waffen nicht zu seinen Aufgaben gehörte und auch sein politisches Interesse gleich null war, hatte er in der Organisation bisher nur eine Konkurrenz im Drogengeschäft gesehen. Das war jetzt anders. Ihm wurde mehr und mehr bewusst, dass er Verbündete brauchte. Als Einzelkämpfer hatte er gegen das Kartell keine Chance.

26. KAPITEL

$

Sina folgte Neri durch eine eiserne Einstiegsluke über eine steile Leiter in den Bauch des U-Bootes. Es hatte ihn viel Kraft gekostet, sie zu überzeugen, dass es für sie keine andere Möglichkeit gab, Panama ungesehen und unerkannt zu verlassen. Es war eng, düster und stank nach Diesel. Nur an der Decke brannte eine kleine Funzel. Schwüle Hitze trieb ihr den Schweiß aus den Poren. Im hinteren Teil gab es so etwas wie eine Toilette. Vorn befand sich die Kommandobrücke mit GPS, digitalem Kompass und Tiefenmesser sowie den üblichen nautischen Geräten. Links und rechts waren auf halber Höhe ein paar Pritschen mit dünnen Matratzen angebracht. Darunter gab es einen Stauraum, der im Augenblick mit Sandsäcken gefüllt war. Sina begriff trotzdem schnell, was hier normalerweise geladen wurde. Die extra für den Drogentransport gebauten Submarines waren nicht nur flink und verfügten zur Verteidigung über Unterwassertorpedos, sondern ließen sich im Fall eines Polizeiangriffs schnell fluten, um jegliche Beweise in den Tiefen des Meeres verschwinden zu lassen.

»Willkommen an Bord«, drang eine bekannte Stimme an ihr Ohr. Es war Diego. Er trug wie immer seine unvermeidbare Budweiser-Baseballkappe und reichte ihr die Hand.

»Danke, dass du den Comisario überzeugt hast, mich wieder gehen zu lassen.«

Er grinste. »Dafür habe ich ihm ja auch einen dicken Fisch geliefert.«

»Ist das dein Boot?«

Er nickte.

»Ich wusste nicht, dass die Kunas auch auf eigene Rechnung Drogen transportieren.«

»Ist auch eher eine Ausnahme.« Er grinste leicht verlegen. »Es gehörte zu Martinez' Flotte und ist vor zwei Jahren bei einer Razzia versenkt worden. Ich habe als Einziger das Manöver überlebt und konnte an Land schwimmen. Später ist es mir dann gelungen, das Boot mit Freunden zu bergen, und wir haben es wieder flottgemacht. Hin und wieder transportiere ich damit Sonderposten auf eigene Rechnung.«

Sina atmete tief durch.

»Aber nach meiner letzten Begegnung mit Julio Cabrero habe ich beschlossen, die Seiten zu wechseln«, fuhr Diego fort. »Er ist ein böser Mensch ohne Skrupel. Dazu kam Neris Idee, ihm einen Denkzettel zu verpassen, und nicht zuletzt war es dein Auftritt während des Kongresses, der mir die Augen geöffnet hat. Ich bin dir etwas schuldig, Sina.«

»Danke. Ich freue mich, dass du jetzt Neris Freund bist.«

»Ich auch«, sagte er grinsend. »Und das ist Emilio«, stellte er einen weiteren Kuna vor, der höchstens sechzehn war. »Er ist ein guter Steuermann und wird die Nachtschichten übernehmen.«

Sina schluckte. Ganz schön jung, dachte sie. Aber sie hatte sowieso keine andere Wahl. Sie schloss für einen Moment die Augen. Ihre alte Angst vor der Enge und dem Eingeschlossensein stieg noch einmal in ihr hoch. Wie sollte sie das hier drei Tage lang durchstehen? Schon seit ihrer Kindheit hielt sie es nicht einmal für kurze Zeit in einem Aufzug aus und lief lieber viele Stockwerke zu Fuß, als Atemnot und Schweißausbrüche zu ertragen. Sie glaubte, bereits den Kloß im Hals zu spüren, womit es meist anfing.

»Es kann eigentlich nichts schiefgehen«, beruhigte sie Neri, dem ihre innere Unruhe nicht entgangen war. »Wir haben zwei Wasser- und zwei Dieseltanks sowie ausreichend Batterien, um das U-Boot zur Not auch vollkommen lautlos steuern zu können. Es fährt die meiste Zeit nur knapp unter der Wasseroberfläche, sodass wir durch dieses Rohr immer frische Luft haben.« Er deutete auf eine Leitung aus Metall, die mit einem Gummiventil verschlossen war. »Nur wenn das Radar ein anderes Schiff oder ein Flugzeug ortet, tauchen wir ab.«

Sehr beruhigend, dachte Sina, noch immer nicht restlos überzeugt. Aber sie hatte sich auf dieses Abenteuer eingelassen und würde es jetzt auch irgendwie durchstehen. Sie nickte Neri zu.

»Gut, dann kann es ja losgehen«, sagte er.

»Okay.« Diego startete den Motor. Das Boot zitterte und machte ächzende Geräusche. Sina atmete tief durch. Sie glitten ins offene Meer hinaus. Doch weder der Dieselgestank noch die Enge des Bootes machten ihr irgendetwas aus. Die erwartete Panik stellte sich wiederum nicht ein.

»Alles in Ordnung?«, fragte Neri.

»Alles cool«, antwortete sie lächelnd. Wie wunderbar. Welch eine Erlösung! Auf diese Weise würde sie die Reise auf alle Fälle überstehen, auch wenn der Umstand, drei Tage auf so engem Raum zusammengepfercht zu sein, nicht gerade Freude versprach.

»Unsere übliche Tour nach Miami, Florida, dauert über zwei Wochen«, sagte Diego. »Dagegen ist das hier eine Ausflugsfahrt.«

Sina wollte sich gar nicht vorstellen, wie sich die Besatzung solcher Schiffe auf so langen Fahrten fühlen musste.

»Für ein paar lumpige Tausend Dollar haben viele von uns immer wieder ihr Leben aufs Spiel gesetzt, um die Familien zu ernähren, die Schuluniform der Kinder zu bezahlen und um ihnen irgendwann eine anständige Ausbildung bieten zu können«, klärte Diego sie auf. »Das dicke Geld verdienen nur die, die ganz oben sitzen, obwohl wir es sind, die das Hauptrisiko tragen. Das heißt, geschnappt zu werden oder zu ertrinken.«

»Lohnt sich das Ganze denn überhaupt?«, fragte Sina. »So ein U-Boot zu bauen wird ja nicht gerade billig sein.«

Diego lachte höhnisch. »Ob sich das lohnt? Ein Boot, das etwas besser ist als das hier, kostet ungefähr zwei Millionen Dollar – ein Klacks gegen die Summe, die mit der Ladung zu erzielen ist, wenn sie unversehrt am Zielort ankommt. Neue Boote können heute bis zu zehn Tonnen Kokain transportieren. Das macht bei einem durchschnittlichen Verkaufswert von 25 000 Dollar pro Kilo unterm Strich 250 Millionen aus.« Diego strahlte sie an. »Nicht schlecht, was?«

Sina kam sich fast ein wenig mitschuldig vor. Wie hatte sie nur je gegenüber Martinez so unbedarft sein können? Sie hatte nie wirklich darüber nachgedacht, auf welchen Rücken er seine Geschäfte austrug. Natürlich wusste sie, dass es in den USA jedes Jahr Zigtausende von Drogentoten gab, aber das war letztlich deren Verantwortung, fand sie. Doch wie viele seiner sogenannten Mitarbeiter hatten wohl schon ihr Leben gegeben, ohne sich je einen Schuss gesetzt oder ein Körnchen Koks geschnupft zu haben? In Sina wuchs ein heiliger Zorn auf diesen Mann. Und jetzt wollte er auch noch den Kunas ihr Land wegnehmen. Vielleicht war es gar nicht schlecht, wenn Julio seine Pläne verwirklichte und den Tycoon vom Thron fegte. Doch sollte er jemals seinen Platz einnehmen, würde dadurch kaum etwas besser werden, oder?

Erschöpft von all den Aufregungen verbrachte sie die nächsten Tage in einer Art Dämmerzustand. Ungewollt glitt sie wieder hinüber in jene vergangene Zeit, in der Tamanca und Itapiú diejenigen waren, die das Schicksal von Amakuna in Händen hielten.

27. KAPITEL

Unter dem Vorwand, noch ein paar fehlende Kräuter zu suchen, war es Tamanca gelungen, sich der strengen Aufsicht Balboas zu entziehen. Er traf Itapiú ein letztes Mal vor seiner Abreise heimlich im Dschungel, sodass sie sich einander noch einmal schenken konnten. Nie war es ihm so schwergefallen, einen Menschen gehen zu lassen, doch er konnte das Versprechen, das er Balboa und seinem Vater gegeben hatte, nicht brechen.

»Ich habe nachgedacht«, sagte Tamanca und zog sich langsam Hose und Hemd an. Er hatte die Kleidung am Fuß eines riesigen Baumes abgelegt, zwischen dessen mächtigen Luftwurzeln sie sich gebettet hatten. »Es gibt nur eine Möglichkeit, dein Volk vor dem Untergang zu retten.«

»Wir müssen eure Waffen und Pferde stehlen«, sagte Itapiú ohne Umschweife.

Er lachte laut, was ihm sofort wieder leidtat, als er ihre gekränkte Miene sah.

»Ihr könntet dann vielleicht einen Kampf gewinnen, vielleicht auch einen zweiten«, sagte er behutsam. »Aber es werden immer mehr Weiße kommen. Besonders, wenn sich die Kunde von jenem sagenumwobenen Land El Dorado bewahrheiten sollte, wo es so viel Gold geben soll, dass die Indios sich Häuser daraus bauen.«

»Aber warum? Was ist denn so Besonderes daran?«, fragte Itapiú stirnrunzelnd.

Er wusste nicht genau, wie er ihr erklären sollte, was Gier war und warum sie die Weißen so antrieb. »Gold bedeutet ihnen alles«, versuchte er es trotzdem. »Es hat für viele einen höheren Wert als Liebe, Freundschaft und Treue. Gold in den Händen zu halten bedeutet, Macht über andere zu haben – sich von niemandem etwas vorschreiben lassen zu müssen, alles erwerben zu können, was das Herz begehrt.«

Itapiú sah ihn mit großen Augen an. »Und warum gerade Gold? Weil es der Sonnenstein ist?«

»Wie meinst du das?«

»Wenn man es im Flusskies entdeckt und sich das Sonnenlicht darin spiegelt, dann spürt man das Erhabene, das Ewige«, sagte sie. »Man kann seine Form verändern, und trotzdem bleibt es beständig. Seine Farbe bleibt stets erhalten, es sieht immer gleich aus. Es strahlt Sicherheit aus. Vielleicht ist es das, was den Weißen fehlt.«

Tamanca blickte sie aufmerksam an. Unter diesem Aspekt hatte er die Habsucht noch gar nicht betrachtet. Vielleicht war es wirklich so. Vielleicht wollten die Weißen immer mehr und mehr Gold, weil sie glaubten, dass es ihnen Sicherheit gab. Oder, weiter gedacht, sogar Geborgenheit. Das war natürlich ein Irrglaube. Ihm kam es jedenfalls so vor, als ruhten die Indios viel mehr in sich, statt sich wie die Weißen im Außen zu verlieren.

»Für uns ist Gold einfach ein Material, das wir für Schmuck und Götterstatuen verwenden. Die Kaziken drücken damit ihren höheren Stand aus, aber nicht mehr«, setzte Itapiú ihre Erklärung fort.

»Dort, wo ich herkomme, ist das ebenso. Die Anführer tragen Kronen aus Gold. Gold versinnbildlicht Macht, und das ist es, was viele, die hierherkommen, für sich haben wollen. Und damit du und dein Volk unter dieser Macht nicht weiter leiden müsst, gibt es nur eine Möglichkeit.«

»Und die wäre?«

»Kein Kontakt. Keine Feindschaft, aber auch keine Freundschaft. Ihr müsst tief ins Landesinnere ziehen, fernab von Sklavenhändlern und Konquistadoren. Wenn nicht, werdet ihr untergehen wie das Volk meiner Mutter auf La Palma, der Insel der Drachenbäume.«

Itapiú hatte den Kopf zur Seite gelegt und hörte ihm aufmerksam zu.

»Die spanischen Konquistadoren haben La Palma vor zwanzig Jahren überfallen, und schon heute ist von der ursprünglichen Bevölkerung fast nichts mehr übrig. Dasselbe ist hier ganz in der Nähe, auf La Española, passiert. Diejenigen, die überlebt haben, arbeiten als Sklaven für die Weißen, und die Frauen bekommen vielleicht noch Kinder von ihnen. Doch diese Kinder werden von weißen Vätern zu Weißen erzogen. Genau wie ich.«

»Aber du bist nicht wie sie.«

»Nein, aber ich bin eine Ausnahme«, sagte Tamanca nachdenklich.

Itapiú neigte den Kopf, als müsse sie das, was sie soeben erfahren hatte, gegen etwas abwägen. »Eigentlich ist es unser Land, und wir waren zuerst da. Doch ich glaube trotzdem, dass du recht hast.«

»Das, was mit deinem Dorf passiert ist, wird sich wiederholen. Ihr seid an der Küste nicht sicher.«

Sie nickte. »Ich werde die Zeit deiner Abwesenheit nutzen und mit den Kaziken der noch vorhandenen Dörfer sprechen.«

»Aber nur mit solchen, zu denen du Vertrauen hast«, schärfte er ihr ein. »Denn wenn nicht alle an einem Strang ziehen und auch nur einer sich mit den Spaniern verbündet, wird der Plan nicht aufgehen. Das ist leider auf der Insel meiner Mutter geschehen. Hätten dort alle Stämme zusammengehalten, wäre es den Spaniern unmöglich gewesen, sie zu unterwerfen. Denn sie waren in der Minderzahl.«

»Ich werde einen Weg finden, die Richtigen auszuwählen«, sagte Itapiú. »Und Amakuna wird mir dabei helfen.« Sie zeigte ihm das Amulett, das sie unter einem ledernen Fußschmuck versteckt um ihre rechte Fessel trug.

Tamanca erwärmte es das Herz, dass Itapiú so im Einklang mit ihm war. Er hatte beinahe das Gefühl, als wüsste sie schon, was er ihr sagen wollte, bevor er es überhaupt ausgesprochen hatte. Niemals hätte er geglaubt, dass so etwas möglich war. Er drückte sie noch ein letztes Mal an sich. »Bitte pass gut auf dich auf«, flüsterte er ihr ins Ohr.

»Mir wird nichts geschehen«, flüsterte sie zurück. »Ich habe es gesehen.«

Das beruhigte ihn ein wenig. Tamanca hätte auch gerne in die nahe Zukunft geblickt, um zu erfahren, ob sein Plan aufgehen würde. Ob er Itapiús Volk vor dem Untergang und das Geheimnis von Amakuna während seiner Lebenszeit bewahren konnte. Gleichzeitig vertraute er darauf, dass es genügte, in das Leben jener Sina einzutauchen, um daraus die richtigen Schlüsse für sein eigenes zu ziehen. Zu gerne hätte er natürlich gewusst, ob auch ihr Einblick in sein Leben gewährt war.

Als Tamanca am nächsten Tag zurück nach Santa María la Antigua kam, stand Francisco Pizarro in den Stegreifen seines Sattels und ließ den Blick über seine Truppen schweifen. Auf dem Pferd neben ihm saß Oriol, der Sohn von Doña Letitia, den er zu seinem Adjutanten ernannt hatte. Tamanca fand, er passte gut zu dem Konquistadoren, auf alle Fälle besser als zu ihm. Er hatte dagegen mit Jesús, dem einstigen Schiffsjungen, gesprochen, der sein Angebot, ihm als Gehilfe zur Seite zu stehen und von ihm zu lernen, nur zu gern angenommen hatte. Leider konnte er ihn nun mitten in dem Gewühl nicht finden und hoffte nur, dass er es sich nicht anders überlegt hatte. Andererseits hätte er ihm das nicht einmal übel nehmen können. Er selbst wäre am liebsten einfach davongeschlichen, was in diesem Moment bestimmt niemand gemerkt hätte. Doch er fühlte sich an Don Joaquín gebunden, trotz allem, was er inzwischen über ihn wusste. Sein Vater hätte sich nicht auf dieses Abenteuer eingelassen ohne die Gewissheit, den Sohn an seiner Seite zu haben. Wenn Tamanca ihn jetzt allein ließ und er nicht lebend zurückkehrte, würde er sich das nie verzeihen.

Etwa hundert Reiter und ebenso viele Fußsoldaten warteten auf das Zeichen zum Aufbruch. Dazu kamen noch einmal zweihundert Männer, die Balboas Schwiegervater zur Unterstützung geschickt hatte. Außerdem wurde die Expedition von einer Meute Bluthunde begleitet, die darauf abgerichtet waren, entlaufene Indiosklaven aufzuspüren. Sie stammten von einem Sklavenhändler, der vom Schicksal für seine Gräueltaten mit den Pocken bestraft worden war. Pizarro hatte sein Schiff mit einer Ladung ebenfalls an Pocken erkrankter Sklaven angezündet, um die neu gegründete Kolonie vor der tödlichen Krankheit zu bewahren. Die Hunde waren irgendwie an Land gekommen und eingefangen worden, um sie nun im Kampf gegen feindliche Indios einzusetzen.

Das Klirren der Sporen, das Knirschen der Rüstungen, Kommandorufe, Pferdegewieher und Hundegebell erfüllten die Luft.

Tamanca hatte schon am Tag zuvor alles, was er brauchte, zusammengepackt und führte nun sein Pferd an die Spitze des Trosses, um – wie von Balboa gewünscht –, stets in seiner Nähe zu sein.

Lautes Gewinsel machte ihn auf einen der Hunde aufmerksam. Ein struppiges, fahlgelbes Tier, das mehr einem Wolf ähnelte, hatte sich losgerissen und irrte mit loser Leine zwischen Menschen- und Pferdebeinen umher. Tamanca bekam den Strick zu fassen und wollte den Hund zum Rest der Meute zurückbringen. Doch das Tier stemmte sich knurrend mit allen vieren dagegen, als wolle es unbedingt bei ihm bleiben. Erst als er den Strick an seinem Sattelknauf festmachte, hörte das Gewinsel auf. Tamanca streichelte dem Hund über den Kopf und gab ihm den Namen Rubio. Immerhin hatte er jetzt einen Gefährten, der nicht vom Gold getrieben wurde.

Es dauerte beinahe den ganzen Vormittag, bis auch der Letzte sein Gepäck geschultert hatte und sich alle in Bewegung setzten. Balboa ritt stolz und in voller Rüstung vorn in erster Reihe. Neben ihm Pizarro, dahinter Oriol und dann Frai Ambrosio, der es sich nicht hatte nehmen lassen, gemeinsam mit den beiden Brüdern aus La Española den Zug zu begleiten, um täglich Gottes Segen zu spenden. Er lenkte sein Pferd neben das von Balboa und richtete mit ernster Stimme das Wort an den Konquistadoren.

»Ich hoffe, Ihr tut das alles nicht nur wegen des Goldes.«

»Wo denkt Ihr hin«, antwortete dieser und versprühte dabei seinen ganzen Charme und seine aufgesetzte Liebenswürdigkeit. »Es geht darum, für die Krone neue Möglichkeiten zu entdecken und christliche Nächstenliebe zu praktizieren. Im Namen des Herrn und zu seiner Verehrung und Lobpreisung, nicht wahr?«

Frai Ambrosio lächelte mit der gleichen falschen Ergebenheit. »Wie recht Ihr habt. Es wird mir eine große Freude sein, die neuen Untertanen Seiner Majestät zum rechten Glauben zu führen.«

Tamanca, der Zeuge dieser Komödie wurde, war froh, dies alles bald hinter sich lassen zu können. Er legte seine ganze Hoffnung in den Plan, mit Itapiús Volk tief im Herzen des Urwaldes zu leben. Dort würde er endlich die Freiheit erfahren, von der er stets geträumt hatte.

Sie bewegten sich immer weiter Richtung Süden landeinwärts. Der Weg, ein alter Indiopfad, war schmal und schlängelte sich am Rand kleiner Flüsse entlang, was die Sicherung der Flanken schwer machte. Es ging nur bergauf. Der einzige Vorteil war, dass es kühler wurde, je höher sie kamen. Deshalb brachten sie bereits am ersten Tag eine ordentliche Strecke hinter sich und erreichten am Abend ein kleines Indiodorf, das nur aus ein paar Bambushütten bestand.

Balboa sprach in Begleitung von Pizarro, Tamanca und einem Übersetzer persönlich beim Kaziken des Dorfes vor, um seine friedliche Absicht zu erklären. Wie alt der Mann war, der im Halbdunkel auf dem Boden saß, ließ sich unmöglich schätzen. Er konnte fünfzig, aber auch achtzig sein. Seine Augen waren schmale Schlitze unter dicken, wulstigen Augenbrauen, auf denen sich kleine braune Warzen gebildet hatten. Die Stirn war von Falten durchzogen. Die Haut seiner mit dunkler Pflanzenfarbe bemalten Oberarme und Schenkel hing schlaff von den Knochen herunter. Doch er blickte den weißen Männern stolz und aufrecht entgegen.

Pizarro nahm auf seinem Holzschemel Platz, den er stets bei sich trug, um nicht auf der Erde sitzen zu müssen, vor allem aber, um auf den anderen herabschauen zu können. Eine Zeit lang saßen sie sich nur stumm gegenüber. Nachdem Oriol dem Kaziken Messer, Glasperlen und ein Beil zu Füßen gelegt hatte – Geschenke, die extra für solche Gelegenheiten mitgeführt wurden –, bekam Pizarro als Gegengabe eine kleine Statue gereicht, die ganz ohne Zweifel aus purem Gold war. Tamanca konnte sich sehr gut vorstellen, was im Kopf des Capitano vor sich ging, und ihm graute schon jetzt bei der Vorstellung, dass dieser seine Gedanken umsetzen würde.

»Frag ihn, ob er Minen betreibt«, herrschte Pizarro auch prompt den Übersetzer an.

Der schüttelte den Kopf, nachdem er die Frage übersetzt und eine Antwort bekommen hatte. »Das Gold ist nicht von ihnen. Sie haben die Statue geschenkt bekommen.«

Der Eroberer wog die kleine Figur in Händen, die ein männliches Gesicht mit einer sonnenartigen Krone hatte.

»Nur eine Figur?«, fragte er. »Treten eure Götter nicht paarweise auf? Baba und Nana? Und bedeutet es nicht Unglück für denjenigen, der nur eine Figur besitzt? Wo ist das weibliche Gegenstück?«, fragte er beharrlich weiter.

»Es wurde beim letzten Überfall eines feindlichen Stammes gestohlen«, bekam er zur Antwort.

»Er lebt nur eine Tagesreise von hier entfernt. Ihr könnt Euch dort die zweite Figur aushändigen lassen«, gab der Übersetzer die Antwort des Kaziken weiter.

Balbao grinste und erklärte Tamanca flüsternd, was da gespielt wurde und leicht zu durchschauen war. »Ein plumper Versuch, uns für ihre Zwecke einzuspannen. Ich habe, ehrlich gesagt, keine Lust, schon jetzt am Anfang unserer Reise eine kriegerische Auseinandersetzung wegen einer kleinen Goldfigur anzuzetteln«, unterbrach Balboa den Capitano. »Lassen wir es gut sein, und schlagen wir hier nur unser Nachtlager auf.«

Pizarros Miene zeigte alles andere als Einverständnis. »Ich traue dem Burschen nicht und würde ihn gern weiter befragen. Auf meine Weise.«

Doch Balboa schüttelte den Kopf. »Habt Ihr nicht verstanden?«

Pizarro erhob sich und versetzte seinem Schemel einen wütenden Tritt, sodass er quer durch die Hütte flog. »Wenn Ihr Euch weiter wie ein Weib benehmt, werden wir mit leeren Taschen zurückkehren«, sagte er in einem leisen Ton, der dennoch zeigte, wie wütend er war.

»Beherrscht Euch!«, fuhr Balboa ihn an und ließ ihn deutlich spüren, dass er in der Befehlskette unter ihm stand. Er bat den Übersetzer, sich bei dem Kaziken zu entschuldigen, und lud ihn ein, später mit ihnen zu essen.

Während über dem Feuer ein Topf mit Fleischsuppe köchelte und einen wohltuenden Geruch verbreitete, ließ sich Balboa von dem Kaziken die Gegend erklären. Er notierte in einer Kladde die wichtigsten Flussläufe, Wasserstellen und Dörfer. Dann bat er den Übersetzer, ihn noch einmal auf die Legende vom Goldland und dem großen Meer anzusprechen, was den Kaziken tatsächlich zu einem Kopfnicken veranlasste.

»Ja, dort im Süden liegt ein Land«, übersetzte der Indio. »Dort herrschte einst ein berühmter Kazike. Sein Name war Hatuey. Er ließ sich vor vielen Jahren mit Goldstaub einpudern und sprang anschließend in einen See. Und dieser See ist inzwischen voller Gold.«

»Der große See ist voller Gold?«, ließ Balboa argwöhnisch fragen.

»Nein, es ist ein anderer See, ein kleiner See im Süden.«

»Auch wenn vieles nur Legenden sind, irgendetwas Wahres hat das Ganze«, sagte Balboa überzeugt.

»Warum seid Ihr eigentlich so hinter dem Gold her?«, ließ der Kazike nun seinerseits durch den Übersetzer fragen.

Tamanca war gespannt auf die Antwort.

»Es hilft uns bei Herzkrankheiten«, gab Balboa zurück, um sich keine Blöße zu geben. Doch der folgende Satz des Kaziken bezeugte, dass der ihm offensichtlich kein Wort glaubte, sondern den wahren Grund kannte.

»Ihr werdet eines Tages noch die Sonne schmelzen lassen vor lauter Gier.«

Tamanca schmunzelte, und selbst Balboa beschloss, es nach dieser Aussage für den heutigen Abend gut sein zu lassen. Sie verabschiedeten sich und liefen schweigend nebeneinander her zu ihren Schlafplätzen.

»Was reizt Euch nun wirklich so am Gold?«, konnte sich auch Tamanca die Frage nicht verkneifen.

»Es ist gar nicht mal so sehr der Gedanke, es zu besitzen, sondern das Abenteuer, es zu finden. Ich liebe es, Situationen richtig einzuschätzen, Widerstände auszumerzen, Risiken abzuwägen und meine wahren Intentionen zu verbergen«, antwortete Balboa.

»Seid Ihr deshalb hier?«

»Nicht nur«, er grinste. »Ich genieße es einfach, ein großer Fisch in einem kleinen Becken zu sein.«

Der Konquistador war wahrlich eine Spielernatur. Er wusste, wann er Geduld brauchte und wann er schnell zuschlagen musste.

»Entweder sterbe ich zum Klang von Trompeten oder auf dem

Schafott«, sagte er lachend. »Das unterscheidet mich von Pizarro. Für ihn bedeutet Gold nur Macht und Anerkennung, etwas, das er als Bastard nie hatte. Er lebt in einer Welt der Vorwürfe und der Anklagen. Das wird so lange weitergehen, bis es niemanden mehr gibt, der über ihm steht und den er anklagen oder bekämpfen kann.«

»Ich habe ihn ähnlich eingeschätzt, aber die wenigsten schauen hinter seine Fassade«, erwiderte Tamanca. Ein wenig erinnerte ihn Pizarro an jenen Julio aus der Zukunft, der ebenfalls alles daransetzte, Geld und Macht zu erlangen, um die Welt nach seinen Maßstäben zu »verbessern«. Inwieweit er sich später wirklich für Bedürftige einsetzte und nicht nur für sich selbst, blieb abzuwarten. Amakuna durfte ebenso wenig in Julios Hände wie in die von Pizarro geraten. Tamanca war mehr als froh, dass er sich entschieden hatte, nicht ein einziges Körnchen davon mitzunehmen, um niemals in die Versuchung zu geraten, es einzusetzen. Jeder Einzelne, der diese Expedition begleitete, hatte nichts anderes im Sinn, als sich zu bereichern. Und sollte er krank werden, würde es jedenfalls nicht Amakuna sein, das ihn am Leben hielt. Denn so, wie er die Harimaguada verstanden hatte, würden sich alle, die je den Pilz zu sich genommen hatten, in einer anderen Zeit in der gleichen Konstellation wiedertreffen. Und das bedeutete eine immer wieder neue Bedrohung für Amakuna. Tamanca fuhr für einen Moment der Schrecken in die Glieder. Konnte das bedeuten, dass Pizarro doch auf irgendeine Weise an Amakuna kommen würde und in der Zukunft als Julio erneut dem Pilz hinterherjagte?

Als er später in seiner Hängematte lag, ließen ihn die merkwürdigen Zusammenhänge zwischen den Menschen von heute und denen aus jener fernen Zeit lange nicht zur Ruhe kommen. Sobald er von dieser Expedition zurück war, würde er Santa María la Antigua ohne Zeitverzug verlassen und mit Itapiú und den Stämmen, die sich ihnen anschließen wollten, ins Landesinnere ziehen. Je schneller und je weiter er sich von Pizarro entfernte, desto besser. Itapiú erschien vor seinem inneren Auge, und sein Mund verzog sich zu einem träumerischen Lächeln.

»Woran denkt Ihr?«, fragte Balboa, der neben ihm ruhte und ihn beobachtet haben musste.

Tamanca hätte ihm nur zu gerne von Itapiú erzählt. Seit er sich von ihr verabschiedet hatte, war keine Stunde vergangen, in der er nicht an sie gedacht hatte. Balboa war schließlich auch mit einem Indiomädchen verheiratet und würde ihn verstehen können. Doch das war viel zu gefährlich. Er war trotz allem ein Konquistador. Also behielt Tamanca seine Liebesgeschichte für sich und träumte mit offenen Augen von ihren dunklen Augen, ihrem langen schwarzen Haar, ihren weichen Lippen, ihren festen Brüsten und …

»Denkt Ihr noch an die tote Skorpionjägerin? Vielleicht hatte die Alte ja doch recht, und ihr Geist ist noch immer hier und hält Euch gefangen«, flüsterte Balboa ihm prompt zu und sah ihn belustigt an.

Tamanca gab darauf keine Antwort, wünschte dem Konquistadoren stattdessen eine gute Nacht und breitete ein Moskitonetz über sich.

28. KAPITEL

Am nächsten Tag zogen sie schon früh los, um die kühlen Morgenstunden zu nutzen. Im Gegensatz zu La Española brütete hier ab Mittag eine unerträgliche Hitze, die mit jedem Tag zuzunehmen schien. Die Luft war so schwül und feucht, dass es sich anfühlte, als atme man Wasser ein. Selbst der Wind glich einem heißen Tuch, das einem unentwegt über die Haut fuhr. Doch das war längst nicht alles. Sie durchquerten eine weitläufige Sumpflandschaft, in der Schlangen und Alligatoren lauerten. Glücklicherweise hatten die Indios von Caretas Stamm Mut und ein gutes Auge. Sie gingen voran und stachen immer wieder mit langen Stöcken in den Schlamm, um die Tiere frühzeitig in die Flucht zu schlagen.

Nachdem sie diesen Abschnitt hinter sich gebracht hatten und endlich wieder auf dem Trockenen waren, wurden sie von riesigen Zecken attackiert, die sich in jedes Fleckchen Haut bohrten, das nicht von Stoff bedeckt war, und sich mit dem Blut der Spanier vollsaugten. Außerdem war der Boden übersät von Ameisen, die an jedem hochkrabbelten, der auch nur einen Atemzug lang stehen blieb. Und die Luft bestand nur noch aus kleinen Insekten, die in Augen und Nasenlöcher flogen, sodass sich trotz der Hitze alle bis auf einen kleinen Augenschlitz vermummten. Die meisten litten trotzdem schon bald an eiternden, aufgekratzten Stichen und holten sich bei Tamanca jeden Abend Salben, die er in großen Lederbeuteln mit sich trug.

Sein Vater litt besonders darunter. Sein Gesicht hatte eine bleiche, kranke Hautfarbe angenommen, und er wurde täglich schwächer. Er war nicht für dieses Klima geschaffen. Tamanca versuchte, so gut es ging, in seiner Nähe zu bleiben, damit er zur Stelle war, falls er vom Pferd kippen sollte. Er hatte so etwas befürchtet und war inzwischen froh über seine Entscheidung, ihn nicht im Stich gelassen zu haben.

Je länger sie unterwegs waren, desto mehr Soldaten fielen aus. Tamanca hatte alle Hände voll zu tun, und wäre Jesús, der sich geradezu aufopfernd um die Kranken kümmerte, nicht an seiner Seite gewesen, wäre er bestimmt schon einige Male verzweifelt. Irgendwann mussten sie sich jedoch eingestehen, dass viele nicht mehr transportfähig waren. Tamanca bat Pizarro um einige Tage Rast, doch der wollte sich nicht aufhalten lassen und ordnete deshalb an, alle Fieberkranken und Schwachen mit ausreichend Verpflegung zurückzulassen und sie auf dem Rückweg wieder mitzunehmen. Als Tamanca darauf bestand, bei ihnen zu bleiben, verweigerte er ihm das vehement.

»Ihr seid als unser Leibarzt hierhergekommen und habt stets an meiner und Balboas Seite zu sein.« Zur Unterstützung seiner Worte legte er die Hand auf den Griff seines Schwertes.

»Ich bin weder Euer Sklave noch Euer Leibeigener«, gab Tamanca empört zurück. Er hatte langsam genug von dem ungehobelten Kerl.

»Das seid Ihr nicht, aber ich denke, es ist wichtiger, sich um das Leben derjenigen zu sorgen, die diesen Haufen voranbringen, als um irgendwelche Mitläufer in den hinteren Reihen.«

»Ihr wisst, dass ich als Arzt einen Eid geleistet habe, jedem zu helfen.«

»Ich werde bei ihnen bleiben«, meldete sich Jesús zu Wort. »Ich habe inzwischen genug Erfahrung gesammelt, um ihnen beizustehen.«

Welch ein mutiger kleiner Kerl.

»Wenn das auch in Eurem Sinn ist, soll es mir recht sein«, sagte Pizarro, froh, so schnell eine Lösung gefunden zu haben.

Das war es natürlich nicht, aber Tamanca sah im Augenblick keine andere Möglichkeit.

»Dann will ich auch großzügig sein und Euch zugestehen, Euren kranken Vater mitzunehmen und nicht hier zurückzulassen. Er ist ein guter Mann und liegt mir am Herzen.«

Tamanca gab sich endgültig geschlagen. »Nun gut«, antwortete er.

Der Konquistador grinste. Er hatte mal wieder sein Ziel erreicht.

»Macht Euch keine Sorgen, ich schaffe das schon«, versuchte Jesús Tamanca zu beschwichtigen. Doch der ließ sich nur schwer beruhigen. Dass Pizarro ihm zugestanden hatte, seinen Vater mitzunehmen, hieß doch, dass er die übrigen Kranken bereits aufgegeben hatte.

Genau wie es in den Aufzeichnungen stand, die Balboa nach jedem Gespräch mit Indios, die sie unterwegs trafen, verfeinerte und vor Ort korrigierte, erreichten sie am zwölften Tag einen gewaltigen Fluss, den die Indios Ozama nannten. Schäumendes hellbraunes Wasser wälzte sich in ungeheurer Geschwindigkeit durch sein breites Bett, das von steil abfallenden Ufern mit Bäumen und Büschen gesäumt wurde. Der Fluss war zu breit und die Strömung zu stark, um mit dem ganzen Trupp einfach hindurchzuwaten. Äste, tote Tiere und ganze Baumstämme wurden von den Fluten mitgeschwemmt, die wie tödliche Katapulte wirkten.

Balboa und Pizarro starrten fassungslos ans andere Ufer. Einer der Indios, die sie gefragt hatten, wie der Fluss am besten zu überqueren sei, gab zur Antwort: »Warten, bis die Regenzeit vorüber ist.« Doch das würde erst in drei Monaten sein.

Die Papageien und Affen in den Bäumen schienen sich über die Hilflosigkeit der Eroberer zu amüsieren, denn sie führten ein schrilles Spektakel auf, das man durchaus als Hohngesang deuten konnte.

Nachdem von den einheimischen Spähern weder flussauf- noch flussabwärts eine Furt oder Ähnliches entdeckt worden war, blieb nur noch eine Möglichkeit.

»Ihr müsst hinüberschwimmen«, befahl Balboa seinem Capitano, wohl wissend, dass die meisten Eroberer und Seefahrer nie schwimmen gelernt hatten. »Ihr legt Euch mit einem Seil um den Leib auf Euren Schild und lasst Euch, während Eure Männer das andere Ende festhalten, nach drüben schwemmen. Dort bindet Ihr Euer Ende des Seils an einen Baum, und schon können alle daran entlang übersetzen.«

»Gut, dass Ihr so genau wisst, was zu tun ist. Dann möchte ich es doch gerne Euch überlassen.«

»Ich kann leider nicht schwimmen«, konterte Balboa.

Es war offensichtlich, dass die beiden wieder um ihren Rang stritten. Irgendwann würde daraus mehr werden, dachte Tamanca nicht zum ersten Mal.

Oriol, der offensichtlich befürchtete, dass Pizarro ihm diese Aufgabe zuteilen würde, hatte sich wohlweislich verdrückt. Tamanca hatte ihn richtig eingeschätzt: Er war feige.

»Gut, ich werde es tun«, gab Pizarro nach. Er wollte sein Ziel erreichen und seinem Ruf gerecht werden, dafür alles zu geben. »Los, gebt mir ein Seil.«

»Halt, wartet. Zuerst müssen wir Bäume fällen und ein Floß bauen«, fuhr Balboa dazwischen.

»Ich kann trotzdem schon mal hinüberschwimmen«, hielt Pizarro sofort dagegen und grinste ihn von oben herab an. »Wenn ich es nicht schaffe, muss es ein anderer noch einmal versuchen. Und wer weiß, wie viele Freiwillige sich noch melden.« Damit hatte er Balboa erst einmal ins Abseits gedrängt. Er legte sowohl Rüstung als auch Kettenhemd ab und genoss die Aufmerksamkeit und die Bewunderung für sein heldenhaftes Tun, das ihm die gesamte Truppe in diesem Augenblick entgegenbrachte.

»Pater noster, qui es in caelis, sanctificetur nomen tuum. Adveniat regnum tuum. Fiat voluntas tua, sicut in caelo, et in terra …« Die Mönche beteten das gesamte Vaterunser, und anschließend ließ Frai Ambrosio es sich nicht nehmen, Pizarro mit Flusswasser zu segnen. Auch das schien ganz im Sinne des Konquistadoren zu sein. Er bekreuzigte sich mehrfach, bevor er das Seil um seinen Körper band und sich mit dem Schild ins Wasser gleiten ließ. Daraufhin stimmten die Brüder sogar einen Choral an. Die Waldfront auf der anderen Seite des Flusses warf ihre Stimmen auf eine Weise zurück, dass man glauben konnte, ein ganzer Chor singe.

Welch ein dramatisches Schauspiel, dachte Tamanca. Es wirkte beinahe so, als wäre es für eine große Bühne in Szene gesetzt worden.

Pizarro wurde sogleich von der Strömung erfasst und ein Stück flussabwärts getrieben. Zuerst tanzte er hilflos wie ein Korken auf den Wellen, doch dann begann er zu kraulen und versuchte, wie ein Segelschiff zu kreuzen, was ihm leidlich gelang. Armlänge um Armlänge kämpfte er sich durch die tosenden Fluten.

Der gesamte Trupp hatte sich am Ufer versammelt wie ein Publikum im Theater. Alle hielten den Atem an, als ein entwurzelter Baum direkt auf Pizarro zuschoss. Tamanca ertappte sich bei dem frevelhaften Gedanken, dass sie vielleicht umkehren würden, wenn Pizarro hier in diesem Fluss ertrank. Er überlegte sogar, ob der Tod Pizarros irgendeinen Einfluss auf die Zukunft oder gar auf das Leben von Julio haben würde. Doch die Frage erübrigte sich, denn der Stamm verfehlte den Konquistadoren, wenn auch nur um Haaresbreite. Dafür verhedderte sich das Seil in der Krone, und er wurde kurzfristig unter Wasser gedrückt. Der Schild tauchte schon kurz darauf wieder an der Wasseroberfläche auf, Pizarro hingegen nicht. Wenn es ihm nicht gelang, das Seil zu lösen, würde er ertrinken. Tamanca quälte nun doch ein schlechtes Gewissen. Hatte er ihn mit seinen Gedanken dem Tod nähergebracht?

Der Gesang der drei Mönche wurde lauter, als ob sie damit das Leben des Capitano retten könnten. Doch er war nicht mehr zu sehen. Auch das Seil hatte sich in den braunen Fluten verloren. Die Ersten bekreuzigten sich schon. Selbst Balboa sah besorgt aus und trat unruhig von einem Bein auf das andere. Doch plötzlich tauchte am gegenüberliegenden Ufer die magere Gestalt des Konquistadoren auf. Er griff nach einem herunterhängenden Ast und zog sich an Land. Dann brach er zusammen. Ein Raunen ging durch die Menge. Tamanca glaubte im ersten Moment, Pizarros Herz wäre wegen der unglaublichen Anstrengung stehen geblieben, doch er rappelte sich wieder auf, band das Seil los und knüpfte es an einen kräftigen Baumstamm. Lautes Gejohle belohnte seine Heldentat.

Tamanca wandte sich mit gemischten Gefühlen ab. Der Albtraum würde also weitergehen.

Man befestigte nun eine Laufschlinge an dem gespannten Tau, und ein Indio brachte daran festhängend ein zweites Seilende auf die andere Seite. Auf diese Weise konnte das inzwischen fertiggestellte Floß an die Laufschlinge gehängt und mit den Seilenden von beiden Seiten gefahrlos hin und her gezogen werden.

Tamanca packte Pizarros Kleidung zusammen und pfiff nach Rubio. Er hatte beschlossen, mit der ersten Fuhre auf die andere Seite zu fahren, um nach dem Konquistadoren zu sehen, der – nachdem seine Aufgabe erfüllt war – wieder zusammengebrochen war. Rubio war, seit sie einander gefunden hatten, nicht von Tamancas Seite gewichen und ließ sich auch jetzt nicht vom Floß drängen. Er knurrte jeden an, der sich ihm näherte. Und so machten die beiden allein, neben einem Haufen Ausrüstungsgegenständen, die erste Probefahrt. Den meisten schien es gar nicht so unrecht zu sein, erst einmal zuzusehen, ob die Konstruktion auch hielt. Denn wie Balboa konnte kaum einer der Männer schwimmen.

Einmal wäre das Floß beinahe umgekippt, doch Tamanca schaffte es, sich blitzschnell auf die andere Seite zu rollen. Dabei rutschte jedoch Rubio ins Wasser und wurde sofort abgetrieben. Tamanca sah den treuen Gefährten mit der Strömung kämpfen, doch er konnte nichts für ihn tun. Er war vollauf damit beschäftigt, das Floß weiter im Gleichgewicht zu halten. Es blieb ihm nur die Hoffnung, dass der Hund es aus eigener Kraft schaffte, sich in Sicherheit zu bringen.

Als er am anderen Ufer ankam, reichte ihm Pizarro, der sich offensichtlich wieder etwas erholt hatte, die Hand.

»Das hättet Ihr mir nicht zugetraut, was, Médico? Überlegt es Euch gut, auf welches Pferd Ihr in Zukunft setzt. Balboa hört sich gerne reden, das wisst Ihr. Aber wenn es hart auf hart kommt, seid Ihr an meiner Seite besser aufgehoben. Ich hoffe, Ihr habt das jetzt verstanden.«

Pizarro hatte also ganz offensichtlich vor, die Führung an sich zu reißen. Er wartete nur noch auf den rechten Augenblick. Würde er Balboa kaltblütig ermorden?

Tamanca reichte dem Konquistadoren wortlos seine Kleidung und holte sodann die Ausrüstung vom Floß, damit es möglichst schnell zurückgezogen werden konnte. Sie hatten nur noch wenige Stunden bis zur Dunkelheit. Immer wieder suchte er mit den Augen den Fluss nach Rubio ab, doch von ihm war nichts zu sehen.

Mit dem schwindenden Tageslicht erreichte auch die letzte Fuhre mit den drei Mönchen das andere Ufer. Sie hatten nicht eine Minute aufgehört zu singen, so als ob eine Unterbrechung die Unternehmung gefährdet hätte. Die Pferde waren ins Wasser gescheucht worden und heil angekommen bis auf eines, das ein Stück abgetrieben worden war und sich den Fuß gebrochen hatte, als es weiter flussabwärts das Steilufer erklimmen wollte. Pizarro erschoss es, ohne mit der Wimper zu zucken, und gab es zum Verzehr frei. Darauf hatten viele nur gewartet, denn sämtliche Säcke mit Mehl, Trockenfleisch und Kartoffeln waren inzwischen aufgebraucht, und die Hoffnung, wilde Tiere zu erlegen, hatte sich nicht erfüllt.

Nachdem sie nicht weit entfernt vom Fluss ein Lager errichtet hatten und gegen die heraufziehende Nacht mehrere Feuer angezündet worden waren, wurde Tamanca zufällig Zeuge einer Unterhaltung zwischen Pizarro und Oriol.

»Im nächsten Indiodorf, auf das wir treffen, müssen wir uns Nahrung beschaffen, und ich schätze, freiwillig werden die uns nichts geben«, sagte Pizarro.

»Aber Balboa will keine Überfälle mehr«, mischte sich Tamanca ein.

»Das interessiert mich wenig. Wir müssen essen. Das nächste Dorf, auf das wir stoßen, ist dran.«

Tamanca seufzte tief. Jetzt würde das Morden erst richtig losgehen.

»Du gesellst dich am besten zur Vorhut und gibst mir sofort Bescheid, sobald ihr auf irgendwelche menschlichen Behausungen stoßt«, wandte sich Pizarro wieder an den Rothaarigen.

Der nickte nur und salutierte brav. *»A la orden.«*

Tamanca ging davon aus, dass Balboa von Pizarros Vorhaben keine Ahnung hatte, und beschloss, ihn davon in Kenntnis zu setzen, auch wenn er eigentlich nicht noch mehr Unfrieden zwischen den beiden Männern stiften wollte. Doch entgegen seiner Annahme bekam er von dem Gouverneur eine Antwort, die ihn endgültig an der Welt, in der er sich bewegte, verzweifeln ließ.

»Lasst ihn. Er erfüllt nur seine Pflicht. Pizarro ist derjenige, der für die Männer zu sorgen hat. Und ohne genug zu essen werden sie nicht mehr lange durchhalten. Man mag ihn für einen Verrückten halten, doch er gibt niemals auf. Ohne ihn wären wir alle verloren.«

Kurz bevor die Abenddämmerung hereinbrach, berichtete Oriol von einem Dorf mit etwa hundert Bewohnern, nicht weit entfernt. Pizarro entschied sich für einen Überraschungsangriff in den frühen Morgenstunden.

Tamanca hielt sich auf einer kleinen Anhöhe am Rand des Geschehens auf. Balboa, der den Angriff von hier verfolgen wollte, hatte ihm befohlen mitzukommen, um im Notfall die Verwundeten direkt vor Ort zu versorgen. Sie waren im Dunkeln losgezogen, doch jetzt zeigte sich bereits ein feiner Silberstreifen am Himmel. Aus dem Dorf, das eben noch so friedlich vor ihnen gelegen hatte, ertönte mit einem Mal lautes Kriegsgeschrei. Pizarro hatte es umzingelt und ließ es von vier Seiten gleichzeitig angreifen. Die ersten Indios, wahrscheinlich im Schlaf überrascht, stürzten mit Pfeil und Bogen oder Schleudern aus ihren Hütten. Doch bevor sie etwas ausrichten konnten, wurden sie von den Schwertern der Reiter niedergestreckt. Andere flohen durch die rückwärtigen Wände der Hütten. Doch niemand entkam dem scharfen Auge des Capitano. Wer sich wehrte, wurde niedergeknüppelt oder gleich erstochen.

Tamanca wandte sich voller Grauen ab. Was brachte die Männer dazu, derart blutrünstig zu morden? Was ging in ihnen vor? Es konnte nicht nur der Hunger sein. Es musste eine Art Dämon in ihnen wohnen, der, einmal losgelassen, unerbittlich zuschlug.

Nach einer halben Stunde war der Spuk vorbei. Die Überlebenden, hauptsächlich Alte, Kinder und Frauen, aber auch noch ein paar jüngere Krieger, wurden in der Mitte des Dorfes zusammengetrieben und gefesselt, zitternd und voller Dreck, den die Pferde aufgewirbelt hatten.

»Was geschieht mit ihnen?«, fragte Tamanca.

Balboa gab keine Antwort. »Kommt, lasst uns hinunterreiten und helfen, Nahrungsmittel zusammenzusuchen.« Er gab seinem Pferd die Sporen.

Tamanca folgte ihm. Verletzte schien es so gut wie keine zu geben, dafür umso mehr tote Indios, deren Körper blutend überall verstreut lagen. Tamanca, dem der Tod nicht fremd war, musste sich trotzdem abwenden, und ein Gefühl tiefer Trauer überfiel ihn. So etwas hatte er noch nie erlebt.

Aus einer der Hütten dagegen drangen laute Freudenrufe der Soldaten, und kurz darauf traten zwei hinaus, die Arme voller goldener Teller, Gefäße und Figuren, die in der Sonne funkelten. Pizarro eilte nun selbst zu der Hütte, um sich davon zu überzeugen, ob dort nicht noch größere Schätze lagerten. Er kam jedoch mit leeren Händen wieder heraus und befahl, den alten Kaziken, der sich unter den Gefesselten befand, zu ihm zu bringen, sowie einen Übersetzer.

»Was hat er vor?«, fragte Tamanca Balboa.

»Das übliche Spielchen. Das kennt Ihr doch. Aber ich werde ihn diesmal nicht davon abhalten, sonst gibt es eine Meuterei, und wir haben alle Männer gegen uns. Das kann gefährlich werden, auch für Euch.«

Der Kazike lag inzwischen vor Pizarros Füßen, verzog jedoch keine Miene.

»Frag ihn, woher diese Gegenstände kommen und woher er das Gold nimmt, aus dem sie gefertigt sind«, herrschte der Konquistador den Übersetzer an.

Der tat, wie ihm geheißen.

Daraufhin wiegte der Kazike den Kopf hin und her, als müsse er erst überlegen.

»Er soll reden«, drängte Pizarro und legte seine Hand auf den Knauf seines Schwertes.

Es folgte tatsächlich ein mindestens dreiminütiger Wortschwall des Kaziken.

»Und, was hat er gesagt?«, erkundigte sich der Konquistador ungeduldig.

Der Übersetzer zögerte einen Moment, was Pizarro wieder zum Knauf seines Schwertes greifen ließ.

»Er sagt, dass dich das nichts angeht, zumal du die Figuren gestohlen hast. Er wünscht dir, dass du dich im Wald verläufst. Dass dir die Geister des Waldes Würmer unter die Haut stecken, die dich von innen auffressen.«

Pizarros Gesicht verhärtete sich. »Das reicht«, fluchte er. Nicht nur, dass er nicht zu hören bekam, was er wissen wollte, er verlor auch den Respekt seiner Männer.

»Stellt ihn auf«, bellte Pizarro in einem Ton, der wie ein scharfes Messer die Luft durchschnitt.

Tamanca war nicht sicher, ob es nur eine Drohgebärde war, um den Kaziken zum Sprechen zu bringen, oder ob der Konquistador tatsächlich ernst machen würde.

»Also? Ich gebe ihm noch eine Chance.«

Der Übersetzer stellte die Frage noch einmal.

Der Kazike schwieg.

Pizarro hob sein Schwert und stieß es dem alten Mann ohne Ankündigung von unten durch das Zwerchfell ins Herz. Tamanca wollte sich auf den Konquistadoren stürzen, doch zwei seiner Männer hielten ihn fest. Er hörte die Haut reißen und die Luft in den Lungenraum strömen. Der Indio stand noch kurze Zeit aufrecht da und schien nur langsam zu begreifen, dass er jetzt sterben würde. Dann sackte er wortlos in sich zusammen.

»Seid ihr verrückt geworden?«, schrie Tamanca den Konquistadoren an. »Kennt Ihr denn überhaupt kein Erbarmen?«

»Wenn Ihr das nicht mit ansehen könnt, steht es Euch frei zu gehen. Ich tue nur, was ich für nötig halte.« Pizarro warf ihm einen abfälligen Blick zu und wandte sich dann an Oriol, der, ohne eine Miene zu verziehen, neben ihm stand. »Bringt mir einen anderen, am besten eine Frau mit Kind. Die hat noch einen Grund, leben zu wollen.«

Oriol schleppte in blindem Gehorsam eine junge Frau herbei, die ängstlich ein Neugeborenes an sich drückte.

»Also, woher sind die goldenen Figuren?«, ließ Pizarro noch einmal fragen.

Die Frau sah ihn mit flatternden Augenlidern ängstlich an und begann dann stockend zu sprechen. Dabei deutete sie mit der Hand nach Süden.

»Es ist nur eine Tagesreise entfernt«, gab der Übersetzer das Gesagte wieder. »Und am Ende der Reise ist ein großer See, dessen gegenüberliegendes Ufer nicht zu sehen ist. Fährt man jedoch mit dem Boot dorthin, trifft man auf ein Land mit Namen Birú. Dort leben viele Menschen, viel mehr als hier, in riesigen Dörfern. Die Häuser dort sind alle aus Gold, die Menschen sind mit Gold behangen, und ihre Teller und Töpfe sind ebenfalls aus Gold.«

Pizarro sah ihn skeptisch an. »Sie lügt doch nicht etwa, um sich und ihr Balg zu schützen?«

»Sie spricht die Wahrheit«, sagte der Übersetzer.

»Woher willst du das wissen?«

»Careta hat also die Wahrheit gesagt«, mischte sich Balboa nun doch ein. »Birú, habt ihr gehört? Diesen Namen sollte man sich merken. Wir werden dieses Land finden und uns seine Schätze holen. Alle erzählen uns dasselbe, und ich denke nicht, dass sie sich abgesprochen haben.«

Pizarro gab sich glücklicherweise damit zufrieden, und die junge Frau wurde wieder zu den anderen gebracht. Der Konquistador sah ihr einen Moment lang nach und bellte dann seinen Männern zu: »Die Gefangenen werden alle getötet. Und dann lasst die Hunde frei. Sie sollen sich auch mal satt fressen dürfen.«

Diesmal stellte sich ihm zu Tamancas Erstaunen Frai Ambrosio mutig entgegen. »Müsst Ihr sie wirklich gleich töten? Warum lasst Ihr sie nicht am Leben und gebt ihnen die Möglichkeit, Gott zu finden?«

Pizarro lächelte den Dominikaner von oben herab an. »Dann

warnen sie die nächsten Dörfer, und wir werden auf unserem Weg keinen Menschen, nichts zu essen und keine Unterkunft mehr finden. Ihr dürft uns diese Dinge dann gerne herbeibeten. Ansonsten kümmert Euch darum, dass Eure Bibel nicht feucht wird.« Pizarro schenkte ihm keinen weiteren Blick, sondern schwang sich auf sein Pferd, das Oriol für ihn bereithielt.

»Das werdet Ihr noch bereuen«, rief ihm der Dominikaner nach. »So geht man nicht mit einem Diener des Herrn um.« Er wäre beinahe unter die Hufe des Gauls gekommen, hätte ihn nicht der Übersetzer in letzter Sekunde beiseitegezerrt.

»Seid Ihr wirklich sicher, dass es die Christen sind, die in den Himmel kommen?«, fragte er den Gottesmann voller Verzweiflung, während die Todesschreie der gefangenen Indios, die von Pizarros Männern abgeschlachtet wurden, durch die Luft gellten.

»Ja, wenn es gute Christen sind«, antwortete der Mönch zögerlich und klopfte sich den Staub von der Kutte.

»Dann möchte ich nicht in den Himmel, sondern in die Hölle kommen, um derartig grausame Menschen nicht sehen und mit ihnen zusammen sein zu müssen«, sagte der Indio ohne weiteres Nachdenken und wandte sich ab.

Tamanca konnte ihm nur recht geben. Er brauchte unbedingt Abstand von den grausamen Geschehnissen und wollte auch nicht weiter mit ansehen, wie Pizarros Männer alles, was essbar oder auch nur irgendwie brauchbar war, aus dem Dorf mitnahmen.

Es war eine Art Flucht. Er lief einfach in den Wald hinein, ohne rechts und links zu schauen, bis er einen mächtigen Baumstumpf erreichte und sich dort niedersetzte. Tränen der Trauer und Wut liefen seine Wangen hinunter. Er fragte sich, wie lange er das noch aushalten würde. Aber er konnte sich nicht einfach davonmachen. Seinem Vater ging es noch immer nicht besser. Ohne ihn würde er diese Expedition nicht überleben. Und dann spürte er plötzlich etwas Feuchtes an seiner Hand und blickte auf. Es war Rubio. Er war zurückgekommen. Tamanca konnte es kaum glauben und vergrub sein Gesicht im struppigen Fell des Hundes. Es war ihm ein großer Trost, wenigstens seinen treuen Gefährten wieder bei sich zu haben.

Gegen Mittag des folgenden Tages erreichte die Expedition eine Tiefebene, auf der nur wenige Bäume wuchsen, die ihnen Schatten vor der unbarmherzig auf sie niederbrennenden Sonne spendeten. Niemand sprach nun mehr ein Wort, jede überflüssige Anstrengung wurde vermieden. Auf diese Weise durchquerte der stumme Tross das Flachland und kämpfte sich an dessen anderem Ende wieder eine Anhöhe hinauf.

Plötzlich ertönten laute Schreie der Indios, die die Vorhut bildeten. Balboa und Pizarro waren vor Hitze und Erschöpfung etwas zurückgefallen und gaben ihren Pferden nun gleichzeitig die Sporen. Tamanca folgte ihnen. Hatten sie etwa schon das legendäre Goldland erreicht?

Vor ihnen lag jedoch nur eine hohe Sanddüne, auf der die Indios standen und ihnen zuwinkten. Schon bald merkten sie, dass sie mit den Pferden nicht weiterkamen. Immer wieder sanken die Tiere bis zum Bauch im Sand ein. Schließlich mussten die drei Männer sie zurücklassen und sich auf allen vieren den Abhang hinaufbewegen. Oben angekommen, wurden sie jedoch für ihre Mühen belohnt. Ihnen bot sich ein überwältigender Anblick – auch wenn es keine goldenen Kuppeln waren, die im Sonnenlicht erstrahlten. Dafür breitete sich, so weit das Auge reichte, ein graublauer Ozean aus, dessen Brandung sich in langen Wellen über den Strand ergoss.

»Das Südmeer«, hauchte Balboa. »Wir haben es gefunden. Die Indios haben uns nicht belogen.«

Pizarro nickte. Für ihn schien der Anblick dieses unendlichen

Wassers, das eindeutig kein See, sondern ein weiterer Ozean war, keine so große Bedeutung zu haben, sondern eher neue Fragen und Herausforderungen aufzuwerfen. Balboa dagegen blickte mit dem verzückten Gesichtsausdruck des Entdeckers in die Ferne.

»Keiner soll mir folgen«, befahl er Pizarro, seine Männer vorerst zurückzuhalten. »Ich will bis in alle Ewigkeit der erste Weiße, der erste Spanier und der erste Christ sein, der seinen Fuß auf den Strand dieses Meeres setzt.«

Der Capitano sah ihn etwas ungehalten an, folgte denn jedoch seinem Befehl und begab sich auf den sandigen Rückweg.

»Ihr könnt bleiben«, sagte er zu Tamanca, der sich ebenfalls zum Gehen gewandt hatte. »Ihr habt als Einziger den Kopf, um zu verstehen, was das hier für die Welt bedeutet. Cristóbal Colón hat tatsächlich einen neuen Erdteil entdeckt, der von zwei Meeren umschlossen ist, dem Nordmeer und dem Südmeer.«

Tamanca verstand Balboa und gönnte ihm trotz allem diesen Triumph. Obwohl Amerigo Vespucci, der auf der Atlantikseite südwärts gesegelt war, schon vor einigen Jahren durch genaue Beobachtung von Tieren und Pflanzen festgestellt hatte, dass Colón einen eigenständigen Erdteil entdeckt hatte, lag erst jetzt der endgültige Beweis vor ihnen.

Balboa legte die Faust an sein Herz, blickte zum Himmel, dankte seinem Herrn für dieses Geschenk und lief dann hinunter zum Strand. Er zog sich die Stiefel aus, watete ins Wasser und kostete es. Der Blick, den er Tamanca zuwarf, bestätigte ihm, dass es sich tatsächlich um Salzwasser handeln musste.

Balboa genoss eine ganze Weile den Anblick des Meeres, band dann mit einem Strick zwei Äste Treibholz zu einem Kreuz zusammen, steckte es in den Sand und kniete davor nieder. Dann rief er dem Médico zu, die restlichen Männer herbeizuholen, um seine Freude und seinen Stolz über die Inbesitznahme dieses Landes für den König von Spanien mit ihnen zu teilen.

Nicht weit entfernt befand sich ein kleines Dorf mit dem Namen Panama, was in der Sprache der Indios bedeutete, dass es dort einen großen Reichtum an Fischen gebe. Da es unmöglich war, mit den wenigen Überlebenden der Expedition ein Schiff zu bauen, um den Ozean zu überwinden und Birú zu erreichen, beschloss Balboa, umzukehren, im nächsten Jahr wiederzukommen und genau hier einen neuen Stützpunkt zu errichten.

29. KAPITEL

Die Expedition, oder was noch davon übrig geblieben war, erreichte Darién acht Wochen später. Die Taschen und Säcke waren voller Gold und Perlen, die sie den Indios unterwegs gestohlen hatten, doch die Männer waren bis auf die Knochen abgemagert und konnten zum Teil kaum noch vom Pferd steigen. Fast alle hatten das Dschungelfieber bekommen, und Tamanca war ständig auf den Beinen, um es mit Kräutern und Umschlägen im Zaum zu halten.

Die größten Sorgen bereitete ihm allerdings sein Vater. Seine Augen blickten ins Leere, die Wangen waren ausgehöhlt. Schon seit einigen Tagen sprach er nicht mehr. Tamanca hatte ihn auf seinem Pferd festbinden müssen, damit er nicht vor Schwäche aus dem Sattel fiel. Das Fieber hatte ihn fest in den Klauen, und die krallten sich immer tiefer in seinen Körper. Eigentlich hätte Tamanca mit ihm zurückbleiben müssen, um ihm etwas Ruhe zu gönnen, doch das, was mit den Kranken passiert war, die sie in Jesús' Obhut zurückgelassen hatten, ließ ihn nicht einmal daran denken. Als sie wieder an jener Stelle vorbeigeritten waren, hatten sie nichts weiter als einige von riesigen roten Buschameisen übrig gelassene Knochenreste vorgefunden.

Tamanca rechnete damit, dass Don Joaquín die Nacht nicht überleben würde. Sie hatten kurz vor der Dunkelheit auf einer

Lichtung ihr Nachtlager aufgeschlagen. Er holte den ausgemergelten Körper seines Vaters vom Pferd und bettete ihn in eine Hängematte, die er zwischen zwei Bäumen aufhängte. Dann versuchte er ihm Wasser einzuflößen, doch Don Joaquín war nicht mehr in der Lage, es zu schlucken. Zum ersten Mal bereute Tamanca es, Amakuna nicht bei sich zu haben. Er hatte in den letzten Monaten viele Männer sterben sehen, aber den eigenen Vater gehen zu lassen war etwas anderes. Zumal er sich wirklich verändert hatte und die beiden in den vergangenen Wochen wieder etwas vertrauter miteinander geworden waren. Tamanca wusste nicht, ob es an den Schmerzensschreien der Indios lag, die durch die Nacht hallten, wenn Pizarro ihre Dörfer niederbrennen ließ, dass Don Joaquín sich von den Gepflogenheiten der Konquistadoren abgewendet hatte, oder an der Treue, die er trotz allem seinem Vater gehalten hatte. Er nahm seine Hand und strich ihm über die heiße Stirn.

»Du musst durchhalten«, beschwor er ihn. »Es ist bald geschafft. Und dann haben wir die Möglichkeit, ein ruhiges Leben zu führen – ohne Expeditionen, Plünderungen und Mord. Ich habe auch schon einen Plan. Ich werde mit dem Stamm meiner Frau weit weg von hier gehen, tief hinein in den Dschungel, und dort ein Leben in Freiheit und in Respekt gegenüber anderen führen, so, wie ich es mir immer vorgestellt habe.«

Don Joaquín öffnete die Augen »Du hast eine Frau?«, flüsterte er mit letzter Kraft.

»Die beste, die ich haben kann. Es ist das Indiomädchen, das mich vor dem Skorpion gerettet hat. Ich habe sie wiedergetroffen. Es ist Schicksal, Vater, vielleicht auf eine ähnliche Weise wie zwischen dir und meiner Mutter.«

Don Joaquín musste erst Kraft sammeln, bevor er wieder sprach. »Ich möchte sie kennenlernen.«

Tamanca lächelte. »Dann wirst du dich von diesen Menschen hier lossagen und mit uns kommen müssen.«

Er nickte. »Das würde ich sehr gerne tun.«

Tamanca sah seinen Vater erstaunt an und hatte zum ersten Mal in seinem Leben das Bedürfnis, ihn zu umarmen.

»Vielleicht war es gar nicht das Gold, das mich gerufen hat, sondern die Gelegenheit, dich wirklich kennenzulernen und das mit dir zu finden, was mir mit deiner Mutter nicht gelungen ist: Vertrauen. Und ich denke, das ist mehr wert als alles Gold dieser Welt.« Don Joaquín sank nach dieser kleinen Rede erschöpft zurück in die Hängematte.

Eine Träne rann Tamanca über die Wange, und er wischte sie schnell fort. Er hatte nicht mehr daran geglaubt, noch einmal eine solche Nähe zu seinem Vater zu spüren.

Er rang noch einen kurzen Moment mit sich, aber dann stand sein Entschluss fest. Er würde sein Leben retten – mithilfe von Amakuna.

Nachdem Nachtruhe eingekehrt war, schlich er sich zu Balboas Zelt, um sich die Kladde zu besorgen, in welcher der Konquistador ihre bisherige Wegstrecke in allen Einzelheiten festgehalten hatte. Sie lag direkt neben seiner Schlafstatt, sodass Tamanca sie sich ungesehen schnappen konnte. Die Skizzen bestätigten, was er sich bereits gedacht hatte: Der Tafelberg mit der Höhle, in der er und Itapiú Amakuna versteckt hatten, war nicht weit entfernt.

Als sich auch die letzten Männer zur Ruhe begeben hatten, war der richtige Zeitpunkt gekommen, sich davonzuschleichen. Wenn er sich beeilte, konnte er im Morgengrauen zurück sein, ohne dass jemand seine Abwesenheit bemerkte. Tamanca sah noch einmal nach seinem Vater, der unruhig den Kopf hin und her bewegte, aber zu schlafen schien. Wenn er nicht wie bei Pilar zu spät kommen wollte, musste er sofort los. Da aber schallte Pizarros Stimme an sein Ohr.

»Médico, kommt doch mal her.« Der Capitano litt seit geraumer Zeit an einem offenen Bein, das Tamanca bereits ein paarmal behandelt hatte.

»Ich habe wieder Schmerzen. Könnt Ihr nicht etwas tun?«

»Es tut mir leid. Ich habe nichts mehr von der Salbe, die Euch das letzte Mal Linderung verschafft hat. Aber ich kann mich gerne auf die Suche nach ein paar schmerzstillenden Kräutern machen und daraus später einen Sud kochen.«

»Tut das«, sagte Pizarro mit ungewohnt schwacher Stimme. Tamanca sah zu, dass er aufbrach. Immerhin musste er sich jetzt nicht mehr davonschleichen, sondern konnte das Lager ganz offiziell verlassen.

Der Vollmond, der wie eine große Laterne am Himmel stand, erleichterte sein Vorankommen. Er ging zu Fuß, nur begleitet von Rubio, seinem treuen Gefährten, der seit seiner Rückkehr nicht mehr von seiner Seite gewichen war.

Während er einen Schritt vor den anderen setzte, überfiel ihn die Hoffnung, vielleicht Itapiú an der Höhle zu treffen. Auch wenn er sie immer wieder vor sich sah und sie ihn in seinen Träumen besucht hatte, war seine Sehnsucht, sie endlich wieder in die Arme zu schließen, bis ins Unendliche gestiegen. Es war kein Tag, keine Stunde vergangen, in der er nicht an sie dachte. Nur die Aussicht, seine Zukunft mit ihr zu verbringen, hatte ihn die Hölle, die hinter ihm lag, überstehen lassen.

Er sah gerade wieder einmal, wie so oft, ihr Lächeln vor sich, als er das Sirren eines Pfeils wahrnahm und kurz darauf einen schmerzhaften Stich in der rechten Schulter verspürte. Er schrie auf und war schon bald von mehreren Indios umringt. Ihre Gesichter, die der Mond erhellte, hatten sie mit schwarzen Strichen bemalt, was ihnen ein furchterregendes Aussehen gab. Sie befanden sich eindeutig auf dem Kriegspfad.

»Ich bin ein Freund von Vasco Núñez de Balboa«, erklärte er, um ihnen verständlich zu machen, dass er kein Feind war. »Er ist der Ehemann der Tochter von Careta.« Doch das schien keinen von ihnen zu beeindrucken. Im Gegenteil.

»Balboa ist ein Verräter«, stieß einer der Indios wütend hervor. »Er hat mit uns Frieden geschlossen, aber wir wurden von den weißen Siedlern überfallen und ausgeraubt.«

»Von welchen Siedlern? Wir sind seit Monaten unterwegs.« Tamanca hielt sich die schmerzende Schulter und versuchte, den Pfeil herauszuziehen, was ihm jedoch nicht gelang.

»Es sind neue Weiße gekommen. Mit unzähligen Schiffen. Sie sind in unser Land eingefallen wie die Termiten«, fluchte der Krieger.

»Wer ist ihr Anführer?«, brachte Tamanca nur noch flüsternd hervor. Seine Schulter brannte wie Feuer, und der Gedanke an seinen sterbenden Vater, der seine Hilfe so dringend benötigte, ließ ihn beinahe den Verstand verlieren.

»Er heißt Pedrarias oder so ähnlich.«

Pedro Arias Dávila. Balboas Befürchtungen waren also richtig gewesen. Tamanca seufzte tief. Die Gegenwart dieses Mannes würde alles noch viel schlimmer machen.

»Er will Balboa seine Stellung wegnehmen«, brachte er keuchend hervor, aber das schien die Indios nicht weiter zu interessieren. Angst kroch in ihm hoch und setzte sich in jeder Faser seines Körpers fest. War das sein unrühmliches Ende? Wenn der Pfeil vergiftet war, würde er in kürzester Zeit sterben. Er würde weder sein Versprechen gegenüber Itapiú einlösen noch seinen Vater retten können. Aus purer Verzweiflung schrie er laut den Namen seiner Liebsten: »Itapiú!«

Der Indio, der gerade seine Fessel festzog, sah ihn verdutzt an.

»Woher kennst du diesen Namen?«

»Sie ist meine Frau.« Das Sprechen fiel ihm immer schwerer.

Der Indio ließ sofort von ihm ab und gab seine Arme frei. Die anderen fielen vor ihm auf die Knie. Nur ihr Anführer schien noch misstrauisch zu sein und trat vor ihn.

»Du bist Tamanca?«

Er nickte.

Nun fiel auch er vor ihm auf die Knie. »So ist es allein dir zu verdanken, dass wir noch am Leben sind.«

Tamanca sah ihn fragend an. Die Schmerzen in seiner Schulter wurden immer unerträglicher.

»Itapiú hat uns Amakuna gegeben, nachdem die weiße Bestie uns hinterrücks überfallen und beinahe unseren ganzen Stamm ausgerottet hätte«, sagte der Indio und zog mit einem Ruck den Pfeil aus Tamancas Schulter. Der schrie laut auf vor Schmerz. Dann schwanden ihm die Sinne.

30. KAPITEL

»Wach auf, *cariño*, wir sind gleich da.«

Sina kam nur langsam zu sich, als Neri sie an der Schulter berührte.

»Wo bin ich?«

»In einem U-Boot vor der Küste von Santo Domingo. Du hast lange geschlafen.«

Sina erhob sich von ihrer Pritsche.

»Ich bin noch einmal dort gewesen«, flüsterte sie. Sie hatte Tränen in den Augen.

»Was ist los?«, fragte Neri erschrocken.

»Ich bin noch einmal in die Vergangenheit gereist. Es war schrecklich. Ich habe das ganze Leid gesehen, das deinen Vorfahren angetan wurde.«

Er nahm sie in den Arm, strich ihr tröstend über das verschwitzte Haar und wischte ihre Tränen fort. »Du hast geträumt.«

Sie schüttelte den Kopf. »Das war kein Traum. Ich war wieder im Leben von Tamanca. Und weißt du, was verrückt ist? Er war auch in meinem. Und selbst wenn er mit vielem nichts anfangen konnte, eines hat er erkannt.«

»Was?«

»Das Gleiche, was auch du gesagt hast. Dass wir Julio nicht unterschätzen dürfen. Von ihm geht eine große Gefahr aus.«

»Wie kommt er denn darauf?«

»Pizarro.«

»Der Konquistador?«

Sina nickte. »Die Prophezeiung besagt, dass alle, die je Amakuna zu sich genommen haben, immer wieder in ähnlichen Konstellationen aufeinandertreffen. Pizarro muss irgendwie an Amakuna gekommen sein. Und möglicherweise entspricht Julio heute seinem Charakter.«

»Dann ist er noch viel gefährlicher und unberechenbarer, als wir bisher angenommen haben.«

Sina nickte. »Es wird ihm keine Ruhe lassen, bis er herausfindet, warum wir beide noch am Leben sind.«

»Im Moment sitzt er aber erst mal in Colón im Gefängnis.« Neri reichte ihr die Hand. »Komm, lass uns endlich wieder frische Luft atmen.«

Diego hatte das Boot westlich von Santo Domingo vor der Playa Gringo auftauchen lassen. Er öffnete die Luke und half Sina herauszuklettern. Ihre Knie waren etwas steif, obwohl sie immer wieder einfache Gymnastikübungen gemacht hatte, um nicht völlig einzurosten.

Der Mond zeigte sich nur als schmale Sichel, doch sein Schein reichte aus, um die Küstenlinie zu erkennen. In der Ferne blinkten die Lichter der Stadt, während sich der Strand wie ein schwarzes Band vor ihnen erstreckte. Um vier Uhr morgens waren die Strandbuden noch geschlossen, und sie würden kein Problem haben, von dort ungesehen zur Hauptstraße zu kommen und einen Bus Richtung Flughafen zu erwischen. Neri hatte über sein Handy herausgefunden, dass sie am schnellsten über Madrid auf die Kanaren kämen. Der nächste Flug ging am Abend. Von dort war es ein Katzensprung nach La Palma. Sie konnten nur hoffen, dass Sina von der dominikanischen Polizei noch nicht gesucht wurde.

Sina bedankte sich ausführlich bei Diego, winkte Emilio noch einmal zu und ließ sich dann vom glatten Deck des U-Boots ins

Meer gleiten. Das Wasser war angenehm warm und hatte kaum Strömung. Neri war ihr in seiner ruhigen, besonnenen Art gefolgt, und sie schwammen in der gleichen Geschwindigkeit nebeneinander her, bis sie den Strand erreichten. Nur leicht außer Atem setzte Sina sich in den nachtkühlen Sand.

Neri hatte für sie beide Kleidung in einem wasserdichten Beutel mitgenommen, zusammen mit Sinas wenigen Habseligkeiten, die sie bei sich gehabt hatte. Sie streiften sich die nassen Sachen vom Leib und standen sich für einen Moment nackt gegenüber. Beide wussten, dass es nicht der richtige Moment war, doch nichts konnte ihre Körper davon abhalten, sich aneinanderzuschmiegen. Statt wie sonst in eine Abwehrhaltung zu verfallen, ließ Sina, ohne überhaupt darüber nachzudenken, zu, dass Neris Hände sich sanft über ihre Brüste schoben, die Brustwarzen zärtlich zwischen zwei Finger nahmen und er sie dann küsste. Es war ein Kuss, der alles in ihr zum Vibrieren brachte. Seine Fingerspitzen liebkosten ihren Nacken und strichen wie eine Feder ihren Rücken hinunter zum Po. Sie spürte seine Männlichkeit an ihren Hüften und berührte sie mit einer Selbstverständlichkeit, als hätte sie seit Jahren nichts anderes getan. Er stöhnte auf, und seine Finger drängten sich in ihre feuchte Scham. Nun gab es kein Zurück mehr. Er hob sie hoch und nahm sie im Stehen. Sina spürte seine Hände fest auf ihren Pobacken, schlang die Beine um seinen sehnigen Körper und überließ sich vollkommen seinen Bewegungen. Seine Lippen umschlossen die ihren, seine Zunge erforschte ihren Mund. Bald gab es keinen Millimeter ihres Körpers, der nicht von Neris Energie besetzt war. Sie war nicht mehr sie, und er war nicht mehr er. Beide waren sie nur noch ein Körper, ein Geist, eine Seele. Es gab keine Trennung mehr. Das war es, was die Liebe möglich machte. Sie war der Urgrund allen Seins. Sie war die allein zählende Wirklichkeit, die dem Leben Glanz, Schönheit und Gewicht verlieh. Das Rauschen der Wellen, der weiche Sand, das Zwitschern der Vögel, der Wind, der sanft über ihre

Wangen strich, umrahmten diesen göttlichen Zustand zwischen dem Moment und der Ewigkeit.

Morgendliches Geschirrklappern aus den Strandbuden riss die beiden zurück in die Wirklichkeit. Ein junger Typ in Shorts, der bereits die ersten Sonnenliegen heranschleppte, grinste sie verständnisvoll an. Schnell zogen sie sich an und liefen Hand in Hand durch einen kleinen Palmenhain in Richtung Carretera Nacional. Aus der Ferne hörte man bereits die ersten Busse und Lastwagen, die in Richtung der Hauptstadt unterwegs waren. Neri versuchte es eine Weile per Anhalter, doch das einzige Fahrzeug, das hielt, war ein klappriger Überlandbus.

Während er beim Fahrer bezahlte, versuchte Sina einen Stehplatz für sie beide zu sichern. Es war rappelvoll, hauptsächlich wegen der Pendler, die um diese unchristliche Zeit zur Arbeit fuhren. Diejenigen, die einen Sitzplatz ergattert hatten, schliefen, die Stehenden starrten einfach vor sich hin. Manche hatten Kopfhörer auf und hörten Musik. Niemand kümmerte sich um Sina und Neri.

Sie fuhren bis zur Endstation *Parada de Guagua* in San Isidro und gönnten sich dort erst einmal ein Frühstück. In einer der unzähligen Bars, die bereits gut gefüllt waren, bestellten sie jeder einen *Cáfe con leche* und ein paar *Tostadas*. Zum ersten Mal seit Langem empfand Sina wieder ein Gefühl von Normalität. Sie war gerade dabei, ein Zuckerpäckchen aufzureißen, als aus dem laufenden Fernseher, der über der Bar hing, ihr Name schallte.

»Sina Saratoga, die künftige Erbin des Saratoga-Bankenimperiums, ist noch immer flüchtig. Sie wurde vor drei Tagen in Panama gemeinsam mit dem bereits mehrfach vorbestraften Julio Cabrero wegen des Transports von fünfhundert Kilogramm Kokain festgenommen. Anschließend gelang beiden aus bisher ungeklärten Gründen die Flucht aus dem Gefängnis in Colón. Dabei wurden zwei Polizisten erschossen. Für sachdienliche Hinweise wenden Sie sich bitte direkt an die Policía Nacional in Santo Domingo oder in Panama City.«

Dazu wurden Fotos von ihr und Julio eingeblendet sowie mehrere Telefonnummern, an die man sich wenden sollte.

Sina erwachte erst aus ihrer Schockstarre, als ihr klar wurde, dass der Mann hinter der Bar sie fassungslos anstarrte, ebenso wie zwei junge Mädchen, die neben ihnen saßen. Neri zog sie geistesgegenwärtig vom Barhocker, und sie rannten blindlings nach draußen, einfach nur weg – quer über den Busbahnhof in eine der vielen kleinen Nebenstraßen mit Geschäften und Bars rechts und links. Kurzerhand hasteten sie in einen offenstehenden Laden mit angeschlossenem Warenlager. Sie sprangen über Koffer, Kartons, riesige Plastiksäcke und Paletten mit chinesischer Ware zum anderen Ende und gelangten dort wieder auf die Straße. Als ein Taxi an ihnen vorbeifuhr, hielt Sina es kurz entschlossen an.

»Al Aeropuerto«, hauchte sie völlig außer Atem. Sie zitterte am ganzen Körper, was selbst dann nicht besser wurde, als Neri beruhigend den Arm um sie legte.

Sie konnte es nicht fassen. Julio hatte es also auch geschafft, aus dem Gefängnis zu fliehen, und dabei sogar zwei Polizisten ermordet. Wie hatte sie sich nur jemals auf ihn einlassen können? Vielleicht war er schon hinter ihr her und befand sich bereits in der Stadt! Er kannte schließlich ihren Plan, von hier aus nach Europa zu fliegen. Sie sah panisch durch das Rückfenster des Taxis, als würde er sie bereits verfolgen. Einerseits unwahrscheinlich, denn auch er wurde offiziell gesucht, andererseits traute sie ihm zu, Mittel und Wege zu finden, unerkannt ein Land zu verlassen und in ein anderes einzureisen. Sina dachte an Pizarro und was er Menschen angetan hatte, um seine Ziele zu erreichen, und es lief ihr eiskalt den Rücken hinunter.

»Glaubst du, es ist eine gute Idee, zum Flughafen zu fahren?«, flüsterte sie völlig verzweifelt. »Sicher wimmelt es dort nur so von Polizisten. Wir werden es nicht einmal bis zum Check-in-Schalter schaffen.« Ihre jetzige Situation schien ihr katastrophaler als alles, was sie in den letzten Tagen durchgestanden hatte.

»Wir werden einen Weg finden«, sagte Neri auf seine unnachahmlich ruhige Art, doch zum ersten Mal hatte Sina Zweifel, dass dieses Abenteuer tatsächlich gut für sie ausgehen würde. Gut in dem Sinn, dass sie das Geheimnis um ihre Eltern lüftete, die Kunas langfristig beschützen und mit Neri ein gemeinsames Leben führen konnte. Wie brachte er es nur fertig, so entspannt zu bleiben? Das musste wohl an seinen Genen liegen.

Sie sah plötzlich Itapiú vor sich. Auch die junge Kunafrau schien stets gewusst zu haben, was zu tun und welche Entscheidung zu treffen war. Ob nicht nur Amakuna sie verband, sondern auch gemeinsames Blut eine Brücke in die Vergangenheit baute? Das Leben jenes Paares, das während der frühen Anfänge der Neuen Welt gelebt hatte, wurde immer mehr Teil ihrer eigenen Existenz. Tamancas Mut und Tapferkeit, seine Kraft und Geduld, mit der Grausamkeit seiner Zeitgenossen umzugehen, imponierten ihr. Und was das Wichtigste war: Er und Itapiú hatten es letztlich geschafft, Amakuna vor den Konquistadoren in Sicherheit zu bringen. Denn sonst stünde es ja heute nicht unter Neris Schutz. Was den beiden gelungen war, würden sie und Neri ebenfalls schaffen. Sie musste einfach dem Leben vertrauen, so, wie Sarah es ihr empfohlen hatte. Jede Situation, jeder Umstand, in den sie geriet, bot immer einen Weg, voranzukommen. Sie brauchte ihn nur zu gehen.

Sina bat den Taxifahrer, nicht direkt vor dem Flughafengebäude Las Américas zu halten, sondern einige Hundert Meter vorher, sodass sie erst einmal die Lage sondieren konnten. Nachdem sie bezahlt hatten, machten sie sich auf den Weg zu den Parkplätzen, von wo aus sie einen guten Blick auf den Eingangsbereich hatten. Dort wirkte alles völlig normal. Ankommende Taxis, sich verabschiedende Paare, Reisende, die ihr Gepäck auf die bereitstehenden Trolleys wuchteten. Kein einziger Polizist.

»Ich gehe erst einmal allein hinein. Du bleibst hier.«

Sina nickte, auch wenn sie große Angst um Neri hatte. Wie sollte er ein Ticket für sie kaufen, ohne in Schwierigkeiten zu kommen? Auf der anderen Seite hatte er sie aus dem Gefängnis befreit. Er würde auch jetzt eine Lösung finden.

Als sie einen Polizisten aus dem Flughafengebäude treten sah, versteckte sie sich vorsichtshalber hinter einem Touristenbus, in den gerade eine spanische Reisegruppe einstieg. Dann ging auf einmal alles ganz schnell. Sie musste mit ansehen, wie ein Mann auf Neri zuging und ihm eine Waffe in den Rücken drückte. Sina erstarrte. Es war Julio. Hinter ihm tauchte Francisca Ribeira in einem Wagen auf. Julio öffnete mit einer Hand die rückwärtige Tür, stieß Neri hinein, stieg selbst ein, und schon waren sie verschwunden. Das Ganze hatte keine fünf Sekunden gedauert. Sina fühlte sich einen Moment lang wie gelähmt. Dann überlegte sie fieberhaft, was sie jetzt tun sollte.

»Steigen Sie bitte ein, wir fahren jetzt ab«, drang in diesem Moment die Stimme des Busfahrers an ihr Ohr. Er dachte wohl, sie gehöre zu der Reisegruppe. Sina stammelte irgendetwas Unzusammenhängendes und folgte dann fast wie in Trance seinen Worten. Nachdem sich die Türen geschlossen hatten und der Bus losfuhr, ließ der erste Schock nach, und ihr wurde klar, dass sie den Mann, der ihr Schicksal war und ihr im Leben am meisten bedeutete, bereits zum zweiten Mal im Stich gelassen hatte. Tränen liefen ihre Wangen hinunter, als sie sich auf einen der freien Sitze in der ersten Reihe fallen ließ.

»Alles in Ordnung?« Der Reiseleiter, in dessen Adern unverkennbar Indioblut floss, sah sie aufmerksam an.

»Ja, ich … ich … habe … nur empfindliche Augen … der Wind«, stammelte sie.

Er nickte nur und wandte sich dann einem Mann aus der Gruppe zu, der wissen wollte, wie lange sie bis zum ersten Halt ihrer Stadtrundfahrt unterwegs sein würden. Er müsste nämlich mal.

Sina war froh, dass der Reiseleiter sie nicht weiter beachtete und sie sich ein wenig sammeln konnte. Offensichtlich merkte er nicht, dass sie nicht zur Gruppe gehörte, allerdings würden bestimmt bald einige der Teilnehmer wissen wollen, wer sie war.

»Nicht, dass Sie sich wundern, aber wir haben noch einen neuen Passagier an Bord«, erklang unmittelbar darauf seine Stimme über den Buslautsprecher. »Die junge Dame hier in der ersten Reihe arbeitet in Zukunft für unser Unternehmen und wird einfach nur dabei sein, um Erfahrung zu sammeln. *Muchas gracias.*«

Sie sah ihn erstaunt an, während er das Mikrofon weglegte.

»Du bist Sina Saratoga, nicht wahr? Mein Name ist Raoul. Ich habe im Internet gesehen, was du für die Kunas in Panama getan hast. Das war großartig.«

»Danke«, Sina atmete auf. Sie spürte instinktiv, dass von diesem Mann keine Gefahr ausging.

»Und jetzt sind sie hinter dir her, nicht wahr?« Sie nickte. »Du lebst gefährlich! Ich nehme an, mit dieser Drogengeschichte hast du nichts zu tun. Wie bist du da hineingeraten?«

Sina konnte sich nun nicht mehr zurückhalten. Alles, was in den letzten Tagen passiert war, brach in diesem Moment aus ihr heraus. Der Indio legte ihr beruhigend die Hand auf die Schulter.

»Ich muss zurück zum Flughafen«, schluchzte sie leise. »Sie haben meinen Mann gekidnappt. Er ist ein Kuna.«

»Neri!«

Sina sah ihn perplex an. Dieser Mann war wirklich gut informiert. Sie und Neri schienen wohl in Indiokreisen schon eine Art Berühmtheit zu sein.

»Alle suchen nach mir«, brachte sie mit nassen Augen hervor. »Die Polizei, die Drogenmafia, mein Großvater. Ich weiß, das klingt verrückt, aber …«

»Jetzt mal ganz langsam. Was war euer Plan? Wo wolltet ihr eigentlich hin?«

»Nach Madrid. Und dann auf die Kanaren. Ich muss herausfinden, was dort vor zwanzig Jahren mit meinen Eltern passiert ist.« Auch auf die Gefahr hin, dass ihr neuer Freund sie für vollkommen verrückt hielt, purzelten die Worte nur so aus ihr heraus.

»Vielleicht kann ich dir helfen«, sagte Raoul jedoch nur und strich ihr beruhigend über den Arm. »Die Gruppe hier ist aus Spanien und fliegt heute Abend mit der Iberia-Maschine zurück nach Madrid. Ich kann es möglicherweise hinkriegen, dass du mit ihnen fliegst.«

»Aber wie soll ich denn durch die Passkontrolle kommen?«

»Das lass mal meine Sorge sein. Meine Freundin ist bei der Security.«

Sina konnte kaum glauben, was ihr da gerade widerfuhr. Raoul kam ihr vor wie ein Engel.

»Jetzt beruhige dich erst mal. Wir schaffen das schon.«

Sie wünschte sich nichts mehr, als dass er recht behielt. Aber wie sollte sie Neri befreien? Sie konnte ihn unmöglich Julio überlassen. Der hatte schon einmal versucht, ihn umzubringen. Doch ihn auf eigene Faust in der Millionenstadt Santo Domingo zu finden schien ein Ding der Unmöglichkeit. Und die Polizei würde auch nicht weiterhelfen. Die suchte Julio ja sowieso schon erfolglos.

Sie hatten inzwischen die Zona Colonial, das älteste Viertel Santo Domingos, erreicht und hielten neben anderen Touristenbussen am Rand des Parque de Colón, einem weitläufig gepflasterten Platz, in dessen Zentrum ein mächtiges Kolumbus-Denkmal stand.

Sina stieg gemeinsam mit der Gruppe aus und betrat leicht irritiert den Boden der ersten Besiedlung der Neuen Welt. Als sie sich genauer umsah, kam ihr einiges bekannt vor, obwohl sie noch nie hier gewesen war, zumindest nicht in diesem Leben. Sie erkannte sowohl den Gouverneurspalast wieder, in dem Diego, der Sohn von Kolumbus, residiert hatte, als auch die Kathedrale.

Es konnte kein Zufall sein, dass das Leben sie gerade jetzt hierhergeführt hatte. Genau an den Ort, von dem aus die Konquistadoren damals anfingen, Unheil über die Neue Welt zu bringen.

Die Reisegruppe hatte sich um Raoul geschart und lauschte aufmerksam seinen Erklärungen.

»Zu Füßen von Kolumbus liegt Anacaona, die Herrscherin der Taínos«, ertönte seine tiefe Stimme. »Ihr Stamm führte einen langen Krieg gegen Kolumbus' erste Siedlung La Navidad. Der damalige Befehlshaber ließ während eines Festes, das acht lokale Kaziken zu Anacaonas Ehren organisiert hatten, das Festhaus anzünden und dann alle köpfen. Anacaona wurde nur neununddreißig Jahre alt.«

Eine gewisse Betroffenheit machte sich kurzfristig unter den spanischen Touristen breit. Natürlich trugen sie keine Schuld an den Gräueltaten ihrer Vorfahren, und trotzdem fragte sich Sina, wie das, mit dem sie hier konfrontiert wurden, auf sie wirken musste. Ob sie den Schmerz, den ihre Vorfahren verursacht hatten, in irgendeiner Form nachvollziehen konnten? Ob sie sich auf eine Weise verantwortlich fühlten und ob sie überhaupt einen Bezug zu diesem Land hatten? Oder ob sie sogar stolz darauf waren, dass Spanien einst eine Großmacht gewesen war und ihre Sprache noch immer in vielen Teilen der Welt gesprochen wurde? Sie dachte an ihren Großvater, an Martinez sowie Forster's Health, und ihr wurde immer klarer, dass der Prozess, der mit der Eroberung Amerikas begonnen hatte, noch lange nicht zu Ende war. Er wurde überall auf der Welt weitergeführt – wenn auch auf andere Weise und nicht mehr so offensichtlich. Die Mächtigen waren vorsichtiger geworden und ihre Mittel subtiler.

Und da war er wieder, deutlicher und spürbarer denn je zuvor: dieser Wunsch, die Welt zu einer besseren zu machen. Nicht umsonst waren ihr die Mittel an die Hand gegeben worden, um den Kampf aufzunehmen. Doch würde sie stark genug sein? Im Moment sah es eher nicht so aus.

Anstatt zu handeln, blieb ihr gerade nichts anderes übrig, als sich möglichst unauffällig zu verhalten und mit der Touristengruppe mitzulaufen, die nun die Kathedrale Santa María la Menor ansteuerte.

»Man nennt dieses erste Gotteshaus der Neuen Welt auch ›die Unvollendete‹«, setzte Raoul seinen Vortrag fort. »Die Kathedrale blieb ohne Türme – bis heute –, weil viele damals lieber nach Gold suchten, statt sich als Bauarbeiter zu verdingen.«

Als sie das Innere betraten, war Sina erstaunt, nichts mehr von den Goldschätzen vorzufinden, welche die ersten Siedler einst den Indios gestohlen hatten. Doch auch dafür gab es eine logische Erklärung, die Raoul sogleich lieferte: »Sämtliche Preziosen sind damals den Piraten zum Opfer gefallen, die im siebzehnten Jahrhundert hier eingefallen sind.«

Während Sina sich weiter in der Kirche umsah, drangen immer wieder Wortfetzen von Raouls Vortrag an ihr Ohr. Vieles war ihr – sozusagen aus eigener Erfahrung – schon bekannt.

»Der berühmte Mönch Bartolomé de Las Casas wurde hier vom Saulus zum Paulus. Nach der Predigt des Dominikaners Antonio Montesino, der die Gräueltaten der Kolonisten und Konquistadoren anprangerte, gab er seine Encomiendas sowohl hier als auch in Kuba auf und reiste nach Spanien, um sich dort persönlich für Gesetze zum Schutz der Indios einzusetzen. Etwas für die damalige Zeit völlig Ungewöhnliches, was niemand so richtig begreifen konnte.«

Außer Tamanca, dachte Sina. Er war wie de Las Casas wohl seiner Zeit weit voraus gewesen.

»Doch die Distanz zu Sevilla und die schlechten Verkehrswege im Inland der Kolonien verhinderten, dass Neuerungen schnell und wirksam umgesetzt wurden.« Aus der Stimme des Indios war verhaltener Zorn herauszuhören, obwohl er diese Fakten bestimmt schon tausendmal heruntergebetet hatte. »Laut der Aufzeichnungen des Dominikaners«, fuhr er fort, »lebten auf Hispaniola im Jahr 1508 nur noch 60 000 Indios. Ursprünglich waren es über eine Million. Neben den unmenschlichen Arbeitsbedingungen und der Verfolgung von Flüchtigen starben zusätzlich viele an Seuchen, die aus Europa und Afrika eingeschleppt worden waren. Doch die meisten fanden später den Tod in den Goldminen von San Cristoforo, an denen übrigens auch der berühmte Konquistador Francisco Pizarro Anteile besaß.«

Sina horchte auf: Pizarro. Da war er wieder. Nun interessierte sein Schicksal sie natürlich doppelt.

»Wie ist es weitergegangen mit Pizarro?«, fragte sie neugierig.

Der Indio lächelte sie überrascht an. »Von seinen Gewinnen hier auf Hispaniola hätte er als reicher Mann in seine Heimatstadt Trujillo zurückkehren können und sich dort ein schönes Haus bauen, mit seiner Büste auf dem Fries und einem Wappen an der Tür. Aber er wollte mehr. So wie alle, die damals in die Neue Welt kamen. Er ging ins heutige Panama, erfuhr dort von dem sagenhaften Goldland im Süden und entwickelte einen genialen Plan.«

»Und wie sah der aus?«, fragte sie gespannt.

»Nachdem Cortés in Mexiko den Azteken ihr Gold abgejagt und es dem spanischen König zu Füßen gelegt hatte, wurden Kapitalanleger in ganz Europa auf die fantastischen Profite aufmerksam, die man offensichtlich in der Neuen Welt machen konnte. Und obwohl Pizarro nicht viel Bildung hatte und Analphabet war, ließ sich ihm ein gewisser Geschäftssinn nicht absprechen. Mithilfe eines Anwalts und eines Priesters baute er eine Art Militärgesellschaft auf. Die Mitglieder waren alle Soldaten mit eigener Ausrüstung und Waffen, die keinen Lohn bekamen, sondern am Gewinn beteiligt wurden. Kaufleute aus Genua, Augsburg, Nürnberg und Florenz, die zuvor nur im Plantagen- und Minengeschäft involviert waren, investierten jetzt in Eroberungsexpeditionen. Damit betrieb Pizarro das erste globale Venture-Capital-Geschäft des sechzehnten Jahrhunderts. Sein Ziel war es, sich im sogenannten El Dorado sein eigenes Imperium zu schaffen, in dem nur er das Sagen hatte.«

Wenn es tatsächlich eine Verbindung zwischen Francisco Pizarro und Julio gab, mussten in dem Kolumbianer ganz ähnliche Vorstellungen schlummern. Wollte er nicht auch mit Geld und Macht Südamerika ganz nach seinen Regeln beherrschen? Mit Skrupellosigkeit und Gewaltbereitschaft? Benutzte er nicht auch rücksichtslos jeden, der ihm nützlich war, um seine Ziele zu erreichen? Solche Charaktere brachte das Leben offensichtlich immer wieder hervor. Doch die Menschen schienen nichts aus der Geschichte zu lernen. Sie wunderten sich nicht einmal darüber, wenn vieles sich von Jahrhundert zu Jahrhundert wiederholte.

Sina sah in die einzelnen Gesichter der Touristengruppe und musste unwillkürlich an Amakuna denken und die einzigartige Gelegenheit, die der Pilz bot. Schließlich bekam, wer immer ihn zu sich nahm, die Möglichkeit, auf ganz persönliche Weise aus der Vergangenheit zu lernen. Das war etwas ganz anderes, als nur darüber zu lesen, zu hören oder einen Film zu sehen. Jene grausame Zeit tatsächlich erlebt zu haben und dafür einzutreten, dass sie sich nicht wiederholte, barg eine große Chance, doch irgendwann dem Amakuna-Zeitalter näher zu kommen. Doch wann würde das sein? Sie hätte die Antwort darauf gerne gewusst.

Nach einem kleinen Imbiss in einem der Restaurants auf der *Calle de Las Damas* ging es endlich zurück zum Flughafen. Sina betete zu Gott, dass Neri Julio auf irgendeine Weise entkommen war und dort auf sie wartete.

»Du bleibst erst mal bei der Gruppe«, sagte Raoul, nachdem der Bus direkt vor der Abflughalle angehalten hatte. »Ich werde versuchen, diskret herauszubekommen, ob sich jemand am Iberia-Schalter nach dir erkundigt hat.«

Sina nickte und sah sich vorsichtig um, ob sie irgendwo Neri entdeckte. Doch sie hatte kein Glück.

Nach gefühlten zwei Stunden, die eigentlich nur zehn Minuten waren, kam ihr rettender Engel wieder. Er zwinkerte ihr zu und reichte ihr eine Bordkarte, die auf den Namen Mariza Prieto ausgestellt war.

»Wer ist das?«, fragte Sina erfreut und skeptisch zugleich.

»Eine Frau aus der Reisegruppe. Sie ist krank geworden und kann nicht fliegen.«

Was für eine Chance! Aber sollte sie sie wirklich nutzen? Wenn ja, musste sie Neri in der Gewalt Julios zurücklassen.

»Meine Freundin, die bei der Security arbeitet, ist bereit, dich an der Passkontrolle vorbei in die Abflughalle zu schmuggeln. Das gesamte Flughafenpersonal wurde übrigens angehalten, die Augen nach dir offen zu halten«, berichtete Raoul.

»Warum tust du das für mich?«, fragte Sina.

»Weil ich spüre, dass du ein guter und mutiger Mensch bist und die Welt dich braucht.«

»Danke.« Sie war tief gerührt. »Ich weiß nicht, wie ich das je wiedergutmachen soll.«

»Das hast du schon, aber jetzt komm.«

Während die Gruppe den normalen Weg durch die Passkontrolle antrat, brachte Raoul Sina zum Personaleingang, wo seine Freundin, eine vollschlanke Dame mit ebenfalls starkem Indio-Einschlag, schon auf sie wartete. Sie trug die eng sitzende, offizielle blaue Uniform der Securityleute und musterte Sina kritisch. Dann schüttelte sie missbilligend den Kopf. »So wird das nichts.«

Erst jetzt wurde Sina bewusst, wie abgerissen sie in ihrem fleckigen T-Shirt und der dreckigen Jeans aussehen musste.

»Komm mal mit«, polterte die Frau.

Sina folgte ihr zu den Umkleideräumen des Personals. Sie öffnete ihren Spind und fischte aus ihrer Handtasche eine große Sonnenbrille heraus, die beinahe die Hälfte von Sinas Gesicht bedeckte, sowie ein bunt bedrucktes Tuch, das sie ihr wie einen

Turban um die Haare wickelte. Dann kam noch ein Regenmantel zum Vorschein, der zwar zu groß war, aber mit einem Gürtel passend gemacht wurde. Zum Schluss zog sie ihr noch mit einem kirschroten Lippenstift die Lippen nach und besprühte sie aus ihrer Parfümflasche, was bei Sina einen heftigen Niesanfall hervorrief.

»So, jetzt bringt dich keiner mehr so schnell mit Drogen in Verbindung«, sagte sie und betrachtete zufrieden ihr Werk.

Sina hatte noch nie so viel Hilfsbereitschaft von absolut Fremden erlebt. Sobald ihr Leben wieder in einigermaßen geraden Bahnen lief, würde sie die beiden großzügig für ihre Hilfe belohnen. Sie verabschiedete sich von Raoul und folgte dann seiner Freundin durch mehrere Gänge und zwei Büros, bis sie eine Tür aufschloss, die in die Abflughalle führte. Sie sah sich kurz um, ob die Luft rein war, schob Sina, die sich noch schnell mit einer herzlichen Umarmung bei ihr bedankte, durch die Tür und schloss sofort wieder hinter ihr ab.

Sina befand sich nun mitten im Duty-free-Bereich in der Abteilung für Alkoholika. Ganze Schwärme von Touristen schleppten Rum, Cognac und Whiskey flaschenweise zu den Kassen. Und niemand schien ihr plötzliches Auftauchen bemerkt zu haben. Also machte sie sich auf die Suche nach dem nächsten Monitor, auf dem die Abflüge angezeigt waren, und dann auf den Weg zu ihrem Gate. Dort hatte sich bereits eine lange Schlange gebildet. Zu ihrem großen Schrecken musste sie jedoch feststellen, dass die meisten Passagiere zusätzlich zur Bordkarte ihre Pässe in Händen hielten. Daran hatte sie überhaupt nicht gedacht. Ihr blieb keine andere Wahl, als es darauf ankommen zu lassen. Allerdings verließ sie bald der Mut, als sie beobachtete, wie genau die Flughafenangestellte die Namen auf den Tickets mit denen in den Pässen verglich. Was jetzt? Würde sie in letzter Sekunde scheitern?

Dann vernahm sie jedoch eine Lautsprecherdurchsage, die wie durch Zauberhand alles zum Guten wendete. Die spanische

Reisegruppe wurde aufgefordert, geschlossen zu borden. Hatte Raoul noch einmal seine Beziehungen spielen lassen? Einige aus der Gruppe winkten ihr sogar zu, und so konnte sie ohne weitere Ausweiskontrolle unbehelligt mit dem Ticket von Mariza Prieto an Bord des Flugzeugs gehen. Als der erlösende Piep aus dem Scanner ertönte, atmete Sina tief durch.

Doch noch war sie nicht in Sicherheit. Vor der Gangway stand ein Polizist. Wenn der sie erkannte, war alles umsonst gewesen. Sie rückte ihre Sonnenbrille zurecht, zog sich das bunte Tuch noch tiefer in die Stirn und hängte sich vertrauensvoll an den Arm eines der älteren alleinstehenden Herrn, der sie erfreut anlächelte. Der Gesetzeshüter schenkte ihr keinen Blick, und sie erreichte ihren Sitzplatz, ohne dass jemand weiter von ihr Notiz nahm.

Erst als sie bemerkte, wie die Türen geschlossen wurden und die zwei erlösenden Worte »Boarding completed« durch den Lausprecher tönten, entspannte sie sich ein wenig. Wobei ihr klar war, dass die Gefahr nicht gebannt war, solange sich die Maschine am Boden befand. Nun wurden auch noch Kopfhörer ausgeteilt, heiße Tücher gereicht, alle Gepäckfächer geschlossen und die Sicherheitsgurte kontrolliert. Die nun folgende Erklärung der Sicherheitsvorkehrungen in Englisch und Spanisch kam ihr vor, als dauere sie eine Ewigkeit. Doch dann war auch das vorbei, und die Maschine rollte endlich zur Startbahn. Sina schloss kurz die Augen. Jetzt sollte ihr wohl nichts mehr passieren. Sie konnte nur hoffen, dass man sie nicht über Interpol suchte und sie von Madrid aus ungeschoren nach La Palma gelangte. Vor allem aber, dass Neri Julio entkam und in Sicherheit war.

31. KAPITEL

$

Francisca Ribeira hatte in Gualey, einem Viertel Santo Domingos, wo sich keiner für seinen Nachbarn interessierte, eine Wohnung organisiert, die eigentlich mehr ein Kellerloch war. Hier konnten sie Neri eine Weile festhalten, bis die kleine Schlampe von ihrem Selbstfindungstrip zurückkam. Irgendwie ging Julio davon aus, dass sie es geschafft hatte, nach La Palma zu fliegen. Dieses ominöse Heilmittel, das ihn, seit er davon erfahren hatte, immer mehr beschäftigte, musste etwas mit dieser Insel zu tun haben, da war er sich ganz sicher. Und Sina würde es für ihn herausfinden. Denn schließlich wollte sie ja ihren geliebten Kuna lebend wiedersehen. Und dass sie dort nicht unbeobachtet blieb, dafür hatte er bereits einige Ideen entwickelt.

»Und wie ist sie so im Bett?«, versuchte er Neri zu provozieren, der gefesselt auf einer alten Matratze vor ihm lag. »Hat sie es dir so richtig besorgt? Kann ich mir zwar nicht vorstellen, denn dein Vorgänger hat sich darüber nie besonders positiv geäußert. Vielleicht wollte sie ihn ja deshalb im Meer versenken.« Er lachte zu laut, zu falsch.

»Sie hat dein Leben gerettet«, erwiderte Neri leise. Francisca hatte ihm den Knebel abgenommen. Hier unten konnte ihn sowieso keiner hören, falls er schrie.

»Das stimmt. Weil Gott es so gewollt hat. Weil sie und ich noch eine Aufgabe zu erfüllen haben. Und du störst eigentlich dabei. Aber da ihr Herz so an dir hängt …«

»Lass den armen Kerl doch in Ruhe«, rief Francisca Ribeira aus dem Nebenraum, dem einzigen Ort, wo ihr Handy Empfang hatte. Sie war dabei, alte Kontakte zu reaktivieren und Tanausú, ihren ehemaligen Geliebten, aufzutreiben.

Julio ließ sich jedoch nicht stören. »Da wäre noch etwas anderes, was mich viel mehr interessiert, als wie die Alte fickt.« Er trat jetzt ganz nah an Neri heran, sodass er seinen Atem spüren konnte. »Wie kommt es, dass ihr beide, nachdem ihr so gut wie tot wart, schon zwei Tage später quietschfidel und ohne eine einzige Schramme auf dieser Pressekonferenz rumgetanzt seid? Ich habe dir in den Rücken geschossen, und es ist nichts zu sehen.« Julio zog ihm brutal das Hemd hoch. »Nicht mal eine Narbe. Wie ist das möglich?« Er sah Neri abwartend an. »Na los, spuck's schon aus!«

»Die Liebe hat uns geheilt«, sagte der Kuna mit ernster Stimme, konnte sich jedoch ein leises Grinsen nicht verkneifen.

Julio spürte, wie die Wut in ihm hochkochte und sich seine Hände zu Fäusten ballten. »Verarschen kann ich mich selbst, du Idiot«, fauchte er und war kurz davor, auf den Indio loszugehen.

»Ich habe sie«, schallte es in dem Moment von nebenan. »Ich habe Tanausús aktuelle Handynummer.«

Julio machte wieder einen Schritt zurück. »Dir wird das Grinsen schon noch vergehen. Ich bekomme euer Geheimnis heraus, verlass dich drauf. Du wärst nicht der Erste, der sich in mir täuscht. Meine Methoden sind weit über Panama hinaus gefürchtet. Und wenn *du* nichts sagst, wird *sie* es garantiert tun, wenn ich dir meine Knarre an den Schädel halte.« Er holte seinen Revolver heraus und ließ ihn ein paarmal um den Zeigefinger kreisen.

»Er ist tatsächlich in Afrika, Westsahara. Nicht weit von den Kanaren«, rief ihm Francisca Ribeira zu.

»Dann mach ihm verdammt noch mal Beine, dass er sich die Kleine schnappt.«

Die Kolumbianerin warf Julio einen vielsagenden Blick durch die offene Tür zu und wählte besagte Nummer von einem ihrer vielen Prepaid-Handys. Gespannt lauschte sie dem Freizeichen. Schließlich hob am anderen Ende jemand ab.

»Tanausú? … Ich bin es«, flüsterte sie bewegt. »Francisca.«

Julio wollte sich diese Art von emotionalem Ausbruch ersparen und ging hinaus auf die Straße, um eine Zigarette zu rauchen, was ihm immer beim Nachdenken half. Francisca Ribeira hatte zwar bisher gute Arbeit geleistet, doch ob dieser Tanausú, den sie Jahre nicht gesehen hatte, ihr noch einen Gefallen tat, wagte er zu bezweifeln. Er brauchte einen Plan B, und er wusste auch schon, wie der aussah. Er zog sein Handy heraus und wählte Harris' Nummer.

»Hola amigo, todo bien?«, schlug er einen bewusst kumpelhaften Ton an, als er am anderen Ende der Leitung die Stimme von Harris vernahm.

»*Hijo de puta!* Wolltest mich wohl auf dieser Scheißinsel versauern lassen, du Hurensohn! Wo bist du überhaupt? Sie haben euch ganz schön drangekriegt«, er lachte schallend, sodass Julio das Telefon von seinem Ohr weghalten musste. »Aber Hut ab, ihr habt es immerhin wieder nach draußen geschafft.«

Julio grinste in sich hinein. Er hatte bisher immer einen Weg gefunden und nie länger als ein paar Wochen im Knast gesessen. »Ja, alles cool. Sorry für das in Kuna Yala«, versuchte er den Ball flach zu halten. »Da lief einfach zu viel schief. Aber dafür habe ich eine interessante Info für dich.«

Abwartendes Schweigen.

»Sina Saratoga sitzt im Flugzeug nach La Palma.«

»Und?«

»Es muss etwas mit diesem Mittel zu tun haben.«

»Welches Mittel?«

»Na, von dem du mir erzählt hast. Dieser Pilz. Er scheint wohl doch wieder aufgetaucht zu sein. Ich denke, dass du bei deinem Boss so richtig einen Stein im Brett hast, wenn du ihn wiederbeschaffst. Vielleicht fällt nach seinem Tod dann doch was für dich vom Kuchen ab.« Er grinste.

Immer noch Schweigen.

»Warum setzt du dich nicht in ein Flugzeug und schaust dir vor Ort an, was die Kleine dort so treibt?«, schlug Julio vor.

Schweres Atmen.

»Bist du noch da, *amigo?*«

»Ja, ja. Ich werde darüber nachdenken.«

»Gut, aber denk nicht zu lange.« Julio steckte zufrieden sein Handy ein. Harris war angefixt. Er kannte ihn. Eine solche Gelegenheit würde er sich nicht entgehen lassen. Auch wenn er es nicht zugab. Harris hätte schon gerne mal das Zepter in der Hand gehabt und zumindest einen Sitz im Aufsichtsrat. Das würde Julio ihm auch zugestehen. Da Sina die Erbin von Forster's Health war und er durch Neri Sina unter Kontrolle hatte, würde er in absehbarer Zukunft dazu auch in der Lage sein. Im Augenblick konnte er jedenfalls getrost abwarten, wie sich die Dinge entwickelten.

Die Maschine aus Santo Domingo landete pünktlich auf dem Aeropuerto Adolfo Suárez Madrid-Barajas. Sina hatte während des gesamten elfstündigen Flugs nicht eine Sekunde geschlafen. Ihre Gedanken waren ohne Unterlass bei Neri gewesen. Immer deutlicher spürte sie, wie sehr sie ihn vermisste, und vor allem, wie sehr sie ihn liebte. Es war unverantwortlich gewesen, ihn im Stich zu lassen. Doch was nutzte es, wenn sie sich jetzt Vorwürfe machte? Es war zu spät, um umzukehren – sie hatte sich für diesen Weg entschieden und würde ihn auch gehen. Tief innen war sie überzeugt davon, dass sich auf La Palma ein Knoten lösen und sie schon bald über neue Kräfte verfügen würde, um alles, was sie sich vorgenommen hatte, auch zu verwirklichen. In absehbarer

Zeit würde sie wieder mit Neri vereint sein und mit ihm gemeinsam dafür sorgen, dass Amakuna nicht in die falschen Hände gelangte.

Mit diesem Strom positiver Energie spazierte sie mit erhobenem Haupt durch die Passkontrolle und wurde von einem gähnenden Beamten einfach durchgewunken.

Für die letzten Dollar, die Raoul ihr mitgegeben hatte, kaufte sie ein Ticket nach La Palma und saß bereits vier Stunden später wieder im Flugzeug.

Es war ein merkwürdiges Gefühl, dass sie nun tatsächlich zu jenem Ort unterwegs war, der so vollständig aus ihrem Leben verschwunden war. Eine innere Aufregung erfasste sie und drängte alles andere zurück. Sie hatte einen Fensterplatz ergattert und wartete gespannt darauf, dass irgendwann die Insel zwischen den Wolken erschien. Vielleicht würde ja nun auch jene frühe Zeit ihres Lebens, die im Nebel des Vergessens verschwunden war, wieder auftauchen.

Und dann war es so weit. Das steile, bis auf die Bergspitzen grüne Eiland lag wie ein riesiger Drache unter ihr im Meer, das silbern im Sonnenlicht glitzerte. Sinas Herz schlug schneller. Hier war sie geboren, hier waren ihre Wurzeln, die wer weiß wie lange zurückreichten. Hier hatten ihre Eltern ihre glücklichste Zeit verlebt. Sie holte noch einmal das inzwischen reichlich zerknitterte Foto, das die beiden unter dem Drachenbaum zeigte, aus der Tasche ihrer Jeans. Sie würde das Rätsel lösen und endlich herausfinden, was damals wirklich geschehen war, und vor allem, was Amakuna damit zu tun hatte. Sie würde sich auf den Weg in jene Höhle im tiefsten Innern des Vulkankraters machen, wo der Pilz seinen Ursprung hatte. Wo Iriomé begraben lag und Tamanca, ihr Sohn, eingeweiht wurde, um Amakuna in die Neue Welt zu bringen.

Die Landebahn war kurz, sodass der Pilot hart aufsetzen und sofort in die Bremsen treten musste. Sina schnitt der Gurt in den

Bauch, allerdings nur für einen kurzen Moment, dann stand die Maschine, drehte langsam um und blieb vor dem Flughafengebäude stehen.

Die Luft, die ihr entgegenwehte, als sie die Gangway hinunterging, war lau und streichelte sanft ihre Wangen. Im Gegensatz zu den Tropen war hier keinerlei Feuchtigkeit zu spüren. Das Thermometer zeigte angenehme 25 Grad Celsius, und es wehte ein leichter Wind.

Da sie auf kein Gepäck warten musste, war sie schon bald draußen vor der Ankunftshalle und sah sich nach einem Bus um, der sie auf die Nordwestseite der Insel bringen würde, wo sie einst mit ihren Eltern gelebt hatte. Daran erinnerte sie sich noch ziemlich gut. Und als sie auf den Fahrplan sah, entdeckte sie auch den Namen des Dorfes wieder. Santo Domingo in der Provinz Garafía. Der Name des Heiligen musste damals offensichtlich für beinahe jede spanische Gründung herhalten, überlegte sie gerade, als eine Frau um die sechzig auf sie zutrat. Sina hatte sie schon einmal gesehen, konnte aber nicht einordnen, wo und wann.

»Du musst Sina sein«, sagte sie.

Sina erschrak beinahe zu Tode.

»Ich bin Thea. Wahrscheinlich kannst du dich nicht mehr an mich erinnern, aber ich war die beste Freundin deiner Mutter.« Sie trug eine bunte pludrige Hippiehose und ein ärmelloses Top. Ihr langes kastanienfarbenes Haar war von feinen Silberstreifen durchzogen und zu einem Zopf geflochten.

»Du hast die blauen Augen deiner Mutter und die dunklen Haare deines Vaters«, sagte sie mit warmer Stimme. »Du kannst dir gar nicht vorstellen, wie sehr ich mich freue, dich wiederzusehen.«

Sina erinnerte sich dunkel. Das war die Frau, die sie als Letztes gesehen hatte, bevor ihre Kindheit sich in Vergessenheit aufgelöst hatte.

»Woher wissen Sie, dass ich hier bin?«, fragte sie misstrauisch.

»Das würde ich dir gerne auf dem Weg in den Norden erklären.«

»Ich fahre mit Ihnen nirgendwohin«, erwiderte Sina, »bevor Sie mir nicht verraten, woher Sie wissen, dass ich heute hier angekommen bin, und was Sie von mir wollen.«

»Ich will dir helfen. Ich nehme an, du hast eine Menge Fragen. Eine gewisse Francisca Ribeira hat deine Ankunft avisiert, allerdings ohne zu wissen, dass ich dich schon seit deiner Geburt kenne. Ich habe damals deiner Mutter beigestanden, als sie dich auf die Welt gebracht hat«, fügte Thea hinzu.

»Und woher kennen Sie Francisca Ribeira?«, fragte Sina noch immer voller Argwohn.

»Ich kenne sie nicht, aber ein Freund stand mit ihr früher in Verbindung. Da kämpfte sie noch für Volk und Vaterland.«

»Francisca Ribeira arbeitet heute für einen der größten Immobilienhaie Panamas, einen ehemaligen Drogenbaron aus Kolumbien«, erwiderte Sina trocken.

»Ich weiß. Für Marco Martinez. Ein mehr als unangenehmer Zeitgenosse. Keine Angst, hier bist du vorerst sicher.« Thea legte ihr vertrauensvoll die Hand auf die Schulter. »Ich habe mir schon gedacht, dass du irgendwann hier auftauchen wirst, um die Wahrheit über deine Eltern zu erfahren. Wenn du möchtest, kann ich dir als Erstes dein ehemaliges Elternhaus zeigen. «

Sina zögerte noch einen Moment, entschied sich dann aber doch, das Risiko einzugehen. Schließlich traf sie zum ersten Mal in ihrem Leben jemanden, der mit ihrer Mutter in enger Verbindung gestanden hatte und ihr etwas über sie erzählen konnte.

»Du kannst übrigens Du sagen«, bot ihr Thea an, als sie gemeinsam das Flughafengebäude verließen.

Sie hatte ihren leicht verbeulten Landrover direkt davor geparkt, öffnete nun mit einem festen Ruck die Beifahrertür, sodass Sina einsteigen konnte, und schloss sie dann ebenso geräuschvoll.

»Die Karre hat ihre Eigenheiten, die man kennen muss, aber dafür schafft sie jeden noch so steilen Barranco«, sagte sie entschuldigend. »Du wirst wahrscheinlich sonst im Rolls-Royce oder zumindest in einem Mercedes herumkutschiert.«

Sina schüttelte den Kopf, obwohl es natürlich stimmte. »Kein Problem«, sagte sie.

Thea setzte sich hinters Steuer und lenkte den Jeep vom Flughafen aus in Richtung eines hohen Gebirgskamms, der die West- von der Ostseite der Insel trennte. Der Motor des tatsächlich schon etwas betagten Fahrzeugs war so laut, dass Sina nichts anderes übrig blieb, als die tausend Fragen, die ihr auf der Zunge lagen, erst einmal zurückzustellen. Stattdessen versuchte sie, die Landschaft, durch die sie fuhren, in sich aufzunehmen. Eine Haarnadelkurve folgte auf die nächste. Die meisten der abschüssigen Hänge waren mit unzähligen Mauern aus dicken Natursteinen in stufenförmige Terrassen unterteilt. Während unten an der Küste hauptsächlich verschiedene Kakteenarten und Sukkulenten wuchsen, stießen sie weiter oben auf zartrosa blühende Mandelbäume und meterhohe Christsterne. Dann fuhren sie durch sonnendurchflutete, würzig duftende Kiefernwälder. Und natürlich wuchsen überall kanarischen Palmen, denen die Insel ihren Namen verdankte.

Zögerlich kehrte Sinas Erinnerung zurück. Es hatte sich zwar einiges seit ihrer Kindheit verändert, aber es gab noch immer keine Hochhäuser und Autobahnen, sondern nur weitläufig verstreute bunte Häuschen und eine zweispurige Landstraße, die sich gemächlich an der Küste entlangschlängelte. Die Natur war noch nicht vom Menschen in ihre Schranken verwiesen worden, sondern konnte sich in ihrer ganzen Fülle ausbreiten.

Sina hatte das Gefühl, nach langer Zeit wieder in ihrer ursprünglichen Heimat angekommen zu sein. Und dieses Gefühl wurde noch verstärkt, als sie zwei Stunden später Santo Domingo erreichten, einen kleinen verschlafenen Ort mit einer Plaza, einer Kirche, drei Restaurants und einem Supermarkt. Außer einem alten Mann, der auf der Bank vor einem der ebenerdigen bunten Häuser saß und eine Zigarre rauchte, war hier nichts los. Plötzlich sah Sina das lachende Gesicht ihrer Mutter mit den blitzenden grünen Augen vor sich, wie sie zweimal die Woche mit ihr hierherfuhr, um Einkäufe zu machen. Damals gab es noch keinen Supermarkt, sondern nur einen kleinen Kolonialwarenladen mit einer Theke und einem Regal, in dem Eier, Brot, Milch und ein paar Konserven standen. Sie erinnerte sich an die Verkäuferin, die stets schwarze Kleidung trug, weil fast immer irgendjemand in der weitverzweigten Familie gestorben war. Und sogar daran, dass sie ihr jedes Mal ein Karamellbonbon geschenkt hatte.

Das frühere Anwesen ihrer Eltern befand sich nur wenige Kilometer hinter dem kleinen Dorf. Und als sie von der Hauptstraße in einen Feldweg einbogen, kam es Sina vor, als wäre die Zeit stehen geblieben.

Thea parkte den Jeep vor einem einstöckigen kanarischen Haus mit Holzbalkon, das verlassen wirkte. Die Fensterläden waren geschlossen, der kleine Garten völlig vertrocknet. Nur ein mächtiger Drachenbaum sorgte für ein wenig Grün. Es war der gleiche Baum wie auf dem Foto. Sina hatte plötzlich das Gefühl, als wäre sie wieder vier Jahre alt und ihre Mutter käme gleich aus dem Haus gelaufen und würde sich auf dem Kiesweg zum Labor noch schnell ihren weißen Kittel überziehen. Doch dort, wo einst die große, extra für ihre Forschungen gebaute Halle gestanden hatte, war nichts mehr außer trockenem Gestrüpp.

»Du kannst ruhig reingehen. Das Haus ist leer«, ermutigte Thea sie. »Keiner wollte mehr darin wohnen.« Sina kletterte aus dem Wagen und öffnete die Haustür, besser gesagt, schob sie zur Seite, denn sie hing nur noch an einer Angel.

»Offiziell gehört es sowieso dir. Man hat dir öfter geschrieben, aber wahrscheinlich wollte dein Großvater sich ganz bewusst nicht weiter darum kümmern«, sagte Thea, die ihr gefolgt war.

»Warum hast *du* es nicht genommen?«

»Für mich war das alles zu schmerzhaft. Zu viele Erinnerungen …«

Im Haus war es düster, und es roch nach Moder und Ratten, sodass Sina husten musste. Sie öffnete vorsichtig die Tür zum

Salon. Nur wenig Licht drang durch die Ritzen der Fensterläden. Die Möbel waren mit Leintüchern bedeckt, die inzwischen eine graubraune Farbe angenommen hatten. Vor dieser Tür hatte sie damals als Kind gestanden, während ihre Eltern miteinander stritten, ob sie die Insel verlassen sollten oder nicht. Langsam kamen die Erinnerungen wieder. Die Furcht in ihren Stimmen. Theas Nägel, die sich in ihre Schulter krallten. Der Befehl ihres Vaters, ihren Rucksack zu packen. Das Gefühl, etwas Schlimmes würde passieren, das ihr Leben für immer veränderte. Doch weder ihr Magen noch ihr Darm revoltierten jetzt. Auch wenn sie die Angst, die sie damals als Kind gehabt hatte, deutlich spüren konnte.

Mit einem leicht beklemmenden Gefühl stieg sie die knarrenden Stufen in das erste Stockwerk hinauf. Die Tür zu ihrem ehemaligen Kinderzimmer stand offen. Auch hier war alles mit Tüchern abgedeckt. Und plötzlich erschien vor ihrem inneren Auge der kleine Stoffesel. Es kam ihr so vor, als ob der Vorhang, der ihr lange die Sicht verwehrt hatte, plötzlich beiseitegeschoben war. Die geschwärzten Seiten ihres »Lebensbuches«, ihre frühe Kindheit, jene Zeit, von der Sarah gesagt hatte, sie sei zu schmerzhaft gewesen, um sie sich anzusehen – all das kehrte jetzt zurück.

»Ich habe gar keine Schuld am Tod meiner Eltern«, entfuhr es ihr.

»Wie meinst du das?«, fragte Thea, die ihr gefolgt war.

»Ich weiß nicht, warum, aber ich habe immer gedacht, es sei meine Schuld.«

»Wieso das?« Thea sah sie irritiert an.

»Mein Vater wollte damals …« Sie sprach jetzt mit stockender Stimme. »Es musste alles ganz schnell gehen …« Sie schluckte. »Ich sollte in mein Zimmer gehen und ein paar Sachen zusammenpacken … und durfte nur zwei Spielsachen mitnehmen. Ich habe aber noch ein drittes eingepackt. Einen kleinen Stoffesel.« Sina sah die Szene genau vor sich. Sie schloss kurz die Augen und sprach dann weiter.

»Ich habe wohl unbewusst immer geglaubt, dass alles meine Schuld war. Dass meine Eltern sterben mussten, weil ich ungehorsam war und diesen verdammten Esel eingepackt habe. Deshalb habe ich diese Zeit aus meiner Erinnerung gelöscht. Aber als Felipe … mein ehemaliger Verlobter …« Sie stockte und zwang sich dann, tief durchzuatmen, »… als er mir vor Kurzem einen ähnlichen Stoffesel schenkte, löste das, wie Sarah Finkelstein, meine Psychologin, es nennt, eine psychogene Amnesie aus. Meine intellektuellen Fähigkeiten waren plötzlich von einem Moment auf den anderen wie ausgelöscht.«

»Wegen eines Stoffesels?«

»Ja. Ich weiß, das klingt verrückt.«

Thea nahm sie in den Arm, was Sina guttat. »Es tut mir so leid.«

Sina schmiegte sich an ihren Hals.

Thea ließ sie eine Weile gewähren, schob sie dann ein kleines Stück von sich und sah ihr fest in die Augen. »Ich muss dir etwas sagen, Sina.«

»Was?«

Thea holte tief Luft, und Sina merkte, dass es ihr offensichtlich nicht leichtfiel. Sie sah die ältere Frau erwartungsvoll an.

»Deine Eltern leben, Sina! Sie sind nicht tot. Wir haben es damals nur so aussehen lassen.«

Sina dachte, sie hätte sich verhört. »Das ist nicht wahr«, sagte sie tonlos und blickte Thea verstört an, die noch immer ihre Hand festhielt.

»Doch. Es ist wahr.«

»Das glaube ich nicht. Wieso erzählst du mir solche Lügen? Was willst du damit bezwecken?«, stieß Sina wütend hervor

Thea griff voller Mitgefühl noch einmal nach Sinas Hand, die sie ihr inzwischen entrissen hatte. »Es stimmt wirklich. Hier, schau.« Sie zeigte ihr ein Foto, das eine Frau um die fünfzig mit kurzen rotblonden Locken zeigte.

»Das kann jede sein.« Sina wollte es immer noch nicht glauben.

»Schau ganz genau hin!«, sagte Thea.

Und dann erkannte sie es. Das Medaillon, in dem Iriomé Amakuna aufbewahrt hatte. Das Medaillon, das Joaquín später seinem Sohn geschenkt hatte. Das Medaillon, das Tamanca an Itapiú weitergegeben hatte.

Jetzt erinnerte sie sich wieder. Ihre Mutter hatte es immer um den Hals getragen und nie abgelegt. Aber wie war es bis zu ihr gelangt? Die unterschiedlichsten Gefühle überschwemmten ihr ganzes Denken und Sein. Sie gingen von Wut und Zorn über völliges Unverständnis bis zu Liebe und Hoffnung.

»Aber warum haben sie …« Ihre Stimme versagte.

»… dich nie kontaktiert? Weil man sie sonst umgebracht hätte«, versuchte Thea ihr die Lage zu erklären.

Sina sah sie nur stumm hinter einem Tränenschleier an. So langsam verstand sie. »Ihr Tod war also nur vorgetäuscht. Der Zeitungsartikel eine Ente. Aber warum haben sie mich nicht mitgenommen, dorthin, wo sie jetzt sind?«

»Ich denke, dein Großvater hat dir nie erzählt, was wirklich passiert ist, was diese Schweine von Forster's Health deinen Eltern angetan haben, oder?«

Sina schüttelte den Kopf. »Nein, nur dass sie bei einem tragischen Unfall ums Leben kamen.« Sie konnte nicht weiterreden, sie musste unbedingt raus aus dem finsteren Haus und frische Luft schnappen. Tränenblind taumelte sie die Treppe hinunter und trat hinaus ins helle Sonnenlicht. Sie lief beinahe schlafwandlerisch auf den Drachenbaum zu und berührte zum ersten Mal den rauen Stamm des Baumes, der sie letztlich hierhergeführt hatte. Sie konnte immer noch nicht fassen, was ihr soeben offenbart worden war.

Thea legte ihr beruhigend die Hand auf die Schulter. »Möchtest du erst einmal allein sein?«, fragte sie mit sanfter Stimme.

Sina schüttelte den Kopf. »Nein, es geht schon wieder. Erzähl mir bitte die ganze Geschichte.«

Thea setzte sich auf den Boden und lehnte sich mit dem Rücken gegen den Stamm. »Eigentlich fing alles vor fünfundzwanzig Jahren an. Meinetwegen.«

Sina nahm neben ihr Platz. Würde sich nun endlich der Schleier, der über ihrer Kindheit gelegen hatte, lüften?

»Ich hatte Brustkrebs, und deine Mutter überredete mich, mit auf diese Insel zu kommen. Dann entdeckte sie hier in der Caldera, dem größten Vulkankrater der Insel, einen Pilz, mit dem ich wie durch ein Wunder wieder gesund wurde. Deine Mutter flog daraufhin zurück nach Deutschland und begann Forschungen anzustellen, um den Pilz irgendwann einmal der ganzen Menschheit zur Verfügung zu stellen. Forster's Health, der große Pharmakonzern, bekam Wind davon, und dein Vater, damals noch der CEO, wurde auf deine Mutter angesetzt. Doch dann haben die beiden sich ineinander verliebt. Nic war irgendwann klar, dass dieser Pilz nicht in die Hände eines Pharmariesen gehörte, und schlug sich auf die Seite deiner Mutter. Daraufhin wurde Jagd auf die beiden gemacht. Die einzige Chance, den Pilz zu schützen, der bereits einige Todesopfer gefordert hatte, war, die Höhle, in der er wuchs, zu sprengen. Damit war der Zugang für immer versperrt, und er konnte nicht mehr in falsche Hände geraten.«

Sina schloss die Augen und sah für einen Moment das Höhlenheiligtum der Harimaguadas vor sich.

»Doch leider gab es noch einen zweiten Grund, warum Forster's Health hinter deinen Eltern her war«, fuhr Thea fort. »Dein Vater wusste zu viel über die halb legalen bis illegalen Geschäftspraktiken des Konzerns. Er hatte bereits in mehreren Prozessen gegen seinen früheren Geschäftspartner und Schwiegervater Gerald Forster ausgesagt. Kurz vor dem letzten entscheidenden Gerichtstermin, der sowohl Gerald Forster, Marco Martinez und auch deinen Großvater in den Knast gebracht hätte, haben die drei jedoch die Reißleine gezogen.«

Sinas Fingernägel krallten sich in die Rinde des Baums. »Was meinst du damit?«

»Dein Vater hätte beweisen können, dass Forster's Health die

Basisstoffe für Martinez' Kokain nach Kolumbien lieferte und die Bezahlung über die Bank deines Großvaters abgewickelt wurde.«

»Und deshalb wollten sie ihn umbringen?«

»Und deine Mutter dazu, die sowieso allen ein Dorn im Auge war.«

Das alles war ja noch viel übler, als Sina es sich je hätte vorstellen können.

»Wir hatten bereits ein Boot vorbereitet, damit ihr im Notfall von der Insel fliehen könntet. Doch die Männer von Forster's Security Department waren schneller hier als gedacht«, erzählte Thea weiter. »Zwei Jeeps fuhren mit quietschenden Reifen vor. Deine Eltern rannten noch einmal in ihr Labor, um die wichtigsten Aufzeichnungen zu holen. Ich war bereits mit dir zum Hafen unterwegs …«

»Und ich habe mich von deiner Hand losgerissen und bin zurückgerannt«, erinnerte sich Sina genau an die Schlüsselszene ihrer Kindheit.

»Weil ihnen nichts anderes übrig blieb, haben deine Eltern dann das Labor gesprengt und es so aussehen lassen, als ob sie dabei umgekommen wären. Im ersten Moment hat niemand bemerkt, dass du noch einmal zurückgekommen warst und einer der Männer dich mitgenommen hat.«

»Hawaiihemd-Harris«, Sina fröstelte. Sie war einerseits froh, endlich die Wahrheit zu kennen, andererseits unendlich traurig. Amakuna hatte zwar ihr Leben gerettet, ihren Eltern dafür jedoch nur Unglück gebracht. Das Schlimmste aber war, dass offensichtlich ihr Großvater für das Ganze mitverantwortlich war. Dass er letztendlich seinen eigenen Sohn hätte töten lassen.

»Ich möchte zu ihnen«, sagte Sina leise.

»Das wirst du.«

»Und wo leben sie?«

»Westsahara«, antwortete Thea. »Das ist nicht weit von hier. Lass uns jetzt zu mir nach Hause fahren. Ich möchte dir dort jemanden vorstellen, der dich zu ihnen bringen wird.«

Sina hatte gar nicht gemerkt, wie die Zeit vergangen und es kühl geworden war. Sie begann in dem leichten Regenmantel, den sie noch immer trug, zu zittern.

Thea legte ihr eine Decke um, damit sie auf der Weiterfahrt in dem offenen Jeep nicht zu sehr fror.

Sina warf noch einen letzten Blick auf den Drachenbaum, bevor sie zurück auf die Hauptstraße und dann immer weiter Richtung Norden fuhren. Irgendwann führte ein holpriger Feldweg, der rechts und links mit hohen Büschen beinahe zugewachsen war, in Richtung Steilküste. Sina musste sich an dem Griff vorn am Handschuhfach festhalten, um nicht auf Theas Schoß zu landen.

Die Gedanken in ihrem Kopf wurden mindestens genauso durcheinandergerüttelt wie ihr Körper. Das, was sie soeben erfahren hatte, überforderte sie, obwohl nun viele Puzzlesteine gefunden waren, um das Bild ihrer Vergangenheit zu komplettieren. Sie dachte daran, wie ihr Lebensweg dem von Tamanca ähnelte. Auch er war seiner Mutter damals von Don Joaquíns Schergen entrissen worden und in einer Umgebung aufgewachsen, die eigentlich nicht zu ihm passte. Ob sie sich wohl zu einem anderen Menscen entwickelt hätte, wenn sie nicht in einem Bankerhaushalt in Panama City groß geworden wäre, sondern hier auf dieser wilden, magischen Insel? Die Sonne versank gerade im Meer, und ihre letzten Strahlen tauchten den Himmel in ein orange-violettes Licht. Sina seufzte leise.

Offensichtlich hatte das Schicksal es anders gewollt. So, wie es Tamanca über den Ozean verschlagen hatte, damit Amakuna bei den Kunas in Sicherheit war, hatte es auch sie dorthin geführt. Ihr wurde immer mehr bewusst, dass sie und Neri die Einzigen waren, die heute wussten, wo der Pilz zu finden war. Um nicht das gleiche Schicksal wie ihre Eltern zu erleiden, musste sie sehr, sehr vorsichtig sein.

32. KAPITEL

$

Endlich erreichten Sina und Thea eine großflächige Ebene, auf der ein altes, halb zerfallenes Haus aus Natursteinen stand, was wohl als Garage diente. Thea parkte dort den Wagen.

»Den Rest gehen wir zu Fuß«, sagte sie und ging schon mal voraus.

Sina sah sich um, aber außer Wildnis und in der Ferne ein paar Windrädern konnte sie weit und breit kein Haus entdecken. Der Wind fegte über die niedrigen Büsche, und Sina war froh über das Tuch von Raouls Freundin, das sie noch immer um den Kopf gewickelt trug.

Als sie sich wieder nach Thea umsah, war diese wie vom Erdboden verschwunden. Sina drehte sich zweimal um sich selbst.

»Hier. Ich bin hier«, ertönte es plötzlich unter ihr.

Sina entdeckte ein Loch und eine Leiter, die in die Tiefe führte.

»Komm ruhig«, ertönte Theas Stimme von unten. »Es ist nicht bequem, aber dafür bekommt man auch keinen überraschenden Besuch.«

Sie verstand – natürlich war auch Thea in Gefahr gewesen, da sie von dem Pilz wusste, und hatte sich offenbar hier versteckt. Sina fasste sich ein Herz und folgte ihr. Ihre Füße fanden nicht nur an den Sprossen der Leiter, sondern auch an den Seitenwänden Halt, aus denen ein paar Steine herausragten. Sie ließ sich Stück für Stück den Erdschacht hinunter, bis sie wieder Boden unter ihren Füßen spürte. Früher wäre sie niemals in der Lage gewesen, sich so ohne Weiteres ins unbekannte Dunkel zu begeben. Aber jetzt zitterten weder ihre Knie, noch bekam sie einen Schweißausbruch, Atem- oder Schluckbeschwerden. Unten angekommen, erstreckte sich vor ihr ein Tunnel, dessen rechte Seitenwand Löcher aufwies, durch die das letzte Tageslicht drang. Als sie durch eine der Öffnungen blickte, sah sie mindestens fünfzig Meter unter sich die weiße Gischt des Atlantiks, die bis zu ihr heraufspritzte. Daher stammten also die Pfützen auf dem Boden.

Thea nahm ihre Hand und zog sie weiter. Mit einer Taschenlampe leuchtete sie ihr den Weg, der mitten durch die Klippen führte, bis sich plötzlich vor ihnen eine riesige Wohnhöhle öffnete, die zum Meer hin teilweise verglast war und einen atemberaubenden Blick auf den Atlantik und die steilen Felsen bot. Sina blickte fasziniert nach unten in die wilde Brandung, die sich über die Felsen ergoss, um sich dann wieder in die Weiten des Ozeans zurückzuziehen.

Auf dem Boden lagen feinste orientalische Teppiche, von der gekalkten Decke hingen mehrere Messinglüster. In Richtung Fensterfront stand eine bequeme Sitzlandschaft und im hinteren Teil ein riesiges Bett, das mit Schaffellen bedeckt war. So etwas hatte Sina noch nie gesehen.

»Hier wohnst du?«, fragte sie angemessen beeindruckt.

Thea nickte. »Ich darf hier wohnen. Dieser Felsenpalast mit Aussicht gehört allerdings nicht mir, sondern Tanausú.«

Aus dem Halbdunkel trat plötzlich ein Mann mit vollem blondem Bart, strahlend blauen Augen und einer Narbe darüber hervor. Sein Alter war schwer zu schätzen.

»*Buenas tardes,* Sina, ich freue mich, dich endlich wiederzusehen.«

Tanausú? Irgendwo hatte sie diesen merkwürdigen Namen

schon einmal gehört. Dann fiel es ihr wieder ein. Sie kannte ihn aus Tamancas Leben. Er war der Anführer von Aceró, dem letzten Stamm der Guanchen, die den spanischen Konquistadoren Widerstand geleistet hatten. Aber das konnte ja schlecht sein.

»Ich bin ebenfalls ein Freund deiner Eltern und hatte dich schon auf dem Arm, als du noch ganz klein warst«, sagte er mit sonorer Stimme.

»Tut mir leid, das weiß ich nicht mehr«, erwiderte Sina verunsichert.

»Ich habe dir damals einen grauen Stoffesel geschenkt, den du Juanito getauft hast, aber wahrscheinlich kannst du dich daran nicht mehr erinnern.«

Sina schluckte. Wer war dieser Mann? Es kam ihr wirklich so vor, als käme er aus der Vergangenheit. Er hatte etwas Merkwürdiges, Unerklärliches an sich.

»Wieso trägst du den Namen des letzten Anführers der Ureinwohner dieser Insel?«

»Weil ich es bin!«

Er sagte das mit einer solchen Überzeugung, dass es ihr schwerfiel zu glauben, er wolle sie an der Nase herumführen. Sie sah Thea fragend an, doch die nickte nur.

»Tichiname, die älteste Harimaguada von Benahoare, hat mich einst bestimmt, diejenigen zu beschützen, die als Hüter von Amakuna auserwählt sind.« Er lächelte sie an. »Ein liebendes Paar, das in seiner Zeit dafür sorgt, dass die Menschen irgendwann einmal die Reife erlangen, sodass sein Geheimnis offenbart werden kann.«

Sina blickte von ihm zu Thea und wieder zu ihm.

»Ich habe mich darum gekümmert, dass deine Eltern, die für eine kurze Zeit Amakuna in Händen hielten, noch am Leben sind und keiner sie mehr verfolgt.«

Sina war jetzt doch ziemlich verwirrt. War dieser Mann ein Spinner oder tatsächlich eine Art Highlander oder Robin Hood oder vielleicht sogar Superman? In Anbetracht dessen, dass sie ins sechzehnte Jahrhundert in das Leben von Tamanca gereist war, hielt sie nichts mehr für unmöglich.

»Und jetzt bist du es, die ich beschützen werde, mit allem, was mir möglich ist. Denn du und Neri, ihr seid das neue Paar, das bestimmt ist, Amakuna zu schützen.«

Er wusste es also. Aber woher?

»Du musst eines verstehen: Amakuna verbindet alle Menschen, die es je genommen haben. In verschiedenen Zeiten treffen sie immer wieder in ähnlichen Konstellationen aufeinander, bis es ihnen irgendwann gelingt, den Grundkonflikt der Menschheit zu lösen. Nämlich dann, wenn die Gier nach Macht und Reichtum nicht mehr ihr Denken und Handeln bestimmt, sondern die Liebe, das Teilen, das Miteinander. Wenn die Mächtigen nicht immer mächtiger werden wollen, sondern den Ohnmächtigen eine Chance geben, aufzuholen. Wenn das Amakuna-Zeitalter erreicht ist.«

Sina hörte ihm aufmerksam zu. Jedes einzelne seiner Worte sprach ihr aus dem Herzen und hätte von ihr selbst stammen können, von Felipe oder Neri oder anderen, die auf ihrer Seite waren.

»Nachdem ich von meiner alten Bekannten Francisca Ribeira erfahren habe, dass du auf dem Weg hierher bist und der Adoptivsohn von Marco Martinez dich verfolgt, musste ich nur eins und eins zusammenzählen. Außerdem hat sie mich nach einem Wundermittel gefragt, das mit dieser Insel zu tun hat. Und sie hat mir erzählt, dass du und dein Freund Neri, nachdem ihr beide so gut wie tot wart, kurz darauf ziemlich lebendig eine Pressekonferenz gegeben habt. Ich nehme an, irgendjemand wird uns demnächst hier einen Besuch abstatten. Deshalb habe ich bereits Vorkehrungen getroffen. Es wird ein Boot hierherkommen, und ich kann dich schon morgen Nachmittag zu deinen Eltern bringen.«

Sina überkam ein großes Glücksgefühl, das sie kaum fassen konnte, und gleichzeitig eine Aufgeregtheit, die ihr Angst machte.

»Westsahara?«, erinnerte sie sich an das, was Thea ihr erzählt hatte. »Was tun sie dort?«

»Sie haben eine Art medizinisches Labor aufgebaut, wo sie aus einheimischen Pflanzen und Mineralien günstige Medikamente für die Armen herstellen. Das läuft so gut, dass einige afrikanische Regierungen ihnen inzwischen ernst zu nehmende Aufträge erteilen«, antwortete Thea.

»Und warum bist du nicht bei ihnen?«

»Deine Mutter und ich haben uns voneinander entfernt. Leider. Sie ist mit der Zeit immer verbitterter geworden. Einerseits verständlich, wenn man bedenkt, was ihr und vor allem Nic angetan wurde.«

»Was ist mit ihm?«, fragte Sina besorgt.

»Er ...« Thea fehlten eindeutig die Worte.

»Dein Vater ist vom Hals abwärts gelähmt«, antwortete Tanausú. »Sein gesamter Körper, auch das Gesicht ist voller Brandnarben, und er sieht nur noch auf einem Auge. Aber sein Geist ist klar.«

»Das ist bei der Explosion des Labors passiert?«

Er nickte. »Deine Mutter pflegt ihn bis heute aufopfernd. Sie gibt sich die Schuld an seinem Schicksal. Wäre sie ihm nicht begegnet, wäre er heute der Erbe des Saratoga- und des Forster's-Health-Imperiums.«

»Aber das ist er!« Sina lief aufgeregt in der Höhle auf und ab. »Besser gesagt: er und meine Mutter.«

»Wie meinst du das?«, fragte Thea überrascht.

»Mein Großvater ist alt und wird bald aus dem aktiven Geschäft ausscheiden, und eine gewisse Ann Forster hat meiner Mutter ihren Mehrheits-Aktienanteil von Forster's Health vermacht!«

»Und, irgendwelche Nachrichten von deinem Lover?«, fragte Julio, obwohl er schon ahnte, dass Francisca in dieser Sache nicht weitergekommen war. Immer, wenn Emotionen oder gar das Unwort »Liebe« im Spiel waren, liefen die Dinge schief. Das hatte er jetzt oft genug beobachtet.

»Er meldet sich nicht mehr. Keine Ahnung, warum. Obwohl er mir zugesagt hat, sich um die Kleine zu kümmern. Er war früher einer der zuverlässigsten Menschen, die ich kenne.«

»Hoffen wir mal, dass er das mit dem Kümmern nicht zu wörtlich genommen hat. Hast du ihn auf diesen Pilz angesprochen?«

Francisca sah Julio nachdenklich an. »Ja, das habe ich, und er hat sehr merkwürdig darauf reagiert.«

»Wie – merkwürdig?«

»Na ja, er meinte, einen solchen Wunderpilz gibt es nicht.«

»Und?«

»Ich habe überhaupt nichts von einem Pilz gesagt, sondern ihm nur von Neri und Sina erzählt.«

»Sicher?«

»Ganz sicher.«

»Bingo. Das heißt, er weiß Bescheid. Er spielt nur leider nicht in unserem Team. Hätte ich mir ja denken können.«

Julio schlug mit der Faust gegen den Türrahmen, sodass der Putz abbröckelte, und ging dann nach draußen, um eine Zigarette zu rauchen. Er hatte den Typen gegoogelt und war auf diverse Zeitungsartikel gestoßen. Eigentlich gefiel er ihm. Nach seiner Karriere bei der FARC war er so eine Art Ökoterrorist geworden, hatte Anschläge auf Pharmalabore verübt und dafür im Knast gesessen. Was jedoch das Interessanteste war: Sein Name tauchte in mehreren Schadensersatzprozessen gegen Forster's Health auf. Schon merkwürdig, wie die Fäden hier zusammenliefen. Julio war inzwischen überzeugt, dass das verbindende Glied dieses ominöse Heilmittel sein musste.

Der Kuna war leider bisher durch nichts zu bewegen gewesen,

endlich die Klappe aufzumachen. Francisca Ribeira, die Spezialistin auf diesem Gebiet war, hatte ihm bereits einige Zehennägel ausgerissen und ihn sogar mit einem elektrischen Bohrschrauber malträtiert. Doch er hatte keinen Mucks von sich gegeben. Frei nach dem Motto »Ein Indianer kennt keinen Schmerz«. An dem Spruch schien tatsächlich etwas dran zu sein. Doch so kamen sie nicht weiter. So ließ sich sein großer Plan nicht durchführen. Schließlich konnten sie nicht ewig in diesem Kellerloch bleiben. Das Wichtigste war jetzt, die kleine Saratoga wieder einzufangen, sie auf Spur zu bekommen und ihr Geheimnis zu lüften. Sie war der Schlüssel für die Erfüllung seines Schicksals. Das wurde Julio immer klarer. Sie würde sofort reden, wenn er dem Indio die Pistole an den Kopf hielt und dabei lässig mit dem Abzug spielte. Sie würde auch alles unterschreiben, nur um das Leben ihrer großen Liebe zu retten.

Glücklicherweise konnte ihm so etwas nie passieren. Es gab weiß Gott wichtigere Dinge als Liebe. Nämlich Macht. Wenn er erst mal dieses Wundermittel kontrollierte und bei Forster's Health das Sagen hatte, würde er alle Pharmafirmen vom Markt fegen. Und deren Zulieferfirmen, deren Vertriebe, Apotheken, Krankenhäuser, ja sogar deren Ärzte. Sie alle brauchte man dann nicht mehr. Damit hätte er schon mal einen der mächtigsten Wirtschaftszweige, durch den viele Menschen verarscht statt geheilt wurden, ausgeschaltet. Das wäre immerhin ein beeindruckender Anfang seines Weltverbesserungsprogramms, fand er.

Natürlich gäbe es auch noch eine Alternative. Nämlich alles beim Alten zu lassen und gemäß einem Zweiklassensystem nur den Reichsten der Reichen den Zugang zu dem Mittel zu gewähren und sie damit in der Hand zu haben. Doch das widersprach letztlich dem, was er sich auf seine Fahne geschrieben hatte. Er ging zurück in die Wohnung.

»Gibt es irgendeinen Anhaltspunkt, wo dein Ex stecken könnte?«, fragte er Francisca, die sich kurz hingelegt hatte und jetzt aufschreckte. »Was hat er dir über diese Insel erzählt?«

»Julio, das ist dreißig Jahre her. Ich war damals noch keine zwanzig«, antwortete sie leicht verschlafen.

»Egal. Versuch, dich zu erinnern. Alles kann wichtig sein.«

Sie setzte sich auf und rieb sich die Augen. »Warte mal. Er sprach oft von der Caldera, einem Vulkankrater. Angeblich ein magischer Ort, wo es ihn immer wieder hinzog. Dort sollen noch lange nach der Eroberung die letzten Heilpriesterinnen der Ureinwohner gelebt haben.«

»Heilpriesterinnen«, wiederholte Julio nachdenklich. »Okay. Das ist ein Anfang. Mal sehen, ob Harris damit weiterkommt.«

Er zückte sein Handy, zögerte dann jedoch. »Geh doch mal was zu essen besorgen, sonst fällt uns der Kuna noch vom Fleisch. Ich könnte auch was vertragen.«

Natürlich wusste Francisca, dass er sie nur loswerden wollte, um das Telefonat ohne Zeugen zu führen. Doch sie widersprach nicht und verließ mit zusammengekniffenem Mund die Wohnung.

»Hola amigo«, schrie Julio in sein Handy, als Harris sich am anderen Ende der Leitung meldete. »Bist du endlich auf der verdammten Insel?«

»Ja, brüll nicht so. Ich verstehe dich gut«, erwiderte der Anwalt.

»Hör zu. Irgendwie muss dieser Vulkankrater eine Rolle spielen. Sagt dir das was?«

Harris lachte lauf auf. »Klar. Borges, der frühere Security-Chef von Forster, ist dort ums Leben gekommen.«

»Interessant. Weißt du auch, warum?«

»Soweit ich mich erinnere, hatte er sich mit Nic Saratoga überworfen, wegen dieser Deutschen, Sinas Mutter. Wahrscheinlich spielte auch dieser Pilz eine Rolle. Angeblich sollte er dort in einer Höhle wachsen. Aber niemand hat sich später weiter darum gekümmert. Deshalb glaubte ich auch nicht, dass an der Geschichte was dran ist.«

»Ich denke schon, dass da was dran ist. Du musst dorthin«,

sagte Julio aufgeregt. »Das ist wie mit alten vergrabenen Schätzen. Lange passiert nichts. Und dann fällt irgendjemandem eine Schatzkarte in die Hände, und der macht sich dann Jahrhunderte später auf die Suche und hebt den Schatz.«

»Alles klar, *amigo*«, erwiderte Harris. »Ich mach mich mal schlau.«

Aber wer den Schatz am Ende in Händen hält, ist natürlich eine andere Sache, dachte Julio. »Und dann ist da noch was«, sagte er laut. »Es sieht so aus, als ob unsere Kleine in den Händen eines gewissen Tanausú ist. Ich habe mal recherchiert. Der Typ wird international gesucht. Vielleicht kannst du ja den Bullen einen Tipp geben, dass er sich auf der Insel aufhält. Dann ersparen sie dir die Arbeit und suchen ihn für dich.«

»Guter Plan.«

Julio grinste in sich hinein. Er hatte nur gute Pläne. Und inzwischen glaubte er auch fest daran, dass sie aufgehen würden.

33. KAPITEL

Als Sina am nächsten Morgen in Tanausús Höhle aufwachte, galt ihr erster Gedanke Neri. Die gestrige Aufregung hatte die Sorge um ihn etwas in den Hintergrund gedrängt, doch jetzt füllte er wieder ihr gesamtes Denken aus. Wenn sie doch nur wüsste, wie es ihm ging, und irgendetwas für ihn tun könnte. Tanausú hatte ihr versprochen, sobald sie ihre Eltern getroffen hatte, mit ihnen allen nach Panama zu fliegen, um einerseits Neri zu befreien und andererseits ihren Vater zu heilen. Doch bis dahin waren es noch ein paar Tage, in denen ihr die Hände gebunden waren.

Sie war gespannt darauf, was Neri wohl sagen würde, wenn er erführe, dass ihre Eltern auch einmal für eine gewisse Zeit die Hüter von Amakuna waren, so wie die seinen? Und dass ihre Mutter sogar einen Versuch gewagt hatte, den Pilz allen Menschen zur Verfügung zu stellen? Doch dafür war die Zeit offensichtlich noch nicht reif gewesen. So wie auch jetzt. Ihre Eltern hatten einen ersten Schritt getan, und nun war es an ihr und Neri, den nächsten zu tun.

»Frühstück«, unterbrach Thea ihre Gedanken und brachte ihr ein großes Glas frisch gepressten Orangensaft und zwei Scheiben selbst gebackenes Brot mit selbst gemachter Marmelade. Sina dankte ihr, nahm einen Schluck Saft und genoss den fruchtigen Geschmack. Er erinnerte sie daran, wie sie in Boston auf dem

Davidsquare mit Felipe Orangensaft getrunken hatte, bevor sie gemeinsam zu Sarah Finkelstein gegangen waren. Sie vermisste ihn – als Freund. Felipe war ebenfalls ein wichtiger Mensch in dem Bestreben gewesen, das Amakuna-Zeitalter in eine etwas greifbarere Nähe zu rücken. Schon ihm zuliebe würde sie dieses Vorhaben niemals aufgeben.

»Ich habe mit meinen Freunden aus unserem Camp in der Westsahara telefoniert. Das Boot wird heute am späten Nachmittag da sein. Dann können wir sofort los«, sagte Tanausú, der ebenfalls in der kleinen Felsnische erschienen war und den Arm um Thea legte. Sina wurde erst jetzt bewusst, dass die beiden wohl ein Paar waren. Vielleicht seit langer Zeit, möglicherweise auch schon seit sehr langer Zeit.

»Wissen denn meine Eltern, dass ich komme?«, fragte sie.

»Ja, ich habe kurz mit deiner Mutter gesprochen«, antwortete Tanausú.

»Und?« Sina konnte sich vorstellen, dass es für sie ebenfalls nicht einfach war, die verlorene Tochter nach so langer Zeit wiederzusehen.

»Sie hat geweint. Es war ein Schock für sie, aber gleichzeitig die beste Nachricht seit etlichen Jahren.«

Sina bekam eine Gänsehaut. Wie würde es für sie sein, plötzlich Eltern zu haben? Würden sie sie überhaupt mögen? Und würde sie die beiden mögen?

»Was hältst du davon, wenn wir den Vormittag nutzen und einen kleinen Ausflug in die Caldera machen?«, fragte Tanausú, der offensichtlich ihre Unsicherheit spürte.

»Gute Idee«, sagte Thea. »Ich würde gerne mitkommen, aber eine Frau, die hier in der Nähe wohnt, bekommt ein Kind. Sie hat eben angerufen, die Wehen haben gerade eingesetzt.«

»Du bist Hebamme?«

»Ich war früher Gynäkologin in demselben Krankenhaus, in dem deine Mutter im Labor gearbeitet hat, aber das soll sie dir alles selbst erzählen. Ihr werdet noch genug Zeit dafür haben.«

Sina und Tanausú fuhren Richtung Süden den Roque de los Muchachos hinauf, wo die zweitgrößte Sternwarte der Welt stand. Schon von Weitem konnte Sina die riesigen Teleskope mit ihren Parabolspiegeln sehen, die sie jedoch mehr in die Zukunft versetzten als in die Zeit der Guanchen.

»Der Himmel über La Palma ist so klar, dass dieser Standort sich extrem dafür eignet«, erklärte Tanausú, während sich der Jeep die kurvige Straße zum Kraterrand immer weiter hinaufschlängelte. Je höher sie kamen, desto mehr wurde Sina die besondere Energie dieses Eilands bewusst. Riesige Kiefern streckten sich in den Himmel, und Falken zogen ihre Kreise durch die kühle, kristallklare Luft. Für jemanden, der in den stets feuchtwarmen Tropen aufgewachsen war, ein ganz besonderes Erlebnis. Und obwohl sie zum ersten Mal hier oben war, spürte sie doch, dass letztendlich ihre Wurzeln hier lagen, in diesem Krater, dem Ort, an dem Amakuna geboren worden war.

Sie ließen den Jeep auf dem Besucherparkplatz stehen, wo so früh am Morgen nur ein Touristenbus und ein paar Leihwagen standen. Sina folgte Tanausú zu einem kleinen Pfad, der steil hinunter in den Vulkankrater führte. Nach einer Weile schlug ihnen lautes Ziegengemecker entgegen.

»Haben die sich verlaufen?«, fragte Sina neugierig.

Tanausú lachte. »Nein. Die palmerischen Ziegenbauern bringen genauso wie früher die Guanchen die Jungtiere zum Überwintern in die Caldera und treiben sie erst im Frühjahr wieder heraus, da sie dann besonders stark und widerstandsfähig sind.«

»Kannst du dich denn noch an die alte Zeit erinnern?«, fragte Sina, obwohl sie sich etwas merkwürdig dabei vorkam.

»Das kann ich. Und ich vermisse sie. Es war eine Zeit des Friedens und der Harmonie«, erwiderte Tanausú mit einem Anflug von Traurigkeit in der Stimme.

»Aber sie endete böse mit der Invasion der Spanier?«

Er nickte. »Und diese ›böse‹ Zeit ist leider noch nicht vorbei.«

Er deutete auf eine Steinlawine auf der anderen Seite des Barrancos, in dessen Abgrund sie gerade sahen. »Dort befand sich einst das Heiligtum der Harimaguadas, der weisen Frauen der Ureinwohner dieser Insel«, sagte er mit einer gewissen Ehrfurcht in der Stimme.

»Auch die Grabeshöhle? In der Amakuna …?«

Er nickte.

Sina atmete tief durch, bevor sie zu erzählen begann. »Ich bin mit Amakuna in die Zeit von Tamanca, dem Sohn von Iriomé und Joaquín, gereist.« Sie machte eine kleine Pause, während ihr bewusst wurde, wie unglaublich das für jeden Außenstehenden klingen musste. Doch Tanausú hörte ihr mit interessiertem Blick zu, als berichte sie von irgendwelchen Familienmitgliedern. Und in gewissem Sinne war es ja auch so.

»Wie ist es Iriomé ergangen? Ich habe sie damals im Stich gelassen. Ein unverzeihlicher Fehler.« Er hatte plötzlich Tränen in den Augen und wirkte gar nicht mehr so selbstsicher und stolz.

»Warum? Was ist geschehen?«, wollte Sina wissen.

»Das Leid war zu groß. Die Konquistadoren hatten beinahe unser gesamtes Volk vernichtet. Ich konnte es nicht ertragen und entschied mich für den Tod. Doch inzwischen habe ich verstanden, dass es meine Aufgabe ist, für Frieden und Gerechtigkeit zu kämpfen, bis das Amakuna-Zeitalter angebrochen ist.«

»Iriomé musste fliehen, um Amakuna nicht zu verraten, und kam hierher zurück, um zu sterben«, beantwortete Sina Tanausús Frage.

»Das habe ich mir gedacht«, sagte er leise und wischte sich mit dem Handrücken über die Augen.

»Ihr Sohn Tamanca wuchs bei seinem Vater auf. Als sie gemeinsam in die Neue Welt auswanderten, machten sie einen Stopp hier in La Palma. Tamancas erste Frau war schwer verletzt. Er hatte durch seinen Vater von Amakuna gehört und machte sich auf den Weg hierher in die Caldera. Die Harimaguadas erkannten in ihm den Nachfolger von Iriomé und den neuen Hüter. Und so überließen sie ihm Amakuna.«

»Deshalb kam der Pilz also nach Panama. Und deshalb bist du dort aufgewachsen, um ihn zu entdecken. Das Schicksal macht keine Fehler«, sagte Tanausú mit leiser Stimme.

»Tamanca versteckte ihn jedenfalls mit seiner zweiten Frau Itapiú in einer Höhle an einem heiligen Platz, wo er noch immer wächst. Die Indios, die seitdem das Geheimnis bewahrt haben, nennen sich Kuna.«

»Und ist es dort sicher?«

Sina nickte. »Bisher wissen nur Neri und ich, wo es sich befindet. Er nennt diesen Ort ›das Tor der Zeit‹.«

»Ein passender Name.«

Als sie sich auf den Weg zurück zum Parkplatz machten, sahen sie bereits von Weitem, dass er von Einsatzwagen der Guardia Civil, der spanischen Nationalpolizei, umstellt war.

»Mierda!«, fluchte Tanausú.

Im nächsten Moment kamen bereits mehrere Polizisten auf sie zugerannt. Sina erstarrte. Hatte man sie tatsächlich hier im Nirgendwo aufgespürt? Jetzt, wo sie ihrem Ziel so nahe war? Und dann erblickte sie auch noch Harris, Hawaiihemd-Harris. Der Mann, der sie schon einmal von hier fortgebracht hatte. Hatte ihr Großvater ihn geschickt oder Forster's Health oder Julio und seine Komplizin? Sie sah sich panisch nach Tanausú um, der jedoch wie vom Erdboden verschluckt war. Wollte er nicht auf sie aufpassen? Hatte er nicht gesagt, dass es seine Aufgabe war, sie und Neri vor Gefahren zu beschützen?

»Wo ist er?«, rief ihr nun auch noch einer der Polizisten zu. In diesem Augenblick wurde ihr klar, dass es gar nicht um sie ging, denn die übrigen Beamten verteilten sich über das Gelände, ganz offensichtlich auf der Suche nach Tanausú.

»Geht es dir gut, meine Liebe?«, markierte Harris den besorgten Anwalt. »Hat er dir etwas getan?«

»Nein, warum sollte er?«, schrie Sina ihn an.

»Señorita, bitte beruhigen Sie sich«, mischte sich ein Polizist ein, der sich als Comisario Gimenez vorstellte. »Sie haben wirklich Glück gehabt, dass Sie noch am Leben sind. Dieser Mann ist ein international gesuchter Terrorist.«

Sina wurde nun richtig wütend. »Das stimmt nicht. Dieser Mann hier ist ein Verbrecher«, sagte sie verärgert und deutete auf Harris. »Er hat mich schon einmal entführt.«

»Sie steht unter Schock«, säuselte Harris weiter. »Wer weiß, was dieser Mensch ihr angetan hat.«

»Das können Sie mir alles auf dem Revier erzählen.« Der Comisario sah Sina nun geradezu misstrauisch an und gab dem Beamten, der neben ihm stand, ein Zeichen, sie zu einem der Polizeifahrzeuge zu bringen. »Keine Sorge, Sina. Ich lass dich nicht allein«, schmeichelte Harris im gleichen Ton weiter.

Gimenez sprach inzwischen aufgeregt in sein Handy, da einer seiner Leute offensichtlich etwas gefunden hatte. Trotzdem wandte er sich kurz wieder Harris zu. »Noch mal danke für den Hinweis. Wenn wir ihn kriegen, ist das der größte Fang, den die Guardia Civil hier auf La Palma je gemacht hat.«

»Das Dankeschön gebührt Ihnen«, antwortete Harris galant.

Sina hätte ihm am liebsten in die Eier getreten, aber der Polizist hatte sie bereits eisern im Griff.

Er schob sie, die Hand schützend über ihren Kopf gelegt, auf den Rücksitz des Polizeiwagens. Harris ließ sie, wie angekündigt, nicht eine Sekunde aus den Augen und nahm neben dem Beamten auf dem Beifahrersitz Platz. Sina wurde bewusst, dass sie sich erneut in einer vollkommen aussichtslosen Lage befand. Was, wenn sie Tanausú verhafteten? Wie sollte sie dann ihre Eltern finden? Und wie ohne seine Hilfe Neri befreien?

Nachdem sie den Parkplatz verlassen und nach einigen Kilometern die Waldgrenze wieder erreicht hatten, bat der Amerikaner den Fahrer, für einen kurzen Moment anzuhalten, er wolle sich den Mantel ausziehen. Der tat ihm den Gefallen, doch kaum stand der Wagen, zog Harris seine Pistole und richtete sie auf den Beamten.

»Geben Sie mir Ihre Waffe, und steigen Sie aus. Sofort!«, forderte er ihn auf.

Der Polizist, ein kleiner, etwas untersetzter Palmero, sah ihn erschrocken an.

»*Súbito,* habe ich gesagt«, wiederholte Harris.

Daraufhin schnallte der Beamte tatsächlich seinen Revolver ab, legte ihn vorn auf das Armaturenbrett, stieg aus und rannte los, als wäre der Teufel hinter ihm her.

Sina konnte es kaum fassen. »Was soll das?«, stieß sie hervor. »Was wollen Sie von mir?«

»Das Gleiche, was Forster's Health von deiner Mutter wollte. Den Pilz. Aber darüber unterhalten wir uns gleich.« Er setzte sich ans Steuer und gab Gas. Sina bekam es jetzt doch mit der Angst zu tun.

»Halten Sie sofort an!«, schrie sie. Doch Harris dachte gar nicht daran. Im Gegenteil, er gab noch mehr Gas und bog auf einen Feldweg ab, der in den Wald führte. Sina überlegte, ihm ins Steuer zu greifen, auch wenn sie dabei Gefahr liefen, gegen einen Baum zu krachen. Aber vielleicht war das ihre einzige Chance. Doch dazu kam es nicht. Harris ahnte wohl, was sie vorhatte. Er stoppte den Wagen an einem kleinen Unterstand für Waldarbeiter.

»Los, raus«, fuhr er sie an, stieg selbst aus und öffnete die rückwärtige Tür. Als sie nicht sofort reagierte, packte er sie am Arm und stieß sie zu Boden, sodass sie direkt vor seine Füße fiel. »So, jetzt drehen wir den Spieß um. Jetzt bist du es, die am Boden liegt. Na, wie fühlt sich das an? Demütigend, was?« Höhnisch blickte er auf Sina herab. »Also, wo ist er, der Pilz?«

»Welcher Pilz?«, entgegnete sie, um etwas Zeit zu schinden.

»Stell dich nicht dümmer, als du bist. Dafür haben wir keine Zeit.«

»Er existiert schon lange nicht mehr. Die Höhle, in der er einst wuchs, wurde gesprengt.« Thea und Tanausú hatten recht gehabt, sie für immer zu vernichten. Die beiden konnten ja nicht wissen, dass er es bis nach Panama geschafft hatte.

»Das ist mir inzwischen auch bekannt. Ich will von dir wissen, wo er jetzt wächst. Du und dieser Kuna, ihr habt ihn. Und Julio hat den Kuna«, schmunzelte er siegesgewiss. »Wenn du also möchtest, dass dein Freund am Leben bleibt, solltest du mir jetzt genau sagen, wo ich den verdammten Pilz finde.«

Sina versuchte, ruhig zu bleiben.

»Ich weiß ja nicht mal, ob er überhaupt noch am Leben ist«, erwiderte sie.

»Kein Problem.« Die Waffe weiter auf sie gerichtet, zückte Harris sein Handy und drückte die Kurzwahltaste. »*Amigo.* Ich hab sie. Sie will ihren Freund sprechen.«

Sina zitterte innerlich, als er ihr das Telefon ans Ohr hielt.

»Sina.«

Als sie Neris Stimme vernahm, wurde sie augenblicklich ruhig.

»Hör zu. Du darfst ihnen nichts sagen. Denke daran: ›Diese Männer kennen keine Liebe. Sie werden alles, was uns heilig ist, vernichten. Doch eines darf niemals in ihre Hände gelangen: das heimliche Herz der Insel, das in der Höhle des höchsten Berges schlägt! Erst wenn die Menschen frei von Gier nach Macht und Reichtum sind, darf sein Geheimnis offenbart werden.‹«

»Red nicht so einen Scheiß«, hörte sie Julio im Hintergrund. Dann schien er Neri das Telefon weggenommen zu haben, denn seine Stimme bohrte sich direkt in ihr Ohr. »Du kommst schön mit ›Onkel‹ Harris zurück, wie du es schon einmal getan hast. Dann wird deinem Freund hier nichts passieren. Verstehst du? Wenn nicht, kannst du ihn direkt neben deinem ersten Verlobten in Kuna Yala verscharren.«

Harris nahm sein Telefon wieder an sich und steckte es ein. »Alles klar? Ich frage dich jetzt ein letztes Mal: Wo wächst der Pilz?«

Sie dachte an den Schwur, den Iriomé, Tamanca und wahrscheinlich auch ihre Eltern geleistet hatten. Würde Neri ihn nun mit dem Leben bezahlen?

Alles in ihr begehrte dagegen auf. Nein, das konnte und wollte sie nicht zulassen! Sie musste es ihm sagen. Oder …

»Lassen Sie die Waffe fallen!«, ertönte in diesem Moment Tanausús Stimme hinter ihnen.

Der Amerikaner drehte sich um, ließ jedoch die Pistole auf Sina gerichtet. Doch sie erkannte die Chance dieses Augenblicks und rollte sich blitzschnell zur Seite. Tanausú schoss. Harris drückte in dem Moment ab, als er getroffen zusammenbrach. Seine Kugel verfehlte jedoch ihr Ziel und bohrte sich in den Waldboden.

Tanausú kickte ihm mit dem Schuh die Pistole aus der Hand. »Das war wirklich verdammt knapp!« Er reichte Sina die Hand, um ihr aufzuhelfen. Tränen der Erleichterung liefen ihre Wangen hinunter. Er nahm sie in den Arm und strich ihr beruhigend über den Rücken.

Tanausú trat das Gaspedal des Polizeiwagens durch, und sie erreichten in Höchstgeschwindigkeit den Küstenabschnitt, wo sich seine Höhle befand. In einer Bucht, die ein großer Fels vor hohen Wellen schützte, lag eine kleine, etwas heruntergekommene Motorjacht.

Thea erwartete sie bereits unten an der Mole, wo ein Beiboot festgemacht war.

»Gott sei Dank, ihr seid da. Die ganze Insel ist in Aufruhr. Ihr müsst sofort hier weg.« Sie drückte Sina besorgt an sich. »Ich wünsche dir alles Gute. Wir werden uns bestimmt eines Tages wiedersehen. Diese Insel ist noch immer dein Zuhause.«

Sina umarmte Thea herzlich. Ihr wurde bewusst, dass sie und Tanausú nun zu ihr gehörten. Die beiden würden sie niemals enttäuschen. Amakuna war wie ein unsichtbares Band, das sie zusammenhielt.

Dann kletterte sie in das schwankende Boot, was gar nicht so einfach war, denn die Wellen schlugen hart dagegen. Nachdem sie es trotzdem geschafft hatte, winkte sie Thea noch ein letztes Mal zu, während ihr neuer Beschützer sie mit kräftigen Schlägen zu dem Schiff ruderte, das sie endlich zu ihren Eltern bringen sollte.

An Bord wurden sie von zwei Afrikanern empfangen, die sie auf Französisch begrüßten und das Dingi hochzogen. Ohne weitere Verzögerung ließ einer der beiden den Motor an und steuerte den Kahn hinaus aufs offene Meer.

Sina setzte sich vorn an den Bug, ließ sich die Gischt ins Gesicht spritzen und atmete erst einmal aus. In ihren kühnsten Träumen hätte sie sich nicht vorstellen können, was sie gerade durchmachte. Es belastete sie, dass Amakuna Neris und auch ihr eigenes Leben immer wieder aufs Neue in Gefahr brachte. Seit sie seine Stimme gehört hatte, war es ihr schier unerträglich, ihn in der Gewalt von Julio zu wissen. Was würde er mit ihm machen, wenn er merkte, dass er keinen Kontakt mehr zu Harris herstellen konnte? Sie erinnerte sich plötzlich wieder, was Thea über ihre Mutter gesagt hatte – dass sie sich gegenüber Nic schuldig fühlte. Sina konnte es nur zu gut nachempfinden. Neri könnte jetzt gemütlich in seiner Hängematte liegen und sich darüber Gedanken machen, wie die Menschen in Kuna Yala ihre Lebensweise behielten, wie der stetig wachsende Müllring um die Inseln abgebaut werden könnte, oder er würde einfach nur die Schönheit des Seins genießen. Stattdessen war er in der Gewalt eines unberechenbaren Wahnsinnigen, der hinter Amakuna her war und sich einbildete, von Gott dazu auserwählt zu sein, die Welt zu retten.

Tanausú war neben sie getreten und legte ihr die Hand auf die Schulter. »Es wird alles gut, Sina«, sagte er, als könne er ihre Gedanken lesen. »Ich werde dir helfen, Neri zu befreien.« Sie sah ihn dankbar an. »Sobald wir in Panama sind, werden wir Kontakt mit diesem Julio aufnehmen.« Er hielt Harris' Mobiltelefon in die Höhe. »Wenn du möchtest, kann ich dir jetzt ein wenig über Westsahara erzählen.«

Sie nickte. »Ich habe, ehrlich gesagt, noch nie etwas darüber gehört.«

»Das wundert mich nicht. Das Land wird in der Presse, so gut es geht, totgeschwiegen. Es hat eine sehr traurige Geschichte, und fast niemand kennt sie, obwohl Westsahara nur ein paar Stunden mit der Fähre von den Kanaren entfernt ist, wo Millionen von Menschen jedes Jahr ihren Urlaub verbringen. Die meisten der über 200 000 Sahrauis leben jetzt schon in der dritten Generation in Flüchtlingslagern in Algerien. Die Westsahara war die letzte Kolonie der Spanier, die sie 1975 in die Unabhängigkeit entlassen haben. Dann hat Marokko alte historische Ansprüche angemeldet und hält bis heute drei Viertel des Landes besetzt. Es geht ihnen hauptsächlich um die im Norden liegenden Phosphatminen, die mehrere Milliarden Dollar im Jahr einbringen.«

Sina hatte ihm aufmerksam zugehört. Schon wieder Unterdrückung, schon wieder Ungerechtigkeit. Diesmal ging es nicht um Gold oder Immobilien, sondern um Phosphat, doch das machte keinen Unterschied. Sina wusste, dass man es als Düngemittel verwendete, worauf vor allem die USA mit ihren gigantischen Großproduktionsfeldern angewiesen waren.

»Die UN hat den Sahrauis bereits öfter ein Referendum in Aussicht gestellt«, fuhr Tanausú fort, »doch Marokko konnte das immer wieder verhindern. Sie haben einen 2700 Kilometer langen verminten Sandwall aufgeschüttet, der die besetzte Zone von dem Gebiet trennt, das von den Polisario-Rebellen kontrolliert wird, einer nur bedingt anerkannten Regierung. Man hat sich zwar auf einen Waffenstillstand geeinigt, doch vor allem die jungen Sahrauis wollen sich diese Situation nicht länger gefallen lassen. Wir sind gerade dabei, mit schweren Geschützen und Panzern eine Militärübung abzuhalten. Falls sich auf diplomatischem Weg wieder keine Lösung finden lässt, wird es Krieg geben. Der wird diesmal so lange dauern, bis die Westsahara frei ist.«

»Und wer besorgt all die Waffen?«

»Illegale Waffenhändler, die ihre Verdienste in Banken wie der deines Großvaters waschen.«

Sina biss sich auf die Lippen. Er hatte recht. Sie selbst wusste von einigen Kunden, deren Einzahlungen mit den unterschiedlichsten Tarnungen versehen waren. Sina hatte nie nachgefragt. Die Namen waren mit einem gewissen Code gekennzeichnet und natürlich allesamt falsch. Ihr Großvater hatte ein geniales System erfunden, illegale Gelder nicht nur an der Steuer vorbeizuschleusen, sondern sich davon auch noch einen gehörigen Anteil selbst unter den Nagel zu reißen. Diese Konten sorgten in vielen Banken Panamas für einen gesunden Grundstock. Ihre Besitzer waren meist stillschweigend dankbar und stellten keine besonderen Ansprüche.

»Und du setzt dich also für diese Sahrauis ein?«

Tanausú grinste beinahe spitzbübisch. »Hat sich so ergeben.«

»Was genau tust du?«

»Ausbildung und Informationsbeschaffung«, antwortete er. »Mehr musst du erst einmal nicht wissen.«

»Und meine Eltern? Wie leben sie dort? Das ist doch sicher nicht einfach. Bestimmt sind die Menschen sehr arm und wahrscheinlich auch kriminell.«

Tanausú schüttelte den Kopf. »Die Sahrauis dort sind wunderbar. Sie halten zusammen, auch in der größten Not. Sie haben sich den Gegebenheiten angepasst, genauso wie deine Eltern. Vor allem deine Mutter tut sehr viel für die einheimische Bevölkerung. Sie verehren sie dort beinahe wie eine Göttin.«

»Und wie ist meine Mutter so? Ich meine, eher still und besonnen oder mehr ein aufgeregter Typ?« Thea hatte erwähnt, dass sie verbittert wäre, aber so mochte Sina sie sich nicht vorstellen.

Tanausú lächelte. »Bald wirst du es wissen.« Während er mit ihr sprach, ließ er den Blick immer wieder zum Horizont schweifen, doch auf dieser Route schienen weder Frachtschiffe noch Fischerboote unterwegs zu sein, die auf sie hätten aufmerksam werden können.

Als kurz nach Sonnenuntergang die afrikanische Küste am Horizont auftauchte, drosselten die Afrikaner den Motor, und das Schiff tanzte nun munter auf den Wellen, sodass Sina ein wenig übel wurde.

»Wir müssen warten, bis es ganz dunkel wird«, erklärte Tanausú. »Marokkanische Soldaten überwachen den Strand zwar auch nachts, aber recht großflächig. Ich warte auf den Anruf eines Informanten, der uns die Koordinaten durchgibt, wo wir sicher anlegen können.« Auch während er sprach, ließ er den Blick nicht vom Radar, damit sie noch rechtzeitig abdrehen konnten, falls eine Küstenpatrouille auftauchte.

Sina spürte, wie die Anspannung zurückkehrte. Sie hatte es jetzt schon mehrfach geschafft, der Polizei zu entkommen. Von den Marokkanern wegen illegaler Grenzüberschreitung aufgegriffen zu werden und möglicherweise dort in einem ihrer Gefängnisse zu landen war jedoch das Letzte, was sie jetzt gebrauchen konnte.

Es war inzwischen dunkel geworden, doch der erwartete Anruf kam nicht. Die starke Strömung machte ihnen Schwierigkeiten, und der Steuermann musste immer wieder den Motor anwerfen, damit sie nicht abgetrieben wurden.

»Irgendetwas muss passiert sein«, sagte Tanausú. »Ich denke, wir sollten es wagen, an der üblichen Stelle anzulegen. Es ist ziemlich unwahrscheinlich, dass wir dort aufgespürt werden.« Zudem war an der Küste Nebel aufgezogen, der die Sicht auf wenige Meter beschränkte.

Sina konnte kaum die Hand vor Augen sehen, als das Beiboot zu Wasser gelassen wurde, das sie an den Strand brachte. Dort nahm sie schemenhaft ein ausgebranntes Schiffswrack wahr, das wie das Skelett eines gestrandeten Wals auf der Seite lag. Tanausú schickte den Mann, der sie herübergerudert hatte, zur Jacht zurück mit dem Befehl, unverzüglich zurück Richtung Kanaren zu fahren, wo sie bei einer Sympathisanten-Gruppe in Las Palmas, die sich für die Unabhängigkeit der Westsahara einsetzte, Schutz finden würden.

Dann versuchte er erneut, seinen Kontaktmann, der sie hier abholen sollte, telefonisch zu erreichen. Doch ohne Erfolg. Was sollten sie jetzt tun? Sie befanden sich irgendwo an einem beinahe dreitausend Kilometer langen Küstenstreifen. Auf der einen Seite der Atlantik, auf der anderen die Sahara. Doch Tanausú bewahrte die Ruhe. Nichts schien diesen Mann, der über Jahrhunderte hinweg seinen Kampf für die Unterdrückten geführt hatte, aus der Bahn zu werfen. Er setzte sich einfach in den Sand und wartete. Sina tat es ihm gleich, auch wenn sie nicht genau wusste, worauf.

»Aber es muss doch noch eine andere Möglichkeit geben, als die Marokkaner mit Gewalt dazu zu bringen, den Sahrauis ihr Land zurückzugeben«, sagte sie schließlich, um eine Unterhaltung zu beginnen und die Wartezeit zu überbrücken.

»Und wie stellst du dir das vor?«, fragte Tanausú mit leicht süffisantem Unterton.

»Indem man öffentlich auf ihr Schicksal aufmerksam macht.«

»Und in wessen Interesse wäre das? Bestimmt nicht in dem des Westens.«

Da hatte er allerdings recht.

»Es müssten endlich Gesetze erlassen werden, um Phosphatdünger zu verbieten, da er den Boden und das, was angebaut wird, vergiftet.«

»Und in wessen Interesse sollte *das* sein?«, gab Sina die Frage zurück. »Das wäre das Gleiche, als würde man die Waffenindustrie verbieten. Das will auch keiner.«

»Stimmt«, erwiderte Tanausú.

»Dann müssen die Menschen lernen, es zu wollen«, sagte Sina. »Sie müssen sich von ihren alten Denkmustern verabschieden. Das ist die einzige Möglichkeit. Ich finde es ja ehrenwert, dass du die Sahrauis unterstützt, aber auch du denkst in alten Mustern.« Sie lächelte. »Was in deinem Fall nachvollziehbar ist. Die Welt wurde schon immer mit Macht und Gewalt regiert. Aber auf der anderen Seite müsstest gerade du mehr als jeder andere verstehen, dass wir uns damit am Ende selbst zerstören. Wir müssen endlich miteinander etwas erreichen und nicht gegeneinander kämpfen, sonst bricht hier bald alles auseinander. Manchmal denke ich, wir brauchen eine Gefahr von außen, keine Ahnung, einen Angriff von einem anderen Planeten vielleicht, damit wir endlich begreifen, dass wir eine gemeinsame Welt zu verteidigen haben und an einem Strick ziehen müssen.«

Da war er wieder, dieser Gedanke an ein Zusammenhalten. Tanausú hatte es von den Guanchenstämmen gefordert, Tamanca von den Indios, sogar der wahnsinnige Julio glaubte, ein geeintes Südamerika würde bessere Chancen haben. Doch vielleicht war der Gedanke einfach nur utopisch. Die Menschen waren zu unterschiedlich und würden sich nicht auf eine gemeinsame Richtung festlegen lassen, die ein Einzelner vorgab. Aus der Geschichte ihres eigenen Landes kannte Sina in diesem Zusammenhang nur Diktatoren wie Noriega oder Torrijos. Weder der Kommunismus noch der Faschismus, noch die Diktatur hatte die Menschen zusammengeschweißt. Die Folge war Anarchie und dann eine vom Westen diktierte Pseudodemokratie, auf die wieder Anarchie folgen würde, bis dieser Teufelskreis endlich durchbrochen würde.

Sie zitterte. Es war kalt nachts in der Wüste. Tanausú rückte näher, damit sie etwas von seiner Körperwärme abbekam.

»Ich würde mir nichts mehr wünschen als das«, sagte er. »Vielleicht ist ja deine Generation oder die deiner Kinder in der Lage, dieses neue Denken umzusetzen.«

»Ja, vielleicht«, antwortete Sina.

Beide versanken wieder in Schweigen, bis ein knatterndes Motorengeräusch Tanausú aufstehen ließ. Freund oder Feind? Sina sah ihn ängstlich an.

»Das kann nur der Wagen von Mustafa sein. Der Auspuff hat ein Loch.«

Sina atmete auf. Dann kamen sie also doch noch hier weg.

Die Begrüßung der beiden Männer war kurz und herzlich. Mustafa, ein dunkelhäutiger Sahraui im typisch blauen Gewand der Wüstenbewohner, hatte sein Handy nicht aufladen können, deshalb keine Kommunikation. Für solche Fälle war die Vereinbarung getroffen worden, an genau dieser Stelle anzulegen. Tanausú half Sina auf den Rücksitz des Jeeps, und Mustafa gab Gas. Trotz des knallenden Auspuffs schien der Wagen es mühelos über dürre Sträucher, Steine und Dünen zu schaffen. Eine Straße oder Ähnliches war jedenfalls nirgendwo zu sehen. Irgendwann fehlte auch das Meer zur Orientierung. Es gab nur noch endlosen Sand, Geröll und niedrige Tafelberge mit kleinen Schluchten dazwischen.

Endlich tauchte in der Ferne besagter, aus Sand aufgeschichteter Wall auf. Sina dachte daran, was sie über die Minen gehört hatte. Was, wenn sie jetzt auf eine solche fuhren? Was, wenn sie jetzt, kurz bevor sie ihre tot geglaubten Eltern wiedertreffen sollte, selbst starb? In letzter Zeit war sie immer wieder dem Tod nahe gewesen, doch sie hatte die Grenze nie überschritten.

Schließlich erreichten sie eine Talsenke. »Ab hier müssen wir zu Fuß weiter«, sagte Tanausú. Sie stiegen aus, und die Männer bedeckten den Wagen mit Gestrüpp, sodass man ihn zumindest von Weitem nicht ausfindig machen konnte.

Mustafa kannte den Weg. Er richtete sich nach seinen Fußspuren, die er vor einigen Stunden auf dem Hinweg hinterlassen hatte und die in sicherem Abstand an den Minen entlangführten.

Niemand sprach ein Wort. Sina folgte dem Sahraui, Tanausú bildete die Nachhut. Im Osten zeigte sich bereits ein Silberstreif, der den nächsten Tag ankündigte. Jetzt war Eile angesagt, denn jeden Morgen machte eine marokkanische Militärmaschine einen Kontrollflug über den Berm oder »Hassans Wall«, wie diese Mauer der Schande von den Sahrauis genannt wurde.

Immer wieder sank Sina knietief in den noch kühlen Sand ein, und es kostete sie viel Kraft, den nächsten Schritt zu tun. Tanausú, der es gewohnt war, sich hier fortzubewegen, nahm ihre Hand und zog sie einfach weiter. So kamen sie wenigstens einigermaßen zügig voran, wenngleich Sina inzwischen völlig erschöpft war. Nachdem sie den Kamm erreicht hatten, wurde der Weg etwas leichter. Mehr auf dem Po rutschend als laufend, kamen sie schließlich unten an, wo sich ein kleines Dorf aus mehreren Lehmhütten befand. Die Bewohner kannten die beiden Männer und begrüßten sie herzlich. Verschleierte Sahraui-Frauen boten ihnen Tonkrüge mit kaltem Wasser und frisch gebackenes Fladenbrot an. Nach all der Anstrengung hatte Sina das Gefühl, nie etwas Besseres gegessen und getrunken zu haben. Eine Frau machte ihr per Zeichensprache klar, dass sie sich in einer der Lehmhütten ein wenig ausruhen konnte. Und auch wenn Sina unglaublich aufgeregt war, nun endlich ihre Eltern kennenzulernen, verspürte sie doch eine große Erschöpfung. Deshalb nahm sie das freundliche Angebot an und legte sich auf eine Decke, die die Frau für sie auf dem Boden ausbreitete. Natürlich konnte sie nicht schlafen. Immer wieder stellte sie sich vor, wie wohl die erste Begegnung mit ihrer Mutter verlaufen würde. Ob sie sich in die Arme fallen würden wie in einem schlechten Film oder sich misstrauisch gegenüberstünden.

Sina musste trotzdem kurz eingenickt sein, denn sie schreckte hoch, als eine verschleierte Frau in einem weißen Gewand die Hütte betrat und sich über sie beugte. Nur die Augen waren frei gelassen und blickten sie an. Sina kannte diese blaugrünen Augen. Sie hatten die gleiche Farbe wie ihre eigenen.

Die Frau nahm das Tuch ab, das um ihren Kopf gewickelt war, und rotblonde Locken fielen auf ihre Schultern. Ein Moment großer Stille kehrte ein. Ein überwältigender Moment in Sinas Leben, vielleicht der eindringlichste neben ihrer Begegnung mit Neri. Sie wäre ihrer Mutter gerne in die Arme gefallen und hätte sich an ihrer Brust ausgeweint, doch etwas hielt sie davon ab. Es war Schuld. Unzählige Vorwürfe stiegen in ihr hoch, die sich blitzartig zu einer Mauer formten, welche nicht so einfach zu durchbrechen war. Fragen, vor deren Antworten sie sich fürchtete. Warum hatten ihre Eltern nicht doch einen Weg gefunden, sie zu sich zu holen? Warum hatte sie nicht wenigstens ein Lebenszeichen erhalten? Wie um alles in der Welt konnten sie ihre einzige Tochter nur in dem Glauben lassen, sie wären tot?

Immer noch Stille, dann ein tiefer Seufzer.

»Sina. Es tut mir leid. Unendlich leid«, flüsterte Romy Saratoga. Sie nahm vorsichtig die Hand ihrer Tochter in die ihre und brachte damit jene Mauer, die zwischen ihnen stand, zum Einstürzen. Die Tränen flossen auf beiden Seiten, still und ohne Schluchzen. So blieben sie eine ganze Weile miteinander verbunden, ohne Worte und ohne eine weitere Geste des Zusammenfindens. Doch diese Sprachlosigkeit war angefüllt mit Geschichten, die sie sich noch zu erzählen hatten. Und eine dieser Geschichten würde von Amakuna handeln.

»Ich würde dich jetzt gerne zu deinem Vater bringen«, durchbrach Romy schließlich das Schweigen. »Es geht ihm nicht gut, aber das weißt du ja schon. Also erschrick bitte nicht, wenn du ihn siehst.«

Der Jeep ihrer Mutter stand vor der Hütte. Tanausú wartete bereits am Steuer. Romy setzte sich neben ihn, während Sina versuchte, auf dem durchgesessenen Rücksitz eine Position zu finden, die es ihr erlaubte, sich mit beiden Händen an der Seitenwand des Wagens festzuhalten. Romy reichte Sina ein helles Tuch und half ihr liebevoll, es sich um den Kopf zu wickeln.

»Sonst fühlst du dich nachher wie sandgestrahlt«, sagte sie mit noch immer leicht belegter Stimme.

Das wäre auch schon egal, dachte Sina, denn sie nahm ihre Außenwelt sowieso nur noch bedingt wahr. Ihr Inneres dagegen war so aufgewühlt, als wäre tagelang ein Sandsturm hindurchgefegt.

Sie fuhren Richtung algerische Grenze. Durchgerüttelt und mit einer dicken Staubschicht bedeckt, erreichten sie nach kurzer Zeit einen Militärstützpunkt der Frente Polisario. Ein sahrauischer Wachmann winkte den Wagen, ohne sie weiter zu kontrollieren, zu einer Art Zeltstadt durch. Am Rand standen diverse Militärfahrzeuge, inklusive schwere Panzergeschütze. Entfernte Schusssalven drangen an Sinas Ohr.

Tanausú parkte vor einem aus Zementsteinen roh zusammengezimmerten Gebäude mit einem Wellblechdach. Das war offensichtlich das Labor, von dem er gesprochen hatte. Daneben befand sich eine Art Gewächshaus, in dem wohl die Heilpflanzen wuchsen, mit denen ihre Mutter experimentierte. Gegenüber stand ein kleines Wohnhaus, vor dem ein Wachposten salutierte.

Tanausú half Sina beim Aussteigen und verabschiedete sich dann von ihr. Sie bedankte sich bei ihm für alles und folgte ihrer Mutter. Sie war vor Aufregung kaum in der Lage, einen Schritt vor den anderen zu setzen. Was würde sie erwarten? Wie krank war ihr Vater? Würde er überhaupt mit ihr sprechen können?

Der Raum lag im Halbdunkel, und Sina erkannte nur schemenhaft einen Mann im Rollstuhl, der aus einem kleinen vergitterten Fenster sah, durch das ein wenig Licht auf sein Gesicht fiel. Eigentlich war es kein Gesicht mehr, sondern eine von wulstigen roten Narben durchzogene Fläche. Die Nase saß unförmig über einer kaum mehr vorhandenen Oberlippe. Sein eines Auge sah sie an. Das, was einmal sein Mund gewesen war, verzog sich trotzdem zu einem Lächeln.

»Hallo, Sina«, drang seine tiefe, wohlklingende Stimme an ihr Ohr. Sie ging zögernd auf ihn zu. Eine Welle von Trauer, Mitgefühl und gleichzeitiger Wut auf die Konquistadoren der Gegenwart, die ihm das letztendlich angetan hatten, überschattete kurz die Freude, ihrem Vater nach so langer Zeit endlich gegenüberzustehen. Doch schon im nächsten Moment erschien er vor ihrem inneren Auge so, wie sie ihn von dem Foto unter dem Drachenbaum kannte. Glücklich strahlend, den Arm um die Schulter ihrer Mutter gelegt. Und sie wusste, schon bald würde er wieder so aussehen. Sie kniete vor ihm nieder und legte vertrauensvoll ihren Kopf in seinen Schoß.

»Ich glaube, das ist neben dem Tag, als ich deine Mutter geheiratet habe, der schönste in meinem Leben«, sagte er stockend. »Es tut mir so leid, dass du mich in diesem Zustand erlebst.«

»Das muss dir nicht leidtun, Vater. Ich kann dir helfen.«

»Du hast mir schon geholfen, indem du hierhergekommen bist«, erwiderte er. »Ich glaube, jetzt kann ich loslassen. Zwanzig Jahre Leid sind genug für deine Mutter und mich. Ich war dem Tod schon einmal nahe und wurde auf wundersame Weise gerettet, aber letztlich kann ihm keiner entkommen.«

Sina nahm sein entstelltes Gesicht in beide Hände. »Du wirst wieder gesund, Vater.«

Er sah sie mit seinem einen Auge traurig an, sodass es Sina fast das Herz zerriss. Sie holte sich einen Stuhl und setzte sich ihrem Vater gegenüber. »Bitte hör mir zu, Vater. Amakuna wird dich heilen.«

Er schüttelte den Kopf. »Wir haben es für immer vernichtet, und das ist auch gut so.« Sein Kopf sackte nach hinten. Die wenigen Sätze schienen schon ein Übermaß an Anstrengung für ihn zu bedeuten.

»Nein. Amakuna existiert noch«, versuchte sie ihm zu erklären. »Der Pilz gelangte im sechzehnten Jahrhundert mit den Kolonisten in die Neue Welt, ins heutige Panama. Tamanca, der Sohn von Iriomé, und seine Frau Itapiú haben ihn damals vor den Konquistadoren schützen können. Amakuna wächst dort bis heute an einem geheimen Ort.«

»Iriomé?«, hörte Sina ihre Mutter flüstern. »Ich kenne das Leben von Iriomé.«

Sina verstand sofort, was das bedeutete. Tamanca hatte Iriomés Nachfolge angetreten und sie die ihrer Mutter.

»Dann bist du es, die heute das Geheimnis von Amakuna hütet?«, fragte Romy fassungslos.

Sina nickte. »Ich und mein Mann Neri.«

Ihre Mutter stieß einen Schrei der Freude aus, des Entzückens, der Euphorie, der Sina tief in ihrer Seele berührte.

»Hast du das gehört, Nic? Hast du das verstanden?« Sie umarmte ihn, umarmte ihre Tochter, und das ganze Leid der letzten Jahre schien von einem Moment auf den anderen von ihr abzufallen.

Nic Saratoga suchte nach der Hand seiner Frau und der seiner Tochter. Aus seinem einen Auge floss eine Träne.

34. KAPITEL

Als Tamanca wieder zu sich kam, lag er in einer Hängematte und blickte in das zarte Gesicht seiner Frau. Er war noch etwas benommen, doch er konnte ihren Duft riechen und atmete ihn begierig ein.

»Wie geht es dir?«, fragte sie.

»Wunderbar«, strahlte er, und eine Welle des Glücks durchflutete ihn. »Weil wir wieder zusammen sind.« Es kam ihm so vor, als nehme er nach Wochen ohne Wasser in der Wüste endlich wieder einen Schluck zu sich.

»Es darf nie wieder geschehen, dass wir so lange voneinander getrennt sind.«

»Du hast mir auch gefehlt«, sagte sie mit sanfter Stimme und strich ihm über das lange, verfilzte Haar.

Tamanca versuchte, seine Gedanken zu ordnen. Dann erinnerte er sich wieder. Er war auf dem Weg zum »Tor der Zeit« gewesen, um für seinen Vater, der im Sterben lag, den lebensrettenden Pilz zu holen, und dann von einem Pfeil getroffen worden. Er berührte seine rechte Schulter.

»Du hast mein Leben mit Amakuna gerettet und ich nun deines«, sagte Itapiú. »Der Pfeil war vergiftet.«

Deshalb war er also noch einmal in das Leben von Sina gereist, hatte die Suche nach ihren Eltern miterlebt und die Begegnung mit Tanausú. Es war ihm eine große Beruhigung, dass der letzte Anführer der Guanchen in einer Zeit, die ihm noch rauer und gefährlicher zu sein schien als die seine, an ihrer Seite war. Sina würde nun ihren Vater heilen und mit der Unterstützung ihrer Eltern und Neri in der Lage sein, sich ihren Gegnern zu stellen und Amakuna vor ihnen zu schützen.

Ob sein eigener Vater letztlich für immer zu ihm stehen würde, war noch fraglich, doch wenn er sich nicht sofort auf den Weg zu ihm machte, würde er es nicht mehr erfahren.

»Meinem Vater geht es sehr schlecht, Itapiú. Ich weiß nicht, ob er überhaupt noch lebt. Wir müssen sofort zu ihm.«

Itapiú nickte, und Tamanca fiel auf, wie schwer es ihr plötzlich fiel, ihn anzusehen, doch dann kniete sie auf einmal nieder und blickte traurig zu ihm auf.

»Ich muss dir etwas sagen.« Sie war kaum in der Lage, die richtigen Worte zu finden. »Ich habe gegen unsere Absprache verstoßen und meinen Brüdern und Schwestern Amakuna gegeben, aber ich musste diejenigen retten, die noch zu retten waren. Sonst wird es mein Volk schon bald nicht mehr geben.«

Pedrarias! Erst jetzt kam Tamanca wieder das ganze Ausmaß der Katastrophe zu Bewusstsein, die sich hier während seiner Abwesenheit abgespielt hatte. Er nahm Itapiú kurzerhand in die Arme und strich ihr beruhigend über das Haar. Natürlich hatte sie die richtige Entscheidung getroffen. Denn wie er aus der Zukunft wusste, war der Pilz in der Obhut der Indios bestens aufgehoben.

Itapiú zeigte auf das kleine Ledertäschchen, das sie noch immer um ihr rechtes Fußgelenk trug. »Es ist nicht mehr viel übrig, aber es könnte noch genug sein für deinen Vater.«

»Es wird bis in ferne Zeiten stets genug da sein«, sagte er. »Amakuna wird sich hinter dem ›Tor der Zeit‹ vermehren.«

Sie sah ihn einen Moment lang verständnislos an, doch dann lächelte sie. »Manchmal ist es wirklich von großem Vorteil, die Zukunft zu kennen.«

Sie brachen umgehend auf und erreichten das Expeditionslager bereits nach wenigen Stunden. Die Männer machten sich gerade zum Aufbruch bereit. Zwei Indios legten Don Joaquíns leblos wirkenden Körper auf eine Bahre. Sein Gesicht war aschfahl, sein Atem kaum mehr spürbar. Tamanca fiel trotzdem ein Stein vom Herzen. Sein Vater lebte, aber es blieb nur noch wenig Zeit.

»Wo seid Ihr gewesen?«, hörte er hinter sich Pizarros Stimme. »Ihr wolltet für mich Kräuter suchen, die meine Schmerzen lindern. Ich habe die ganze Nacht kein Auge zugetan.« Er blickte Tamanca unwirsch an.

»Bitte vergebt mir, aber ich habe versucht, jemanden zu finden, der meinem Vater noch helfen kann. Diese Frau hier ist eine Heilerin.«

Pizarro sah Itapiú skeptisch an. »Die? Da traue ich selbst Euren Fähigkeiten mehr.«

»Die sind leider auch begrenzt, wie Ihr wisst.«

»Ich möchte Euch ja nicht die Illusion rauben, aber ich glaube nicht, dass die Kleine da viel ausrichten kann, weder mit Kräutern noch mit irgendwelchem Geisterspuk. Aber sie ist erstaunlich hübsch und sicherlich für andere Dinge gut zu gebrauchen«, feixte er.

Tamanca wäre ihm am liebsten an die Gurgel gegangen, doch er beherrschte sich.

»Viel Spaß!« Der Konquistador zwinkerte ihm zu, bevor er sich abwandte.

Tamanca wies die beiden Indios an, die Bahre möglichst weit abseits vom Lager abzustellen, um zu vermeiden, dass auch noch Balboa auftauchte und Itapiú womöglich wiedererkannte.

Er hatte nämlich den Plan, den Konquistadoren mit den Nachrichten über die veränderte Lage in Santa María beschäftigt zu halten, während Itapiú sich um seinen Vater kümmerte.

»Das ist ein Racheakt von Enciso«, fluchte Balboa. »Ich verwette meinen durchgesessenen Arsch darauf, dass er mit Pedrarias gemeinsame Sache gemacht und sich irgendeinen hohen Posten ergattert hat.«

»Wieso genießt dieser Mann eigentlich ein so hohes Ansehen, dass man ihm so ohne Weiteres den Gouverneursposten überträgt?«, fragte Tamanca.

»Er stammt aus einer überaus angesehenen Familie und hat die besten Beziehungen«, erwiderte der Konquistador mit Bitterkeit in der Stimme. »Pedrarias ist mit Isabel de Bobadilla verheiratet, der Tochter von Francisco de Bobadillo, dem Gouverneur, der Colón auf Hispaniola ablöste.« Er räusperte sich. »Genauer gesagt, ihn der Unfähigkeit beschuldigte und in Ketten zurück nach Spanien schickte. Wahrscheinlich blüht mir jetzt dasselbe Schicksal.«

Wenn das eintrat, erkannte Tamanca, so bedeutete es den Untergang aller Stämme, die in Pedrarias' Reichweite lebten, oder zumindest ihre Versklavung, was auf dasselbe hinauslief. In kürzester Zeit würden hier die gleichen Zustände herrschen wie auf La Española.

»Das dürft Ihr nicht zulassen«, beschwor er den Gouverneur. »Dieser Mann ist eine Bestie. Er hat Caretas Stamm bis auf wenige ausgelöscht. Ich weiß nicht, ob Eure Frau und Euer Sohn noch am Leben sind.«

Balboas Gesichtsausdruck verhärtete sich, und seine Hände begannen zu zittern.

»Er hat bereits einen Tag nach seiner Ankunft ein Indiodorf überfallen, um Nahrung für seine Männer zu beschaffen, obwohl er von der langen Überfahrt total erschöpft war und sich kaum auf dem Pferd halten konnte«, erzählte Tamanca, was er von Itapiú inzwischen erfahren hatte. »Er ließ sämtliche Maisvorräte plündern und die Schweine wegtreiben. Wer sich zur Wehr setzte, wurde getötet, der Rest in Ketten gelegt und als Sklaven nach Santa María getrieben. Nur wenige konnten entkommen.«

Balboa nahm Tamancas Bericht schweigend zur Kenntnis.

»Wollt Ihr wirklich zurück nach Santa María?«, fragte Tamanca zögernd.

Balboa nickte. »Da ist das letzte Wort noch nicht gesprochen. Ich werde, wie es das Gesetz vorschreibt, ein Fünftel unserer Beute nach Spanien schicken. Dann wird man ja sehen, ob sich die Haltung gegenüber meiner Person nicht ändert.«

Pizarro, der inzwischen dazugekommen war, gab keinen Kommentar ab. Doch seine Mundwinkel verzogen sich zu einem überlegenen Grinsen. Auf welche Seite er sich schlagen würde, war offenkundig.

Tamanca kam es nicht ungelegen, dass Balboa aufgrund dieser unschönen Neuigkeiten sofort aufbrechen wollte. »Ich werde noch hierbleiben und abwarten, ob es meinem Vater besser geht. Dann komme ich nach«, versprach er, um kein Ungemach aufkommen zu lassen.

»Möge Gott Euch diesmal gewogener sein«, erwiderte Balboa, »sonst müsst Ihr bereits zum zweiten Mal jemanden begraben, der Euch am Herzen liegt.«

»Danke.« Tamanca hob die Hand zum Abschiedsgruß und lief dann eilig in die Richtung, in die Itapiú mit den beiden Indios und seinem Vater verschwunden war.

Er fand sie neben Don Joaquín, dessen Atmung bereits wieder regelmäßig ging. Tamanca tauschte mit ihr einen wissenden Blick und setzte sich zu ihr. Sie schwiegen eine Weile. Trotz des Glücks, sich wiedergefunden zu haben, herrschte zwischen ihnen eine gewisse Fremdheit. Zu viel Grausames war passiert, und nicht nur ihm. Das hatte Spuren hinterlassen. Und schließlich waren es seine Leute, die das alles angerichtet hatten.

»Ich wollte mich noch persönlich von Eurem Vater verabschieden«, wurden sie plötzlich von Balboas Stimme unterbrochen

Sie zuckten beide zusammen.

Der Konquistador sah Itapiú erstaunt an. »Ist das nicht das

Mädchen aus dem Dorf, das die Sklavenhändler überfallen haben? Ich dachte, Ihr hättet sie begraben?«

»Ihr müsst Euch irren. Das ist eine Heilerin, die mir ein Indio aus Caretas Stamm empfohlen hat.«

»Aber nein, ich bin mir ganz sicher«, erwiderte Balboa und musterte sie von oben bis unten.

»Ihr irrt Euch«, gab Tamanca bestimmt zurück. »Seht sie Euch doch genauer an, sie hat weder Narben noch andere Spuren schwerer Verletzungen. Ihr könnt Euch doch sicher erinnern, wie jenes Mädchen nach dem Überfall zugerichtet war.«

Balboa neigte den Kopf und verengte die Augen. »Sie sehen eben doch alle gleich aus«, sagte er dann jedoch zu beider Erleichterung. »Und wie geht es Eurem Vater?«

»Er wird wieder gesund«, sagte Itapiú mit fester Stimme. »In der Geisterwelt ist noch kein Platz für ihn.«

Balboa blickte noch einmal von ihr zu Don Joaquín und wieder zu Tamanca. »Irgendetwas stimmt hier nicht, aber ich werde das schon noch rauskriegen.« Er wandte sich ab, ging zu seinem Pferd, das er in der Nähe festgebunden hatte, stieg auf und folgte den anderen.

»Wir müssen noch viel vorsichtiger sein, wenn wir Amakuna für die Nachwelt erhalten wollen«, sagte Itapiú, nachdem Balboa außer Hörweite war.

Tamanca legte den Arm um ihre gebräunten Schultern. »Wir haben jetzt sieben Stunden Zeit, bis mein Vater die Augen aufschlägt. Warum erzählst du mir nicht, auf welche Reise Amakuna dich geschickt hat?«

Sie lächelte. »Möchtest du das wirklich wissen?«

Er nickte.

»Ich habe Frauen gesehen, Frauen unseres Volkes, und sie haben Bilder gemacht aus dem Material, das so ist wie die Kleidung, die du trägst. Diese Bilder haben sie auf ihre Gewänder genäht. Und sie waren stolz darauf, sie zu tragen.«

»Was waren das für Bilder?«, fragte Tamanca.

»Oh, da war alles Mögliche drauf: Tiere, Pflanzen, Vögel, Fische. Aber eines hat mir besonders gut gefallen. Es war größer als die anderen und stellte einen Baum dar.«

»Einen Baum?«

»Ja, aber nicht irgendeinen Baum. Einen ganz besonderen Baum. Einen magischen Baum.«

»Einen Drachenbaum?«

Sie nickte. »Ja, ich glaube, so haben sie ihn genannt. Und unter dem Drachenbaum stand ein Paar. Ein Mann und eine Frau.«

Tamanca wurde warm ums Herz. »Das liebende Paar, welches das Geheimnis von Amakuna bewahrt.«

Itapiú nickte.

Und dieses Paar blieb vereint bis in alle Ewigkeit … Dieser Gedanke war für ihn so groß, dass es eine Weile dauerte, bis er ihn verarbeitet hatte. Hieß das nicht, dass jedes Paar, das ihnen nachfolgte, die Fortsetzung ihrer Liebe lebte?

Wie erwartet, schlug Joaquín nach sieben Stunden Schlaf die Augen auf. Zum ersten Mal seit Langem wirkte sein Gesicht nicht mehr fahl, und sein Blick war klar. Tamanca atmete auf. Auch wenn er jenes Wunder, das Amakuna zu bewirken vermochte, inzwischen kannte, war es für ihn vor allem als Médico noch immer etwas ganz Besonderes.

»Wie geht es dir?«, fragte er.

Sein Vater stützte sich auf die Ellenbogen und richtete sich langsam auf.

»Wer bin ich?«, fragte er mit verunsicherter Stimme.

Tamanca lächelte ihn an. »Du bist mein Vater, und ich bin dein Sohn.«

Don Joaquín schloss kurz die Augen, als müsse er sich erst

sammeln. »Ich … ich dachte, ich hätte eine Tochter«, stammelte er.

Tamanca sah ihn überrascht an.

»Ich verstehe nicht ganz.« Don Joaquín tastete verunsichert seinen Körper ab und schüttelte den Kopf, als wüsste er überhaupt nicht, wo und zu welcher Zeit er sich gerade befand.

»Ich hatte einen merkwürdigen Traum, und der war so wahrhaftig, als ob ich mich in einem anderen Leben befunden hätte.«

»Was ist denn geschehen?«, fragte Tamanca neugierig.

»Ich weiß es nicht genau. Mein Gesicht war verbrannt, eigentlich mein ganzer Körper. Ich saß in einem Rollstuhl, konnte mich nicht bewegen und fast nichts sehen«, sagte Don Joaquín, beinahe so, als wären es gar nicht seine Worte, und jemand anderes würde sie für ihn sprechen. »Aber an meiner Seite war eine Frau, die mich über alles liebte, und das, obwohl ich aussah wie eine Bestie. Und diese Liebe hat mich so erfüllt, dass ich mein schweres Schicksal ertragen konnte.« Er blickte seinen Sohn verwirrt an.

»Ruh dich aus, Vater.«

Don Joaquín war also in die Zukunft gereist. Aber nicht zu Sina, sondern, was Tamanca durchaus schlüssig vorkam, zu ihren Eltern. Und auch sie schienen, trotz des Unglücks, das ihnen widerfahren war, in großer Liebe vereint zu sein. So langsam stellte sich für ihn die Frage, welches Leben das eigentliche war und ob Zeit überhaupt in der Form, wie die Menschen sie kannten, existierte. Ob nicht alle Ereignisse zur gleichen Zeit stattfanden, nämlich in der Unendlichkeit. Er sah hinauf in den orange gefärbten Abendhimmel und fragte sich wie schon so oft, ob es da nicht doch irgendeine Begrenzung gab, und wenn ja, was dahinter existierte.

Dass die Erde eine Kugel war, stand ja nun fest. Und wenn man mit dem Schiff einmal darum herumfuhr, kam man am selben Punkt wieder an. War das vielleicht mit der Zeit ebenso? War alles ein Kreislauf, der sich wiederholte? Wie die Menschen ihr

Leben gestalteten und wonach sie sich sehnten. Auch ihre Gier nach Gold oder Geld, nach Reichtum schien die gleiche zu bleiben. Oder dass die angeblich Stärkeren die Schwächeren oder Ärmeren unterdrückten und ihnen oft das letzte Hemd raubten. Nichts hatte sich geändert, und nichts würde sich ändern. Aber warum lernten die Menschen nicht aus dem Leid der Vergangenheit? Weshalb korrigierten sie ihre Einstellung zu den Dingen nicht? Im Grunde war die Antwort nicht schwer. Weil sie andere Leben eben nicht so durchleben konnten wie jene Menschen, die durch Amakuna miteinander verbunden waren. Läge in dieser Verbundenheit, in dieser Anteilnahme nicht eine große Chance für die Menschheit?

»Worüber denkst du nach?«, fragte Joaquín, der sich aufgerappelt hatte und zaghaft die ersten Schritte tat.

Dann legte er seinem Sohn die Hand auf die Schulter. »Du besitzt es also doch. Das Wundermittel! Warum hast du mir nicht davon erzählt? Du hättest die armen Hunde, die wir unterwegs verloren haben, damit heilen können.«

»Ich habe es genau aus diesem Grund nicht mitgenommen und dir deshalb auch nicht davon erzählt«, erwiderte Tamanca. »Auch du musst darüber schweigen. Amakuna darf niemals in die Hände der Konquistadoren gelangen. Meine Mutter hat sich aus Liebe zu dir nicht daran gehalten, und ich habe es aus dem gleichen Grund getan.«

Don Joaquíns Augen wurden feucht. »Ich schwöre dir bei meinem mir gerade neu geschenkten Leben, mit niemandem darüber zu sprechen.« Er legte zur Bekräftigung seiner Worte die Hand auf sein Herz. »Ich bin dir zu großem Dank verpflichtet, mein Sohn.«

Sie brachen noch in der Nacht auf. Allerdings ritten sie nicht nach Santa María la Antigua, sondern Richtung Norden, wo die Überlebenden von Itapiús Stamm drei Tagesreisen entfernt an einem Fluss ein neues Dorf errichtet hatten. Auch wenn es immer noch viel zu nah am Siedlungsgebiet der Weißen war, wollte Tamanca sich dort erst einmal ausruhen. Die Expedition hatte ihn ebenfalls an die Grenzen seiner Kräfte gebracht. Und es waren nicht die Hitze, nicht die Moskitos und auch nicht die Entbehrung eines Zuhauses gewesen, die ihm so zu schaffen gemacht hatten.

Während der folgenden Tage sprach Don Joaquín kaum. Auch auf die wiederholten Fragen seines Sohnes, was diese Reise in jenes zukünftige Leben von Sinas Vater in ihm bewirkt hatte, gab er keine Antwort. Doch ihn umgab nicht länger der undurchdringbare Schleier der Melancholie wie zuvor in Spanien; es war eine andere Art von Schweigsamkeit, mehr eine Nachdenklichkeit.

Als Tamanca mit seinem Vater, Itapiú und seinem treuen Hund Rubio das Dorf der überlebenden Indios erreicht hatte, waren die Meinungen, was ihn betraf, geteilt. Die einen feierten den jungen Médico als Helden, durch dessen Medizin die Wunden, die ihnen Pedrarias' Männer zugefügt hatten, geheilt worden waren. Die anderen sahen in ihm einen Weißen und schrieben ihm von vornherein eine dunkle Seele zu. Es würde wohl noch eine Weile so bleiben, bis er das Vertrauen aller gewonnen hatte.

Richtiges Misstrauen brachten sie jedoch seinem Vater entgegen, der es sich nicht hatte nehmen lassen, wie gewohnt im Harnisch zu reiten. Doch Itapiú gelang es, sie zu beruhigen. Amakuna hatte ihr den Stand einer *Nele* eingebracht, und sie erfüllte diese Aufgabe mit Stolz und Umsicht. Ihre unaufgeregte Art, mit den Menschen zu sprechen, ihre Durchsetzungskraft und gleichzeitige Bescheidenheit genossen Tamancas höchsten Respekt.

Von Caretas Stamm, der ursprünglich in drei großen Dörfern lebte, hatten nur siebzig Mitglieder überlebt. Balboas Frau und sein kleiner Sohn waren nicht darunter. Das würde seinen Hass auf Pedrarias noch zusätzlich schüren. Ein kleiner Funken Hoffnung flackerte in Tamanca auf, dass die Konquistadoren sich vielleicht gegenseitig auslöschen könnten, doch er verglomm schon bald wieder. Das, was die Zukunft gezeigt hatte, sprach überhaupt nicht dafür. Das Gegenteil schien einzutreten. Immer mehr Weiße hatten die Neue Welt überflutet, und den Indios waren nur noch wenige Gebiete überlassen worden. Doch die Kunas hatten überlebt. Zumindest bis in jene Zukunft, in die er gereist war. Das hieß, sein Plan, so großen Abstand wie nur möglich zwischen sie und die Eroberer zu bringen, würde aufgehen. Dafür war die Indiofrau in Salamanca gestorben. Und auch Pilar. Ohne sie hätte er sich nicht auf den Weg in den Vulkankrater von La Palma gemacht, um Amakuna zu finden. Der Tod der beiden Frauen sollte nicht umsonst gewesen sein.

Tamanca verbrachte zum ersten Mal seit Langem die Nacht wieder unter einem Dach. Er hielt Itapiú im Arm und lauschte ihrem gleichmäßigen Atem. Trotz vieler Unwägbarkeiten, die noch vor ihm lagen, fühlte er sich zum ersten Mal angekommen. Er würde nun endlich, weit weg von der spanischen Gesellschaft und ihren Auswüchsen, das Leben führen können, von dem er so lange geträumt hatte. Denn das, was er einst Zivilisation nannte, hatte sich für ihn als das Gegenteil herausgestellt. Mehr noch, er misstraute ihr immer mehr. Jene Gesittung würde ihm nicht fehlen. Auch wenn er hier keine Theatervorstellungen oder klugen Vorlesungen besuchen, keine feinen Stoffe und Gewürze kaufen konnte. Aber machte das einen Menschen im Angesicht Gottes besser, gütiger, gnädiger? Bestimmt nicht. Zumindest hatte er davon bisher wenig mitbekommen. Er musste an Madre Teresa denken, die Äbtissin des Klosters in der Nähe von Trujillo. Auch sie lebte in Abgeschiedenheit und musste sich höchstens einmal im Jahr auf Reisen begeben, um bei den Oberen der Kirche vorzusprechen. Waren all diejenigen, die sich für eine Existenz fernab der sogenannten Gesellschaft entschieden, bessere Menschen oder nur unfähig, sich unterzuordnen, oder gar zu schwach, sich ihr entgegenzustellen? Und wie würde es hier in der Wildnis zwischen den Indios sein? Welche Schwierigkeiten würden ihn wohl hier erwarten? Welche Eigenarten der Menschen? Aber vielleicht sorgte ja ein genügsames Leben im Einklang mit der Natur dafür, dass sich bestimmte Züge menschlichen Verhaltens gar nicht erst entwickelten. Den Indios schien zumindest diese alles zerfressende Gier nach Gold fremd zu sein.

Wie ein Moskitoschwarm surrten die Fragen durch sein Gehirn, bis er endlich einschlief.

Als er am nächsten Morgen erwachte, lag Itapiú nicht mehr in seinen Armen, und auch sein Vater, der neben ihnen geschlafen hatte, war bereits aufgestanden. Tamanca band seine Hängematte hoch, sodass sie keinen Platz mehr wegnahm, und zog sich an. Daran, nur den Penis mit einer Schnur nach oben zu binden, konnte er sich noch nicht gewöhnen. Aber irgendwann würden seine bereits recht zerschlissenen Beinkleider nicht mehr zu gebrauchen sein, und dann blieb ihm wohl nichts anderes übrig.

Das Dorf wirkte wie ausgestorben. Nur zwei zahnlose alte Frauen saßen vor ihren Hütten und pulten die Kerne aus großen gelben Früchten, die Tamanca nicht kannte und die einen strengen, säuerlichen Geruch verströmten. Als er sie nach Itapiú fragte, deuteten sie in Richtung Fluss. Er folgte dem Rauschen, das immer lauter wurde, und fand dort den ganzen Stamm versammelt.

Hauptsächlich Frauen standen in einem flachen Nebenarm, der kaum Strömung hatte, und zogen große Bündel von Pflanzenfasern immer wieder durch das Wasser. Dadurch wurden offensichtlich die Fische, die sich in diesem Bereich befanden, betäubt, denn schon nach kurzer Zeit trieben eine ganze Menge mit dem Bauch nach oben auf der Wasseroberfläche und konnten auf diese Weise mühelos eingesammelt werden. Tamanca war fasziniert. Eine so einfache Art des Fischens hatte er noch nie zuvor gesehen.

Nachdem er eine Weile zugeschaut hatte, entdeckte ihn Itapiú und kam lachend mit einem Korb voller Fische auf ihn zugelaufen. Sein Herz schlug schneller. Er liebte diese Frau über alles, und das würde für immer so sein – bis in alle Ewigkeit.

Sie reichte ihm stolz ihre Beute.

»Du musst sie schnell töten, sonst haben sie Zeit, wieder zu sich zu kommen, und springen dir aus dem Korb.«

Tamanca sah sich ein wenig hilflos um, beobachtete dann aber, wie die Männer um ihn herum die Fische packten, ihnen einfach den Bauch aufschnitten und die Innereien herausnahmen. Itapiú reichte ihm ein aus Stein gearbeitetes Messer, stellte ihm den Korb vor die Füße und ging zurück zum Fluss.

Er tat, wie ihm aufgetragen, aber schon als er den ersten Fisch bearbeitete und ihm die Gedärme entgegenquollen, sah er plötzlich Bilder von Gewalt und Grausamkeit vor sich, von Blut und Tod. Er konnte nicht anders, als an Pizarro zu denken, der vor einigen Wochen mit einem Indio dasselbe gemacht hatte. Und zwar nicht, weil es um Nahrung ging, sondern aus reiner Gier – der Gier nach Gold. Er schloss für einen Moment die Augen und versuchte, die schreckliche Erinnerung zu vertreiben. Dabei stieg der Gedanke in ihm hoch, dass es sich vielleicht um eine Art Krankheit handelte, der die Weißen zum Opfer fielen, wenn sie mit dem gelben Metall in Berührung kamen. Eine Krankheit, die jegliche Form von Menschlichkeit in ihnen auslöschte.

Doch andererseits wollte er nicht ungerecht sein und alle über einen Kamm scheren. Pizarro war ein ganz eigener Charakter. Er war ein Getriebener und würde es immer bleiben. Männer wie de Las Casas und in gewissem Maße auch Balboa hingegen zeigten Anflüge von Menschlichkeit und Reue. Und sie waren gewiss nicht die Einzigen, ein Umstand, der ihm ein wenig Hoffnung zurückgab.

Nachdem er alle Fische ausgenommen, geschuppt und auf Stöcke gespießt hatte, sodass man sie nur noch über das Feuer halten musste, sah er sich nach seinem Vater um. Er rief Itapiú zu, ob sie ihn gesehen hätte, doch die schüttelte nur den Kopf.

Rasch lief er zurück zu den Hütten. Doch auch dort war keine Spur von Don Joaquín. Einer Ahnung folgend, begab er sich zu dem Unterstand, wo sie am Tag zuvor die Pferde festgebunden hatten. Der Braune seines Vaters war nicht mehr da. War er etwa ausgeritten, um zu jagen? Andererseits musste er doch gesehen haben, dass für heute bereits Fisch auf dem Speiseplan stand. Vielleicht wollte er auch einfach nur allein sein? Die Reise mit Amakuna musste ihn tief berührt haben, und das alles zu verarbeiten war bestimmt nicht leicht für ihn. Doch in seinem Inneren wusste Tamanca bereits, dass diese Überlegungen nicht der Wahrheit entsprachen und es nur einen Grund für die Abwesenheit seines Vaters gab: Er hatte sich doch für die andere Seite entschieden. Trotz Amakuna. Trotz seines Versprechens. Er konnte wohl nicht heraus aus seiner Haut oder vielmehr aus seiner Rüstung.

Tamanca versuchte, die Welle der Enttäuschung, die in ihm aufstieg, niederzukämpfen, aber es gelang ihm nicht. Don Joaquín hätte sich immerhin verabschieden und seine Beweggründe mit seinem Sohn teilen können. Doch dazu war er wohl zu stolz. Traurig und auch besorgt gesellte Tamanca sich zu den Männern, die dabei waren, ein Feuer zu entfachen, um die Fische zu rösten.

Tamanca hatte den neu gewählten Kaziken um die Erlaubnis gebeten, sobald das Essen verdaut war, alle Mitglieder des Stammes zusammenzurufen, um ihnen seinen Plan darzulegen. Hier konnten sie unmöglich bleiben. Vor allem nicht, da sein Vater diesen Platz nun kannte. Don Joaquín hatte Amakuna schon einmal verraten und seine Mutter den Konquistadoren ausgeliefert. Und Tamanca war sich nicht sicher, ob er nicht das Gleiche noch einmal tun würde.

Kurz vor Sonnenuntergang war der Versammlungsplatz gefüllt. Sie waren alle gekommen. Und das war auch richtig so, denn schließlich ging das, was er zu sagen hatte, jeden an. Alte, Junge, Männer, Frauen und Kinder saßen vor Tamanca auf dem Boden und sahen ihn erwartungsvoll an. Itapiú stand neben ihm und machte ihm ein Zeichen, zu warten, bis wirklich Stille eingetreten war und er die volle Aufmerksamkeit aller besaß.

»Weit weg von hier auf der Insel der Drachenbäume wächst tief in einer Höhle verborgen ein Pilz, der jegliche Krankheiten heilt und sich dem Tod entgegenstellt«, begann er. »Es ist nur einem liebenden Paar bestimmt, zu entscheiden, welches Leben mit Amakuna gerettet werden soll und welches nicht. Itapiú und ich sind dieses Paar.« Er nahm ihre Hand, und sie übersetzte für diejenigen, die kein Spanisch verstanden. »Wir beide, Itapiú und ich, wissen, dass ihr die Hüter der *Madre Tierra* seid und Amakuna deshalb in eurer Obhut bleiben muss, bis die Zeit gekommen ist, allen Menschen sein Geheimnis zu offenbaren.«

Die Indios sahen ihn mit ernsten Gesichtern an. Ein Mann mit langem grauem Haar und einem trotz seines hohen Alters noch kräftigen Körper fragte schließlich: »Was ist ein Drachenbaum?«

Itapiú lächelte Tamanca zu, als er antwortete. »Ein heiliger Baum.«

»Dann bedeutet Drache ›heilig‹?«

Tamanca schüttelte den Kopf. »Nein. Ein Drache ist so etwas wie eine Schlange, aber gleichzeitig ein Vogel und ein Raubtier mit Adlerflügeln und Löwenpranken, und er speit Feuer. Es gibt aber heute keine Drachen mehr. Sie sind ausgestorben.«

»Dann hat der Baum die Form eines solchen Drachen?«, setzte der Alte nach.

Tamanca schüttelte wieder den Kopf. »Ich werde euch erzählen, was ich auf jener Insel über diese Bäume erfahren habe.« Er versuchte sich so gut wie möglich zu erinnern, was José auf dem Rückweg nach Santa Cruz ihm erzählt hatte. »Der letzte Drache war rot wie Blut und dunkelblau wie der wolkenlose Himmel, mit leuchtend grünen Schuppen. Als er einsam und schluchzend über jene Insel flog, schüttelte er sich in der Luft und verlor Schuppe um Schuppe aus seinem Panzer. Als er völlig nackt und wehrlos war, stürzte er sich kopfüber in einen glühenden Vulkankrater, um dort mit der Ewigkeit zu verschmelzen. Die schönen grünen Schuppen aber senkten sich in den Boden und schlugen Wurzeln. Und überall, wo das geschehen war, keimte im Jahr darauf ein kleiner Drachenbaum.«

Den Indios, vor allem den Kindern, schien die Geschichte zu gefallen, denn jeder wollte jetzt wissen, wie so ein Drachenbaum aussah. Itapiú ließ einen kleinen Tiegel mit Pflanzenfarbe holen, in dem ein Pinsel steckte. Tamanca sah sich verunsichert um, denn er konnte sich nicht vorstellen, dass es hier mitten im Dschungel eine Leinwand oder ein Stück Pergament geben würde. Doch da kniete sich Itapiú bereits vor ihn hin und bot ihm ihren Rücken dar. Er hatte schon öfter beobachtet, dass die Indios ihre Körper bemalten, und so versuchte er, so akkurat wie möglich, diesen Baum der Bäume auf ihre olivfarbene Haut zu bannen.

Die Mitglieder des Stammes kamen nun ganz nah heran, um ihm zuzusehen. Der Baum, den sie nicht kannten, war für sie interessanter als Amakuna selbst.

»Auch wir verehren die Bäume«, erklärte ihm Itapiú. »Wir schreiben ihnen große Weisheit zu und nennen einen Menschen, der feste Wurzeln hat und trotzdem Ideen entwickelt, die hoch in den Himmel reichen, Igua Wala. Das heißt eigentlich ›Baum‹. Ein kluger Anführer ist ein Igua Wala. Er hat die Weisheit des Baumes.«

»Du bist ein Igua Wala«, sagte der alte Mann, der die Frage nach dem Drachenbaum gestellt hatte, zu Tamanca. »Du hast uns sicher noch mehr zu sagen.«

Tamanca nickte. Er fühlte sich geehrt und hoffte, dass die eigentliche Botschaft, die er hier vortragen wollte, nun auch wirklich ernst genommen würde. »Ich bin ein Weißer, aber nur zur Hälfte. Meine Mutter war eine *Nele* von den Inseln der Drachenbäume. Die Spanier haben ihr Volk und deren Lebensweise ausgelöscht. Diejenigen, die nicht getötet wurden, haben die Sprache der Eroberer gelernt, ihre Religion übernommen, ihre Kleidung und sogar ihre Speisen. Von dem, was sie ausmachte, ist nichts übrig geblieben. Ich möchte, dass eure Lebensweise überlebt – eure Sprache, eure Religion, eure Legenden, euer Wissen. Doch das ist nur möglich, wenn es nie wieder zu einer Begegnung mit den Weißen kommt. Zu keiner feindlichen und auch zu keiner freundlichen. Die Menschen, die auf der Insel der Drachenbäume lebten, hatten ein freies, friedvolles Leben, genauso wie ihr es kanntet, bevor die Konquistadoren kamen. Sie machten jedoch den Fehler, mit den Weißen in Kontakt zu treten. Diesen Fehler dürft ihr nicht wiederholen. Sonst werden die Spanier eure Frauen zu den ihren machen. Eure Kinder werden immer mehr von eurem Geist verlieren und den ihren annehmen. Euer Volk wird in ihrem untergehen. Das Volk, das auf der Insel der Drachenbäume lebte, gibt es heute nicht mehr. Sie sind ausgestorben wie die Drachen. Nur einige wenige weise Frauen, die zurückgezogen in den Tiefen des Vulkankraters leben, konnten ihre Geheimnisse dort bewahren. Wenn ihr nicht das gleiche Schicksal erleiden wollt wie das Volk meiner Mutter, müsst ihr so viele Tagesreisen wie nur möglich zwischen euch und die Konquistadoren bringen. Ihr müsst jedes Zusammentreffen meiden, egal, was sie euch versprechen.«

Nachdem Itapiú alles übersetzt hatte, herrschte erst einmal Stille. Alle hingen ihren Gedanken nach. Schließlich erhob sich ein junger Mann und sah ihn herausfordernd an.

»Auch du bist ein Weißer. Woher sollen wir wissen, dass du uns nicht ebenfalls in eine Falle führst?«

Tamanca musste unwillkürlich an seinen Vater denken, der damals den Stamm von Tanausú verraten hatte, wenn auch unwissend. Insofern konnte er dem Indio diese Frage nicht verübeln.

»Er hat vielen von uns das Leben gerettet. Vergiss das nicht«, stellte sich Itapiú vor ihn.

»Das kann ein Trick sein. Schließlich nutzen Tote niemandem etwas. Lebende dagegen kann man als Sklaven ausbeuten.«

Eine junge schwangere Frau erhob sich nun ebenfalls. »Das ist ein guter Platz hier. Es gibt Wasser, Tiere zu jagen, der Boden ist fruchtbar. Und die Spanier sind weit weg.«

»Ich kann eure Zweifel verstehen«, sagte Tamanca, »aber mein Vater ist verschwunden. In ihm schlägt das Herz eines Konquistadoren. Er kennt diesen Platz, und er kennt das Geheimnis von Amakuna. Ich kann nicht meine Hand dafür ins Feuer legen, dass er uns nicht verrät.« Ein Raunen ging durch die Menge. »Außerdem frage ich euch: Haben diejenigen unter euch, denen Amakuna das Leben noch einmal geschenkt hat, nicht die Möglichkeit gehabt zu sehen, was in fernen Zeiten geschehen wird? Wie die Macht des weißen Mannes immer größer und er schließlich Herr über alles wird? Erst wenn das Amakuna-Zeitalter gekommen ist, werden sich die Menschen, egal welcher Rasse und welcher Religion, einander annähern und verstehen und sich nicht länger bekämpfen. Doch diese Zeit liegt noch in ferner Zukunft. Deshalb müssen wir, die wir das Geheimnis um Amakuna kennen, es bis dahin schützen und bewahren.«

Tamancas Worte schienen auf fruchtbaren Boden zu fallen. Der neu gewählte Kazike, ein Mann mittleren Alters von großer Statur, hob die Hand und verkündete: »Er hat recht. Wir packen zusammen. Noch heute werden Späher ausgeschickt, um einen geeigneten Platz zu finden.«

Tamanca schloss für einen Moment erleichtert die Augen und kniete dann vor dem Kaziken nieder, um auf seine Weise auszudrücken, dass er sich in seine Dienste begab und ihm treu zur Seite stehen würde. Doch der machte ihm ein Zeichen, sich wieder zu erheben, und ließ noch einmal seine sonore Stimme ertönen. »Dies hier ist nicht mehr nur der Stamm von Careta, deshalb schlage ich vor, dass wir uns einen neuen Namen geben. Ein Name, der sich darauf begründet, weshalb wir noch am Leben sind: Kuna. Wir sind ab jetzt das Volk der Kunas.«

Da offensichtlich niemand etwas dagegen vorzubringen hatte, verließ er mit erhobenem Haupt den Versammlungsplatz. Ein Zeichen auch für die anderen, sich wieder ihren Aufgaben zuzuwenden.

»Ein schöner Name für ein starkes Volk«, sagte Itapiú, als sie wieder für sich waren. Tamanca nickte. Er war sich nicht sicher, ob der Kazike den Namen des Pilzes nicht richtig verstanden oder absichtlich nur die letzten zwei Silben gewählt hatte. Aber das war letztendlich egal. Jener Neri aus der Zukunft war ein Kuna. Das hieß, die Kunas würden weiter bestehen und forthin den Namen des Heilmittels tragen, das er ihnen gebracht hatte. Er war es, der den Grundstein dafür gelegt hatte. Und dieser Gedanke zauberte ein Lächeln auf Tamancas Gesicht und gab ihm neuen Mut und Zuversicht.

Es dauerte beinahe zwei Wochen, bis die Späher zurückkamen und von einem Gebiet berichteten, das ihnen geeignet schien, um sich dort niederzulassen. Sie waren noch nicht ganz fertig mit ihren Ausführungen, als eine der Wachen aufgeregt angelaufen kam. »Reiter. Weiße. Zwei - aber das könnte nur die Vorhut sein.«

Tamanca erschrak. Hatte sein Vater bereits das getan, was er befürchtet hatte?

Frauen und Kinder wurden sofort in den Wald geschickt, wo man für überraschende Überfälle ein Versteck vorbereitet hatte. Die Männer griffen zu ihren Waffen.

Kurz darauf brachte man Balboa und Don Joaquín entwaffnet und gefesselt zur Mitte des Dorfes. Tamanca war verärgert, aber nicht überrascht.

»Was soll das?« Balboa streckte ihm seine zusammengebundenen Hände entgegen. »Ich bin immer gut mit Euch umgegangen, und Ihr behandelt mich wie einen Verbrecher. Ihr habt hier wohl jetzt das Sagen, wie mir scheint? Ich gratuliere!«

»Was wollt Ihr hier?«, richtete Tamanca das Wort direkt an den Konquistadoren.

»Ich brauche Eure Hilfe. Ich komme als Freund. Euer Vater kann das bestätigen.«

»Du kannst ihm glauben«, sagte Don Joaquín.

Tamanca blickte ihn misstrauisch an. »Warum bist du einfach gegangen, ohne dich zu verabschieden?«

»Es tut mir leid, Sohn. Ich wusste nicht, wie ich es dir sagen sollte nach allem, was du für mich getan hast. Aber ein Leben in der Wildnis, nur mit Indios, das ist nichts für mich. Das kann ich mir auf Dauer nicht vorstellen.«

»Nehmt es ihm nicht übel, nicht jeder ist aus dem gleichen Holz geschnitzt wie Ihr«, ergriff Balboa Partei für Joaquín. »Doch bestimmt würde er sich niemals gegen Euch wenden.«

Tamanca war sich da nicht so sicher. Trotzdem nahm er den beiden die Fesseln ab, allerdings unter den wachsamen Augen mehrerer Kunas, die mit wurfbereiten Speeren hinter ihm standen.

»Das fühlt sich schon besser an«, sagte Balboa und rieb sich die Handgelenke. »Schließlich sind wir doch so etwas wie Stammesbrüder. Oder gilt das jetzt nicht mehr, weil man meine Frau und meinen Sohn kaltblütig ermordet hat?«

»Das tut mir leid.«

»Vielleicht hättet Ihr sie retten können, so wie Euren Vater und Eure neue Frau.« Balboa deutete auf Itapiú, die an Tamancas Seite stand.

Er erschrak. Balboa ließ sich nicht so schnell täuschen. Hatte sein Vater Amakuna bereits verraten?

»Wisst Ihr, ich habe Euch immer für einen gütigen Mann gehalten, der allen Menschen gleich zugewandt ist. Aber nun stelle ich fest, dass Ihr doch Unterschiede macht. Ich muss schwer überdenken, ob ich das für mich behalten oder dem kläglichen Rest unserer Expedition mitteilen soll. Ich kann allerdings nicht voraussehen, was sie Euch dann antun werden, wenn sie erfahren, dass ihre Söhne, Väter, Brüder und Freunde hätten überleben können. So wie diese beiden Euch so verbundenen Menschen.«

»Was wollt Ihr?« Tamanca war sogleich klar, dass Balboa versuchte, ihn zu erpressen.

»Ich werde Euer kleines Geheimnis, was auch immer es ist,

nicht preisgeben, außer natürlich, ich benötige es selbst.« Er verzog den Mund zu dem ihm eigenen Grinsen und ließ seine Augen blitzen. »Wenn Ihr mir einen kleinen Gefallen tut.«

»Was wollt Ihr?«, fragte Tamanca noch einmal.

»Ich brauche Euch als Zeugen. Ihr müsst mit mir nach Acla kommen und vor einem Richter bezeugen, welche Verbrechen Pizarro auf unserer Expedition begangen hat und dass es möglich ist, mit den Indios in Frieden zu leben.«

»Pizarro hat sich also mit Pedrarias verbündet? Das war vorauszusehen«, stellte Tamanca trocken fest.

»Ihr kennt ja seine Einstellung«, erwiderte Balboa. »Sie passt wohl besser zu Pedrarias. Deshalb müssen wir drei jetzt zusammenhalten und unsere Macht gegen ihn bündeln, denn nur so kann es dauerhaften Frieden geben. Euer Name und der Eures Vaters haben in Spanien trotz allem noch Gewicht. Zumindest mehr als der aller anderen, die diese Expedition überlebt haben.«

»Wir beide sind auf deiner Seite«, mischte sich nun auch Don Joaquín ein. »Doch allein wirst du es nicht schaffen. Du brauchst den Rückhalt der Krone. Nur so kann Frieden eintreten, und deine Freunde hier bleiben am Leben.«

»Ohne die entsprechenden Gesetze können Männer wie Pedrarias weiter wüten, und es wird hier bald keinen einzigen Indio mehr geben«, setzte Balboa nach. »Erspart mir die Demütigung, vor Euch niederzuknien. Doch wenn es keine andere Möglichkeit gibt, würde ich auch das tun.«

Tamanca blickte zu Itapiú. Sie schüttelte unmerklich den Kopf.

»Wenn wir jetzt nicht zusammenstehen, wird das Unheil weiter seinen Lauf nehmen, und ein Leben, wie Ihr es Euch ersehnt, wird nie mehr möglich sein. Jetzt können wir das Ruder noch herumreißen und als die Guten in die Geschichte eingehen«, redete Balboa weiter auf ihn ein.

Auch wenn Tamanca dessen rhetorische und manipulative Fähigkeiten inzwischen richtig einzuschätzen wusste, zögerte er.

Vielleicht hatte der Konquistador recht? Vielleicht war es wirklich die einzige Möglichkeit, die Ansicht der Mächtigen zu ändern. Auf Dauer könnten sich Itapiú und ihr Volk noch so tief im Dschungel verstecken, irgendwann würde es auch dort keinen Platz mehr für sie geben.

»Ihr und ich«, fuhr Balboa im gleichen Tonfall fort, »werden Geschichte schreiben. Wir setzen einen Friedensvertrag auf. Ihr werdet die Rechte der Indios vertreten und ich die der Weißen. Das wird die Krone überzeugen.«

Tamanca kam langsam ins Zweifeln. Balboas Ansinnen hatte Hand und Fuß. Womöglich wäre es wirklich ein Fehler, es von sich zu weisen.

»Lasst mich eine Nacht darüber schlafen. Außerdem möchte ich mich mit den Ältesten besprechen. Und mit meiner Frau.«

Balboa verbeugte sich vor ihr, doch Tamanca kam es so vor, als würde er ihren Körper mit seinen Blicken entweihen.

»Guter Geschmack, Médico. Das muss man Euch wirklich lassen.« Dann wandte er sich Don Joaquín zu. »Wir bleiben eine Nacht hier. Euer werter Sohn kann sich einfach nicht von seiner Frau trennen, aber ich gebe zu, ich verstehe das.«

Tamanca ließ den beiden etwas zu essen und zu trinken bringen. Dann ging er mit Itapiú zu dem neuen Kaziken, um sich mit ihm zu beratschlagen. Vielleicht war es wirklich am besten, die Kunas zögen erst einmal allein weiter. Er würde mit Balboa inzwischen dafür sorgen, dass sie dort, wo sie sich niederließen, auch wirklich unbehelligt blieben.

Der Kazike wiegte den Kopf lange hin und her, bis er schließlich seine Meinung kundtat. Er legte die Hand auf Tamancas Schulter und sagte: »Manchmal ist es schwer, sich zu entscheiden, doch wenn ein Mann weiß, wer er ist, und sich selbst stets treu bleibt, fällt die Entscheidung wie von selbst. Er muss der Vorsehung gerecht werden und zu dem werden, zu dem er bestimmt ist. Aber vergiss eines nie: Ruhm und Macht sind etwas sehr Gefährliches. Sie ziehen die Bösen an und verderben die Guten. Macht ist nur für diejenigen bestimmt, die bereit sind, sich tief zu beugen. Sie verlangt Demut.«

Tamanca verstand nicht sofort, was er damit meinte. Ihm ging es doch weder um Ruhm noch um Macht. Oder doch?

Itapiú verzog keine Miene, als er sich am nächsten Morgen von ihr verabschiedete. Sie hängte ihm jedoch das Medaillon um den Hals.

»Es möge dich beschützen und dich mir heil zurückbringen«, sagte sie nur und wandte sich dann schnell ab, wohl in der Hoffnung, dass er die Traurigkeit, die aus ihren Augen sprach, nicht bemerkte.

35. KAPITEL

Acla sah nicht viel anders aus als Santa María la Antigua. Nur war der Ort viel kleiner. Ob Balboa geahnt hatte, dass man ihm sein Territorium eines Tages streitig machen würde und in weiser Voraussicht diese Siedlung gegründet hatte? Hier gab es niemanden, der nicht auf seiner Seite war, niemanden, der sich von einem Pedrarias oder Pizarro bevormunden lassen würde. Acla stand geschlossen hinter Balboa und würde für ihn in die Schlacht ziehen, wann immer es nötig war.

Sie saßen drei Tage in Balboas Haus, bis der Entwurf für den Friedensvertrag so weit gediehen war, dass sowohl Tamanca als auch der Konquistador damit zufrieden waren. Den Kunas würde ein angemessenes Territorium zur Verfügung stehen, zu dem kein Weißer Zugang hätte. Keine Plünderungen, keine Vergewaltigungen, keine Sklaverei mehr. Ein Extra-Heer von Soldaten sollte dafür sorgen, dass alle einzeln aufgelisteten Punkte beachtet wurden. Wer dagegen verstieß, musste sich vor einem Gericht in der Neuen Welt verantworten und mit empfindlichen Strafen rechnen.

Nachdem beide ihre Unterschrift auf das Schriftstück gesetzt hatten, holte Balboa die letzte übrig gebliebene Weinflasche aus dem Regal und öffnete sie. Pedrarias hatte befohlen, dass Versorgungsschiffe sowohl aus La Española wie auch aus Spanien nicht mehr in Acla vor Anker gehen durften, um den Ort auszuhungern und Balboa zum Aufgeben zu zwingen.

»Salud. Auf uns«, sagte er mit überzeugter Stimme. »Mit unserem Vertrag werdet Ihr nach Sevilla fahren und im *Casa y Audiencia de Indias* gegen Pedrarias und Pizarro Klage einreichen.«

»Was? Davon war nie die Rede«, begehrte Tamanca auf.

»Es muss aber sein. Nur wenn Ihr persönlich beim König vorsprecht, haben wir eine Chance. Ansonsten ist das nichts weiter als ein Stück Papier, das irgendwo zwischen tausend anderen Akten verschwinden wird.«

Tamanca seufzte tief. Es war immer dasselbe. Gab man Balboa den kleinen Finger, nahm er die ganze Hand. Tamanca wollte alles andere als zurück nach Spanien, und erst recht wollte er nicht schon wieder so lange von Itapiú getrennt sein.

»Nur, wenn Ihr den Kunas persönlich Eure Stimme verleiht, haben sie eine Chance.«

Damit hatte Balboa natürlich recht. Wen interessierte im königlichen Palast schon das Schicksal von ein paar Indios irgendwo in der Neuen Welt?

»Wir dürfen nicht zulassen, dass Menschen wie Pizarro oder Pedrarias auf Dauer die Macht in Darién innehaben. Ihr müsst fahren. Es liegt in Eurer Verantwortung, was aus dem Stamm Eurer Frau wird – und vielleicht sogar schon dem Eures Sohnes. Ich könnte mir gut vorstellen, dass sie bereits ein Kind unter dem Herzen trägt. Indiofrauen sollen sehr fruchtbar sein.«

Tamanca seufzte. Balboas Worte berührten ihn tief. Sicher wäre es für ihn ein Vorteil, wenn man dem Konquistadoren den Gouverneursposten zurückgab. »Aber was werdet Ihr tun, wenn ich nicht mit einer positiven Antwort aus Sevilla zurückkomme? Wollt Ihr dann hier im Exil ausharren?«

»Dann werden wir in Santa María einen Aufstand anzetteln und Pedrarias aus dem Amt jagen«, sagte Balboa mit unterdrückter Wut.

»Das wird Pizarro nicht zulassen. Außerdem sind sie in der Überzahl, und wie Ihr selbst gesagt habt, versteht der Capitano etwas von seiner Profession.«

»Wir haben die Indios auf unserer Seite, und dank Eures Zaubermittels sind wir unverletzbar, wenn nicht gar unsterblich.« Er zwinkerte ihm zu. »Das ist unsere Gelegenheit, tatsächlich als die Guten in die Geschichte einzugehen.«

Tamanca erschrak. Balboa wusste doch mehr, als er angenommen hatte. »Wer hat Euch eigentlich davon erzählt – ich meine, Euch diesen Bären aufgebunden?«

»Oh, ich habe gehört, dass Indios aus Caretas Stamm, die dem Tod geweiht waren, plötzlich verschwanden. Und meine Freundin La Roja, die Ihr ja auch kennt, hat mir ebenfalls davon erzählt. Na ja, und wie gut es Eurem Vater wieder geht, ist auch nicht zu übersehen. Aber keine Sorge, von mir erfährt keiner etwas.« Er grinste Tamanca verschwörerisch an. »Ihr schlagt also ein?«

Tamanca wusste überhaupt nicht mehr, was er sagen sollte, denn er sah gerade zu viele unterschiedliche Gefahren auf sich zukommen. Balboa hatte ihn am Haken. Andererseits war ihm klar, irgendwann würden die Konquistadoren auch den abgelegensten Winkel dieses Landes erobern. Er dachte an Antonio Montesino und de Las Casas, und wie er ihren Willen, ihren Mut und ihre Durchsetzungskraft bewundert hatte.

»Gut«, sagte er nach kurzem Zögern. »Ich werde es tun. Für dieses Land und für seine ursprünglichen Bewohner.«

»Bravo! Das ist die richtige Entscheidung.« Balboa prostete Tamanca noch einmal zu. »Und jetzt lasst uns so richtig feiern, mit Wein, Weib und Gesang. Wir nehmen die Flasche mit und gehen hinüber zu La Roja. Das haben wir uns wirklich verdient. Ich lade Euch ein, Médico. Ihr dürft mir das unter keinen Umständen verweigern.«

»Ihr wisst, ich bin verheiratet. Und ich nehme das ernst. Stellt Euch vor, ich hole mir irgendeine Krankheit und stecke dann Itapiú an.«

»Dann nehmt Ihr eben Euer Wundermittel, und alles ist wieder gut.«

Tamanca stöhnte innerlich, was Balboa natürlich bemerkte.

»Beruhigt Euch. Wir sind doch unter uns. Ich werde niemandem etwas sagen. Vor allem nicht meinen Widersachern«, grinste er.

Die Tür wurde ihnen von La Roja persönlich geöffnet. Sie hielt einen Affen auf dem Arm, der sich wie ein kleines Kind an ihre Schulter klammerte. Das Tier hatte ein schwarz-weißes Fell und große Glupschaugen, die Tamanca beinahe feindselig musterten. Es zeigte eine erhöhte Wachsamkeit, um nicht zu sagen Angriffslust. Doña Letitia setzte den Affen auf eine Schaukel, die auf der Veranda des einfachen Holzhauses festgemacht war, und das Tier begann sofort aufgeregt hin und her zu schwingen, wobei es die Zähne bleckte und kreischende Laute von sich gab.

Tamanca war alles andere als wohl dabei, Balboa hierher zu begleiten. Er hatte weder Lust auf das, was in diesem Haus angeboten wurde, noch auf eine Unterhaltung mit dieser Frau, die ihn bereits auf dem Schiff belästigt hatte. Sie war dem Affen nicht unähnlich – stets wachsam und spürbar feindselig.

»Jetzt lasst uns schon herein«, sagte Balboa. »Dafür habt Ihr den Laden doch schließlich eröffnet.«

»Natürlich«, entschuldigte sich Doña Letitia mit einem entwaffnenden Lächeln.

Balboa schob Tamanca ins Innere des Hauses. Sie betraten einen erstaunlich weitläufigen Raum mit roten Vorhängen vor den Fenstern, in dessen Mitte eine Art Theke aufgebaut war mit einigen Flaschen, die jedoch leer waren. Dahinter stand eine der jungen Frauen, die mit ihm auf der Santa Teresa gereist war. Zwei andere saßen gelangweilt auf grob zusammengezimmerten Sofas und fächerten sich Luft zu.

»Habt Ihr schon vernommen, dass immer mehr Leute in María la Antigua Euch zurückhaben wollen? Pedrarias führt für viele ein zu hartes Regiment«, schmeichelte die Dame des Hauses ihrem hohen Gast.

»Keine Angst, Doña Letitia, ich habe bereits gemeinsam mit unserem jungen Freund hier alles in die Wege geleitet.«

»Das höre ich gern«, erwiderte die Rothaarige, bevor sie sich weniger freundlich an Tamanca wandte. »Ich habe gestern Euren Vater getroffen, der, wie man sich erzählte, so gut wie tot von der Expedition zurückkehrte, während er sich jetzt besserer Gesundheit erfreut als je zuvor.«

»Ja, Gott der Herr ist ihm gnädig gewesen. Wir sollten uns alle darüber freuen«, sprang Balboa für den Médico in die Bresche.

»Ja, ja, der Herr.« Sie bekreuzigte sich heuchlerisch. »Und was habt Ihr mit Eurem Medaillon gemacht?«, stichelte sie weiter und fasste Tamanca ungeniert an die Brust.

»Ich habe es leider während der Expedition verloren«, antwortete er.

»Oh, das tut mir leid, wo es doch einen so kostbaren Inhalt hatte.«

»Wie geht es Eurem Sohn?«, fragte Tamanca in dem Versuch, das Thema zu wechseln.

Doña Letitia stieg glücklicherweise darauf ein, obwohl sie augenscheinlich nicht gut auf ihren Sohn zu sprechen war. »Er hält sich als Adjutant von diesem Pizarro jetzt für etwas Besseres und will mit unsereins nichts mehr zu tun haben«, sagte sie mit leicht verbitterter Stimme. »Ich bin hierher nach Acla ausgewichen, damit ich ihm nicht täglich über den Weg laufe und er sich nicht für mich schämen muss.«

Balboa, den die Probleme der Puffmutter mit ihrem Sohn wenig interessierten, hatte sich inzwischen bei den jungen Damen niedergelassen.

»Kommt, sucht Euch eine aus«, rief er Tamanca zu. »Ich lasse Euch den Vortritt.«

»Ich habe wirklich kein Interesse«, versuchte dieser sich herauszureden, aber der Konquistador ließ das nicht gelten.

»Wir können doch die jungen Damen nicht enttäuschen.«

La Roja hatte inzwischen den Raum verlassen, und so blieb Tamanca nichts anderes übrig, als sich zu Balboa und den Damen zu gesellen, wenn er nicht weiter einfach so herumstehen wollte.

Er nahm die Frauen nun doch etwas genauer in Augenschein, und es kam ihm vollkommen unnatürlich vor, dass sie bei dieser Hitze – es kühlte selbst nachts kaum ab – in eng geschnürten Kleidern dasaßen, die sie kaum atmen ließen. Er konnte nicht anders, als an Itapiú zu denken, an ihren geschmeidigen Körper, der durch nichts eingeengt wurde. Er sah ihre festen Brüste vor sich und den zarten Flaum zwischen ihren Beinen. Allein der Gedanke rief eine Erregung in ihm hervor, gegen die er sich nur schwer wehren konnte.

Die Brünette, die sich ihm als Esmeralda vorstellte, schien das sofort zu merken, denn sie setzte sich vertrauensvoll neben ihn und begann, seine Knie zu streicheln, was die Sache nicht gerade besser machte. Im Gegenteil. Sosehr Tamanca es sich auch wünschte, er war einfach nicht in der Lage, aufzustehen und sich der Situation zu entziehen. Die Finger der jungen Frau wanderten weiter und erreichten seinen Schritt. Er versuchte noch, Widerstand zu leisten, konnte sich letztendlich jedoch nicht gegen die erfahrenen Hände des Mädchens wehren. Es war zu spät, die Grenze war überschritten. Es gab keinen Weg zurück. Er verfluchte Balboa. Der Konquistador hatte das Ganze nicht umsonst eingefädelt. Er war ein Verführer durch und durch.

Esmeralda zog ihm geschickt die Hose herunter, raffte ihr Kleid und setzte sich auf seinen Schoß. Tamanca schloss die Augen und ließ sich davontragen. Aus den Augenwinkeln bekam er noch mit, dass die andere junge Frau sich zu Balboa gesellt hatte, und schon bald erfüllte das Stöhnen, das die beiden Frauen den Männern in immer kürzeren Abständen entlockten, die bescheidene Hütte.

Sie kamen beide fast gleichzeitig. Das Grinsen auf den Gesichtern der Huren sagte Tamanca, dass dies wohl abgesprochen war und die zwei ihr Handwerk gut verstanden.

Er aber fühlte sich schrecklich. Natürlich hatte er das nicht gewollt, doch leider auch nicht verhindert. Balboa war vielleicht noch bedrohlicher als die anderen, schoss es Tamanca durch den Kopf. Die Grausamkeit eines Pizarro, gepaart mit seiner humorlosen Art, hatte ihm schnell klargemacht, auf welcher Seite der Capitano spielte. Balboas Vorgehensweise war undurchschaubarer und dadurch gefährlicher.

In den folgenden Tagen fühlte sich Tamanca krank an Körper und Seele. Er lag von Schweiß bedeckt in einer Hängematte auf der Veranda des Hauses, das der Konquistador ihm und seinem Vater zugewiesen hatte. Es hatte zwei Brüdern gehört, die nicht mehr von der Expedition zurückgekommen waren. Tamanca konnte sich gut an die beiden erinnern. Den einen hatte ein vergifteter Pfeil getroffen, der andere war von den Ameisen gefressen worden.

Ihn quälte sowohl der Gedanke, sich auf einen Handel mit Balboa eingelassen zu haben, als auch der, Itapiú hintergangen zu haben. Je mehr er sich in das hineinsteigerte, was bei La Roja geschehen war, desto mehr war er überzeugt, dass seine Frau bereits von seiner Untreue wusste. Sie waren so eng miteinander verbunden. Ob es ihr etwas ausmachte? Ob sie traurig war? Verletzt? Gab es in ihrer Kultur überhaupt so etwas wie Treue? Er wusste so gut wie nichts darüber. Die Kirche behauptete ja, dass die Indios Wilde waren, die wie die Tiere übereinander herfielen, und dass jeder es mit jedem trieb. Tamanca hatte etwas anderes erfahren. Und er hatte es entweiht. Einfach so. Er war offensichtlich einer solchen Frau nicht würdig. Vielleicht war sein Weg ein anderer; vielleicht sollte er tatsächlich in Sevilla dafür sorgen, dass es hier gerechter zuging und Gesetze zum Schutz der Ureinwohner geschaffen und eingehalten wurden. Denn ganz offensichtlich war Amakuna in den Händen der Kunas sicherer als in den seinen.

Sein Vater war wenig begeistert von dem Plan, Tamanca nach

Sevilla zu schicken. Er hatte gehofft, seinen Sohn mit Balboas Hilfe zurückzuholen, um gemeinsam mit ihm in Acla ein neues Leben aufzubauen. Diese Hoffnung musste er jetzt aufgeben. Es gefiel ihm hier, zumal ihm für seine Zusage, als Zeuge gegen Pedrarias und Pizarro auszusagen, ein großes Stück fruchtbares Land zur Verfügung gestellt worden war. Er war nun nach Santa María aufgebrochen, um es eintragen zu lassen, Saatgut einzukaufen und sich nach Männern umzusehen, die willig waren, für ihn zu arbeiten.

Es war bereits dunkel, als Tamanca, der in einen leichten Schlaf gefallen war, von Pferdegetrappel aufgeweckt wurde und hochschreckte. Rubio bellte lauthals. Zuerst dachte Tamanca, sein Vater wäre zurückgekehrt, doch dann vernahm er die Stimme von Pizarro und ein gequältes Aufheulen seines Hundes, dem der Konquistador wohl einen gezielten Tritt verpasst hatte. Im nächsten Moment rissen ihn zwei Männer aus der Hängematte, stießen ihn zu Boden, bogen ihm die Arme auf den Rücken und fesselten ihn brutal. Kurz darauf erschien Pizarro und beugte sich über ihn. Eine Fackel erhellte sein fratzenhaft wirkendes Gesicht.

»Enrique de Alba y Santa Barbara, ich muss Euch verhaften wegen Beihilfe zum Hochverrat.«

Tamanca konnte ihn nur fassungslos anstarren. »Das muss ein Missverständnis sein«, stammelte er.

»Tut nicht so scheinheilig. Es gibt Zeugen, die gehört haben, dass Ihr gemeinsam mit Vasco Núñez de Balboa, einst Gouverneur von Castilla de Oro, plant, eine Revolution anzuzetteln, um Pedrarias seines Amtes zu entheben.«

»Wer sagt das?«

»Das werdet Ihr noch früh genug erfahren. Wir müssen Euch nach Santa María bringen. Mit dem letzten Schiff ist auch ein vereidigter Richter eingetroffen. Ihr werdet bis zu Eurer Gerichtsverhandlung einsitzen. Was Euch allerdings danach erwartet, steht in den Sternen.«

Tamanca war es inzwischen trotz der Fesseln gelungen aufzustehen, sodass er nicht mehr zu Füßen des Konquistadoren kauerte, sondern ihm mitten ins Gesicht blicken konnte.

»War es mein Vater?«

Pizarro schüttelte den Kopf. »Nein, obwohl er Eure Vorgehensweise bestimmt nicht billigen würde. Aber seinen eigenen Sohn verraten? Nein, da müsstet Ihr ihn besser kennen.«

Aber wer dann? Er war der Einzige, mit dem er über Balboas Pläne gesprochen hatte. Tamanca beschloss, darauf nicht weiter einzugehen.

»Wo ist Balboa?«, fragte er stattdessen.

»Keine Sorge. Er kommt mit uns. Denn gute Waffenbrüder bleiben immer zusammen – bis in den Tod. Nicht wahr?« Er grinste süffisant. »Deshalb sollte man sich vorher gut überlegen, wen man Freund und wen man seinen Feind nennt. Denn irgendwann ist es zu spät, die Seiten zu wechseln.«

Pizarros Soldaten und seine beiden Gefangenen ritten die ganze Nacht hindurch, bis sie ihr Ziel am nächsten Tag gegen Mittag erreichten. Tamanca fand keine Möglichkeit, sich mit Balboa zu verständigen, da dieser an der Spitze des Trosses ritt und er selbst ganz hinten.

Was würde nun aus ihren Plänen werden? Wer sollte für die Indios vor der Krone einstehen? Pizarro hatte den Friedensvertrag mit breitem Grinsen vor seinen Augen zerrissen und ihm deutlich zu verstehen gegeben, dass dieses oder ein ähnliches Papier niemals Spanien erreichen würde, solange er etwas zu sagen hatte. Damit war für Tamanca zumindest eines augenfällig: Er hätte auf seine innere Stimme, oder besser gesagt, auf die von Itapiú hören sollen, die von Anfang an gegen sein Vorhaben gewesen war. Dann wäre er jetzt längst irgendwo tief im Dschungel in Sicherheit. Er würde ihr eine Hütte bauen, dafür sorgen, dass sie genug zu essen hatten, und sich nachts an ihren wunderschönen warmen Körper schmiegen.

Was hatte ihn nur dazu verleitet, sich noch einmal auf Balboa einzulassen? Wie hatte er auch nur einen Augenblick lang glauben können, eine Allianz mit ihm könnte für die Indios irgendetwas zum Positiven verändern? Hier in dieser Neuen Welt kämpfte letztendlich jeder für nur sich. Es galt allein das Gesetz des Stärkeren. Das hatte er auf der gemeinsamen Expedition immer wieder erleben müssen.

Wie sollte er jetzt aus dieser Situation wieder herauskommen? Man warf ihnen Hochverrat vor, ein Vergehen, das auch in Spanien mit dem Tod bestraft wurde. Doch falls es wirklich dazu kommen sollte, hatte er wenigstens dafür gesorgt, dass Amakuna in sicheren Händen war und die Kunas ihr Schicksal nun selbst in die Hand nahmen. Er selbst stellte sowieso ein Wagnis dar, und vielleicht war sein Tod zum Schutz Amakunas sogar notwendig.

Aus der einst schmuddeligen Siedlung Santa María la Antigua war in den letzten Monaten ein aufgeräumter Ort geworden, mit einer Kirche und einem großen steinernen Fort, das über mehrere Kanonen verfügte, die sowohl auf das Meer als auch auf das Hinterland gerichtet waren. Pedrarias hatte vorgesorgt und dort auch einen Kerker mit mehreren Zellen bauen lassen.

Ihn selbst bekamen weder Balboa noch Tamanca zu sehen. Ein dickbäuchiger Soldat schaffte sie hinab in den Kerker, verschloss hinter jedem eine schwere Eisentür und ließ sie wissen, dass immer eine Wache davorstand und es kein Entkommen gab.

In dem Verlies war es stickig und feucht. Das Meerwasser hatte sich seinen Weg hierher gebahnt, und Tamanca stand knöcheltief im brackigen Wasser. Tageslicht fiel nur durch eine kleine Öffnung hoch über ihm herein. Auch war er nicht allein. Eine ganze Rattenkolonie hatte sich in der offensichtlich schon seit Längerem leer stehenden Zelle eingenistet. Immer wieder sah er eines der Tiere durch das Wasser schwimmen und dann irgendwo im Gemäuer verschwinden. Doch die Gänge, die sie gegraben hatten, waren zu klein und das Gestein zu hart, um sie ohne Werkzeug und nur mit den Händen zu vergrößern. Tamanca versuchte, auf den aus der Mauer herausstehenden Brocken nach oben zu der Öffnung zu gelangen, doch er rutschte immer wieder ab und landete unsanft in der braunen Brühe. Es gab kein Entkommen. Auch seine Rufe nach Balboa wurden von den dicken Mauern verschluckt.

Tamanca verbrachte den Rest des Tages stehend, bis er das Gefühl hatte, die Haut löse sich von seinen Füßen und diese selbst würden ihm bald abfallen. Immerhin fand er für die Nacht einen kleinen Vorsprung, auf dem er, die Beine an den Körper gepresst, sitzen konnte, allerdings ohne Schlaf zu finden. Erst als es dämmerte und er sich schon fragte, ob er in diesem Kerker vermodern würde, öffnete sich die Tür, und Francisco Pizarro durchpflügte mit seinen schweren Stiefeln das Wasser.

»Tut mir leid, dass Ihr es etwas unbequem hattet!«, sagte er schulterzuckend, nachdem er die Situation überblickt hatte. »Kommt mit, ich bringe Euch an einen trockeneren Ort.«

Zwei der Wachen mussten Tamanca stützen, der nicht mehr in der Lage war, einen Fuß vor den anderen zu setzen, geschweige denn die steilen Stufen, die aus der Hölle führten, hinaufzusteigen. Es kam ihm vor, als würde der untere Teil seines Körpers gar nicht mehr zu ihm gehören.

In einem düsteren Raum, der nur von mehreren Schießscharten erhellt wurde, ließen sie ihn vor einem grob zusammengezimmerten Tisch auf den Boden fallen. Pizarro nahm auf einem der beiden Stühle Platz und blickte spöttisch auf ihn herab.

»Ihr hättet auf Euren Vater hören sollen, Médico. Er ist kein so dummer Mann, wie Ihr ihm immer weismachen wolltet. Er hat jedenfalls begriffen, welche Hand ihm hilft und welche ihn nur benutzt.«

Tamanca gab darauf keine Antwort.

»Das Wichtigste ist jedoch, dass er sich wieder guter Gesundheit erfreut, nicht wahr?«

Wie er das sagte, machte Tamanca stutzig. Hatte Don Joaquín nicht nur ihn, sondern auch Amakuna an Pizarro verraten? Dieser Gedanke schwächte ihn mehr als alles, was er die letzte Nacht durchgestanden hatte.

»Hört mir zu, Médico. Noch ist nicht alles verloren. Ich gebe Euch eine Chance, wenigstens Euer Leben zu retten!«

Tamanca fürchtete das Schlimmste. Würde jetzt auch Pizarro ihn erpressen? Doch was immer er verlangte, Tamanca würde Amakuna nicht preisgeben, selbst wenn er dafür dem Tod ins Auge blicken müsste.

Doch der Konquistador wollte offensichtlich etwas ganz anderes von ihm. Er schob ihm eine Urkunde über den Tisch hinweg zu. Dann half er ihm, sich hinzusetzen, und drückte ihm eine Feder in die Hand. »Das ist zwar nicht der Friedensvertrag, den Ihr so schön formuliert habt«, sagte er spöttisch. »Aber unterschreibt Ihr dieses Papier, seid Ihr frei und könnt gehen, wohin Ihr wollt.«

»Was ist das?«, fragte Tamanca misstrauisch.

»Ihr bezeugt damit, dass Ihr von der Verschwörung, die Balboa gegen Pedrarias anzuzetteln gedachte, gewusst habt. Aber nicht, dass Ihr mit dazugehörtet. Dadurch schlagt Ihr zwei Fliegen mit einer Klappe: Ihr helft mir, Balboa ein für alle Mal loszuwerden, und rettet Euren eigenen Arsch.«

Tamanca sah sich das Schriftstück genauer an und entdeckte neben dem freien Platz für seine Unterschrift die seines Vaters. Er war also doch der Verräter.

»Was habt Ihr meinem Vater versprochen, damit er unterschreibt?«

Balbo lächelte. »Ich habe dafür gesorgt, dass ihm das Land, das er wollte, ohne langwierige Dienstwege genehmigt wurde. Damit steht seiner Zukunft als erfolgreicher Zuckerbaron nichts mehr im Weg.«

Tamanca konnte nur schwer fassen, dass Don Joaquín sich doch wieder auf Pizarros Seite geschlagen hatte.

»Und was geschieht mit Balboa?«

Pizarro machte eine eindeutige Handbewegung. »Ihr braucht kein Mitleid mit ihm zu haben. Balboa hat Euch als Erstes verkauft.«

»Wie meint Ihr das?«

Pizarro lächelte von oben herab, und Tamanca konnte geradezu körperlich spüren, wie sehr er seine Machtposition genoss. »Er sagte mir, Ihr hättet eine Art Zaubermittel, das sämtliche Verwundungen und Krankheiten innerhalb weniger Stunden heilen würde. Damit wollte er sein Leben retten.« Er lachte sein heiseres Lachen. »Ihr wisst, ich halte viel von Euren Fähigkeiten, aber dass Ihr zaubern könnt, ist doch eine gewagte Behauptung. Oder? Ihr hattet schließlich unzählige Möglichkeiten dazu und habt sie nicht genutzt.«

Tamanca konnte nicht einschätzen, wie ernst Pizarro meinte, was er da sagte, und versuchte, so gut er konnte, zu verbergen, was in seinem Inneren gerade vorging – nämlich Hass, Wut, Enttäuschung.

Balboa hatte trotz seines Versprechens Amakuna verraten. Er hätte letztendlich auch die Kunas verraten. Der Friedensvertrag war nur ein Mittel zum Zweck gewesen, um ihn für seine Belange einzusetzen. Auch Balboa ging es allein um Macht und im Augenblick um sein erbärmliches Leben. Tamanca tauchte die Feder in das bereitstehende Tintenfass und setzte seinen Namen auf das Dokument.

»Eine kluge Entscheidung, Médico. Im Gegensatz zu Balboa bin ich jemand, der sein Wort hält. Ihr seid jetzt ein freier Mann. Ich würde Euch allerdings nicht empfehlen, in Santa María zu bleiben. Pedrarias könnte sich wieder umentscheiden. Er ist ein launischer Mensch. Und es könnte sein, dass ihm Eure Unterschrift schon morgen nicht mehr so wichtig ist. Draußen liegt trockene Kleidung für Euch bereit, und ein Pferd wartet auf Euch. Und ich hoffe, Ihr werdet nie vergessen, wie sehr ich mich für Euch eingesetzt habe.«

»Bestimmt nicht«, erwiderte Tamanca mit gepresster Stimme und versuchte, sich aufzurichten und gerade auf seinen Beinen zu stehen, die sich noch immer taub anfühlten. »*Adiós.* Ich denke, wir werden uns nicht mehr wiedersehen«, presste er hervor.

»Da wäre ich mir nicht so sicher. Ich habe noch viel vor, Médico, und dafür kann ich einen Mann mit Euren Fähigkeiten an meiner Seite immer gut gebrauchen. Außerdem kann ich mir trotz allem nicht vorstellen, dass gerade Ihr den Rest Eures Daseins tief im Dschungel in einem Eingeborenendorf verbringen werdet. Euer Vorhaben, nach Sevilla zu reisen und dem König Eure lächerlichen Gesetze zum Schutz der Indios zu unterbreiten, hatte doch nur damit zu tun, dass Ihr jemand sein wolltet. Dass ihr Ruhm einheimsen und als der Retter der Indios in die Geschichte eingehen wolltet.«

Tamanca hielt inne. Ihm wurde plötzlich heiß, und Röte überzog sein Gesicht. Hatte Pizarro in diesem Punkt vielleicht recht?

Pizarro lächelte ihn von oben herab an. »Ihr seid damit nur ein wenig zu spät dran. Dieser Bartolomé de Las Casas ist Euch zuvorgekommen. Aber glaubt Ihr wirklich, dass seine Gesetze zum Schutz der Indios hier befolgt werden oder gar jemand bei Nichteinhaltung bestraft wird? Spanien ist weit weg. Und was mich betrifft, ich kann sie nicht einmal lesen.« Er lachte aus vollem Halse, als hätte er einen besonders einfallsreichen Witz gemacht. Dann zwirbelte er mit der einen Hand das untere Ende seines Bartes und hob die andere zum Gruß. »Wir werden uns wiedersehen, Médico.«

Tamanca erwiderte nichts darauf, sondern hatte nur noch eines im Sinn: diesen Ort so schnell wie möglich zu verlassen und nie wieder hierher zurückzukehren. Am Beispiel von de Las Casas, den er nichtsdestotrotz schätzte, erkannte er, dass die Macht der Konquistadoren jetzt und auch in der Zukunft auf diese Weise nicht zu brechen sein würde.

Jene junge Frau aus der Zeit, die noch zu leben war, hatte recht. Die Machthaber mussten aus sich heraus eine andere Einstellung zu Macht und Verantwortung bekommen. Weder ihnen den Spiegel vorzuhalten noch sie zu bekämpfen würde aus der Welt einen besseren oder gerechteren Ort machen.

Ihm selbst stellte sich allein die Aufgabe, Amakuna zu schützen, bis die Menschen von selbst darauf kamen, worum es im Leben ging und wie Liebe und Frieden entstehen und erhalten werden konnten. Und solange das nicht der Fall war, blieb ihm in seiner Zeit nur, alles dafür zu tun, dass die Kunas und damit Amakuna so weit wie nur möglich außer Reichweite der Weißen blieben. Das war es, was er leisten konnte. Dafür würde er in seinem Leben keinen Ruhm einheimsen, zumindest nicht von seinesgleichen, aber das war auch nicht von Bedeutung.

Wie Pizarro versprochen hatte, stand hinter dem Tor ein Soldat mit einem Pferd für ihn und einem Bündel Kleidung. Und plötzlich kam Tamanca alles sehr merkwürdig vor.

»Viel Glück«, wünschte der Soldat ihm.

Irgendetwas war hier faul. Das alles ging zu einfach vonstatten. Viel zu einfach. Er zog sich im Schatten der Mauer um. Es war gute, robuste Kleidung. Man hatte ihm keine Lumpen mitgegeben. Warum ließ Pizarro ihn einfach so gehen? Warum hatte er kein Interesse an Amakuna, so wie alle anderen? Warum ließ er ihn nicht foltern oder drohte, ihm sein Schwert in den Bauch zu rammen, wenn er ihm nicht verriet, wo der Pilz wuchs? Oder hatte er am Ende bereits eine Geisel genommen, wie jener Julio aus der Zukunft es getan hatte? Für einen kurzen Moment bekam Tamanca es mit der Angst zu tun, er beruhigte sich aber schnell wieder. Hätte Pizarro tatsächlich seinen Vater oder gar Itapiú in der Hand, so hätte er ihm doch einen entsprechenden Handel vorgeschlagen. Der Konquistador schien den Erzählungen über das Wundermittel keinen Glauben zu schenken. Umso besser.

Als er kurz darauf die Calle Principal entlangritt, die rechts und links von gepflegten Holzhäusern gesäumt war, tönte ihm aus der schlichten Kirche aus Holz ein Choral entgegen. Daneben befand sich ein einfacher Wohnbau mit einem Palmendach und einem Holzkreuz davor. Frai Ambrosio hatte sich also seinen Traum erfüllt und das erste Kloster auf der *Tierra Firma* gegründet. Und just, als Tamanca vorbeiritt, trat der Mönch auf die Straße, als ob er auf ihn gewartet hätte.

»Don Enrique«, nannte er ihn bei seinem längst in Vergessenheit geratenen Namen. »Ich freue mich, Euch bei guter Gesundheit zu sehen. Wohin des Weges?« Er tat gerade so, als wäre ein verloren gegangenes Schaf aus seiner Herde zurückgekehrt. »In zwei Stunden fängt die Messe an. Wollt Ihr nicht absteigen und uns mit Eurer Anwesenheit beehren? Vorher könnte ich Euch eine kleine Mahlzeit anbieten. Ihr wisst, wir Dominikaner haben die Gastfreundschaft immer als eines unserer höchsten Gebote angesehen. Domingo de Guzmán etwa …«

»Schon gut«, unterbrach ihn Tamanca, bevor er sich einen Vortrag über die Lebensgeschichte des Ordensgründers anhören musste. Die Messe interessierte ihn weniger, aber etwas zwischen die Zähne konnte er gut gebrauchen. Vor ihm lag ein langer Weg, und im Kerker waren lebenserhaltende Maßnahmen wie Essen nicht vorgesehen gewesen.

Er ließ sein Pferd in den kleinen Vorhof traben, stieg ab und band es fest.

»Kommt herein.« Frai Ambrosio hielt ihm die Tür zu einem sauber gefegten Raum auf, in dessen Mitte ein langer Holztisch mit Bänken auf beiden Seiten stand. Aus einer grob zusammengezimmerten Kiste holte der Mönch einen Laib Brot, einen Tiegel mit Schmalz sowie ein Salzfass und stellte alles auf den Tisch.

»Bedient Euch.«

Tamanca ließ sich das nicht zweimal sagen, setzte sich und langte zu. Der Dominikaner brachte ihm sogar noch einen Becher Wein dazu.

»Er ist zwar für die Messe bestimmt, aber nach dem, was Ihr mitgemacht habt, könnt Ihr gewiss einen Schluck vertragen.«

Tamanca spürte Misstrauen in sich aufsteigen. Frai Ambrosio war ihm noch nie besonders nahe gewesen, und jetzt behandelte er ihn wie einen guten Freund.

»Habt Ihr schon gehört? Pedrarias will unten an dem von uns neu entdeckten Südmeer eine weitere Siedlung gründen. Pizarro soll der Bürgermeister werden. Ich überlege, ob ich ihn begleiten soll. Ich hatte zuerst meine Schwierigkeiten mit ihm, aber inzwischen bin ich zu der Ansicht gekommen, dass er ein Mann ist, der weiß, was er tun muss, und dazu absolut königstreu. Das Kloster hier kann ich der Obhut meiner Mitbrüder überlassen.«

In Tamanca meldete sich heftiger Widerstand. »Aber Balboa ist doch der Entdecker. Steht der Posten damit nicht ihm zu?« Kaum hatte er den letzten Satz ausgesprochen, wurde ihm klar, dass er soeben dessen Todesurteil unterzeichnet hatte.

»Wie Ihr ja nur zu gut wissen müsstet, ist er ein Verräter, und so jemanden macht man wohl kaum zum Bürgermeister.«

Der Dominikaner war offensichtlich bestens informiert, und dass Tamanca jetzt an seinem Tisch saß, war bestimmt kein Zufall.

»Man hat ihm seinen Gouverneursposten hier einfach weggenommen, ohne Grund«, verteidigte er trotz allem den Konquistadoren.

»Er hat ihn Espinosa weggenommen – ohne Grund. Das nennt man das Gesetz des Stärkeren. Daran wird sich auch so schnell nichts ändern. Die Machthaber kommen und gehen, doch die Kirche wird bleiben. Deshalb möchte ich Euch einen Vorschlag unterbreiten.«

Tamanca hörte auf der Stelle auf zu kauen. Schon wieder ein Vorschlag.

»Ich habe gehört, Ihr sollt nun doch über dieses besondere Heilmittel verfügen, das Todgeweihte zurück ins Leben holt. Zumindest erzählt man sich das angesichts der wundersamen Genesung Eures Vaters.«

Tamanca holte tief Luft, um dem Mönch das sofort wieder auszureden, doch der ließ ihn gar nicht zu Wort kommen.

»Dass es das Werk der jungen Indiofrau war, könnt Ihr jemand anderem erzählen. Ich weiß, dass Ihr bei den Hexen auf La Palma wart. Ich muss Euch eindringlich warnen. Gott liebt es nicht, wenn man ihm ins Handwerk pfuscht.«

»Das sind wahrhaftig nur Gerüchte. Mein Vater ist robust und hat sich schnell wieder erholt.«

»Sodass er bereits am nächsten Tag mit Euch in das Indiodorf reiten konnte.«

»Er hat sicher etwas durcheinandergebracht«, versuchte Tamanca weiter, das Ganze zu verwässern. Doch der Dominikaner, der in Spanien während der Inquisition auf eine scharfe Verhörtaktik gedrillt worden war, ließ nicht locker.

»Keine Angst. Ich habe niemandem etwas erzählt und Euren Vater ebenso dazu angehalten. Ich kann Eure Sorge verstehen, dass ein solches Mittel weder in die Hände der Konquistadoren noch in die der Indios gehört. Deshalb würde ich Euch vorschlagen, es mir anzuvertrauen. Ich bin ein Diener Gottes und werde es, wenn überhaupt, nur in seinem Namen gebrauchen. Ich bin mir sicher, das wäre die beste Lösung. Und auf diese Weise würde auch Eure Seele endlich Frieden finden.«

Im ersten Augenblick glaubte Tamanca, sich verhört zu haben, doch dann wurde ihm klar, dass diese kleine, runde Zecke es ernst meinte. Er würde Amakuna dazu verwenden, seine Macht zu stärken, als wäre er die Hand Gottes, die über Leben und Tod bestimmte.

»Frai Ambrosio, meine Seele wird erst Frieden finden, wenn Menschen wie Ihr oder Pizarro mich endlich in Frieden lasst.« Ohne ein weiteres Wort stand er auf und wandte sich zur Tür.

»Das werdet Ihr noch zutiefst bereuen«, rief ihm der Dominikaner erbost nach. »Spätestens, wenn Ihr im Fegefeuer schmort.« Er schrie ihm noch weitere Nettigkeiten hinterher, die Tamanca jedoch schon gar nicht mehr hörte. Mit noch vollem Mund stieg er auf sein Pferd und verließ im Galopp den Klosterhof.

Am Ende der Straße erblickte er eine Art Bühne, auf der gerade ein Schafott aufgebaut wurde. Ihm wurde klar, dass es wohl für Balboas Hinrichtung gedacht war. Auch wenn es gegen seine Ethik sprach und er niemandem einen gewaltsamen Tod wünschte, war es gewissermaßen eine Erleichterung, wenn es einen Konquistadoren weniger gab, der Amakuna gefährlich werden konnte. Und dann wurde ihm schlagartig bewusst, dass es der Pilz war, der ihm das Schafott erspart hatte. Nur deshalb ließ man ihn am Leben, aber mit Sicherheit nicht in Ruhe. Plötzlich verstand er, weshalb Pizarro so wenig Interesse gezeigt hatte. Warum er ihn nicht foltern hatte lassen, um etwas über Amakuna zu erfahren. Ihm war offensichtlich klar, dass er nur eine Chance hatte, das Geheimnis des Médico aufzudecken: nämlich, ihm einen Schatten hinterherzuschicken.

Als Tamanca Santa María endgültig den Rücken gekehrt hatte und an der Küste entlang Richtung Acla ritt, drehte er sich immer wieder um. Er verharrte sogar für eine Weile in einer Höhle, um abzuwarten, ob ihm jemand folgte, aber er sah niemanden. Entweder war derjenige so geschickt, oder Tamanca sorgte sich umsonst. Aber das konnte nicht sein.

Als er nach Stunden an einen kleinen Fluss kam, legte er eine Pause ein. Er wurde bereits wieder von Hunger geplagt, denn die paar Bissen, die er bei dem heuchlerischen Mönch zu sich genommen hatte, füllten seinen Magen nicht aus.

Am Ufer entdeckte er zu seiner Freude jene Lianen, mit denen die Indios aus Itapiús Stamm gefischt hatten. Er riss mehrere Stränge ab, formte sie zu einem Bündel und zog sie durch das Wasser, wie er es bei den Kunas gesehen hatte. Doch nicht ein einziger Fisch wurde nach oben geschwemmt. War die Strömung zu stark, oder war es gar die falsche Pflanze? Tamanca merkte, wie Verzweiflung langsam Besitz von ihm ergriff. Nicht nur die letzte Nacht hatte ihn an seine Grenzen gebracht, auch dass er sein Versprechen nicht eingehalten hatte. Mehr Menschen denn je wussten von Amakuna, und seine Anstrengungen, den großen Retter der Indios zu spielen, waren jämmerlich gescheitert. Warum sollten die Kunas ihm weiterhin vertrauen? Warum sollte Itapiú in Zukunft an ihn glauben? Noch immer quälte ihn seine Verfehlung in Acla.

Er wollte gerade aufgeben, als ein ziemlich großer Fisch an der Wasseroberfläche auftauchte und er nur nach ihm greifen musste. Das machte ihm wieder Mut. Er tötete ihn mit einem Stein, und kurze Zeit später saß er vor einem kleinen Feuer, über dem er sein Abendessen auf einen Stock gespießt briet. Die Müdigkeit übermannte ihn bald, sodass weitere Gedanken sich auflösten und er am nächsten Morgen verhältnismäßig gestärkt aufwachte und seine Reise fortsetzen konnte.

Er wurde nun etwas nachlässiger, sich nach einem eventuellen Verfolger umzusehen, und erreichte am folgenden Abend ohne Zwischenfälle Acla.

Rubio war außer sich, als er ihn erkannte, und führte einen Freudentanz auf, der gar nicht mehr enden wollte. Das Haus, in dem er und sein Vater gewohnt hatten, zeugte noch von den Verwüstungen, die Pizarros Soldaten angerichtet hatten. Tamanca räumte etwas auf, zündete im Ofen ein Feuer an, kochte sich eine Mehlsuppe und setzte sich anschließend damit auf die Bank vor dem Haus. Natürlich waren seine Gedanken bei Itapiú und ihrem Stamm. Würden sie überhaupt noch an dem Ort lagern, wo er sie verlassen hatte? Vielleicht waren sie längst seinem Rat gefolgt und hatten sich ins Landesinnere zurückgezogen. Wie sollte er sie dann finden? Vielleicht würde er Itapiú nie wiedersehen? Der Gedanke bereitete ihm geradezu körperliche Schmerzen.

Plötzlich näherten sich aus der Dunkelheit Schritte. »Nicht erschrecken. Ich bin es, Esmeralda.«

Er atmete tief durch. Gerade diese Frau rief auf der Stelle sein schlechtes Gewissen wach und verschlechterte seinen sowieso angeschlagenen Zustand noch.

»Wo ist er? Wo ist Balboa?« Sie schien ernsthaft besorgt zu sein.

»Es sieht nicht gut für ihn aus«, antwortete Tamanca vorsichtig, da er nicht wusste, in welcher Beziehung sie zu ihm stand.

Sie putzte sich lautstark die Nase. »Ich bin seinetwegen von La Española hierhergekommen. Ich habe noch nie zuvor einen Mann wie ihn getroffen und werde es wohl auch nicht mehr tun.«

Tamanca wollte einerseits ehrlich sein, andererseits fühlte er sich nicht wirklich schuldig am unrühmlichen Ende des Konquistadoren.

»Es tut mir leid, aber er wird wohl nicht wiederkommen.«

Sie schnäuzte noch einmal in ihr Taschentuch, schien sich jedoch schnell wieder zu fangen und sah ihn hoffnungsvoll an. »Werdet Ihr jetzt der neue Bürgermeister von Acla?« Offensichtlich hatte sie jetzt ihn als ihren neuen Helden auserkoren.

Er schüttelte den Kopf.

»Ihr seid ein guter Mensch. Das spüre ich. Ich habe mit vielen Männern geschlafen. Da lernt man, die Spreu vom Weizen zu trennen.«

Tamanca war nun wirklich nicht danach, dieses Gespräch weiterzuführen.

»Ich kann Euch unterstützen. Und Doña Letitia auch. Im Prinzip hat sie nichts gegen Euch. Unser Einfluss in Acla ist größer, als Ihr denkt. Für eine kleine Auszeit in der *Casa de Alegría* tun die Männer hier alles.« Sie lächelte ihn verführerisch an. »Wir brauchen Männer wie Euch. Ihr habt Bildung, Ihr habt Charakter. Und Ihr verfügt über ein Zaubermittel, das sich sogar dem Tod entgegenstellt.«

Doña Letitia hatte also auch Esmeralda diesen Floh ins Ohr gesetzt. Tamanca fragte sich besorgt, wem noch alles. Er musste hier so schnell wie möglich weg und durfte nie wieder einen Fuß in diese Siedlung setzen.

»Bitte denkt noch einmal darüber nach«, schmeichelte die Hure ihm weiter.

»Ich habe Balboa verraten«, sagte er, um sich selbst in ein schlechtes Licht zu rücken.

»Was?«

»Ich habe bezeugt, was er vorhatte.«

Doch das schien Esmeralda längst nicht mehr zu stören. »Das ist üblich hier. So kommen sie alle an die Macht. Einer lässt den anderen in die Falle tappen und holt sich dann dessen Posten, dessen Haus oder dessen Frau. Pizarro wird irgendwann auch mehr Macht als Pedrarias haben. Wer hier überleben will, muss die Moral aus seinem Wortschatz streichen.«

Das hatte Tamanca inzwischen auch begriffen. »Ich werde über Euren Vorschlag nachdenken«, belog er die junge Frau, die wie alle anderen auch nur an sich dachte. »Aber ich würde jetzt gerne schlafen gehen.«

»Natürlich. Bitte entschuldigt.« Sie drückte ihm einen Kuss auf den Mund und verschwand in der Dunkelheit. Tamanca packte, so schnell er konnte, seine Sachen zusammen, pfiff leise nach Rubio und stahl sich dann zu seinem Pferd. Keine Sekunde länger hielt es ihn hier.

36. KAPITEL

Am Morgen des darauffolgenden Tages erreichte Tamanca das Dorf der Kunas. Wie er bereits vermutet hatte, war der Platz, wo die palmgedeckten Hütten gestanden hatten, wie leer gefegt. Nachdem er überall nach einem Hinweis gesucht und nichts gefunden hatte, bemühte er sich, Verzweiflung und Hoffnungslosigkeit nicht von ihm Besitz ergreifen zu lassen. Angestrengt dachte er nach. Die einzige Stelle, wo Itapiú ihm eine Nachricht hinterlassen haben könnte, falls sie sich noch mit ihm verbunden fühlte, war das »Tor der Zeit«.

Ohne sich noch einmal umzusehen, gab er seinem Pferd die Sporen. An einen etwaigen Verfolger dachte er in diesem Augenblick längst nicht mehr.

Der Vollmond hatte den hellen Strand in einen silbernen Weg verwandelt, auf dem Tamanca immer weiter Richtung Osten ritt, bis ihm ein riesiger Fels den Weg versperrte. Ihm blieb nichts anderes übrig, als sein Pferd ins Landesinnere zu lenken, wo der Dschungel ihn auf der Stelle verschlang. Er musste nun ständig absteigen, um nicht immer wieder von tief herabhängenden Ästen vom Pferd gefegt zu werden, und kam deshalb nur langsam voran.

Erst am Abend erreichte er den Fluss, der ihm eine gewisse Orientierung gab. Er bereute ein wenig, dass er Balboa die Kladde mit den gezeichneten Landkarten wieder zurückgegeben hatte. Doch seiner Erinnerung nach musste er nur lange genug stromaufwärts reiten, dann würde er irgendwann auf den Tafelberg treffen. Er hatte sogar einen winzigen Funken Hoffnung, Itapiú selbst am »Tor der Zeit« anzutreffen.

Mit den letzten Strahlen der Sonne erreichte Tamanca endlich sein Ziel. Er ließ sein Pferd und auch Rubio an der Steilwand zurück und kletterte mit der ihm noch verbliebenen Kraft bis an die obere Kante des Berges. Wie schon beim ersten Mal kam er nicht umhin, sich für einen Moment dem sagenhaften Weitblick hinzugeben, den man von hier oben hatte. Was er sah, kam ihm vor wie ein lebendiges Gemälde. Der wogende Dschungel, in der Ferne das Meer und die untergehende Sonne, die alles in ein goldenes Licht tauchte. Wenn es wirklich einen Gott gab, der die Welt erschaffen hatte, hatte er sich hier selbst übertroffen.

Als Tamanca sich in Richtung der Felsen wandte, stieg ihm ein merkwürdiger Geruch in die Nase, und eine bekannte Stimme drang an sein Ohr.

»Ich habe gewusst, dass du zurückkommst.«

Tamanca fiel ein Stein vom Herzen. Es war die alte *Nele,* die ihn und Itapiú für immer vereint hatte. Sie verbrannte Kakaobohnen, was den süßlichen Duft erklärte. Er hatte schon befürchtet, die alte Medizinfrau wäre ein Opfer Pedrarias' geworden, da er sie in dem Übergangsdorf nicht mehr gesehen hatte.

»Warum hast du dir so lange Zeit gelassen? Ich habe bereits angefangen, Wurzeln zu schlagen«, beschwerte sie sich.

»Es tut mir leid«, entschuldigte er sich mit einer tiefen Verbeugung.

»Steh auf. Wir sind hier nicht bei deinem Volk. Sieh mir besser in die Augen.«

Tamanca setzte sich ihr gegenüber. »Wo sind die anderen?«

»Sie sind deinem Rat gefolgt und haben mich hier zurückgelassen, um auf dich zu warten. Besser gesagt, Itapiú hat mich darum gebeten.«

Sein Herz machte vor Glück einen Luftsprung. Sie wollte ihn also noch. Sie hatte ihn nicht aufgegeben.

Die Alte merkte, was in ihm vorging, und lächelte verständnisvoll. »Sie war übrigens die Einzige. Die anderen haben nicht mehr an deine Rückkehr geglaubt.«

»Ich kann es ihnen nicht verdenken.«

»Kennst du eigentlich die Geschichte von Iberogun, dem Sohn von Baba und Nana?«

Tamanca schüttelte den Kopf.

»Er stieg einst vom Himmel herab, um die Kunas zu lehren, wie sie die Erde schützen und bewahren könnten. ›Ibe‹ heißt Stein, ›Gun‹ ist ein Geist, der anderen Geistern Leben einhaucht. Ich denke, dass du Iberogun bist und Baba und Nana dich in dieser Verkleidung eines Weißen noch einmal hierhergeschickt haben, um uns die Chance zu geben, unsere Aufgabe zu erfüllen. Seine Frau hieß Kikadiryai. Und ich finde, Itapiú hat viel von ihr. Nicht nur ihre Schönheit, sondern auch die Gabe, vorauszuschauen und die Dinge so zu sehen, wie sie tatsächlich sind.« Sie atmete den Rauch der Kakaobohnen ein, der sie in Trance brachte, und fiel dann in einen Sprechgesang ein, ganz so wie damals, als sie Tamanca und Itapiú vereint hatte.

»Höre die Namen, die Gebete, die Lieder eines jeden lebenden Wesens – der geflügelten, der mit Pelz bewachsenen und der mit Schuppen bedeckten, jedes, das unter der Erde lebt, und jedes im Wasser, jedes grüne und blühende, jedes noch nicht geborene und jedes sterbende …«

Die Worte, die darauf folgten, waren nur mehr ein Brabbeln und für Tamanca nicht mehr verständlich. Er erinnerte sich wieder, wie Neri Sina erklärt hatte, dass es die Aufgabe der *Nele* war, sich in die verschiedenen Geistwelten zu begeben und dort ungeklärte Dinge in Ordnung zu bringen. Dass es sieben Schichten gab, die unter der Erde lagen, und sieben oberhalb. Und dass in jener fernen Zeit einzelne Schichten von den Menschen langfristig beschädigt worden waren und dadurch das ganze Weltensystem in Unordnung geraten war. Sicher hatte wieder die Gier der Menschen dazu geführt. Offensichtlich raubten sie der Erde nicht nur das Gold, sondern auch noch andere Dinge, die sie reich machten und die ihnen dadurch Macht schenkten. Hoffentlich konnten Sina und Neri tatsächlich bewirken, dass jene Menschen sich selbst den Spiegel vorhielten und ihre menschlichen Werte entdeckten. Dann, wenn Kampf und Gewalt nicht mehr die Mittel waren, um etwas zu erreichen, sondern Liebe und Mitgefühl. Wenn sich die einstige Prophezeiung erfüllte und das Amakuna-Zeitalter beginnen konnte.

Tamanca beschloss, noch einmal durch das »Tor der Zeit« zu gehen und eine kleine Menge Amakuna mitzunehmen, während er darauf wartete, dass die *Nele* von ihrer Reise zurückkehrte. Denn es war nicht absehbar, wann er je wieder hierherkommen würde. Er nahm sich einen brennenden Ast aus dem Feuer, der ihm als Fackel diente, und schob den Pflanzenvorhang beiseite, der das Tor verbarg.

Angenehme Kühle umschloss ihn, als er in die Tiefe des Berges vordrang, und schon bald erreichte er die Stelle, wo er einst gemeinsam mit Itapiú Amakuna versteckt hatte. Er öffnete behutsam das Medaillon, das sie ihm zum Abschied umgehängt hatte. Doch als er in die Steinkuhle hineinleuchtete, erschrak er. Sie war leer. Es befand sich nicht ein einziger Krümel darin. Hatte Itapiú alles für ihr Volk verbraucht? Doch dann entsann er sich seiner eigenen Worte, dass stets genug vorhanden sein würde. Er hielt die Fackel an verschiedene andere Stellen der Höhle und entdeckte ein ganzes Meer kleiner weißer Pilze. Tamanca wich einen Schritt zurück, um nicht darauf zu treten. Das, was ihm Nesfete einst in Pulverform mitgegeben hatte, musste in der feuchten Höhle ausgesport und sich so auf wundersame Weise vermehrt haben.

Als er sich bücken wollte, um einige davon zu ernten, hielt ihn irgendetwas zurück. Das Licht der Fackel, die er beiseitegestellt hatte, warf bizarre Schatten an die Wände, und plötzlich sah er die Fresken aus dem Dom in Salamanca vor sich, die die Wunder Christi darstellten: die Heilung des Blinden, des Aussätzigen, des Taubstummen und des Gelähmten. Er musste daran denken, was die *Nele* ihm über Iberogun erzählt hatte und dass sie in ihm einen wiedergeborenen Gott sah, nur weil er Amakuna von der Insel der Drachenbäume mitgebracht hatte. Später würden die Kunas sogar Molas anfertigen, die ihn und Itapiú unter diesem Baum zeigten. Das alles erinnerte ihn an eine Geschichte, die die Menschen seit über fünfhundert Jahren in ihrem Bann hielt. Und er fragte sich, ob das Neue Testament nicht auf einer ähnlichen Grundlage beruhte. Ein Mann vollbrachte Wunder, heilte auf geheimnisvolle Weise Kranke und verkündete Frieden und Vergebung. Doch was war daraus geworden? Im Namen dieses Mannes wurde getötet, gefoltert und geplündert. Mit Bibel und Schwert würde dieses Land weiter erobert werden. Pizarro würde sich auf den Weg ins sagenumwobene Goldland machen und auch weiterhin alles vernichten, was sich ihm in den Weg stellte. Und jener Julio, der sich ebenso als ein von Gott Auserwählter sah, würde, sobald er Amakuna tatsächlich in Händen hielt, ebenfalls eine Herrschaft anstreben, die nur auf Gewalt und Missbrauch beruhte.

Nein. Er richtete sich wieder auf. Er würde Amakuna lassen, wo es war, und gemeinsam mit Itapiú einmal im Jahr hierherkommen und es nur noch dafür nutzen, wofür es von den Harimaguadas vorgesehen war: nämlich in die Zukunft zu blicken, zum Wohle der Menschen. Sie beide würden dieses Wissen hüten und es einzig an ihre Nachfolger weitergeben. Genau so, wie es einst am Ursprungsort des Pilzes gehandhabt wurde.

Nachdem er diesen Entschluss gefasst hatte, fühlte er sich wohler und verließ die Höhle. Seine Augen gewöhnten sich nur langsam an das Sonnenlicht, das ihm besonders grell vorkam. Außerdem schien es ihm ungewöhnlich still, kein Windhauch, kein Vogelgezwitscher, selbst das Summen der Insekten war verstummt. Tamanca blickte sich beunruhigt nach der *Nele* um.

Doch die saß noch immer mit geschlossenen Augen regungslos vor ihrem Feuer. Plötzlich drang jedoch eine helle männliche Stimme an sein Ohr, die ihm nicht unbekannt war.

»Hola, Enrique!«

Tamanca erstarrte. Sie gehörte Oriol, dem Sohn von La Roja. Er hatte sich also doch nicht getäuscht. Der »Wasserträger« von Pizarro war ihm bis hierher gefolgt.

Der Blick des Spaniers fiel auf das Amulett, das deutlich sichtbar um Tamancas Hals hing, und sein Gesicht verzog sich zu einem triumphierenden Grinsen. »Gib mir das Medaillon, und du kannst gehen, wohin du willst.«

Was sollte er jetzt tun? Fieberhaft suchte er nach einem Ausweg. Er besaß weder eine Waffe noch sonst irgendetwas, womit er Oriol abwehren konnte. Der Spanier hatte ihn aus der Höhle kommen sehen und würde dort unweigerlich die Pilze entdecken. Auch wenn er nicht der Intelligenteste war, konnte er eins und eins zusammenzählen.

»Gib es mir, und ich werde dein Leben verschonen.«

»Es ist nichts darin«, versuchte Tamanca verzweifelt, die Lage irgendwie zu bewältigen.

»Dann wird es dir ja auch nicht fehlen.« Oriol grinste ihn siegesgewiss an, ging mit gezückter Armbrust auf ihn zu und riss ihm das Amulett vom Hals. Da er es nicht gleichzeitig öffnen und auf Tamanca zielen konnte, blieb ihm nichts anderes übrig, als es ihm hinzuhalten mit der Aufforderung, es zu öffnen.

Tamanca tat, wie ihm geheißen. »Es ist nichts drin. Gar nichts. Du bist mir umsonst gefolgt.«

Oriol warf es wütend auf den Boden. »Dann ist es dort, in dem Fels.« Er deutete auf das »Tor der Zeit«. »Los, geh voran.«

Tamanca sah hilfesuchend zu der *Nele,* doch sie schien gar nicht wahrzunehmen, was gerade geschah. Der Rauch der Kakaobohnen hatte sie losgelöst von dieser Welt.

»Ich glaube nicht, dass die Alte dir helfen kann«, spottete Oriol. »Außer, sie schickt irgendwelche Geister, die …«

Genau in diesem Moment erfüllte ein merkwürdiges Summen die Luft, und die Erde begann zu vibrieren. Die Alte bewegte unter lautem Stöhnen ihren Oberkörper, als würde sie dadurch den Boden in Schwingung versetzen. Die ersten Steinbrocken lösten sich von dem Fels und polterten nach unten. Das Summen wurde lauter, die Bewegungen der Alten heftiger. Oriol war der Schreck sichtbar in die Glieder gefahren.

»Sie soll aufhören! Sag ihr, sie soll das sofort beenden!«, schrie er.

»Sie kann dich nicht hören.« Tamanca war das Ganze selbst nicht geheuer. Er konnte sich weder erklären, was da gerade geschah, noch, was der Auslöser dafür war. Vielleicht fühlte sich der Pilz in seiner Ruhe gestört, oder aber die *Nele* räumte gerade in einer der sieben unteren Schichten auf. Direkt vor seinen Füßen entstanden nun Risse im Boden, als würde sich gleich die Erde öffnen, um diejenigen zu verschlucken, die ihrer nicht gerecht wurden. Schnell griff er nach dem Medaillon und hängte es sich wieder um.

Oriol zielte nun auf die Alte und brüllte sie gleichzeitig an, mit dem Schaukeln aufzuhören. Von fern hörte Tamanca Rubio bellen und das Pferd angsterfüllt wiehern. Offensichtlich fand der Spuk nicht nur hier oben statt, sondern überall. Verfügte die Alte tatsächlich über Kräfte, die Erde beben zu lassen? Dagegen war das, was er mit Amakuna vermochte, geradezu lächerlich. Aber warum hatte sie diese Kräfte nicht gegen die Konquistadoren eingesetzt?

Während ihm all das in Windeseile durch den Kopf ging, begann der große Fels, in dem sich das »Tor der Zeit« befand, immer mehr zu schwanken. Tamanca dachte kurz daran, dass auch die ursprüngliche Höhle auf der Insel der Drachenbäume zerstört worden war, weil die Konquistadoren der Gegenwart sich des Pilzes bemächtigen wollten.

Ein krachendes Geräusch ließ ihn zusammenzucken und im letzten Moment beiseitespringen, sodass ihn ein herabstürzender

Felsbrocken nur knapp verfehlte. Immer mehr Gestein löste sich. Tamanca beobachtete, dass Oriol wie vom Teufel gejagt über die Kante des Plateaus wieder nach unten klettern wollte, als ein riesiger Brocken über seine Hände rollte und ihn zwang loszulassen.

Tamanca musste sich nun selbst in Sicherheit bringen. Gleich neben der *Nele* schien ihm in diesem Fall der beste Ort zu sein. Genau in diesem Moment schlug sie jedoch die Augen auf, und genau in diesem Moment kehrte auch wieder Ruhe ein.

Die *Nele* war in sich zusammengefallen, das Feuer vor ihr erloschen. Dem Summen stellte sich nun Stille entgegen. Tamanca sah sich um. Das »Tor der Zeit« stand noch, doch der Pflanzenvorhang war heruntergerissen und der Eingang verschüttet. Eine gute Lösung, dachte Tamanca. Zumindest vorerst. Der Pilz hatte sich damit auf seine eigene Weise einen Schutzraum geschaffen. Vielleicht brauchten die Kunas ihn gar nicht. Und Amakuna würde eines Tages wieder auftauchen, nämlich dann, wenn sich eine neue Chance bot, den Kampf für eine bessere Welt aufzunehmen, und auf diese Weise das goldene Zeitalter näher rückte.

Tamanca half der *Nele* aufzustehen, die ein paarmal hustete, dabei ausspuckte und sich den Staub von ihrem nackten Körper wischte. Sie musste sich noch einmal setzen, und Tamanca hatte schon Angst, sie würde den Abstieg an der Wand nicht schaffen, doch da irrte er sich. Behände wie eine Äffin kletterte sie den steilen Fels hinunter und war noch vor ihm am Boden. Er stieß einen lauten, fordernden Pfiff aus, woraufhin sowohl Rubio als auch sein Pferd, die beide unversehrt waren, brav auf ihn zutrabten. Von seinem Verfolger war nichts mehr zu sehen.

Im Gegensatz zu dem, was er auf der Expedition mit Balboa und Pizarro erlebt hatte, war der Ritt mit der *Nele* zwar kein Sonntagsspaziergang, aber Tamanca empfand es so, da er wusste, dass am Ziel die Frau, die er liebte, auf ihn wartete. Nach zehn Tagen undurchdringlichem Dschungel war er allerdings nicht mehr ganz so überzeugt, ob sie ihr Ziel tatsächlich erreichen würden. Auf alle Fälle lag zwischen den Siedlungen der Kolonisten und ihm jetzt ein Abstand, der ihm zum ersten Mal nach längerer Zeit wieder ein gewisses Gefühl der Sicherheit gab. Hierher würden sich die Konquistadoren nicht so schnell verirren. Und wie er bereits aus der Zukunft wusste, würde das Innere Dariéns unbesiedelt bleiben.

Plötzlich stieß die Alte einen trillernden Laut aus. Nach kurzer Zeit bekam sie eine Antwort.

»Wir sind da.« Sie drehte sich lächelnd zu Tamanca um, der hinter ihr auf dem Pferd saß. Er konnte nicht nachvollziehen, wie sie darauf kam, dass sich ihr Stamm in unmittelbarer Nähe befand, aber es musste wohl so sein.

Irgendwo aus den undurchdringlichen Pflanzenwänden tauchten zwei Kunas auf, die eine Art Freudentanz aufführten. Tamanca fragte sich, ob der ihm oder nur der *Nele* galt. Aber letztendlich war das nicht wichtig. Das Einzige, was zählte, war, dass sie es geschafft hatten und er endlich Itapiú wiedersehen würde. Er war so aufgeregt wie vor der Aufnahmeprüfung in die Universität von Salamanca. Dieser Vergleich wunderte ihn selbst. Schon lange hatte er nicht mehr an sein altes Leben in Spanien gedacht. Er hatte es vollkommen hinter sich gelassen, auch wenn es natürlich einige Dinge gab, die er vermisste. Doch das, was er hier gefunden hatte, überwog alles.

Itapiú kam ihm mit ihrem wiegenden Gang entgegen, der ihre Brüste leicht wippen ließ, die dunklen Augen auf ihn gerichtet, während er vom Pferd stieg. Ein Blick genügte, und das unsichtbare Band zwischen ihnen wurde für ihn sichtbar, und er hangelte sich daran entlang zu ihr. Er wusste, er musste vor ihr nicht auf die Knie fallen, nicht unzählige Entschuldigungen stammeln, keinen Vertrag unterschreiben oder Liebesschwüre abgeben. Es schien ihm nun doch, als wären sie das noch einmal zurückgekehrte Paar, Iberogun und Kikadiryai, das vom Himmel in der größten Gefahr auf die Erde geschickt worden war, um das Volk der Kunas zu begründen und die *Madre Tierra* zu schützen. Es musste wohl so sein. Denn in der Nachzeit wurde die Legende noch immer erzählt, und die Indios von Panama nannten sich Kuna. Und manche von ihnen, wie Neri, fühlten sich als Wächter der *Madre Tierra* noch immer dieser Aufgabe verbunden.

Das ganze Dorf war zusammengekommen und sah ihn erwartungsvoll an. Itapiú nahm seine Hand, sprach in ihrer Sprache einige Sätze und sah ihn dann auffordernd an.

»Erkläre ihnen, warum du gegangen und warum du wieder zurückgekommen bist«, forderte sie ihn auf.

»Das will ich gerne tun«, sagte Tamanca und holte tief Luft, bevor er begann. »Es war ein großer Fehler von mir, zu glauben, eure Rechte bei den Spaniern vertreten zu können. Ich habe gedacht, ich könnte es. Aber es ging dabei mehr um mich als um euch. Ich habe mich verführen lassen vom Geruch des Ruhms, der wahrscheinlich jedem irgendwann einmal in die Nase steigt. Und dann geht es plötzlich nur noch um das eigene Ansehen und nicht mehr um das, wofür man sich ursprünglich einsetzen wollte. Ich habe mich kein bisschen besser verhalten als die Konquistadoren, die ihrem kümmerlichen Dasein durch Gold zu Glanz verhelfen wollen. Aber glaubt mir, ich bin geheilt, und ich werde ab jetzt für immer bei euch bleiben.« Er sah sich abwartend um. Doch wenn er glaubte, nun Applaus zu erhalten, hatte er sich gründlich getäuscht. Der blieb nämlich aus, auch nachdem Itapiú seine kleine Rede in ihre Sprache übersetzt hatte.

Würden sie ihm noch einmal vertrauen? Sicher nicht gleich und sicher nicht so wie Itapiú, deren unerschütterlicher Glaube an ihn ein Gefühl in ihm hervorrief, das alle Angst und jeglichen Zweifel zum Schmelzen brachte. Sie stand neben ihm und hielt seine Hand. Und er wusste, selbst wenn sich ihre eigenen Leute gegen ihn wendeten, sie würde sie nicht loslassen.

Nach einer Weile nickten ihm erst einige wenige und dann immer mehr freundlich zu. Tamanca schloss für einen Moment erleichtert die Augen. Itapiú sagte nun etwas in ihrer Sprache, woraufhin zustimmendes Gemurmel die Luft erfüllte.

»Was hast du ihnen gesagt?«, fragte er leise.

Sie lächelte geheimnisvoll. »Ich habe ihnen gesagt, dass dieser Stamm bald ein Mitglied mehr hätte, dessen Haut wahrscheinlich ein klein wenig heller sein würde als die der anderen. Dass dies aber eine Ausnahme bleiben würde.«

Tamanca konnte nicht anders, als Itapiú in die Arme zu schließen, sie an sich zu drücken und sein Gesicht in ihrem Haar zu vergraben. Auch wenn dies bestimmt nicht den Gepflogenheiten der Indios entsprach. Doch das war ihm in diesem Moment egal. Die Worte der *Nele*, die sie einst am Wasserfall gesprochen hatte, gingen ihm wie ein lieblicher Gesang durch den Kopf.

»Wenn du die Welt verändern willst … liebe deine Frau bis zu den Tiefen deiner Schatten, bis zu den höchsten Weiten deines Wesens, zurück zu dem Ort, wo ihr euch zuerst getroffen habt, zum Tor des Regenbogenreiches, durch das ihr hindurchgeht als Licht bis zu dem Punkt, an dem es keine Umkehr mehr gibt, zum Ende und dem Beginn einer neuen Erde, eines neuen Zeitalters.«

37. KAPITEL

Julio hatte gerade ein wenig gedöst, als sein Handy mit einem Piepston eine SMS ankündigte und ihn hochschrecken ließ. Sie war von Harris. Na endlich. Er hatte seit vierundzwanzig Stunden nichts von dem Anwalt gehört. Und wenn er ihn zu erreichen versuchte, schaltete sich nur die Mailbox ein.

»Bin mit Sina auf dem Weg zurück nach Panama. Treffen übermorgen in Panama City ein. Alles in Ordnung«, lautete die Nachricht. Na bitte. Julio atmete auf. Besser konnte es gar nicht laufen. Das Einzige, was ihn stutzig machte, war, dass Harris sonst immer anrief oder ellenlange Textnachrichten schrieb und jetzt nur ein paar Worte für den doch recht erfolgreichen Abschluss seiner Mission fand. Julio versuchte, ihn noch einmal anzurufen, doch er erfuhr wieder nur, dass der Teilnehmer im Moment nicht erreichbar sei. Vielleicht saß er ja bereits im Flugzeug, beruhigte er sich selbst.

»Francisca!«, rief er in den Nebenraum, wo sich die Kolumbianerin ebenfalls kurz aufs Ohr gelegt hatte. »Sie sind auf dem Weg nach Panama.«

»Ich hab dir doch gesagt, auf Tanausú ist Verlass«, antwortete sie und erschien leicht verschlafen in der Tür. Julio hatte manchmal daran gedacht, ihr vielleicht doch etwas näherzukommen und den kleinen Anflug von Erotik, der zwischen ihnen im

Dschungel aufgekommen war, auszubauen, doch seit sie mit diesem ominösen Tanausú wieder in Kontakt war, schien sie zumindest auf dieser Ebene von ihm nichts mehr wissen zu wollen. Schade eigentlich. Auch für sie. Vor allem für sie.

»Nein, Harris hat sie aufgespürt. Dein neuer Freund sitzt wahrscheinlich im Knast auf dieser Kanareninsel.«

»Was?«

»Na ja, immerhin ist er ein international gesuchter Terrorist mit einem langen Strafregister. Aber du kannst ihn ja irgendwann mal besuchen und ihm ein Bocadillo bringen«, zwinkerte er ihr zu.

»Ihr habt ihn tatsächlich verpfiffen!«, schrie sie ihn fassungslos an.

Julio zuckte mit den Achseln. »Jetzt hör mir mal zu. Ich kann ja verstehen, dass du noch Gefühle für ihn hast, aber schmink dir das ab. Der Typ spielt nicht in unserem Team.«

Sie ließ ihn ohne ein weiteres Wort stehen und zog sich in den schmuddeligen Innenhof zurück, wo sie sich nervös eine Zigarette anzündete. So hatte er sie noch nie erlebt. Das mit diesem Typen schien ihr so richtig unter die Haut gegangen zu sein.

»In unseren Kreisen verrät man sich nicht«, schleuderte sie ihm entgegen, als er sich zu ihr gesellte. »Das ist gegen den Kodex.«

Dieser Kodex interessierte Julio zwar nicht im Geringsten, aber er musste seine Freundin hier möglichst schnell wieder auf die Spur kriegen. Sie war schließlich seine schärfste Waffe gegen Martinez.

»Francisca«, sagte er mit einschmeichelnder Stimme. »Du bist eine super Frau. Du hast mehr Eier in der Hose als die meisten Männer, die ich kenne«, begann er seine Lobeshymne.

Doch leider schien sie Lunte zu riechen und sah ihn skeptisch an.

»Was willst du?«

»Nichts. Gar nichts.« Er hob die Hände, als hätte sie eine Pistole auf ihn gerichtet. »Ich wollte dir nur sagen, dass es nicht zu dir passt, einem Typen hinterherzuheulen, der dir zwanzig Jahre lang die kalte Schulter gezeigt hat.«

»Du verstehst gar nichts«, sagte sie jetzt etwas leiser.

Doch, er verstand nur zu gut. Nämlich, dass diese Art von Gefühlen nicht in seinen momentanen Plan passte und deshalb sofort im Keim erstickt werden musste.

»Pass auf, Francisca, sobald wir unser Ding durchgezogen haben, trittst du ihm wieder gegenüber. Aber aus einer Position der Stärke heraus und nicht als Hure von Marco Martinez. Ich wette, dass er dich dann mit anderen Augen sieht. Du hast außerdem sogar Mittel in der Hand, seine Pläne zu unterstützen. Nur so bist du wieder interessant für ihn.«

Sie sah ihm zum ersten Mal wieder in die Augen und drückte ihre Zigarette an einem abgebröckelten Stück Mauer aus.

Julio atmete einen kurzen Moment auf und legte dann nach. »Du hast echt Fähigkeiten, mit denen du jeden in die Tasche steckst.«

»Wie meinst du das?«

»Na ja, wie du dir zum Beispiel Martinez gezogen hast. Der frisst dir doch aus der Hand.«

»Findest du?«, fragte sie erstaunt.

Er nickte und setzte an zum nächsten Kompliment. »Ich könnte da eine Menge von dir lernen. Also, wie hast du das gemacht?«

Sie sah ihn irritiert an. »Was willst du denn wissen?«

»Na alles.«

»Ganz einfach. Ich hab mir von ihm sein Leben erzählen lassen. Und wenn du da genau hinhörst, dann weißt du ziemlich gut, wo du jemanden wie ihn treffen kannst und wo du sein Ego streichelst. In seinem Fall mit Zuckerbrot«, sie lächelte, »und Peitsche. Aber das ist eben meine Art, mit ihm umzugehen.«

»Erzähl mir seine Lebensgeschichte«, bat Julio.

Francisca zögerte einen Moment.

»Keine Angst, die Mittel, die du hast, stehen mir sowieso nicht zur Verfügung«, grinste er.

Sie lachte. »Das stimmt, Kleiner.«

Er hatte sie. Und plötzlich machte es ihm auch nichts aus, dass sie ihn »Kleiner« nannte.

»Sein Vater hatte ein kleines Speditionsunternehmen in Medellín«, begann sie zu erzählen. »Irgendwann wurden er von der Mafia gezwungen, Drogen zu transportieren, was er aber nicht wollte. Marco dagegen schon. Sie stritten, und dabei muss er ihn wohl umgebracht haben. Na ja, jedenfalls baute er die Firma aus und leitete bald das größte Drogentransportunternehmen zwischen Kolumbien und Panama. Später kontrollierte er auch den Transport nach Mexiko und in die USA. Und nebenbei organisierte er mit Saratoga für verschiedene Kartelle Geldwäsche im großen Stil. Mit der ganzen Kohle, die da für ihn raussprang, stieg er ins Immobiliengeschäft ein. Den Rest kennst du.«

»Und wo ist jetzt seine Schwachstelle?«

»Nachdem er seinen Vater umgelegt hat, muss er sich völlig von seinen Gefühlen abgespalten haben. Er spürt heute nur etwas, wenn ich ihm mit der Neunschwänzigen eins überbrate. Ich denke mal, für ihn ist das ein unbewusstes Bestrafungsritual, vielleicht auch für die vielen Morde, in die er später verwickelt war. Sein Schuldbewusstsein hat er damit übertüncht, dass er seiner Familie alles in den Hintern geblasen hat, was es für Geld zu kaufen gab. Und dass er dich aufgenommen hat, geschah nicht nur, weil du diesen Kerl im Knast für ihn umgelegt hast. Ich denke, er wollte auch da irgendwas wiedergutmachen.«

Julio hatte aufmerksam zugehört, und langsam formte sich in seinem Kopf ein Plan.

»Und was willst du jetzt tun?«, fragte Francisca.

»Jetzt bewegen wir unseren Arsch als Erstes zurück in Richtung Heimat.«

»Mit einer Geißel an der Backe?«

»Wofür haben wir einen Boss mit einer Jacht?«

»Die ist doch bestimmt noch im Gewahrsam der Polizei«, gab Francisca zu bedenken.

»Nein, er hat sie längst wieder.« Julio wählte seine Nummer. Er war fast stündlich mit Martinez in Kontakt, der nicht aufhörte, ihn wegen Sina zu nerven, mit der er noch immer wegen des mysteriösen Verschwindens seines Sohnes sprechen wollte. Julio musste ihn deshalb immer wieder vertrösten. Doch bald würde Martinez aus berufenem Munde erfahren, dass sein Sohn tot war. Diese Genugtuung wollte Julio sich nicht entgehen lassen. Wie für die meisten Menschen, die für Geld und Status lebten, war auch für Martinez ein wenig Unsterblichkeit letztlich nur durch den leiblichen Sohn möglich, der sein Werk weiterführen sollte. Von Felipes eigentlichen Plänen hatte der Alte ja keine Ahnung gehabt. Eigentlich konnte er froh sein, dass nun er, Julio Cabrero, sein Erbe weiterführen würde.

»*Sí?* Hast du sie endlich gefunden?«, drang die Stimme seines Adoptivvaters an sein Ohr.

»Ja, das haben wir.«

»Wer ist ›wir‹?«

»Harris ist mit ihr auf dem Weg nach Panama.«

»Endlich mal gute Nachrichten. Auf den Mann ist wenigstens Verlass. Ich will sie sofort sprechen, wenn sie da ist. Hörst du? Ist sie erst mal in den Händen von Saratogas Anwälten, werden wir die Wahrheit niemals erfahren. Also, wohin soll ich den Kahn schicken?«

»In den Jachthafen von Santo Domingo, La Romana«, antwortete Julio.

»*Vale.* Okay. Hör zu, wir beide haben eine Menge zu besprechen. Diese eigenen Wege, die du da gehst, ohne sie mit mir abzusprechen – das schätze ich nicht.«

»Ich wollte dich positiv überraschen«, war das Einzige, was Julio darauf einfiel.

»Ich hoffe, das gelingt dir«, erwiderte Martinez skeptisch, worauf Julio ohne ein weiteres Wort das Gespräch beendete.

38. KAPITEL

Über der Bar hingen vier Fernseher, und jeder zeigte ein anderes Programm. Das Durcheinander von Berichterstattung, Sportnachrichten und Werbung ließ einen das eigene Wort nicht mehr verstehen. Sina saß mit ihren Eltern am Flughafen von Madrid und wartete auf die Anschlussmaschine nach Panama City. Es war nicht schwer gewesen, Nic Saratoga davon zu überzeugen, dass ihn Amakuna vollständig heilen würde. Wie sie inzwischen erfahren hatte, litt er vor dem Unfall an einem inoperablen Gehirntumor und war dem Tod schon einmal mithilfe des Pilzes knapp entkommen.

Sina kannte inzwischen aus erster Hand das gesamte Drama, das sich zwischen dem amerikanischen Pharmakonzern Forster's Health und ihren Eltern abgespielt hatte. Wie Amakuna für den Pharmakönig zur fixen Idee geworden war und er nie aufgegeben hätte, ihre Mutter zu verfolgen. Wie sie mit dem Verlust ihres bisherigen Lebens und vor allem dem Verlust ihrer Tochter umgegangen waren und wie sie trotzdem weitergemacht hatten. Und das verdiente allerhöchsten Respekt. Sina war stolz, solche Eltern zu haben.

Sie reisten jetzt als eine deutsche Familie namens Conrad aus Augsburg, der Heimatstadt ihrer Mutter. Tanausú war es durch alte Beziehungen gelungen, sowohl Pässe als auch Flugtickets zu besorgen. Er hatte gerade für alle etwas zu trinken bestellt, als einer der Monitore ihre Aufmerksamkeit erregte. Das Logo von Forster's Health, ein goldenes »F«, umschlungen von einem goldenen »H«, füllte kurz den Bildschirm aus. Sinas Blick saugte sich daran fest. Es folgten einige Filmausschnitte, auf denen Gerald Forster mit dem amerikanischen Präsidenten Donald Trump und verschiedenen Senatoren zu sehen war. Der Ton ging unter in der Berichterstattung der anderen Kanäle, doch trotzdem verstanden alle, worum es ging. Denn die letzte Sequenz zeigte eine Beerdigungszeremonie.

Sina beobachtete, wie Romy Nics Hand nahm, der in seinem Rollstuhl saß und kaum glauben konnte, was er da sah. Ihr Erzfeind war endlich tot.

Aus dem einen Auge ihres Vaters liefen Tränen, die Romy ihm liebevoll mit einer Papierserviette abtupfte. Was war den beiden nur angetan worden? Sina strich ihrer Mutter besänftigend über den Rücken, während Tanausú neugierigen Reisenden scharfe Blicke zuwarf.

Zu einem besseren Zeitpunkt hätte Sina ihre Eltern gar nicht ins Leben zurückholen können. Ihre Mutter war jetzt nach dem Tod von Gerald Forster die alleinige Hauptaktionärin des Pharmakonzerns. Würde damit ihr ursprünglicher Wunsch, Amakuna allen Menschen zugänglich zu machen, endlich in Erfüllung gehen? Der Gedanke kam Sina so mächtig vor, dass er sie beinahe erschlug. Hieß das, die Welt war auf dem Weg ins Amakuna-Zeitalter?

»Ist das alles nicht vollkommen verrückt?«, flüsterte Nic Saratoga. »Erst müssen wir uns zwanzig Jahre vor diesem Konzern verstecken, und jetzt gehört dir der Laden.« Er sah seine Frau kopfschüttelnd an.

»Wie stellst du dir das vor? Ich kann doch keinen Konzern von dieser Größe leiten«, erwiderte Romy völlig überwältigt.

»Aber ich. Und außerdem haben wir eine extrem begabte Tochter. Wir sind jetzt wieder eine Familie. Und was für eine!«

In diesem Moment wurde ihr Flug aufgerufen. Tanausú löste die Bremsen des Rollstuhls und schob ihn in Richtung des Abfluggates. Sina und Romy folgten ihm.

Obwohl Sina die drei Menschen, mit denen sie jetzt unterwegs war, gerade mal ein paar Tage kannte, fühlte sie sich geborgen. Welch ein Vergleich zu dem Flug nach Panama vor zwanzig Jahren, dachte sie. Statt Hawaiihemd-Harris saßen jetzt ihre Eltern neben ihr. Eltern, die genau dieselbe Einstellung zum Leben, zur Macht und zur Veränderung hatten wie sie selbst. Mit Romy über ein medizinisches Versorgungssystem oder mit ihrem Vater über eine gerechtere Verteilung von Ressourcen zu sprechen war eine Freude und völlig anders als die Gespräche mit ihrem Großvater über ähnliche Themen. Die beiden an der Spitze von Forster's Health und des Saratoga-Imperiums zu haben war der erste Schritt in Richtung einer besseren Welt. Die Verantwortung lastete jetzt nicht mehr allein auf ihren Schultern.

Tanausú saß auf der anderen Seite des Gangs und lächelte sie an. Er hatte mit Harris' Handy bereits Kontakt mit Julio aufgenommen und einen Treffpunkt ausgemacht. Gemeinsam würden sie nun endlich Neri befreien. Als erfahrener Guerilla-Kämpfer hatte er gegen Julio bestimmt mehr Chancen als die Polizei. Und dann würde sie vorerst in Kuna Yala bleiben und gemeinsam mit Neri dafür sorgen, dass dieses Paradies erhalten blieb und die Kunas ihre ursprünglichen Aufgaben dort wieder übernahmen. Das war sie ihm schuldig. Das war sie Tamanca schuldig.

Sina stellte die Lehne ihres Sitzes noch weiter zurück und streckte sich aus, so gut es ging. Nun würde alles gut werden. Mit diesem Gedanken schlief sie ein, bis die Stewardess sie kurz vor der Landung weckte.

Die Passkontrolle verlief ohne Zwischenfälle. Auch wenn der Beamte Sina etwas länger als notwendig ansah. »Fräulein Conrad, Sie sehen jemandem zum Verwechseln ähnlich«, sagte er in gebrochenem Deutsch. »Mir fällt nur gerade nicht ein, wem.«

Glücklicherweise dachte er nicht länger darüber nach. Seine Aufmerksamkeit richtete sich nun auf ihren Vater. Weder sein Daumenabdruck noch die Fotografie seiner Iris entsprachen irgendeiner Norm. Und das war gut so, denn sobald er gesund war, würde ihn nicht einmal der Computer wiedererkennen.

Sina hatte beschlossen, ihre Eltern vorerst im Panama Marriott Hotel direkt an der Avenida Balboa unterzubringen. Die Direktorin war eine gute Freundin, und Sina konnte sich darauf verlassen, dass sie Stillschweigen darüber bewahrte, wen sie da in der Präsidentensuite im 55. Stock einquartierte.

Sie fuhren mit dem Leihwagen, in dem auch der Rollstuhl Platz hatte, vom Flughafen direkt in die Tiefgarage und gelangten, ohne dass ihnen jemand begegnete, mit einem speziellen Aufzug direkt in die Suite. Ein besonderer Service des Hotels für Prominente, die vor Journalisten und Fotografen auf der Flucht waren. Es war Sina wichtig, dass niemand ihren Vater im jetzigen Zustand mit dem Menschen in Verbindung brachte, der er nach der Einnahme von Amakuna sein würde, und dann womöglich Nachforschungen anstellte.

Sie wusste plötzlich wieder genau, was sie in welcher Situation zu tun hatte. Und das nicht nur, weil sie sich wieder auf bekanntem Terrain befand. Auch ihre Fähigkeiten, bestimmte Dinge zu tun, deren Konsequenzen abzuwägen und mögliche Unwägbarkeiten einzukalkulieren, waren vollkommen wiederhergestellt. Kein Vergleich zu ihrem Zustand zuletzt in Harvard. Was Sarah Finkelstein wohl sagen würde, wenn sie ihr von all ihren Erfahrungen erzählte? Sie war ihrer Therapeutin noch immer zutiefst dankbar. Ohne den Besuch bei ihr hätte sie sich vielleicht niemals auf den Weg gemacht.

Tanausú trug Nic vom Rollstuhl auf das Sofa der großzügigen Suite, von dem aus man durch riesige Panoramafenster einen traumhaften Ausblick auf die gigantische Skyline von Panama City hatte. Er schien es eindeutig zu genießen, wieder in der Stadt zu sein, in der er aufgewachsen war.

»Ich hätte niemals gedacht, dass ich das noch einmal sehen würde«, sagte er glücklich.

Sinas Mutter dagegen blickte eher skeptisch auf die unzähligen steinernen Riesen, die sich vor ihr auftürmten. »Es ist faszinierend, aber ich stehe lieber mit den Füßen auf der Erde«, antwortete sie leise. »Weißt du was? Am liebsten würde ich wieder in unser altes Haus auf La Palma ziehen.«

Die eine Seite seines Mundes versuchte ein Lächeln. »Das werden wir auch, *cariño.*«

Sina, die ihre Eltern beobachtet hatte, wurde es ganz warm ums Herz. Welch ein tiefes Gefühl zwischen den beiden herrschte, trotz des Leids, durch das sie so viele Jahre lang hatten gehen müssen. Aber vielleicht war ihre Liebe auch gerade deshalb so groß.

Marco Martinez' Jacht schaukelte sanft auf den Wellen zwischen der Isla Grande und dem panamaischen Festland. Die Sonne zauberte glitzernde Sterne auf das Meer, und alles wirkte friedlich und still. Ein karibischer Traum.

Julio stand an Deck und beobachtete mit dem Fernglas die Villa seines Adoptivvaters. Es war noch früh am Morgen, und nur der Gärtner war unterwegs, um die Rasensprenger anzustellen. Er hatte Harris getextet, er sollte mit Sina direkt hierher zur Isla Grande kommen. Dummerweise hatte er noch immer keinen direkten Kontakt mit dem Anwalt gehabt. Sie kommunizierten nur über SMS. Das beunruhigte ihn inzwischen doch sehr. War es vielleicht gar nicht Harris, der ihm da schrieb? Tappte er in eine Falle? Auf der anderen Seite hatte er immer noch Sinas Loverboy in seiner Gewalt. Sie musste tun, was er wollte, sonst würde sie ihn nicht lebend wiedersehen.

In diesem Moment klingelte sein Handy. Das Display zeigte Francisca Ribeira an. Er hatte sie nach Panama City zum Flughafen geschickt, um Sina und Harris sicherheitshalber dort abzufangen und direkt hierherzubringen. Und eigentlich hätte sie sich schon längst melden sollen.

»Du wirst es nicht glauben«, drang ihre aufgeregte Stimme an sein Ohr. »Ihre Eltern leben. Und sie sind hier, in Panama City, mit Tanausú.«

Julio dachte im ersten Moment, er hätte sich verhört. »Sag das noch mal.«

»Ihre Eltern leben. Beide.«

»Woher weißt du, dass sie es sind?«

»Sina ist ihrer Mutter wie aus dem Gesicht geschnitten.«

Julio atmete tief durch. Langsam begann er zu verstehen, was das für ihn bedeutete. Und in diesem Moment krachte sein gesamtes Kartenhaus in sich zusammen. Wenn Sinas Eltern lebten, war sie vollkommen wertlos für ihn. Sie würde in absehbarer Zeit weder die Saratoga-Erbin noch die von Forster's Health sein.

Das Ganze versetzte ihm aber noch zusätzlich einen Stich. Er selbst war seinen Eltern, vor allem seinem Vater, sehr nahe gewesen, und dessen früher, gewaltsamer Tod hatte sein ganzes Leben geprägt. Was für ein großartiges Gefühl musste es sein, den tot geglaubten Vater wieder bei sich zu haben. Den eigenen Vater! Martinez hatte ihn nie verstanden. Wie auch? Er verstand ja nicht mal seinen eigenen Sohn. Julio beneidete Sina zutiefst, und der Hass, den er sowieso schon auf Menschen hatte, die mit dem goldenen Löffel im Mund geboren waren, wurde noch größer.

»Du musst die beiden umlegen, sonst können wir unseren ganzen Plan in die Tonne treten«, sagte er tonlos.

Schweigen am anderen Ende der Leitung.

»Hast du mich verstanden?«

»Ja.«

»Wo bist du jetzt?«

»Ich bin ihnen ins Marriott gefolgt.«

»Okay. Sobald Sina sich auf den Weg hierher gemacht hat, wahrscheinlich in Begleitung deines ehemaligen Liebhabers, erledigst du ihre Eltern.«

»Da ist noch etwas«, fügte Francisca Ribeira hinzu.

»Und das wäre?«, erwiderte er leicht ungehalten.

»Nic Saratoga, Sinas Vater, ist schwer krank. Er sitzt im Rollstuhl und sieht aus, als hätte man ihn mit einem Bunsenbrenner bearbeitet.«

Julio brauchte einen Moment, bis er auch diese Information verarbeitet hatte, aber dann setzten sich in seinem Kopf die Einzelteile der Geschichte zusammen, die Harris ihm erzählt hatte. Sinas Vater war bei dem Brand offensichtlich nicht ums Leben gekommen, sondern nur schwer verletzt worden – und seine Tochter hatte ihn jetzt hierhergebracht, um ihn mit dem Wundermittel zu heilen. Doch dafür brauchte sie den Kuna.

»Sie werden den Pilz holen und damit direkt ins Hotel kommen. Wir brauchen sie nur noch hier abzufangen«, bestätigte Francesca seine Vermutung.

»Dann wissen wir aber immer noch nicht, wo der Pilz wächst. Aber danke für die Info.« Er hängte ein.

Vielleicht war die neue Situation gar nicht so schlecht für ihn, und Gott spielte ihm in Wirklichkeit schon wieder einen Trumpf in die Hand?

Sina hatte kein gutes Gefühl dabei, ihre Eltern allein zu lassen, als sie mit Tanausú im Aufzug hinunter in die Tiefgarage des Hotels fuhr. Obwohl nach Aussage der Direktorin sich niemand unbefugten Zutritt zu der Suite verschaffen konnte. Andererseits war sie froh, den Mann aus der Vergangenheit an ihrer Seite zu haben, wenn sie gleich Julio gegenübertreten musste. Sie konnte sich keinen Besseren dafür vorstellen.

Nachdem sie unten angekommen waren, öffnete Tanausú mit der Fernbedienung den Wagen. Sie stiegen ein und schraubten sich über mehrere Stockwerke nach oben, bis sie die Ausfahrt erreichten und sich in den Verkehr der sechsspurigen Avenida Balboa einreihten. In diesem Moment erblickte Sina die Limousine ihres Großvaters mit Benicio am Steuer, die gerade in die Hoteleinfahrt einbog. Sie schrie erschrocken auf. »Halt. Halt bitte sofort an.«

»Was ist los?« Tanausú konnte unmöglich im fließenden Verkehr den Wagen stoppen, lenkte ihn jedoch einige Hundert Meter weiter in eine Einfahrt.

»Mein Großvater … er ist hier!«, erklärte ihm Sina aufgeregt. »Wer auch immer ihm von unserer Ankunft erzählt hat, ich kann die drei nicht allein aufeinandertreffen lassen. Er hasst meine Mutter. Das geht niemals gut aus! Ich muss sofort zu ihnen!« Mit dem Wagen umzudrehen dauerte allerdings mindestens eine Viertelstunde, da die nächste Wendemöglichkeit einen halben Kilometer entfernt war und die Autos sich wie beinahe immer auf dieser Straße stauten. Sina öffnete die Wagentür. »Ich bin schneller zu Fuß.«

»Okay«, stimmte Tanausú zu. »Ich fahre dann zurück und hole dich oben in der Suite ab.«

»Danke«, rief Sina ihm noch zu und hastete sodann in Richtung Hotel.

Als sie quer durch die Lobby, in der gerade eine chinesische Reisegruppe angekommen war, zu den Aufzügen lief, musste sie jedoch erfahren, dass diese seit ein paar Minuten außer Betrieb waren. Zufall? War ihr Großvater bereits oben, oder steckte er gar fest?

Sie rannte zur Rezeption, drängte eine Chinesin beiseite und ließ sich mit der Präsidentensuite verbinden. Ihr fiel ein Stein vom Herzen, als sie die Stimme ihrer Mutter aus dem Hörer vernahm. »Ja. Er ist da. Er spricht gerade mit deinem Vater. Es wäre sicher gut, wenn du hochkommst.«

»Das dauert einen Moment. Der Lift ist außer Betrieb«, erwiderte sie und gab den Telefonhörer an den Rezeptionisten zurück. Schon merkwürdig, dass die Aufzüge gerade jetzt defekt waren. Sie wandte sich in Richtung des Nottreppenhauses und glaubte für einen Augenblick Francisca Ribeira gesehen zu haben. Als sie sich jedoch noch einmal vergewisserte, war von der Kolumbianerin nichts mehr zu sehen. Sie musste sich getäuscht haben.

Immer zwei Stufen auf einmal nehmend, rannte sie nun die schmale Steintreppe zum 55. Stockwerk nach oben. Nicht gerade ein Pappenstiel, aber dank ihres täglichen Lauftrainings und der Atemtechnik, die sie im Lauf der Zeit entwickelt hatte, hielt sie durch. Unnötigerweise schoss ihr durch den Kopf, dass der Weltrekord beim Empire-State-Building-Run-Up bei elf Minuten für 86 Stockwerke lag.

Völlig aus der Puste erreichte sie die Tür, die zur Privatetage des Hotels führte, hielt ihre Karte, die sie Gott sei Dank eingesteckt hatte, gegen den Scanner und betrat schwer atmend den mit dickem Teppich ausgelegten Gang.

Die Tür zur Präsidentensuite war offen, und die sonore Stimme ihres Großvaters schallte ihr entgegen.

»Ich habe von alldem nichts gewusst!«, rief er entrüstet.

»Das glaube ich dir nicht«, setzte ihm Romy entgegen.

Sina blieb noch einen Moment im Vorraum stehen, bis ihr Herzschlag wieder ruhiger ging.

»Du hättest deinen eigenen Sohn umbringen lassen, um deine Geschäfte zu schützen«, hörte sie ihre Mutter ihn weiter anklagen.

»Das stimmt nicht.« Die Stimme des alten Saratoga klang bereits etwas schwächer.

»Dir war bekannt, dass Forster hinter uns her war, nicht nur, weil ich darüber Bescheid wusste, dass er die Basisstoffe für Martinez' Kokain lieferte, dessen schmutziges Geld du seit Jahrzehnten wäschst, sondern auch, weil er es auf Romy und ihre Forschungen abgesehen hatte«, griff ihn nun auch sein Sohn an, ohne irgendetwas zu beschönigen.

Sina konnte sich genau vorstellen, wie viel es ihren Eltern und besonders ihrem Vater bedeutete, dass Mateo Saratoga wenigstens auf eine gewisse Art seine Schuld eingestand. Und die hatte er zweifelsohne. Selbst Sina wusste von Stillschweige-Vereinbarungen, die zwischen den Unternehmen von Martinez, Forster und ihrem Großvater getroffen worden waren, auch wenn sie sich für den genauen Inhalt nie interessiert hatte.

»Willst du tatsächlich mit einer Lüge ins Grab gehen? Ist es nicht an der Zeit, endlich die Wahrheit zu sagen?«, mischte sie sich nun ein und betrat den Salon der Suite.

Don Mateo, der in einem Sessel saß, sah sie erschrocken an, wandte dann jedoch den Blick von ihr ab und starrte zur Tür. Dort stand Francisca Ribeira mit gezückter Pistole. Sie musste Sina gefolgt sein, die im Treppenhaus nicht darauf geachtet hatte, hinter sich zu sehen. Eiskalt zielte sie nun auf Romy. Sina reagierte blitzschnell und warf sich vor ihre Mutter, wohl wissend, dass die Kolumbianerin, die bestimmt in Julios Auftrag handelte, ihr nichts tun würde. Francisca Ribeira zögerte tatsächlich einen Moment und nahm nun Sinas Vater ins Visier. Romy schrie auf, riss sich von ihrer Tochter los und stürzte zu ihrem Mann, der noch immer auf dem Sofa lag. In diesem Moment fiel ein Schuss, der jedoch nicht ihre Eltern traf, sondern glücklicherweise nur die Wand.

Tanausú, der mal wieder zum richtigen Moment aufgetaucht war, hatte die Killerin von hinten beiseitegestoßen und versucht, ihr die Waffe zu entwenden. Dafür erntete er jetzt einen gezielten

Tritt in seine Weichteile, der ihn beinahe außer Gefecht setzte. Dann ging alles so schnell, dass Sina keine Zeit blieb einzugreifen. Sie hatte sich gerade wieder aufgerappelt und wollte Tanausú zu Hilfe eilen, als ihn ein weiterer Schuss in den Oberschenkel traf. Mit letzter Kraft packte er seine ehemalige Geliebte, riss ihr den Arm hoch, sodass die nächste Kugel in ihren eigenen Kopf ging und sie nun beide gleichzeitig zu Boden sanken.

Romy stürzte zu Tanausú, der sich endgültig der Waffe bemächtigt hatte. Als gelernte Medizinerin stellte sie schnell fest, dass er einen Durchschuss abbekommen hatte, während bei Francisca Ribeira jede Hilfe zu spät kam. Ihre eine Gesichtshälfte war quasi nicht mehr vorhanden. Trotz des Schocks handelten die beiden Frauen so, als hätten sie es vorher miteinander abgesprochen. Sina, die ihrer Mutter gefolgt war, half ihr, den Schwerverletzten in eines der beiden Schlafzimmer zu tragen.

»Er braucht sofort medizinische Versorgung«, sagte Romy. Das war allerdings ein gar nicht so einfach zu lösendes Problem, denn schließlich wurde Tanausú international gesucht.

»Wie lange hält er durch?«, fragte Sina.

»Ich kann ihm einen provisorischen Druckverband machen und versuchen, die Blutung zu stoppen. Aber das ist keine Garantie, dass er nicht eine Sepsis bekommt.«

»Wie lang?«, fragte Sina noch einmal.

»Achtundvierzig Stunden.«

»Gut. Dann werde ich in spätestens achtundvierzig Stunden zurück sein.«

In diesem Moment hörten sie ein lautes Geräusch aus dem Salon. Sina stürzte sofort nach nebenan. Mit ihrem Vater war alles in Ordnung, doch Don Mateo war aus dem Sessel gefallen und lag nun ebenfalls am Boden. Auf ihn hatte während des Schusswechsels niemand mehr geachtet. Er war kreidebleich, stöhnte und wand sich.

»Meine Tabletten …«, röchelte er.

Sina, die um die Herzschwäche ihres Großvaters wusste, suchte in seinem Sakko nach seinen Tabletten, konnte jedoch nur sein Handy finden.

»Ruf Benicio an«, flüsterte er mit letzter Kraft. »Er soll hier für Ordnung sorgen. Er weiß schon, wie.« Sina tat, was ihr Großvater von ihr verlangte. Sekunden später rief die Rezeption an und kündigte den Chauffeur an. Die Aufzüge gingen offensichtlich wieder. Sina konnte sich gut vorstellen, dass Francisca Ribeira hinter dem Ausfall steckte, um in dem Chaos unauffällig über die Treppe nach oben zu gelangen.

Benicio erfasste mit einem Blick die Situation, ohne dass Sina ihm viel erklären musste. Er bot an, Don Mateo unverzüglich ins Krankenhaus zu bringen und sich dann darum zu kümmern, dass die tote Kolumbianerin möglichst diskret verschwand.

Sina fiel ein Stein vom Herzen. Auf diese Weise konnte man zwar nicht ungeschehen machen, was soeben passiert war, aber zumindest drang es nicht an die Öffentlichkeit und zog zahlreiche Fragen und Untersuchungen nach sich.

Die Zeit drängte. Sina musste los und die Aufgabe, die ihr nun bevorstand, auf sich allein gestellt bewältigen. Sie verabschiedete sich von ihren Eltern und Tanausú, der inzwischen das Bewusstsein wiedererlangt hatte. Er sah sie verzweifelt an. »Dich jetzt allein gehen zu lassen erinnert mich daran, wie ich vor langer Zeit Iriomé im Stich gelassen habe.«

Sina versuchte ihn zu beruhigen. »Ihr ist es trotzdem gelungen, dass Amakuna nicht in die Hände der Konquistadoren gelangte. Und auch ich werde dafür sorgen.«

Tanausú nickte. »Ich weiß. Aber du darfst Julio und seine Skrupellosigkeit nicht unterschätzen. Denk daran, was er Neri angetan hat.«

Sina lief es kalt den Rücken hinunter, wenn sie nur an den Konquistadoren und seine Skrupellosigkeit dachte.

»Er wird mir nichts tun, weil er mich noch für sein bizarres Vorhaben braucht, die Welt zu retten.«

»Trotzdem.« Tanausú reichte ihr zuerst die Autoschlüssel und dann die Pistole, die er der Kolumbianerin entwendet hatte. »Ich hoffe, du brauchst sie nicht, aber ich würde mich besser fühlen, wenn ich weiß, dass du sie bei dir hast.«

Sina nickte und steckte die Waffe in ihre Umhängetasche. Es war nicht das erste Mal, dass sie einen Revolver in der Hand hielt. Sie hatte mit sechzehn Jahren, als Entführungen von Kindern reicher Eltern in Lateinamerika an der Tagesordnung waren, einen Selbstverteidigungskurs belegt und dabei auch den Umgang mit Schusswaffen gelernt.

»Soll ich nicht doch mit dir kommen?«, fragte Romy.

Sina schüttelte den Kopf. »Du wirst hier gebraucht. Außerdem ist es besser, wenn Julio glaubt, Francisca Ribeira wäre erfolgreich gewesen und ihr wärt tot. Denn nur dann bin ich ihm von Nutzen.«

»Schon wieder tot …«, stöhnte Romy. »So langsam habe ich die Schnauze voll davon.«

Trotz des Ernstes der Situation mussten alle lachen. Auch wenn es nur Galgenhumor war.

Aber natürlich konnte Sina ihre Mutter nur allzu gut verstehen.

Julio saß bereits vor einem Glas Cuba Libre im selben Lokal, in dem er sich zuletzt mit Felipe getroffen hatte, als gegen vierzehn Uhr Martinez erschien, wie üblich in eine Rasierwasserwolke gehüllt. Sein Gesichtsausdruck war unbewegt, und außer dass er sich einen Cortado bestellte, kam kein Wort über seine Lippen. Julio kannte dieses Verhalten, mit dem er oft genug seine Geschäftspartner aus dem Konzept gebracht hatte. Er verzog auch keine Miene, als Sina kurz darauf allein das Lokal betrat und auf ihren Tisch zukam. Julio dagegen war leicht irritiert. Er hatte noch mehrmals versucht, Francisca Ribeira zu erreichen. Doch vergeblich. Daher wusste er nicht, ob sie, während Sina auf dem Weg hierher gewesen war, den ihr aufgetragenen Job erledigt hatte oder nicht. Am besten, er tat so, als wenn er von nichts eine Ahnung hätte.

»Wo ist Harris?«, fragte er Sina direkt.

»Wo ist Neri?«, gab sie die Frage zurück.

»Wo ist mein Sohn?«, übertönte Martinez die beiden anderen.

»Er ist tot«, sagte Sina mit ruhiger Stimme.

»Wer?«, fragte Martinez.

»Beide«, erwiderte Sina nüchtern

Martinez stand so ruckartig auf, dass der Kaffee, der vor ihm stand, umfiel und sich über den Tisch ergoss. Er wollte auf Sina losgehen, doch Julio hielt ihn zurück.

Ihm kam die Situation inzwischen völlig grotesk vor.

»Es war ein Unfall«, wandte sich Sina Martinez zu. »Ich habe Felipe beiseitegestoßen, als er Julio mit seiner Waffe bedrohte. Genau in diesem Moment bäumte sich das Schiff wegen des Sturms auf, Felipe verlor den Halt und ging über Bord.«

Marco Martinez fixierte Sina, sodass sie seinem Blick nicht ausweichen konnte. »Mein Sohn hatte noch nie eine Waffe in der Hand.«

Sie musste einen Moment nachdenken, um die richtigen Worte zu finden. »Felipe wollte das, was du in deinem Leben an Schaden angerichtet hast, wiedergutmachen. Er fühlte sich verantwortlich dafür, die Liebe, die er nie bekommen hatte, anderen zukommen zu lassen – und zwar in Form von mehr Gerechtigkeit und Unterstützung für diejenigen, die es nicht so gut getroffen haben.«

Julio lachte laut auf. »Er wollte Kolumbien durch den Hauptwaschgang jagen, sogar ganz Lateinamerika. Er hatte vor, dich auszuliefern, all deine Geschäfte auffliegen zu lassen und dann das Geld nur noch für angeblich gute Zwecke einzusetzen. Das habe ich ihm natürlich versucht auszureden. Und dann ist er durchgedreht.«

»Du hast es ihm nicht auszureden versucht, sondern es ihm nicht zugetraut, genauso wie du …«, Sina blickte nun Martinez direkt in die Augen, »… Felipe nie etwas zugetraut hast. Und letztlich auch Julio nicht. Wegen Menschen, die so sind wie du, die andere unterdrücken und klein halten, ist die Welt so, wie sie ist.«

Martinez ging nicht darauf ein, aber Julio spürte, wie er innerlich kochte. Das lief für ihn besser als gedacht. Am Ende würde sein Adoptivvater noch froh sein, dass alles so gekommen war und er diese Sina nicht als Schwiegertochter am Hals hatte.

»Was ist dann passiert, nachdem er über Bord gegangen ist?«, fragte Martinez nun mit etwas leiserer Stimme.

»Ich bin sofort hinterhergesprungen. Du weißt, wie nah er mir stand. Ich hätte alles für ihn getan. Doch die Wellen waren zu hoch und das Riff zu nah«, erklärte Sina.

»Offensichtlich nicht für dich. Du siehst aus wie das blühende Leben, schnappst dir irgend so einen Kuna und spielst dich jetzt als die große Retterin der Indios auf.«

Darauf ging nun wiederum Sina nicht ein. »Die Kunas haben übrigens seine Leiche geborgen. Und falls es dich interessiert, ich habe ihn in Kuna Yala begraben, dort, wo ich dein größtes Immobiliengeschäft habe scheitern lassen.«

»Da ist das letzte Wort noch nicht gesprochen«, erwiderte Martinez tonlos. Er stand auf, legte einen Zehndollarschein auf den Tisch und beugte sich dann noch mal zu ihr herunter. »Das wirst du noch bereuen, mehr, als du denkst. Du weißt, ich habe Mittel und Wege.« Dann verließ er ohne ein weiteres Wort das Lokal.

Und ich habe Neri, dachte Julio und fühlte sich wieder stark. Er setzte sein charmantestes Lächeln auf, als er sich nun Sina zuwandte. »Ich habe noch einmal über das Ganze nachgedacht«, sagte er mit versöhnlicher Stimme. »Das alles, was zwischen uns vorgefallen ist, war ein großer Irrtum. Dieses Gegeneinander, die Erpressungen, wer ist der Klügere, der Schnellere, der Raffiniertere. Das macht letztendlich alles keinen Sinn. Konkurrenz schwächt uns doch nur, während uns eine fruchtbare Zusammenarbeit doppelte Kraft geben würde.«

Sina sah ihn erstaunt an. Was war denn jetzt plötzlich in ihn gefahren?

»Werfen wir doch unser unterschiedliches Potenzial in einen Topf, dann können wir tatsächlich etwas erreichen. Unsere Ziele liegen gar nicht so weit auseinander. Letztendlich wollen wir doch beide das gleiche. Eine bessere Welt. Nur meine Art, sie zu erreichen, war zugegebenermaßen etwas daneben. Aber Sina, du weißt ja, woher ich komme, und kennst meine Geschichte. Ich habe es nie anders gelernt, als mich mit Gewalt im Kampf oder mit sogenannten unlauteren Mitteln durchzusetzen. Aber ich habe jetzt verstanden, dass das niemals zu dem führen kann, was ich mir zum Ziel gesetzt habe. Es ist eine Denkweise, die ich verändern muss.« Er griff nun über den Tisch hinweg nach Sinas Hand, der keine Zeit blieb, sie wegzuziehen. »Du bist der Grund für mein neues Leben. Der Engel, der mir diese Botschaft überbracht hat.«

Sina starrte ihn an, als säße ihr das siebte Weltwunder gegenüber.

Julio konnte selbst kaum glauben, dass solche Worte aus seinem Mund kamen. Und er setzte sogar noch eins drauf. »Ich möchte auch einmal, dass eine Frau so über mich spricht wie du über Neri.«

»Was meinst du?«, fragte Sina noch immer irritiert.

»Du hast damals auf der Jacht gesagt, er sei der kompletteste, warmherzigste und intelligenteste Mann, den du je kennengelernt hast.«

»Das stimmt.« Sina verstand nach wie vor nicht, worauf Julio hinauswollte und was er ihr da vorspielte.

»Dann werde ich dich jetzt zu ihm bringen.«

»Einfach so?« Sie konnte es nicht fassen.

»Ja, einfach so.«

»Ohne irgendwelche Bedingungen?«

»Ohne Bedingungen.«

Was war nur in ihn gefahren? Wieso ließ er Neri plötzlich gehen? Das alles lief viel zu glatt. Irgendetwas stimmte da nicht. Sie konnte sich beim besten Willen nicht vorstellen, dass sich seine Einstellung innerhalb so kurzer Zeit plötzlich um hundertachtzig Grad gedreht hatte.

»Komm, gehen wir«, forderte er sie auf und erhob sich.

Sina folgte ihm hinunter zu der Bucht, in der die Jacht von Martinez an einem Steg festgemacht lag. Julio verschwand im Innern des Bootes.

Sina biss sich vor Aufregung auf die Lippen. Würde sie nun tatsächlich den Mann ihres Lebens zurückbekommen, ohne dafür Amakuna verraten zu müssen? Würde Julio ihn tatsächlich gehen lassen, für nichts? Ohne Gegenleistung?

Und dann erschien er wirklich an Deck. Sina konnte es kaum fassen. Sie vergaß alle Vorsicht und lief zu dem Steg. Ihr Herz klopfte zum Zerspringen. All die Sorge, die Schuld und die Liebe für ihn schlugen wie eine gewaltige Welle über ihr zusammen. Tränenblind sah sie, wie er über die kleine Gangway an Land ging. Er war abgemagert, doch sein Blick, seine Ausstrahlung und vor allem sein Lächeln ließen sie alles vergessen. Es gab nur noch sie beide. Nichts anderes. Wenn sie für diesen Moment sterben müsste, sie würde es tun. Und als ihre Lippen die seinen berührten, kam es ihr tatsächlich so vor, als würde der Himmel aufreißen und alle Liebe, die diese Welt je erlebt hatte, in diesem Kuss liegen.

»Du hast Amakuna doch nicht verraten?«, flüsterte Neri in ihr Ohr, nachdem sie sich wieder voneinander gelöst hatten.

»Niemals.« Sina schüttelte den Kopf.

»Warum bin ich dann frei? Vor ein paar Tagen wollte er mich noch erschießen, wenn ich es ihm nicht sage.«

»Ich verstehe es auch nicht.«

»Ich kann euch mit dem Boot nach Kuna Yala bringen«, bot Julio ihnen jetzt auch noch freundlich an.

Beide schüttelten verneinend den Kopf.

»Ganz, wie ihr wollt. Dann also *adiós*.«

Julio stieg in seinen Jeep und fuhr mit quietschenden Reifen davon. Sina und Neri sahen ihm noch immer irritiert hinterher.

»Was war das jetzt?«

»Keine Ahnung. Aber wir können darüber jetzt nicht nachdenken. Wir müssen sofort zum »Tor der Zeit« und Amakuna holen.«

Neri sah sie überrascht an.

»Meine Eltern leben.«

»Das ist die beste Nachricht, die ich seit Langem gehört habe. Wie wunderbar.«

»Aber da ist leider noch etwas.« Sina holte tief Luft. »Mein Vater ist schwer behindert und verbrachte die letzten zwanzig Jahre seines Lebens im Rollstuhl. Außerdem hat Tanausú, als er heute Morgen meine Eltern davor bewahrte, von Francisca Ribeira kaltblütig erschossen zu werden, eine schwere Schusswunde davongetragen.«

»Tanausú? Ein merkwürdiger Name. Wer ist das?«

»Das ist eine lange Geschichte, die ich dir später ausführlich erzählen werde.«

Neri überlegte einen Moment, bevor er auf seine ruhige Art seine Meinung kundtat. »Julio wird uns durch seine Leute verfolgen lassen. Er muss vom Zustand deines Vaters gewusst haben. Das ist der eigentliche Grund, warum er mich hat gehen lassen.«

»Wir müssen es trotzdem tun«, flehte ihn Sina an.

Während ihrer Fahrt zurück nach Kuna Yala hatte Sina genug Zeit, Neri alles zu berichten, was ihr widerfahren war. Er hingegen brauchte nicht viel zu erzählen, seine blutigen Zehen sagten alles. Sina fehlten dafür die Worte. Was hatten die beiden ihm nur angetan? Sie sah noch einmal Francisca Ribeira tot am Boden der Hotelsuite liegen. Gewalt brachte immer nur neue Gewalt und Zerstörung mit sich. Wenn dieser Kreislauf doch endlich ein Ende nehmen könnte, dachte sie. Wenn doch endlich das Amakuna-Zeitalter näher rücken würde. Sie nahm Neris Hand und hielt sie fest in ihrer, während sie in Richtung Carti fuhren. Immer wieder blickte Neri nach hinten, um sicher zu sein, dass ihnen weder Julio noch irgendjemand anderes folgte. Offensichtlich ging es ihnen jetzt wie damals Tamanca, dachte Sina. Pizarro hatte ihm einen Schatten hinterhergeschickt, und Julio würde dasselbe tun. Sie mussten mehr als vorsichtig sein. Denn schließlich konnten sie nicht damit rechnen, dass es am »Tor der Zeit« erneut zu einem Erdbeben kommen würde.

Dank Neris Bekanntheit und seiner guten Beziehungen dauerte es in Carti keine fünf Minuten, und er hatte ein kleines Boot mit einem starken Außenborder organisiert. Sie durften jetzt keine Zeit mehr verlieren. Sina setzte sich in die Mitte, während Neri hinten Platz nahm und sogleich den Motor startete. Kurz darauf flogen sie über die glatte Oberfläche des Meeres. Kaum ein Boot wäre in der Lage gewesen, sie zu verfolgen. Sie rasten an mehreren Inseln vorbei. Kinder winkten ihnen zu, ebenso wie einige Fischer, die ihre Netze einzogen. Sina konnte nur hoffen, dass keiner von ihnen Julio auf ihre Spur setzte. Und plötzlich sah sie wieder den gelben Gummischuh. Genau wie auf ihrer ersten Fahrt mit Neri saß ein Seevogel darauf und ließ sich über die Dünung schaukeln. Würde sich der Kreis jetzt schließen? Würde alles zu einem guten Ende kommen?

Die Sonne stand schon tief, als Neri das Boot in Richtung Festland lenkte und sie es wenige Minuten später über den Strand, zogen, um es im angrenzenden Palmenhain zu verstecken. Dann machten sie sich zu Fuß weiter auf den Weg und erreichten schließlich den Fluss, der fünf Jahrhunderte zuvor Tamanca als Orientierung diente. Immer wieder sahen sie sich um, legten kleine Pausen ein und liefen sogar zurück, um wirklich sicherzugehen, dass ihnen niemand folgte.

Die Dunkelheit senkte sich über den Dschungel, als sie das »Tor der Zeit« erreichten, und es blieb ihnen nichts anderes übrig, als die Nacht dort zu verbringen. Wegen des Nachtfahrverbots konnten sie unmöglich zurückfahren, ohne zu riskieren, von der Grenzpolizei aufgegriffen zu werden.

Neri bereitete ihnen im vorderen Bereich der Höhle aus trockenem Buschwerk ein Bett, und sie kuschelten sich zum ersten Mal seit Langem wieder aneinander. Sina fühlte sich endlich sicher und geborgen. Nach einer Weile des Schweigens stellte er ihr jedoch eine Frage, die ihn offensichtlich quälte.

»Wärst du eigentlich schwach geworden, wenn Julio mir die Pistole an den Kopf gehalten und dich aufgefordert hätte, ihm zu sagen, wo Amakuna wächst?«

Sie sah ihn nachdenklich an. »Auf La Palma hat Hawaiihemd-Harris auf meinen Kopf gezielt, und ich war bereit zu sterben, aber dich könnte ich niemals sterben lassen. Nicht für Amakuna und nicht für irgendetwas anderes auf dieser Welt. Du bedeutest mir alles, Neri.«

»Auch du bedeutest mir alles, Sina.«

Sie schluckte. »Und du, was hättest du getan, wenn er mir die Pistole an den Kopf gehalten hätte?«

»Nichts. Denn er hätte dich nicht erschossen. Du bist eine Art Engel für ihn. Er liebt dich, auch wenn er nicht einmal weiß, was Liebe ist.«

Am nächsten Morgen, die Sonne hatte gerade die Horizontlinie überwunden, lösten sich die Liebenden aus ihrer Umarmung. Sina dachte an ihren Vater und an Tanausú, die beide dank Amakuna schon in wenigen Stunden geheilt sein würden. Sie war sich sicher, dass sie gemeinsam Möglichkeiten finden würden, diese Welt zum Guten zu verändern. Vielleicht hatte sich jetzt wirklich der Knoten ihres Lebens gelöst. Zumindest wollte sie sich heute diesem Gedanken hingeben, selbst wenn er nur eine Illusion wäre.

Als sie kurz darauf den Pflanzenvorhang beiseiteschob und hinaus in den Sonnenschein trat, blickte sie geradewegs in die Mündung von Julios Waffe. Sie schrie auf.

Neri war sofort an ihrer Seite, und Julio richtete nun die Waffe auf ihn.

»Gib mir den Pilz, oder er stirbt«, sagte der Kolumbianer mit kalter Stimme.

Sie erstarrte. Wie hatte er sie gefunden? Sie waren sich beide so sicher gewesen, dass ihnen keiner gefolgt war. Und trotzdem stand er jetzt vor ihnen. Dann fiel es ihr plötzlich wie Schuppen von den Augen. Er musste die Spuren entdeckt haben, die das Boot auf dem Sand hinterlassen hatte, als sie es an Land gezogen hatten. Sie hatten vergessen, sie zu beseitigen. Doch für Selbstvorwürfe war es jetzt zu spät. Plötzlich sah sie vor ihrem inneren Auge Pizarro, der dem Kaziken, der nicht reden wollte, mit seinem Schwert den Bauch aufschlitzte. Und sie wusste, Julio würde ebenfalls nicht zögern, Neri zu töten, wenn er nicht erfuhr, was er wissen wollte.

»Er ist dort drin, nicht wahr? Er wächst in dieser Höhle.«

Sina zitterte, versuchte jedoch, so gut es ging, einen kühlen Kopf zu bewahren. »Nein, wir haben dort nur übernachtet«, erwiderte sie leise, auch wenn sie wusste, dass er ihr nicht glaubte. Doch sie brauchte Zeit. Zeit, um sich darauf vorzubereiten, etwas zu tun, was sie niemals für möglich gehalten hätte.

Julio entsicherte seine Waffe. »Du lügst doch.«

»Denk daran, was ich dir gestern gesagt habe«, flüsterte Neri ihr zu.

Sina atmete tief durch und blickte Julio direkt in die Augen. »Ich werde dir den Pilz holen. Er ist dort drin.« Sie deutete auf den Höhleneingang.

»Tu es nicht«, flehte Neri.

»Sie liebt dich, Alter. Und gegen die Liebe ist kein Kraut gewachsen«, sagte Julio zynisch.

Sina überlegte fieberhaft. Sie musste unter allen Umständen verhindern, dass Neri sich opferte und Julio provozierte, auf ihn zu schießen. Sie wollte ihn umarmen und ihm ins Ohr flüstern, dass sie eine Chance hatten. Doch Julio ließ das nicht zu.

»Denk nicht mal dran«, herrschte er sie an.

»Wenn du die Welt verändern willst … liebe deine Frau. Liebe sie für dieses Leben. Sag ihr nicht, dass du bereit bist, für sie zu sterben. Sag ihr, dass du bereit bist, mit ihr zu leben, Bäume mit ihr zu pflanzen und diese mit ihr wachsen zu sehen«, zitierte sie in lautem Sprechgesang die Worte der *Nele*, die diese einst an Tamanca gerichtet hatte.

»Was soll der Scheiß?«, unterbrach sie Julio. »Los, geh schon. Das ist keine Spaßveranstaltung. Ich hab die Schnauze endgültig voll, Sina. Wenn dir sein Leben etwas wert ist, holst du jetzt den Pilz.«

Sina warf Neri noch einen bedeutungsvollen Blick zu und verschwand dann in der Höhle.

Mit zitternder Hand griff sie nach der Pistole in ihrer Umhängetasche. Sie wusste nicht einmal mehr, warum sie Neri nichts davon gesagt hatte. Der Griff fühlte sich kühl an. Sie entsicherte die Waffe und atmete tief durch. Dann zielte sie durch den Pflanzenvorhang auf Julio, hielt die Luft an und drückte ab.

Mit einem Ausdruck größter Verwunderung im Gesicht brach er zusammen. Es kam Sina vor wie eine Filmaufnahme in Zeitlupe, dass er stürzte, ihm die Waffe aus der Hand fiel und er mit dem Gesicht nach unten auf dem Boden liegen blieb.

Jetzt erst atmete sie aus. Tränen liefen über ihre Wangen. Sie nahm kaum wahr, dass Neri Julios Waffe an sich nahm, und ließ sich einfach nur in seine Arme fallen. Sie waren am Leben, und Amakuna war in Sicherheit.

Nachdem beide sich wieder, so gut es ging, beruhigt hatten, hielt sie nichts mehr an diesem Ort. Neri pflückte die nötige Menge an Pilzen, während Sina ihren Rucksack packte. Dann kletterten sie die Felswand hinunter und machten sich auf den Weg zurück nach Panama City. Irgendwo ganz in der Nähe musste einer der geheimen Pfade sein, die die Drogenkuriere hinauf zur Panamericana nahmen.

Um Julios Leiche würden sich die Putzkolonnen des Dschungels kümmern: Ameisen. Schon in zwei Tagen würde nichts mehr von ihm übrig sein.

39. KAPITEL

$

Als Julio mit letzter Kraft die Augen aufschlug, brannte die Mittagssonne unbarmherzig auf ihn herab. Sein Körper schmerzte so, als ob man ihm die Haut abgezogen hätte und sich gleichzeitig Tiere mit spitzen Zähnen durch seine Gedärme wühlten. Keuchend versuchte er sich aufzurichten, was ihm jedoch nicht gelang. So gut es ging, schüttelte er sämtliche Kriechtiere ab, die sich bereits an ihm gütlich taten. Und unter höllischen Qualen, eine Blutspur hinter sich herziehend, gelang es ihm schließlich, zum Höhleneingang zu kriechen.

Die Kühle verschaffte ihm wenigstens für einen kurzen Moment Linderung, und die Mehrzahl der Insekten schien hier im Dunkeln von ihm abzulassen.

Er blutete sowohl am Bauch als auch am Rücken. Ein glatter Durchschuss. Unter anderen Umständen eine glückliche Fügung, doch hier, mitten im Dschungel, würde er jämmerlich verbluten. Er merkte bereits, wie ihm wieder die Sinne schwanden. Was für ein Tod. Erschossen von einer Frau. Demütigender hätte es nicht kommen können. Da fiel sein Blick auf zwei schneeweiße Pilze, die am Boden lagen, als wären sie irgendwo herausgefallen. Trotz allem überzog nun ein Grinsen sein Gesicht. Mit letzter Kraft griff er danach, steckte sich beide in den

Mund und schluckte sie hinunter. Sein letzter Gedanke war, dass er weiterleben und das verwirklichen würde, wofür Gott ihn auserwählt hatte.

40. KAPITEL

Francisco Pizarro musste nicht viel einpacken. Er war noch nie ein Mensch gewesen, der Wert auf persönlichen Besitz gelegt hatte. Was er besaß, passte in zwei Kisten, und die wiederum war ein Pferd in der Lage zu tragen. Seine Loyalität gegenüber der Krone und daraus folgernd gegenüber Pedrarias hatte sich bezahlt gemacht. Er war zum Bürgermeister und obersten Richter der neuen Siedlung Ciudad de Panamá auf der anderen Seite des Isthmus am Südmeer ernannt worden.

»Capitano, bleibt es bei der Route, die Ihr ausgewählt habt?«, fragte sein treuer Adjutant zögerlich, der seinen unvermeidlichen Holzschemel in der Hand hielt und darauf wartete, sein weiteres Gepäck nach draußen zu tragen.

Pizarro grinste. Oriol, der kleine Feigling. Er glaubte noch immer, dass der Ort, wo angeblich jener Zauberpilz wuchs, von Dämonen bewacht wurde, die ihn nur knapp mit dem Leben hatten davonkommen lassen.

»Keine Sorge. Ich werde allein diesen Berg hinaufsteigen und nachsehen, ob der Pilz in der Höhle wächst, und du bleibst bei den Pferden. Aber Gnade dir Gott, sollte mir dort kein Dämon begegnen oder zumindest diese Hexe, die ja vielleicht in Wirklichkeit ein hübsches Indiomädchen ist.« Er lachte laut und schloss den Deckel einer der Kisten. »Die kannst du schon mal raustragen.« Oriol blickte ihn ängstlich an. »Ich habe Euch gewarnt.«

Pizarro scheuchte ihn mit einer wegwerfenden Handbewegung nach draußen. Oriol war zwar feige, aber dafür absolut loyal. Etwas, das Pizarro mehr als alles andere schätzte. Er sah sich noch ein letztes Mal in dem kargen Raum des steinernen Forts um und blickte dann aus dem Fenster über den Hafen. Vor seinem inneren Auge sah er dort Schiffe, voll beladen mit Gold, gen Spanien aufbrechen. Er hatte keinerlei Zweifel, dass dieses Bild schon bald Wirklichkeit werden würde. Der Posten in der neuen Siedlung verschaffte ihm nicht nur Respekt, sondern auch einen günstigen Standort, von dem aus er sich seinen Traum erfüllen würde. Er würde jenes sagenumwobene Birú erobern und sich dort auf den goldenen Thron setzen.

Leider hatte die Erfahrung gezeigt, dass bei jeder Expedition meist weit über die Hälfte seiner Soldaten starben und es viel Mühe und Überredung kostete, immer wieder neue zu rekrutieren. Falls es dieses Zaubermittel tatsächlich gab, könnte der ihm wahrlich gute Dienste leisten.

Manchmal dachte er noch an Vasco Núñez de Balboa und seine saloppe Art, die Dinge zu regeln. Doch was hatte es ihm gebracht, außer einem frühen Tod? Nein, auf diese Weise schuf man sich höchstens einen wackeligen Thron, von dem man schnell wieder heruntergestoßen wurde. Er würde seine Macht auf ein anständiges Fundament stellen. Genau wie Hernán Cortés, der gerade das Aztekenreich erobert hatte. Dieser war in der neuen Hauptstadt von Cubao Bürgermeister und oberster Richter gewesen und hatte aus dieser sicheren Stellung heraus auf eigene Faust, gegen den Willen des Gouverneurs, ein Heer zusammengestellt. Und heute war er nicht nur unermesslich reich, sondern einer der mächtigsten Männer der Neuen Welt. Pizarro schwebte Ähnliches vor.

41. KAPITEL

Nic Saratoga hatte weit über sieben Stunden geschlafen. Romy, Sina und Neri waren während dieser Zeit nicht von seiner Seite gewichen. Dieser Art von Heilung beizuwohnen hatte nichts mit der Realität zu tun. Es war, als ob eine andere Dimension sich über die Gegenwart stülpte und ihre Wirkung auf diese Weise entfaltete. Sina, die zum ersten Mal dieses Wunder bewusst miterlebte, glaubte sich in einem sakralen Raum zu befinden. Beinahe so, wie man sich den Himmel vorstellte. Ein Raum, in dem die reine Liebe regierte. Wo alles andere keinen Platz fand.

In nur wenigen Stunden hatte sich die Haut ihres Vaters regeneriert, und dort, wo zuvor nur eine unförmige Geschwulst saß, hatten sich Augenlider mit Wimpern gebildet. Die beiden Frauen hielten einander an der Hand und wagten kaum zu atmen, um diesen heiligen Vorgang durch nichts zu unterbrechen.

Schließlich stieß Sina doch ein fragendes »Wie ist das möglich?« hervor.

»Ich kann es dir nicht genau sagen«, flüsterte Romy. »Der Pilz stimuliert bestimmte Regionen des Gehirns, von wo aus Signale an kranke und sogar völlig zerstörte Zellen geschickt werden, die dort eine Art Selbstheilungsprozess auslösen. Die Molekularstruktur ist die eines halluzinogenen Alkaloids, das einzigartig ist. Es stellt meiner Ansicht nach eine Verbindung zwischen Geist,

Materie und einer bestimmten Umgebung her – das, wonach Wissenschaftler im Bereich der alternativen Medizin seit Langem forschen. Und nebenbei setzt er, wie ähnliche Substanzen aus der gleichen Alkaloidfamilie, vorübergehende Bewusstseinsveränderungen in Gang. Viel mehr kann ich dir nicht sagen.«

»Du wirst noch mehr herausbekommen«, sagte Sina beeindruckt. »Als Hauptaktionärin eines der größten Pharmakonzerne der Welt hast du alle nur erdenklichen Möglichkeiten.«

»Solange ich am Leben bleibe.« Romy seufzte tief. »Ich dachte, der Spuk sei jetzt endlich vorbei.« Erschöpft richtete sie den Blick auf Neri, der an der Zimmertür Wache hielt. Er wechselte sich stündlich mit Tanausú ab, dem es bereits wieder gut ging.

»Aber weißt du was?«, fuhr Romy fort. »Ich möchte über das, was jetzt alles auf uns zukommt, noch gar nicht nachdenken. Das Wichtigste ist, dass dein Vater wieder ein würdiges Leben führen kann.«

»Und dass wir endlich wieder eine Familie sind.«

Romy sah ihre Tochter und auch Neri stolz an.

In diesem Moment öffnete Nic Saratoga beide Augen und richtete sich langsam auf. Obwohl alle im Raum um die Wirkung von Amakuna wussten, war es doch ein unglaubliches Phänomen. Sein Gesicht war das eines Heiligen – von Liebe und gleichzeitig tiefem Schmerz gezeichnet. Voller Dankbarkeit nahm er zuerst seine Frau in den Arm, dann Sina und Neri.

»Amakuna hat mir zum zweiten Mal ein neues Leben geschenkt. Ich weiß nicht, warum – aber ich werde alles geben, um mich dem würdig zu erweisen.«

Sina hätte ihn gerne gefragt, was mit Joaquín, Tamancas Vater, weiter geschehen war. Ob er mit Pizarro nach Peru gegangen war oder sich am Ende vielleicht doch zu seinem Sohn bekannt hatte. Aber das war jetzt alles nicht wichtig. Es ging um dieses Leben. Um ihre gemeinsame Aufgabe, der Menschheit Liebe und Frieden zu bringen, damit Macht und Gier endlich von diesem Planeten verschwanden.

Sie blickte zu Tanausú, der inzwischen Neris Platz eingenommen hatte. Der letzte Anführer des Volkes, das einst auf der Insel der Drachenbäume lebte, der Heimat von Amakuna, würde auch weiter an ihrer Seite bleiben. Der Einzige, der gleichzeitig Vergangenheit, Gegenwart und Zukunft sah und deshalb diese Familie schützen konnte, bis das Amakuna-Zeitalter gekommen war, und noch darüber hinaus.

EPILOG

Die kardiologische Abteilung des Punta Pacifica, des renommiertesten Privatkrankenhauses von Panama City, befand sich im obersten Stockwerk mit Blick über das Meer. Es roch nach Medikamenten und Desinfektionsmittel.

Carmen Saratoga betrat das Krankenzimmer ihres Mannes. Die Herz-Lungen-Maschine zeigte einen regelmäßigen Ausschlag, begleitet von Piepstönen. Don Mateo lag mit geschlossenen Augen in einem leicht hochgestellten Krankenbett. Sie zog sich einen Stuhl heran und setzte sich an das Kopfende.

Er öffnete langsam die Augen und versuchte, sich aufzurichten, wurde jedoch durch den Sauerstoffschlauch, der in seiner Nase steckte, daran gehindert. Seine Frau rührte keinen Finger, um ihm zu helfen.

»Ich denke, dass du in deinem Leben eine Menge Lügengebäude errichtet hast und dass es an der Zeit ist, sie einzureißen und der Wahrheit ins Gesicht zu sehen«, sagte sie mit leiser Stimme.

»Ich wollte immer nur das Beste für unseren Sohn«, erwiderte er kaum hörbar.

»Du weißt, dass er das nicht ist. Er ist nicht dein Sohn. Er ist Eduardos Sohn. Deshalb hast du ihn auch über die Klinge springen lassen.«

Die Anzeige auf dem Monitor der Herz-Lungen-Maschine zeigte nun deutliche Ausschläge.

»Du konntest keine Kinder zeugen, aber du wolltest immer einen Erben, jemanden, der das, was dein Großvater und dein Vater aufgebaut haben, weiterführt. Und nachdem Nic als tot galt, hast du alles auf Sinas Schultern gepackt. So lange, bis sie einen Nervenzusammenbruch hatte und nur noch weg wollte von hier. Du hast alle Menschen um dich herum instrumentalisiert. Was aus ihnen geworden ist, war dir egal. Doch irgendwann holt einen die Wahrheit immer ein. Und wenn es fünf Minuten vor Torschluss ist.«

»Ich konnte auch anders sein, das weißt du«, hauchte Don Mateo.

»Ja, als du jung warst, als du, ich und Eduardo in Harvard studierten. Als wir noch Pläne hatten, die Welt zu einer besseren zu machen. Damals habe ich große Hoffnungen in dich gesetzt. Ich dachte, gemeinsam würden wir es schaffen, dem Joch der Diktatur zu trotzen. Deshalb habe ich dich geheiratet und nicht Eduardo.«

Don Mateos Augen wurden feucht.

»Nicht, weil er ein armer Intellektueller war und du aus einer der reichsten Familien Südamerikas stammtest, sondern weil ich der Meinung war, dass du mit der finanziellen und der politischen Macht, die dir damit zur Verfügung stand, etwas Positives in unserem Land bewirken konntest. Aber ich habe mich getäuscht. Und ich habe viel zu lange mitgespielt. Schau, was aus mir geworden ist.« Sie stand auf und verließ in ihrer gebückten Haltung das Zimmer, auch wenn ihr Gang ein wenig aufrechter schien als sonst.

Der alte Saratoga drehte mühsam den Kopf, blickte ihr traurig hinterher und schloss dann erschöpft die Augen. Die Piepstöne der Herz-Lungen-Maschine wurden schwächer und schließlich zu einem gleichmäßig anhaltenden Ton. Auf dem Monitor war kein Ausschlag mehr zu sehen, nur noch eine gerade Linie.

HISTORISCHE NACHBEMERKUNG

Aus dramaturgischen Gründen war es mir nicht immer möglich, historische Daten wahrheitsgetreu zu übernehmen. Deshalb hier ein kurzer Abriss mit den genauen Zeitangaben der Ereignisse und der historischen Figuren, wie sie im Roman vorkommen.

Francisco Pizarro, der Jahre nach den Ereignissen des Romans in Peru das Inka-Reich grausam eroberte, kennt man – seine Vorgeschichte vielleicht weniger. Er wurde den meisten Quellen nach 1478 in Trujillo in der Extremadura geboren, dem Ort, den man noch heute als Wiege der Konquistadoren betitelt. 1502 schiffte er sich im Rahmen der allgemeinen Aufbruchstimmung in die Neue Welt ein und lebte bis 1510 auf der Isla La Española, dem heutigen Haiti bzw. der Dominikanischen Republik. Dann nahm er an einer Expedition zum Golf von Urabá teil, um dort eine neue Kolonie zu gründen, was jedoch missglückte. Das Schiff von Martín Fernandéz de Enciso, auf dem sich auch Vasco Núñez de Balboa befand, rettete schließlich die letzten Überlebenden von dem unwirtlichen Küstenstreifen. Im Darién, einer Gegend, die heute noch so genannt wird, gründeten sie auf Balboas Rat hin die Kolonie Santa María de la Antigua. Nachdem er eine Revolution angezettelt hatte, übernahm Balboa die Führung und verbannte Enciso nach Spanien.

Gemeinsam mit Pizarro und 190 Mann machte er sich am 1. September 1513 auf die erste Expedition quer über den Isthmus. Am 25. September 1513, vormittags um elf Uhr, entdeckte Balboa als erster Europäer den Pazifik und erkannte möglicherweise als Erster vor Ort, dass Amerika ein Kontinent war, auch wenn Amerigo Vespucci dies anhand seiner Reisebeobachtungen entlang der südamerikanischen Atlantikküste schon wenige Jahre zuvor behauptet hatte. In der Nähe befand sich das Indiodorf »Panama«, das später dem ganzen Land seinen Namen geben sollte. Ein Einheimischer berichtete Balboa von einem weiteren Land im Süden namens Birú mit unermesslichen Schätzen – die erste Kunde über das Inka-Reich in Peru. Damit hatte Balboa ein Ziel für weitere Eroberungen. Am 19. Januar 1514 kehrte er mit nur wenigen Überlebenden nach Darién zurück, wo ihn eine unliebsame Überraschung erwartete. Pedro Arias Dávila, genannt Pedrarias, der durch Intrigen bei Hof Balboas Posten übernommen hatte, war dort mit dem wenige Jahre zuvor verjagten Enciso im Schlepptau eingetroffen. Nachdem der spanische König jedoch von Balboas Entdeckungen hörte, ernannte er ihn im Juli 1515 zum Generalkapitän der Provinzen Coiba und Panama und zum Gouverneur des »Südmeers«. Das war Pedrarias ein Dorn im Auge, und obwohl Balboa inzwischen aus diplomatischen Gründen sein Schwiegersohn geworden war, ließ er ihn wegen einer angeblichen Verschwörung verhaften. Ohne Anklage und ohne die Möglichkeit der Verteidigung wurde er im Januar 1519 enthauptet. Und so kam es, dass nicht er, sondern Pizarro als der große Eroberer Perus in die Geschichtsbücher einging. Der vorliegende Roman lässt die vier Jahre von 1515 bis 1519, in denen Balboa Schiffe für seine Expedition ins Goldland bauen ließ, aus.

Auch auf Enciso wird nicht weiter eingegangen. Er kehrte nach Balboas Hinrichtung zufrieden nach Spanien zurück, wo er 1519 seine *Suma de Geographia que trata de todas las partidas y provincias del mundo* veröffentlichte, das erste Werk auf Spanisch über die Entdeckungen in der Neuen Welt.

Weitere Charaktere wie der Samenhändler Pedro d'Atenza, der das Zuckerrohr von den Kanaren nach Haiti brachte, sind ebenfalls historisch. Er tat das jedoch erst 1517, während Vater und Sohn de Alba sich schon 1513 auf den Weg in die Neue Welt machten. Auch Bartolomé de Las Casas nahm 1511 an der Eroberung Kubas teil und lebte später auf La Española. Die berühmte Rede des Dominikaners Antonio Montesino, die ich großteils zitiere und die in de Las Casas einen Umdenkprozess anregte, fand am 21. Dezember 1511 statt.

Und Martin Luther trat mit seinen Thesen gegen den Ablass erst 1517 auf den Plan.

DANKSAGUNG

Vielen Dank an

meinen Herausgeber Michael Görden, der mir nun seit über 30 Jahren als Freund und Berater zur Seite steht und auch bei diesem Buch wieder über viele Stunden ein guter Sparringspartner war;

meinen langjährigen Freund Ralf Siev, der mich während meiner Recherchen in Panama nicht nur mit wertvollen Kontakten versorgte, sondern mir auch immer wieder seine Wohnung zur Verfügung stellte;

meine Freundin Andrea Harnack, die meine Recherche-Reisen unterstützt hat;

Iñaki Ruiz Osaba, der mir vieles über die Geschichte Panamas erzählt hat und den ersten Kontakt zu den Kunas herstellte,

Avelino Brenes, den ehemaligen Gouverneur von Kuna Yala, der mir nicht nur eine Hängematte in seinem Haus zur Verfügung gestellt hat, sondern auch dafür sorgte, dass *Sailas, Argars* und auch eine *Nele* überhaupt mit mir sprachen;

sämtliche Bewohner der Isla Tigre, ohne deren Einverständnis ich mich dort gar nicht hätte aufhalten dürfen;

meine engen Freunde aus Buracas, dem kleinen Ort auf La Palma, wo dieses Buch hauptsächlich entstanden ist. Saleema Thierauf, Samy Mirkovic, Hardy Krüger, Annett Schmittdiel: Ihr wart für mich Familie, und ich wusste, dass ich immer auf euch zählen konnte;

meine Lektorinnen Angela Kuepper und Jennifer Grünwald, die beide auf ihre Weise dem Buch unendlich guttaten;

Jakob Tetz, der mir Anregungen zu so manchen Figuren gab;

die Leserinnen und Leser des ersten Bands der Amakuna-Saga »Tochter des Drachenbaums«, die mir so viel positive Resonanz entgegenbrachten, dass ich gar nicht anders konnte, als dieses Buch zu Ende zu schreiben, selbst wenn mir manchmal gar nicht danach war.

Und last not least danke ich meinem Verleger Christian Strasser, der dieses Mal viel Geduld mit mir hatte.